2014
中国高校文学作品排行榜·小说卷（上）

中国高校文学作品征集评审委员会 选编　冰峰 主编

漓江出版社

图书在版编目（CIP）数据

2014 中国高校文学作品排行榜·小说卷：全 2 册 / 冰峰主编；中国高校文学作品征集评审委员会选编．—桂林：漓江出版社，2015.2

ISBN 978-7-5407-7474-5

Ⅰ．①2… Ⅱ．①冰… ②中… Ⅲ．①小说集—中国—当代 Ⅳ．①I217.1

中国版本图书馆 CIP 数据核字（2015）第 030688 号

2014 中国高校文学作品排行榜·小说卷（上下）

选　　编　中国高校文学作品征集评审委员会
主　　编　冰　峰
责任编辑　庞俭克　周群芳
封面设计　石绍康
责任监印　周　萍

出 版 人　郑纳新
出版发行　漓江出版社
社　　址　广西桂林市南环路 22 号
邮　　编　541002
发行电话　0773-2583322　010-85893192
传　　真　0773-2583000　010-85890870
电子信箱　ljcbs@163.com
网　　址　http://www.Lijiangtimes.com.cn
　　　　　http://www.Lijiangbook.com
印　　制　北京大运河印刷有限责任公司
开　　本　710 × 980　1/16
印　　张　32
字　　数　615 千字
版　　次　2015 年 3 月第 1 版
印　　次　2015 年 3 月第 1 次印刷
书　　号　ISBN 978-7-5407-7474-5
定　　价　59.80 元（上下）

第五届“包商银行杯”全国高校文学作品
征集、评奖、出版活动

总策划 赵　智　李镇西
策　划 金　岩　庞俭克　张清华　谭五昌

组织委员会

主　任 赵　智　李镇西
副主任 李献平　金　岩　王慧萍　魏占元　庞俭克
成　员 陈亚美　谭五昌　臧　棣　陆　健　蒋守法　刘　鑫
魏丽峰　张大群　彭　莎　刘　颖　安　琪　梁　翔
赵俊义　赵文轩　刘不伟　陈　龙

评审委员会

小说评委

葛笑政　作家出版社社长
邱华栋　《人民文学》副主编
顾建平　《长篇小说选刊》主编
梁　粱　解放军出版社原政治部主任
宁　肯　《十月》杂志社副主编
霍俊明　中国作家协会创研部研究员
王子君　中国方正出版社文史哲部主任助理

散文评委

梁鸿鹰　《文艺报》总编辑
宁小龄　《人民文学》副主编
冯秋子　中国作家协会创联部副主任
杨晓升　《北京文学》社长兼执行主编
庞俭克　漓江出版社副总编
陆　健　中国传媒大学教授
洪　烛　中国文联出版社文学编辑室主任

诗歌评委

商　震　《诗刊》常务副主编
叶延滨　《诗刊》原主编、中国诗歌学会副会长
吴思敬　首都师范大学教授、中国当代文学研究会副会长
林　莽　《诗刊》编委、《诗探索》作品卷主编
侯　马　中国公安文联诗歌诗词学会副会长、北京市公安局丰台分局局长
周庆荣　《星星》散文诗刊名誉主编、《大诗歌》主编
安　琪　作家网总编室主任

目　　录

（下）

纯洁而干净的文学奖（代序）

冰　峰

早上打开电脑，360新闻推送的“500万串‘美容烤串’流入市场”的标题出现在电脑桌面，点开一看，内容如下：

以碎鸡肉充当里脊肉，有了增味剂、染料等“神器”的加持，一场食物“整容手术”大功告成，随后，这些华丽转身的劣质肉被人工串成烤串进行冷冻，迅速流入冷库和烧烤摊……

在这条新闻之后，又出现了另一条新闻：

从四川大学教授、“争议诗人”周啸天开始，第六届鲁迅文学奖便接连陷入“跑奖”、“评委徇私”的疑云，还饱受“精英文化”、“评审机制欠妥”的议论。第六届鲁迅文学奖获奖名单在公布之初便在获奖作品质量等方面招致争议……

两条新闻，被先后推出，让人顿感痛心。造假、跑奖，如出一辙，是国人之悲哀。那么，是何原因让人放弃基本的诚信底线，去造假、去跑奖？说透了就是一个“利”字。碎鸡肉不值钱，如果摇身变成“美容烤串”就值钱了。作家的稿费低廉，如能获奖，除了自身的奖金外，还有省市县各级奖励，所获名利之丰厚十分可观。

可见，乱象之乱源于利益的驱动，而利益是人类欲望的催化剂。如何让人的欲望有所节制，难之又难。就鲁迅文学奖评奖程序而言，被诟病也是在所难免。鲁迅文学奖的参评作品，都是署名的、发表过的，作者名字无法隐藏或遮盖。评委又是文学圈子里的人，对每位作家又“熟悉”。即使没有行贿重礼，但平时的交情和对作者或友善或憎恶的评价不可能不放在评委的天平上，这些额外的分量能不让公正的天平失衡吗？

其次，我们评价一个人，总是“全面地”看，一方面的成功，往往会被误读为“这个人做什么都行”。官当得好，文章应该也写得好……小说写得好，散文也应该写得好。反之亦然。如此推断，或如此戴着有色眼镜看作品，有失偏颇就成为必然。翻阅历届获奖名单，可见多数获奖者在作家群中身份显赫，这说明了什么？

如此看来，鲁迅文学奖之评奖与其说是在评作品，还不如说是在评作者。

文学是圣洁的，是引领人类思想的灯盏。作家也应该是风清气正、甘于寂寞的。如果文学评奖与金钱、名誉等为伍，被屡屡诟病，让潜规则、黑幕迭出，这是文学的悲哀。而“包商银行杯”全国高校征文，呈现的则是另外一番景致。

学生相对单纯而干净，所写作品几乎都是处女作，是人生第一次交出的文学答卷。可以想见，作者的心情是激动的，情绪是忐忑不安和诚惶诚恐的，何谈跑奖之不齿念头？再者说，学生仅仅是校园里的书生，还未走入社会，也很难与评委老师搭上关系。至于跑奖的经费，那就更无从谈起了。

再就评奖程序而言，高校征文评选程序是：作品由中文系学生筛选，文学编辑初选后，隐去姓名、编号，最后经终审评委投票评出奖次。从评奖程序来看，终审评委看到的仅仅是作品文本，根本看不到文本之外的任何信息，加之学生的作品大多未曾发表，评委根本无法获知作者任何有效信息，为人情而投票之事是绝对不可能发生的。

另外，为了让参赛学生对自己的作品有一个客观的认识，我们又将评奖过程制作成视频专题，通过作家网公开播放。这样，每位参赛入围同学不仅得到了一流作家、编辑对自己作品的把脉和指导，同时也找到了自己作品的病灶和不足，看清了自己作品的优点，其受益是多方面的。

当然，视频专题同样也展示了评委严谨的评审态度。看了评奖视频就会知道，评委是如何各抒己见、唇枪舌剑来评审作品的。因为评委们不知道作者是谁，只对文本说话，只说自己想说的话，没有任何顾忌。可以说，整个评奖过程，就是评委们文学观点的论辩过程。

因此说，“包商银行杯”全国高校征文的奖，是一个公正、有分量的奖。绝对没有任何水分，没有任何掺假之处。

纵观当今之文坛，奖项林立，旗号纷繁，而仔细看去，这些文学奖项，关注的是已经成名或即将成名的作家。至于躲在校园里萌发文学清梦的学生，则与这些奖项毫无瓜葛，距之有十万八千里之遥。

“包商银行杯”全国高校征文，是专门为那些还未走进文学队列，在文学岸边眺望文学灯塔的大学生准备的，前面驶来的是一艘艘梦想的帆船……或许，若干年后，站在诺贝尔文学奖领奖台上的，就是今日伫立岸边沉思的某一位富有文学天赋的同学。就是因为有了今天投稿参赛的机缘，他才扬帆启航，走上了文学之路。

人生的第一次是珍贵的，第一次恋爱，第一次写作，第一次投稿……第一次获奖，这是一个人生命中最闪光的东西。让我们共同珍惜这一切，也希望更多同学走进文学的队列，把第一次圣洁的回忆留下来。

文学的桂冠上虽然落上一些“跑奖”的尘埃，但拂去灰尘，文学依然是干净和纯洁的。我相信，只要我们携手努力，扫去灰尘，文学的纯洁与干净就一定会洗亮我们的生活。

2015 年 1 月 15 日于北京

城

广东韶关学院/吴霞霞

一个拾荒王国，城市里被遗忘的角落，潮湿，阴冷，或暴晒在太阳下的赤裸裸……

1

后来，北城怎么也忘不了那天黄昏的夕阳。媚娘推着庞大的废品车驾着四个巨型女儿穿过芜城镀着暧昧金色的街道时，北城从朝她们纷纷侧目的行人眼睛里撞见了媚娘狂肆的骄傲。

那神奇的样子，就像这座城从此是她的王国。

今天是东城西城出生后媚娘第一次带着她们全巢出动进军芜城的城北城南城东城西全城搜索废品兼上等垃圾。媚娘穿一件酱红色的大布衫蹬一辆80年代的三轮车拉着南城西城东城三个小崽子在前，北城紧紧拽着车子的铁栏跟在后面，婉儿睁着仅有的一只眼耷拉着仅有的一只耳贴着北城的裤脚跟在最后。婉儿是她们收废品时捡到的小流浪狗，花毛，短尾，单耳单眼，媚娘为它取名婉儿。从城北到城南，从城东到城西，她们仿佛不是在收废品而是全家芜城观光，又或者是游走在喧闹的街市让芜城人来观她们。

车子所经之处，行人仿佛被施了咒语般纷纷朝她们驻足凝望。人们惊异的不仅仅是这女儿国似的怪异组合，更是她们的肥胖，巨型的滚圆的清一色的肥胖。经过城南那个菜市场时，北城看到几个卖猪肉的男人瞪大了眼睛盯着媚娘挤出酱红色衣衫扣缝的乳房口水流了一猪头，北城试着把她那件永远短半寸的小衫拉了拉紧低着头走过去。

北城在城南芜城一中校门口看见了木林，他穿着深蓝色校服推着单车，经过校门时从领口里取出挂在脖子上的校牌给门卫看一眼，随即又低着头推着单车穿过长长的校道。北城躲在矗立的废品车背后看着这静如默片的一幕，突然想起了小时候在乡下和一个男孩子在春天放的一只拖着长尾巴的风筝。

回到北屋，夕阳已经从不远处那座摩天大楼的避雷针尖上沉下去了。东城和西城在车子上的一堆废纸里红着脸蛋扑腾扑腾喊叫："媚娘媚娘，放俄下来，俄要吃奶！"媚娘把两个嗷嗷待哺的小女儿一把从车上拽下来一左一右夹在胳肢窝里，一扭腰又把右手的东城甩过来和西城夹在一起，腾开手取下车上的一个老坛酸菜方便面纸箱拎起来往屋内走，长长的屁股拖在后面像一堵长满爬山虎的墙。

"北城和南城把车上的货物收下来，俄给咱煮饺子，今晚有鸡肉饺子吃了！还是速冻的！"媚娘微侧着蹲下身才把她那膨胀的身躯从门里挤进去。

北城抬起头看着如小山一样高耸的废品车，像瞻望一头大腹便便的奶牛。媚娘果然是厉害的，第一次引她们四个游走芜城就有这么辉煌的战绩。媚娘答应俄的红袄袄应该能在芜城冬天的第一场雪到来之前裹在俄身上了，北城咬着嘴唇想。

下货不容易，尤其是在天黑时，但她并不惧怕这些，16岁的北城拥有用不完的力气和流不竭的经血，取下这车瓶瓶罐罐纸纸箱箱对她来说，就跟换卫生巾一样利索干脆不留痕迹。

"南城，你瘦一点，上车接，俄来下！"北城知道，凡是妹妹不愿意去干的事只要以她比她瘦为借口，她就会屁颠屁颠跑得比谁都快。

抱着一大摞泛着火腿香的压缩纸箱笨拙地走到废纸区一撒手扔在混乱的纸堆旁，纸箱落地时发出沉闷的声响，像谁把屁股扣在面盆里放了一个亮屁。这些花花绿绿的纸箱，是上午在城南的百佳超市后门仓库前，媚娘闪着星星点点的泪光花一个钟头向那个管仓库的大胡子主管软磨硬泡要来的。于是她们省下了收购这批废纸的4块8毛钱。

"北城，南城，货下完了吗？进来吃饺子了！"媚娘在那间用铝铁板搭建的活动板房门口扯开嗓子叫喊着。

"哟，今儿个出去捡着毛爷爷了，这不过年不过节的咋舍得吃起饺子了！来，给俄这几个月没沾腥的哈巴狗儿也来一碗尝尝！"隔壁杀鸡卖鸡肉的狮尔王光着膀子，闻到了饺子香。

"没有没有——隔墙的猫还想沾腥！回家吃你妈的奶去吧！"媚娘豪爽的一声笑划破半个夜空，身子一扭，闪身进屋了。

北城迫不及待地端出她盆子一般大的碗，诱人的鸡肉馅儿饺子撩挠着她太平洋一般的胃，这世界上恐怕只有美味的食物能够让北城沦陷。这几袋速冻饺子是今天在城南的豪华小区门口捡到的。当她们推着装满啤酒瓶的车子从小区出来时，一个小保姆拎着几袋东西恋恋不舍地放在垃圾桶旁走开了。眼尖的媚娘用手戳戳北城的后腰，用眼瞟了瞟那个垃圾桶。北城走过去，把那几袋东西拿起来放在太阳光下眯着眼睛瞄，一股浑浊的水从包装袋里流出来。

北城以迅雷不及掩耳之势麻利地一伸手从沸腾的锅里捞出一只饺子喂进嘴里，南城也学着她的样子把手伸进锅里捞，不料烫得哇一声哭了，两个小妹妹也围在一旁因吃不到饺子哭闹着……

“号什么号啊！俄还没死呢，一窝子饿死鬼！”媚娘一把打掉北城再一次伸进锅里的手，厉声道，“今晚都用小碗吃，全体减肥！”

凭什么啊！北城撇撇嘴抹了一把嘴角的流油不屑地在肚子里嘀咕道，但这样的话通常是不敢在媚娘面前说出来的，不用说，北城也知道那多余的美味鸡饺会饺落谁家。果然，午夜刚过，北城便看到媚娘背着她们姊妹偷偷地端着一个斑驳着月光的铁盆出去了，盆内的饺子一个个晶莹剔透，像刚出世洗浴之后的婴儿。北城最瞧不起媚娘的这一点了，要送就送呗，何必藏着掖着偷偷摸摸呢？不过，媚娘也只有在干这事时才会避开她们小心翼翼，毕竟，食物——对窝在这个小屋里的女人来说，是唯一活下去的，至高无上的荣耀。

2

北城把一麻袋玩具车游戏机遥控飞机遥控器等塑料废品砰一声扔下来过秤，这是那种挂砣的老式台秤，她们是有电子台秤的，可北城故意用这个来称，她知道怎样称能让眼前这个拉了满满一三轮摩托车废品来卖的老男人捞不到一丁点儿好处。北城一只手轻轻扶着似的提着麻袋口，一只手来回拨着秤砣，三下五除二就把那些大麻袋搞定了。

塑料 11 公斤，废铁 13 公斤，废纸 8.5 公斤，饮料瓶 4 公斤，啤酒瓶 5 箱，总共 116.7 元，北城手里握着计算器喃喃地说。一抬头，发现那张脸像从枯木上扒下来的老树皮似的男人目不转睛地盯着自己活蹦乱跳的胸脯嘿嘿笑着。

看什么看，83 块 6 毛！北城瞪了一眼，转回身进屋，把放钱的抽屉拉得乒乓响。

媚娘躺在小屋旁一把老藤椅上默默地看着这一切，嘴角闪过一丝怪异的微笑。北方秋日凛冽的风吹刮着她通红的脸，那张收购来的木椅在她的身下发出不堪重负的讨饶声。

其实，以前她们都叫媚娘为大妈妈，直到有一天，媚娘守在她们那个小屋里的一台小彩电前看完了《武则天秘史》大结局之后，突然跑出来站在院子正中央，手叉腰冲着正在叠废纸的北城南城大喊一声，以后，都不许再叫俄妈，叫俄媚娘，媚娘——听到没！

北城拖着废品放到不同的回收区。这是一个椭圆形的废品站，周围用翡翠绿的啤酒瓶一层层垒起来，北边高耸着两堵用棕色麻袋装起来的饮料瓶挡在入口处，像两扇宏伟的大门，南边是堆成小山似的花花绿绿的塑料品，东边有一排简易仓库，里面码放着回收价格较高的书本和废铁。正中心那间有着蓝色屋顶的活动板房，就是她们的工作总部兼吃喝拉撒睡的家。

北城常常觉得这个椭圆形奇形怪状的地方就像一座巨型城堡，而媚娘，就是这座城堡里的女王。

3

夹杂着黄沙的大风在芜城的上空不停地呼啸，扬尘穿过每一条街道卷起路边翻飞的桐树叶反复哀嚎着一支肆虐而荒凉的歌。北城从山一般的废品堆里抬起头，听见风从遥远的地方裹挟着千军万马和这座城市的冬天一路狂吼乱叫着向她涌来。是的，流浪的秋天一结束，冬天——还会远吗？

“碗先不用洗了，都过来，俄跟你们说件事！”昨夜晚饭后，媚娘把她们姊妹叫到跟前，宣布了这个圣旨一般的决定。

“北城南城，你们两个也长大了，是时候去为自己夺得一些东西了。你们也看到，芜城城南这两年发展很快，所以俄们得抓紧时机，先下手为强知道不！城南的废品站是由一个糟老头子管着的，所以俄就懒得出马了。但他有一个19岁的儿子，喏，就是在前面工地上混水泥的那个黑小子，听说他要接管他爸的废品站，重要的是他还没讨到老婆——嘿嘿，你们的机会来了！”媚娘解开衣扣，把东城西城放在膝头任她们爬上那两座摇摇欲坠的高峰，“至于东城西城，她们俩还小，还能在俄怀里撒几年欢，再说，城东城西要发展起来还得几个年头。南城啊，城南那一块儿将来是你的领地，你得想办法出手夺了！”

“怎么夺？”南城一只手紧紧握住北城的手，怯怯地问。对媚娘，她们总带着一份不可抗拒的畏惧感。

“怎么夺？用你的脑子，或者身体。”媚娘点燃一支烟，骂了句，“蠢女子！”

“什么叫‘用身体’？南城还13岁不到啊！”北城一把把南城护在自己身后，本就变形的脸上带着狰狞的愤怒。

“头脑和身体就是女人最强大的武器——你不明白吗，还跟老娘吼！不服，你去替她夺啊！”

昏暗的灯光下，媚娘眯着眼睛罩在烟圈里，嘴角闪过一丝神秘而朦胧的微笑。已经两岁的东城西城爬在她的两条大腿上，贪婪的嘴不停地吮吸着，把那两只巨大的乳房拉扯得像快充破了气的皮球。虽然这个画面北城已经见了无数次，但还是觉得此刻的媚娘像乡下奶奶养的那个老母猪，旁边围着一群小猪崽抢奶吃。这想法让北城突然感觉到恶心，晚上吃的大葱豆腐面在胃里翻江倒海，她冲出门去趴在一堆废纸旁吐得天昏地暗。

媚娘生东城和西城是在秋末冬初，那天天冷得要命。北城走过几条街去菜市场上为媚娘买小米，到了菜摊却忘记自己要买什么了，绕着人群喧闹的菜市场转了几圈终于流着口水用那3块钱在一个包着花头巾的老奶奶那儿买了一个烤红薯，捧着烫手的红薯飞快地往家跑想趁热给媚娘吃。走到门口时又突然想起她应该是去买小米的，她瑟缩着不敢进屋，于是就握着那个烤红薯躲在废纸屋里睡着了，直到夜幕降临，红薯凉透，媚娘撕心裂肺的尖叫声划破芜城的霓虹时北城才颤抖着从梦中惊醒。她冲进屋里时看见媚娘的肚子瘪下去了，腿边两团缠着脐带的肉球在一大摊黏稠的血泊里蠕动，南城端着脸盆立在旁边大哭。媚娘指着北城骂道："死妖精，你跑哪儿去了，你是不是等着老娘死啊！"北城躲在废纸堆里偷吃的半个红薯像活过来似的一下子涌出喉咙喷了一地。

北城抬起头看着星星寂寥的夜空，离她不远处那片星空下有流光溢彩的霓虹。北城觉得这里的一切是多么让人肮脏恶心，一窝孩子和膨胀的野心，就像藏在胳肢窝的虱子一样让人恶心。她不知道媚娘为什么一定要让她们夺取南城的领地，也不明白女人是什么，但她清楚，她该去做些什么了。

4

媚娘有一个宏伟的梦想——占领这座城，拿下芜城的四座废品回收站，然后在城北建立历史上最庞大的废品回收总站。媚娘对她们姊妹四个说这句话时嘴角叼着一支折皱的烟，眼睛里翻滚着熊熊烈火。北城那时正在咬一根胡萝卜，她抬起头看着媚娘，觉得她简直是被狮尔王的一支烟给抽醉了。

后来，北城才明白，媚娘当时没抽醉，她是认真的，而且是极度认真的。要不然，媚娘也不会连她的名字也给改了。北城原先并不叫北城，叫缀缀，这是小时候在乡下时的奶奶起的名字。那年北城3岁，有一个幸福的小家和一个满头花发总爱歪着嘴笑的奶奶。有一天媚娘和奶奶大吵一架，傍晚时大吼着收拾包裹抱着她跑出了家，后来就再也没回去过。媚娘拎着她嫁给了邻村一个满腮大胡子男人，北城叫这个男人爸爸还不到一年，在一个雨天，媚娘突然又带着她离开了。于是，她们就来到了芜城，在城北的这个垃圾站被一个像火柴棍一样干瘦的男人收养，很不幸，三个月后，这个在江湖上打拼了几十年终于拥有了一座垃圾回收站的男人，在一个冬天的早晨死在了站内空旷洁白的雪地上。于是，媚娘理所当然地成了这座垃圾回收站的老大。

进城之后，媚娘就给北城重新取了这个名字。北城北城，你这一辈子奋斗的目标就是芜城的城北这一带，守住你的江山，坐稳你的站长，当然，这得等俄退位后。媚娘说这句话时正在用大铲勺炒面，一把红辣椒撒在冒烟的油锅里，呛得北城眼泪直流。南城，东城，西城，她们的名字也是这么来的，媚娘要她们将来一人占据芜城的一角，把城南城东城西三个回收站也夺到手。这样，四面相对，环环相围，废品回收，一家相聚。芜城——就是她们母女的天下了。

5

一座城，就像一座巨大的坟墓，埋葬了太多人的爱恨青春和看不见的故事。

北城绕着那座用啤酒瓶砌成的城墙内围走着，手里提一个大麻袋，所过之处，围墙矮一截，她手中大麻袋肚子却圆鼓鼓地撑起来了。媚娘和南城跟在后面撅着屁股扎麻袋口，凛冽的风更加鼓胀了她们绵软的身体。

回收站对面那个混乱不堪的瓜果批发市场里成堆成堆倾倒的瓜果发出腐烂的气息，从大卡车上跳上跳下穿着绿色军大衣的生意人和推着三轮车的水果小贩讨价还价的声音像杀猪；瓜果市场旁边一排用纸箱木板凑合着搭起来的小饸饹面馆里飘出油泼臊子的香味；回收站右边邻着几家杀鸡卖肉的铺子，圈在鸡笼里的乌鸡，漫天乱飞的鸡毛和从开水大桶里拎起来的冒着热气浑身赤裸裸的大公鸡……北城的肚子又开始轰隆隆喧闹起来，媚娘说大广场根本不算什么，她们的城北回收总站才是芜城真正的市中心——这句话像太阳一般照耀着她们。她和南城常常去对面瓜果市场在人家倒掉的瓜果堆里面挑拣还算完整的水果，在饸饹面馆繁忙的时候去帮忙端碗洗盘子换来一碗红油汪汪的饸饹面，也把邻居死掉的鸡拿回家来让媚娘煮了来吃……或许，在这里就这样过活一辈子也是一件蛮不错的事情，北城把一只装满的麻袋丢在身后时这样想着。

媚娘，俄饿了——北城刚喊出这句话就后悔了，她看见木林推着单车低着头从她们的翡翠色城墙下走过，额前细碎的头发被风吹起，宽大的校服里似乎也鼓满了风，随空中飘飞的碎发左右摆动着。北城踮了踮脚但仍是看不到他的眼睛，她不明白他为什么走路时总把头压得低低的，安静得像夏夜的星空。她悔死自己刚才那句狮子吼般的叫唤声了。

饿死鬼，今晚没面煮，去市场上买两块钱的馒头！媚娘站起身来用手捶着腰喊道。

吃吃吃！就知道吃！北城啪一声摔了手中的酒瓶转身跑进了屋。她也不知道她在生谁的气。

6

在芜城，北城的确是一个与众不同的女孩子。她生活在一座奇怪的废品城堡里，有一个肥胖怪异的妈和同样肥胖怪异的姊妹，更不同的是，北城有一张奇丑无比的脸。比磨盘还大的脸盘里胀鼓鼓地塞满了游动的肉，左边脸上一块被玻璃碴割破的伤疤像一朵开败的山丹花横亘在眼角处，芜城的风沙把她的脸蛋撕扯成赤裸的红。总之，这张脸怎么看怎么像两瓣被后娘拍了两巴掌拧了一指头的屁股蛋子。所以，每当北城穿过芜城的街头时，人们都把蒙着沙尘的眼光抛向她，她已经习惯了低着头踩着自己的影子走过去。

北城从废纸堆里爬出来，手里捏着一本英文书。一本厚厚的深蓝色封皮英文书，北城不认识上面密密麻麻蚂蚁一样的洋字儿，但她知道这是一本外国书。她想，木林一定能够用得到这本书。木林是住在北城隔壁的隔壁，也就是鸡窝旁边的一间小出租屋里的高中生，在芜城一中读书，他爸轻微腿瘸，在附近工地上抱砖头，没见过他妈，听说跟人跑了。她经常看到他在每一个清凉的早晨在对面瓜果市场的场篷下来来回回踱着步手捧这样的一本书反反复复地念，卖橘子的大叔告诉她，木林念的那是英语。

北城也读过书，就在不远处马路斜对面的那所老城小学。小学二年级，她比班里的孩子高一头，坐在教室后面的垃圾桶旁边。在一节音乐课上，那位长发飘飘裙摆飞扬的美女老师善心大发偏让北城给大家唱一首歌。北城站起来，脸憋得通红，最后大大方方地尿了裤子，尿水渗过单裤在瓷砖地板上敲出异常响亮清脆的声音。同学们盯着她的裤裆哈哈笑了。那次之后，北城就再也没去学校，老老实实跟在媚娘后面捡垃圾收废品了。

北城把书搁在膝盖上用那只宽厚无比的大手细细抚摸着，想起木林那双瞳孔里盛着一汪湖的眼睛。那双眼睛，常常使北城想起乡下，想起青青的绿草和明媚的阳光，想起乡下奶奶嘴角的微笑和耳根后别的一朵小野花。

“妈的，不想活了!”小花狗婉儿咬住北城的裤脚不放，北城骂了声一脚踢开，朝着狗头啐了口唾沫。婉儿被甩出去老远，趴在地上打起滚来。北城看到它明显凸起来的肚子，擤了把鼻涕又走过去把它抱起来，眼泪吧嗒吧嗒地掉在小花狗仅有的一只眼睛里。对不起，对不起啊婉儿，俄不是故意的，你怎么就，要做妈妈了?

北城一转头，看见木林从旁边的公共厕所供水区出来，一个白色塑料大桶往外溢着水在他手中死命摇晃。一股血直升上北城的头顶，她一把扔掉婉儿跑过去，飞奔的赘肉在她身上甩出夸张的弧度。北城一把抢过水桶如蜻蜓点水般轻飘飘地从木林身旁滑过去，穿过狭促的小巷把水桶小心翼翼地放在木林家那扇油漆斑驳的红色门前。转回身，木林站在北城身后嘴里嗫嚅着仿佛要说点什么，北城等着，但最终，木林什么也没说。北城脸憋得通红，提起脚，捂着脸跑了。

7

晚上，北城准备把她累了一整天后熄了火的身体扔到床上美美地睡一觉时，南城却蜷缩在床中央胆怯地看着她死活不肯挪身。北城掀开被子，看见南城白胖胖的屁股紧紧地压着一摊殷红的血迹。

“这有什么好怕的，俄10岁时就来了。喏，给你这个！”北城扔给南城一包卫生棉，侧着身把她那占地儿的身体微微收了收在另一边躺下了。旁边另一张床上的媚娘此时正搂着两个小孩把呼噜声扯得惊天动地。

其实北城是不愿意想起那一夜的。

10岁的北城长得飞快，身体已经明显有一般女孩子所不具有的特征。那天夜里她被奇怪的呻吟声弄醒了，月光透过小窗洒在媚娘的床上，她看见床上有两个人在打滚，赤身裸体，腾云驾雾，媚娘狂野地喊叫着，脸抽搐着扭作恐怖的一片。她咬着被角吓得不敢出声，睁着眼睛在黑暗里流泪，最后不知道什么时候睡着了。早上醒来时，她发现自己的裤子变成了红色。

“北城姐，你说俄该咋办呀？媚娘让俄去夺南城站，俄不敢，俄怕！”南城用手指轻轻捅着北城的脊背小声问。

“不用怕，有姐呢！”北城也不知道自己怎么就说出了这句话。

8

一声撕心裂肺的尖叫声划破屋顶，北城号叫着从屋子里冲了出来。

北城跑啊跑，不停地跑，跑过拥挤的车流，跑过喧闹的人群，跑过百货大厦的楼影，跑过叫卖吵骂的菜市场，跑过泛着臭气的下水道，跑过睡在广告牌下的流浪汉……深秋的狂风在她的耳边撕扯着嗓子嗥叫，她听见路边洗发店里DJ音乐震天响的声音，汽车赶命似的喇叭声和玻璃碎裂的声音，司机把头伸出窗外张开血盆大口向着她骂的声音，无数女人小孩停下脚步看着她笑的声音，还有一群流浪狗追着她吠叫的声音。

可她仿佛什么也看不见，她只看见左手腕上不断有鲜红的血奔流出来，她只看见自己的衣服被撕扯成一面破旗帜，她只看见自己雪白的奶子像受了委屈的婴孩裸露在太阳下在前面狂怒地摆动，她只看见城南废品站那个老头子的如瘦狼一样的儿子推开屋门溜进来，她只看见他哈着腰流着口水向她扑过来，她只看见他双手抓住她的奶子一把撕开她的水红色布衫，她只看见自己抓起案板上的菜刀向着他爪子一样的手切下去，她只看见有一只手指飞起来在小屋的上空画出美丽的弧度，她只看见瘦狼倒在地上翻滚着叫娘，她只看见自己的左手腕上有红色的泪珠掉出来，她只看见自己冲出屋子时躲在门口的媚娘惊悚的脸上带着一丝朦胧的微笑……

北城跑啊跑，不停地跑，她想跑出这座城，跑出这森林一般的高楼和汽车长龙，跑出这蚂蚱一般的人群和音响回声……她想起了乡下绿油油的青草坡，白蝴蝶飞舞的梨花园，一望无际的麦田，河边饮牛的大狼狗，和耳后别着一朵小野花满脸笑容的奶奶。她想跑出这座城跑回乡下奶奶的身边去，可她从城北跑到城南，从城东跑到城西，无穷无尽的高楼直戳着天压向她，她找不到出去的路，哪怕是一个小小的狗洞。

一个无形的大锅盖顶在这座城的上空，她觉得自己在一座迷宫里狂奔。

北城跑啊跑，不停地跑，天黑了。芜城的霓虹映着万家灯火亮起来，北城拖着疲惫的身子漂在灯火下，脚上的鞋子不见了，脚趾上的皮肉也不见了，只有身后浩浩荡荡跟着一群流浪狗。左手腕上的血仍在滴落，在灯光暧昧的身后，留下一串串火红的花朵。

9

你跑啊，你再跑啊，你不是喜欢跑吗？老娘告诉你，你就是把两条腿跑断了也跑不出这座城！老娘在芜城混了这么多年，城北城南城东城西哪一块没有老娘的地儿啊，还想逃出俄的手掌心，门儿都没有！这座城市他妈的就是一座墓穴，活着你困在里面，死了，你也得埋在里面！

媚娘一只手擎着火钳子在北城的脑袋上敲打，另一只手抠出一块鼻屎用指甲弹出去老远。

哦，还有，城南总站老板儿子的一根手指，你自己看着办吧！

北城坐在废品堆里，脑袋嗡嗡响着，像一只快要崩裂的陶瓷缸。她抬起头，不远处天空下，十字路口另一边的酒店门口，站着一个身穿洁白婚纱的新娘，她双手捧着一束玫瑰，笑靥如花。

“嘭——”一捆方便面纸箱和一沓字迹斑驳的本子跌落在北城身边。北城抬起头，看见玫瑰色天空下，木林的脸庞像春天一样出现在她的眼睛里。

北城过了秤，从抽屉里拿出一把零钱，乱成一团毛线的心狂乱地跳着。最后，她还是把钱放在那本英文书上面一起递了过去。木林翻开书看了一眼，北城低着头，不敢去看他的表情。只听见他说：

你，很像小时候我在乡下见过的一个女孩子！

北城转回身，眼泪扑簌扑簌地掉了下来。记忆里，这是木林对她说过的第一句话，也是最后一句。

10

芜城的冬天终于还是来了，黄土高原上的第一场雪席卷了这座城。

雪地上冰冷极了，刺骨的寒气像蚯蚓一样在北城身上的每一寸肌肤上爬行，蠕动。闭着眼睛的北城看见了小时候在大胡子爸爸家那一年的春天，调皮的北城拉着一只会眨眼睛的蝴蝶风筝奔跑，风头转向，风筝飞上了树，北城急得快哭了时，一个男孩子走过来哧溜溜爬上树取下风筝递给她，他闪动着湖水一般清澈的眸子看着她不说话。

白茫茫的世界刺痛着北城躺在雪地上的身体，无尽的疲惫使她动弹不得。北城闭上眼睛，城南总站老板的儿子和另一个面目狰狞的男人手里拿着刀向她逼过来的画面又一次出现在她的眼前，你胆儿够大的啊，敢断了老子的一根手指，老子今天非做了你不可！

呼啸的北风夹杂着大雪漫天飞舞，像一朵朵盛开在空中的梨花。远处市中心那座钟楼楼顶的钟摆沉闷地摆动着，早起串街卖包子的吆喝声拉得很长像一首动听的曲子，电线杆上一群互相啄着羽毛的麻雀叽叽喳喳叫着。他们把她压在雪地上，剥开了她。漫天的大雪撒花一样狂舞着落下，覆盖了她的嘴唇，覆盖了她的乱发，覆盖了她的大腿，覆盖了周围的一切，覆盖了这个纯洁的肮脏的世界。

白茫茫的一片，什么也看不见。

只有北城身上那件红袄袄，和身下那摊血，发出刺眼的光芒，像一朵盛开在雪域之巅的红莲。

11

昏暗的灯光下，北城眯着眼睛罩在烟圈里，嘴角闪过一丝神秘而朦胧的微笑，两个小婴孩爬在她的两条大腿上嘴里叼着两只大扇子一样的乳房，相互抓耍着把它们扯得老长老长，就像乡下老母猪旁边围了一群抢奶吃的小猪崽。

一股迅疾的狂风划过城市的上空，蹿进小屋的窗户，把漏风的玻璃刮得阵阵响。

最后一个夜晚

湖南第一师范学院／文　西

当杰西睁开眼时，只看到夜空一颗淡蓝色的星，闪烁。吹来一阵微风，掺杂着腥味，他感到左手手背和左肩都在发疼。他支起身子，借着路灯微弱的光，发现左手背血肉模糊，他用右手扯开衣领，看到左肩正在滴血，鲜血顺着脖颈流进胸脯。套在皮鞋里的脚，忘了穿袜子，此刻已冻得麻木。他在路边一堆沙子上坐下来，想让脚恢复知觉，在这过程中，他的大脑逐渐清醒。

他被几个朋友拉进宾馆，他们打牌，他则坐在床沿观看。有两个男人因矛盾打了起来，两人都受了点轻伤，其中的一个咒骂着离开了。他们叫杰西凑个人数，杰西拒绝了，他的表情显得慌张。他一再告诫自己，可以看牌，但绝不能上手，上手，意味着堕落。“他裤袋里那点儿钱，要留着养一堆崽哩。”他们嘲笑道。杰西的屁股慢慢从床沿挪开，脸涨得通红，他小心翼翼站起来，就在他提起一只脚时，一个声音说：“像个娘儿们。”这时他猛然转过身，坐在了牌桌旁。

杰西输掉五百多，当他走出宾馆，街上已阒无一人，空荡荡的，像没有心脏的躯壳，让人沮丧。他裹紧身上的外套，把头缩进衣领，向路边停放的摩托走去。这是辆破旧的摩托，他整天骑着它，到处送快递，他骑着它，在风雨、尘土中打滚，他的面庞跟摩托车身一样饱经风霜。因为寒冷，他开得慢，还没开出十米远，就被两个警察拦了下来，他们要求查看他的身份证。身份证就在外套里层的口袋里，但他的手指有些僵硬，所以懒得去拿，他一声不吭地坐在车上，僵持着，夜风在他的耳边呼呼地吹。所有的人都躲在被窝，搂着柔软的女人，梦乡温暖。唯独他，半夜三更里瑟瑟发抖，经受两个警察的盘问，他不禁感到愤怒。现在又只剩他独自一人了，他把身份证放回口袋，咬牙发动摩托，嗖地飙进了远方的黑夜。悲剧就是在这时发生的。摩托在一条狭窄的沙子路上疾驰，来不及刹车，就撞上了一个物体，把“它”撞飞到数米开外。在那一瞬间，杰西确信那是一个人，而他自己，则翻到了路边的沙地上。

他再次想到，被撞的是一个人，心里不觉惶恐。他的脚不再麻木，反而有灼烫感，灼烫从脚底板一直蹿到喉管。他站起来，沿着沙子路行走，寻找那个被撞飞的人。不远处，他隐约看见一堆蓝色，走进时，发现是件蓝色的棉袄。那人脸朝下趴着，瘦弱的身体似乎随时都会从棉袄里掉出来，杰西觉得他很可怜，他伸出手，想查看那人的伤势，一股腥味拂过他鼻尖，他把手迅速缩回来。他不知道那人是死了，还是仅仅受了伤，伤势如何。不管是哪种情况，对杰西而言，都是一种灾难。他跌跌撞撞地回到原地，扶起摩托，开回家。

他妻子打开门，看到杰西那张紫青的脸，沾满血迹的脖颈，她的眼里掠过一丝惊惧的光芒，但她什么也没说，只是把他扶进屋，烧开水，脱掉他的衣服，给他擦干净身体后，又给左肩和左手背涂上药水。她什么也没问他，他知道她不会询问，这一点，令他感到轻松。她是个温和的女人，一丝不苟地为生活而忙碌，既预想着生活中最好的一面，又猜测着最坏的情况。无论发生什么，都不会让她觉得意外。今晚，杰西以这样一副模样出现在门口，仿佛也是她早就预料到的。

凝视着漆黑的天花板，杰西无法入睡。他曾是个身无分文的穷小子，靠给人修理电视机、冰箱过活，提着装满铁钳、扳手、螺丝的工具箱，在烈日下，穿过一亩亩空旷的田野，去给人修理破烂电器。后来在小镇上开了个理发店，在他手指下游走的，是一张张衰老的头皮，没有年轻人来理发。一天夜里，他的理发店被一伙人砸了。之后，他进了电子工厂，被辐射折磨得半死，全身长满烂疮，身体疲乏。那时，他住的是活动房屋，独自在昏暗的房里吃着简陋的饭菜，拖着恶心的身体到工地上和水泥。那段时间，他常去药房，每次都是同一个女人把药装进塑料袋，递给他。两年后，女人失去了药房收银员的工作，站在马路边发传单，杰西这时已在物流公司当了一名快递员，他决定娶那个女人。他们从活动房屋搬出去，租了一套房子。杰西对现在的生活感到满足，并悉心保护着它免遭侵害。而就在几个小时之前，他的生活差点毁掉。他庆幸没有去拨弄那人，不管他是死，还是伤，如果被发现，他都将付出倾家荡产的代价，而且负债一辈子，他所拥有的生活，则会在瞬间烟消云散。他耳畔传来细微的啜泣，黑暗中，他能感受到妻子肩膀的颤动。他伸出手臂，紧紧抱住她的肩膀，直到啜泣流水般远去，一切都平息。他把手移到她隆起的腹部，掌心紧贴在上面，接收着另一颗心脏跳动的频率。

杰西只休养几天，便去上班了。日子依然平静，并没有因为一次车祸而发生改变。刚开始，那幅场景会反复出现在他脑子里，他提心吊胆地等待着，结果什么也没等来。他终于安下心来，觉得该过去的都已过去。他六点按时起床，趿着拖鞋，在卫生间的镜子前照着那张宽阔的脸，然后拿起剃须刀，仔细刮干净胡楂。一天早上，他正在刷牙，家里的座机响了起来。

他拿起听筒，听到一连串的咳嗽，一个男人的声音说了声“喂”便挂了。杰西觉得莫名其妙，放下听筒，他又回到卫生间去刷牙，牙龈流着血，抹得满嘴都是，他抬头盯着镜子里的脸，忽然电话里的咳嗽又闯进他耳朵，他听得出，那阵咳嗽带着犹疑，对方像是竭力抑制着它。他从没有歇口气的间隙，一天得跑几十条、上百条大街小巷，索性不再去想那样一个微不足道的电话。打开冰箱，涌出一股酸臭味，他知道一定是冰箱的某个地方坏了。他找来工具，将冰箱鼓捣了一番，把碗碟、鸡蛋、蔬菜重新放回去。他把酸臭的饭菜装进袋子，拎起塑料袋，刚把半个身子送出门，电话又响了。杰西的耳朵被嘈杂充满，嘈杂仿佛无止境，终于从那片混乱中洇出一句话："捡到了你名片。"电话那头立刻传来忙线的声音。杰西翻查通话记录，发现两次都是同一个号码。这一天，他有些神思恍惚，把北大街的快递送到了东大街，回来时，天下起了雨。一支烟在房间里燃着，烟雾曲曲折折地爬上玻璃窗。外面有人骑着自行车，摔倒了，浸了一身泥。杰西收回目光，不知为何，他总觉得今天，一直笼罩着一种怪异的气氛。

敲门声。杰西的手指颤抖了一下，他把烟头在烟灰缸揿灭，站起来去开门。走到门边，他特意望了一眼柜子上的镜子，镜子里的脸一阵红一阵白，显得极不自然。他慌乱地开了门，倚在门口的，是个清瘦的男人，他提起左裤管，左腿上的石膏令人触目惊心，拐杖夹在腋下。杰西扶在门上的手哆嗦起来，他意识到，厄运终究来临了。男人伸出手，把一张名片放到杰西脚下。那天他揣着一把名片出门，全发给朋友了，晚上骑车回家时刚好还剩下一张。男人的指甲嵌满污泥，头发乱蓬蓬的，微微卷曲，但他身上的灰色大衣却很干净，看起来刚熨过。他的眼睛既不单纯也不复杂，那是一双不储存记忆的眼睛，是最一目了然的眼睛，面对这双眼，你根本无法相信，不久前，他刚经历过一次车祸，他左腿仿佛与他无关。他看着杰西，晃动手里的酒瓶，仰脖喝了一口，把瓶子递给杰西，杰西的手指在酒瓶面前，显得过于不坚定，他用不坚定的手指接过酒瓶，让酒精缓缓穿过喉管，直刺肠胃。屋里传来玻璃碎裂的声音，妻子在喊他，他觉得应该是打破了一只茶杯。"你想要什么？"他对男人说，"这就是我家，每月付一千五的房租，堆着些便宜家具，就只有这些。"风从楼道刮上来，钻进男人的大衣，吹得鼓胀胀的，他却无动于衷，只问："你在冬天兜过风吗？""我从不兜风。"杰西说。"刚看到院子里你的摩托，该洗洗，不然骑不了，"男人说，"有桶吗？"杰西从厨房拿来一只桶，递给男人。桶底沾着一小片白菜叶，男人把手伸进桶底，用指尖将白菜叶塞进嘴里。"白菜很美味，"男人对杰西说，"你觉得呢？""我们天天吃白菜。"杰西说。"不能再吃白菜萝卜的时候，你就会觉得它们美味。"男人说。他拄着拐杖，走下台阶。院子里的柚子树下，建有一个小水池，水龙头锈迹斑斑，男人拧开水龙头，接了半桶水，他将水提到屋檐下，浇在摩托上，泥水顺着车身往下流，他转身，去提第二桶水。细雨在柚子树叶上凝聚成一颗水珠，水珠砸到男人鼻尖。杰西从楼上下来了，走到男人面前，夺过男人手里的水桶，双手端着，用力往摩托上浇。他一遍遍地清洗，而男人站在旁边，边喝酒边看着杰西。泥水冲干净后，杰西上楼拿了块抹布，把车子擦干。

“钥匙呢？”男人问杰西。杰西从裤兜摸出钥匙，男人把钥匙拿过去，插进锁孔。他抬高右腿，跨到车上，左脚却不能将身体推上车，他试了几次，最后扔掉拐杖，整个身体的重量都压在了左脚，一下子就摔倒了。他双手抱着左脚，号叫了一声，那是男人在极度痛苦时才会发出的声音。他在地上挣扎着，摸到拐杖，支撑着站起来，重新抬高右腿，左肩胛骨高高耸立。这时，杰西走过去，箍住男人身体，男人还在挣扎，杰西把他两只手箍得紧紧的。等到男人妥协后，杰西坐上车，说：“上来吧。”男人的眼眶微微泛红。

寒风从耳际呼啸而过，车子在公路上飞奔，公路两旁的桂树被雨洗褪了色。风在他们脸上凝固。远方，黑夜渐渐降临。

车子在往郊外的方向行驶，这里几乎是一片荒地，大片冻土等着施工，公路左侧是一片低矮的建筑，窗口亮着灯，灯光投射到公路上，照得路面寒碜、落魄。建筑群背后有个锯木厂，杰西和男人闻到了木屑的芳香，男人偶尔咂一口酒，任凭杰西驾驶，而杰西也不知道男人想去哪里，仿佛不是他操纵着方向，而是有根线牵引着车子。杰西抬起左手，手背上还缠着纱布，他摸到下巴，感觉下巴已变得坚硬，这时他的头向里缩，把嘴巴藏进领口。车子开进一个水坑，冰凉的泥水溅湿了他们的裤脚，杰西听到男人在呜呜哭泣。杰西减慢车速，在一蓬野蔷薇前停了下来，他跳下车，抖掉裤脚上的泥水。“我从没这么舒服过。”男人看着酒瓶，像是在自言自语。杰西低头看着路面，小心地跨过水坑，站在路边，拉开拉链，等他提起裤子时，听到了摩托发动的声音，他回过头，迟疑地望着空无一物的路面。没过多久，车灯对着他直射过来，男人在车上挥动着酒瓶，在经过那个水坑时，车子翻倒了，男人滚下车，蜷缩成一团，不过这次他没有号叫。杰西奔过去。“该死的，”他扶起男人，说，“石膏会不会裂开？”“放心，”男人说，“结实。他妈的，这破车都骑不了了。”说完，他捡起枯草丛中的酒瓶，狠狠掷出去。

“你看过这城市是什么样子吗？”男人问杰西，他举起手抹了一把脸，灰色大衣敞开着，“你知道它有多少条巷子吗？

“你不知道，我也不知道，但我们每天都在里面晃悠。

“大半辈子快过去了，还是晃悠，是不是跟一只鼻涕虫没有区别？”

杰西看着男人的脸，男人眼睑下有道浅显的皱纹，皱纹横在那儿，这让杰西的目光难以爬进他眼里去。杰西觉得，就算自己跟鼻涕虫没有区别，但至少自己绝不是一只鼻涕虫。

“去山顶怎么样？”男人说，“我还没有爬过那么高的地方。”他拄着拐杖爬起来，向山脚走去。有条被人踩出的小路，一直通往山顶。男人对杰西说，他以前在锯木厂工作过，往卡车上装锯好的木板，亲眼看到一个人死在山脚下，是被挖土机铲死的。“那天，他跟我们说，晚上要到山上露营，那个浑蛋，还不知道就要被挖土机铲死了。”他擤了一下鼻子，把一串长长的鼻涕甩到冬青树上。杰西知道，山脚曾是一块民宅聚居区，以前，这座山在夏天是避暑胜地。“要是你的腿不行，我们可以回去。”杰西说。男人的左嘴角咧到耳根：“不行就砍了。”杰西觉得，那次车祸，把他们拴在了一起，他得在冷得要命的夜里，陪这个陌生男人爬山。当然，他本可以甩头就走，把男人孤零零地留在山上。但他知道，自己不会那样做。男人的右脚踩滑了，险些扑倒在地，杰西上前搀了他一把，他把杰西的手推开了。

在山顶，整个城市都嵌进眼睛，成了眼里一块小小的肉。男人在一块平地上坐下来，杰西走开了，捡回了一把枯枝，把枯枝架成空心的柴垛，点燃。“我终于看见它的样子了，”男人显得很高兴，眼睛望着山下，“它散乱，由一块一块拼凑起来的，直到今晚我才看清，不过不迟。”火光把他们照得通亮，杰西看到，男人的嘴唇在抽搐。

“人们都认为，时间不够用，”男人说，“大把的时间才让人感到空虚，空荡荡的，走在里面，如同行尸走肉。”他告诉杰西，一个月前，他刚从监狱出来，夏天，他在一间废弃的房子里偷了一堆铁。他希望一直关在那儿，但他们把他放了，他就把自己关在活动房屋里。

一个单身汉，幽灵似的在街上游荡，找不到事做，然后把自己关在屋里，整天望着天花板以打发时间。“在这个城市里，”男人说，“只要你停滞一段时间，你的脑子就不好使了。”

火舌畏葸地退缩，最后退进湿润的土壤。男人指着一个地方说：“那儿是‘水木酒吧’，我只进去过一次，以后再没机会去了。”说着他叹了口气。杰西觉得脚底齐刷刷地长出针来，他逐渐失去了耐心。“我们要在这儿待一夜?”他说，“也许我可以……陪你去那个酒吧，如果你想……去的话。”

公路上蹿过两只发情的猫。男人对杰西说，他在那个酒吧遇到过一个女人，当时他穿着一套刚熨过的衣服，点了杯鸡尾酒，那女人走到吧台前，主动跟他搭讪，她化着妆，年龄在四十左右。他们找了张桌子坐下，女人凑到他耳边说了句话，他们就走出酒吧，去了一家宾馆。登记时，他才发现身上没钱，女人气冲冲地走出了宾馆。“这算不算一个爱情故事?”男人问。“也许算吧。”杰西说。

他们把摩托停在酒吧门口，看得出来，男人异常兴奋，他不住地拿双手搓着脸颊。他们在一张靠墙的桌边坐下，立刻吸引来无数目光。杰西感到不适应，这是他第一次被那么多人注视，男人却悠然自得，脸上神采奕奕。“要在平时，我准会揍他们，”他对杰西说，“但现在，我很高兴他们这样看着我。”男人喝着兑水的洋酒，靠在沙发上，邻桌的几个男女在用扑克算命，那女的一头红色的鬈发，绿色眼影画得鬼魅，她把七张牌铺在桌上，叫一个男人翻开三张，那男人翻开的是红桃 K、黑桃 Q 和梅花J。女人严肃地说，他六十岁会同时患上几种病，不过他会熬过那一关。男人看得痴迷，他举起杯子对女人说："喝一杯怎么样？"女人拿起桌上的杯子，喝干后轻轻放回桌面，她脸上的表情没有任何变化。"你想算？"女人问。"我想算下我能不能熬过这一关。"男人说，他语气平淡，看不出是在开玩笑，但也不见得是当真。"熬过哪一关？"女人问，显然，她并没有认为他在开玩笑。男人沉思片刻，说："就这一关，你随便算。"女人重新洗牌，绿色灯光打过来，刚好投在她嘴唇上，她嘴唇饱满，男人有吻她的冲动。女人手里抓着他翻开的三张牌，"我明天告诉你答案。"她随后起身，匆匆离开了。"但愿别太晚。"他对着女人的背影说。他看到那几个男人狂躁的神情，他想，他们应该会合伙揍他一顿，但他们只是瞪视了他一会儿，也起身离开了。这时，男人忽然感到遗憾，他们跟那算命女郎一样，对他什么都没做。

杰西端起杯子，跟男人碰了一下。他渴望早些离开，但一种无形的力量将他留了下来，他没有离开的勇气，他知道，自己不可能把男人独自留在酒吧。他想，妻子应该睡着了，但是很快就会醒来，她会伸手打开台灯，把毛衣披在肩上，站在窗前，望着风雨飘摇的黑夜。那些家具、墙壁都在寒冷中轻轻呼吸，他们如爱孩子般爱它们。结婚后，他们为置办家具、布置房间而东奔西走，黄昏时分，两人把一张新床抬上楼梯，早晨，他扛回来一袋石灰，一遍遍地粉刷墙壁，而她戴着口罩，站在房间中央，微笑地看着他手臂如何弯曲。杰西觉得喉咙干燥，他去吧台要了杯白开水。等他端着水杯回到桌边时，男人抬头说："我在等个女人。"他告诉杰西，有个叫小汀的女人会来上晚班，他想跟她喝几杯，他们算不上朋友，只是路上遇到时会打招呼，她虽然年轻，但心老得连猎狗都啃不动。她总是叫他卷毛。

将近零点，小汀来到了酒吧，瘦瘦的，一头短发。"嘿，卷毛。"她隔着吧台，远远地跟男人打招呼。小汀端来了两杯鸡尾酒，五颜六色，她说是她新调的一种。"明天走了吧？"男人问。"对，去深圳。"小汀说，"至少得到一点，才有空跟你们聊。"她站起来，走开了。

男人的眼睛在闪烁的灯光里变得梦幻，杰西知道，即使他不主动提出，男人也是会来酒吧的，这时，他仿佛又看见了妻子站在窗前的身影。"你是不是认为我们有关系？"男人说，"我们都算不上朋友，我只是想跟她喝几杯。"杰西没有搭话，他把头埋在双膝间，剧烈地咳嗽起来。

酒吧里人影渐少，小汀走到他们桌前，挨着男人坐下。"我想好好过今晚，"她对男人说，"要不去你的窝儿坐坐？"

男人的住处不在市区内，那是一块边缘化地带，密密麻麻的活动房屋挨挨挤挤。

男人从大衣口袋摸出钥匙，打开了挂锁，屋子里黑漆漆的，一股寒意扑面而来。小汀站在最后，双臂抱在胸前，杰西能听到她牙齿打战的声音。他怎么也想不明白，她怎么会跟男人混在一块儿，但转而又想到自己，他不也跟男人混在一块儿吗？男人推开门，走了进去，杰西刚跨进屋，就感到有个柔软的东西从脚边擦过。男人打开灯后，杰西才看清，原来那是一只狗。腹部的毛脱得精光，尾巴光秃秃的，眼神凄惨、迷惘，它爬进一只纸盒子，缓慢地趴下来，蜷缩。长年累月，男人应该只与这只狗为伴，杰西心想，它虽然丑陋、恶心，可好歹也是个活物。“它活不过明天了。”男人说，他捡起地上的易拉罐，扔到纸盒边上，那只狗头也不抬。房间里靠墙放着一张桌子，两把椅子，桌上放着一台小尺寸的电视机，这个房间后面连接着另一个房间。他们站在房间中，仿佛站在空旷的原野。

男人推开另一个房间的门，一阵响动之后，只见他提着一个火盆出来，火盆里是一堆小块的木柴。火焰静静地燃烧，他们围坐在火盆边，男人脸上依然漾着兴奋的光芒。小汀的耳垂露在外面，性感、迷人，她将双手伸到火焰上烘烤。“大半夜的，你跟着我们跑，怎么不回去睡呢？”她问杰西。

“你也同样没睡。”

“那是因为我明早就走了。”

“是他带着我们跑，”男人接过小汀的话，他把头转向杰西，看到他正蠕动着脚趾，“你应该脱掉，在火上烤烤。”

杰西觉得难为情，冬天一到，他的脚就生冻疮，他那双冻疮满布的脚，只给他妻子看过，她会把他的脚放在膝上，拿烧过的萝卜仔细地涂抹。他在想，她也许已经睡着了，也许醒过很多次，反复地站在窗前，等他回家。他的手被火烤得灼热，脚也渴望这股热，他终于脱掉了皮鞋和袜子，让双脚暴露在火焰之中。“这样是不是好受多了？”小汀眯着眼睛说。杰西的脚被烤得通红，冻疮闪着晶莹的光，他想到了那只狗，便从肩膀望过去，它一动不动，鼻翼正艰难地一翕一合。

“你家有萝卜吗？”小汀问男人。男人站起来，走进后面的房间，拿来了半截萝卜，小汀将半截萝卜放进火盆，等萝卜烤熟后，便把它拿出来。她起身，绕过火盆，走到杰西身边，伸出手去抓杰西的脚，杰西忙把脚收回来，正在塞回鞋子里去，脚踝却被她握住了，他只好妥协。萝卜刚触碰到脚背，他就觉得疼痛钻心，痛也得挨着，等着，等着疼痛一点点滋生，一圈圈蔓延。他闭上双眼，试图让内心平静下来，让自己平静地接受另一个人的给予，在这个陌生的夜晚，这个陌生的房子里。小汀的手指纤细，骨节有些突出，她的左手腕戴着一串珠子，亮得像雪，突然间，杰西觉得她像雪一样美好，他弄不明白，她怎么会跟男人混在一块儿呢？他的头微微前倾，小汀抬起眼睛，刚好与他眼睛相撞，他赶紧缩回脖子，仿佛犯了一个错，被人当场逮着。他的眼睛在房间里飘浮，不知该落到什么地方才妥当。小汀似乎看穿了他刚才的心思。“我跟他混在一块儿，你觉得奇怪吗？”她说，“这很平常，就跟这个夜晚一样平常，也跟你的冻疮一样平常。我在那个酒吧工作好几年了，我每天都调不同的酒，这样每天都是新鲜的，我也喜欢碰到不同的人，每一张陌生的脸，都会让你明白，这个世界上正发生着许多你不知道的事。他就是一张陌生的脸，虽然头发挺邋遢，但穿着整洁，也蛮有点风度。每天下午，他都坐在酒吧门口的台阶上，拿着半瓶酒，看对面二楼露天溜冰场的人溜冰，酒喝完了，就把瓶子丢在脚边，这时，我就会走过去，把新调的酒拿给他尝尝。真的，我们算不上朋友，他尝我的酒，我跟他打招呼，仅此而已。”她又抬头，对着杰西一笑，露出不大明显的虎牙，这让她有一种，你一开始看见她时注意不到的美。

“我这是第一次看见他跟别人在一起，”小汀说，“你看起来倒像个老实人。”

杰西的喉结上下滑动，他搓着双手，不知该对她说些什么，他把手平放在膝盖上，希望她会继续说下去。他觉得，他跟她一样，他跟男人也算不上朋友，只不过他撞倒了他，他来敲他的门，仅此而已。

男人拉开了那扇门，他刚刚一直在找茶叶和杯子，他提起地上的热水壶，把水倒进杯子，两个杯子倒满后，水壶空了。他这才想起应该烧点热水。“你们需要泡下脚。”他对小汀和杰西说。“我要洗个澡，”小汀说，“给我多烧些水。”男人又拐进那个房间，提了个水桶，当他打开房间的门时，一股寒风席卷进来。他虽然跛着脚，却以很快的速度冲了出去，门在他身后砰地关上了。

“好些了吧？”小汀问，那半截萝卜被摩擦得圆润、透明，她把它扔进火盆，听到萝卜发出的嗞嗞声。

“谢谢。”杰西说，他穿上被烘烤得暖和的袜子，把脚套进鞋里。木柴快燃尽了，于是他对小汀说：“我去搬些柴。”他站起来，走到那扇门边，打开门之前，他已经预料到会看见什么。地上杂乱地堆着各种东西，一张破旧的席梦思靠墙摆着，床上码着一堆冬天的衣服。他跨过地上的脸盆和箱子，想找些木柴，但没找到。他退出了房间，对小汀说里面没有木柴，他得出去找找。

天黑沉沉的，地上看得清一层浅浅的灰白色的光，杰西小心翼翼地摸索着路面，一排活动房屋矗立着，黑，硬。他不知道，去哪儿才能弄到几块木柴。他看着前面，只见不远处放着那只水桶，桶旁边是一堆黑影，他知道男人摔倒了。他快步跑过去，摇着男人的肩膀，男人却没有任何反应，杰西脑中闪过一个想法：男人死了。他把男人的身体翻过来，这时男人喘了一口粗气，咧嘴笑起来，他的笑令人毛骨悚然，牙齿明晃晃的，似灯。杰西把男人扶到背上，准备把他背回去，男人却推开他。“还死不了，我还行。”他对杰西说，说完从杰西手里拿回拐杖，右手提起那桶水。杰西看着男人在黑暗中晃荡的影子，他难以想象，男人摔倒后，水桶竟然没有打翻，水仍然满满当当。当然，也许他并没有摔倒，他累了，他只是需要躺下来休息一下，喘口气儿。

热得快一投进水桶，就从水底涌出一串微小的气泡。二十几分钟之后，水开始沸腾。男人找来了一条毛巾，递给小汀，她放到鼻子下一闻，说：“新的。”她的眼里放射着欣喜的光芒。

杰西听到水声从房间里传来，这声音如同一个漂亮女人的皮肤，一掠过你毫毛，就足以使你战栗。瞬间他明白了，小汀对男人有种微妙、特殊的感情。

不一会儿，小汀出现在门口，套着男人的一件棉袄，她对着杰西和男人笑了一下，转身进屋去了。“你们去吧，”杰西对男人说，“我不会介意。”

当另一个房间开始响起窸窸窣窣的声音，杰西打开了电视，并把音量调大，他希望他们不会顾及他，即使他们忽略他的存在，他也不会介意。他又想到了妻子，她在担心他，然而他好好地待在一个陌生的房间，她也好好地待在家里，并没有什么意外发生。他们的生活依然平静、安详。此时，他对这个夜晚充满感激，并希望时间过得快些，好让他早点见到她。

电视只有五个频道，而且画面模糊，根本看不清，只能凭声音去猜测，调到的台正播着一个娱乐节目。火盆里的火焰越来越微弱，杰西只好站起来，到处走动，他看着墙上挂着的干鱼，整面墙上，就这一条干鱼。他想，男人自受伤以来，靠什么过活呢？也许就靠着那些萝卜和这条干鱼，说不定明天，他就会把这条干鱼取下来，放进水里，泡到发涨。那时，墙上就什么也没有了。他又扫视了一眼房间，觉得男人缺少太多东西，此刻，他很想为他做点什么。他想，如果他是个女人，他会给男人扫地，擦桌子，但他是个男人，他该做些有实际价值的事。他回到火盆边，利用最后的余热烘暖双手，然后出门，跳上了摩托。他想着该去找一家商店。

摩托驶离活动房屋，车灯打向远方，照亮了路边一只废弃的轮胎。杰西想到，现在，他可以一直开进市区，狂奔回去，但他只是想想而已，并不打算真的这样做，他只想尽快找到一家还在营业的商店。路两旁，香樟繁茂，飞快地向后退去。前方的黑夜不断被车灯划开，又迅速在他身后合拢，这让他觉得，像是乘船在海面行驶。后来，他看到几道白光在夜空若隐若现，车子渐渐向白光逼近，才发现是一个工地，他想起来，他们从酒吧开车回来时，确实经过了一个工地，但没给他留下多少印象。路边有一栋矮小的砖房，房子前面插着一块商店字样的招牌。一个窗口亮着灯，店主人估计还没睡。杰西把车子停在砖房前面，走到亮着灯的窗口，敲了一下窗玻璃。玻璃上糊着一层薄薄的纸，看不见里面。他将耳朵贴在玻璃上，结果没听见任何动静。他抬起右手，屈着手指，用指关节又敲了一次。他想，也许店主人已经睡着了，只不过忘了关灯。他擤了一把鼻子，感觉鼻尖冰凉冰凉的，他转过身，正要离开，谁知窗户忽然打开了，探出一个脑袋，乍一看，那脑袋只有拳头大小。杰西快步走回窗口，对那人说：“我要买些东西。”

“买什么？”

“很多东西。”

“进来吧。”

那人给杰西开了门，他一头钻进货架之间。他拿了一袋面包，回头问那人："有罐头鱼吗？""罐头鱼罐头猪肉罐头牛杂都有。"光是面包与罐头肉，就塞了满满一塑料袋，他又从货架上拿了几瓶饮料。付账时，那人以异样的目光看着他，他匆匆接过零钱，立刻走了出去。那样子，实在像是落荒而逃。

回来的路上，他放慢了车速，他的手和脚都在发烫，这股热量从手脚扩散至全身，令他感到舒适，这段路程，也变得不再难以忍受。拐过一段上坡路，就看得见那片活动房屋。他看到男人的房门敞开着，一汪亮光从门框泻出来，在地上投下一个长方形，男人正蹲在那个长方形中央。杰西把车开到门前，下了车，提着两大袋东西走进屋，把东西放在地上，接着退出来，他站在男人面前，将双手插进口袋。"她呢？"他问男人。"走了。"男人说。

"她像一管牙膏，白、简洁，"男人说，"这是我跟女人做过之后，唯一留下印象的一次。以前几乎只跟不认识的做，晚上她们去吃大排档，碰到我了，她们中的一个就说'把这两瓶吹了，今晚我就跟你走'，我就吹了，然后我们就去她住的地方。第二天一醒，我就回来了。所以每次都像是做梦。

"不过这次不是梦，我轻轻一碰，就把她从棉袄里挤出来了，她抓住我的手，把它放在她小腿上，她小腿紧绷绷的，抓在手里很真实。她把眼睛闭上了，我叫她睁着，因为我从没看过女人的眼睛。

"她本来想看会儿电视，等天亮再回去，电视坏的，我从来只听声音。"

"改天，我可以给你修一下。"杰西说。

"用不着了。"男人说，他抬起头，望着夜空，仿佛他的视线能穿透层层空气，看见别人无法看见的地方。"今晚很不错，虽然过得一塌糊涂，但今晚很不错。"他长长地舒了口气，心满意足似的，"你可以走了。"男人对着虚空说。

杰西从口袋摸出一包烟，取出一根，点燃，放进嘴里，然后他蹲下来。"为什么没有报警？"杰西问男人，他的喉结上下滑动，吞咽着口水，使劲吸着那根烟，并把左手夹在腘窝下。他的脚底开始发麻，但他不愿挪动或站起来，只是静静地跟男人一起蹲着。

"什么都不重要了。"男人说。

"我只是……想知道。"杰西说。

男人把手伸进大衣口袋，拿出一张折叠着的纸，递给杰西。杰西把纸打开，看到是一张化验单，他这才知道，男人患上了肝癌。他告诉杰西，被撞倒的那晚，他睁开眼后，手伸进口袋去掏手机，这时化验单掉了出来，他便放弃了报警的念头。男人伸手把化验单拿回来，将它撕碎。"你以后别来了。"男人拄着拐杖站起来，左肩支在拐杖上，肩胛骨耸得高高的，他整个人像是挂在拐杖上的松鼠皮，风一吹，就在空中翻飞，丑陋，狼狈。

等到男人关上门，杰西才坐上车，缓缓离开。他感到疲惫，他不想现在就回去，怕惊醒妻子。车开进市区，他住进了一家旅馆。他感到胸腔变得庞大，里面装着许多话语，他想把它们全部倒出来，倒给妻子。但早上到家时，他却一句话也没对她说。当时，她穿着睡衣，站在院子门口，他将车停下来，走到她跟前，伸出双臂把她搂进怀里。她已经做好了早餐，餐桌上热气腾腾。吃完早餐，他便出门了，开始新一天的忙碌。

下班后，杰西去了男人的住处。他远远地看见一个小男孩在门前跑，到了近处，才看见男孩是在追一个玩具火车。杰西走到门口，看见房里完全变了样，里面坐着一个老妇人，她正在缝衣服。房间里没有留下男人生活过的痕迹，没有什么表明，他曾来过。

公园（节选）

浙江传媒学院/王明辉

一

晚上的公园，总会有许多人，你看不清他们的面孔，只看到黑色的人影闪动。这些人影是不真实的，这个夜晚也是不真实的，它的背后是一个巨大的深沉的睡眠的世界，公园仅仅是它通向生活的入口。月亮时隐时现，在这里他是不受欢迎的，他破坏了神秘，只有星星的狡黠是被允许的。宽阔的马路缠绕着公园，然而马路上肆意横行的速度对所有阴暗的角落不屑一顾。远处，可以看到每个城市司空见惯的高楼大厦，这些单一、麻木而庸俗的建筑接受着霓虹灯的奉承，在阴沉的天空下耀武扬威。行人们的脸庞被焰火照亮，表情喜悦得如同表演。而在公园里，每隔两百米才有一盏路灯，在光与光之间有限的空间里，黑暗的身体在悄悄地发育着，他潜伏着，像猫一样做出警觉的姿态，保护着这里面的秘密。

顾尔德穿过法国梧桐纷杂错落的阴影走入公园。他的皮鞋踩在堆积着的落叶上，悄悄地把他们碾碎，他的脚下传来叹息一般的声音。他的年龄还不到六十，一根黑色的手杖却被他紧紧拄在手心。这是对他蹒跚的步伐的一种补充。在一个多月以前，他在公园的台阶上扭伤了脚踝。他的妻子慧安对他大发雷霆。然而他还是改不掉晚饭后出来散步的习惯。他每个晚上都会来到公园，走在错落蜿蜒的小路上，咀嚼和回味自己那些混乱的思想，然后使自己的内心暂时地平息下来。

他珍惜自己的形体，而不是像一些老人一样与垃圾为伍。他染黑自己的头发，擦亮自己的皮鞋，细心并且细致地打理自己的衣着，黑色的外套颜色恰到好处，优雅而不至于紧张。深褐色的围巾挂在他的脖子上，随意而不失妥帖。他的动作端庄，柔软，脚步轻盈，稳健，他羡慕十九世纪欧洲的绅士，想象自己像一个绅士那样在小径上漫步，想象自己像康德一样优雅、深沉、智慧，并且充满理性。

树林中传来沙沙声。地面潮湿，应是几个小时前落下的雨水。顾尔德的脚步声缓慢而又均匀。植物在幽暗中沉默，色彩与种类被简化成一些轮廓，顾尔德试图辨识它们的形状。他伸出手指，无声地在黑色的布景上划动。然而他的尝试被一个神秘的客人打乱，一个毛茸茸的东西在他的小腿旁蹭过，他能听到它轻快而急促的呼吸，一条红色的绳子系在它的脑后，然后他听到高跟鞋平和坚硬的脚步声，一位五十多岁的女人出现在小径的交叉，她的打扮雍容得体，面容干净、祥和。顾尔德认出了这位神秘的客人，这是一只毛色雪白的狮子狗，他听到它胸前的铃铛作响，而那位女人已经来到她的面前，他试图做出某种亲切得体的问候，然而女人却默认了他的失礼，不发一言地从顾尔德的身边走过，然后她的脚步声同铃铛声渐渐混合在一起，最后悄然地隐没在了黑暗中。

他怅然若失地注视着女人隐去的方向，他经常可以在公园里见到这个女人，在交叉小径的公园里，他可以见到许多人，一对情侣在每个晚上的六点准时地来到公园，他们只有二十多岁，男人的手总是插在口袋里，女人的头上总是戴着一顶白色的帽子。但是今天他们没有出现。同样没有出现的还有一对下象棋的老人，几位寥落沉默的散步者，几位练太极拳的女士，跑步的中年男人，玩耍的孩子，拉小提琴的少女……在今天，他们都没有出现。

钟声遥远地敲响，一共八下。尽管如此，顾尔德还是下意识地看了一眼手表。他觉得自己应该回家了。这时他听到了嘈杂的笑声，他看到一些举止粗俗的农民工从他的身边走过，他们中的几个甚至只穿了一件单薄的背心。顾尔德厌恶地瞥了他们一眼，想象着他们身上的恶臭，然后不由自主地皱起眉头。空中云层翻滚，显得肮脏而丑陋。顾尔德想尽快地避开他们，所以并没有按原路返回，而是踩过草坪，径直在树丛中穿过。

他几乎不能辨识眼前的方向。脚下的泥土松软潮湿，树冠上传来断断续续的寒蝉凄切。他忽然开始后悔自己选错了道路，因为他能够想象自己的裤脚上一定沾上了污泥。眼前的树影变得像幽灵一样摇摆不定，顾尔德开始莫名其妙地焦虑起来。他不由自主地加快了脚步。

但是他忽然听到了什么声音，缓慢，悠长，轻轻颤动的声音。顾尔德身上的毛孔惊悚地扩张着。不远处，他看到一个黑色的人影，不，是两个。他们以一个诡异的姿势使自己的影子连为一体。他们在做一件奇异、古怪的事。一个人站着，一个人却像是跪着。他依稀可以分辨出那个站着的男人，他在不久前正从他的身边走过，散发恶臭，身上只披着一件单薄的背心。另一个人像是一个女人，头发蓬乱，身体肥胖……她的脑袋正停留在男人的双腿之间，以一种平衡而均匀的速度前后移动……男人忽然像一具被绞死的尸体那样发出了尖细、变形的颤音。顾尔德下意识地握紧了自己的手杖。他害怕它会因为自己身体的颤抖而从自己的手心落下。短暂地迟疑，他很快地转过身去。破碎的月光下，顾尔德悄然穿过森林。他静静离开。

二

顾尔德已经讲述了三十分钟的巴尔扎克。当他回过神来的时候，发现讲台下的学生已经东倒西歪，他慢慢地放下粉笔，清了清嗓子，然后放开自己的声音，使之呈现出警告的姿态。“托尔斯泰好嫖，陀思妥耶夫斯基好赌，巴尔扎克却是嗜咖啡如命。连他自己都说过，‘我早晚会死在咖啡上’。”

几个学生懒懒散散地抬头看了他一眼，又使身子沉了下去。

顾尔德感到脸上有些燥热，仿佛是细密的针尖似的东西在刺激着自己的肉体。他不说话了，怔怔地看着学生，把课本放在讲台上，随手翻动，仿佛是害羞似的，他的声音有些变轻了，甚而近乎喃喃自语。

“事实上，现代法国人肯定巴尔扎克甚于雨果。雨果对崇高的过度迷恋让他的作品变得有些庸俗和肤浅，反而不如巴尔扎克，冷漠生硬，更具有顽强和倔强的穿透力。”

他再次停住了，他依然看到学生不为所动地低垂着头颅。他想象他们手中正灵活操纵的大屏手机。那些光怪陆离的图案在屏幕上变幻。

“老师，帕慕克似乎也这么评价过雨果。”

他听到一个书卷气的，或者是伪书卷气的声音。

“老师，对雨果的重新评价，是不是顺应了二十世纪的解构主义浪潮?”

顾尔德惊喜地寻找着发声者，他的目光扫过高低起伏的人头，最后在第一排的一位女生身上停下。她年轻、清秀，眼神认真，装饰简单利落，鬓角的黑发像鸟儿一样依附在她的双颊。女生微笑着看着他，嘴角的弧度恰如其分地优美，一只黑色的钢笔被夹在白皙修长的手指间，在她的身前摊开着一本厚厚的笔记本，淡黄色的纸张上落满了密密麻麻的文字。女生携带的几本小说稳妥地叠放在课桌上，书脊上的每一个名字都让顾尔德激动不已。

“同学，你说得很对啊，雨果矫枉过正，巴尔扎克虽然是‘批判现实主义’，但是这种把文学流派化的做法本身就值得商榷。虽然是十九世纪的作品，其实也是有其现代性——一切好作品都有现代性……同学，你叫什么名字啊?!”

顾尔德在背包里摸索着学生的名单，这一举动顿时让本已昏昏欲睡的学生大为紧张，以为又到了点名的节奏。原本清冷的教室里渐渐响起焦躁不安的絮聒。

“老师你不用找了，我不是这个班的。”

顾尔德诧异地抬起头。

“老师我是来旁听的。”女生的声音仍然练达从容，“我是文学系的。”

“文学系的？怪不得知道得这么多！”顾尔德掩饰不住内心的激动，他缓步上前，轻轻地拿起了女生桌上的笔记本，“记得很详细啊，很详细啊……”他细细翻动，“你们看看！”他把本子摊开放在胸前，“你们看看，你们的笔记有这个女生记得这么好吗？”

学生们低下头去，相互间交换着眼神。轻轻的嘘声夹杂在浮动的窃窃私语中。顾尔德不以为然地看了他们一眼，然后把笔记本小心地交还给女生，并向她报以了赞许的微笑。然后他大步走上讲台，声音洪亮：“照我说，你们真应该向这位旁听的同学学习！”

铃声急促嘈杂，顾尔德抱着课本走出教室。女生恰如其分地跟随在他的身旁，并使自己的身体与对方保持着一个礼貌却又不失亲昵的距离。“我还真把你当做这个班级里的学生了，你是第一次来旁听的吗？”

“我来旁听已经好多次了，也许您没注意到我。”女生的声音柔软而又亲切。

“啊，那还真是没注意到啊，不过像这样的课……”顾尔德苦笑着，“能有人来旁听，我也很开心啊……”

“我觉得老师您的课讲得挺好的。”女生亲热地说。

“是这样吗？”顾尔德忽然意识到自己耳根有些发热，而对于已经拥有过几十年教学经验的自己，对于各种或真实或虚假的赞美应该不会再感到陌生。他转过脸去，掩饰自己的窘迫，但嘴角还是情不自禁地微微上扬。女生的脸庞出现在他的眼前，年轻，干净，纯粹。长时间的对视忽然使自己有些紧张，然而女生的表情却坦诚而自然。

“对了，还没有问你叫什么名字呢。”

“我叫陈娴音。”

三

晚上的筒骨汤炖得有些淡了，顾尔德吩咐妻子慧安去厨房拿一点盐。

当慧安拿着盛放着盐粒的瓦罐走出厨房时，顾尔德在不经意间打量着自己的妻子。她已经四十八岁，早已不是浓妆艳抹的年纪，只是尽可能使自己的模样显得干净而周正。她的头发顺从地匍匐在头皮，在脑后盘起，然而她的眼角已经致密地堆积着皱纹。而她只是尽可能地使自己的面容和声音都显得温顺并温存，借以掩饰着年龄所固化的丑陋。她仿佛比她的年龄显得更老，皮肤开始无助地松弛，眼袋下垂，嘴唇肿胀。她的身上是一件洗得有些变形的棉服，顾尔德三番两次地劝告她把衣服扔掉，她却仍然爱怜地穿在身上。

“我们家就你一个挣钱的，能省一点是一点。孩子在台湾念书，开销又那么大……”

慧安下岗已经快十年了。

顾尔德看着妻子用勺子小心翼翼地把盐粒一点一点抖落汤中。雪白色的盐粒在浑浊的肉汤里迅速地融化，慧安用筷子轻轻搅动。

“陈师傅最后还是去了。”他听到慧安小声地说。

“什么时候去的。”顾尔德舀起汤喝了一口，“这汤的味道差不多了。”

“两天前，”慧安放下盐罐，然后在自己的位置坐下，“不过肺癌晚期还能坚持一年，也算不错了。”

“当初在一家厂里一起做了十年，也该去看看他的。没想到突然间就去了。”慧安像往常一样不紧不慢地开始絮叨。

顾尔德沉默地低头往嘴里送饭，忽然一只手放在了他的手腕上。

“今天晚上别出去了吧。”

“为什么？”顾尔德不解地看着自己的妻子。

“今天……晚上，有降温。”慧安小心翼翼地说道。

“是吗？”顾尔德感觉到了妻子话中有话。

慧安忽然变得紧张。她的语调变得拘谨而急促。

“夫妻在一起也都二十几年了，你也别每天晚上都出去，要么就把自己锁在书房里。咱们一块看看电视，聊聊天，也没什么不好，是吧？”

“那我今天不出去了。”顾尔德冷淡地看着自己的妻子，然而他很随便地答应了她。

慧安像胜利似的长舒了一口气，她的脸上洋溢着喜悦的笑容。顾尔德看了她一眼，然后把一块排骨放在了她的碗里：“快吃饭吧。”

慧安在厨房中洗碗，顾尔德听到流水的哗哗声，他在书房中踱步，书籍在书架上严整地摆放，摩肩接踵，书脊上的每一个名字都高山仰止。他的手指在这些名字上抚过，从古典主义一直到后现代，最后在荷尔德林处停下。他满怀爱怜地看着这个名字。他珍惜这个名字。他拥有一整套的荷尔德林全集，包括一些国内几近绝版的版本。他甚至还拥有一套装帧精美的德语版荷尔德林诗集。这是他几经周转，托人从国外替他带来的。

他的内心中一直埋藏着重译荷尔德林的愿望。在任何一个失眠的夜晚，他都想象自己像荷尔德林一样步入森林，脚上沾满芳香的泥土。但他一直害怕自己粗俗的文笔会玷污了荷尔德林圣洁的双手。作为一个文学教授，他的语言能力却显得浅薄和笨拙。他至今都无法流利地使用英语，更不用说状如天书般的德文。那些古怪的、别扭的发音和语法只会让他感到懊恼。他一次次翻开繁杂的德语自学课本，最后又一次次地把它们丢开。

慧安走出了厨房，关上了灯，同时自然地打开电视。画面和声音在黑色的屏幕中不同步地出现了。慧安坐在了沙发上，眼神期待地看着他，又像是在不动声色地威胁。顾尔德留恋地看了一眼荷尔德林的名字，他想象一双幽暗宁静的眼睛正在看着他。然后他走出书房，来到了妻子身边。

顾尔德没有与妻子争抢遥控器的习惯，他看着妻子频繁地换台，闪烁的光芒掩映在他的脸上，各式各样的声音刚响起就被切断，人脸像纸片一样被轻易地撕碎。最后频道在一个地方停下了。慧安把遥控器放下，然后把双手揣进衣袖，这让顾尔德不由联想起自己的母亲。电视里的老女人正在愤怒地哭诉，控告自己的不肖子孙夺走了自己的房产。顾尔德听不懂她在说什么，只看到女人干瘪的双唇夸张地上下开合，声音浑浊而嘈杂。他们长时间地沉默着，慧安全神贯注地盯着电视屏幕，顾尔德开始莫名地焦躁。他不时地抬起手腕看看手表，指针的步伐出奇地缓慢，只走了十分钟，而他却以为已经坐了一个钟头。

顾尔德突然站了起来，他走进洗手间，然后无端地拧开了水龙头。他为自己无法解释的行为感到诧异。然后他又关上水龙头，走进自己的房间取出围巾，挂在自己的脖子上。

“怎么，你又要出去?!”长时间没有开口的慧安突然说道。

“我去买包烟。”顾尔德冷冷地说。他飞快地系着围巾。

“可是外面这么冷……”

“我说了我只是去买包烟!”顾尔德突然打断了她的话。然后他很快地意识到自己的态度有些粗鲁，于是便尽可能温柔地补充了一句，“我很快就回来。”

他回避着妻子的眼神，然后重重地关上了门。

顾尔德走了很久很久，街上的烟贩都不知所踪，零售店像恶作剧式的大门紧闭，鬼使神差地他又来到了公园，摇晃的树影仿佛在对他表示嘲弄。今天的公园比往日更加冷清，他的皮鞋叩击在冰冷的石板路上，声音沉闷而干瘪。然后他在一棵小树前停下，在黑暗中注视着肮脏狰狞的树皮。他百无聊赖地朝树干踢了一脚，树枝发出痛苦的沙沙声，几片可怜的枯叶落下。

一只灰色的布鞋踩碎了落叶。他看到了一个人影覆盖在了黑色的布景上。顾尔德看见了一个女人，或者说，几乎是个女人。但他想象那个女人一定花了一番功夫来修饰她的面容，但那些粗劣的、廉价的化妆技术只是喜剧般地渲染了她的丑陋。她也许只是想用脂粉来填充自己的皱纹，然而那些沟壑夸张地暴露出了她的年龄。她至少有四十五岁，也许更老。顾尔德惊愕地看着她浮肿的双眼，看着她像破烂的绸缎一样的头发，看着她臃肿的身体，廉价过时的上衣，几乎是嘲弄似的穿着滑稽的裙子，裙子长长地拖到地上，一种陈旧的八十年代的风尚。是的，还有她的嘴唇，紫红色的、肮脏的、蛆虫般肥大的嘴唇。顾尔德嫌恶地看着她的嘴唇，看着她的嘴唇像两条性交的肉虫一样扭动，然后缓缓张开，他想象着她嘴里喷出的恶臭。

“大哥，要吗?”她的声音沙哑、尖细，还有装腔作势的淫荡。

“滚开!”他几乎是毫不犹疑地回答了她。他的声音夸张似的粗鲁。但是女人似乎已经习惯了这种侮辱。她微笑着走上前，肆无忌惮地把自己的手搭在顾尔德的肩膀上。

“我说了滚开!”他愤怒地甩开了女人的手臂。然后浑身颤抖着扭过肩膀。女人依然没有放弃，她的声音不紧不慢，不慌不忙。

“大哥，我昨天看见你了。”

“昨……昨天?”

“我见过你许多天了，你每天晚上都到这里来，对吗?”

“你怎么知道?”

顾尔德的呼吸声渐渐地变得平缓。他怔然地看着女人。而对方的眼神仍然轻佻、妩媚，充满欲望。

四

上午的阳光温暖而柔软，空气中飘浮着干净的雾气，鸟儿从房顶上掠过。校园寂静无声，宽阔的道路上空无一人。然后铃声适时地响起，像热水被畅快地倾倒在地上，溅起水花。越来越多的学生从教室里涌出来，女生的衣装在这个季节显得单薄，夸张的化妆表演着成熟。男生的眼镜反射着阳光，掩饰着脸上的轻佻，巨大的书包松松垮垮，他们的动作大而且张扬，不吝于展示自己的能量，在短距离间跳跃、奔跑，男生们用幽默的语言互相攻击，继而动手动脚，然后追逐、打闹。女生们饶有兴致地打量着他们，像是在鉴赏着一具具鲜活的肉体，涂上唇膏的嘴唇喜悦地微笑。男生同样恰如其分地配合着对方的审视，小心翼翼地把握着天真与成熟之间的尺度、他们更准确地说是在互相打量，漫不经心，又得意扬扬。

顾尔德一个人走在路上，他的眼睑因为失眠而显得有点浮肿。几个男生从他的身边跑过，尽管他们并没有碰到他的身体，但他还是本能地紧紧捧住了怀中的笔记本电脑。当他意识到自己多虑的时候，他为自己的狼狈感到羞愧。与其说他的举动破坏了他在学生面前的形象，不如说是他的狼狈破坏了他自己所期待的优雅的想象。他的鼻孔试探性地呼吸着，阳光似乎有些刺眼，他不时地眯缝着眼睛。一路上偶尔会有一些学生很有礼貌地和他打着招呼，而他则温和地回应着他们。

“顾老师!”

顾尔德看到一群少女，他看到其中的一个女生正在朝他挥动手臂。她的头发垂落在肩膀，发梢卷曲，肩膀玲珑、纤瘦。她的皮肤干净，鼻尖和脸颊在寒风中透出红色，但她仍然是灵动的、活泼的。他看到了她修长、美丽的四肢，匀称的双腿轻盈地迈动，他也看到了她张开的嘴唇，看到了她干净、漂亮的牙齿。这时的他慢慢地把手举到耳边，做出一个回答的手势。但他感到自己的动作似乎有些生硬、不自然，连同他脸上礼节性的微笑一样僵硬、勉强。事实上他第一时刻所产生的仅有的自然反应，是在口中默念她的名字。

……

顾尔德眼前的景象变得模糊，灯光像白垩被搅拌进黑色的泥浆，只是使夜晚变得更加的浑浊。仿佛有人从他身边飞快地掠过，而他只是低垂着头颅，注视地面上粗糙的纹路，那些纹路像蛇一样爬行，绽开美丽。顾尔德的呼吸变得迟钝，那些汽车上的轰鸣声就像被一层白纸包裹，变得模糊不清，只有自己的脚步声异常清晰，铎，铎，铎，一下一下，抑扬顿挫，在一个想象的庙宇中，和尚敲打木鱼，一下一下，超度亡灵。

忽然他的肩膀撞到了什么东西，于是他停下脚步，茫然地望着对方。一个健康强壮的青年男子正朝他怒目而视，他的肩膀强壮而鼓胀，一个戴着白色帽子的女子紧紧地挽着他的手臂。顾尔德出神地望着这一对情侣，出神地望着他们像两条蟒蛇一样纠缠在一起的手臂，看到臂弯处因为皮肤的挤压而皱起的幸福而甜蜜的褶皱。顾尔德的目光陷落在了这些幽暗而诱人的褶皱之中，他忽然不由自主地打了一个寒战，然后他感到一只手在他的肩膀上重重地推了一把，他往后踉跄了几步，但没有摔倒，他看到青年男子的口中好像在嘟囔着什么，像是一些破碎的咒骂。女子厌恶地看了他一眼，顾尔德注意到了她干净的皮肤，她的鼻尖和脸颊在寒风中透出红色。他忽然看到了她的手，白色的透明的手，像初春的雪，缓缓地落在黑色的岩石上。

一辆巨大的汽车从他的身边驶过，灯光短暂地照亮了惨白的世界，他看到那对情侣已经走远，黑色的背影像两个简陋的墨点。光很快就暗了下去，公园恢复了它阴暗、幽闭的常态。顾尔德怅然若失地站在原地。直到一个戴着鸭舌帽的男人从他身边走过，顾尔德留意到了刻意压低的帽檐下男人警觉的鼠蚁般的眼神。男人在离他不远的一棵电线杆处停住了，这时顾尔德才注意到他右手提着的一个小小的铁桶。男人用刷子在电线杆上随便地刷了刷，然后从衣服里掏出一张印满文字的不大不小的纸片，迅速地把它贴在电线杆上。在整一个不到一分钟的过程中，他一刻不停地探视着四周。他的目光至少有三次在顾尔德的身上短暂地停留，这让他感到好笑。任务完成后，男人提起铁桶，装作若无其事地离开。顾尔德静静地看着对方走远，然后迈开双腿，朝公园里走去。

在公园的一个角落，他又遇到了那个女人。女人正坐在一张冰冷的石凳上，吧嗒吧嗒地嗑着瓜子，瓜子壳散落一地。女人的头发相比那天夜晚仿佛经过了打理，显得柔软而黯淡，在脑后扎成一束粗大的马尾。顾尔德走到了她的面前，女人抬起头，他看到她没有涂口红，嘴唇像腐烂的猪肉一样呈现出晦暗的深紫色。女人看到了顾尔德，她的声音尖细，表情轻蔑，让顾尔德觉得像是在对他进行嘲弄。

“大哥，今天要吗?”

“要。”顾尔德平静地说。

“啊?”女人惊讶地看着他。

五

晚秋的草地褪去了刺眼的绿色，变得温柔。悠长的小路盘旋在学校的角落，柏油的纹路清晰，寂静而没有车旅行过。顾尔德同陈娴音一同散步在小路上。顾尔德把双手插进大衣的口袋，不久前仔细打理过的头发匀整妥帖，修剪过的鬓角黑白杂陈。色彩明亮的围巾遮着了陈娴音美丽的脖子，顾尔德注视着围巾上那些动物的图案，联想着亨利 · 达戈那些橙色的梦境。他的口中呼出白色的雾气，在空中短暂地停留，然后涣散。

“罗曼 · 罗兰写过托尔斯泰的传记……”

“老师，你说的是《名人传》吧?!”陈娴音微笑着修饰着他的话。

“是的，其实他的选择无可厚非。他在书中序言里就说了，托尔斯泰已经成为了西欧年轻人的偶像，当然也是精神偶像，不过对于罗曼 · 罗兰而言，更多的还是道德偶像。”

“是墙内开花墙外香吗，很多俄罗斯文豪都是欧洲人给捧上去的。”

“确实有这个现象，《战争与和平》一完成屠格涅夫就把它寄给福楼拜，希望得到他的肯定。当然也有政治因素，早年的赫尔岑，然后到索尔仁尼琴，都是从俄国逃到西欧去，塑造了西欧对于俄国文学的认识 。”

陈娴音走在顾尔德的右边，努力与顾尔德的步伐节奏保持一致，并使自己的视线以一种仰角讨好着对方。一本《英国文学史》像装饰一样被她捧在肋下。不远处的草坪上，工人来回走动，一圈一圈半透明的橡胶水管懒洋洋地躺在地上。一位工人把水管的一端同弯曲而丑陋的水龙头连接，水管的另一端被另一个工人紧握。他是一个四十来岁的男人，脊背显得些许佝偻，脸庞被贫穷和劳作折磨而变得丑陋。水管里的水懒洋洋地涌出，懒洋洋地喷在草地上。男人用一种好奇而审慎的态度打量着他们。顾尔德注意到了对方的眼神。他短暂地停顿了一下，然后使自己的声音尽可能地冷静，尽管他感到嘴唇变得有些干燥。

“刚才我说过，罗曼·罗兰一直把托尔斯泰当作道德偶像，而这就是《名人传》最大的问题，事实上托尔斯泰在很多道德方面是很可疑的。《复活》中的聂赫留朵夫在某种程度上确实是他的真实写照。”

“索菲亚看了他的日记，不是说吓了一跳么？”

“哈哈……我倒真想知道他到底写了些什么……罗曼·罗兰在这方面自然就不断地帮他掩饰……当然，这不是他最大的问题……”

草坪上的男人开始用一种古怪的方言聊天，他们的声音响亮而且粗俗，并不时爆发出令人无法忍受的大笑。顾尔德厌恶地看了他们一眼，对方对他的反应显得不以为然。其中的一个工人开始大声哼唱一首低俗的流行歌曲，另外几个工人开始大声叫好。一个工人随手拔起一根草叶，然后把白色的草茎放在嘴里。他饶有兴致地打量着小路上的男女，眼神像沾有泥土的草茎一样肮脏猥琐。

“他最大的问题是，他只有崇拜，没有怜悯。”

顾尔德舔了舔自己的嘴唇。他看到陈娴音期待而明亮的眼神，这使他感到宽慰。

“真正好的传记作家应该要比他所写的人物站得更高。他所需要的正是一种俯视，一种细致的怜悯。要看到那些人物的脆弱、孤独、感伤，甚至丑陋，而不是光明伟大的表象，这样人物才显得真实和完整。”

顾尔德为自己言辞缜密、思想锐利的表述感到自豪。他有点得意扬扬地欣赏着陈娴音的乖巧和憧憬，而陈娴音脱口而出的一句话又使他大喜过望。

“比如茨威格。”

“对呀，你读过他写的传记吗？”

“看过几本。”陈娴音在阳光下眯着眼睛。

“啊，你读的书确实不算少，很难得，很难得……”顾尔德拍了拍她的肩膀。

“没有没有，我读的确实还很少……”

“挺多了挺多了……现在的学生，都不读书。茨威格写的尼采，多好！”

人和树的影子被懒洋洋地拉长了。工人们开始收拾疲惫和工具。一个工人小心翼翼地卷起水管，更年轻的另一个调皮地在他的屁股上踹了一脚，然后引发了一场嘻嘻哈哈的追逐。最后他们在一位年长的工人威严的呵斥声中终止了打闹。他们拍了拍身上的尘土，然后推动修剪草坪的机器，卷起水管，在粗俗而欢快的歌声中离开。

他们渐渐地走远了。

顾尔德已然置身于浑浊的黑夜，那些黑夜的空气伴随着寒冷包裹着他，宽阔的马路上有几辆汽车驶过，顾尔德听到层层叠叠的高楼大厦上有钟声敲响，钟声遥远、轻柔，像女人丰腴的手臂一样放在他的肩膀上，缠住他的脖子，然后一张美丽的嘴唇向他的耳朵呼出热气，然而那热气却是冰冷的，顾尔德于是打了一个寒战。他从恍惚中惊醒，然后惆怅地看到身边的路灯。枯黄的光芒像是一种凝视。忽然间光芒开始闪烁，路灯开始噼啪作响，就像布满诗句的稿纸被一页页地撕碎，然后被丢入火中，在火中毕剥战栗。它使顾尔德感到烦躁，他离开了它，害怕自己会被留在黑暗中。远处，汽车一辆辆地驶过，无休无止。在那些几十层高的公寓中，随处可见幽暗如伤口般的黑洞洞的窗户，月亮残损，城市满目疮痍。

在与陈娴音分手后，顾尔德没有回家，而是借口同事请客给家里打了个电话。他径直来到了公园，选择了一个石凳坐下，直到寒冷和黑夜沿着石头侵蚀了他的身体。然后他从石凳上站起，在公园里来来回回地漫步，忍受着适时而来的饥饿，面无表情，百无聊赖。

顾尔德回到家时已经很晚。然而慧安并没有入睡。她坐在沙发上，面无表情，电视机里的影像杂乱无章，粗俗的促销广告一遍一遍地播放着。顾尔德背对着妻子脱下外套，然后把它轻轻地挂在椅背上。

“你还没有睡吗？”

顾尔德走进洗手间，他站在马桶前拉开拉链，尿液沿着光滑的瓷壁淌下，然后是排山倒海的冲水声。在判断已经把尿液排净以后，顾尔德才迟迟地穿上了裤子。他洗了洗手，看了看镜中的自己。他发现了前额的一根白发，于是迅速地把它拔下。然后，他长长地吸了一口气。

“下个礼拜我有个学生来家里吃饭，你先准备一下吧。”

他看了看妻子沉默的背影，在口中无声地冷笑着。然后他用毛巾擦了擦脸，接着离开厕所，向自己的房间走去。

六

窗外落下了几片雪花，远处的房檐已经被勾勒了一条浅浅的银线。慧安在窗前静静地站了一会，雾气在窗前弥漫。然后她转过头来，看着锅盖在蒸汽的震颤下上下颠簸。慧安揭开了锅盖，热气升腾，呛得她不由自主地弯下身体，费劲地咳嗽。她咳得流出了眼泪，顾不上取来毛巾，只是用手背简陋地抹了一下。黄褐色的鸡汤泡沫翻滚，慧安用长柄勺舀了一小口，审慎地尝了尝味道，然后她把勺子放在一边，把锅盖小心地盖上，然后把双手插进袖子，表情木然地站在窗前，看着窗外。

她听到了楼道里的声音，那声音渐渐地大了。

“……所以我说，海明威必须去古巴……”

她听到门外散乱的脚步声，想象着他们的位置。然后她像是想起了什么似的，急匆匆向厕所跑去。

门铃适时地响了。

“来了，来了。”慧安下意识地回应，尽管门外的对方不可能听到她的声音。她草草地梳了梳头发，并为遗漏了这一关键的环节感到羞惭。“马上就来了。”她的声音更像是在虚张声势，眼前衣柜的衣服被粗暴地翻动，然而任何一件在她的眼里都变得陈旧而粗鄙。

门被打开了，她看到顾尔德和那个女学生正沉溺在热情的交流中，似乎并未因为她开门的迟缓而感到任何的不快。她看到顾尔德少见的笑容，以及那个女学生清秀、姣好的面容。她看到了她精致的鼻梁，而后她看到了她干净的牙齿，还有她柔软的舌头。忽然间，一列巨大的火车从她的面前冲过，火车头轰鸣着像暴烈的野兽，然后什么东西被碾碎了，然后，她看到受惊的鸟儿飞上天空。

“这就是我和你说过的，我的学生，陈娴音。”

“师母好。”

她的礼貌无可挑剔。相比之下，慧安的反应却显得夸张和虚假。她大幅度地点着头，然后打开身边的鞋柜开始笨拙地摸索，“啊……同学，你是穿拖鞋还是套上鞋套?”

“当然是拖鞋了，”顾尔德忽然用一种严厉的腔调回答，“还有，你直接叫她名字就可以了，熟人之间，不需要那么多礼节。”

“是的，是的。”慧安取出一双崭新的棉拖递给对方，女学生表示了感谢，然后便在换鞋用的矮凳上坐下。慧安出神地望着她脱鞋的动作，望着她纤细的手指，她感到她解开鞋带的动作也是富有节奏的。直到顾尔德在她的肩膀上轻轻地拍了一下，她才注意到了丈夫粗重的声音。

“饭菜准备好了吗?”

“饭已经好了，菜也差不多，还有一个鸡汤……要不你们先坐下等等?”

“不用，你慢慢炖着，炖好了叫我们——娴音，我们去书房里聊吧!”

“好。”

陈娴音站了起来，顾尔德也已经把鞋子换好。二人抛开了慧安，向着书房走去。然后慧安听到了陈娴音孩子气的叫声：“老师，你家里的书好多啊!”她远远地看着一只白皙的手打开了书柜，看到一本厚厚的书被取了出来，上面写着密密麻麻让她恐惧的文字，还有那些她无法理解的故事。他们在书房里谈论着什么，然而那声音却渐渐地轻了，除了女学生不时响起的笑声，像是在交流着什么秘密。慧安怔怔地看着那扇虚掩的门，时钟的声音空洞怅然，外面的世界寒冷彻骨，几块积雪从房檐上悄悄地滑下。

陈娴音纤长的手指在青灰色的书脊上抚过，直至那个镶嵌其上的名字。她小声地说："荷尔德林。"

顾尔德点了点头："是的，荷尔德林。"

陈娴音的手指诱惑似的在一层层的书脊上划过，顾尔德想象着她鲜红的嘴唇发出的声音："很多很多的荷尔德林。"

顾尔德机械般地复述着："是的，很多很多的荷尔德林。"

陈娴音忽而转过头来，笑语盈盈："老师，你很喜欢荷尔德林吗？"

顾尔德注视着她嘴唇的翕动，然后缓缓地说："是的，我很喜欢荷尔德林……喜欢了很多年了。"

陈娴音忽然不笑了，她的表情明朗而澄澈。

"我也喜欢荷尔德林。"

窗外寂静无声，空气像黑夜本身一样寒冷得令人窒息。远处的高楼上几扇窗户亮了，他看到模模糊糊的人影和模模糊糊的动作。然后，他听到了遥远的像穿透了南极的冰盖一样微弱的呼唤。

"尔德，出来吃饭吧。"

于是顾尔德得体地将他的右手放在了陈娴音的肩膀上，然后温柔地说："娴音，我们去吃饭吧。"

一顿饭吃得冷冷清清，却保持着从从容容、井井有条。陈娴音是一个合适的客人，拥有细致入微的社交礼仪和有条不紊的进餐方式。她是不会忙乱的，无论是对于慧安夹杂着虚伪的热情，还是餐桌上夫妻之间不时出现的尴尬和冷场，她总是能轻松地予以接受和化解，并为之安排一个恰如其分且不伤和气的结局。陈娴音天才般的世故和乖巧同她年龄的反差令慧安惊叹不已。她忍不住偷偷打量着她，偷偷观察她匀称稳妥地吞咽食物，还有她大方得体的动作。她的一切的表情都恰如其分。

晚餐结束，在分享了一点水果之后。陈娴音便提出要回学校。慧安简单地挽留了她一下，便同意了她的告辞。然而在回程的方式上他们产生了一点小小的分歧，顾尔德夫妇建议直接打的回去，而陈娴音更倾向于坐公交车的方式。最后他们向对方做出了妥协：乘公交车，但由顾尔德陪同她走到车站。

夜幕笼罩大地，草木被冰雪覆盖。顾尔德同陈娴音行走在潮湿的马路上。没有多少风，远处，迷蒙的车灯渐次及近，忽而逝去。树枝上的积雪零零碎碎地落下，他们沉默着，并列行走，双手插在口袋。短暂的光不时掠过他们的脸庞。很快地车站到了，在这里，他们短暂地谈论了荷尔德林，在此起彼伏的车笛声中，顾尔德第一次向除了自己以外的第二个人袒露了自己希望重译荷尔德林的愿望，以及自己与这位长时间地徘徊在孤独与疯狂之间的德国诗人的共鸣。他说得很小声，他把自己的脸庞埋在树影下掩藏自己的羞怯。陈娴音静静地听着，没有任何的细微的嘲笑。她只是在顾尔德说完后给予了自己对老师一如既往的肯定和尊重，即使当顾尔德遗憾于自己年龄与能力的缺陷时，陈娴音仍然适时地给予了鼓励。听到这些年轻而明亮的声音，顾尔德的心中产生了短暂的宽慰。

公交车很快地到站，在与他告别后，陈娴音上车离去。他站在原地，看着汽车渐行渐远，只留下尾灯暧昧地闪烁。他仍然是在微笑着，然而这微笑很快地僵硬了。即使这僵硬也未能保持太久……很快的，他的面部肌肉变得松弛了，迟钝了，疲惫了……他知道雪已经停下。不远处的孩子堆起雪人，胡萝卜和红枣拼贴出它的同样僵硬的微笑。它已经沾上泥土，变得肮脏。顾尔德看着雪人，想象它融化时丑陋的模样。

七

“嗯，是的，麻烦你了。”

顾尔德放下了电话，然后疲惫地倒在了沙发上。一只杯子摔碎在地面上，珊瑚般嶙峋的茶叶胶黏地堆积，浅褐色的茶水缓缓地流淌，渗进地板之间幽暗的缝隙。过不了多久，这些地板就会浮肿，膨胀，平整的地面就会像皮肤病患者火烧连营般地浮起刺眼的肿块。这些念头使顾尔德莫名地感到兴奋。他的胸口起起伏伏，然后他像是鼓起来勇气般长吸了一口气，接着迅速地站起，大踏步走向那扇紧闭的门。在这扇门前，他踌躇了一下，然后伸出手，小心翼翼地敲了一下。

“可以开门了吗？”

“滚开！”一个带着哭腔的声音朝他吼道。

他突然在门上重重地锤了一拳，他的声音因为极度的愤怒而变得颤抖。

“你到底想怎么样！”

隔着门传来浑浊的哭声。顾尔德失落地返回沙发。但他的动作仍然保持了男人应有的节制。他坐在沙发上，右手软软地耷在身旁，左手在衣袋中费力地摸索。当打火机“啪”一声燃起火苗时，时针的指针正在八点到九点之间徘徊。顾尔德把香烟夹在右手的食指与中指之间，然后回过头去寻找那病态的声音的来源。他看到秒针痉挛地在一点钟的方向颤抖，分针像垂死的兵士般低下头颅，于是时针便如同兵士的墓碑般停滞在八点与九点之间。坏掉的钟坏得正逢其时。顾尔德如同置身一个被抽离的时间里。这个时间否认了过去与未来，所存在的只有无穷无尽的现在。

门铃响了，一个封闭的空间被打破了。

来者是慧安的姐姐慧宝，五十岁上下，身体肥胖。蓬松的短发染成栗色，双颊夸张地红肿，鼻孔翻起，双眼狭小，眼白浑浊不清，手指短小粗壮，两条手臂盘在胸前。顾尔德病急乱投医，慧宝很快心领神会。她把围脖往餐桌上一搁，捋了捋头发，气喘吁吁地说：“怎么回事？”

顾尔德面色阴沉，指了指紧闭的卧室大门。

慧宝搓了搓手，双眼狡黠地转动：“你们怎么会吵起来的？”

顾尔德的脸颊抽动了一下。他冷冰冰地说：“我怎么知道，你得去问她。”

慧宝走到卧室门前，敲了敲门。

“滚开！”

“慧安，开开门，我是慧宝！”

“慧宝……”久久的沉默，顾尔德和慧宝屏息聆听。

“姐，你进来。他，不许进来。”

慧宝转过身来向他使了个眼色，顾尔德冷笑了一下，转过身去，复又在沙发上坐下。缓缓地，门与门框之间出现了一条小小的缝隙。缝隙渐渐地扩大，直至留下刚好通过一个人的空间。顾尔德饶有兴致地观看着慧宝艰难挤过狭窄的门缝，肥胖的身体在门缝间扭曲变形。门又重新合上，不同于第一次的猛烈、沉重，这一次，门合上得悄无声息。

门开了，慧宝蹑手蹑脚地从里面走了出来。顾尔德连忙从沙发上站起来：“怎么样？”慧宝摇了摇头，没有回答，而是转过身去，悄悄地把门关上。

“她怎么说？”顾尔德小声地询问。

慧宝慢条斯理地来回踱了几步，然后忽然古怪地向顾尔德微笑了一下。顾尔德扭动着脸颊，不解地重新在沙发上坐下。慧宝习惯性地搓了搓手，然后挑选了一个与顾尔德不冷不热的位置坐下。

“她怎么说？”顾尔德重复地询问。他加重了语气，已经显得有点不耐烦了。

慧宝低垂着脑袋，十指交错地垂在膝间。她的嘴角荒诞地开咧了：“尔德，有些东西我不知道应不应该讲……”

顾尔德的神经变得紧张，然而慧宝的话却令他感到莫名其妙。

“你得多陪陪慧安。”

顾尔德顿时哑然失笑：“她就为这个和我发火？”

慧宝的表情忽然变得诡异，她重新低下了头颅，隐约间在脸上勾勒出的表情像是讪笑。

“慧安说，你这段时间和一个女生关系有点密切……”

顾尔德站了起来，因为极度的愤怒而浑身颤抖。他慌乱地在口袋里摸索，掏出手机，一把砸在慧宝怀里：“你看看，你看看，这里有我和这个女生的通话记录，还有我和她之间互相发的短信，一条都没删掉，你给我查查，随便查，看看里面到底有没有一条见不得人的东西！"

慧宝却显得心平气和："妹夫，你坐下，别紧张，慢慢说。"

顾尔德愤愤地坐下，胸前起伏不定。"她……她怎么会有这种想法！"

慧宝轻轻地将手机从身上推下，她的嘴唇平静地翕动："所以我说，妹夫，你得多陪陪慧安。"

"多陪陪？"顾尔德又站了起来，"你叫我怎么陪？难不成我二十四小时一刻不停地守着她？"

慧宝摆动着手臂示意他坐下："妹夫你坐下说嘛，别动不动就那么激动，你平时可不是那样的。"

顾尔德意识到了对方的脸上呈现出的些许的嫌恶，于是他感到自己的脸颊正微微发热。他坐下，低下头，双手无力地搁置在膝盖上，一只手的手指开始在膝盖上百无聊赖地敲打，他的面孔像翻起的土块那样扭捏、沮丧。他好半天没有说话，而他之后的第一句回答，更像是从牙缝里挤出来答非所问式的牵强附会。

"我觉得我陪得够多了。"

慧宝的嘴悄悄地张开，然后呈现出一种长时间的静止，如同冷笑。然后她说："那你就多陪她聊聊。"

顾尔德的鼻子里哼了一声："聊什么？"

慧宝变得有点不耐烦了："聊什么还要我教？夫妻之间还能聊什么？难道聊你那什么的文学？"

顾尔德的身体忽然哆嗦了一下。他扭过头去，避免在眼睛里出现慧宝的形象，或者说，这一刹那，慧安和慧宝的形象忽然重叠了。他看到了她们缓慢张开的大理石般的嘴巴。他觉得自己别扭得像一个孩子，右手的手指再次敲响，只是这一次的地点从膝盖转移到了沙发针织细密的浅黄色表面。

他们久久地没有说话，遥远地传来了几声烟花的炸响。这是令人憎恶的节日的征兆。时钟的指针僵硬地在旧有的位置上颤抖着，一架坏掉了的钟使人遗忘了时间，人们已经过分地依赖机械生存。而荷尔德林的手中只有枯黄的芦苇，他把它们埋葬在河岸松软潮湿的泥土里，四周遍布着咒印一样盘旋缠绕的脚印。他直起身体，然后他看到大雁飞过。

"妹夫，我想……你和那个女学生还是别走得太近了。不然的话，难免会有人多嘴……"

顾尔德疲惫地放弃了反驳。然后手机突然响了，他拿过手机，看到一条在节日里司空见惯的祝福短信。然而对方的名字使他忽然间微笑了起来。他把手机扔在一旁，然后无力地靠在了沙发上。他的视线停留在反复颤动的时钟指针上。他长久地注视着，口中无声地默念。然后那指针像是被施了魔咒般陡然剧烈地痉挛起来，"咔"的一声，某个精密细小的齿轮恢复了它的位置。指针摆脱了那道在无形中的咒语，以至于接下来的走动像公鸡一样趾高气扬。时钟恢复了正常，顾尔德微笑着默念短信里那几句空洞的祝福。他知道生活还将继续。

八

隔着玻璃，顾尔德看到鲜花含苞欲放。沉甸甸的花瓣把树枝压弯，花是浅红色的，花苞像少女的乳房一样饱满充盈。顾尔德叫不出她的名字，他感到自己对待自然的态度正在变得迟钝。穿行在枝叶间的阳光透过玻璃，房间变成橙黄，它让顾尔德感到陌生。

玻璃上浮现出一个人的影子，初始只是一个轮廓，而后渐渐清晰。借助阳光的反射，少女的身体出现在了顾尔德触手可及的地方。顾尔德浑浊地呼吸着，玻璃上凝结着雾汽，迷雾使少女的身体若隐若现。顾尔德静静地窥视着少女模糊不清的形体。这层迷雾并没有成为他的障碍，而更像是他的伪装，伪装他心中的情绪。少女是美的，她的身体优美、匀称，富有曲线，黑色的毛衣赋予她神秘，浅跟的小靴赋予她轻佻。只有一件东西是迷雾掩藏不了的，只有她鲜红的嘴唇，像刺眼的灯光穿过雾霾，嘴唇一直在他的眼前晃动。他的注意力开始动摇了，他已经看不到阳光明媚，雾霾贪婪地裹住了他，然后红色的嘴唇发出了深海般的呼唤……他突然用手抹去了玻璃上的雾气，于是一切豁然开朗。阳光温暖，鲜花含苞欲放。玻璃上呈现着一个清晰的形象。陈娴音正站在他的身后不远处，穿着黑色的毛衣，浅跟的小靴。只是手上多了一叠纸稿，这就是她的目的所在吧。

“老师，我有些事想麻烦你。”

顾尔德转过身来，他的眼神是温柔的。

“什么事，娴音?”

陈娴音扬了扬手上的稿件，顾尔德把它们接过，放在手中简单地翻看。

“老师是这样的……”

顾尔德挥手示意她坐下：“坐下说，坐下说。”

二人隔着一张写字桌坐下。顾尔德注意到纸上形形色色的文字，还有重重叠叠的表格。“你要去香港?”

“是的，”陈娴音微笑着点了点头，她的语言是谦虚的，“我争取到了保送香港的资格，能去香港读研，一直是我的心愿。”

顾尔德放下了文件，然后清了清嗓子：“那么我有什么能帮忙的呢?”

陈娴音点了点头，她把文件翻开，直到出现一份空白的表格：“我就想请老师帮我写一下推荐信，一共需要五位老师，已经有四位了，还差最后一位了。”

顾尔德于是取过钢笔这种旧时代的趣味，打开墨盒，蘸了蘸墨水。“那我帮你写喽，写多少字呢?”

陈娴音探过身子，笑嘻嘻地说：“老师当然写得越多越好喽，老师文笔好，多多美言啦!”

顾尔德也笑了：“文笔不敢当，美言几句那是必须的，就让我这个老头子帮你美言美言!”

陈娴音再度殷勤地为顾尔德辩解：“什么老头子，老师还很年轻呢?”

顾尔德挥了挥手：“马屁就别拍啦！这东西一时半会也写不好，你先回去，我写好了再联系你吧!”

于是陈娴音很快地背上了挎包。两人互相告别之后，陈娴音便转身离开了。轻盈的脚步声渐渐地隐没了，顾尔德费力地写下了几个字，然后无奈地放下了钢笔。他一直都无力于这种应景式的写作。写下了几句佶屈聱牙的奉承话之后，他再也写不出一个字，只好任凭自己靠在柔软的椅背上，然后艰难地在头脑中思索。他的努力也不是一无所获，忽然灵光一闪他就想起了几个赞美词。然而他同时不自然地笑了，苦笑着摇了摇头：“唉，我怎么能这么写呢?”

陈娴音回来取文件的时间比约定晚了十几分钟，而她之前一直是一个守时而准确的人。顾尔德反复凝视手表以证明自己思维的准确无误。他下午还有课程，略长的等待使他产生了一点点的焦躁。他给对方拨了一个电话，得到的回答是一连串令人气馁的忙音。他在房间里踱了几圈，然后又无力地坐下，翻了翻桌子上一本书角卷起的荷尔德林诗集，序言的作者极尽阿谀奉承之能事，他的翻译也像麦芽糖一样黏稠，令人作呕。

顾尔德艰难地读了几页，他的眼睛仿佛有些刺痛。他只好把书放下，揉了揉眼睛。然后他把自己的手掌放在了眼前光滑温厚的实木写字桌上，这是学校对于所有教授的礼遇。他把手掌紧紧地贴在上面，温柔地抚摸。桌子上留下了迷蒙的汗渍。那些手指划过的地方出现了浑浊的白印。他的眼睛刺痛得有些难受了，他有些慌乱地拉开了一层层的抽屉，把那些书稿蛮横地翻开，几张稿纸落在地上，纸上的文字令人羞耻。书本像翻开的泥土那样散发着腐殖质的清香。顾尔德发现了他的眼药水，他哆嗦着把药瓶从包装盒里倒了出来。冰冷的液体淌进了他的眼睛，他仰起头，眼中的景象变得潮湿而模糊，他觉得自己的大脑似乎清醒了一二，然后，他听到了轻快的脚步声。

他揉了揉眼睛，朦胧地窥视着陈娴音修长匀称的双腿。双腿忽而闭合，忽而分开。他小心翼翼地抬起了头，看到了陈娴音额头上一缕弯曲的头发。她的额头平滑、洁白，顾尔德忽然想起了实木书桌白釉般的质感。

“不好意思老师，我迟到了。”

她为什么不解释一下自己来晚的理由，一个人在一生中会编造无穷无尽的理由。她原可以选择一个符合条件和符合情境的理由。她有这样的智慧。

顾尔德的回答让他自己的耳朵感到干燥刺灼：“没事的没事的。”

也许这些贫乏的语句只是为了给他接下来的发言争取时间，他开始绞尽脑汁地思考，只有在这时他终于因为自己词汇的贫瘠而感到恼羞成怒。然而，陈娴音的一句话顿时使他猝不及防。

“那么谢谢老师，我走了，再见。”

她拿起了桌上的文件，顾尔德绝望地看着文件被艰难地塞入挎包中。他张开嘴想说点什么，然而他又疑惑地停止了发声。他觉得这一幕似乎太过简单了，他僵硬的表情停留在了半空。然而陈娴音忽然使他打消了疑虑。她朝他微笑，像是礼节性的，却又显得温存，妥帖，细腻，婉转。顾尔德不得已地报以了微笑，他觉得他们的微笑都是意味深长的。

然后，她转身离去。

顾尔德已经一个月没有见到过陈娴音，他们之间甚至没有任何的联系。顾尔德尝试过和她打电话，然而欲言又止的他又在最后一个号码等待被拨下前挂断了电话。一个月以后当他终于决定以一个长者的姿态用一种谆谆教诲的方式再次拿起话筒的时候，他得到的回答是对方已经更换了号码。

他的课堂重新变得乏味无趣。第一排的座位永远地空着。学生们狡黠地龟缩在后面，他们窃窃私语，鬼鬼祟祟，没有人再理会顾尔德所讲述的那些高山仰止的作品。没有互动，没有回答，顾尔德像被阴谋般地孤立了，长长的课程变成了他一个人艰难的独角戏，他几乎是声嘶力竭地才把要求的课程结束。顾尔德开始变得易爆易怒，对待学生和成绩也开始变得反复无常。于是，顾尔德的名字作为一个不近人情的恶棍老师，开始在学生之间流传。

顾尔德和慧安之后又发生了几次争吵，每次的缘由都是几件寻常小事的不欢而散，尽管这几次争吵最后都不了了之。

因为一点偶然的事务，顾尔德去了一次学工办。在那里，他听到了几位工作人员正在讨论学生香港交流的事务。于是，顾尔德小心翼翼地向他们打探道：“那些去香港的学生，他们还回来吗？”

工作人员像是为了捉弄顾尔德，他们的回答模棱两可：“那得看学生怎么想。以前的惯例是，如果他们在香港学习成绩不错，确定了直接读研的资格，那他们大致就不回来了。反正这些个学生学分也已经修完了，到时候把毕业证书跟学位证书寄给他们就行了。”

顾尔德面无表情地回到了自己的办公室。他在座位上坐下，双手无力地搁置在书桌上。忽然他瞥到了桌角上堆放的一叠报纸，他看到了最上面的一张崭新的日期。于是他随手拿了过来，放在大腿上百无聊赖地翻动。忽然他被其中的一条新闻吸引住了，新闻讲述了一位卑劣而贪婪的大学教授利用职务之便诱骗了女学生并导致其怀孕的故事。全文极为详细地描写了这个禽兽老师是如何利用保研的砝码，一步步地诱惑那个无助的女生走入深渊的过程，以及全文如影随形的对于教授毫不留情的道德批判。顾尔德不知不觉间面红耳赤，他越读越气愤，最后，他把这份报纸愤怒地摔在了地上。

水 鬼 伯

广东财经大学/陈行扬

今天是六月初五，潮汕平原上的这座小城灰头土脸的，满大街都飘着没烧完的香纸礼盒。虽然平时也差不多这样，但今天更为明显，因为今夜子时一过，就是六月初六了。各家各户大都在门窗插起了柳条，有些人还在家里放了个浑圆的西瓜。

鸿修家里不用放西瓜，不过他们要插杨柳条。母亲领着他到溪边的大柳树折柳条。鸿修爬上树去，母亲要哪条便指给他，他就拧下来。鸿修圆脸圆脑袋，黑不溜秋的，又不爱穿鞋，挂在树上像只野猴子。不过鸿修最让人印象深刻的是他那对快长到一块儿去的眉毛。他眉间距极短，又喜欢怒目瞪人，村里人都叫他“一条眉”。

当初鸿修他父母还带他去问过“老爷”——“老爷”便是那些通了神的人。“老爷”看了他的面相，半吟半唱道：“看你眉头急蹙，兄弟四五。若无四五，命中孤苦啊！”父母忙问“老爷”怎么化解。“老爷”掐掐手指，抿抿双唇：“你这小孩生肖属虎，却生于猴时，时冲本命，生性懊恼倔强，面相又犯孤，这个与生俱来，解不了只能克……这样吧，给他取个带‘修’字的名儿，让他一生克本性修善身，希望能戒掉一些戾气。”鸿修的名字就这样得来了。

采完杨柳条回来，路过西瓜档，鸿修有些嘴馋，拉了拉母亲的衣袖，便走不动道儿了。他拧着一条眉，楚楚可怜地望着那些又大又圆的西瓜。

母亲意会到鸿修的小九九，满脸忌讳地拉着他走。

“现在的西瓜不能吃，等过了六月六，那时候的西瓜便宜，阿妈买给你吃。”

“今夜水鬼担西瓜，过了今夜西瓜不好吃哇！”档主喊道，不肯错过生意。

“小孩面前你瞎说什么呢！”母亲胡乱挥着手里的杨柳条，像驱赶什么似的，“阿修咱们快走！”

回到家里鸿修气鼓鼓的，脸涨得更圆了。鸿修心里有气，但是他不说，就憋着，谁也不理。母亲叫他去插柳条他也不答应，等到父亲扬言要揍他，他才鼓着个包子脸去插柳条。母亲在后面喊他，叫他每个窗都要插，他还是不吱声。

鸿修家住的是天井院，格局有些像四合院，比四合院小些，正位是一个大客厅，左右两间偏房，对面一间小客厅，左右也是两间偏房。当中是个大天井，靠门一口水井。大客厅供奉着祖上的牌位，客厅门口贴着两句对联“祚千古龙气，贤世代子孙”，据说这两句话还是有来历的。大客厅一侧的左偏房养着只大水牛，右偏房用来堆放杂物。只有鸿修一家人还住在这里，他们把小客厅当客厅，一间偏房改造成灶房和浴房，另一间来做卧室。

鸿修先去牛房里插柳条。他进去时大水牛正在睡觉，鸿修一时兴起便去挑逗它。他拿着柳条抽水牛的脸，水牛一开始不理睬他，后来受不了他这么烦，舌头一伸把整扎柳条都卷了进去。鸿修这下蒙了，可是他不敢告诉父母，又想起阿妈不给他买西瓜，他的腮帮子又鼓起来了。鸿修索性抄了一把牛房里的稻草，当作柳条扎在门窗上。回到屋里阿爸问他扎好了没有，他从鼻子里“嗯”了一句，没再多说。

这天晚上，鸿修父母都很早睡。六月初五夜，没人会荡太晚，平时每晚都出去浪的人，这会儿也收起心性，乖乖守在家里了，但是鸿修却怎么也睡不着。或许是吃不到西瓜，气还没顺，或许是父母交代的事没做好，心里有亏。在这天晚上，他辗转反侧，燥热难眠。一开始父母还说他两句，叫他闭上眼睛，别乱动。等到他们睡过去，也就不搭理他了。

鸿修在被窝里实在熬不住了，悄悄打开门栓，跑到天井。他打了一桶井水，劈头盖脸浇下去，总算凉快多了。他就这样，湿漉漉地坐在大客厅的门槛上，开始给天上的星星取名字。

“你叫马龙骑，你叫水鸡，你叫虎头蜂……”当鸿修指到大门上面一颗星星时，突然有根扁担立在他手指的方向。他还想仔细看清楚时，一个黑影顺着扁担爬了上来。鸿修吃了一吓，用两只手捂住张得老大的嘴，舌头已经在里面打结了。他想起卖西瓜的人说的“水鬼担西瓜”，吓得全身抖成筛子。

那个黑影爬上屋顶后，先慢悠悠地把扁担收在背上，然后蹲下来，探出一只脚荡啊荡，想要找寻什么借力点，可是还没等脚踩实了，他的屁股已经挪了出来，结果一打滑，扒拉着瓦片稀里哗啦地滚了下来。那人摔得不轻，差点喊了出来，可是他双手紧紧捂住嘴巴，把声音闷死在嘴里。不过他到底还是盖不住这声响，特别是他的扁担掉落在地上“咚咚”的几声脆响。这时鸿修看清了这个“水鬼”的模样，他看上去像是个六十多岁的老头，没有头发，脑袋光秃秃的，只穿了一条粗布短裤，打着赤脚，全身黑得发亮，像常年在海上的渔夫，身上松弛的皮肉还能映出几分月光。他本来背上还盖着一条毛巾，这一摔也不知道丢哪里去了。最让鸿修眼前一亮的是他那根扁担。扁担肚瘦头尖，油滑光亮，中间略微弓弯，看来是常用的。刚才落地响声钝而沉，那些胡乱用木头造出来的扁担是摔不出这种声音的。

屋外这一连串的声响惊醒了熟睡中的鸿修父母，父亲喊了一句："谁啊?!"水鬼和鸿修都捂着嘴，没人应答。接着屋里传来一阵窸窸窣窣的声音，父亲想要出来看看，鸿修和老头都紧张得瞪大了眼睛，把嘴巴捂得更紧了。不过父亲没有出来，屋里传来母亲几句窃窃私语，父亲便又重回床上睡了。这时老头总算松了口气，而鸿修吓得脸都绿了，动也不敢动，只好继续坐在台阶上。

老头确认没人出来后，这才慢慢站起来，一脸痛苦地揉着腰背。他找到掉落在水井旁的毛巾，用扁担把它挑起来。他弯腰那一下，整个脑袋闪着白茫茫的月光。老头拿过毛巾，擦去脸上和脑袋上的汗，把毛巾披回背上，然后又用扁担把瓦片扫到一边去。他麻利地完成这一系列动作后，把扁担收回到自己背上。他什么把戏也没用，扁担就服服帖帖地吸在他背上，像他的脊梁骨一样。

接下来老头做的事情，让鸿修有些不解。他从粗布短裤里掏出了一副老花眼镜和一本皱了吧唧的小本子。他戴上老花眼镜，翻看着小本子，一边踱步寻找亮光，一边前后移动本子调整焦点，嘴里还念念有词。

"颍川世家陈祚贤之孙陈树坤一户，妻溪头吴氏，一子陈鸿修……这家没死人呀!"

鸿修听到他说"死人"，吓得不轻，终于坐不住想要逃跑了。他慢慢挪动屁股，想要悄悄躲进大客厅里，但他还是没能逃走。他刚一动，头上的水珠滑落下来，滴在木门槛上。声音虽然微小，却逃不过老头的耳朵。老头循着声音一转头，眼睛便和鸿修对上了。鸿修还未来得及惊恐，老头的脸已经在他面前了。他也不知道老头如何在一眨眼的工夫便从天井中央飞到他面前，而之前的眼镜和本子都被他收起来了，他背上的扁担也已经握在手里了。

鸿修想要喊他爸妈出来，可是却出不了声，两只手还是紧紧地捂住嘴巴。鸿修的眼睛瞪得老圆，老头的眼睛也瞪得圆圆的，两对灯泡眼紧紧地瞪着对方，都想知道面前是什么东西。老头用扁担敲打着鸿修，一边敲还一边嘟囔："这不是西瓜呀……"鸿修被敲着，一顿一顿的，发出"咯咯"的声音。

老头有些迷惑了，不停搔着秃脑袋。这家屋外没插柳枝，说明是死了人，要担西瓜的，可是人家又没放西瓜，也确实没死人……老头的脑子不够使了，他索性直接问鸿修。

"这是什么名堂?"老头拿出一扎干稻草问。

鸿修认出来了，这是他拿去充当柳条的干稻草。他情绪激动，想说些什么，但是嘴巴被盖死，只能发出些闷声。老头"哦"了一声，勾勾手指，鸿修的手便松开了。鸿修大口大口喘着气，老头耐心等他把气息调匀，然后又举着稻草问他：

"怎么回事儿?"

鸿修又惊又怕，不知说出原委水鬼会不会把他吃了，毕竟水鬼把小孩拖下水里的传说鸿修也是听过很多的，虽然面前这个水鬼和传说中的不一样。鸿修本来还是很害怕，不过想到之所以会拿稻草充当柳条是因为柳条被水牛吃了；柳条会被水牛吃了是因为他赌气拿水牛发泄；他会生气是因为阿妈不给他买西瓜；阿妈不给他买西瓜是因为今夜六月初六水鬼担西瓜……没错，罪魁祸首是该死的水鬼！但是现在水鬼就在他面前，他又不敢骂他，甚至拿一条眉瞪他的勇气也没有。鸿修彻底崩溃，只能把一切过错都推到不会说话的西瓜身上。

“西瓜……”鸿修委屈地说。

“什么?”老头以为自己听错了，再问一遍。

“西瓜!”鸿修又怕又委屈，哭着喊了出来，“我要吃西瓜！呜啊……”

鸿修这么一哭，把老头吓了一跳。怕他把人吵醒，老头急忙把鸿修抱了起来，抽出扁担，往地上一捶，扁担便像如意金箍棒一样抻长，抵住了屋檐。老头又把鸿修甩到背上，然后像猴子一样麻溜地顺着扁担爬上屋顶，翻了过去。这次他还算好运，没有摔倒。脚踩稳后，他顺带一挥手，扁担便翻着跟斗收了回来，像之前一样贴在他的背上。可他忘了背上已经有了一个小孩儿，扁担直接砸在鸿修头上，砸得他猪嚎般地哭。老头也顾不得了，背着他跑出巷子。

巷里睡得轻的小孩儿被吵醒，奶声奶气地问谁在哭。爸妈忌讳地说：“不要多嘴，水鬼偷抓小孩儿了！快睡觉!”吓得小孩儿不敢吱声。

老头一路疾走，把鸿修背到大溪边。一见大溪，鸿修以为水鬼要把他拖进水里，哭得更厉害了。大溪水静静地流着，流过古井桥，就被成片的水葫芦挡住了去路。难得几处冒水的地方，也浑浊不堪，甚至还有猫狗的尸体在生蛆腐烂。大溪岸边，有两大筐西瓜。筐是用竹片编的，层层叠叠，厚重结实，筐身湿润柔韧，筐底的竹篾甚至还长起了青苔。说是大筐，是因为真大，每个筐约莫装着二十来个西瓜，都是又大又圆的。老头像卸西瓜一样把鸿修卸下来，搁在筐上。鸿修跌坐在西瓜上，竹筐“吱呀”了一声，他正好看见溪面的死猫，猫肚子里密密麻麻的蛆虫正向他抬头，吓得他“哇”的一声又哭了。

老头看着鼻涕眼泪一起流的鸿修，没了办法，急得咬舌头跺脚跟。任他这样哭也不是办法，把村民都惹来了就麻烦了。老头思索着，不如先把他哄乖了再说。

老头从另一个筐里捡起一个纹理好看些的瓜，放在耳朵边拍了拍，念道：“嗯，这个瓜好。”老头一只手抱着瓜，另一只手握拳扬起，刚要发力又后悔了。“这么好的瓜，可惜了呀……”不过他看着鸿修鼻涕都哭出来的样子，无奈地摇摇头，“就算我吃了吧!”老头又挥起右手，砸了一拳，西瓜便裂成几瓣，溅了老头一脸汁儿。老头捡起碎在地上的西瓜，掸去瓜瓤上的泥沙，递到鸿修面前。鸿修本来哭得昏天黑地，见到突如其来的西瓜，有些意外。他想吃，但是望了望一脸西瓜汁的水鬼，又不敢要，身体还在抽抽。

“吃吧!”老头把西瓜往鸿修怀里推了推，鸿修也就小心翼翼拿起来吃了。瓜自然是好瓜，鸿修吃到的又是最甜最多汁的瓤，更是粉甜。开始鸿修只是窃窃地抿了一口，尝到美味后便把头埋进去了，也不顾擦掉鼻涕眼泪，和着瓜汁儿一起吃了。

鸿修终于肯不哭了，老头总算松了一口气，这才想起把脸上的汁水擦去。他又捡了一片瓜，坐在另一个竹筐上，也津津有味地吃了起来。

六月初的月，只是一道牙，浅浅地映在夜空，倒是那繁密的星辰，浩瀚缥缈，闪得暗夜发了光。在这星棋密布下的大溪边，一老一少，一人一鬼，坐在两大筐西瓜上各自啃着西瓜。一阵夜风吹过，溪面的水葫芦晃动了一会儿，两人都停下了动作，看着溪面的残月。

“早些年溪水还干净的时候，还有小孩在这里游水呢……”老头眼里映着水里的残月，脸上有些呆滞。

鸿修在全力以赴地吃着西瓜，全没留心听老头讲话。他终于吃完了水鬼给的那片西瓜，急忙抓起另一片往嘴里送，还不忘伸出一只小手紧紧抓着最后那片西瓜。

老头也没去留意鸿修的吃相，他好久没有和人聊过话了，嘴皮有点痒。他指着大溪的对岸，像对鸿修又像对自己说：

“你看那里，风吹到死都不起泡。除了溪尾，那是整条溪怨气最重的地方。溪尾怨气重是自然，整条溪的东西都流到那里，煞气太重。那里嘛……在你阿公那个时候，人命贱得很，生就生一大群，折也折一大群。谁家死了崽，就丢到那里去了。那个时候天灾人祸作践人命啊，想活就得熬命干呐！要是命不好生不出儿子，那日子也难过。生了男丁，苦心养起来，还能帮着干些活。有些狠心的爹妈，生了女儿，就在那里把孩子丢进去哩!”

“要不女儿怎么叫‘走崽’，养大了就要跟人走的，毕竟不是崽，始终比儿子贱。”老头叹了口气，手指着溪面挥了一圈，“那些丢进溪里的小孩儿，就都变成水鬼哩……”

“阿伯你也是水鬼吗?”鸿修吃完了第二片西瓜，正拿起最后一片要吃，听见老头说到“水鬼”，怯着胆问了句。被鸿修这么一问，老头有些为难，不知怎么回答。

“我啊……算是吧。不过我和他们不一样，一般人叫我们‘水鬼’，敬重的人叫我们‘河神’，还有些头发眼睛五颜六色，浑身长毛的人，讲话叽里咕噜的，他们叫我们‘天使’。当然也不是都叫‘天使’，那些长得丑的就是‘天使’，长得比较雅的是‘魔鬼’。”

“什么是魔鬼?”

“我也不知道哩，我是听识字的先生说的。可能是说人长得标致吧，像以前我老伴儿，脸圆嘴阔，肉鼻子厚嘴唇，先生说的旺夫相。奶子跟这西瓜一样大，屁股也大，给我生了好几个儿子。手脚都结实着呢，帮我做了好多活儿……”老头回忆到这里，不禁抽了下鼻子，“她什么都好，就是嗓门儿大。当年土匪洗劫到了家门口，她还在烧火做饭，我叫她赶紧带孩子藏起来。她耳背，冲我喊了句‘什么’，结果屋外的土匪都听见了……”

老头说不下去了，拿毛巾往脸上胡乱一揩，又呆望着溪面。过了一会儿，他奇怪怎么鸿修一点反应也没有，转过头看他，才发现鸿修已经把三片西瓜都吃完了，满脸都是瓜籽和汁儿，正贪心地望着他手里那片没吃完的西瓜。老头把他那片也给了鸿修，惊讶于鸿修小小肚子竟那么能吃的同时，也觉得他有点不开窍。

鸿修开心地接过西瓜，又闷头吃了起来。吃到一半，想起了什么，含糊不清地问：

“水鬼伯你也有家人啊?”

老头没有回答，抽出别在腰带上的烟杆，对着大溪抽起了旱烟。他眯着眼睛把烟草吸得火亮，再噘起嘴把烟吐出来，好像要准备讲一个很长的故事。或许是故事太长了，老头最终还是没有讲。他把烟吐在空中，烟圈很快被夜风吹散，除了干烈的烟草味，没留下什么痕迹。

“不说这些了。我说，你这个吐血崽吃了我一个瓜，我回去跟‘公司’有得交代了。”水鬼拿烟杆敲了敲鸿修的头。

鸿修顾着吃西瓜，只敷衍地“哦”了一声。

水鬼笑了，像个和蔼的老人。一笑起来，他额头上的皱纹更深了，抽烟抽坏了的牙齿也展露无遗。他走到鸿修旁边，捏着他的圆脑袋，想跟他说清楚些什么：

“每年六月六，新鬼要过奈何桥，要拿西瓜贿赂小鬼。以前一直是新鬼自己回家抱西瓜，插柳条是为了让新鬼辨认，以防他们走错家门。早些年‘公司’说要‘人性化’改革，现在就由我们统一帮新鬼担西瓜了。要说以前呀，也不是用西瓜。那时候规矩硬得很，一定要用三生，不过后来不知是哪家穷人实在买不起肉，就用西瓜代替了，没想到‘公司’那边的小鬼居然收受了，所以以后就都用西瓜了。想起来，我在你们这边担的第一个瓜还和你有点关系哩。那个瓜是哪个新鬼的我记不得咯，不过我记得他有几个儿子，大儿子叫‘别人’。取这名字估计是想着索魂的小鬼叫不得这名，索成别人的命吧。不过这名字误会也多。之前你们村儿‘老热’的时候，他托了你们村的鸿志卤一只狮头鹅。正好有人也要托他卤鹅，看中了别人那只大鹅，就问鸿志：‘那只鹅是谁的呀?’鸿志便说：‘那只鹅啊，是别人的啊。’那人就有些不痛快：‘我知道是别人的啊，是谁的啊?’鸿志也不痛快了，说：‘你知道是别人的，还问我是谁的！就是别人的啊!’就这样他们两个最后吵得都快打起来了。哈哈哈!”

水鬼拍着大腿笑着，可是鸿修依旧自顾自地吃着西瓜，连头都不抬一下。水鬼无趣地嚼了嚼烟嘴，重新搜刮点东西出来讲。

“以前送肉的时候，我们还能偷点吃点，现在换成了瓜，占不到便宜了。”水鬼又叹了口气，把鸿修的头扭过来，盯着他，“现在更好，连瓜也收不齐了。”

鸿修怕水鬼反悔要收回西瓜，急忙把剩下的瓜收进肚子里，这才安心，毕竟吃进肚子里的东西，抢也抢不走了。不过鸿修的肚子虽然能装，但硬生生吞下这么一个大瓜还是有些勉强，但是他又不愿放过一点瓜肉，就算把脸撑绿了也不松口。水鬼看见鸿修这贪心样儿，“嘿嘿”地笑了起来，挑逗他说：“吃了我的瓜，就得跟我走哦！抓你去当水鬼哟！”

鸿修怕了，把头从水鬼手里缩回来，捡起地上的瓜皮，推给水鬼，耍赖地说：“我没吃，都还给你！”

水鬼哈哈地笑了起来，一只手捂着肚子，另一只手也撒开烟杆，拍着鸿修的头，拍得鸿修脖子都缩进去了几寸，差点把西瓜吐出来，他身下的西瓜也被拍得抖了几抖。神奇的是，水鬼的烟杆没有掉下来，依旧悬在空中，还跟着水鬼的笑声点着头，磕落零星的烟灰。笑罢，水鬼揽过瓜皮，起身捡起地上的瓜皮碎屑，像拼拼图一样把瓜皮组合起来。没用多久，水鬼便拼出了一个空壳西瓜。他还戴上老花眼镜，借着星光仔细掂量着这个西瓜皮球。确认完美后，他抽出扁担，在瓜蒂上敲了三下，瓜皮间的裂痕便消失无踪了。水鬼像掂皮球一样掂着这个空壳西瓜，露出满意的笑容：“这样子应该能瞒过鬼头了。”

水鬼把空壳西瓜藏在其他西瓜下面，看看月牙的位置。嗯，时辰差不多了。他把剩下的烟草抽完，用烟锅烫了烫脚上的鸡眼，露出满足的神情。磨蹭完后，他把鸿修抱下竹筐，又拍了拍鸿修那比西瓜还圆的脑袋。

“子时快过了，我得回‘公司’了，你认得回去的路吗？”

鸿修点点头，这条路他平时跑过不知多少遍，虽然夜里有些阴森，跑回去还是能的，只是这会儿装得一肚子的瓜，跑怕是跑不动了，只能用走的了。

“那就这样吧，后会……”水鬼顿了顿，“还是不要后会的好。”

“水鬼伯，你叫什么名字？”

水鬼愣了愣，都忘了自己有过名字：“叫我水鬼伯就好啦。”

“哦，水鬼伯，我叫鸿……”鸿修本想告诉水鬼他的名字，但还没说全就被水鬼捂住了嘴。

“不要跟水鬼说自己名讳。”水鬼松开了手，再嘱咐道，“以后要是有水鬼喊你名讳，你莫要应。”

“水鬼都是水鬼伯这样的吗？”

“不全是……有些水鬼还是挺喜欢欺负小孩的……总之你自己当心便是。”水鬼看着鸿修认真的神情，难为情地搔搔头，觉得总得说些鼓励的话，“放心吧，你命相硬，吉凶都挨得过的。我好久没背过这么重的小孩了，你将来是有大作为的……”

鸿修似懂非懂地听着水鬼的话，觉得装满凉飕飕的西瓜的肚子稍微舒服了一些。

水鬼拿起扁担，往地上敲了一下，扁担又在水鬼手里伸长了些。水鬼熟练地用扁担两头先后穿过竹筐的吊绳，再把绳子套牢，这样就可以把西瓜担回去了。他扎稳马步，屁股半蹲，把扁担压在两肩上，试探着踮了踮脚，觉得能行，便“咿呀”一声担着两大筐西瓜站起来。刚站起来有些摇晃，他稳了稳马步，正了正扁担在肩膀上的位置，觉得可以了，便起步走了。

临走前，水鬼回头跟鸿修挥了挥手，叫他也回去。鸿修没有动，站在溪边看着他走进水里。水鬼担着西瓜走到岸边，先踩下一只脚，试试深浅，然后才慢慢蹚进水，一边拨开水葫芦，一边前行。水没过腰身时，他回头看了看，鸿修还站在那里，便喊他回去。鸿修答应着，脚却没动弹，水鬼便转过身继续走了。

水鬼越走越深，到最后只剩一颗圆秃秃的脑袋在溪上，还忽闪着光。鸿修觉得好笑，就喊他：“水鬼伯!”

那颗脑袋马上转过来，额头上的皱纹依旧折叠，但是弯曲得很慈祥。额头下的眉毛扬了起来，在等鸿修说些什么，额头上的褶皱更深了。

“你像我阿公!”虽然觉得有些难为情，但是鸿修还是说出来了。

溪上的脑袋笑开了花儿，往后仰着。他似乎笑得太得意忘形了，突然脸色一变，忽地沉入了水里。鸿修紧张地跑了几个碎步，不过没等他上前，那个脑袋又浮起来了。溪水从他顺溜的皮肤流下，那张满是褶皱的笑脸又出现了。

“你阿公什么样?”脑袋问道。

“不知道哩，”鸿修老实说，“我没见过我阿公……不过我觉得你像。”

“好哩！你说像那一定是像的!”那脑袋又是一阵笑，鸿修也笑。他俩一个在大溪上，一个在大溪里，傻呵呵地笑着。

脑袋仰脖望了望月亮，脸上有些遗憾，旁边的水葫芦里伸出来一只和脑袋一样溜滑的手，朝鸿修挥了挥。鸿修也朝它挥了挥手。水里的手一挥完又入水了，然后脑袋也不见了。鸿修看着脑袋消失的地方，那里还映着残月，夜风一吹，水葫芦便靠拢过来，残月也不见踪影了。鸿修出神地望着溪面，夜风又吹过，吹得他扬起了眉毛，紧凑的眉头似乎散开了。

鸿修回到天井院，发现他进不去，只好蜷在门外睡了一宿。天亮阿爸阿妈醒来，四处找不到鸿修，着急坏了，结果一开门，发现他就睡在门口，把他揍了一顿，作为让大人担心的惩罚。不过鸿修没有告诉阿爸阿妈他怎么把自己锁在门外的，也没有告诉他们水鬼伯的事。但阿爸阿妈察觉到了事有蹊跷，加上昨晚是水鬼担西瓜，忌讳得很，于是便带着鸿修去看“老爷”了。

“老爷”见到鸿修什么话也没说，定定地瞅了他好一会儿，脸色铁青。这把阿爸阿妈都吓坏了，但是怕得罪“老爷”，不敢开声。终于，“老爷”放过了鸿修，转向阿爸阿妈说话，但是语气似乎没有平常那么热切。

“这小孩没什么事，不过以后要看紧点，莫让他惹上什么东西。他耳朵轻，容易一叫就走。”说最后一句时“老爷”凌厉地盯了鸿修一眼。

从那以后鸿修也没再惹上什么事，毕竟没过多久，他便随父母搬离了小城。等到他再回来时，小城和他，都已经换了一副模样。

鸿修在离开八年后又回来了。他回来的日子很特殊，刚好是六月初五，又是水鬼担西瓜的日子。在外这么多年，他对小城的民俗已经所记无多了。但是“水鬼担西瓜”他是如何都忘不了的，毕竟他和水鬼伯的故事，可以说是小城给他的最温暖的回忆。过了这么多年，他心里还是常常念着他的水鬼伯。

每当想起水鬼伯，他就忍不住懊恼。每过一年，更长一岁，他就越加后悔，后悔自己当时那么不懂事，不但吃了水鬼伯的西瓜，水鬼伯向他倾诉旧事的时候，他也不搭腔。水鬼伯得有多少年没和人寒暄唠嗑了，他那时怕只是想找个人聊聊而已吧……可是鸿修连他这点心愿都实现不了，而且不知水鬼伯那晚回去会不会被“公司”发现一个瓜被吃了，会不会因为这样被处罚呢？会不会被别人欺负呢？鸿修越想越自责，有时候甚至会梦见水鬼伯。在梦里，水鬼伯还是一如既往地向他说着过往的奇闻逸事，而他依旧不理不睬。梦醒后，鸿修总是难过得哭了。当年夜里他哭得有多厉害，现在就有多厉害。虽然鸿修这次回来跟“水鬼担西瓜”没有什么关系，他是回来“出花园”的——潮汕小孩虚岁十五那年，都要“出花园”，出过“花园”就是大人了，但是他依旧很兴奋，想着兴许能再见到水鬼伯。

鸿修离开时，还是那个圆头圆脑、眉毛分不清是一条还是两条的野孩子，回来时，已经是个眉清目秀、文质彬彬的少年了。没人再叫他“一条眉”，因为他眉宇之间的格局已经容得下他的气魄了。和鸿修一样，小城也变了样子。这里车水马龙，高楼林立，一点儿没了鸿修记忆中家乡的影子。

鸿修跟随着车子四处望，没有发现丝毫家乡的踪迹。等到了那些车子到不了的地方，总算才有一点家乡的样子——灰头土脸的样子。那些坑坑洼洼的泥土路，那些曲曲折折的小巷子，才是小城的腹地，也才是真正的家乡。

鸿修拉着笨重的行李箱在崎岖泥泞的小路上走着，凭着记忆辨认这些羊肠小道，寻找那个熟悉而陌生的天井院。巷里的人纷纷从门窗里探出头来打量着他，交头接耳地议论这是谁家的后生。

今天刚好也是鸿修曾祖公的生辰，三代亲人都聚在天井院里。老者黄发，幼者垂髫，还有一群婶嫂。大家一边等着香烛喂完，一边寒暄唠嗑。当鸿修走进来时，所有人都怔怔地望着他，却没有人认出他来。鸿修面对着这么多人，有些手足无措，想要叫人，但又不知从何叫起，只好呆站在那里了。终于有人发问：

“你是谁的儿子？”

鸿修想起了在小城自我介绍的方式：“我是鸿修，树坤的儿子。”

天井院里的人们这才想起族里还有这么一个被父母带去外边读书的鸿字辈。几个老人开始转过面说悄悄话："哼！这就是从外面读书回来的？连人都不会叫！"无奈老人的悄悄话实在太大声，鸿修都听进耳朵，脸红成了寿桃……一位满头银发的老人扬了扬手，冲鸿修喊道："先去拜拜阿公吧！"

鸿修认出了这位老人，是族里辈分最长的别人伯。他想起水鬼伯说的那个关于别人伯的趣事儿，回了一声晚了八年的笑。

他朝别人伯点了点头，往客厅里走，刚要迈过门槛，又被一位长辈拦了下来。鸿修认得，这是松增伯。

"你可认得这副联讲的是什么？知不知道你曾祖公叫什么名字？"松增伯指着客厅门两边的对联说道，他讲话像含着一啖口水，鸿修花了很大力气才听明白。

鸿修看着这副对联，用正在变声的青涩男声徐徐念道：

"祚千古龙气，贤世代子孙。"

鸿修心里推想，既然松增伯这样问，那曾祖公的名字自然就藏在这两句话中。藏名于诗，以藏头为首选，而且他是"鸿"字辈，往上推三代，曾祖公便是"祚"字辈，正好应了上联首字。这样一来，答案便八九不离十了。

"是'祚贤'吗？"

松增伯哈哈大笑，拍拍鸿修的头："看来读书到底还是有用啊！去拜曾祖吧！拜完好收拾回家，今天六月初五。"

是啊，今天是六月初五。鸿修想起了些什么，不过没有多说，只是听话地进了客厅。

鸿修进客厅后，那些婶嫂开始议论他。大多是惊讶于他从一个双眉紧凑、黑不溜秋的小鬼头变成这么一个眉清目秀、文质彬彬的后生，一条眉毛长成了结结实实的两道！然后感慨男孩子的格局晚成。松增婶回忆起当年松增伯拿对联刁难鸿修时的情景，咯咯地笑不拢嘴。

"当年小修还是个光着脚丫到处跑的崽子，松增一把抓住他，问他对联两句话头两个字叫什么。小修歪着脑袋想了一会儿，大喊'炸贤'！被松增往脑袋上敲了个包！哈哈哈！"

鸿修已记不清松增婶说的那些旧年趣事儿，自顾自地叩拜先人。客厅巍巍而立的牌位前，摆着四大方桌的贡品。一般都是每家八个菜，菜色各不相同。几个比较充裕的家里，就供到十个菜，家里一般但是心意虔诚的，就自己捏一两盘粿，也摆上去。

供桌上的这些东西，在以前是最吸引鸿修的，但现在鸿修看着这些美味，却没了以前的胃口。比起这些贡品，他更期待六月初五的夜晚。供桌前放着三块棉垫，鸿修跪在中间那一块，磕了三个响头。

今晚鸿修就住在天井院，睡在斜对客厅的偏房里。这间房他并不陌生，从他记事起他就住在这里了，直到后来搬到外面去。随着鸿修他们家搬走，这一带的住家也陆陆续续搬出去了。虽然他们没有像鸿修他们一样搬出小城，但也攒了钱，在新厝地盖了新宅子，住到那里去了。没过多久，这条巷子便空了，有些院子被砌成好多间屋子，租给外来的打工者。不过鸿修他们这间天井院没有租出去，一直空着，只有逢年过节或者先祖作祭时才有人来这里供奉，三代济济，这时才有些人气。一开始鸿修说要住这里时，长辈都不同意，说这里阴气太重，时不时有邪门事发生。而且鸿修正是十五岁，不能惹上什么事，所以叔伯们都让他去自己家里住。可是他们都拗不过鸿修，他绷着有些稚气却很坚决的脸，一副再说什么也没用的架势。长辈们气歪了鼻子，便由得他去了，不再管他。一些长辈又开始吐唾沫：“哼！读书读成这样，还不如早早回来捡猪屎！”这一次，他们是冲着鸿修的脸说的。

虽然鸿修这样目无传统、藐视尊长让人很恼火，但是说到底还是个亲人，不能这么放着不管。晚些时候，几个婶婶便拿了些竹席被褥过来，还帮鸿修把房间打扫干净，从里到外水洗了一遍。她们一边做着活儿，一边好心劝鸿修，让他去自己家里住。鸿修很是感动，但还是谢绝了。婶婶们实在想不通，但也无法决定什么，只好干活儿去了，只是一直念叨着：“怎么会想在这里住呢……”婶婶们还拿给鸿修一大扎柳枝，嘱咐他记得每个门窗都插上，神色瘆人地说着没插柳枝的祸害。最后她们还是不放心，亲手将柳枝绑到门窗上，每个门窗都绑了长长的一扎，让鸿修解得好辛苦。

婶婶们走后，鸿修便将柳枝都解了下来。本来他还想像以前一样，在门窗上插稻草，可这会儿院儿里早就不养水牛了，哪来的干稻草，鸿修又不好跟婶婶们要。本来自己坚持住这里就已经太反常了，再讨干稻草的话，怕惹人生疑，只好作罢。

入夜后，鸿修便开始了漫长的等待。反正他已经想了念了那么久，也不差这一时三刻，就耐住性子等吧。不过想到可以与水鬼伯重逢，鸿修欣喜异常。他心里想，这一次，一定要跟水鬼伯好好说上话。他还翻出来一套旧茶具，洗刷干净，跟巷头小店铺买了一袋单枞茶，想着和水鬼伯一起泡功夫茶。茶具虽然残旧，但还可以用，只是茶杯都裂了纹，有些还缺了口。鸿修拣来拣去，就挑出两个来，算是过得去吧。茶杯只有两个，是少了，但这一点不影响鸿修的心情。

功夫茶也不一定硬要三个杯子嘛，今夜两个就足够了，毕竟茶杯讲究“茶三酒四游玩二”嘛。鸿修这么一想，更是迫不及待想见到水鬼伯了。他早早就烧开了一壶水，把茶具摆好在大客厅门前，还装好了茶叶，就等水鬼伯来了。等得无聊，他便像以前一样，给天上的星星取名字。和以前不同的是，现在的星星明显没以前多了，他给星星取名儿的叫法也不一样了。

“你叫贝克汉姆、你叫村上春树、你叫兰博基尼、你叫云中鹤……”

鸿修几乎把天上的星星叫了个遍，泡茶的水也不知重烧了多少遍，又凉了多少遍。等到鸿修再搜刮不出什么名词可以给星星命名时，他便松懈地倚在大客厅门框上，有些失落。他困极了，但又不敢睡，怕一不小心睡过去便错过了水鬼伯。他拿脑袋敲着门框，想象着水鬼伯那神奇的扁担捶地的声音，噘着嘴学道："咚、咚、咚……"

鸿修也忘了自己敲了多久，外面终于传来一点动静了，鸿修马上警醒地直坐起来，这才发觉头有些痛。屋外的声音越来越大，越来越吵，一开始只是"呼呼"的车轮声，到最后电动车的呼啸声、重型机车的引擎声、尖声怪叫的吵闹声混在一起，慢慢向天井院靠近。

鸿修觉得有些不对劲，这条巷子本来就冷清，现在深夜的时刻没理由人气这么旺。而且今夜子时一过，便是六月初六"水鬼担西瓜"了，知道厉害的人这会儿是不可能在外游荡的。那声响越来越近，近乎哄闹。特别是那似人非人、啼笑皆非的怪叫尤为诡异。鸿修慌了神，他怕了，正如八年前遭遇水鬼那般害怕。他不知如何举措，只好将他解下来那一大扎又长又茂的柳枝揽在怀里，静静听着外面的翻云覆雨。他有些动摇了，后悔没听长辈的话，执意留了下来。

机车的声音在门外咆哮，油门轰隆，起哄的声音也都鼓噪起来。这时，一个黑影蹿上了屋顶，又一个，它们上来后又探身回去拉上来了一个同伴，一共有三个东西。它们形状像小孩，但是浑身是毛，面相怪异。登上屋顶后，它们还如猴子般捶胸挥臂。其中一只还学孙大圣横掌抵眉，手搭凉棚，做四处眺望状。然而，它并非全在做戏，它看到了缩在一角的鸿修。发现鸿修后，它们明显兴奋异常，捶胸嘘气，吆喝着跑下来，围到鸿修面前。

三只鬼猴子像发现战利品一样，把鸿修赶到天井中间。它们四足触地，围着鸿修转圈，用尖声尖气的声音彼此应和。鸿修被围在中间，进退维谷，走投无路的他只好拼死一抗。他抓紧怀里的柳枝，像握剑一般，拿柳枝对着它们。鸿修的这一举动似乎奏效了，他手里的柳枝起到了意想不到的效果。猴子们都忌惮他手里的柳枝，不敢再靠近，只是逡巡着，发出"呲呲"的声音。鸿修像抓到救命稻草一样抓住柳枝，用柳枝去吓唬它们。鸿修的柳枝一甩过来，它们就畏惧地躲闪，可是躲过去之后，又围了上来，鸿修就这样和它们僵持着。终于有一只猴子沉不住气，扑上去想抓鸿修拿柳枝的手，另外两只见状也扑了过来。鸿修急忙架起手挡住那东西伸过来的爪子。他感觉摸到了一层又硬又厚的皮毛，不由得心生恶心，但此刻已没得躲闪，他只能咬牙将它拨开。没想到那东西的爪子锐利得很，将鸿修的手臂抓出几道血痕。鸿修也顾不得这些了，忙趁着它们还没扑倒他之前扬起柳枝胡乱抽打一通。最先被打到的是抓鸿修的那只猴子，柳枝抽到它的腰背，它便弹了出去，滚到井边。其余两只也一样，刚刚碰到鸿修，就被柳枝抽飞了出去。

鸿修虽然不明其中缘由，但知道自己占了上风。他已经怕到骨子里了，但是怕过了头，恶便生了。此时的鸿修起了杀心，血液里男人的血性开始显露，他决心与这些鬼东西拼死一搏，哪怕自己没得好下场也不让它们好活。他挥着柳枝，抽打着四处逃窜的鬼猴子。那些鬼猴子，每被柳枝抽一下，就气力全无，滚上一圈再起来时，便矮了一些。鬼猴子虽皮，哪里架得住这样抽打。没等鸿修抽上几个来回，它们的个子已经缩了一半了。鸿修抡红了眼，还把柳枝分成两束，左右开弓。

眼看再抽就要真的变成猴子了，一只鬼猴子终于开口求饶了。它扬着双手，护住门面，尖声尖气地说："饶命！"像是从鼻腔挤出来的。鸿修一开始没听出来它说的是什么，等它连着叫了几遍才听清。这家伙也会说话？鸿修吃惊它们还有像人的地方，这会儿也才看清原来它们并非面目狰狞，而是戴着面具。惊讶之余，鸿修也觉得它们有些可怜：它们蜷缩在地，瑟瑟抖着，一个个抱住脑袋，不停喊着"饶命"，鸿修停了抽打，它们也不住地求饶。有一只已经被抽得像猴子大小，连求饶的气力也没有了，干脆躺在那里，只是哀嚎。鸿修心软了，那股狠劲也泄了。他想收起柳枝，发现双手竟一点力气也没有，只能由它垂着。

鬼猴子缓过来以后，便惊恐地逃走了。它们拉起那只伤得最重的，躲着鸿修走到屋檐下，想要顺着柱子爬上去，摔了两次才爬了上去。它们翻过去后，依旧是低声呻吟，然而不知为何又闹了起来。又尖又长的喊叫，还有拖长的哭嚎，像是在诉苦。不过这次它们没闹太久，过了一会儿便哗地散了。

等到声响绝了，鸿修才敢放松下来。他坐回大客厅的门槛上，双手无力地悬着，柳枝不敢放远，就摆在腿边。松懈下来后，鸿修才感觉到心脏在猛烈地跳动，觉得全身都在泵血，心脏简直是顶着脖子在跳的。他的脚也泄了劲，止不住地发颤。鸿修想起来受伤的手臂，黑暗之中看不清伤口，只觉得一阵阵火辣辣的痛。

就在鸿修忧心地察看伤口时，又有一个黑影爬上了屋顶。他脑袋顶着一片光亮，背上的脊梁突成一根棍，赤膊光脚，晃晃悠悠地踩在瓦片上。那人在屋檐观望了一下，腰都没弯就决定不爬了，直接抽出背上的脊梁骨，架在屋檐上。那骨头神奇地抻长，直到抵住地面，发出"咚"的一声响。

鸿修被声音所惊，急忙抓起腿边的柳枝，抬头望去，却见一个老迈的身影慢慢从一根长棍上溜下来，落地时一个趔趄，差点摔倒。稳住后，他便将长棍收短，放在背上。鸿修看到，那不是棍子，棍子两边没有头。那人径直朝鸿修走过来，脚步有些慢，但是没有迟疑。鸿修看着他一步步向自己走近，脸上的神情也渐渐放松下来了。他走到鸿修面前，瞪着一双灯泡眼看着鸿修，鸿修也瞪着一双灯泡眼看着他。他们就这样看着对方，想看清对方的样子，却总觉得哪里不一样。鸿修的眼眶慢慢湿润，嘴唇紧紧咬住。那人笑了，挤出一脸的皱纹，露出没剩几颗的牙齿，显得有点傻。

"我还以为你不来了……"

"来的来的。"水鬼伯拍拍鸿修的头，鸿修的泪珠终于滚了下来。水鬼伯拿过鸿修手里的柳枝，把它放在一边。

“没事咯。免怕，水鬼伯来了。”

鸿修抿着唇点了点头，擦干脸上的泪水。想起刚才用柳枝打鬼猴子，惊奇地问：“你不怕吗?”

“不是和你说过吗，我和他们不一样。”水鬼伯笑着说，略微有点得意。

“你快坐，我泡茶给你喝!”鸿修把水鬼伯拉到旁边坐下，给他泡茶。他的手端起水壶时，还有些不由自主的抖动，倒得水溅了一地。

水鬼伯看到鸿修手臂上的伤口，默不作声地拿过鸿修手上的水壶，然后扯下背上那条毛巾，给鸿修捂住伤口。水鬼伯的毛巾很湿爽，用它捂了这么一下，鸿修的伤口便神奇地愈合了，就像当年那个空壳西瓜的裂缝一样。手被水鬼伯牵着，鸿修感觉全身的惊吓都消得差不多了。

“人的东西，我们尝不得。喝茶就算了。”水鬼伯从裤袋里掏出一个用橡皮筋捆扎得严严实实的塑料袋，解开后从里面拿出一包红双喜，还有一个 Zippo 打火机。他抽出一根烟，接上烟嘴，用 Zippo 打上火，眯着眼抽了起来。

“火柴落水就打不着了。”水鬼伯呵呵笑着，从烟盒里半拉出一根香烟，递给鸿修。鸿修摇了摇头，他便把香烟收回去了。

“这些年，去哪儿了?”水鬼伯终于问了。

“搬出去了。”鸿修回答。

“还读书吗?”水鬼伯问。

“读，考到市里的学校了。”鸿修说，“将来还得去更远。”

“好哇，你们房头没出过人才，撑死也就是一个秀才。我说你有大作为来着……”水鬼伯有些欣慰，又有些忧虑，“读完书，要回来?”

鸿修没想过这个问题，他只知道外面的世界很大，他不想做井底之蛙，他要不断走出去，至于将来在哪里落脚，他还没有想过。不过，有一点是他隐隐约约感觉到的：从他离开时起，就已经慢慢远离小城的生活节奏了。

“大概是不回来。”鸿修半猜半说道。

“那也等于是没有的呀。”水鬼伯又眯着眼抽了口烟，“你们家还是没人。”

水鬼伯说完便不说话了，只是抽着烟。鸿修也不说话。他们两人就这样静静地坐着，谁也不说话。

鸿修想说点什么，但是不知从何说起。之前在心里憋了好多年的话，这一刻却找不到一句值得说出来的，没有一句值得打破现在的沉默。

最后是水鬼伯打破了沉默。

“去大溪走走?”

“好。”

于是鸿修和水鬼伯便又一起来到了大溪。水鬼伯像挑西瓜一样挑着鸿修。鸿修就坐在扁担上，水鬼伯就这样担着单头担到了大溪。一开始鸿修不肯让水鬼伯担，他看得出水鬼伯体力已经不如从前了，他心疼。可是水鬼伯说："你不是说我像你阿公吗？就让阿公担一下哩。"

大溪的水葫芦已经不见了，水里的垃圾也捞干净了，不会再有死猫死狗，可是水怎么也不见清。溪水是处理干净了，但是不管再怎么捞，溪水也还是这个颜色，不脏，也不干净，还有一股刺鼻的橡皮泥味儿。大溪边依旧有两个大竹筐，是之前那两个竹筐，但是旧了，有些竹篾折了，用铁丝补着。筐里的西瓜也装不满，将将只有一半高。

水鬼伯在筐里翻来搜去，才挑出一个算是浑圆的好瓜。水鬼伯抱起瓜，一拳就把瓜砸开了。他捡起瓜片，全都往鸿修怀里推。

"吃吧吃吧，那时候你那么小小的肚子，吃了我那么大的一个瓜！哈哈！"水鬼伯在空中比画着，笑眯了眼。

鸿修拣出没有泥沙的瓜片，递到水鬼伯面前："你也吃！"

水鬼伯又把西瓜推回去："我不吃我不吃！我担西瓜的，吃得多了！"

"人的东西水鬼伯尝不得，"鸿修还是坚持，"担的西瓜要拿回'公司'对数，水鬼伯你吃过几次西瓜？"

水鬼伯拮据地笑了笑，拿过了瓜。他们两人，于是便在大溪边一同吃起瓜来。月亮还是那个月亮，却朦胧不清，星星也少了许多。夜空下的大溪，缓缓地流。夜风吹过，溪面微波，粼光却是浑浊。水鬼伯曾给鸿修指过的地方，爬上来几只鬼猴子，模样和袭击鸿修的那几只相差无几。它们尖声嘶叫着，从溪里抬出机动三轮车、重型机车，吵闹一番，便呼啸而去了。

鸿修和水鬼伯静静地看着它们闹腾，不发一言。水鬼伯又点上一根烟，啧啧地咬着。

"它们长得很慢……"水鬼伯有些不忍地说着，"长到这么大不容易……"

"它们长多久才能长成这样？"

"不好说，靠养。不缺的一下来能跑能跳，长得也快，缺得厉害的要养很久，有些怎么养都养不起来……"水鬼伯吐了个眼圈，"做人要看命，做鬼也要看命哩！"

"缺了的话怎么养回来？"鸿修想起那几只被他打得苦苦求饶的鬼猴子。

"缺得多了，养得就慢，而且缺一补二。"水鬼伯看了看鸿修，大概猜中他的心思，"柳枝打鬼，打一下矮三寸。这是大缺，很难补回来……"

鸿修有些内疚，虽然水鬼伯说得有些含糊，但他能感觉到他今夜狠抽那几只鬼猴子是多么严重的惩罚。它们极有可能是再也长不回来了，特别是那只被打得只剩猴子大小的，怕以后都骑不了机车了吧。他越想越是不安……

"这一切都是命数。"水鬼伯像看穿了鸿修的心思一样。

他们又不说话了，只是静静地吃着西瓜，抽着烟，静静地看着溪水。不知为何，鸿修觉得今夜的西瓜没有之前的甜。水鬼伯也觉得纸烟没有之前的烟草好抽，不过他已经习惯了。或许鸿修也需要习惯吧，就像水鬼伯习惯抽没有烟袋的烟一样，他也要习惯吃没有泥沙的西瓜。水鬼伯已经是习惯了，鸿修不知道他是否也会习惯。

这时，又有一群鬼猴子骑着机车呼啸而来，它们载着一车西瓜，咋咋呼呼地冲到鸿修和水鬼伯前面，比出凶恶的架势。鸿修没有害怕，虽然他没有柳枝在身上，不过有水鬼伯在他身边，他觉得很安全。鬼猴子还不肯走，水鬼伯往背后伸手，佯装要拿扁担，鬼猴子信以为真，急忙慌乱开进水里，西瓜也是胡乱丢进去。

水鬼伯见赶跑了它们，顺势挠了挠后背："这群吐血崽！"

"水鬼伯，再跟我讲些过去的事哩。"

"过去的事，过去的事有什么好讲，都忘光咯。"水鬼伯朝向鸿修，用下巴指了指他，"你说吧，说说你的。"

鸿修放下手中的西瓜，肚子中攒了好多年的话成熟了。

"我一出生，外婆和阿公就不在了，我还未来得及懂事，外公也走了。阿嬷跟我不亲，所以我不知道被长辈疼爱是什么感觉。直到我遇到了水鬼伯……我不知道阿公长什么样，但我觉得就是水鬼伯这样的。要是我有个阿公，也是水鬼伯这样的。后来看见别的小孩有阿公阿嬷疼着，我就想，我也有，我有水鬼伯……"鸿修说着，不禁动容，他又回到了那年那个夜晚，"水鬼伯，你能喊我一下吗？"

水鬼伯迟疑着，他捏着烟嘴，早已没了抽烟的心思。他低着头，脸上的皱纹第一次这么峻刻。

"我喊你，但是你切记莫应！"水鬼伯看着鸿修，郑重其事地说，"你要应，魂魄就丢了！"

"你喊，我不应！"

水鬼伯一口气把那支残烟抽完，把烟从鼻子嘴巴里喷出来。他知道，他只要一开口，就越界了，也就再也回不了头了。但他还是喊了：

"鸿修……"水鬼伯别过脸，望着大溪。

鸿修静静听着，他幻想这一刻幻想了那么久，今夜终于实现了。但是他还没来得及回味，水鬼伯的声音便消失了，好像少了点什么。

"再喊一次吧。"鸿修央求道。

"鸿修……"水鬼伯叫得比之前清楚了些，但是鸿修还是没听清。

算吧，就是这样吧。鸿修心想，虽然有点遗憾，没有想象中那么完美，也要学着习惯吧。

"水鬼伯。"他含着泪再喊了水鬼伯一声，当作告别。

鸿修望着水鬼伯，两人四眼对望，一老一少的眼眸里，有些跨越了太久的时光的东西在流淌。水鬼伯想起了他的家人，想起了他未曾提起过的姓名，想起了他担西瓜的初衷。当他想起了这一切时，他知道他的时间也到了尽头了。他望着鸿修，慈祥地笑着，皱纹都舒展开了。

他又喊了一次鸿修的名讳，充满温情的。鸿修听到了，听得非常清楚。他感觉到了什么不寻常，他想开口应水鬼伯。可是没等他开口，水鬼伯的手一勾，鸿修的双手就不听使唤地捂住嘴巴，任凭他怎么用力也无法摆脱。

水鬼伯最后喊了一次鸿修，毫无忌讳地，喊完脸上露出满足的神情，没有遗憾了。鸿修想要应他，可是声音都被闷在了嘴里，他怎么挣扎也没用，泪水从他眼角滑了下来。

水鬼伯担起两筐西瓜，慢慢走进溪里，一边走，一边喊鸿修的名讳，像唱潮剧般念着，笑得很开心。

鸿修只能看着他慢慢淹没在溪里，却什么也做不了。等到他完全消失了，鸿修的手便自动松开了。他有气无力地应了句：

“哎……”

实验项：简珍妮

北京师范大学/杨书源

一

“我叫珍妮，从小我都是这样以为的：如果我要我念大学，那么读的一定是中文系。”

17 岁的那个新年，我高三，伫立在灶台前，耐心地把家里待客的猪蹄汤上的白沫子拿铲子逼出，轻轻浅浅的动作。我妈走过来抻着下巴观望猪蹄的酥烂程度。

“我不想再念了，就是和你说一句，我真的看得懂《浮士德》。”

我妈往我嘴里塞了一块猪蹄筋肉：“不念就不念了吧，好好看着这口锅，这些肉沫子，别管它叫作啥浮士德。”

撇完肉沫子以后没几天，我就搭着我小姨家里送货的长途车去了北京。从此，我在家那边的人那里谈起来，就成了简简单单的三个字“在北京”。

……

二

6 月末，我到了深圳站，长途卧车像是木铎在大钟上沉沉叩了一下。车厢内散尽了最后的一点酸辣方便面的余味，想要澄清南国六月天里的清白。

晨间的太阳是辛辣迷蒙的，我故意在车厢里睡着。抬眼，一个个沉沉的破烂箱子被人们推搡着，蹦跳着拿下来，我侧了个身。

大头皮鞋的脚步渐进，他一只手把我的车票给我：“简珍妮，早上到处在找你换票呢，来，卧铺卡给我。”我听到了我的名字响在一个陌生男人的口中，全身瑟缩了一下。

“简珍妮，简珍妮。”不久以前，这个名字，还一遍遍地，响在美容院里。我哈着嘴，闭着眼，简直是痴迷木讷那样接收着关于我名字的讯息，然后做出反应：“对，我叫简珍妮，对，我在这里。对，我就是你要找的简珍妮！”

它也响在纸上，沙沙沙，落款：简珍妮，只有在那我写给他的300多封信里，我才知道，我是属于我自己的简珍妮，那时我欢快清醒。只是，后来，它们统统变成了“嘀嘀嘀”，那种比我的信更加不值一提的东西。在那一刻，我决定了一件事情：谁要叫简珍妮，让鬼去做简珍妮吧！

“简珍妮！喂，你到底是不是叫简珍妮？”我勃然赤脚跳了起来，踩着地上的瓜子壳：“我不叫简珍妮，我叫棒约翰！”我提溜着鞋子和我的双肩背包，发了狂一样斜斜走着，后面，袭击而来的是一阵笑浪：“哟，她还是个比萨饼呢！”

到深圳站的门口，我在那些拉旅店生意的年轻男子中挑了一个长相最为满意的，给了他300块钱，让他用他的破烂面包车，拉我到深圳的各个大小地标性建筑前和我合影，我给他戴了副墨镜，告诉他，合影的时候摘一下，钱少给50。他战战兢兢，连吃饭的时候都戴着。

第一次，我也拿钱雇了人。

我们在地王大厦、世界之窗前横排站着，没有一点笑容。但是，这又有什么要紧呢？重要的是，他们看到的，诚如我说的那样。我被家里人催婚了，而后跟随着我的男朋友从老家出发去了深圳。

要知道，在北京，所有像我这样人的离开，无非就是忽然问起后的一句意味深长：“哦。她也是时候了。”

我把照片发到了朋友圈，一组组，刷屏。在一个小时内，我的状态接收到了183个赞，在北京的老乡，还有店里的客人、中学的同学留言，“一定要幸福哦!”，快速虚假回复，合上手机，有了点胜利者的快意。好了，世界从此安静，我的！

到了晚上，我见跟着我一天的男人仿佛变得更加沉默了，我就带他到夜市吃了路边摊，他显然开心，文雅地吃着煲仔饭，抬眼偷瞄我。他突然停下筷子，正告我一句：“吃饱了，我得走了，姑娘你自己开心些！”我利索地拿出钱，看着他渐隐在垃圾桶行伍与大柏树之间。萦绕着的是一个问题：“陌生人尚还可以存有这样的一份问候？”

夜继续黑下去，渐渐连刚开始还有些透亮的神采也没有了。我一口口挖着冷掉的煲仔饭，满心想的就是一件事情：“明天去换一个手机号，这总是到达了一个新的地方的启动标志。”

二

3 个月没有去“红苹果”，去有去的规则，每次都牢记，我叫科林，而非林忠实。

这是我念心理学博士的第三年，没有想到，唯唯诺诺、谨小慎微这些与生俱来的好品格竟然有一天得了失心疯。我不拐弯抹角，直接骂了我的导师。

“难道心理学家都要这样杀人?”我看到了他嘴角那一阵微弱的抽搐，终归平静。

当然，顶回我的这点微弱的反抗，对于他而言，并不费力：“哦? 你不是当初来找我的时候，一心一意想要做个刽子手吗? 小伙子，你最近状态不大对吧。”他用手轻轻搭了一下我的肩膀，我的双腿渐软，坐下。毫无疑问，那一刻我迅速败北，出发为他搜集珍妮的第 352 封信。“非反应式心理状态测量”，是谁定义了没有人味的词语呢?

走出学校门的时候，几个韩国留学生的白色摩托车低低贴地飘移而过，我眼尖看到了几顶哈雷帽一闪，浓郁的香水味道。对于这一个在人声嘈杂之中显得越发寂静的师范大学而言，无疑是鲜艳的。“不就是个混嘛!”我和几个男博士、女博士并排走着的时候，自然对于他们发出过这样的微词。

其实，微词不是真心。忽然，想要跳上他们的车，唱他们唱的歌。只是，我是个用双腿走惯了路的人。

到了人民路的辅路，公交车也在两个转弯之前就不再停来这里了。红苹果美容纤体中心。抬眼看看，5 个月以前挂上去的那个横幅“新年大酬宾”依旧在。只是字上的一些偏旁已经脱落。

它从来就是一个人烟不多的地方，要不是这样，一种近乎是怜悯的直觉让我在两年以前亲近这里。那时的红苹果，门面还没有从绿色改成粉色，仅有的几扇玻璃窗户上，贴得满满的都是美容前后的效果图。轻轻一抵大门，就会有一声报幕似的声响：“欢迎光临”。

进门，却没见珍妮飞跑出来。我就自己倚在了吧台上，拿出钥匙扣打着桌板。这对于珍妮而言，是管用的。

出来的，是一个新人，浓妆，血红惨白的两颊，却有着与之不相称的甜到发腻的笑。“请问您找谁?”

“请简珍妮出来可以吗?”

她越发显得无邪了：“您是说她吗? 她在我来之前就走了。回她老家，和相亲的人结婚去了。然后两个人好像要去深圳找工作。“新人说这话说得很顺溜，就像是在讲述随时可能会发生在她自己身上的人生故事，她被屋子里的人唤去做精华液的导入去了。

平躺着的，是两个头发卷曲得像是两朵蘑菇云的姑娘，她们的呼吸起伏带动肚子上的赘肉一起摇晃。听到了几句对于珍妮的议论。

“珍妮看上去，年纪本来就不小了。只是，走得倒也太急了，3天以前，她还在努力推荐我买一套新出的产品，不是要走的样子。”

另一个声音：“她们都是这样子的，说走就会走的。说到底，还是外地人呀。她前段时间还问我说，是不是我们本地人会很不愿意找一个像她这样的地方出来的外地人。你叫我怎么和她说呢，我就和她说得看人，不一定的。”

“哦，她以前也是问过我这样子的问题的，像你们这样学历高的人是不是不会要找一个高中毕业生的。”我突然隔着半透的屏风，蹿进了这句话递送给两个聊天的女人。她们把自己的满身晃荡的白肉连着母鸡一样粗短的脖颈挪了一个方向，不愿与我直视：“我发觉你们这里男人比女人还要多。”

“科林，你是第36次照光治痘吧？”

我置身于一片唾弃中的尴尬被打破了。“您先签字吧，稍等，马上就给您安排人。”

“哦，不用了。”我死死按住了姑娘手里的圆珠笔，跑离了红苹果。

我满脑子，都是那个“永远都在”的被测试者珍妮……毫无疑问，作为一个被测者，“来了，先喝杯水吧！”她是那么无辜、温情而顺服。

记得我做完面膜以后，都是天色灰青的分别的时分。一只湿漉漉的手，软糯如一种散发着陈皮味道的高筋食物，撇着根本甩不脱的水，往我的裤子兜里放上一张纸，手指拿捏之处，因为水晕，透明稀薄，让人想起了一张用来包裹香浓奶糖味道的糖衣。

“科博士，你记得给我的信标号呀，你和我标的一样吗？这次我标的是245号信了，讲的事情是我男朋友那时候在富士康打工时候的事情。相信吗？他们吃的东西都是那机器配出来的，吃咸了都不行。我是忍不了的，我要吃油炒出来的盖饭的。”

她掀开了劣质包装的白色污染盒，韭菜煸炒的油腻新鲜让满屋生香。她扒开一双漂白过的竹筷子，递给我，又把整盒的盖饭推送到了我的面前。她自己呢，手心张开，平放着快餐打包盒上面的那个因为热气变软的廉价塑料盖子，她和我说：“看你中午也没有吃饭，忘记了多叫，你就吃我的好了。我放在盖子里头吃。”

“啊？哦！”因为珍妮，我第一次知道了，原来招呼人吃饭，也可以那么轻巧不客气。我慢慢嚼着咸得有点发涩的菜。那时候，我大概想起了20年前，我妈的手，摊出一双手，热扑扑的，像是也被蒸过了一样，两个璀璨肥胖的玉米贴饼，她喝着邻居家的三颠：“赶紧，给我拿回家去，趁热吃掉。”

说珍妮像我妈，这话是很没有道理的。只是，她私下里的认真无邪，却总能让我想到我妈。这时候，我总是得把自己往回“拉”一点儿。

三

天擦亮的时候，我躺在上铺的木头床上，没有起床。我听得到薄雾里，家里面的鸡的打鸣，那是我已经习惯了的一种时间练习。即使去年过年回家的时候，家里已经不见了最后的一只公鸡，我妈吃着从镇上买回来的几样熟食鸡肉，和我说："鸡早就送人了，你爸和我都在厂里打工，人的三顿都管不住。"

过年的时候，回河南。家里把宅基地装修好了，问了先前已经装修好的人家，买了同样的成套的家具，体面而普通。

油菜花不像以前，疯长得好像能把那股子艳劲儿直接蹿到屋子里。我和我妈说，有油漆味儿，就自己在老屋子里住了。只有白天的时候，我看到一排排的人在那里晒太阳，地上尽是瓜子和花生的壳儿，我才觉得舒心。

我离家的那天，爸妈新年后第一次吵架，内容是关于将自己家里剩下的半亩地送给东头还是西头的亲戚。我妈疯狂地拿着隔夜的白切鸡下着滚烫的白粥，几乎都要挤弄出一种壮志未酬的悲哀眼泪。我只悄悄问了一句："这块地，无论送给哪路亲戚，我们是不是都已经不会再有什么好处了？"他们终于开始注意到了我今天就要走了，只是这回，我妈妈也不再像往年那样，给我蒸煮上许多自己地里面长出来的奇形怪状的东西，她揣了100块钱，到新开的乡村连锁超市给我买了一兜的饼干、面包和牛奶。

临走前，我妈故意压低了声音凑过头来问我一句："你和明杰已经住在一起了吗？"

我说了一句："嗯。"

"那你们什么时候回家办事？"

我给我妈留下的一个简讯是："继续打工，明年再看。"

就这样，我的春节回家，不过是从一个城里来到了另一个城里。

来到城市的最大进步，应该就是学会了晚睡和晚起。晚睡，欢享着睡得比你还要晚的打工者的殷勤招待，刀光火影，烟熏火燎；晚起，静等着美容院里比你起得更加晚的城市主人们那一声声脆亮的喉音。

外卖、酸奶、罐装咖啡、团购券、淘宝账号，这些，我都在不同的时间段里，像是生存技能一样慢慢习得，直到有一天，我让它们彻底变成了我的生存词汇，我就学会了在大城市里走路。只是，城市并不是平的，我好像是一声不吭走到了一片平原上，一座高塔的下面，走不动了，抬眼看看塔尖，好像插在云里，就笑傻了。那么高，怎么爬？

因为，只要有人躺在这里，她们总有新鲜。不知道名字的实惠的打折盛典，远在杭州西湖边的会所，周末去香港相约的一次扫货，我站着，把一层层乳白柔软的漆粉刷在她们的脸上，时不时就说一句：“哦，那这样子你一定很开心吧？”她们开始有了情致说更多。有时候说累了，就有这样的一个收束句：“笑都要笑死了。”就偃旗息鼓，谁也不再说话。在那一刻，好像我的手隔着乳液在她们脸上微微漾开的那种黏腻的声音，是可以听得到的。

只是，有段时间，对于我而言，是在北京这个城市里唯一不同的，让我从开头说起好了。

下午 3 点钟，照例是方婷出去到隔壁便利店，给我们带饮料的时间。她问到我，我依旧说：“特浓咖啡。”她们依旧要笑我一遍，接着说：“百事可乐。”“冰糖雪梨……”

我就是这样花了一个月买咖啡喝，回家以后，明杰已经把我们的笔记本电脑铺好在我的小桌板上，他喝着啤酒就着猪耳朵，咬着我的耳朵，我感觉到了一种不舒适的潮湿，就用力在键盘上敲下了一个个重重的回车。

他就是这样子一个无所不能的低能男人。他每一天最爱做的工作就是下班以后，开着摩托车到美容院里来找我，坐在门堂里的沙发上玩手机，把几片绿箭口香糖嚼尽，把每一个进来的女人都拿斜光好好瞅一遍。而且，我发现了一个他与城市里所有的男人惊人的一致性：他们总是在对一个女人做出评价时，带有一种与己无关的挑剔。

他们工地上，前段时间，来了一个大学教授，说是要搜集外来务工者写的文学。他报名了，他在报名理由那栏，他就写：“我老婆会，她是语文科代表。”

于是，每天晚上，他都会很识相地把饭买好，问：“今天写了没有？”

听他说过一回，这些东西，写得好的话，是要出版的。我听到这句话，突然想要和他谈谈，我问他，到时候出书了，那些诗，如果真的在上面，写谁的名字？他咂了一口雪花，说：“当然是我的名字，廖明杰。”我把手放在键盘上想了好一会儿，说：“好吧。”

在那几天里，我并不太认识我自己。就像是一个初次孵化鸡蛋的母鸡，别家的、受精的、未受精的，甚至是鸭子的蛋，我都是毫无知觉的，只知道沉醉着，用体温渐渐传导自己这 20 多年记忆里的热度。

那种小时候在桔梗田里玩躲猫猫时，我匍匐下去，抬眼窥视，看到一轮红日巍巍落下时，所记忆的燥热、生腥、未知的热量，在我打开电脑的那一刻，在身体里上下流窜。说句不好听的话，这种奇异的初次感验，明杰和我在沙发上、在地板上，甚至是在半夜随时会开走的厂家大卡车里，都没有过。当然，那是太不同的两件事情啦！

那几天，我和明杰说：“我要自己一个人。”明杰正在撕咬着一根刚买来的冒着细细油泡的油条，他把剩下的叼进我嘴里，他恶狠狠地说：“啊？不要以为你做过语文科代表，中学的时候老师给你念过几篇文章，就真的有什么不同了。今天晚上你搞一个火锅团购吧，就去小阿西做服务员那家自助火锅，我老乡头次到北京来打工，你去吗……”

我没有听到他后来在说些什么，只是，我忽然感觉到，工地上光照久逼酿造的汗水、积久不脱的夏日工作服、啤酒在口腔里腐烂发酵的陈味、常日摆弄各种铁器的生腥味道……这股油条的焦香味道，无疑是他一天里最好闻的时候。至于我，今天客人的脸上是什么味道，那么我就是什么味道。

我写了 12 天的时间，每一日，都好像还在高中刚毕业，刚来北京时，在密闭的厂房车间里，棉絮翻飞起来，在一片幽暗里发出荧荧的一点光亮，我抬眼看去……一共写了 8 首诗歌，2 篇小说，还有 3 篇散文，我特地去把它们打印出来。

明杰对着一堆打印纸，斜视了几眼。“你这些诗到底对不对？还有你的这些小说，为什么和我在《故事会》上看到的不大一样？”他就像是看着一堆不是按照标准尺寸产出来的铆钉一样，在麻木中顿时有了看西洋镜的开心。

他应该是把我的稿子原封不动交了上去了吧，接下来的一个月，什么也没有发生。我问他时，他几乎已经把这件事情忘掉了：“骗人的吧，怎么可能还把你那样的东西出书，谁有这个闲钱？都看不懂，也不好笑。”

我觉得，这也是挺好的。无论如何，我的文章上都不会有我的名字出现的。现在这样，反倒是对得起自己的。世界上，说过让别人满怀希望，接着自己都忘记的人终归是占大多数的。看书多的人，就到工地上鼓动鼓动明杰他们。读书少的人呢，也没有关系，我这样，站在美容院里，给别人许诺一张更加期待的脸蛋，再加上一句“当然，这也是因人而异的”，这样，也是可以骗得动人的。其实，我是真的不在意的。好像，我还是习惯于为明天吃什么样子的外卖而头疼。

四

“珍妮嫁人了，这个理由交代得过去吗？”我坐在小火锅的吧台上，手机攥在手里，我团购了一个 20 元的套餐券。当服务员和我说今天团购券不能用时，我觉得吃亏，很想丢下那个已经翻滚起来的锅子一走了之，但是总觉得学校周围的店还是熟人太多，就随便点了些东西。

“珍妮不通情理！”我定性，“可是她又怎么可能会那么清楚，她对于我的用处呢？”

“珍妮是有用的。”我在我导师的办公桌上看到这一沓异常厚的打印纸时候的第一直觉就是如此。也正是我的这种直觉让我找到她，也支撑了我们这个研究报告的上半部分。

那天，导师和我师兄从工地回来，各色各样的纸，导师酸酸地说了一句："这大概就是我们的工人文学了。你们先看，有发现告诉我。"

我们看到了什么？一个人，把他和女友的做爱过程写成了一个说明书，还有一个"诗人"，天真狂热，但是只有他的一首诗，索性也就放弃了，也有打工受了气，从包工头到地方政府轮番用河南方言炮轰了一遍的。

不过我盯着一沓纸看了很久。要不是看得很细，我不会发现文章的中间，有一个新的作者的名字，和封面上，这沓纸的作者落款是不同的。

我记住了这个名字"珍妮"，她是在为谁写作呢？

她那厚厚的一沓纸，你觉得她就是在那里，搬了一把椅子，在有风有树，可以久坐的院子里，和你讲话。有断续，有哽咽，有叹息，有别离，也有语焉不详处的刻意模糊。她说她以前住过的厂房，她说自己的老家变得越来越像城市的腔调，她说自己是怎么样从4个客人那里慢慢学会网购，她甚至会告诉你她生活片区里四个菜场，由她的观察来看，各是什么样子的人去。

我好像钻进了她的生活里，看到她咽喉处每一次的吞咽咀嚼，和一年四季走过，她坐过的双层巴士上，恼人的树梢毕毕剥剥擦着车窗，开往同一个站台"康华家园"。对，我甚至轻而易举就可以知道她在哪里。

那天下午，我像是找到了爱情一样坚定，找到我老板说："老师，我找到了一个合适的人，她叫简珍妮，她很合适，因为她会讲故事、说心情。最重要的是，她的潜意识里，并没有真正意义上的朋友。"我的老板显得很平静，说："觉得可以，那你就试一试吧。"

我承认，当我说珍妮没有朋友的时候，我有一种不道德的窥视感，出于无良的目的，想要把一个人的隐私生吞活剥。只是，在这个孤零零的学术小圈子里，我也太渴望一种叫作存在感的东西。学文学一直学到了硕士，突然觉得自己在心理学上可以有些建树，放掉了自己本来还挺算那么回事儿的工作，重新回到这个连空气都可以描述出成分的学校里，继续学业。我的老师，对我，一如我对于心理学的价值一样，可有可无。

然而现在，我把赌注压在了珍妮的身上。"格式塔心理学，让我以珍妮为利器征服你！"即使我对于这些的理解总是幼稚偏颇，但是，我却有能力，让珍妮写更多的字，交给导师！

我想，对于珍妮，我唯一的愧疚，就是这个我始终没有变过的初心吧。

在这样大的一个城市空间里，珍妮显然很难定义自己的位置，我也是同样的。而我可以进行的一种尝试，就是：通过珍妮来找一找我的位置。

找到红苹果，是珍妮文字里的线索。我发现珍妮真的是一个敏感有天赋的人，她对于她生活周遭的文字描述，和现实传递出来的信息，有一种精准的重合。

珍妮说过：“整个美容院的香气与背景，是一条草绿色的河，只不过，这条河是从一个女人的双乳流淌到她自己的臀部，又至腹腔的自我循环。”

她这样的话，总让我觉得她的身上，有一件比她的生活昂贵上千倍的外衣。因为，她就像是一个置身之外、冷冷的旁观者那样。

有些画面，真的想要在我的记忆里留白，比如我是怎样佯装着信步走进红苹果，又是怎样提到对自己早些年留下的痘坑耿耿于怀，又是多无意，我指着早就背熟在心的珍妮的照片，乐呵呵说一句：“她看着年纪不是太轻，应该手法可以，让她来吧。”

我被按在了床上，中央吊灯明明晃晃，我痛苦地拿袖子隐藏。忽然，光减弱了，有人关掉了中间的大灯，我闻到了珍妮的味道，珍妮的白大衣一角拢在了我的脸上：“您好，以后我就是您的专职皮肤护理师了，我叫简珍妮。”

几乎没有停顿，她开始把洗面奶点涂到我的脸上。她像是设好了程序的机器，在每一步操作完成以后问我一句：“感觉怎么样？”我看着珍妮的脸倒挂在我的视线里，很遗憾地说，与她文字里的深情善言不同，珍妮是一个寡言到让人失望的人。而且，她平平的额头，由于青春痘治愈后留下的粗糙胭红的皮肤，眼睛不大，轻轻上挑，流露出她浑身上下，唯一的一点俏皮。

全程，她只问了我一句：“听说，你是大学里的博士，那你是我认识的第一个。”

我问她怎么知道的。她说：“你填的表上写着的。”

我一如背书背好的那样，拿出了《穆斯林的葬礼》，珍妮说的，她看过的书。走之前，我把书放在了床边，说了句：“一会儿还要拿些别的东西，书放在这里，你随便看看就好了。”她显然刹那间，有防不胜防的惊喜，又收敛成平常的样子：“好，一会儿我收起来。”

我走出门，恍惚时分，仿佛可以听到珍妮痴痴的声音：“等一等，我和你说，等一等，我和你说……”

第二次去红苹果，我又有别的心意！波普特公司给实验室捐赠的30台心理学测试平板电脑堆叠在实验室所有的办公桌上，导师给每一个人配了一台。

到了红苹果，我开始发牢骚说，这台平板显然比不上自己原来的那一台。珍妮也过来试用了一下，我说：“这个写字板好用，还可以排格式，如果你平时有写东西的习惯的话，这个就先寄存在你这儿吧。”

珍妮显得很不知所措，她说：“这样，你便宜一点，我买下来就是了。”最后，我不知道是以500元还是600元的可笑价格贱卖了这个平板，心中计划着这笔亏空，以后可以作为科研项目经费一起报账。走之前，我重申了一遍：“这个平板打字板特别有触感，不用就可惜了。你有写东西的习惯吗？”

就在珍妮把玩着这个平板电脑的时候，她好像很轻松地就把我所了然的那些事情说了出来：“其实，我不写什么东西，你看看我们的这个状态，根本就不会有时间写什么。只是，以前也写过几篇东西，还有个教授说或许可以收在书里面，不过后来发现，也都是说说的，你知道，现在想想自己也怪可笑的。”

我知道，亮出准备好的身份的时候到了：“怎么会，我学了7年的中文呐……”

我记得那一次珍妮在我打开店门的时候，她几乎是扑出窗外：“要不，你帮我看看吧，我写的，到底是一个什么样子的水平。”

我停住了脚，以此生我所能想象得到的最儒雅的方式，粲然一笑：“好!”

五

我走在深圳的大街上，整个大街都像被换血了一样，长出了那么多的口音、那么多的表情。他们和我一样，到底是哪儿来的？我想这也是一个谜语。

我认识科林博士，不对，应该说是林忠实以后，大概就开始住在一个寒碜的磨坊里，像一头驴子一样，没有一日不在为主人负轭、磨粮，不堪指认、不可执著。当然，那样的感觉是在我知道了事情的全部真相以后才明晰的。刚开始的一切，我只当他是我的福音，一种可以忘记明杰那个浅白世界的片刻轻盈。

当他把那一沓打印纸还给我时，言辞是烈烈的：“这些是真的好，我全都一字一句读过了。好像一下下，可以钻进你生活的腹腔里。只是，没有然后了，你的生活，对我来说是没法经历的特别，可以为我多写一些吗？我可以试着给你出版，虽然我并不能给你保证。”

那是错觉，但是在那一刻看起来，好像是一个生命被另一个生命紧紧拥抱的半疼半喜。出版，我当时根本没有想到过这两个字，只是想到了有这样一种可能性：我的故事，可以不再永远只是我的故事，起码，有两个人来看。我几乎是顶着喉咙说：“不用太在意，我可以以信的格式每天给你写一点东西，因为除了店里，我也真的没有什么地方要去，没有什么事情要想。”

“每一天都写!”我说出这句话的时候，我也被我自己吓呆了，后来，我觉得我大概也只是想要回报吧，回报一种稀疏难得的好运气，在这个城市里，找到了一个可以交往的人。

他好像比我更加狂喜，在原地打了好几个转。

也就是在这后来的每一天，我，芬芳吐露，现在知道，其实不过是一天死一回。我在一个不明底细但是书生的羸弱、细腻气质浓郁的年轻男子面前，渐渐把自己打造成了一个透明玻璃房，望得到全貌。

只不过，现在的我，却想把这个房子上的玻璃砸碎、嚼烂，一路从嘴巴里铿锵抛甩，一路闪亮无敌!

每次写信，我好像是真的有话要说的，我窸窸窣窣，在半夜里听着自己白天讲不出来的声音。有几天晚上，我甚至坐在马桶上放声大哭，悲哀与毫无定数的未来像是泻了闸的水，蔓延。这个时候，明杰总是提起裤腰带，跑到楼下，麻利地买来一根验孕棒、一盒紧急避孕药在门外安安静静、老老实实等我。我每见到门外呆傻惊恐的他，我总会想一个问题："像我这样一个和别的男人私通信件的女人，在明杰这样暴戾的人这里，被发现，不应该浸猪笼上千百回吗？"

可是又想：话是我的，和谁说，管他呢！

我好像是通过这些信，已经把自己挖得很彻底了，以前，我从来没有想过，高中毕业，我17岁离家，到现在为止的9年，我在干什么？而这些东西，倒叙起来，才发现，我一直活在简单的供需逻辑里罢了。每一次进劳务外包公司、每一次的周末促销、每一次进银行往我正在上大专的弟弟卡里打钱、每一次在硬座火车夜车上昭示的一个人的大迁徙，甚至是在那样的日子，我拿着厂里当月的生产大户的额外奖金3000块钱，走到最近的购物中心，却只有一种摸一摸每样东西的不知所措。

青春、力气、汗水、恋爱全部加入这场供需之中，没有例外。归宿呢，也是既定的归宿，回不回家，都得最后回家。嫁不嫁人，也得最后嫁人。

"我就像是一颗长得不算怪的鸡蛋，北京城是一个有着无数密密麻麻鸡蛋孔的蛋盒，我被随便放在了一个蛋孔里，其实你会觉得那个蛋孔其实也可以。只要你不坏，一切就都好。"

我是当面和当时的科林说我的这个比喻的，他只是摇了摇头："我觉得你是想太多了，谁不是一个鸡蛋呢？"

每次，我都把我写的信打印出来两份，一份给科林，一份自己留着。我都问科林同样的一句话，在352封之前："你看了吗？"他看了，他可以说出其中我或许都会忘掉的细节，只是对于这个问题，他从来不敢直视着我的眼睛回答，他只说："真的挺好。"只是，当时的我，是怎么样也不可能想明白这个表情的。

直到信的标号到了359，那个黄昏，是科林来激光治脸的日子，我那天累极了，做了16个客人，脚底有点哆嗦，等到了下班的时间，店里人都走了，我却听到了宣判的声音。在以后的3个月，他带着我的352封信，消失了。

六

我买了半夜去深圳的机票，4个小时。或许，我可以不花费这来回的机票钱的，我并不是想要和珍妮说明白什么，只是觉得，把她的这些信还给她会好一些。虽然，这些信都已经用过了，但是我却愿意把这些信还给她，我觉得这是我所理解的、力所能及的善良吧。我想，珍妮应该是会高兴的。

珍妮其实是知道的，我从来没有消费或者消遣过她的故事。

她每次递给我的信，就是一沓纸，我好像是带着自己所有的神经，钻入了一个宽广而阴柔的峡谷之中，时晴时雨。

美，却总要在读完以后被破碎肢解。

在我电脑的数据库里，有一个我导师视为经典、被推翻重组过 20 多次的非反应式心理状态量度表，珍妮信中的每一句话，在这里，和试管中的一个物质没有什么两样，它们的共同身份都是被测验的。而我，不过是一个懂得基本操作规范的表格的完成者。珍妮每句话的长短字数、语序、标点、主语谓语、时态都是参与元素。这种时候，珍妮的信总是让我感觉一阵阵本能的眩晕。肢解，拿一个锤子生凿开的蛮力。

第 184 封信的记录，我难以坚持，我好像总能在眼前看到一个在泠泠落雨的屋檐下，一个托着腮帮子的简珍妮，她的嘴巴一开一合，轻柔缓慢。

我对老师说："可不可以和她说清楚，这是一个实验。"

他说："那她以后，不会再给你写一个字，而且，你为了这一百多封信所做的花费，可能不能在这里得到补偿。你对于自己的被测试者承担的责任与风险，你不会没有事先的一个评估。换句话说，你在做出了评估以后的行动，一切的目的都是为了让测试的风险和干扰因素降到最低值的。有时候，当然包括，隐瞒。"

352 封信，这是一个太好的讯息了，数据库提示，数据已经饱和，可以进入分析参数阶段。

后来的 3 个多月里，我不再和她接触。我渐渐明白，我对于珍妮的兴趣，绝对不是出自于她这个人本身。我把她和她的文字，完全分得太清楚了。我把后者视为圭臬，那是因为它们是有用的。所以，我始终没有勇气，也没有动机，再见珍妮。

不过，这只是我当时的想法，当我听说珍妮去了深圳，我却依旧带着信去了，或许，珍妮那些信，在远离了那个量度表上密密匝匝的数据后，终于，还是成了本来可以逍遥法外的心灵的捕手。

难以置信，珍妮约我在一个茶馆见面。在我的印象里，她坐在椅子上气定神闲晃悠着一个小小的茶杯，第一次以一个地道、老辣的消费者而不是服务者的形象在我面前出现。珍妮在深圳，多了一种应景的漂亮，黑色贴身连衣裙，和这个城市一样，有种呼之欲出的直白。

珍妮，对我好像少了些本来的敬意和温顺。

当我把信拿出来时，她一封也没有看，双手交叉着，瞥了一下，说："拿回去吧，这是朋友的礼物。"

我感觉到了谈话的不顺畅，想要早一点结束。忽然，珍妮问了我一句话："这些信，你还有办法帮我出版吗？帮我联系一个出版社吧，钱我可以自己来。”

我没有照见自己那一刻的表情，或许我也可以答应她，然而，那一刻，我觉得我整个身体随着这句话都变得越来越沉重，我慢慢地说：“我觉得，其实也并没有那个必要吧，你说呢？”

珍妮的那个眼神，满是对于我的丧气：“好朋友，你让我终于觉得了，写信是一件多可怕的事情。你一直在问我，我的真名叫什么，我的大名的的确确就是叫简珍妮！”

“简珍妮！或许她就是清楚了我的所有动机，事情的所有原委了。”

七

很难想象，林忠实竟然出现在了6月的深圳，还是为了我，一个他所谓的“操作对象”。

当我走出茶馆的那一刻，我觉得那是一个结尾，因为，我看到了嘴角边，那条中饭残留下来的浓重的卤肉汁，他吃得是多仓皇呀！只是，没有告诉他要抹掉，径直走了。我希望，他这样，嘴角边挂着残剩的汤汁，到日光里。

至于我，只是愿意满心感激他给了我这么一个离开早已经想要摔碎的生活的最好借口。

“如果你可以被百度到，那么你很牛气。”我听过这样的话，半个月以前，我上百度试了试，本想和自己开一个玩笑。输入“简珍妮”我的大名，出来的搜索结果的第一条就是一个学术期刊《心理学界》上的论文标题《珍妮来信352封的非反应式心理状态量度测验》，我的脑子里，好像是惊涛骇浪一样，层层叠叠推高而上。我看到了被测试者情况简介，是我自己，我又看到了论文里提到的那些句子，好像还是我的。至于那些多出来的数据，像是我写的东西上长出来的瘤子，丑陋，也长在那文章里。

我看了看那篇文章的署名，前面的一个人我知道，是科林有一次无意中提过的名字，至于后面的那个名字，并不是科林，而是“林忠实”。我终于明白了，为什么他一直在问我，我的真名是不是叫珍妮，因为他自己，恰恰就是不敢用真名来和我说话的那个人。

我给了自己一个很好的结束的理由，当天就从红苹果辞职了，“父母让我回家嫁人”。随后，我又回家一边整理箱子，一边把同样的理由告诉了明杰。

明杰叼着一块口香糖，先是把我的手拽得很紧，挑衅的样子，随后又慢慢松开了，他舒缓了表情：“像我们这样，各自回家，嫁人，娶人。露水夫妻，走不到最后的。”他和我清算了这半年的房租和水电费，还特意把零头给我去掉了。他问我要不要搬行李到楼下，我说不用了，本来也就没有多少。我走的时候，听见他在我的背后，一切如常地咂巴着口香糖。

八

终于，在7月的深圳，故事有了一个新的版本。

打工妹简珍妮觉得自己应该离开“服务行业”这一个工种，当她寻摸着自己可以干些什么的时候，她想起了那句话“当百度可以找到你的时候，你就还可以！”。简珍妮请教了无数的人，写出了一个像样的个人简历。这在她10年来的时间里是没有想过的，有一天，她会拿着几页纸，而不是一张嘴，去和别人说自己干过什么。

简珍妮拿着自己的简历，进了15家小广告公司，并且在面试的时候告诉面试官：“你百度一下简珍妮，第一个就是我。”

终于，第15个面试官仔仔细细看完了全文，只问了一句：“那里面的句子，当真都是你写的？”珍妮点头。他说：“那你真是太有趣了，来我们公司做文案吧，我们这边有很多针对城市打工者的速食食品的广告案子是长期客户，我想，你理解那种心态，你可以表达得很好。”

就在27岁那年，打工妹简珍妮第一次坐进了办公室里，第一次在大楼门口打卡，第一次把自己的杯子放在了一个像样的茶水间里。当然，中午还是那样的命运，和同事一起，吃油汪汪的盖浇饭外卖。

当然，简珍妮，也就是我，还是喜欢说给自己听这样一句话：“我是简珍妮，如果我念大学，那么我念的一定是中文系。在中文系里，我有一个男友，怀着端正的居心，读我写的东西。大四毕业那年，我还会出版我的第一部作品集……”

九

我从深圳回来的那一天，短信提示，我的卡里面多了一万五的收入，是我老师给我打过来的。他说：“你的珍妮来信，通过项目终期验收了，珍妮下集，已经是可有可无的东西了。”

下集，什么下集？

我突然想起了在我的脑子里，那句沉睡了7年的句子：“你明天还会来吗？”

那年我大二，那是一个幼稚的大学生组织的荒唐的调研，“85后外来务工人员婚恋观念调查”，为了提高参与度，大家委派我和一个卖手抓饼的姑娘谈七天恋爱。我甚至也没有明白为什么，只是因为一朵小小的玫瑰、几本我已经看过的小说，竟然真的给了她恋爱的感觉。调研的最后一天，我和她并排坐在水已经干涸的桥上。她忽然热切地问了我一句："你明天还会来吗？"那时候，我抬眼看着天边渐渐收缩的云，眯缝着眼睛，轻轻说："当然会来。"

第二天，我花了一天时间如痴如醉写完了自己的"恋爱调研报告"，合上电脑，飞奔去买了当晚的火车票，开始又一个黑甜饱满的暑假……

"还好，这次，珍妮和我并没有爱情，我是无罪的。"我告诉自己，应该这样去相信。

“刁民”生长

长江大学/张　鹏

壹

木柴在土灶里烧得噼啪作响，锅里在蒸鱼，母亲轻轻揭开锅盖，蒸汽像一朵白云从锅里升腾开来，厨房里立刻云雾缭绕，四处逼仄着浓郁的紫苏和鱼的清香。我倚着门，望着院子里的阿伯，他正撅着屁股要把一根木头搬到木架马上，路上有人问他，你拿到钱了吗？他正在使劲，憋红了脸说，哪里还有钱拿。正说着，一下就把木头甩上了木架马，声响吓飞了旁边几只捡食的母鸡。他叉腰歇了口气，边去找锯子边和问话的人结结巴巴地抱怨着。

母亲用湿抹布托起热腾腾的海碗说道：“你阿伯他把那件事情整得全村人都知道了。”顿了顿，她抿着嘴，迈着小步尽量让碗里的热汤保持平稳，小心翼翼地把海碗放到桌上才又开口说道：“钱拿不到还要得罪人，真是的!”

我没有说话，看着一下又一下拉着锯子的阿伯，他光着上身，肥胖的肚皮上汗水粘着飞溅出的木屑，天边渲染开的一片晚霞照在他的平头方脸上，他渐渐退去焦躁，只专心拉着手中的锯子。我总觉得这个情景似乎见过无数遍，或许是我幼时就烙下的对他的记忆。

彼时他的纯朴后来变了很多。

父亲收工了，他的摩托车把蜷着身子睡觉的老黄狗惊得一跳，黄狗别着耳朵使劲摇尾巴又害怕车子的轰鸣不敢上前。我赶忙接过父亲递过的布满黄垢的塑料茶壶和饭盒，他脱了衣服，湿答答的，往墙角一扔，就在地上坐下了。

“你都不知道，你哥把明财婶给告上法庭了。”母亲放下手中的活，在围裙上擦了擦湿手，压着声音和父亲说道。

“嗯?”父亲刚要放松下的身躯一下子又挺直了，只是沉默着。

我打开父亲的饭盒，一阵酸臭味扑鼻而来。我在水龙头下清洗干净食物残余后，急忙转身给他倒了一杯水，他没接，挥挥手也没有多说什么，点了一支烟，又到院子里去了。

“你起诉阿兰婶了?”

院子里两个男人赤着上身，最后一缕阳光倾洒在他们汗涔涔的肌肤上，折射出柔和的光亮。我依旧到门边上倚着，母亲竖着耳朵手里拿着碗，胡乱地一遍又一遍重复擦拭着。

“是……是下个星期……开……开庭的，前几天就……就……起诉了。”阿伯他声音很大，他从小就是结巴，越是激动说话声音越大，越说不出话来。

“明财都死了，欠了好几千万，起诉也拿不到钱啊。”

“多少……她多少还会有一点的。”阿伯讲话很吃力，仿佛嘴里含着石子，小时候我和邻居家孩子都学他用这样结结巴巴的口吻说话。

奶奶在洗衣台边放下了正在揉搓的衣服，远远地说道：“每次都是这样，那摆明了要不到钱的，起诉有什么用？你看看你，丢了十几万还不够，你还要撕破脸得罪人，一定要和人家打官司才乐意?”

“你不……不去起诉，就……就……就真的一……一毛钱也别想要。”一句话说完，阿伯他憋红了脸。

“说你们两兄弟败家还不信，明财是什么人你们还不知道？当初那钱怎么就敢借出去？现在大声又有什么用?”奶奶为了这事不知愁白了几根头发，她说得激动，咳了几声，“他也不只欠我们一家啊，你有什么能耐出这个头？你还有多少钱去出这个头？那是些什么人，也是你敢得罪的?”

家里压抑了好几天，这时候总算爆发出了一些，我在心里默默叹了口气。

阿伯松开了握着的锯柄，迎着吹来的微风和不断撞击而来的责骂声静静立着。未断的木头躺在木架马上，锯子卡在当中来回晃动，阿伯只是望着天空，父亲也站着不说话。院子里的桐油树在风的吹动下哗哗作响，树上挂着绿得要滴下水来的桐油果也在摇曳，晚霞渐渐退去，天空淡得仿佛鸭蛋壳一般颜色，等待着黑夜的侵蚀。

“饭好了，快吃饭吧!”

母亲放下在手中擦了又擦的碗，很合时宜地为这场纷争叫了暂停。

贰

青砖上盛着青瓦，青瓦上盛着青苔，青苔上放着青天，青天下放着青涩童年。

我对我的童年，对我阿伯的记忆归溯于那弥漫着绿意的老屋。老屋四周围着田，田的四周又围着山，一条小溪能够让整座山包灌满水，水上又长出稻子，稻子间有鱼有虾，而我的童年便是在老屋四周的田埂上奔跑过来的。

老屋里住着五六户人家，从小我就觉得邻居们都不太喜欢阿伯，我觉得连我母亲也一样不喜欢他，小时候我想不明白他们为什么会这样。

明不明白时间就这样过来了，只是天空没有儿时的那样湛蓝，水也浑浊了很多。在我童年存储量不大的记忆里，我对阿伯印象最深的就是老屋门前放着的那个大石臼，无论春夏秋冬我都喜欢坐在石臼里，把整个身子都弓在里面，用身体去贴紧冰凉的石壁。要是阿伯见了，他就会用那结结巴巴的口吻教训我，说那样坐，长大了会驼背。我要是不起来，他便一只手扣住我的手腕，另一只手扣住我的脚踝，我动弹不了了，就把我从石臼里一把提到半空，用他满脸的胡子来扎我，我越挣扎他就扎得越激烈，非得让我求饶不可。

要是在夏天傍晚，等我们一群小孩排着队在水缸边上洗完澡，穿着短裤到处跑的时候，阿伯他会偷偷地躲在我身后，瞅准时机一把脱掉我的小裤子，然后就捧着肚子哈哈大笑。他的这些行为直接激起了以后绝大多数夏季中午我要对他实施的“报复”行为。

老屋大客厅里摆着三张竹床，夏天中午整个客厅都在震动，那是几个大男人震耳欲聋的呼噜声，那时我们小孩要是哪个胆敢惊醒了他们，屁股上铁定是要多一个巴掌印的。

阿伯他没睡竹床，他总睡在地上，因为他要负责屋子四周田地的保墒工作，他要按时去田里放水、收水。于是阿伯他一个中午往往要起来好几次，客厅里的老竹床又吱吱咯咯地响，他就铺一个麻袋睡在地上。阿伯他不会使唤耕牛，春天的时候他家的田是我父亲去帮他耕的，于是他就负责给我家的田放水，一大家子的田又都是连在一块的，日子久了大家就都托阿伯一起放，谁也没多说一句谢，那似乎就上升为阿伯的义务了。

我们一群孩子在这样夏季的中午里有很多乐趣，而最大的乐趣和最富有冒险精神的就是我那“捋虎须”的行为了。

童年的字典里没有“睡午觉”这个词语，我们等客厅里鼾声四起时，一群孩子便会去大水缸里泅水憋气，会拿着弹弓到竹林里打鸟，会拣最细的草芽去掏“土蜂洞”，我们一群孩子在树上可以玩打架，在楼顶杂物间里可以捉迷藏。等我们玩了一圈，腻了，便蹑手蹑脚地回到客厅，这时候一群孩子便会看向我，因为只有我敢去做接下来的惊心动魄的事情。在众目睽睽之下，我像一只觅食的老猫一样，一步又一步靠近阿伯，然后回首看看身后一道道肯定的目光，继续向前，弓腰，蹲下，一条腿在身前，另一条腿伸在身后随时准备着要逃跑，然后我会一鼓作气揪住他小腿上毛发最密集的地方，顺势一扯，立马转身便跑。这时我们所有孩子都抿着嘴咯咯地憋着笑，转过弄堂，一路奔到屋后才敢捧着肚子笑得前俯后仰。

那时的我经常会变着法子去"捋虎须"，然后享受着一群孩子敬佩的目光——能够博得比我大的孩子们的赞扬，自豪感瞬间便能填满我的小心脏。

这样的事发生以后，客厅里并没有尖叫和责骂，我知道阿伯他醒了，客厅里鼾声依旧不减。为了承认错误，我会笑着回到客厅，看着他；阿伯他也看看我，摇着头笑一笑。然后他起身扛起倚在柱子上的锄头，于是我就抛弃了我的小伙伴们，跟在他的身后，我知道他又要到田里去了。

黄泥在太阳的焦灼下发出腥味，知了贴在稻穗上撒欢一般地叫，蜻蜓也不怕太阳，伏着稻穗转动着骨碌碌的大眼球。我喜欢踩在被太阳晒出白沫的温热的水里，喜欢把藏在稻丛里捕食蝌蚪的水鸟惊得四窜，喜欢把粘在稻秆上鲜红的福寿螺的卵捏得噼啪响。童年盛夏里的太阳似乎并不那么毒，总之小时候我不戴草帽光着上身在田里跑一整天也不成问题，根本察觉不到头上烈日的灼烤。

阿伯总把他戴得发黑的草帽扣在我的小光头上，我戴一小会儿便死活要还给他，他只能又扣回自己头上去了。

田埂上，我伸着小手左倾右斜地跑在阿伯的前头，他扛着锄头平平稳稳走在后面，他要是到了要放水的地方就叫住我，在这里哦，别走远喽，这时候我阿伯说话一点儿也不结巴。我跑回到他的身边，看着他神奇的操作。

他只一锄头便在田埂上挖开一个大缺口，水便会从上垄哗啦啦地流到下垄，这时候阿伯他赶忙拿起簸箕插在豁口上，水从竹篾间穿过，田里的小鱼小虾游不及疯狂泻下的水流，纷纷在簸箕里挣扎。等水流得稍缓了，阿伯就会拿起簸箕，把里面的小鱼小虾都拣出来放在腰间的篓子里，而把簸箕里绝大多数的蝌蚪又倒回田间，这时候阿伯他总要意味深长地和我说一大堆关于青蛙和蝌蚪的益处，他说这些的时候又会变得结结巴巴。

在这样的夏天里，我跟着阿伯在田里跑，看着他如何把一条小溪里的水平均地分配到半个山腰的梯田中，然后带着满满一箩筐的鱼虾回家。一路上阿伯又能够指着草丛像放映刮花了的录像带一样结巴着告诉我很多草药的名字和功效，能够告诉我很多小昆虫的故事，直到后来奶奶才告诉我，阿伯读过中专，一大家子里他读的书最多。

叁

苦楝树的生长代谢很旺盛，即便是在植物最硬朗的夏天里，你看着它一树绿油油的叶子在枝头打着转，一阵风过后还是会出奇地飘下许多像橄榄核一般大小的黄叶铺满院子，有时候我会想，是否再坚强的事物也掩藏不了应有的凋谢，或者是应有的凋谢本就不应该用来掩饰。

在学校里养成的不吃早餐的恶习我没敢在家里继续实行，象征性地扒了几口稀饭，趁着凉快我就扫起院子里一地的黄叶，看着地上的落叶，夏天里反而多了一丝秋天的颓败。

家里的两个大男人都换上了解放鞋，阿伯坐在门口的台阶上等我父亲，经过昨天傍晚的一场口舌，我总觉得阿伯他又变了一些。

母亲把那个布满黄垢的茶壶灌满了浓茶，家里人都嗜茶，茶叶都是自家炒的，他们干活时总是要享受那种很苦的滋味，现在黄色的液体正静静地躺在瓶子里，荡漾着可人的光泽。

他们今天要去种树，这已经是第二天了，一大早就要出发，还要悄无声息地种。

“你和你阿爸一起去吧，多劳多得。”母亲又在催促，昨天我拒绝了，不是因为我不想干农活或者想偷懒，只是我很难接受他们那些令我感到很无奈的行为。

“嗯嗯。”昨天我也是如此回答的，嘴上嗯嗯着，拖延一会儿到最后衣服也不换，他们看到我那样也就不再叫我了。确实不想故技重施，可这次还是这样回答了。

“要去就赶紧把衣服换了。”父亲在洗衣池旁磨刀，金属在砾石上摩擦而过发出力感十足的沙沙声，混合着他略带严厉的声音。

“嗯。”我又“嗯”了一声，无奈他识破了我的伎俩，只好去换了衣服，父母命不可违，圣人的语句又在我的耳畔响起。

三人出发了，草芽上还挂着露珠，山里到处都是鸟叫，虽然我对天空的颜色不是很满意，可也依旧泛着蓝色；电线杆从这边山头跳跃到那边山头，从中间垂下沉重的电线来，燕子从中间穿过，几只长尾鸟落在上面啁哳着；直挺的毛竹青翠欲滴，带着一尾厚重的叶子在风中晃动。我看着这些留在记忆中为数不多、宛如油墨画般的景色，只是觉得亲切中多少还带着一点惋惜。

父亲走在最前头，我跟在最后面。我们穿过齐腰高的苎麻丛，阿伯以前同我提及过它，我依稀记得苎麻是旧社会里穷人主要的服装材料。它们的叶子很宽厚，沾着很重的露水，就算是我沿着阿伯和我父亲走过的路走，我的裤管和衣服还是被露水打湿，贴着大腿和肚皮，感觉冰冰凉。一路上的花花草草大多我都能叫出名字，有不少还可以当作中药来食用。我不由得又想起小时候阿伯不厌其烦地为我讲述每一株植物的名字，可是自从我上了高中以后阿伯便再不提起这些东西。

我跟在他们身后，肩上的锄头磕着锁骨有些疼，停下来歇了一口气，看着满山遍野葱葱茏茏的树木，我的眉头不自觉地皱了皱。是的，不久以后这里将要被夷为平地，所有的绿色将要被褐红色的土壤掩埋，然后在这些可人的植物的尸体上长出一大座工厂来，接着将从工厂里冒出黑烟、流出黑水。而我今天不想来的主要原因是我难以接受父亲、阿伯哪怕是村子里其他涉及此次迁地的人的行为。

在此刻生机盎然的山谷的另一面，原本要比这里更富有活力，那里原本是层层叠加的梯田，可是从远处而来轰鸣着的机器，带着经济腾飞的远大理想把那里的绿色变成了一抔黄土。山头被齐齐削去，然后在山谷之间筑起了大坝。他们从更远的地方把埋在地下几千米的矿石掘出，然后又运到这里燃烧提炼，最后堆积，山谷的尾矿坝里的矿渣越堆越高，山谷的坝体也不断随之加高。可是当时建厂时，所有因环境污染问题而来阻挠建厂的人，在高额补贴金的面前又变得不堪一击，或者说环境污染的理由只是作为他们用来换取更高补贴金的借口而已。

而后真正的环境问题来了，现在在这个山谷的另一面正升腾着漫天浊气，村里人发现晒在地上的谷子里混杂了很多黑色颗粒，发现他们晾在架子上的白面也长出了洗不干净的黑点。然后离那个工厂近的人家就去吵闹，他们不懂得什么是环保局，即便懂得也不相信环保局能为他们解决这一切问题，于是他们就剪电线、堵马路。

可是这种阻挠在金钱面前太容易败阵了，机器再一次轰鸣，黑烟再一次炫耀着它的胜利。

现在同样的剧本只是换了一个舞台，马上要重新在这里上演，而这个舞台的选址就是临着我家的自留山上。这样的结果对于阿伯以及我父亲都是有极大的好处，那便是一份不低的赔偿金，特别在我们家遭遇了一场巨大的挫折的时候。

一阵风过，周围树木哗哗作响，夏日清晨里的第一缕阳光也伴随而来，透过悬浮于空气中的微薄晨雾留下一道道圣洁光束。父亲和阿伯已经开始工作。不能有太过明显的动作，此刻锄头在他们手中失去了往日的气力，轻轻拨开草丛，把齐腰高的草规则压平，然后慢慢地刨坑，慢慢地刨，像是电影里排除地雷的工兵。这一切让我不由得感叹他们手法的高明，是的，他们只是在抢种，还要种得悄无声息。因为工厂明天将要测量和清点所有自留山上的树木，并且按价给钱，正如母亲在家里说的，多劳多得。

一个坑挖好了，他们种下树盖上土，又扯来许多枯草仔细盖在刨出的泥土上。我呆望着，阿伯在地上弓了许久才起身探探腰，他看了看我笑了，又是迎着风，晨雾里的光束正好落在他的脸上，我不知道他的笑是什么意味，是在挖苦自己还是在挖苦我。此刻浮现在他脸庞上的是苦痛还是无奈，他脑海里翻滚着的是那用血汗换来的人民币，还是翻滚着在这满山遍野中寻找换取人民币来弥补之前过错的念头?

阳光下我看不清阿伯的脸，光线犹如钢针直刺眼球，我正了正头上小时候极其反感的草帽，扛起锄头，拨开草丛，压平，刨坑，盖上枯草，小心翼翼，我认为我做得很完美，不露一点马脚，心里却不由得闪现过一句话：穷山恶水出刁民，穷山恶水出刁民，穷山恶水出刁民……

肆

生命中的无奈就如一条落在岸上的鱼，身不由己，无力妥协，直至死亡。

阿伯比我父亲长四岁，却比我父亲晚结婚，我六岁时才有伯母。

在我为数不多的童年照片里，有一张我同阿伯的合影，那对我来说可谓弥足珍贵。

照片里我和阿伯站在田埂上，我的身高大约只到他的腋下，我站在他的身前，他抱着我，天上飘着大片的云，白色和蓝色的对比让人晃眼；两边是铺展开的金黄稻子，每一根穗都是那么充盈，以至于狠狠垂下将原先本就逼仄的田埂合拢得不留一丝罅隙，因此我们就宛若立在稻田中间。照片里的我没有笑，紧紧地倚着阿伯，仿佛要蜷缩进他的怀里，在那个时候农村的孩子拍照时难免会有些羞涩，可是至今我也不知道照片里阿伯当时的表情为什么也那么木讷。

经年累月，照片经不起岁月的揉肆，底部颜色已经淡淡褪去，印满了各式指纹。各种颜色交杂在一起，这竟让我和阿伯的这张合影有了一丝油画的效果。实际上现存于我记忆中的童年画面也就如同一张一张不断放映的抽象油彩画，色彩浓烈，却是模糊不清。

那年我阿伯结婚，在此之前阿伯他的精神状态出奇的不好。他犯了一次病，类似癫痫，后来我父亲告诉我，医生诊断的是“心因性精神障碍”。

那一次我在门边看着阿伯狂躁地把头撞向老屋的木头柱子，撞得楼顶的灰尘不住往下落，然后屋里所有人都去抓住他，奶奶哭天抢地。现在我对当时存数不多的记忆剩余的只是一堆浓烈的色彩扭曲在一块儿，加上嘈杂的声音，大声的呼喊，黄狗也被主人的异常行为吓得夹着尾巴四处窜。

我不知道那是多大的打击才能让人达到那样的遗忘自我，是多大的苦痛才能让一个戆直憨厚的人爆发出那样失控的能量。我记得那个傍晚天空氤氲着浓烈的乌云，空气潮湿得仿佛可以拧出水来，一声大喊“不好了”伴随着闪电把天空撕得粉碎。我跑到客厅，墙角的农药瓶躺在地上泛着泡沫，阿伯蜷缩在一处干哕着，尽管浑身抽搐可他还是挣扎起身子用头疯狂地撞击身边一切硬物。当他狂暴的躯体渐渐疲软下来，邻里邻外把他抬到门板上要送到医院的时候，他又一次挣扎起来，用手去扯墙上的电线。

十几年过去了，每每想到这件事情的时候我心头仿佛挨了一记拳头似的，总留有余悸。

我那年六岁，有整整三天时间都在邻居家里吃的饭，家里人都到医院里看护阿伯去了。邻居们都和我说阿伯他得了精神病，我将信将疑。

没过多久阿伯回来了，阿伯回来以后整天乜斜着眼睛，我叫他也不理我。奶奶听了医生的话不敢触及他心中的薄弱，就派我去做奸细，因为我和阿伯最要好。

我在他的床上来回地爬，渐渐地阿伯他也肯和我开玩笑了，可是只要我一执行奶奶交给我的任务他就立马一声不吭。后来我母亲知道了这个事情，她把我拉到没人的地方反复教导我说阿伯是病人，身上有病菌，以后不能爬到他床上去。

这之后日子渐渐平稳了，阿伯一天天恢复着。我也听了妈妈的话，再也没爬到阿伯的床上。可直到现在我也不知道阿伯当初是因为什么才那样宛若疯子般地失控，兴许答案只能永远藏在他自己不断煎熬的心中。

阿伯他太老实了，我父亲这么和我说的。奶奶也说，他从小就老实到处处被人欺负，她还教育我说以后不能像阿伯那样，不然娶不到老婆。

实际上阿伯并不是娶不到老婆的，就在他病发后不久我就有了一个伯母。

伯母她是个哑巴，听母亲说是因为她小时候打了很多退烧针就变成聋子，然后就变成了又聋又哑。小时候我不知道阿伯为什么要娶一个又聋又哑的女人当老婆，因为他在我的心目中一直是一个懂得很多哪怕是我父亲都不知道的知识的厉害人物。后来我知道了，那也不过是他身不由己的一个部分罢了。

阿伯他为人戆直，只是脑子有些迟钝，再加上是个“愣舌头”，做事处处招人欺负，那次生病之后，他整整大半年时间都一句不吭。奶奶是怕他娶不到老婆了，于是托人找了一个似乎是“平等对当”的人把亲说成了。两方连人都没见过，就这么结婚了，于是我就这么多了一个哑巴伯母。

聋哑就聋哑吧，正好阿伯也不和她多说话，婚事就办下来了。酒席上我到处乱窜，亲戚好友低着头在讨论这个哑巴新娘，有些人拉着我的手问我伯母漂不漂亮，我摇摇头，心里想她不会说话漂亮也没用。很多人却在夸我奶奶有眼光，我记得奶奶那一次确实笑得很开心。我父亲在她面前是个极其叛逆的孩子，永远不服管教，于是奶奶对于这一次自己能够有操办自己儿子婚事的权力而感到愉快和满足，也是自然的。

现实的苦痛无法摆脱，只是逼催着躯体伸张以至于顶起肩头重担，抗拒从四面八方集聚而来的无尽压力。我难以体会一个人踽踽独行在无垠的深邃黑暗中时的感受，但是我可以想象到寂寞浸透皮骨时的恐惧和无力。我想阿伯他不会没有怨怼，任何容忍的量度都是限定的，只等着爆发的一刻，集聚集聚再集聚，然后便有了那个雷雨天里的哭喊。我六岁那年阿伯他以一次那样的狂暴来宣泄出压抑了不知多久的苦痛，从六岁以后我知道他又一次选择了窖藏生命中难以抹平的尖锐。

伍

毒日炙烤着大地，植物萎顿起身躯以保持体内水分，在这样溽热的环境里似乎所有生命体都选择了收敛生息，唯独树上的蝉还扯着嗓子四处聒噪。水泥路上东一片西一片晒着刚从地里收割来不久的稻谷——村里人习惯在马路上铺一大张简易的竹篾席子，把收割来的粮食晒在上面。此刻从稻谷间蒸腾起的热气像妙龄少女婉转而轻盈的舞躯，袅袅升起如隐若现，空气燥热得仿佛划一根火柴便能烧着。路旁一个大泥坑里水牛侧卧着在其中享受片刻清凉，泥浆在阳光的烘烤下四处散发着土腥味，此般温度正如火焰焦灼人心。

我站在屋檐下的阴影处，看着马路上顶着烈日暴晒的一只钢铁巨兽，以及三五成群聚着吵闹的人们，其中就有我的父亲和阿伯。

挖掘机轰鸣咆哮着，我听不清楚他们的谈话，我想大体还是为了赔偿金的问题。几年来村里经常有这样的情况，开发商，我暂且用这个专业且官方的名词来称呼那些在我家乡建设工厂的人们。开发商们为了能够在农村地区落足，除去要和我们选举出来的基层干部谈判以外，还要和村民们斗智斗勇的，然而要想同农民们谈妥赔偿问题又何尝容易。这时候开发商们便会效法多少年以前日本侵华时的做法，至少我认为这二者还是有些相似的，就是优先发展村民成为工厂的管理人员，给他们一点薪资，对那些不满意赔偿的人们安排这一职务的好处便是能够从内部瓦解村民的抵抗阵线，从而把赔偿成本降到最低。这时候那些在烈日下和我父亲争论不休的人便是工厂的管理人员。

我远远望着，父亲把脸拉得很长，虽然我看不清他的脸庞，但直觉告诉了我这时候他的神情。父亲多少年来都是这样的，他坚决地挥着手要让人把挖掘机开走，那些人看似也一毫不让。阿伯在一旁大声说着，可以说是大声叫喊着，他只有采用提高分贝的做法来略微克服结巴的问题，倘若到了激动的时候，他要是没使用这样使劲的方式，似乎那些字词总是逗留在他的喉结深处，很久都吐不出来。阿伯断断续续的声音我是听得到的，只是很难把那些断开的词句组合，在这样炎热的天气里那些管理人员显然没有耐心听完他的讲话，他一句话还没说完便被对方顶开，急得他只能挥着双手用更加夸张的肢体动作来表达他的急躁。

那些人想尽早结束这场争论，应该是他们直接单方面停止了谈判，一转身便上了挖掘机。阿伯见状立马扯住了那人向上收缩的裤管，我心中一悸，父亲也是焦躁得大喊，那人没多顾阿伯的阻挠便用力扯回了裤管。隔着一条马路，我似乎看到父亲正如烈日下暴晒的植物，瞬间便瘫软了几分，平时我认为态度更为强硬的父亲此时似乎是比阿伯更早放弃了。只见阿伯一个转身便到了挖掘机高举起的铁臂之下，我心中又震撼了一下，赶忙冲出屋檐掩护下的阴影，虽然我不知道可以做些什么，只是担心会出什么情况，阿伯这样的举动是我长这么大都不曾见过的。

阿伯挥着手大喊着，我已经听不清楚他说的是什么，挖掘机启动，马达的咆哮声把他的声音牢牢遮盖，车上的人在喊着让阿伯离开。父亲见状也冲到挖掘机前，我不知道如何是好，挖掘机噗噗而来，夹着浓烈汽油味的尾气冲得我头晕目眩，我本能地觉得我应该加入我的家人。

是的，最后我们三个人的阻击战胜利了，我觉得我已经具备了成为一名钉子户的标准和勇气。后来挖掘机开走了，又开来了一辆凯美瑞，是开发商来了，母亲为他们斟了茶，又切了一个大西瓜。于是谈判人员和地点以及方式都更换了，资本家比他的管理人员们爽快得多，不一会儿便答应在原先补助基础上每棵树再增加10元，也许这三五千元钱对他们来说不过是一次晚餐的价钱，前提是我们不把消息泄露给其他村民。凯美瑞开走了，阿伯咧着嘴笑，谈判就这样取得成功。

屋外的阳光依旧耀眼，只是没了先前的强烈，团团白云正游走在宝蓝色的天空上，偶尔遮住太阳在地上衬出淡淡的一片阴影，我倚在竹椅上脑海不断闪过一串串数字，是的，每棵树补贴10元，家里的自留山上将近有600棵几乎荒废了的果树，加上临时"抢种"了大约八九十棵，原先每棵树的赔偿标准是90元，现在升到了100元，也就是唯独树苗的赔偿金便有七万元左右，还加上一些边边角角的赔偿也许会达到九万元甚至更多，我想在我家人心里这样的算盘应该早就打过了无数遍。

自从家里那仅余的十来万元钱不翼而飞之后，我看着阿伯的精神状态不断萎顿，法院里的官司还没有开始，阿伯他只是寄希望于法院能够维护他的合法利益，然而有些事并不是在法律有限的能力范围可以解决的，譬如让一个死人还钱，或者说让一个失去还债能力的人偿还损失。只有这几天，阿伯察觉只有通过这样的方式能弥补回一点因为先前的错误而造成的过失，这样才得以面露笑容，只是这样的阿伯是我第一次见。

马路上又传来嘀嘀嘟嘟的喇叭声，比树上的知了还更能扰人心性，不知道又发生了什么，我起身又到了屋檐下。

似乎事情还没有结束，从山谷里下来的土方车又一次被阻拦，三岔路上堵着一辆半旧皮卡车，陡坡上趴着几辆满载褐红色土壤的巨无霸。这次阻击的当然不是父亲和阿伯，而是村里的其他人。刚刚才歇下的阿伯披了一件衬衫还没来得及扣上扣子就急匆匆地闻声而去。父亲也出去了，两兄弟再次冲入盛夏狂暴的烈焰中。

事情直至那轮骄傲的太阳逃遁得不见影踪时方才结束，吵闹的队伍越来越庞大，阿伯那停停顿顿的声音不断在我耳边响起，混杂着愤怒和无奈。那群前来拦车的是一些没有领到补贴金的村民，他们住得远，建设工厂没有推掉他们的农田，没有夷平他们的房屋，因而他们并没有分到一羹半菜，于是他们不甘心。

是的，环境问题确实已经很严重了，他们以环境污染为由阻挠建厂根本是没有错的，但是我想要是开发商们夷平的是他们的资产，他们能够拿到那一部分补偿金的话，他们绝不会再有半句怨言。这次争论并没有那些开发商的参与，这是一场"人民内部矛盾"，开发商们在村子里已经建厂两次了，对于那些第一次建厂没有领到征地补贴的人，他们看到了此次征地将有一大笔钱可以捞，于是他们便不顾一切要求建厂，父亲和阿伯正是属于这一阵营的。然而对于那些两次建厂都无利可图的人们便是不顾一切阻挠建厂，矛盾便是在这里。

纷争结束了，迷迷糊糊地结束了，天上挂出了月亮又撒满了星星，卡车们开走了，知了们又一次放开歌喉。总之是我父亲和阿伯的阵营取得了胜利，他们几乎大打出手。挖土机继续轰鸣，路上卷起漫天尘土，衬出一束又一束犹如利剑的强烈汽车灯光。我看了一眼坐在台阶上的阿伯，他也看了一眼我。

陆

我第一次得知阿伯把他的所有积蓄用来“投资”给明财叔，是在我上初中的时候。

那时候我留宿在镇子上的中学里，因为村子离小镇太远，一个星期才能回家一次，这一个星期对于那个年纪来说是相当漫长的，而我每次从家里去学校时总要带上很多东西，诸如一个星期所要吃的所有粮食，学校里的食堂是不提供米饭的，需要学生自己带上大米去大蒸坊里蒸饭。

学校食堂是一间很大的土木房子，墙壁是黄土混杂着稻草夯的，附在上面的白灰斑斑剥落才得以显现它的本来面貌；屋子很高，屋顶盖着青瓦，中间还夹杂着一些用玻璃制成的“天光瓦”，从上面投下一束束阳光落在长着青苔的地上；在食堂大厅里抬头看去全是密密匝匝来回穿梭的木梁，木梁上又垂下许多生锈了的吊扇，电线和蜘蛛网交杂着。在吃饭的时候不免要抬头看看那些规整交加的木头，然后在心中默默感叹工程的伟大之后，又在脑海里想象工匠们是怎么把这些复杂的结构给安设在那么高的地方。

食堂里没有椅子，是清一色的几十张大圆桌，我们都是站着吃饭的，大食堂里麻雀们来回穿梭，瞅着我们吃完离开后便从屋顶上的木梁上俯冲下来捡食桌上的饭粒，一点儿也不怕人。

我记得那年接近放暑假的一个炎热中午，我和一群同样疯狂的同学踩着下课铃声一路狂奔，在那清脆的声响还没结束的时候我们便冲进了大食堂，拥挤着找到各自的饭盒，又匆匆到大圆桌前使劲往嘴里扒饭。才吃到一半我便发现不对，看了看黏着黄垢的铝制饭盒盖上刻着的是一个叫“张凯”的名字的时候，我便知道这下是要遭殃了。

那家伙的名字只和我差一个字，可名声却比我厉害多了。当我还在考虑如何处理这一盒饭时，它的主人带着几个伙伴就找到我了，我还没解释清楚，那饭盒连同着热腾腾的米饭就全到我的身上来了。整个食堂的人都在看着我，我没敢多说一个字，那个家伙在一旁一直用他那自以为很标准的方言来警告我，我点着头，可是一个字也没听懂，因为我听到了食堂门口有人叫我的名字。

真合时宜，阿伯来找我了，从那以后他经常到我学校里来找我。

正当我在同学面前最难堪的时候，家人出现在我身边时的苦楚是可想而知的，那个叫张凯的痞子还在嘲弄我，阿伯从食堂门口提着一袋子东西一路小跑过来，我脑子一热，并不是有家人在身旁就可以壮胆，只是单纯地不想在他的面前丢丑，于是我一把扯过旁边同学手中的饭盒就往张凯头上盖去。这样礼尚往来的后果就是张凯顶着满头米饭招呼着他的伙伴朝我身边拥，我觉得脸上一热，先是一个巴掌，我一脚踢得他后退了好几步，而后就是雨点一般的拳头落在了我的胸膛、背上。

阿伯冲来，他大喝一声，我不记得他喊的是什么，这样一喊张凯他们倒是一窝蜂地散了。阿伯就用他那大声而结巴的口吻来责问我，食堂所有人都在看着我们俩，我想当时我的脸肯定红到了耳根子，没理阿伯，我转身就走，他硬是拉着我要去医院。可是事情没有那么简单，那群小痞子的离去并不是害怕一个成年人，而是他们伙同了更多伙伴们要来出气。我们刚到门口就被人堵住了，二话不说，有更多的木棍落在了身上，阿伯帮我挡去了大半，我低着头看到他手上的袋子掉了，落了一地的零食，被无数脚步踩得粉碎，我脑袋嗡嗡响，也不知道阿伯的情况，只觉得浑身都疼。好在学校保卫科的老师们立马赶到，那群人再次逃窜了。

那个下午我请假和阿伯回家了，我俩除了身上被打出了一些瘀青以外并没有受多大的伤。家里所有人都在责备我，阿伯他倒是忘记了这件事情一样，一个劲地说着今天到明财叔工厂里的所见所闻。

明财叔是我们村里的名人，这几年来发财成了大老板，对我们家来说是照顾得无微不至。都听说他是开工厂的，可是谁也说不清楚他的工厂是干什么的，而那天阿伯他到了明财叔的工厂里。明财叔的工厂建在市区，要到镇子上坐车，阿伯在工厂里过了一晚上才回来。他说那是生产节能煤气灶的，工厂占地有八九百亩，要不是碰到厂里整修放假，一般时候还不让外面的人进去。奶奶听了说，难怪明财敢帮村里修路，原来是赚大钱了。阿伯讲得很激动，似乎忘记了疼痛，我记得那是我印象中阿伯第一次流利地讲完那么长的话。他劝我父亲把钱投资给明财叔，明财叔曾经也到家里来说过，说家里有闲钱放在他那里要比银行来得划算。父亲听得似乎也有些动容，问了又问，我听了也在一旁插上一两句。

投资这是一件大事，那是要把家里辛辛苦苦用血汗换来的一点点存款交给另一个人，奶奶最为关心，她一天到头念叨着。自从那一次阿伯去参观了明财叔的工厂后他就经常到市区里去了，而他每次回来总要到学校里给我送东西。

从那一次在食堂里发生事情以后，认识我的人都知道那个“愣舌头”的憨大汉是我的阿伯，连不认识我的人提起我时，也总要说我是那个“愣舌头”的什么亲戚。这样阿伯的探访就把我在学校里闹得“名声在外”了，可是这样对我来说是挺不愉快的一件事情，就连我父亲一个学期也不会到学校来看我几次，而阿伯他虽然是来给我送一些零食的，可每一次总要闹出点笑话来。他来了，总有人会对我说，瞧！你爸来了。

我狠狠地纠正道，他是我阿伯！

柒

陈明财是镇子里的小名人，他回来时开的是气派的凯迪拉克，小镇上没有人不知道他的。他的工厂从刚开始时生产节能煤气灶，后来又生产各式保健药品，还延伸到了砖瓦厂、养殖场、超市……他的企业越做越大，可是除了他的养殖场和砖瓦厂所生产的东西以外，镇子的人并没有一个人用过他的节能煤气灶，也没有人吃过他的保健药品，明财叔说那些是用来出口的。他赚到大钱了，于是掏钱在村子之间修了水泥路，他给老人院建活动室，资助贫困大学生上学，给全镇85岁以上的老人发红包……大家都知道他是大老板，可谁又能想到这些只是他用来融资的台面工作呢。

明财叔和父亲、阿伯是堂兄弟，可却是不同姓氏，他的父亲和我的爷爷本是亲兄弟，只是自小便被送给陈家换了几石粮食，在那个年代拿孩子换粮食也不是一件稀奇事，这样算来我家和明财叔是真正有血缘关系的。几年来他对我们算是关爱有加，也难怪阿伯会那样相信他。

自从阿伯把钱投资给明财叔之后，那段时间算是我见过他最勤奋的时候了，起早贪黑只是为了能够赚更多钱，然后交给陈明财。而此后两三年来明财叔也是年年过年要来家里给我们“分红”，父亲是每次都拿回了堪比高利贷的收入，而阿伯则是选择把这些利息继续作为资本留给“工厂”运行。

终归是瞒不住的，这样拆东墙补西墙的纯资本非法融资的运作方法总有一天要崩溃。随着他的“公司”规模越来越大，最后被人“逼着”筹备着要“上市”的时候，这个巨大的漏洞再也遮掩不住。不需要任何人的揭露，脆弱的事物终要自然瓦解，宛若一个越吹越大的皮球，风光背后只等待着胀破。这一顿泡沫大餐明财叔吃了有整整五年时间，从某一方面来说我不得不佩服文化水平仅在初中的他能有这样的“作为”。当面临资金链即将要断裂的时候，明财叔开着他的凯迪拉克一头冲下了海拔有五百米的大悬崖，伴随着他欠下的几千万的巨额债款。

明财叔死了，整个小镇都吃了一惊。

随后更让人吃惊的是他身后暴露出来的巨大的资金黑洞，千万，对于绝大多数作为“投资人”的农民百姓来说是何等的天文数字，事到如今人人都恍然大悟，原来只是一个骗局，一切都是子虚乌有。他的尸体还没来得及火化，家里的所有资产已经被几个大债主们私下做了瓜分。我们去给他送丧，明财叔在小镇里盖的私人别墅里挤满了人，阿伯在房间里东张西望，去送丧的所有亲戚都没有哭，麻木着做完为一个死人应该要做的应有程序后，所有人放在兜里的手都紧紧地揪着几年来的借条，准备有机会找阿兰婶讨要债务。

明财叔真能瞒，企业老总、政府官员、平民百姓……连他的妻子也不知道他的所作所为全是靠借钱来实现的，她哭得死去活来，我们不知道她是为了丈夫的离去而难过，还是因为纷至沓来的债主而感到恐慌。无数人拿着借条到她眼前，还债还债再还债，她只是一概不理，用眼泪回绝了所有人。

明财叔去世的那一天，阿伯是家里最晚知道的一个人，父亲告诉他明财死了，他欠了一屁股债。阿伯以为开玩笑，要说是明财出车祸死了估计他还相信的，让他感到好笑的是我们说明财的所有产业都是假的。我去过工厂那么多次，那么大的工厂怎么是假的？阿伯愣着神问道。难以置信的不只是他一个人，我想那时候所有出钱“投资”了的都不相信，或者说不愿意相信这样的事实。

邻里邻外都聚集到了家里，他们都是投资人，现在都成了受害者，而明财叔和我家是有血缘关系的。所有人都在抱怨着，也难怪啊，在农村有哪些钱不是靠血汗换取来的，现在说没就没了，谁愿意相信。他们都在问阿伯，你不是去过工厂的吗？是的，阿伯他每一次从市区回来，傍晚的时候准要到村里的“议政厅”——路边乘凉的大桉树下宣扬一般所见所闻。那时候人们乐意听自己投资的工厂是如何地赚钱，现在不同了，人人都觉得我们应该有隐瞒的。

阿伯拿出所有借条算了一遍又一遍，我想他不用算也应该记得的，连本带利一共十余万，我父亲除去这几年来领回的一些利息钱大概也有四万元欠款。奶奶心疼两个儿子辛苦大半辈子的积蓄就这样换成了一张不可能还款的欠条，她逢人便骂两个儿子没头脑。家里闹得鸡飞狗跳，阿伯一天到晚也不去上班，一有空就到阿兰婶家里坐着。

没多久陈明财的资产清算出来了，犹如幻境蜃景的泡沫工厂折合起来只不过是他所有欠款的十分之一。工厂很快便被抵卖，那些有权有势的债主们张牙舞爪地瓜分了拍卖来的钱，谁又敢和他们去争论自己的损失呢？所有村里人都到我家里打听消息，因为我们是陈明财的亲戚，按理来说我们应该能够全身而退，第一个拿回欠款。阿伯和父亲一脸苦笑，陈明财连他的妻子都能瞒得过，我们这门子不算亲戚的亲戚又算得了什么呢。

日子就这样恍恍惚惚地过去了，那个曾经风光一时的陈明财抛下一对孤儿寡母和多得让人咋舌的债款走了。孤儿寡母值得人报以同情，宛若从巅峰跌入峡谷的巨大苦痛不是一般人能够支挺过来的，可是当陈明财死后不到一个月，他的遗孀，我们所同情难过的阿兰婶便再嫁了，而且再嫁的不是别人，正是当初最大债主之一的一个鳏夫。

这样在小镇里空前绝后的事情自然成了人们茶余饭后必不可少的谈资。没有损失的人总要说某人某人倾家荡产借了丈母娘十来万元钱打了水漂，损失的人听了就长吁短叹抱怨自己时运不济命途多舛；不知情的人听了总要感叹世风日下世态炎凉，自以为知情的在说这是串通一气早有预谋。家里人慢慢习惯了，我们不再去做那样的无用功。阿伯也渐渐地缄默了，像一只受伤的野兽蜷缩起身躯孤独地舔舐伤口。所有受过伤的人都企图忘记过去的疼痛，努力在表面上显示着自己对那伤痛的淡然，只是那样的苦痛是被刻进心里的，假饰只能成为现实的凸面镜更加放大心中的缺陷。

捌

电视里播放着新闻节目，解说员正襟危坐面无表情地报告着强台风登陆的消息，窗外的风还在呼呼地刮着，我们每年夏季都要接受这样来自海洋的洗礼。燥热让所有气体蒸胀，之后凝聚成强有力的能量，又终要把一切释放干净，再次等待着聚集。这样的循环除了带来不可预计的破坏以外，便是冲洗了前些日子的溽热，雨水顺着玻璃窗户往下滑，从窗缝挤进来的风吹得身体微微凉。屋外所有植物在大风面前全都选择了弯腰臣服，以最大限度去贴紧地面。从山谷里翻滚出的小溪夹着黄泥和工厂的废渣，雨点混杂着树木枝叶敲打着玻璃窗户啪啪作响，这只不过是风暴的起始。

我站在阳台落地窗边看着雨点顺着狂风飘荡，犹如飘来片片巨大银色幕布，由远及近，在水泥路面上冲刷而过，留下一条条奔腾的银蛇。山谷里新开辟的马路上一股股泥流疯狂地涌出，深浅难判的沟壑里充斥着浓浊的工厂废水混合着黄泥触目惊心。

大雨里阿伯穿着蓑衣，裤脚挽到了膝盖，他在疏通屋前的排水沟，半弓着腰，一只手紧紧按着头上的斗笠，雨水顺着他的臂膀往下流，湿透了他的半边衣服，他的另一只手握着锄头去刨开堵塞排水沟的残枝枯叶。他的这套行头已经穿了好几十年了，在我童年记忆中他也是这样头戴斗笠身披蓑衣，独自冒着大雨到田里去排水的，现在依旧如此。

由山谷下来的陡坡上一辆银色越野车正小心翼翼地驶下，雨刷来回晃动，车身沾满了泥浆。这已经是第三辆车了，我在心中疑惑，工厂的领导们这样风雨无阻确实不多见。

“下这么大雨他们都敢出来。”不知道什么时候母亲站在了身旁，突然的说话声吓了我一跳。

“是啊，他们应该在办公室里。”我正在好奇着这些“资本家”为何敢在这样的极端环境里出现，随口答了一句。

“你阿伯他昨天又去法院了，要求把以前陈明财那些工厂抵卖的钱平均分给每一个债主。”母亲有一搭没一搭地说着，似乎很不屑，也确实是的，事情已经过去将近一年时间了，再说那些拿钱的都不是我们这些人能够资格说上话的吧。

“应该是按比例分，不会平均分的。”作为阿伯这样的债权人是应该有权按比例分到一部分偿款的。可是那又能有多少，最多不过三五千元。

“按比例分？那些人哪里还有把钱拿出来分的道理哦。”母亲说完便转身走了，我知道她指的是在这次借贷风波中那几个损失要用百万计的“资本家们”，那些债款对于他们来说远不够填塞牙缝的，他们不容许有任何人有机会再一次剥夺他们的利益。

风雨依旧，马路上并没有多少车辆来往，离气象台预计的台风登陆时间不到四个小时，这种天气人们避之不及。

马路上又一辆轿车缓缓驶来，停在了门口，车门打开，从里面探出一把雨伞，接着又有三两个人从车上下来，风刮得他们的雨伞东倒西歪，他们努力顶着大风走向前同阿伯交流着什么。之后他们又一同往屋里走来，我赶忙下楼为他们开了门。

“现在上面的尾矿坝口已经有缺口了，如果雨还在下，很有可能……”是工厂的人，尽管他们打着雨伞还是被大雨淋了一身，还没进门我就听到他们的大声讨论。

“今天早上坝口就有点问题了……”打开屋门，外面狂暴的气流疯涌而进，等所有人都进屋我赶忙又关上门，他们一边合拢上淌着雨水的伞一边说道，“上面保安说缺口还在慢慢扩大……”

“大坝……坝要……要崩了？”阿伯结巴着问道。

“现在还没有，要是雨还下的话，有可能会垮掉。”他们用力甩去伞上的雨水尽量不显出自己的紧张，我在一旁看着，意识到了事情的不妙。

工厂里堆积如山的矿渣填满了整个山谷，为了储量他们加高了山谷两边的山体，现在各处雨水汇集注入坝区，大坝随时可能垮台。

“我不知你们说的‘如果雨还在下’的含义，现在只不过是台风的起始，今晚上台风才会真正登陆，雨肯定是会一直下的，那么大坝是不是一定就会崩塌？”容不得多想，我一口气问出了心中的疑惑。

奶奶和母亲都过来了，父亲听到声音也正从楼上往下赶来。

“我们的库区都是按照国家标准来控制的，应该没有问题，只是要让你们现在先做一下预防工作而已。”领头的人顿了顿脚，企图甩去沾在皮鞋上的雨点。

我们一家人都望着他们，父亲听了质问道：“那样还是国家标准？都堆得比两边的山还高了，现在出问题要怎么搞？”

“现在不是讨论这个问题的时候，我们工厂的意思是为了安全起见，你们现在先到库区以外的地方去，什么也不要带，到厂里办公室去也可以，等雨停了我们给你补助。”

是的，开发商们屡试不爽的一招又拿出来了，在农民面前补助是可以解决一切问题的。

“那尾矿坝要是真的决口了呢？我这房子会不会有事？”

我想母亲的明知故问只是为了想取消心中对事实的难以置信罢了，库区离房子不过是隔着四五百米，可是大坝落差将近有两百米，要是大坝瞬间垮塌，巨大的库存加上强有力的冲击力可冲毁一切。

“人先走了再说，应该没事的。”他们的着急程度似乎还甚于我们。

“那……那钱先说好了……”

“不要说钱的事情了！”这时候父亲打断了阿伯继续交谈下去的念头，厉声喝道，“家都要没了，还想着钱！”

“现在不……不走，人都……都有危险……”阿伯又一次急红了脸。

“是啊，万一出情况了就不太好处理了，你看这个山口就是你一家人住在这里，下这么大雨，就是没有工厂在这里都可能有泥石流的危险啊。”

“没建工厂还会有泥石流？”

……

争论并没持续多久，不过是钱的问题，他们答应只要先出去避一下，以后的事情再做商量，于是我们抛弃了一切，然后上了开发商的车子，顺着山谷新开发出的泥路，车轮碾过汹涌而下的泥流，我们一路蜿蜒到工厂修在山顶的办公室，看着水流从四面八方注入当中巨大的黑黝黝的矿渣池中，又从一旁汽车般大小的的缺口处翻滚而出，犹如一张大嘴往外不断呕吐着黑水，汁液横流。

玖

风快停了，呼啸了一夜。现在只是很平静地下着雨，雨点宛若无数条从天上垂下的蛛网，束缚着四周天地，彰显着风暴的余威。

回想昨天夜里，四处的灯光，电机轰鸣声，呼喊声，我们看着一群人在努力为那岌岌可危的大坝挽回生命。工厂办公室里迅速会集了一批又一批人，村书记，环保局、镇政府、县的什么部门的领导……他们顺着大路迂回到山顶，在制高点的山顶办公室里，在确保了自身安全的情况下，他们有条不紊地指挥着工作。得知我们在场后，我们一家人便成了此次台风里不折不扣的灾民，于是我们有幸接受了慰问，几袋方便面和矿泉水并没有像电视报道里说的那样温暖了灾民的心，我们看着山下黑夜里手电筒的光束四处穿梭飞舞，光束把穿过的每一粒雨点都照得晶莹剔透，只是这样的光永远也渗不进浓黝的黑夜，就像一把把利剑刺入黏稠胶着的黑泥，纵然锐利依旧被一寸寸吞噬。

工厂的员工们从各处调来了数十台抽水机，轰鸣着把大坝里的黑水抽起，然后顺着皮管穿过大坝直接排放到了大坝以外，而坝外是直通河流的，这时候他们似乎有了保帅弃车的大局观。工人们呼喊着把山里奔腾而下的小溪全都改道重行，然后把石头沙袋疯狂地倾倒入坝体的大黑口里，就像一场大型手术，无数人的奔走为的是要挽回这条污浊的生命。

阿伯昨夜一夜没有合眼，他在办公室走廊上看了一整个晚上，也许他只能看到黑夜里那些星星点点的手电筒灯光。事实上我们一家人都没敢合眼，山下便是我们的家，只要坝体垮了我们的一切都要重来。夜里我一直在揣摩他们心里最惦记的应该是补偿金的多少，还是在设想倘若拿到那笔赔偿金以后该如何重建失去的安逸的家，我不明白自己这样的想法是属于嘲笑家人的唯利是图还是属于理解和同情他们的无奈和苦衷，只是隐隐觉得这一切不是他们的错，那又该归咎于谁？我不得而知。

我不知道这场大手术是化险为夷还是把风险继续窖藏，总之他们成功了，成功挽救了一场早就可以挽救的灾难。雨越下越小，昨夜天空似乎把混杂在乌云里的所有污渍都倾泻干净，或者是那股巨大力量散去后的洁净，天空中低层昏暗的云慢慢散去，露出更高地方的湛蓝，像画布上的深蓝色颜料四处晕染开来，从蓝色的地方又放出光亮，沁人心脾。

我从山顶上往下看，我的小屋依旧孤独而坚强地立在那个庞然大物面前，它险些被吞噬掩埋，现在总算安全了，它又回到了和大坝对视的日子，我不知道它们能够共处多久。

我们还待在庇护所里，已经有地方新闻台的媒体人来采访领导们的功劳，开发商们灰头土脸来回奔走，总想避去有关于这次风险制造者的头衔。领导们要让阿伯作为灾民代表接受记者们的询问，他大声而结巴地对着摄像机说了些感谢领导干部的话，就这样工厂兑现了当初的承诺，给了几千元的精神慰问后我们便被遣送回家了。

对于我来说还是多亏了这次风险，此后通往山谷的路上经常有扛着三角支架的测绘人员不停地工作，然后工厂的烟囱停止了运行，对面的山谷里挖掘机也停止了轰鸣，旧厂已经被查封，新厂也停止了开发。这个事故总算是让政府再也遮掩不住这块财税大户的乌黑肥肉而忍痛要割去。镇子里的电线杆上打出了横幅，说是要对这些不法生产严惩不贷，绝不姑息，然后我们村的开发商们就破产了，其实我觉得不能姑息的除了这些开发商以外，应该还有更为重要的人……

我当然希望能够重看到逝去的水秀山清，可对于阿伯和父亲期待已久的十余万元占地赔偿金的美梦也将要破灭。

我想他们心里应该是不希望工厂出现，他们只是想获得本就属于他们的而却被无情剥夺的利益。现在这个唯一弥补的道路也被封堵，他们应该会惶惶不可终日，应该无时无刻不惦想着为什么属于自己的东西要遭到四处掠夺。我想我很难理解像阿伯他们这样的人的苦痛，要用什么去反抗无奈？无奈本就是反抗无果后的产物，那么对于无奈又该如何……

拾

工厂已经停产三个月了，厂里的大型器械被逐一肢解拆卸，破铜烂铁被装了一车又一车，剩下的是山谷里再也除不去的乌黑矿渣，它们静静地躺着，就如它们最初沉睡在成百上千米地下时一样安静。现在正以它们的能量去浸透周围的一切，或者说等待着周围的一切去将之慢慢同化，唯有等待着时间的冲逝，随着岁月年轮地转动而慢慢淡去。

水龙头里的水哗哗地流着，村里的自来水由政府出资更换了。奶奶还在菜地里浇菜，父亲在一旁劝说着，接着上前一把夺下了她手中的水瓢，她挺起弓着的腰，抹了抹脸上的泪水。

前些时候镇政府组织我们去体检，靠近工厂的住户有一半以上的人被检测出血铅超标十倍以上。我向奶奶解释，我们血管里流的血液里面的铅超标了，以后地里种的东西再也不能吃了，要去街上买。她还是固执地种了很多菜，她说她吃了不要紧。

“阿伯后天就回家了。”母亲在一旁看了看，摇摇头说道。

我不知道这样的低迷要在家里持续多久，或许真的像那些一批又一批来实验的专家们说的那样要再过五年十年才可能恢复。

“等下我和你爸也要去镇政府里闹，不知道会不会像你阿伯那样……”母亲看着马路对面的山坳里垒砌的巨大尾矿储坝，有一句没一句地说着。

阿伯他已经是第二次进拘留所了。第一次是他作为原告在法庭疯狂地挣脱了法警，给了被告一巴掌，最终以扰乱法庭秩序被拘留了五天，而陈明财一案便这样结束了。第二次便是在我们集体申请搬迁无果的情况下，他一个人带着农药瓶在政府门前险些喝下，又是五天的拘禁……

我不知道以往戆直憨厚的阿伯如今是从哪里爆发出的这一切力量。我不知道这个世界的角落里是否还有像他这样蜕变彻底的人。

这样蜕变的人。

龙抬头·忌

暨南大学/陈润攀

和她相遇，是在龙抬头的第二天。

我所在的这座大都市，虽然地处岭南地区，但似乎不过龙抬头这个重要的节日，就连怀春的少女们也对其不甚了了。这里没有许多“老姿娘”去仙堂上香乞讨男人的热闹场景，没有木质餐桌上肥腻的猪头肉，没有烧过的金箔化为款款而飞的黑色蝴蝶，飞过每家每户门沿挂着的祈福带。我这个不肖子孙，竟也被城市同化了，在昨天遗忘了离家时老姨的嘱咐，像遗忘掉过去肮脏的自己。离家时，留意到祈福带上面老姨写得歪歪扭扭的错别字，它错得让夜深无眠之人泪流满面。

要不是今早无意间观看一档记录潮汕地区传统习俗的节目，我应是糟蹋了老姨好不容易在山上寺庙求得的符头。寺庙坐落在整个县的最高点，遥望大海，威严而慈悲得像海边的妈祖。姨说，在二月初二这天，把它悬挂在书桌的上方，让书籍感受它神圣的气息，那么我以后的学术道路便会走得畅通无比，肯定不会像当年她从子宫里把我挤逼出来那样痛苦。

身为高才生，我毕竟不是一个迷信的人啊！可一想到老姨脸上会流动的褶皱都跟我的出生相关，我就不禁一阵哽咽。我还是撑着眼帘，去理发店重新剪了一次头发，以不违背远在千里的民俗——尽管头发刚剪不久，花掉了好些天积攒下来的准备购买资料的钱。

给我剪发的是一个时尚的女人，穿红戴绿，装扮很是妖艳，不遮羞的雪纺衣几乎暴露了她的乳晕。我胯下的“龙”阳气不足，却对此了无兴趣。她这个阶层的审美只会让我心生恐惧，整个过程我都不敢直视镜子里的幻象。我担心当我将视线调至正前方时，她就会像午夜村里废旧的、点着一星灯火的老祠堂里突然凄叫着窜出的发情的野猫，从镜子里直冲出来。匆匆交了钱走出店门，过了几个拐弯后才惊觉我犯了佛家的戒，犯了起分别心的戒——众生缘起性空，无一差别。手中被翻阅的《心经》上的文字都有会飞的翅膀，像此刻不间歇的微雨，从空蒙的虚无飘落，落在我的心灵世界，洗涤明镜上的尘埃。

龙抬头和初次遗精，在我的印象里，是同一种生理反应。犹记得当时姨看到恐慌的我而露出的喜态，她把鼻孔撑得能招进两只苍蝇。她欲脱下我的裤头观察我那膨胀后垂下的“浪鸟仔”，被我大喊拒绝，只好连连催促我出门去帮村理事会抬神像。当我愣愣地以为自己还是一个孩子时，姨已将我的事迹传遍了街头巷尾，老乡一横巷前池塘嚣张生长的水浮莲也让出一条传播的路子。从此，在村民的接受下，我被划入了男人之列。我想否定，但到底还是绝望，因为我不曾见过抬过神像的男人还能天真地做回“男孩”，无一例外。

但是我虽有男人之名，却一直无男人之实。我是保守的，保守得像个村里的黄花大闺女——一心想把美好初夜的一抹嫣红留给与自己进行过夫妻仪式的郎君。姨没有教会我放荡，所以她时常一而再、再而三地感叹，每一次感叹就有一根头发从发根白到发尾。她说要不是看在我还在进修学业的份上，她绝对不会允许自己的儿子成为街坊邻里的最后一个老男孩。由于此种尴尬，她倒不得不承认，我还是一个孩子。

我终于实实在在地纠正了老姨多年来犯的错误，但是，我竟一点也高兴不起来。这感觉就好像是饱受伤病折磨而抢救无望的三叔公，突然被医生告知可以选择安乐死。腰疴的三叔公死了，不是安乐死。他听了不孝子女的言论后，从七孔桥上跳水自杀了。灵魂自在了好些天，无奈最后浮肿的尸体在水面上被村民发现。

“舍利子，是诸法空相，不生不灭，不垢不净，不增不减……”听僧人讲，念着佛经的人可以无惧任何艰难的境况，就算死亡也是一种升华。讽刺的是，我的心情最怕微雨。心情这东西究竟是属于精神层面的，还是属于物质层面的？无明。

我毕竟不是一个迷信的人啊！我真的没法在我所处的时空里，去依赖一个可以任意决定世人命运的“阴阳杯”。所谓的阴阳杯，无非是两片由竹头或木头制成的小玩意。“拜老爷”的村民祈祷后将其摔到地上。如果两面都成阴，即“笑杯”；如果两面都成阳，即“稳杯”，表示不吉；如果一阴一阳，则为“圣杯”，吉兆的象征，预示着祈祷的通通都可以实现。这种与神对话的形式，我不觉得有任何灵魂获得升腾的感觉，还不如阅读柏拉图的《理想国》，抑或念一遍《心经》。它无非是一种游戏，可赌注却是我们薄如蝉翼的人生。我并不否定神的存在，但是我讨厌它的一切安排，包括我的出生。

我是要说说和她相遇的事的。是的，我要说的是这个。

她跌进我的怀里。一次娇滴滴的后仰，整个持续的动作最后在我的怀里完成，完成得那么恰如其分——如果这真的是神的一次有意的或无意的安排，那我就迷信这一回。

抱着一团柔软，我的脑中枢并没有闪过“英雄救美”的念头。电视剧里那些狗血桥段，看得多了，无奈也隐约心生似曾相识的幻觉。我想起年轻时貌美如花的姨——有次被粗暴的继父吓唬而摔倒在地的姨。

前一秒，她被潮湿的天气和砖砌的阶梯合伙捉弄，不小心滑倒。她心神未定地起身连连道谢，不容我抱着她自上往下与她对视，哪怕多一秒。当然，我很乐意花光所有的气力去保持她起身前的姿势，就算累是累了点。她酥润如春的眼波，以乡村小学后田野小溪的绵力把我的心弦折弯。

她是除了姨之外，我唯一抱过的女人。印象中，她要比姨好抱得多。大概是她显得匀称的缘故，又抑或是因为最后一次拥抱姨时我还小，小得被一个长着满脸胡楂的大叔讥讽为未断奶的孬种。

那个满脸胡楂的大叔，在我不知自多少岁起，“猥琐”地成为了我的继父。

在一个保守得村民还破口大骂“浸猪笼”的乡村里二婚，姨“色胆包天”。没有人问过我同不同意，姨亦没有问过我，我就被贴上了“掰洞姿娘”之子的标签——比烙在女子脸颊上的红十字还要污秽得多。

污秽如我，童年自然是晦暗的，晦暗得像村里茂密的榕树下为数不多的公厕——每一次想排泄体内的污物都要搓着草纸排队等好久好久，好像是要等一辈子。好在，我有一头老黄牛和一个经常偷家里锅巴给我吃的女孩。但是，她们都不真正属于我。

老黄牛属于饭桌。它被宰杀时，她的牛崽刚出生不久，还没断奶。我看到老黄牛眼角的泪水，我哭疯了，继父却笑癫了。他喜欢用手指沾些口水后数钞票，数得慢悠悠的，咧着嘴，一副比性爱还享受的样子——据说改革开放以后他就有了这一毛病。而我的泪水啊，我管不住，也无意去管，它哗啦啦地拼命往下掉，像是哭完这一次以后就不会再哭了似的。我扯着他的衣裤，以懦弱的讨债者的方式。他一时甩不开我，以至于拳脚相向了。姨不在，他可不放过任何一个教训我的机会。姨没给他生个儿子，我曾一度天真地以为他会视我如亲生的骨肉——这是姨她频频给我灌迷魂汤的结果。我恨他！

女孩属于水库里的世界。她进了水库之后，我每天都会坐在上面等她，感觉像在等还阳的老黄牛，等到夕阳和我的屁股蛋持平，等到继父叫嚣着不赶紧回家就不给饭吃。听大人说，头七那晚他们都会回来一次。骗人！那晚我等了很久，他们也没有把我梦见。每年的农历七月十五晚，他们也没来找过我，尽管我一早就备好了三牲、潮汕粿食、新鲜生果……

她进了水库之后，我发现，水库渐渐热闹多了。虽然它是几米阳光照射不到的地方，但我知道她还活着，还养了一大堆各种各样的鸟儿，并教会它们唱歌。它们唱给我听，就像她唱给我听一样，一样很好听，好听到我在被划入男人之列后的许许多多次晨起时发现自己已是满脸涕泪。

我哭疯了的那天，她是不该跟着我的。她陪着我一直跑、一直跑，跑过了叫疯了的鸡群，跑过了长疯了的野草，跑过了刮疯了的寒风。最后她像还未二婚的姨一般，小手轻轻地拍着我的后背，小女人地安慰着我不安分的情绪。我撕心裂肺地哭喊着“老黄牛没了”，她低低浅浅地说“你还有我”。我泪眼朦胧地看着她，越看她越是恍惚觉得她像捧着我小脸蛋的姨。于是，我情不自禁地、很孩子地亲吻了她。她唤回了我六岁以前与姨亲昵的感情。

她惊呆了一阵子后，也哭疯了，似乎想用决堤的眼泪冲刷掉沾着米渣的唇印。她急急忙忙地推开我，骂我是个坏人。手足无措间，她自责不该不听爸妈的话，不该和我这个不干净的男孩玩在一起。我默默地低着头，紧攥着拳头——这拳头后来大得貌似可以击破地球的蛋壳。她骂我，我不怪她，我不会像对待其他骂我脏的人一样对待她。都是我的错，我该死，虽然我不知道死亡是什么。

她走后的很长一段岁月里，我仍不懂得死亡究竟是什么，虽然我参加过几次送殡礼，还扮演过手持白幡送鬼魂过奈何桥的小道士——会念经的继父赚的是死人钱。“文革”后恢复高考，继父拼了老命但还是考不上大学，于是“有学识”的他很自然地干起了这份职业。那时稀里糊涂的我只意识到，等我抬头后，我便再也见不到她熟悉的身影了。我所在的这个地方，她的姨时常独自一人跑来哀号，不知为何，哭到我眼泪也跟着掉下来。她不见后，她的姨每次碰到我都面露凶光，风驰电掣地朝我冲过来，使劲地咬我，像极了山里饥饿的野狼。

她是除了姨之外，我唯一抱过的女人。抱过后就不愿撒手的女人。

其实这话说得不对，掉下水库的女孩也算，尽管那时候她的年纪很小很小，小到还没有被她的姨归为家里的女人一列。当然，那时同样小小的我亦不知晓女孩归为女人的标准。就像我不知道，每个精力旺盛的夜里，继父为何会疯狂地喘着粗气，姨又为何会心外无物地呻吟着。在天井边睡的我，每每以为他们大概是睡不着，做点“运动”好睡觉。（儿时的我，若睡不着觉就会到田里追赶萤火虫，追到累了，回到家自然倒头就睡。）我唯一担心的，就是吱吱呀呀的床铺会不会被他们弄垮掉。

其实这话说得也对。女孩就是女孩，她是那么的纯真无邪，何必硬要把她归在女人的行列里呢？就算把她归类后，她又能够得到些什么呢？她毕竟已经不在了啊！女人，譬如姨，不只是脸上擦着脏兮兮的泥巴的女孩而已。

她走的第二天，与继父一夜疯狂后的姨，拖着略显疲惫的身子，带着不谙人情世故的我去附近的庙里为她祈福。庙的里外，零星支着几架崭新的白幡。在众目睽睽之下，几架白幡被经过的风调戏；在众目睽睽之下，我跪下，耳畔仿佛依稀飘着与她追逐时朗朗的笑声。姨抽去了跪枕，这一举动的神秘含义，多年后我才慢慢领悟。

我的膝下是没有黄金的，只有脏东西，脏东西不配有干净的跪枕。倒是姨却有跪枕，这一反差直到现在我还没完全弄明白。我权且认定，无论怎样，相对于男人的脏，女人有爱护自己身体的特权。她的姨也是女人。

我跪着，一直跪到人都走散。本就事不关己的人走了，她的姨走了，我的姨也走了。我差点起不来，索性坐会，眼珠子转动着浏览祭坛上的物品。祭坛上有一册书，我拿下来翻了翻。它是手抄本，字体很大。当时我比出了大拇指，稚嫩的大拇指还显得小一些。后来慢慢地，我认完了里面所有的字。遗憾的是，到现在我还不能用潮汕话将它一字不差地朗读一遍。它有一个很好听的名字，叫作《心经》。

微雨，比我无声告别的碎发还要柔腻。微雨，一定是被一个不太专业的人从云端里剪下来的。走在微雨中，如果可以，也是要闭上眼睛的。我不晓得自己何时有了这种判断，就像梦里被所梦的人梦到一样真实。

好在，她跌下来的时候，我的眼睛是睁开着的，否则后果不堪设想。姨当时跌倒没人扶，结果肩膀落下了后遗症，她常常在天气骤变时疼得杀猪似的又喊又哭。村头的杀猪场我去过一次，听说那里半夜经常闹鬼——一个穿着的确良、爱吃锅巴的小女孩。

我应该和狗血剧的男主角一样，拥有百发百中的咸猪手，又总貌似在无意间刚好握住女主角的两团最让男人抓狂的“柔软”？把这一垒不费吹灰之力地攻破，这将有利于我和她以后剧情的上演——最后享受肉体的狂欢。但我可以肯定地说：我办不到！我说过我是保守的，姨的德行与我无关。我认为的圣洁，容不得人半点污蔑。

更何况，女孩脆弱的时候，就像一个小婴儿，叫人怎忍心趁机揩油呢？会钻营精算的，要么是投机者，要么是饥渴者。前者习惯使然，后者被生理欲望所役。

我胯下的“龙”，竟然依旧丝毫没有“抬头”的迹象，我难免疑惑。

她怯怯地拼出了她的名字，像儿时我打出的水漂，每一个字母都宛若湖面被打出的细漾。我竟看得有些痴了，越发觉得她说话的嘴型和小小的她竟是那么相像。微雨轻轻吻着她的上眼睑。我痴痴地端详着站在我面前的可人儿，心想：小小的她长大后的样子大概就是这样子的吧！小小的她要是还在那该多好啊！我不禁一阵感伤。

她也痴痴地看着我，留意着我眼里眉间郁积的气息。久久的，久久的。微雨中，两个没有撑伞的人。天上地下的雨水把我的帆布鞋打湿了一大半，而我并不知道，我却不经意间打湿了她的眼眶。

其实这时我很想哭，最近一段时间我很容易被各种关于情感的东西弄哭。某个故事，某首歌曲，甚至某一两句话，都能那般轻易地击垮我眼泪的堤防。

她轻轻地靠近我一点点，再靠近我一点点，然后腾出两根手指，柔柔地抚平了我紧蹙的眉心，把山川抚慰成平原。我愣愣地看着她，她低低地问我，问我愿不愿意陪她一块去踏青。她有多么喜欢青色呢？难怪她单名一个“青”字。不知她骨子里本就属于青色的，还是青色如诗在潜移默化中滋养了她的气质。我的骨子里，可还残留着娘胎里生长的青色？

在微雨中踏青是绝好的。青色欢迎微雨，谁说不是呢？微雨能洗去它身上无辜沾染的尘埃，让它更能赤裸裸地朝向天空，无论它是女人还是男人；微雨能让它的姿态显得流动，让我不能两次看到它同样的妩媚，让它否定前一秒的自己。

这天气，去哪踏青好呢？她俏皮地吐吐舌头，偏要等我下决定。她就不怕我是坏人吗？我打小就是一个坏人，这早有人作证。她竟如此无邪，无邪得使我终于拉开了心房的窗帘。

我若说要回我的乡村一趟，她会应允吗？

我已经好些年没回去了，那个骂我是坏人的女孩走后不久，我也搬家了。我的一家子都带着晦气，村民着实忍无可忍了。搬家后，继父借此事毒打我，便尤显得顺理成章。姨亦哑口无言，夜深的劝解被粗糙的解衣声代替，她空有护犊之心。

大概上苍还是怜悯我的，在我恨得几欲操刀杀死继父时，它亲自带走了这只畜生。这只畜生偷养有夫之妇，终劣迹曝光，被妇人的丈夫捅死在床上。他的尸体是我去收拾的，以“儿子”这一个不实的名义。在给他收尸时，我忽然觉得他是那么的可怜。果然应验了古人的那句老话：在死亡面前，任何过错都是可以被原谅的。

他是可怜的。空养了情妇那么久，情妇连蛋也没给他生下一个。但他也该知足了，最起码在见到他入葬时，我竟不知所谓地喊了他一声“父亲”。算算，倘若不考虑他有意或无意地夺取了我童年一半的阳光，他也算半个好人。他生前照顾我姨照顾得还不错，死后也留下了一笔可观的遗产。

他都死了，我是该恨他，还是该原谅他呢？我做不出选择，终于也没必要选择了。

他死后，我倔强地说以后要自力更生，不会继承他一丁点儿臭钱。姨无奈地摇了摇头，听我任我，只偶尔怕半工半读的我吃不消，特意给我熬了一些补品。我拒绝时，她才生气地说，买补品花的是她自己的工资。每次喝了她的补品后，我体内都是火烧火燎的。她又偏偏会及时地叫来一两个身材出众的女孩子到家做客，逐一介绍说是某某亲戚朋友的女儿。说她们样貌好，性格好，各方面都好。重点是屁股够大，会生男孩。后知后觉，猜想她一定在汤里加了一些壮阳的药物。而今我一见到浓烈的汤水，就汗毛直立。

“无论去哪，我都愿意和你一块去。”她知心地说，暧昧得像是恋人之间的表白。

“我想回乡下，因为你，我想回去看看一个女孩。”我毫无遮掩地说。

她听后，勉强地掩饰脸上不自然的神色，但马上又变得活泼调皮起来，拍拍我的肩膀说：“就这么愉快地决定了，呵呵呵……”

女人都这么善变吗？如乡下六月的天气，表情转换的速度竟可这么迅疾。和她回乡的一路上，我都想不明这个问题。后来我才了解，可惜已然太迟。

从省城搭大巴到乡下，需要花四个小时左右的时间。四个小时，这段时间足够让人的理性全面性地压倒感性。一辆辆来来往往的汽车在高速公路上行驶，像极了生产链上的一个个产品，或是雨天不约而同出动的一只只蟑螂，让人看了恶心。好在，今天雾气不大，能透过窗看到一些公路旁的自然风景。我看到一头老黄牛，散漫地在田间活动，无人驱赶。我的心“咯噔”了一下。

青兴高采烈地跟着我上了汽车，待汽车走了很长一段路程后才告诉我，她很怕坐这种客车，逢坐必晕。现在她靠在我的肩膀，睡得很舒服，像是依赖着自己深爱的男友，抑或她的父亲。敏感如我，不会没有丝毫的怀疑：她是否真的如她所说的特别怕坐车？

对以上怀疑，我倒不是很感兴趣，我急急想要得到的答案是：女人能不好奇另一个女人的存在吗？

答案：绝对不能！

她貌似很满足地醒来后，头一件事便是问我关于小女孩的事。我说过，遮遮掩掩不是我的性格。我重新把零碎的记忆给她逐一顺了一遍，像小孩子小心翼翼地拼凑着他怀里的积木。她亦小心翼翼地听着，唯恐错过任何一个细节。只见她时而笑逐颜开，时而柳眉微蹙。在我记忆的后段，她竟然哭了。她真的哭了，跟小小的她受了我欺负一样。

此时此刻，我应该将她抱进我的怀里吗？是的，是应该的！

但是，我并没有那么做！不知为何，我只是从包里掏出纸巾，然后递给她。仅此而已，就仅此而已。她说她要到小小的她出事的地方拜祭一下。我点点头，可心里没底。这么多年过去了，那地方是否如旧？我是希望它如旧，还是不如旧呢？我心头的纠结，解不开！

从大巴上下来，我牵着她的手。走了一小段路，我记忆中的泥沙路与脚下的水泥路形成了强烈的对比——这是深闺处男和情场浪子的区别。我心里有严重的落差感，人往往在一些改变前无能为力。没有参与感也是一种痛苦，谁说不是呢？

她的手腕从我的掌心挣开，更添了我的惆怅。我的好坏，原来在他人看来是无须分辨、可有可无的东西。是我想太多了！我不是她的谁，怎可牵着她走，虽然我以为我和她的关系不仅仅是萍水相逢而已。话说女生矜持点是必须的，只是她矜持的对象竟是我的无力。

她是来踏青的，不为别的。她可以无所叨扰地让眼前的景况来满足自己的猎奇心理。然而我却不一样，我回来是想修复一段被时间磨损的记忆。

村口，翻了新的老庙还在，“儿时”抬过的神像还在。我看神像的嘴脸，觉得它还记得我，而且在帮我回忆起初次遗精后与它开始的没日没夜的缘分。我不能任由它摆布，青在我身边。关于性爱，一念成魔。我的身体不是我的，它最想要的偏偏是我不能即刻给的。好在青这天，没有穿得很暴露诱人。不知青喜不喜欢穿粉色的衣物，我又爱又忌。我胯下的“龙”，在心理重重压迫之下，终于还是倔强地蠢蠢欲动。

我从背包里抽出泛黄的小册子，将其放回原位。说是原位，其实并不准确，我只依稀记得当时我是在神坛上拿的。人与一件物品相处久了会生感情，说实在的，我舍不得它。但是我得说服自己，我学的是佛理，书册不过是得鱼的筌罢了。如此感悟，一粒芥子方能装进整座须弥山。

青在庙里蹦来跳去，很是兴奋，像一只刚出巢穴的小鸟。她是大城市里的孩子，对眼前的东西自然少见多怪。她模仿着影视里求神的情节，持着三炷香，双膝跪枕。果然，女人下跪是需要跪枕的，就像当年的姨。

她微微闭上眼睛，口里碎碎念，许了一个愿望。找不到“阴阳杯”向神确认，只好作罢。她的愿望，她不说，我没问。我就这么无趣，试想有谁会愿意把我变成她愿望里的主角呢？她起身看我，表情并无异样。

此时，老庙周边来了一些约莫刚告别开裆裤的小孩，操着熟悉的乡音——一种比水边芦苇还要飘逸的方言。小孩比画着，以看天上星月的眼神注视着我和青。这里，到底没有人会认得我了。我的身份，成了彻彻底底的陌生“男人”。我是他们口里的叔叔，而青，却还是姐姐。青忍着笑，等小孩走散后，才开怀得柳腰摇摆。我无可奈何地白了她一眼，她竟笑得更凶了。

男人是该比女人成熟一点的。就相貌而言，此论断亦成立。不然，她怎会在我的怀里睡得那么安稳？可能，我长得真像是一位沉稳的父亲。

进村的一路上，我艰难地辨认出几张熟悉而陌生的面孔，那是几张儿时嘲笑我嘲笑得最来劲的面孔。他们老了很多很多，老得足够令我心生悲悯去原谅他们过去的一切过错。人的一生本来就有诸多困苦，何苦还要为难对方呢？

说到家，我的灵魂早就回去了几趟，在梦里。在梦里，我成了无家可归的游子。果不其然，在梦外，眼睛明明白白地给我宣判——“下山虎”的家没了。旧址上的建筑物，要比我记忆中的豪华而陌生万分。别墅在众多一式的潮汕民居的包围中，鹤立鸡群般抢眼夺目。从别墅里走出来的大腹便便的中年男人，头发梳得发亮，叼着烟，村民都管他叫“书记”。

失落，心干枯得像旱年裂开的稻田。没有稻穗，鸵鸟也不来拉屎。青刚开始以为别墅是我家的，正要发出惊呼，却迎上我的失落，顿时寂静如我。过一会儿，她过来勾勾我的臂弯，用她的笑容宽慰我，像怜惜自己的孩子。

“我们去那边走走吧。”青提议。

是啊！说好一起来踏青，我竟不自觉地将她带到浊气萦绕的地方。实属不该。她指的方向，映入眼帘的是一片绿色。颜色偏暗，跟天气有关。

我随了她的意。她这样一个女子，叫人不忍心说不。她不晓得，就算她不说，我也是要去那的。仿佛冥冥之中自有安排。人总觉得自己选择了命运，殊不知事实上恰恰相反，我们都在诸多因果的链条上浮浮沉沉着。我不得不信！

难道她忘了吗，我在车上给她讲的故事？还是……是我消极了，宿命感总使我将任何事物归到悲观的境地里？她是故意的吧？但是去那儿无疑会加深我的感伤，她怎不怜悯我？难道她的好奇心比悲悯心的力量要强大得多吗？

我到底是个无情之人啊！我若有情，怎会忘了购买冥纸、香烛和粿食？我若有情，怎会怕负罪感而不愿早些来祭拜小小的她？我若有情，又怎会被青的小手勾着，以恋人未满的暧昧姿态来见小小的她呢？

小小的她在水库的世界里，还好吗？她养的鸟应该倍增了吧？就像我养了多年的哀伤。哀伤总会在无人做伴的时候啼叫，但起不到公鸡打鸣而唤来黎明的作用。

站在顶上往水库里望，雾气遮挡住了如注的视线。视线不是从天上落下来的水，没有摧枯拉朽之势。青的笑亦不是暖阳，驱不散底下的浓雾。一路上，她都没有放开我。她是怎么想的？水库里的她也是会长大的啊，难道她想跟小小的她说我自此有人照顾了吗？

不是的，是我在幻想。我就爱幻想！我说过，我是一个异常敏感的人。敏感得会为一只蜻蜓突然的死亡而恐惧一整天。这种恐惧感，胜过儿时祭拜“骷圣”的前天晚上在坟堆里睡一整夜。“骷圣”，他们也一样是“此处非吾乡”的孩子啊！

“自从你离开后，我就再没吃过好吃的锅巴了。”我对深谷里的人说。我要说的一大堆情话还如冷夜未央，水库的飞禽便霎时间活动开了。它们活动，仿佛替她消解我体内的寒冷。

她感应到了。我狂喜，半推半拉青的双肩，眼里夹杂着微雨。

但青却哭了，她也哭疯了。不知为何，总之明显不是喜极而泣。她深蹲下来，哭着说她长这么大从没受过这样大的委屈，说我一点儿都没把她放在心上，说好一起踏青却一点儿都没考虑过她的感受，她就好像是多余的。

在同一个地方，我又伤了一个女孩子的心？梨花带雨的两副模样迷幻地重叠着、拉扯着，讨债似的。我紧咬着牙，差点窒息。飞禽从我和她的头顶掠过，不关心人起起落落的心情。它们是自在的，像鼓盆而歌的庄子！

“你去死吧！哈哈哈……”

我的背后传来了一把凄厉的声音，与此同时，我一个踉跄跌入水库。在跌落之前，我又见到了那头饿狼。这头饿狼，似乎这些年过得很不好。她披头散发，咧着嘴笑得很夸张。像城市天桥下的流浪汉，嘲笑眼前这个美丽而孤独的世界。

“不要！”青顿时反应过来，惊呼！整个身子趴在水库边，伸出手。

我很幸运，还能挣扎一会。我双手搭在边上的石块，整个人悬挂着。我并不惊讶于她的报复，这是应该的。我惊讶的是，她竟是这个村子里第一个认得我的人。死，对于我来说，不是一件多么恐怖的事情。这些年来，负罪感令我构思了十几种不同的死法。我能和小小的她死在同一个地方，这是极好的第一种死法。死，难道不是自我救赎？

对不起，姨。您的儿子一心寻死，却又把您忘了，忘了您把我从子宫里挤出来时的痛苦，忘了您脸上的皱纹，忘了继父离世后您的寂寞和伤心。青后来说，就算是真的，您应该是我坚强活下去的最好的理由。您儿子真不孝，这一刻，他只想着死，无他。

更幸运的是，我到底没有死去。我若死了，现在怎么会在这里敲打这篇文字？我若死了，那无疑是上苍玩弄我如同玩弄玩物。我若死了，岂不是给青余下的生命抹上一道绝望的色彩？我没有死。我被人救了。救我的人有两个，一个自然是青，一个却是某人孩子的父亲。这位父亲长得很憨厚，我记得小时候曾顽皮地抽打过他家的水牛，趁他尿急离开一会。水牛哭着喊他的名字，但他只图享受生理上的快乐。

“妈，您怎么这么不听话啊？又乱跑了？”某女子一边怪责，一边担忧地注意着救人的过程。见我无恙，她长长舒了一口气。

“不，不，我要他死，他害了我女儿，我要他死……”老妇人抓狂地嚷嚷，但在年轻夫妇的阻止下，没法向我袭击。她忽又绝望地哀呼起来。

“妈，女儿没……”女子话说到一半，似乎意识到了什么，转而盯着我端详。像端详坟墓边新生的野桑子，想吃又担心野桑子已被毒蛇咬过，微蹙着眉头。

我寻思着老妇人怎多出了一个女儿，抬头一瞧，正好碰上女子的目光。我认不得她，我真的认不得她。但是她说她认得我，认得我鼻梁上正中的痣和脸蛋大致的轮廓，尽管我比以前消瘦很多。

“呵呵，你和其他村民一样，也以为我死了吧？”年轻夫妇邀我和青上他们家吃了顿便饭。饭后，在小庭院，她一边洗着碗筷，一边嬉笑着问我，似乎儿时被人贩子拐走的不好的经历早已淡如云烟。

我要是能像她一样，早早做到这般释然，那该多好啊！现在的她，我确实认不得了。没有了婴儿肥，没有了刘海，没有了清澈见底的两湾泉水，也不见她穿的确良和吃锅巴了。唯一有的，是比同龄人早来的黯淡、衰老。洗了碗筷，她抱起她一岁多的儿子，右手伸进衣服内，掏出了她那饱满的乳房。她的儿子一边用嘴去找出奶水的位置，一边用眼怯生生地瞄着我。她儿子一岁多了的事实，我没问，是她主动告诉我的。我的到来，给了她教儿子“叔叔”正确发音的机会。

这是我第二次完完全全有意识地看到女人的乳房。初次见到的乳房下垂而显得干瘪，过了更年期的老姨老得连乳房也有了皱纹。她身上的一切皱纹都与我有关，我说不清当时内心具体的感受，其中比例占得最多的应该还是痛苦。我想奔过去抱着她，然后大声地哭，像个“姿娘”一样心安理得地大声地哭，但出于年纪和性别的考虑，终是没有。

“时间不早了，该回去了。”青在大门口提醒我。“好的。”我应道。

她看了看青，看了看我，笑了笑。我找个借口先支开了青。在从她家离开之前，我还是不甘心，问了她儿时的事。踏出她家“四点金”石砌的门槛，我的心情异常复杂，但灵魂深处好像得到一种从没有过的解脱感。

微雨又飘起，不顾人的悲或喜。它并没有像来时那么令人讨厌！进村，出村，好像做了一场迷离而真实的梦。

“说，你背着我跟她说了什么？”青在车上盘问，活生生一副小女人的姿态，煞是可爱。“没……你想听啊？”我卖了个关子，卖关子的功夫稍显笨拙。

“是啊！快说啦！快说快说！”青催促着，“好好好，其实我也没说什么。我就问了她一个问题。”我说着，腾出了倾斜向她的食指。

“问题……什么问题……你倒是快告诉我呀！”“我问她啊，你这个人怎样？”

“真的吗……不对啊，我这么好，这还用问吗？你没骗我吧？那她是怎么说的？”青连续打出好几个问号，用粉拳无力地敲着我的胸口。她不是一个不自信的女孩，但也跟其他女孩子一样，在乎别人对自己的评价。

“她说你很好，叫我好好照顾你，叫我以后不要带你去类似刚才那样危险的地方玩。”我坚定地抓着她的小手，郑重其事地说。然后，一把将她搂入我的怀里。

我终于把她搂入了我的怀里。她“咯咯”地笑了，把躁动的我迷醉。

我欣赏着她的笑，一种放晴的笑，突然觉得那样的熟悉。熟悉，并非我又将她错看成他人。她的笑是独一无二的，好像曾是我生命中路过的最美丽的风景。

“我是不是以前在哪见过你？”

“是啊！你想想……在你家楼下……只不过我认识你，但你不认识我而已啊！”青惬意时微笑的弧线，像深邃的夜空里邀恋人上座的弦月……

“只不过我认识你，但你不认识我而已啊！”原来，有些放不下的痛苦本是执妄，而有些缘分当你心境清净时便早已将你拥入怀中。我把青抱得更紧了，唯恐她如婴儿般在我手中滑落。有她在，这辈子夫复何求呢？

超度这一切困苦，我终是获得了大解脱。

甲午年丙寅月癸酉日。

宜：祭祀、订盟、纳采；

忌：登高、会亲友、作灶。

一场旧戏

北京师范大学/张钰弦

一

至最后沉默最为令人动容，再怎样盛大的演出也无法在喧闹中收场，除非你看电视，看到一半你便可以令它戛然而止。否则你便要接受喧嚣之后的静，像从高处跌落。唐素园在电影院打工的时候还只有十八岁，那是高考之后的暑假，假若闲置着未免太过荒芜。她要在两场电影的间隙中将影厅打扫干净，维持秩序，等等等等。或许是因为经历了太多的开场与散场，这令她其后二十年的心态变得平静庸常。那是一家有点年头的电影院，处处透露出陈旧信息。远远望去，电影院有一点颓唐地坐落在繁华的市中心，像鲜艳的红布上的一个灰色的斑点。

女孩唐素园将几张电影票送给她的弟弟唐奇。后者在一次因火灾引起的踩踏事件中不幸丧生。影院古老的防火系统早已跟不上时代的脚步，但是其实所有人本来都可以安全撤离，只是有人在逃离过程中大喊大叫，以此为乐。唐素园挤在人群中，只觉得好吵，有刺耳的警笛声响起来，举目全是人。她甚至可以想象弟弟瘦小的身形在人群中孤惶不定的样子，以及回到家之后对她的埋怨。她站在影院的门前，看着无数陌生脸孔带着庆幸的神色在她身边飞快掠过。

唐奇的尸体被找到的时候已经不辨形状，唐素园第一眼见到尸体的时候还以为那只是一个球状的物体，并未想到那其实是她的弟弟。后来有专业人士慢慢将他的身体舒展开，又将破损的脸修补好。他的脸又重新焕发出往昔的光彩。他其实是一个好看的十六岁的少年。

那个修补她弟弟的人是一个六十多岁的老者。唐素园这一生中，只对他由衷敬畏。

二

弟弟死后很久，唐素园始终觉得弟弟的死与自己有间接的关系。如果不是她将赠给员工的电影票送给弟弟，也许一切就不会发生。后来她的神情渐渐变得诡异而空灵，她拒绝见任何人，而是常常一个人坐在阳台上，抱着他弟弟的照片对着窗外发呆。

她的父母是一对个体户，许多年来不算富裕，家底却也不薄。他们不忍心看见女儿如此沉沦，于是向学校提出休学，花重金送她去看一个有名的心理医生。医生叫作周亦明，大约三十多岁，他的样子看起来沉静清雅。唐素园见到周亦明的时候，房间里开着微暗的日光灯，除却几张简单的桌椅和风景照外，还有一面巨大的，白色镜子。

男人用柔和的声音说，你好，初次见面，我叫周亦明，你一定是唐素园吧，你的父母在电话里跟我说得很详细，请坐。唐素园看了他一眼，忽然觉得他的身上有一种特殊的东西，让人不自觉的为之吸引。她不知道那是什么，只知道那是某种带着活力与激情的东西，是她在那些被生活的绳索所捆绑的，拥有灰黑色眼神的男女的身上所找寻不到的。

但是她依旧非常沉默，第一次见面，她始终不愿开口说话。也许是沉默了太久，她不知道应该从何说起，一闭上眼睛，脑里便全是那天夜晚的场景。后来周亦明说，我去倒一杯水。

他拿起桌上的玻璃杯，走到饮水机旁接了一杯水，然后坐回桌前，喝了一口，将杯子放下了。唐素园发觉他在不经意之间将杯子放在了桌子的边缘，杯底的二分之一已经露在了外面，随时有坠落的危险。然而周亦明仿佛对此一无所知，继续着他方才的话题。

过了五分钟，唐素园终于忍不住了，说，周医生，那个杯子……

周亦明哦了一声，将杯子往里推了推，笑了笑说，很好。

唐素园这才意识到他玩了一个小小的把戏，用来打断她的沉默。她的脸忽然红了起来，这个男人怎么这样狡猾。她依旧一言不发，但是整场谈话已经顺利得多。随着见面次数的增多，他们渐渐可以正常地进行交流。

唐素园很愿意与他交谈，每次她穿过长长的走廊，推开那扇棕黑色的门的时候，她总是隐隐感到内心的激动不安，仿佛灰暗卑琐的人生从此添上了一抹亮色。她恢复得很快，但是她在家中依然时时露出神经质的表情。她是有意的，因为恢复正常意味着她无法再见到那个男人。

而她亦清楚自己迟早还要面对属于自己的人生。有一日，见面刚开始不久，她神情坚定地对周亦明说，周先生，请告诉我，怎样才能过回从前的生活，怎样才能够，重新地在人前直立与说话。

三

周亦明轻轻笑一下，说，你大可不必这样担心，你现在面对的一切，不过是些心理感觉，不必在意别人如何看你，你永远只是你自己。我想，你在我这里待了这么久，对这些应该已经很明白。唐素园听了，先是呆立了一会儿，一会儿便微笑起来。他是她为之心动的第一个男人，在所有物是人非的景色里，她只愿意听他一个人说话。她很想把这一切都告诉周亦明，但是想了想，还是算了吧，反正她仍然拥有着，大好年华。

离开故乡之前她想特意与周亦明道一个别，便又去了那家医院，她之前并没有跟他说。有工作人员在大厅里拦住她，说，请问你找谁？她撒了一个谎，说，我找周亦明医生，我们之前约好了的。工作人员愣了一下，又看一眼电脑，说，这不可能，周医生前天就已经离开医院了。

唐素园惊叫起来，他辞职了？

那人点了点头，他的眼神看起来闪烁不定。

三个月后她才知道周亦明并非辞职，而是永远无法再上班。他注射过量吗啡，尸体在翌日清晨被发现于他的私人办公室之中。他是知名医生，他去世的消息当然闹得满城风雨，但是唐素园却对此并无耳闻，那时候她正生活在对新生活的无限憧憬里。而三个月后她终于也明白过来，曾经，周亦明身上的那种带着活力与激情的东西，她一度为之着迷的东西，其实不过是他注射毒品后带来的副产品之一罢了。

在唐奇死后第二年的春天，她站在镜子前，看着镜中的自己，她的眼神平静如水。然后唐素园用很轻很淡的声音说，我已经恢复正常了。

四

得知周亦明死了的那天晚上，唐素园去参加院里的一次联谊派对，她本来并不愿意去，是她的一个室友硬要拉上她。那室友对唐素园拒人千里之外的行径感到不解。她这样道，唐素园，你何苦拒绝所有男人，一点面子都不给，难道没有一个对你的胃口？

她当然不明白，因为不了解她的那些过去。

那天晚上她意外地见到了她的高中同学许少安，之前并不知道他们上了同一所大学。然而再次相见许少安并未能够认出她来。在这接近一年的时间中她发生了很大的变化，首先是她瘦了很多，差不多有二十斤，这令她看起来多少有些病态。其次是，她的眼神变得冷漠而迷离。

许少安主动与她搭讪的时候她差点笑出声来，她淡淡道，我们认识的，你难道忘了么？

唐素园高中的时候是一个再普通不过的女孩子，短发，穿运动服，说起话来有点吞吞吐吐的，总是一个人坐在角落里，默默读书。这样的女孩，随随便便可以找出一打。

但是许少安却是班里的焦点人物。是各项成绩优秀，热情开朗的男孩子。从前的时候唐素园对他虽然说不上喜欢，却也颇有好感，而今却只觉得他轻浮。

只见他一拍脑袋说，你瞧我这记性，我们分明是见过一面的嘛，是在，是在……

唐素园斜他一眼，说，你不用想了，我们高中三年同学，我是唐素园，能想起来？

许少安着实吃了一惊。

原来这样的人才，从前的时候竟和自己同班。

许少安总算明白什么叫作世事瞬息万变。

五

许少安一点也不知道，在唐素园的眼中，他是幼稚的，如孩童。而她内心期望的是怎样的感情，她自己亦不知晓，仿佛苍茫天地里投射出一道极细却极亮的光来。有时候她在校门口会遇见一个骑摩托车的男孩子，一身的痞气，但是相貌极其英俊，他每一次见了唐素园，便会同她说，美女，上来吧，你去哪里，我载你一程。唐素园当然不搭理他，但是有时候，在夜里的某些时候，会想到，如果他下次再邀请我，我就坐上去，剩下的事情，以后再说。

她又接到许少安的电话，他不知从哪弄到她的号码，反正这也很容易。他邀请她去吃晚饭，被委婉地拒绝了。他说，是不是还在生我的气，如果是那样，我向你道歉，再一次。

她说，不是的，本来就没有关系，请你不要再打来了。

但是他却十分固执，坚持要问为什么。若是寻常男子，早已知难而退。唐素园也觉得这一切无法解释，在旁人眼里看来亦无法理解。她虽然有几分姿色，却不会打扮，着装更是简单随意到了极致。可是她却总是能够在人群中被识别出来，然后由她上演种种拒绝旁人的惯常戏码。半年之后她便声名远播，种种流言竞相而出。被一部分人所追捧和被另一部分人所造谣，这就是她的处境。然而这些在唐素园的眼里看来，都不过是些无聊的事情和无聊的人罢了。

六

唐素园的西方经济学讲师最喜欢讲的一句话是，这是一个残酷的、汰弱留强的社会，所以……每次他讲这句话，唐素园都猜想他一定是商场失意，才会退下来做讲师，每个月的工资可能还不够他的奔驰S600的油钱。唐素园有时候觉得自己有点像他，因为受过巨大打击，不敢放手去享受美妙生活，这一切其实不过是心理感觉，周亦明一早就告诉她了，但是时过境迁，她愈发觉得自己已经无法再相信那个男人。往昔的朴素日子，此刻已经跌得粉碎，无从辨认与拾取。

唐素园的脑里又浮现出唐奇青稚的面容来。就像从很深很深的海底，慢慢地浮出来，她感到有些可怖的亲切。

大学第一年的暑假，她很久不肯回家，躲在宿舍里看电影。但她知道自己很快还是要回去，因为那一天很快便要到来。有一天她在学校里见到许少安，他说，什么时候回去，我帮你买车票。她摇摇头说，不必了。这已经是她第十几次拒绝他。她想有必要再残忍一点，没有什么大不了，反正这是一个残酷的、汰弱留强的社会。

她坐火车回到家，家里没有人，父母的生意很忙。走到自己的房间，所有零零整整的物件已经被收拾得井然有序，桌上是一张和弟弟的合照，是去年夏天，他们一起去游泳的时候照的，不知在何时已经被冲洗出来放在精美的相框中。两人的笑容很轻易地便绽满了整张照片，不知其后还有悲伤、苦难和断绝。

三日后她买一束雏菊，和父母一起去很远的公墓看弟弟，那天是他一周年的忌日。烈日炎炎，在一片寂静之间，她忽然觉得十分疲惫，泪水无声地落下来。她说，你们先回去吧，我想一个人待一会。傍晚时分她坐末班车回家，但觉日长味寡，手机却不识时务地响起来。她习惯性地拿起来，还以为是父母打来的，接了才发觉，竟然是许少安。他问，回家了吗，明天要不要出来玩，我有两张电影票，我们去看成龙的新片啊。她听后便不由自主地笑起来，哈，看电影，多么讽刺……许少安还以为她很高兴，追问道，怎么样，我去什么地方找你？

她淡淡说，我只想去喝酒。然后随手把电话挂掉了，她其实并不讨厌这个男生，只是觉得，像他这样的人，是永远无法和自己的思维同步的。他们看待事物的出发点本来就不同。但是她此时需要的，不过是一个能够认真倾听她的故事的人罢了。

七

后来唐素园真的与许少安一起出来喝酒，她喝了半瓶啤酒就醉了，说了很多话，许少安其实都没有听懂。她说，我有时候很想对着父母大吼，你们为什么不骂我，为什么不将我，吊起来打，就像我小时候偷那五块钱一样。

事情过去很多年，唐素园仍然记得，小时候她拿走家里的五块钱，也没有怎么花，就被父母抓住，一面打一面叫道，你知道错吗。唐奇躲在门后面，窥视着这一切。这是什么时候的事情了呢，痛总是可以令人记忆犹新。

如今没有痛，却更加无法忘却。她记得当天夜晚，她很久等不到唐奇，只是一直站在影院门前。父母亲来找她，问她，发生什么事情。她无法回答他们，只是觉得，这个世界已经改变，一切都不复像从前。

父亲穿麻布衬衫，样子粗鲁，问，弟弟呢，在哪里。他刚刚下班回来，只是想睡一觉，明日还要六时起床，开车去附近的乡镇进货。他们一直等了很久，直到街道寥落，星埋月隐。

八

唐素园想道，清醒与麻木之间，究竟有何分限呢？是不是清醒一定要付出代价，麻木却唾手可得。就像喝醉了以后，事事都变得简单了许多。那晚她梦见自己复又慢慢走过那条长长的走廊，去敲那扇棕黑色的门。你又来做什么？周亦明问，他看起来已经苍老了十年，胡子也没有刮，显得潦草与落拓。

我是来复诊的，唐素园说，可是你连自己的病都治不好，你让我很失望。

周亦明看着她，自他暗淡的双瞳中透出些许的光亮来。他张了张嘴说了些什么，但是唐素园没有听清。

醒来，便可以看见天亮。

大二时候唐素园发觉自己已经变了很多，仿佛对待任何事情都可以很随便。发夹什么颜色，鞋子什么颜色，只要能搭起来，好像都可以，都行。从前的时候不是这样，书本摆在哪里，唇膏摆在哪里，今天有什么日程，都在脑里规定得清清楚楚。开始习惯接受各式男子的礼物、约会，并作出评价与判断。

把唐奇的照片藏起来，不然有人会问，那个小男孩是谁？他是我的弟弟。哦，他现在高几了？他死了。

课业渐繁，于是会觉得吃力，渐渐不再愿意拼命复习去取高分。可是人颓废了以后，人缘却开始慢慢变好。在学校中，去到哪里都有人同她打招呼，她看着那些认识的或不认识的人，总是心怀惊诧，然后微笑。

唯独对于许少安，却总是觉得怪怪的。和从前不一样，从前的时候，她可以大大方方地拒绝他。现在却要躲着他，实在躲不过了，就说一些无关紧要的话。不知是不是因为，觉得对他有所亏欠。

九

后来又见到许少安，是和她的好友沈晚晴一起逛街的路上，她们走了很远，想找到三月初她曾见过的一串手链，却怎么也找不到。在拐角处看见许少安和他刚认识不久的女朋友，有说有笑地迎面走过来。见了唐素园，许少安礼貌地打了个招呼，唐素园看他一脸开心的模样，心里一下子释然了。

沈晚晴问，那男的是谁？她半笑不笑地说，是我高中同学。其实许少安是在所有异性中，最接近朋友的一个人，毕竟她同他分享过她的秘密。但是她想说这句话的时候，又会觉得说不出口，还是说是我的高中同学妥帖一些，反正这本来就是无可争辩的事实。

那时候五月，城里飘满花的香气。黄昏过后，唐素园和沈晚晴在酒吧的靠窗座位上喝啤酒。每当夏天即将到来，她都会感到莫名地恐慌，就像即将跨过一道坎。在她眼中，夏天永远是闷热的，令人窒息，不消耗掉大量啤酒便无法解决。

一年前的那个夜晚，许少安费好大力气才将唐素园送回家，还要承受唐父狐疑的眼神。那其实是她第一次喝酒，她喝得很快，一杯接着一杯，许少安还以为她好酒量，也陪着她，听她说话。越听便越加沉默，最后索性一言不发，神情枯索地看着门外的一辆暗红色思域。

醉醺醺回到学校，已经夜深。有风吹过来，两旁的树叶沙沙作响，反反复复，单调无聊，却又真实无比。人生的来来回回，亦是如此。这样想着，唐素园不由得有些怅然。但是转念一想，何必这么悲观，人生还有好多事情，没有做完。她同许少安发短信，说，你女朋友很漂亮。许少安说，谢谢，不知道你最近怎么样，是否仍然单身。

她当然是单身，但是她很满足。本来她也是一个，容易满足的人。虽然偶尔亦会觉得内心深处空空洞洞，无从填补。有一天晚上她去听一个德国教授的演讲，远远地看见许少安坐在最后一排，一副若有所思的样子。她走过去，坐在他边上，亲切地拍了拍他的肩。他没有想到是她，有点窘，问，你怎么来这里。她说，怎么了，大家一样都是学生，我怎么就不能来。

不是……我没有这个意思。然后两人都沉默。他说，我在校园网上看了公告，听说这个德国人很厉害，所以就过来了，也不知道能不能听得懂。她一把抽过许少安的笔记，翻了几页，说，哈，好学生，笔记做得这么卖力。又说，我们下周要开始期末考了哎，我还没有开始复习。有时候总觉得什么东西都很虚，不知道自己该如何生存。

怎么了，怎么突然说这个。许少安说。

算了，唐素园说，不讲也罢。这时候那个德国教授已经走上讲台，两人跟着人群一起，开始鼓掌。

十

那场演讲之后唐素园就没有再怎么见过许少安，反正大家都很忙，见不到也并不奇怪。临近毕业，唐素园已经在一家世界五百强的公司入了职，毕业论文答辩什么的，弄得一塌糊涂。她的导师也不管她，随她去，因为这个工作便是他帮唐素园介绍的。她很聪明，知道自己考研无望，老早便筹备起自己的就业问题。起初十分艰难，有很多地方需要从头学起。如此方知，大学所学，还不够应付工作的一半。

毕业典礼那天，她正在和一个重要的合作伙伴吃饭，于公司来说，这只是一笔小小生意，对她却异常重要，需要悉心应付。手机响了第四遍，她终于找了个借口躲到一边，按下通话键。是沈晚晴。她说，你在哪儿呢，我们都快开始照毕业照了。她说，你们照就是了，回头把我P上去。沈晚晴说，那怎么行，好好的照片上忽然冒出一个头来，像鬼一样。她说，哎呀我很忙，就这样吧拜拜。然后她挂断电话，面上隐隐约约露出一点落寞的神情。

她想毕业典礼一定很热闹，但是她会觉得不习惯，会觉得一切都只是一场华丽的幻觉。还不如平平静静的，继续工作。

工作有什么意义，她也不是很清楚，只是觉得，这样很好，很充实。忙起来之后，很多事都可以不用去想。

那个客户是一家运动器材公司的副总，看上去很年轻，说话却已经十分老练。他说，唐女士，你今天似乎有点不在状态，不如我们改日再谈。说着便要起身。

唐素园心中一紧，扯住男子的衣袖，想编些理由搪塞过去，却一时也想不出，只好照实说，实在对不起，今天是我们学校的毕业典礼，所以分心了，对不起。

男子惊讶道，你还没有毕业？

是，唐素园说，我还在试用期。

话里隐含的意思自然是，如果此番没有谈成，她也许就不会被留用。男子看她一眼，说，你不必紧张，只是今天并不是好时候，这样，我先送你回学校。合作的事情，可以日后再谈。她松一口气，说，何总不必客气，我打车走就行。他的态度却很坚决，说，反正我也没什么事，怎么，你拒绝我？她急急摇头，有些惶然地上了他的车。在车上，男人又说，你们孙总就派个还没毕业的小姑娘来接待我，是不是没有把我放在眼里？她的脸便红起来，连忙说道，怎么会，是因为……

男子笑，不过逗逗你罢了，何必紧张成那个样子。

车停到校门口，她匆匆忙忙地下了车，与男人应付几句，便低下头飞快地向里面走，简直像逃兵。偏偏这时候有两三个男生正在校门口穿着毕业礼服拍照，其中一个正是许少安，他猛的一声招呼她，嘿，唐素园。她一抬头，做一个难看至极的笑容。

许少安道，哇，凯迪拉克，那是你男朋友？唐素园说，胡说什么，是一个客户，我得赶紧走了，不和你废话。许少安拉住她，说，再忙也差不了这一会儿，过来拍张照片啊。她甩开他，说，我不和你照。

许少安说，你怎么这样不近人情，照张照片能死啊。唐素园停下脚步，想来他说得也对，就回转身，说，要照也可以，不过我可不会笑。许少安说，你哭也行。说着把头上高高的黑帽子摘下来，戴在唐素园的头上。二人拍了照，许少安说，回头我把电子版发给你。唐素园本来要说，不用了，你自己留着吧。但是话说出口去变成了，好。

十一

于是毕了业，日子昏昏惶惶。不久便接到家里电话，说，店里面缺人手，不如回来帮忙。她说，下个月我的试用期就满了，这将是一份有前途的工作。父母也不勉强她，随她去。她暂住在一个朋友家，总觉得不太方便，但是又不知搬到哪去，她在这座城市其实已经丧失住所。

然后就是，即便一次不落的参加公司组织的所有活动，也无法找到融入一个群体的感觉，她永远是这样，她不属于任何一个群体。

只有人缘依旧很好，他们叫她，工作狂唐素园。

有一天下午，临近傍晚，同事小李来叫她，说，何必这么卖命，事情明天做也可以，最近这边新开了一家不错的馆子，要不要去尝一尝？她一抬头，他看见她冷清的眼神，一瞬间竟这样陌生。她还没有张口，小李便嗫嚅道，那……还是算了，下次吧，下次。她一惊，原来自己在不知不觉间亦会变回四年前的那个唐素园，她还以为，那个从前的自己早已经随着岁月的流逝消失掉了。

业绩出色，得以迅速转正。习惯在接近夜晚九点之时，独自离开大厦，去坐末班公交车，但觉灯火满目，亮过了头。以前不觉得这处的光原来是这样耀眼，或者还以为早已习惯。其实从来没有什么习惯。

后来又在公司楼下邂逅何氏男子，他邀她去咖啡馆小坐。她向他甩一甩手里的文件，说，太忙了，实在对不住。这次她说的倒是真话，不是什么搪塞的借口。男子说，你几时下班，我等你。

她点点头，说，好。

然后她回到办公桌前，冲一杯咖啡，继续工作，一直到夜幕垂下，并且已经忘记了先前答应的事。本来她只是想下楼，去马路对面吃一碗素面。行至一半便又看见那辆车，虽然是辆好车但是其实已经有些旧了，边侧也有刮伤的痕迹。车窗半开着，何氏男子坐在车里，表情略显颓唐。

她走上去，敲窗户，道，何总，真是对不起，还以为你早就走了。他说，没事，我很闲，我带你去尝尝意大利菜，有一家做得特别好吃。其实菜究竟怎么样他自己从来没有评判过，只是身边的人都说那里很好，他也便觉得很好。不知从何时起忽然觉得所有的饭菜吃起来味道都仿佛相同，多么可怖，不知是否因为单身太久，他常感到切切实实的匮乏。有时盯着一个空旷的地方发呆，或者是拿着手机划过来划过去，也不知道是在干什么。嫌弃相亲，但是进了夜店才发现，自己已经老了。眼见令人悲哀的三十岁即刻便要来临，却毫无办法，和那辆半新不旧的车一起被遗弃在某个灰暗的角落。

十二

这一次再见到他，唐素园才明白他和自己想象里的人不同。他的脸容看起来很倦，一身名贵行头，却难掩眼神的枯索。后来唐素园会想，当年，周亦明在含着微笑将她送离房间之后，不免亦会是这样的表情，只不过她永远不会知道。因为生活艰难，而人生不过是种种姿态。

他说，唐，我第一眼见到你，便觉得你很特别。她笑，她那时不过是个实习生，有什么特别，这些话只好用来对付其他人。她清楚他不会同她讲真话，她也一样。这样反而让彼此稳妥自在。当夜他喝了些马天尼，显得很兴奋，轻轻地捉着她的手。他的喜悦是真心实意的，因为他知道她可以是他摆脱眼下糟糕状态的，一个出口。

而她亦清楚他不过是她在这个物质丰盛精神匮乏的城市之中的，一个凉凉的慰藉。

她也不愿意这样清醒，但是没法子，可能天性如此。

不久便搬到何的住处，十分直接，丝毫不拖泥带水。他对她的过去没有兴趣，她亦绝口不提。两人聊天的内容时常非常匮乏，只有做爱的时候欲望异常强烈，并且会觉得，这其实才是最为有效的沟通手段。

上班时候收到许少安的电邮，原来他已在故乡觅得如意工作，经熟人介绍，得来全然不费吹灰之力。他还附了一张照片，正是毕业那天，她和许少安在学校大门口拍的那张。她一看，登时有些后悔。自己怎么看起来那样傻，像一只悬挂起来的木鸡。

她拿起杯子喝了一口水，像是忽然之间，她看见照片里面自己的手赫然紧紧挽在许少安的右臂上。

不由得一怔，片刻后又恢复过来。本来也没有什么好遗憾，反正前尘往事已如被暴雨狠狠冲刷过的水泥路面一般一去无迹。

十三

她在一次做爱后，垂下头，对何氏男子说，我要回家一趟，你是否愿意跟我去见我的家人。

她低低道，我还有一个弟弟，你可能还不知道。

男子眼神深沉，轻抚着她的身体，说，好，我跟你走。他们一同回到北方小城，唐素园向父母介绍她的男友，二老自然是喜上眉梢，拉住何氏男子，问这问那。稍闲一点，何氏男子便问，你弟弟呢，怎么没有见到。唐素园说，他大概在屋里吧，你去看一看。

他推开卧室的门，只看见一张灰白的照片。照片大约是证件照放大的，显得有点模糊。唐奇睁着空洞的黑色眼睛，惊奇地看着他。

他隐约明白了什么似的，转身看着唐素园，她正半倚在桌边，神情闲散地看着窗外。他走到她身边，手臂环过她的背，搭在她的肩上。他在她耳边低低说，你不必担心，我会一直在你身边。这样再平常不过的话对唐素园来说仿佛十分受用，她点点头，握一握他的手。

他看着她，觉得她就像一口深井，越向下探测便越幽暗神秘，令人难以承受。他宁愿只待在井口，风景平淡，却也足以支付生活。

饭后她带他在小城的街道上漫游，他们走到市中心，她忽然惊觉这里的一切对她来说已经如此陌生。自从她高中之后，她从来没有回到这里。

她看见一幢幢巨大而灰漠的建筑，小城在近十年时间里不断地被拆毁和重建，如今已经初具规模，并且正在蒸蒸日上。从前的那个老旧的电影院早已消失，代之以一个集购物、娱乐、餐饮于一身的小型广场。

男人在她身边，他的肩膀宽厚而结实，似乎值得依靠。而她亦欣悦地感到，眼前又是一片新天新地，从前的灰暗日子，已经一去不返。人群在她身边经过，猛然间他看见一个穿灰衣的老者，挤在一片穿着入时的年轻人之中，一不经意就会被忽略掉。

十四

她停住了脚步。

何氏男子转过头，迟疑了一下，问她，怎么，有什么问题吗？

她摇摇头，没什么，我们走吧。

唐奇死后的第五年的夏天，唐素园又看见那个为唐奇化妆的老者，和那一双灰色的手。准确地说，她是先看到的那一双手，那双手并不很大，却足以令人心生敬畏。

她很想走上去对他说，我死了以后，也想把身体交给你。这像极了一个暧昧的诺言，却充满了冰凉的气息。这一年唐素园二十三岁，她和她高大健壮的男友一起走在昔日旧影院前的马路上，往事一帧一帧地在她脑中掠过，就好像是，看了一场旧戏。戏里面有热闹也有凄凉，然而戏演到最后，演员退场之时，已经没有人能够看见他们的表情。

隔着那灰白的、冷寂的、密集的城市森林，夜空中仿佛有一缕尖利的笑声，遥遥的，自世界的尽头传过来。

戴面具的列车（节选）

西北大学现代学院/王闷闷

一

车站的人，永远那么多。火车站，人生，总是要上一趟，然后下去；接着再上去，然后再下去。坐多少次没有限定，只是看你能活多少岁而已。怎么是好，坐多了是幸运还是坐少了是？多的幸运是：你在奔波，活着，有意义，生命在于运动嘛。最起码能说明，你是一个活物。尽管这样的理由比较牵强和狭窄。少的幸运是：生活安逸，不用每天车马劳顿的，大概是成功人士，或者是一个富商老板，每天就是度度假，玩乐之间就把工作做了。我最害怕的是在车过山洞的时候，感觉呼吸都困难，一种马上就要窒息的感觉，似乎就是一列永远都到不了站的列车。

因为大学，他选择了远方，同时也固定了几列车，带着他来回穿行，家和学校，熟悉的山村和陌生的城市。

热闹是怎么来的，此刻的他似乎明白了，在车站，很好地诠释了：又热（七月）又闹（挤满人）。

一锅沸腾了的大烩菜，有纯天然的乡村洋芋，有嫁接到城市的野草，有纯粹的城市香肠，有四处跳窜的粉条，有掌控味道的调料，有香浓的芝麻酱，有随意染指的肉块，有清高的生菜，有洞察一切的汤汁，有……说到底就是一锅烩。

泡面味，脚气味，汗水味，厕所味，发霉味，腐烂味，香肠味，鸭脖子味……香臭搅和，到底是香还是臭？自己定夺。

他早已熟悉了这样的环境，一切的一切全部都在意料之中。出乎意料的才称得上是惊讶，全部猜到了，就不会大惊小怪了，只会呆滞麻木地接受。三年了，来来去去，不多也六七八九次了。没有坐，站着，挎着包。里面是电脑和小说。他是大学生，中文系的，爱好写作。自然别人问他，你的梦想是什么，他就会毫不犹豫地顺水推舟心满意足地说：当个作家。

广播上嘶喊了：乘坐列车的乘客注意了，现在开始检票，请有序上车。石破天惊的一声，已然准备好的人们，早就自觉地排好队，大包小包地扛上肩，准备一场拥挤的冲锋。我没懂，为什么会这样？也许是人性。明明差不多每个人都有座位，却为什么还要拥挤着争先恐后冲锋陷阵般地上车。难道谁早上去谁的座位就好？不晓得，因为他也在人群中挤来挤去，颠簸的像是在烙烧饼。

上去，最终都会上去的。安静下来，浑身上下在流汗，七月的特征，加上刚刚拼命的运动。自然现象。急促呼吸着喘气，看着玻璃外的列车动起来，丢掉了车站。

二

是晚上，10 点多。不出意外的话在明天早上的 7 点多到站，说的是他。有好些目的地，不同的地方，到站的时间也不一样。凉快下来了，他旁边坐的人，30 多岁，一副眼镜他就猜得八九不离十，身体散发出的那种文质彬彬的儒雅味道，是教师，他的大脑思维对他说。

我没有丝毫的睡意，在想，如何能写出一篇好文章。要写什么，怎么写。不由得眼睛钻出车窗的玻璃，黑漆漆的浓墨眼睛染上了。什么都没有，就是呼呼的黑色，叫得七上八下不知所云。

噼噼啪啪，什么打玻璃的声音，会流动。下雨了，车上的人们大部分都迷迷糊糊的，睡意蹑手蹑脚地如约而至。都觉得，晚上最应该做的一件事情就是睡觉。所以人们就安心地睡眠。

车里的灯光暗下来，要让睡意聚集，浓到迷倒所有人才肯罢休。他死盯着它，反抗，争吵，睁大眼睛，清醒的头脑，就是最好的证明。他不是它的俘虏。

他在八车厢，不晓得是几车厢的一个人，从身边走过，手里拿着杯子。穿得很讲究，西装革履的，头发也亮闪闪，白白胖胖的脑袋，身体肯定也是。和座椅擦身而过。有声音，卡带的。过道里有人，坐在小凳凳上，报纸上的屁股也不少。站着的也比比皆是，手扶座椅。

“来，借过。”“哎，师傅您让一下。”“不好意思，姑娘让一下。”“大姐，让一下。”推推，要不就是善意地咳嗽一声，拍拍，亲和的声音。很配衣服，一样的光鲜亮丽。

“哎呀，几点了，孩子妈。”一个沙哑的声音，关节叭叭地响，睡梦的声音，“老汉子，早着了，才一点多了。”一阵响亮的塑料摩擦声。沙哑的声音：“我有些饿了，晚上那会儿走得急，饭也没顾上吃，我泡包方便面，你吃不？”女人说：“不吃，你快吃，我吃得饱着了。”他在靠近过道坐着，简单地就寻找到声音的源头。

一包康师傅方便面，干瘪哆嗦的手在撕扯包装袋，几次，尝试着。倔强的封口紧紧地咬着，换一个封口，开了。圆圆的面饼放在了黄色瓷碗里，一根火腿肠，牙齿咬开封口，一点一点地挤进碗里。腿麻木地站起来，摇摇晃晃的，迫不及待地向开水的方向走去。女人说：“你给我接一杯水来，我的肚子有些不舒服，唉，胃病，老毛病了，最近怎么感觉厉害了。”沙哑的声音说：“好的。”饱经沧桑的杯子被一起带走了。

他在担心，心里也在同情。担心他能不能拿得住，要是有一点点的小颠簸，滚烫的热水就会倒出来。两种可能，一种是倒在自己身上，另一种是倒在别人身上。伤自己还是伤别人，他会选择伤害自己。夏天不会让人们穿很多的衣裳，烫伤就会雪上加霜地严重。“哎呀，烫死我了，你他妈的眼瞎了，还是不会走路？看给老子身上倒上这么多，烫死老子了。”“对不起对不起，你看我我我我也不是故意的，你就消消气，怎么赔偿，你说了算，我给你赔偿。”“好的，拿来五千块钱。”“这个，这个，有点太多了，我浑身上下也就拿那么四千多，还是我这半年来的收入，家里等着用了，你就大人大量，来少点点。”“怎么，还讨价还价是不？没得商量，被烫的疼痛你是不知道，又没有烫着你。”女人拨开人群，走进来，恰巧听到了这句话，说：“你的意思是只要我烫伤了就可以抵消你的伤害，不再和我们追究了？”受害者是刚过去的大胖子，头发不再亮丽，开水给烫乱了，起了卷，怒气汹汹的一副吃人的样子说：“你想得美，让你也烫伤，看你烫哪里了，我要你烫伤喉咙我才解气，你敢吗？”得理不饶人的小人得志。他旁边的人厌恶气愤地说了一句：“世间怎么会有这样的人，真的是流氓恶霸。”他沉默着。一阵唏嘘惊讶，“哎呀，真的喝啊，可不能这样啊，喉咙怎么能受得了？”女人端起熟悉的杯子，大口大口地喝了起来。灰土扑扑的衣裳，花白的头发，一根干枯的辫子，方口布鞋，滚烫的开水在瘦弱的身体里肆意穿行。男人大喊：“孩他娘，你这是做什么！”女人喝完了，把杯子倒立在空中，一滴水从杯壁流淌下来，落在了地上。“可以吗？”声音在颤抖，烫伤的，从没有听过这样坚强的音质。受害者一个摆手，不屑一顾地说：“没文化的土包子，真的是什么事情都能做出来了，算了，去吧。”众人散去，女人在其中，男人一只手端着方便面，一只手扶着女人，回到过道的报纸上。

男人一皱眉头，愣怔了一瞬，继续前进。水给了女人：“这个是凉开水，你快喝点，小心喉咙。”他蹲在列车洗手间旁边的角落里，狼吞虎咽地吃起来，嗞嗞嗞嗞，他相信有很多是疼痛制造的。

列车一个猛然的震动，他清醒了自己。女人的水早已喝完，男人在享受般地喝着汤，咕噜噜的。黑了，眼前的一切都消失了，车厢里声音四起，嘶喊、惊恐、尖叫，“谁踏着我了，就没有感觉硌得慌吗？”“下流，谁摸我的屁股！”“别动，谁动我的箱子！”“乘务长，怎么回事？”“对，怎么回事？这黑了吧唧的，还让不让人活了！”“是啊，黑乎乎的，太不安全了，别让有些人有机可乘，把我们的东西抢了偷了。”“这话说得，把人家想的都和你一样，小人之心，哼。”“哎呀，谁是这样的人谁心里清楚，你着什么急，我又没有说你，你这是做什么？”“我就是觉得你说话太刻薄，都在一个列车上，用得着这样吗？”“怎么用不着，防人之心不可无，害人之心不可有。”“都别说了，什么时候了还胡吵吵。”……

车厢里的灯亮了起来，不一样的是亮得有些昏暗，乘务长出现在了车厢内，站在座位上等待着众人安静下来。四十几岁男人沉稳的声音，说：“各位乘客，大家不要惊慌，我们的列车遇到了一点小麻烦，但是，我相信马上就会好起来的，请大家相信我。”一个声音：“小麻烦？什么麻烦？”两个声音：“我看不是小麻烦，是大麻烦，按我的预感。”三个声音：“我们现在在哪里？外面怎么那么黑，现在都四点多了，夏天嘛，按道理说都快亮了。”四个声音：“就是啊，怎么回事，请告诉我们实情，我们想知道实情。”五个声音：“说吧。”列车长走下来，站在过道里，重新拿起手中的喇叭，说：“是的，你们说得没错，我们遇到的不是小麻烦，我们的火车被困在隧道了，隧道的一处塌方了，具体的原因还不知道。我们的火车有 18 个车厢，后面的 10 个车厢被掩埋，里面的情况我们也不知道。你们是幸运的，第 8 个车厢，我来就是告诉大家，不要惊慌，我们要镇定，不要乱了自己的阵脚。说不准你们的一个轻举妄动就会给现在活着的人带来生命危险，所以，为了我们共同的生命，我们一定要互相体谅和理解。我们各方面的资源都不足，比如食物、电、水。这都是最重要的，我们都得节约。”一个声音说：“那后面 10 节车厢里的人，我们就不管了？说不准里面还有活着的人，我们也见死不救吗？”列车长说：“救是要救，但是塌陷的情况复杂，用不了多久外面就会知道我们这里的情况，当地人一定会大力营救我们。这个时间外面肯定知道了，因为这条路已经被堵了。至于我们自己的营救，还是放一放，还是前面说过的，弄不好会害死活的人，牵一发而动全身。”一个声音说：“那我们从前面下车，慢慢地走出去。”列车长说：“走不出去，前面也塌了，很大一部分的土堵在洞口，不知道有多厚，也不能动，否则后果不堪设想。我们现在要做的就是，照顾好自己，坚持到救援队伍的到来，活下去。”有了哭叫声，大喊大叫地要冲向后面被掩埋的车厢。去救援，用手刨棍子挖。被列车员给拦着。

列车长安慰着说：“你们不要这样，我知道后面的车厢里有你们的朋友亲人。大家少安毋躁，多为活着的人想一想，不要冲动，首先我们的任务是确保现在活着的人的安全。”一个 30 多岁的女人，不管不顾地哭天喊地，就要往前冲，向着被埋的车厢：“你们都是狼心狗肺，怎么就不管后面车厢里的人的死活？自私，你们不去，怕死我自己去，不要你们管，请你们放开我，不要拉着我。”“拉住，我已经说得很清楚了，不要闹了，要理智，失去亲人朋友，我们都很痛心。我不能让事故继续扩大了，对不起了。我们保存体力，留下力气看怎么活下去，不要白白地浪费。拦住，谁也不能去后面车厢。”列车长大声地严厉地说。走开了。

车厢里的人都呆住了，死人一样坐在原先的位置上。他也是，死亡就要来临了。突如其来，在上车的时候，谁能知道会发生这样的事情，说不准将会一去不复返。活下去，怎么活？小小的空间里，无形中的憋屈。一种绝望的感觉，经常在火车上想象的事情如愿地发生了。进退两难，前不得前，后不得后，停留在中间。死亡的前夕，他看着包里的两瓶矿泉水，现在此刻，这是无价之宝，就是给再多的钱也不会卖，留着。不吃饭还可以，不喝水怎么行。

三

一小时后……

“来，我们所有人都靠近第4车厢开个会。”列车长挨着走过每个车厢通知。

“还开什么会啊，自己保护好自己就行了嘛，官僚风气，都什么时候了还开会，有什么好开的。”第一个声音。

“无规矩不成方圆，要想活下去，怎么能不定规矩，乱混混的只会让我们更快地接近死亡的脚步。”第二个声音。

第三个声音：“赞同，我们这些人，一定要团结协作，只有这样我们才能等到救援队伍的到来。”

第四个声音：“好的，我看能开个什么会。”

……

人们尽量地往4号车厢围聚，容不下，就靠近5号6号的车厢里。列车长拿起高音喇叭说：“我们现在开始开会，尽量长话短说。第一，我们工作人员做了个统计，现在8个车厢里人数总共是285个人。里面有老人十几个，年纪比较大了，都在60岁往上，有小孩子5个，都是3岁往下，所以我们接下来要尽量先让他们享受到优待。第二，是个很坏的消息，我们的餐车也被掩埋了，是第10车厢。好的是，水还有一些。所以，为了活下去，我们要和大家商量一个事情，看能不能把大家身上带的所有吃的，全部收起来，然后我们计划着每餐统一发放。大家现在就商量，看怎么样？”

这个事情是要商量商量，要把自己的东西拿出来充公然后再发放，这个……大家就开始了议论，乃至争论，有理不在声高，控制不住，说着说着就激动了，音量不由自主地就到最大。一对农民夫妻，是去走亲戚的，拿好多土特产，有花生、煮熟的玉米、瓜子、洋芋、红薯……还有两包绿豆，大概能称一百多二百斤，这么多啊，还盘算等卖了钱，给家里的几个娃娃买几身新衣裳。男人没五十也四十大几了，女人也是差不多，穿的裤子都褪色了，分不清是什么颜色了，没有适合的词语来形容。身上的短袖是搞哪个活动送的那种，上面字已经消失得无影无踪，就是一种颜色，秋天已过接近冬天的萧瑟的淡黄。头发就是枯茅草，女人还像是精心梳理了，一条干瘪瘪的辫子，长长地耷拉在脊背上。女人担心地说："老张啊，这么多东西我们要全交出去吗?"男人说："老婆子啊，不交怎么办？人家都说了，要交的。"女人说："可是我们的多啊，这么多，别人都那么少，不公平的。"男人说："公平不公平就那样，天下哪有那么公平的事情，不管怎样先活下来再说，就这么些东西都是自家种的，只要能活着出去，明年我们再种嘛。"女人不情愿又没办法反驳，点点头说："好吧，受苦人嘛，不在乎这么点东西，都是自家种的，没什么的。吃亏又吃不死人。"

"我带了好多吃的啊，都是熟食，有烤肉花生豆还有啤酒，看来没办法一个人消受了，要和大家分享了。"前面去接水的那个人，西装革履，头发明晃晃的，在灯光下都能出油，腻得人恶心。一个人正嘟囔着说："早知道这样，我上车不久那会就吃了，还没舍得吃，准备在睡醒后慢慢地品尝。"一个穿着暴露的女人，大概就是二十七八岁，蹬着高跟鞋不慌不忙地走过来，看了一眼正在不舍地翻看着自己美食的男人，就笑着在他的肩膀上轻轻地拍了一下说："哎呀，这是在做什么？在悼念即将要逝去的美食吗?"她趁他转身看她时顺手就拿了一包。他看着眼前的人，两眼就放光了，美女啊，绝对的漂亮，身材，没得说，模特般的身材，白白的皮肤，上身穿着若隐若现的纱绸衣裳，没有袖子，下身就是一条显身材的短裤，披发。二十七八岁，不是水灵灵的年龄，也走开得不远，有着女人的味道，少妇般地诱人。此刻他的眼睛再也不在乎美食了，眼前的人才是最好的美食，看到她拿了一包，也就装作没看到，乐呵呵地说："哪里来的美女啊，在这里胡乱搭讪，是不是也惦记上我的吃的了?"美女弯下腰凑到他的耳边说："大老板还在乎这个，美食？你看我怎么样？想吃吗?"他明显地一抖，顿时哑巴了，眼睛在她硕大的胸上游走，心里在想：这是走什么桃花运了，在这种生死关头还能有这样的艳遇？以前谈生意时也遇到过美女，可是都没有眼前的这个美、风骚、多姿，在死之前能痛快地爽一把也不枉来此一遭。他好半天才收回眼睛，说："你带的吃的多吗?"女人撒娇地坐在了他旁边，嘟着嘴说："人家没有，就几包方便面，你能不能分我点，我……"泪花在眼眶直闪烁。男人的心被融化了，像哄小孩子说："哦，别哭的，我这里有，你随便拿，怎么也要充公的。要是在外面的话，你要多少我给你买多少，哪怕就是一个超市也可以的，对我来说都是小菜一碟。"女人感激地说："谢谢你，大哥，你真好。患难见真情，我一个人在这里，我看你也是一个人，我们能不能搭个伴？两个人也能互相照顾。"男人毫不犹豫地一口就答应了说："好的啊，有什么不好的，再好不过了。"两个人就腻腻歪歪地坐在了一起。

可怜的人啊，他拿的也不多，也不算少，怎么也够两个人的份，本来一同学说一起走的，却说临时有事来不了，只能说没事的，你先忙。一个人的旅途也没有什么不好的，人生太多时候都是一个人。孤独是成功的一个重要因素，就看你能不能耐得住寂寞和孤独。他站着，没有坐，准备好了，也没什么行李，食物就那么多，大家怎么处理他就怎么做，为活下去嘛。只要是对大伙生存有利的，他作为一个大学生，怎么也是高素质人才，绝对不能拖后腿。

灵活自如的穿行者，在人群中。一个空塑料袋，一声接一声的借过，走一趟下来就是满满的一大袋。特异功能？不太像。有七十二变，那也不是孙悟空啊，长的是人的模样。一只手，那个人的，年轻人的，伸向了一个两个三个四个五个六个七个八个……人的口袋里和食物袋里。要什么没有，人家的也是他的，没有什么找不到。最后一个，年轻人的手伸进了一个黄色的大布袋，圆丢丢滑溜溜的，不会是夜明珠之类的玉石珠宝吧！估计不是，珠宝这么贵重的东西，装在一个破布袋里？怎么可能？也许是为了低调，掩人耳目，不会引起人们的注意。猜测思考之际，一个老成的声音："年轻人，还是收手吧，做自己该做的事情。上苍给了你一双健全的手，不是让你用它来做这个的，而是要凭着它创造幸福，踏实生活的。老衲是出家人，没有多少东西，你要是想要，可以直接和老衲说，老衲自会当面奉上，何必这么偷偷摸摸的。阿弥陀佛，善哉善哉。"遇上高手了，被发现已经是不言而喻了，有台阶就下吧！年轻人笑嘻嘻地走到老头面前，是的，和尚，老和尚，不由得就想到了秃驴老秃驴，嘴角泛起了微笑的浪花。老和尚闭着眼睛，面无表情的，手里不停地搓动佛珠，一只手在膝盖上放着，说："小施主，你笑什么？可以告诉老衲吗？"他想，你管我笑什么，管得还真多，不乐意地说："没笑什么，老头，你旁边的座位有人没？""没有，施主想坐就坐吧！"依旧语气平和地说。一大包吃的往小桌板上一扔，他就说："老和尚，一会儿交东西的时候，我可以分你一半，看你也一个人孤零零的，蛮可怜的。你说你都老成这样了，还四处闲逛什么，就好好地在寺庙里待着，没事吃吃斋念念佛，多么美好惬意的生活。"老和尚睁开眼睛，没有看身边坐着的人，说："年轻人，看你还有善念，是个好人，可以改正的，以后好好做人。"他拿出手机，无聊地翻看着，说："老和尚，不要以为我给你分点东西就觉得我善良，我是看你可怜才分你。现在我改变想法了，不分你了。活都活不了，还以后？没有以后了，及时行乐才是真。"老和尚笑了起来，说："分也罢，不分也罢，都无所谓。生死，上天早已注定，不强求也不懈怠，该生生该死死，没有什么及时行乐的说法。一辈子都一样，每天如此，每时每刻如此，就像此刻。相信世间还是存有善念的人多，人之初性本善。"手机的屏幕亮着，外面的天还是黑乎乎的，不会亮起来的，在封闭的黑暗里，都是黑色，阳光怎么照进来？幸亏前面的塌方里有那么一点点小口，碗口大小，不过不能动，一动就会被彻底地堵上。那后果将不堪设想，呼吸困难，不久就会窒息而死。跳出一张照片，是年轻人在家的父母，是去年回家待的几天里外甥女胡玩他手机拍到的。29岁，不小了，村里的一般人家，他这个年龄早就成家了，娃娃都满世界跑了。家里的老妈妈就常说他："二娃，你也老大不小了，就安安稳稳地成个家，我和你爸也不要求你怎么样，咱就找个婆姨踏踏实实地过日子。"回什么，想回也回不去了，对不起家里的老爸老妈，说什么都迟了。要是能活着出去，肯定不干这偷鸡摸狗的勾当了，认认真真踏踏实实地过日月，让他们也抱孙子。

时间差不多了，列车长冲着喇叭喊："商量得怎么样了？我刚才忘记了一点，你们上交的东西，我们都会登记，出去以后我们会如数地还给大家。所以说大家不必担心。"人群里有了声音："还什么还，都不晓得能不能活着，我看还是各吃各的。本来就是弱肉强食，何必要充公大家享用。""怎么有这样的人，这种关头还能说这样的话。""就是，找打。""要是这样，你就一个人去别的地方，这里不欢迎你。""就是，隔离出去。""就是，就是。"……"自私，你一个人活下来你就能出去吗？妄想，只会死得更快。""自私？我就想笑了，谁不自私，人的本性而已，谁不怕死，我就是说实话而已，都是老好人，充当大公无私默默无闻奉献者。"列车长看关键的问题不在这，就呼吁说："大家不要这样，要团结，要是没什么意见的话，就开始上交。我在这里向大家承诺，我们所有的乘务工作人员绝对会公正公平，不会徇私，请你们相信我们。现在是 8 个车厢，我们准备给每个车厢安排一个人作为管理者，你们是愿意直接派我们的人过去还是从你们之中选？"几分钟后，大家异口同声地说："你们派。相信你们。""好的，我们先开始上交东西，完了我们接着下面一项项的工作。"

所有的食物放在了火车的司机室里，有列车长亲自看管，为了公开公正，上两把锁，一把钥匙列车长拿着，另一把挂在第 4 车厢，众目睽睽下谁也不能徇私舞弊。各自都找好固定的位置，不要随意挪动，发放东西都按固定的位置编号发放。座位坐不下的，就在过道里，车上有一些闲着的垫子，铺上也不凉，可以休息可以坐。

四

他在猜想外界现在是什么反应，肯定是：媒体在跟踪报道，各方的人员围在隧道前，商量准备着救援行动，看用什么方案。领导人肯定会发布讲话，不惜一切代价要救被困人员，不能放弃，哪怕就是有一丝的希望。会得救的，国家会尽最大的努力营救，得坚持活着。

他也进行了转移，放弃了原来的座位，换到了其他的座位上。好了，一切都算是稳定下来了，也没事做，看看书。本来是准备回去看的，现在有时间就现在看。灯光很昏暗，看字还马马虎虎地可以。坐三人，身边坐两个，他在最里面，中间的那个年纪应该是三十一二的样子，边上的是四十多五十岁的样子，他是 21 岁，一个无形的阶梯状浮现在空气中。中间的那个看着他手里的书说："小伙子，你看的是什么书？"

他把封皮呈现在他面前，是《平凡的世界》，他说："好书，一部不错的书，我也喜欢看书，同时也写一些。"他继续看书没有答话，只是以微笑来回应。最边上的接住话说："那你是作家啦！"中间的说："算是，就是没事胡写写而已。"看得出，中间人的虚荣心得到了强烈的满足。最边上的继续说："那你写过什么作品，我拜读下。"中间的早就迫不及待地要说了："你们有没有看过《×的爱情故事》或者《×爱情故事2》？"边上的只能实话实说没有看过，最边上的也说没有。中间的就纳闷了，一个人嘟囔嘀咕着说："怎么会？这都是很火的书，流传很广，你们怎么会没看过。我是省作协的，同时也是中国作协会员啊，怎么会不知道了。"最边上的笑了笑，跨过中间的，对着他说："孩子，你觉得《平凡的世界》怎么样？就感觉。"他把书放在膝盖上说："我喜欢作者路遥，可以为了写作奉献自己的生命，现在没几个人能做到，更喜欢他的这部作品。对陕北这块土地的一种完美诠释，不管别人怎么看，我是一看就能看到心窝窝里，是家乡的感觉。"中间的要插话了，要发表独到的见解，来证明自己不是浪得虚名，得意地说："我个人觉得一般，就那样，也没有什么太多的思想。你看看外国的那些诺贝尔文学奖的作品，那才是好作品。还有如今畅销的，都很不错，能卖那么多，那么多的人看了，不好吗？"最边上的说："肤浅，沽名钓誉，那你说说哪部诺奖的作品好？"中间的有些语塞了，慌乱地说："都好，不好能获这世界上最高的文学奖吗？"最边上的说："那你最喜欢哪部？"中间的呆愣了半天，额头上都出汗了，含糊地说了一句："差不多都喜欢。"最边上的叹气加感慨地说："社会啊，浮躁，人都在飘，成了云彩，虚虚晃晃的，忘记了在地上的感觉。"他看的是第二部，在学校那会儿就快看完了，准备是抓紧看完就不拿了，剩不多，就四五十页，没有看完，为了减轻行李重量，也思考过不拿，几番较量后，还是拿上了。因为没有这几十页，这部书就是不完整的，没办法接着看第三部。必须得精细，不能一目十行般地浏览和囫囵吞枣般地不求甚解。这是他看书的原则。

"哎呀，你们也太不知羞耻了吧，知不知道这里是公共场合。"从厕所那边传来的声音，他在第4个车厢，是第6个车厢传来的。"快开门，我还以为里面在干什么？死人了，哼哼唧唧的，原来是在干那事，也不看看都什么时候了。"和前面的是同一个声音。都在看，里面传出声音："要你管闲事，狗拿耗子，我们爱怎么就怎么，碍着你什么事了。"外面的人说："碍着我上厕所了，厕所又不是你做那事的地方，是拉屎拉尿的地方，弄清楚好不好。真的是逼人说粗话，我作为一名教师都感觉羞愧，在这里和你这样的人争论。"里面的人继续着，没有停下的意思，喘息着说："羞愧你走远点，清高穷酸的小教师，我有钱我爱怎么就怎么，用不着你管。"外面的教师气愤地说："嚣张，嚣张至极，还真的就没有办法管管吗？"静悄悄的，和没有其他人只有他一个人存在着一样。等着看热闹，谁也不发言，完全的中立态度，观察着事态的发展。是那个教师和前面西装革履的男人，还有穿着暴露的美女的战争。厕所门啪地开了，里面的两个人大大方方地走了出来，不屑一顾高昂着头经过教师，大摇大摆的，男人搂着女人的腰，享受地过去。气得旁边的教师两眼直冒火星子，干瞪眼没办法，其余的人都装作没有看见，安静地做着自己的事情。教师进去了，啪地关上门，过道上方电子显示栏出现了“有人”二字。

看了下手表，是中午9点多，车外依旧如此这般的黑，隧道里，又前后塌方，本来就没有光亮，就是把最最微弱的洞口射来的光也扼杀了。车厢里的电忽明忽暗的，仿佛一盏摇曳的煤油灯，似有似无的。大概十几次的挣扎反复后，稳定下来，亮的。比前面又暗了一截。列车长出现在了过道里，喇叭里说：“告诉大家一个事情，刚才发现外面的线路出现了故障，不能再源源不断地往火车上通电，好的是我们列车上有两个大电池，本来是给一个工厂带过去的，现在情况紧急就征用应急了。不过一个电池只能供应我们8小时，两个就是16小时，要是16个小时后救援队伍还没有到，我们就只能黑着了。”一个声音说：“那就在大家休息的时候切断电源，这样就可以延续的时间长些。”没等列车长开口，一个声音给了回答：“不可以，我是一名官员，曾经当过兵受过训，人群聚集的地方在黑暗里是很危险的，不能切断，得亮着。现在祈求的是希望在16个小时后，营救队伍能到来。”列车长补充道：“他说得对，我的意思和他的一样，就这样。照看好各自的东西。”

吃饭时间到了，本来平时吃饭是在12点左右，今天才刚过10点大家就嚷嚷着要开饭，也是，自从昨天晚上上车到现在都十几个小时了，饿是正常的，说明还是人，是活人。吃饭，很多时候只是个习惯，是到点了看到别人吃了，各自就情不自禁地去吃，这次不是。取了公开着的钥匙，列车长才打开了列车员的工作室，收上来的食物也不多，最多也就能吃个四五顿，第一顿就吃泡面吧，大家都饿得慌，泡面还能耐饱些。桶装的不够，有袋装的，就给发个碗。列车员来拿各自负责的车厢的食物。8个列车员里有3个男的，5个女的，年龄都是30岁到40岁之间。泡面自然要水，一个新问题也就出现了，水也很重要，短缺，尤其是热水，电池的能量也不怎么够用。列车长亲自拿着暖壶把关，给每个人倒。一个人一桶泡面，对于一个饥饿的人来说，那就是没有感觉，只能塞牙缝。不吃还好，吃了反而更饿了。老师偷偷摸摸地在行李袋里摸索了半天，衣服里鼓囊囊地匆忙向厕所走去。厕所里已不成样子，缺水，就不能冲洗排泄物，自然而然地堆积起来，一开始是要和列车地面比高，没几个小时就更胜一筹了。赤裸裸地暴露在上面，幸好厕所有门，不然那还不恶心死，流淌到过道里，不敢想象。他憋了很久，实在是不想去面对那个肮脏的环境，没办法，坚持不住了，还是屈从了，默默地走向厕所。一阵“沙沙沙沙窸窸窣窣”的声音。熟悉，在哪里经常听过，是什么来着？到底是什么？怎么就想不起来，真的真的好熟悉的，太熟悉了。哪里哪里经常听到的，什么到底是什么。他是苦思冥想，想不出，转了个身看到了垃圾袋里的一个东西，知道了，终于知道了，不敢想象，竟然能在那里面，真的是不可思议。是吃饼干的声音，人类的潜能真的不可度量。没有逼上，只要逼上了什么事情没有可能？一切皆有可能。为了避免尴尬，他就往过道里走了几步，来掩饰他没有听到任何声音。正好揽工女人向着这边走来，估计也是上厕所。他就又往回走了几步。几分钟后，老师出来了，装作上了厕所后的舒畅和轻松，长长地舒了一口气，谁能想到他不是去拉，而是去吃了。揽工女人的观察力也是很强的，就对着老师笑了一笑，用手在自己的嘴角指了指，给他。懂得了，意思是他的嘴角有东西。他摸了一下，是一块不小的饼干屑。

老师走近揽工女人，低声地说："大姐，你是不是知道了什么？"揽工女人惊慌地说："没有，我什么也不知道。"老师恶狠狠地说："那就好，要是你敢胡说我就……"一个可怕的眼神代表了省略了的内容。揽工女人身体开始了哆嗦，颤抖地说："我什么也没看到，不会说的。"老师这才走开，没走几步又回来，拦住正要开厕所门的揽工女人说："我还是不放心，我身上什么也没有了，饼干刚才吃完了，不过我还是可以给你些东西，现在不要看，你进去后看。"老师的手从自个的口袋摸了什么，伸进揽工女的口袋，还不放心地说："千万不要胡言乱语，这样对你没有一点点的好处，我是吃了饼干，可是已经到肚子了，谁能晓得，你就不一样了。"揽工女走进厕所，手伸进口袋，一个饼干袋，里面包着五百块钱。她明白了他刚才的话。

听着老师在外面有理精彩的聊天内容：

"你是老师?""是的，我是老师。""你教什么的，教几年级?""我是教语文的，教五年级，在一个小山村。""哦，你可真厉害，年轻轻的就能耐得住性子，在小山村教学，现在像你这样的年轻人不多了。""哪里，没什么的，为了教育，为了更多的孩子能接受到教育，我们必须要奉献。人一辈子，什么也不讲究，但就是要问心无愧，做什么事情坦坦荡荡的。不要偷偷摸摸的，那就是小人长戚戚。""有文化就是不一样，做人做事都好。不愧是老师。"……

饿啊，饿得人前心贴后背，坐不住。去寻找，寻找食物。几个衣着光鲜的人在各个车厢的过道里来回走动，观察着每一个人，看哪个人有这意向。落在了农民夫妇的身上，其中一个装作闲谈蹲下，在农民夫妇面前。男人不解地问："你有什么事了?"光鲜的男人，40多岁，肥头大耳的，白白胖胖的，是啊，一包泡面能奈他何。纯粹的一个笑话，精卫填海，沧海一粟，意思就是微乎其微，没有知觉的填充。"没什么大事，小事情，来和你商量商量，你有没有吃的?"农民男人说："你说的这是什么话，我们哪里还有粮食，上车时带的都被收了，刚刚发放的也吃完了，没有了啦。"蹲着的男人从怀里拿出十几张一百元，在他们夫妇眼前晃悠着，说："要是有，我就用这些钱买，不管什么吃的，要是有更多还会加钱。"农民男人说："不是钱的事，是我们压根就没有粮食了，没有吃的了。请你走吧!"蹲着的男人一股失望的心情涌上心头，流遍全身，不情愿地站起来准备走开。农民女人挣脱男人硕大的手，说："我有，我愿意卖。”站起来的男人欢快地重新蹲下，迫不及待地说：“在哪里？我买。”农民女人小心翼翼地从身后拿出刚才发放的没有吃的方便面，是袋装的。用手遮掩着偷偷地移动到跟前的人面前。农民男人小声地呵斥：“你疯啦，还是你不想活了？你这是做什么？人死了要钱有什么用？”卖了，一袋方便面换来七八百块钱，值当。蹲着的男人说：“就一袋方便面啊，我只能给你八百块钱，这一千多不能全部给你，我得留下些。”善良的女人说：“好的，本来就是一袋方便面，两三块钱的东西，你看着给吧。”最后成交是八百。等买主走后，男人的脸色很差，责怪女人这样做。女人也看出了听出了男人的意思，就解释说：“我想活，我不怎么饿，正好身体有些不舒服，不想吃。喝点水就好（在给泡面倒水时，她说自己现在不想吃，等一会儿吃，就把水接在了杯子里），饿一下饿不死，只要有水，就能坚持下去。”男人脸色依然沉郁着，说：“你没听说吗？人是铁，饭是钢，一顿不吃饿得慌。喝水是重要，吃饭也同等的重要。”女人说：“就这一顿，下一顿不是就有吃的了吗，没事的。能活下去，即使活不下去，还有你了。到时候把钱带出去，外面有咱们的希望——孩子。咱们活的就是为了娃娃嘛，要是没有娃娃，咱们早就死了。”男人说：“那我也死了呢，谁知道这能不能活着出去，能不能等到救援的到来。”女人说：“万一咱俩真的都没了，可钱在咱们的衣袋里，到时候挖出来，也能从里面找出钱，给咱们的孩子。孩子过得好了比什么都强，咱们是迟早要死的，哪能陪孩子一辈子啊！人就这么一茬顶一茬了嘛。”男人不说话了，沉默着，想抽烟又不敢，拿出一根在鼻子上闻了又闻，眼泪从鼻梁滚落到烟上，湿了一种物质。

一股浓浓的味道飘流在车厢间，泡面味和屎尿味，混在一起，难以形容的味道。活着，是得活着，同时不能忘却的是，活着也是一种煎熬。就是这样，没有哪个人愿意去死，都在挣扎着，为活着而坚持着。

不可能的剧目

福建省闽江学院/俞道涵

第一幕　只有文字是真实的

1

我曾经见过一张相片。那是在去年，我不记得是在哪里见到它的，也不知道它是由谁拍摄的。这仅仅是一年前的事情，可谁又说得准，或许已经过了很多年。

相片大概是在一间幽暗的房间里拍摄的，透过雕着花的毛玻璃，看见的是窗外朦胧的景象。一个女孩出现在窗户后面，她的面容叫人无法分辨，那是一种画布上的颜料被水晕开的样子。窗外似乎下着雨，玻璃上沾满了水珠。不知道是不是摄影者刻意表达的缘故，从那个女孩模糊不清的脸上，总是透出一股悲伤的气息。

这张相片呈现出的景象未免过于逼真，以至于我开始回想自己是否曾经身临其境，或者我根本就是这张相片的作者？更令人不解的是，有时候这简直不是相片，而是动态的影像，那玻璃上的水珠仿佛受到某种欲望的牵引，最终因无法承受而向下滑落；随着它消失在视野之外，窗子上留下了一道清晰的痕迹。

但这归根到底不过是记忆罢了。我的记忆。它只是属于我个人的，除了记忆本身，没有任何可以用来证明它的真实性的东西。而用记忆来证明记忆无疑是可笑的。况且这张相片现在并不在我身边，没有人知道它在哪，对于它不是相片的怀疑，也可能只是大脑的一次臆想。

一直以来，我都在想着相片中的女孩。她究竟是谁？我越执著地去想，也就离曾经的记忆越发遥远；在过去的日子的无尽时空中，女孩的印象变得越发模糊，最终只剩下一片明亮的影子；而我却不能停止自己的思绪，在女孩的面容逐渐变淡的过程中，我对她的思念也逐渐深厚起来。

我无法向你们解释，这一切有着太多的暧昧。这张奇怪的相片，如果从另一种不同的角度来说，它或许根本与记忆无关，在除去这样的成分之后，它还可以是一件合格的艺术作品，可以作为杂志的封面，在某一次沙龙上展出。这倒是个单纯的解释。但重要的不是相片，也不是相片与记忆的联系，而是它们所共有的性质。

我要说的就是这个：暧昧。

2

让时间停止是一种残酷的想法。在世界的运转中，时间总是按照自己的节奏行进着，不紧不慢，在最细微的单位时间中，隐藏着叫作永恒的时间分子。对于永恒，很多时候人们会热烈地迷恋它，甚至有些时刻会自以为找到了永恒——在夏日漫长的午后，或者是在拥吻时的舌尖。然而事实上永恒并不存在，毕竟时间不会停止，我们也无法在一分一秒的片段间停留。但这恰恰是我们的幸运之处，倘若时间停止，耶稣像雕塑般永恒地钉在十字架上，那将是永远无法解脱的痛苦，一切将如同冰封的河，了无生机，世界也将失去所有的意义。

尽管永恒是如此残酷，我还是无情地使用了它。在这个故事中，为了片刻的安静，时间就此暂停了。这也许不是最好的办法，但还算适用。于是你看到，现在在这个空间里，音乐沉默了，沙发和茶杯全都不再躁动，壶里的水也停止了沸腾，柯晨的南京燃到了一半，既没有熄灭，也没有继续燃烧，从他嘴里吐出的烟在空气中静止——每一个尼古丁和一氧化碳分子都保持原位。

我知道，这有一个矛盾。

作为唯一的证人，柯晨否认了这一点。

他说："不，你并没有去过茶厂。"

我望着他，他也静止了。

我是否去过茶厂？这个问题我曾一次又一次地想过——现在在这里，后来在茶厂，在那个昏暗的房间——但始终没有答案。我知道这不会有答案。随着它出现得越来越频繁，问题本身的意义也便不复存在，以致最终变成了一个不解的肿瘤。当它失去疑问的性质而转变成身体的一部分时，它也就失去了属于它的答案，困扰你的也就不再是求知欲，而是每天深夜传至肌肤的一种絮状的痛苦。

我试图用一种极端的方式消除它，这就是我让时间停下来的原因，时间让历史变得暧昧，思考也受到了干扰；然而我并没有成功，它依旧像失眠一样折磨着我。在凝望着柯晨面前静止的烟的时刻，我只好做出了再去一次茶厂的决定。

就像我按下了播放键一样，那些烟雾很快就又重新融入空气中了。

"好了，"我说道，"第九交响曲可以继续了。"

3

茶厂建在城郊的小山包上，沿着贯穿整座小城的解放大道一路向北，过北门桥后右转，先上一道水泥大坡，再上一道陡峭的小坡才能到达。

去年春天我来到这里，带着未完成的剧本，住了一个多月。我不愿出门，外面没日没夜地下着雨，我抽着烟，听罗西尼和德彪西，拿着笔不知所措，有一种不可抑制的腐烂的感觉。在城市里我就开始意识到自己的腐烂，来到这里，这感觉非但没有消失，反而更加强烈。整个南方都在下着同样的雨，这种小雨可以持续很长时间，把人一点一点侵蚀掉。我什么也写不出来。

这种情况直到张丽扬的出现才有所好转。那个下午她来到我所租的房间里，手上拿着一本《黄金时代》。她是来和我探讨文学的，但半个小时后我们开始做爱。在此之前我和她见过两次，都是在她的杂货店里，第一次我去买烟，她说这没有南京，只有七匹狼，第二次她递给我一包红南京。我看见柜台上放着一本《黄金时代》，顺手拿起来翻了两页。我说："老板娘还看这个？"她看了那书一眼，又看了我一眼，把书拿了回去，没有说话。

按照柯晨的说法，女人天生就有两种属性，一是奴性，一是母性，奴性让男人成为英雄，而母性让男人返老还童。我不否认这个说法，男人永远是个孩子，妄想着拯救世界；英雄主义本身就是幼稚无比的，面对世界，没有几个男人能够成为英雄，但面对女人，他们大多成功了。张丽扬就是把这两者结合得恰到好处的女人。她年过三十，阅历丰富，开始与皱纹抗争。她既不像那些不谙世事的年轻女性，也不像整日里柴米油盐的母亲，她就是那种能让男人回到童年然后拯救世界的女人。

张丽扬趴在我身上的时候，从楼下不时传来一声叫喊。这是房东相伴多年的丈夫的声音，如今他年过七旬，瘫痪在床，整日里无所事事，时不时就这么叫上几声。他的叫声既不疯狂也不痛苦，更谈不上喜悦，那是一种没有表情的声音，好像只是为了打发生活一样。这类似于一种无来由的咳嗽，有些人总是喜欢咳上几声，并不是因为嗓子不舒服，而是出于一种长久以来的习惯。对他们来说，咳嗽早已不再是咳嗽，它已经脱离了大脑的控制，异化为一种"瘾"，成为一件非做不可的事——只要到了该做的时候而没有做，生活便难以继续下去。

在回到茶厂的路上，我一直在想着这个问题，我有些害怕，我如此执著地寻觅去年的真相是否就是出于习惯，张丽扬对我来说又算不算得上是习惯？这件事情太过可怕，我不敢再去多想，很多时候，一个稍不留神培养起来的习惯，便有可能从中产生爱情。

这次来茶厂，我两手空空，没有剧本，也没有交响曲，这是一次实实在在的逃离，要比去年来得更加彻底。长途汽车在曲折的乡间公路上行驶着，引擎震得玻璃直响，我打开车窗，风夹杂着细雨吹进来，冲淡了车内那股沉闷的令人作呕的气味。我昏昏欲睡，一种旅行带来的奇异快感缠绕着我。

那个下午我和张丽扬躺在床上，她也是这样缠绕着我，像一株藤蔓植物。我感受着她皮肤的冰凉，听着窗外的雨声。我告诉她，我的剧本又可以继续下去了。她问我："你讨厌这样的天气吗?"我点了点头，后来又说如果就像这样一直待在床上也不错。她说她不喜欢，因为衣服不容易干。我觉得她又俗气又可爱。她说我要榨干你，说着将床单一把抓起，滚到我的身上。我看见一片洁白的世界。

4

这当然是一个谎言了。床单将我们包裹起来的时候，什么光也透不进来，屋子里本来就昏暗得很，我看见的应该是一片黑暗。是的，床单是白的，不仅白，而且洁白如雪，我理所当然看到了一个洁白的世界。

天花板上安着一盏日光灯，由一根悬在墙壁边上的绳子作为开关，当初我向房东抱怨这间屋子太过昏暗的时候，房东便拉动了它，那盏日光灯忽明忽暗，最后还是在明和暗的犹豫中亮了起来。我很担心它会就此结束了生命，但房东说不要紧。但是那天下午它还是走到了生命的尽头，在明暗交替的过程中它最终没有成功活下来。张丽扬说看它这样挣扎很有快感，好像进入了另一个世界一样。我点了点头，因为那个下午我的确是到了另一个世界。我起身准备把窗帘拉上，可是她拦住了我。窗户的外面是一条长长的走廊，房东出门了，她的老伴在楼下的床上叫喊，此时不会有人经过。尽管如此，我还是感到别扭。再远处是一片桉树林，望不到树林的尽头，张丽扬说，就让它们看着好了。

我转过头看着它们，它们在雨中静静立着，并没有在意我们。起初我觉得它们只是一片平庸的林子罢了，洁白笔直的树干，稀疏的枝叶，和别的地方的别的树没有什么区别。后来我发觉它们其实很漂亮，像一个个出浴的少女。有一次我独自望着它们，在德彪西的钢琴曲中，幻想着夕阳的最后一丝光线从枝叶的缝隙中透过来。正是从那个时候，我开始意识到它们是少女的本质。当然我始终没有见过夕阳在它们身后落下的样子，整整一个月，它们都在雨中，雨把它们的身躯洗得越发洁白。一直到离开的时候，我也没见到过夕阳。

看着路边不知名的树木飞速逝去，我才逐渐了解到那片桉树林的独特，车窗外是一片印象派的绿色，而桉树依然在雨中不动声色地静默着。我知道这是一个借口，但我愿意相信它，是的，我是为了它们才回去的，去年春天，我正是在这夕阳的余晖中写下了《不可能的剧目》的最后一个句号。

值得一提的是，在这个故事里，除了张丽扬之外，还有一个十四岁的女孩，在我的印象中，她既不是出现在我的窗前的玫瑰，也不是站在桉树下的天使——我从未在这两个地方见过她，但不知为什么，我总是不自觉地把她的形象和它们联系在一起。

柯晨站在走廊上，透过玻璃向屋子里张望，他是想为我重现当时的场景，他说："难道不是这样？"我摇了摇头，确实不是这样。他只好怅然地走进来，坐在椅子上开始抽烟。有那么一瞬间，他吐出的烟雾遮住了我的视线，窗外什么也没有，只有空荡荡的走廊。

我不知道柯晨是什么时候来的，原本他并不想来，他说他去年没有和我来过茶厂，今年也不会来，根本没有来的必要，但后来他改变了主意，我想也许是他也和我一样，开始怀疑起自己的记忆了。我能理解他，这是常有的事，我们都太难以去信任什么了，包括自己。然而柯晨不会对我承认这一点，他只是说想见见那个女孩。我也不知道他究竟是想见谁。

但不管怎么说，他来了，这大概算得上是好事吧，我想到了明年的时候，这段经历又可以多了一个见证人——尽管是个不太可靠的见证人。不过话又说回来，柯晨也可能一点用处也没有，在时间的流逝中或者他或者我依旧会不可避免地忘却，而历史最终仍是一团迷雾。

柯晨似乎看穿了我的想法，他说："你这不是一次逃离吗？那就应该痛快一些。"

"是的，是这样。"

"那个女孩呢，她是怎样的？"

"说不清，有一点暧昧……"我说。

他指了指手上的烟："像这个？"

"有点像。"

"虚无缥缈啊。"他像是感叹似的说道。

"是的，虚无缥缈。"

5

其实我想说，我信赖虚无缥缈，但是这么说很可笑；这样的话就像是男人对女人的承诺，不痛不痒，我且说你且听，谁也不必当真。但相比于承诺，这话会更真实一些，我确实是这么想的，许多实实在在的东西都面目可憎，而且转瞬即逝，虚无缥缈的倒是看起来更加和蔼更加永恒。

对我来说，那个女孩就是这样，她似乎触及了我心中一些隐秘的东西，我感到自己对她的感情像是一口深井。昨天傍晚我路过杂货店，望见她趴在冰冷的柜台上，脸颊贴着玻璃，一动不动。我撑着伞站在马路对面，雨从她的屋檐上落下来。看着这样的画面，我又总觉得自己是透过玻璃看她，总是看不清。我想如果哪天天气放晴，她会像一个精灵那样飞起来。

我在马路对面站了很久，我发现我竟然害怕走进店里。我为自己找了一些借口，我甚至想我只是不愿意打破这份宁静，但无论是哪一个借口，都不能成功说服我自己，因为它们不是答案。而答案当然是找不到的。我试想去对面买一包烟，女孩会告诉我没有南京，像去年张丽扬对我说的那样，我会转身离去，而她继续趴在柜台上。或者我会买一包红狼，她拿出一包红狼递给我，她的手应该很细腻。她就在我面前，然而我还是看不清她的面容。最后我转身离去，而女孩永远趴在柜台上。

这是唯一的结局，可能也是最好的结局。有时候“唯一”会令人绝望，但有时候它却显得重如磐石。“只能是这样？”“只能是这样。”这“唯一”的“这样”饱含着平静的无奈，在一问一答之间悄然落地，像一张历史的相片，再也没有什么能够改变它。女孩趴在柜台上望着无尽的雨，或者无尽地望着雨，在这个唯一的时刻，她便被永恒所定格了，至此，她也就与这雨天这屋檐有了千丝万缕的关系，她仿佛被它们强行拖入了一个狭小的空间里，被亲吻，被纠缠，在黑暗中发出没有声响的喘息。

我独自一人在黑暗中想着有关于女孩的情景，结果就是这样，听着木门因返潮而发出的声音，我觉得自己像是雨和屋檐的同犯，甚至比它们有着更深的罪恶。木制的门的声音令我很不安，我生怕有人随时会进来，将我赤裸的思绪一览无余，这种感觉就像年轻时在幽暗的阁楼里手淫。这窒息的声响夹着雨水的味道传过来，我的指尖触到了青草和泥土。我就这样深深地呼吸着它的味道，确切地说，不应该是呼吸，但我并不知道自己究竟是用哪个器官去感受它的。这个器官有着失去血色的腐朽，当它接收它的时候它满腹疑惑，但是很快，它便用经验和已麻木的欲望重新理解了它。

6

茶厂建于解放初期，青灰色的砖，暗红色的大门，如今门上的漆早已脱落，木的本质暴露出来，一派斑驳的样子。从走廊的尽头望去，可以看见它就坐在桉树林的掩映中，像个打坐的道人。尽管已废弃了许多年，颓败的气息却从未制服过它，细细想来，这幢平凡的建筑，竟也在不经意间走过了半个多世纪。张丽扬的母亲曾经在这里遭受批斗，她说大红色的标语在她的头上闪烁，像一轮愤怒的太阳，令她头晕目眩。可以想象，那些红字后来是怎样在雨水中褪去，新的口号又是怎样涂满了旧墙。张丽扬诉说着她母亲的故事，就像自己被绑在众目睽睽之下一样，我告诉她没有众目睽睽，只有我在看着你而已。她一头扎进我的胸膛，说我说得没错，她就是要让我看的，最好还能将她绑起来，让我看个够。我发现她比去年憔悴了许多。

我站在走廊的尽头，想象着她从坡上走上来，栏杆上雕着花，那是一种逝去风格的装饰。张丽扬身着一件素色长裙，她光滑的小腿上沾满了雨水。两分钟后我亲吻着它们，觉得自己仿佛也被逝去的岁月拉住了。我问她：“这是21世纪吗？”她回答说是。

“你为什么又要回来？”

“我去年来过吗?”

“你去过我店里了?”

“没，我好像没进去。”

“你为什么又要回来?”

“你怎么知道我来了?”

“不，我并不知道。”她站在我面前望着我，眼里布满荆棘。“没有人告诉我你来了，我也不知道你来了。我也没有想过你会回来——或许想过吧，不过也仅仅是想想而已。这里确实不像21世纪的样子，可是确实是21世纪了，这不会错。”

我说我知道这不会错，只是有时候不太相信，至于是不敢相信还是不愿相信我就不得而知了。我想这是因为一种错觉，这是环境折磨人的惯用手段，它在时空的缝隙中钻了空子，用水银和怀念的目光填充，在历史的裂痕中埋下了永恒的种子；每到雨水充沛的季节，它便疯狂地生长，通过毛细血管和掌纹，蔓延到身体的各个角落。

我又回到了房间里，张丽扬的鞋扔在潮湿的地毯上，那上面有雨水的痕迹，看上去深色的一片，把原有的密集的花纹变得稀疏了。在昏暗的房间里，地毯看起来是深褐色的，但我想它大概是玫瑰色的，我俯下身，正想看个清楚，那些花瓣却害羞地消失不见了。

我独自待在房间里，在微弱的光线中寻找丢失的花瓣。柯晨一声不响地走进来，坐在沙发上，准备聆听楼下的老人的叫声。他打了个哈欠，张大的嘴似乎怎么也填不满。老人的叫声同时响起。我走下楼，一股浓烈的陈醋的味道飘到楼梯的扶手上。女孩站在明亮的客厅里，嘴里咬着大拇指，面无表情，望着前方。房东开始向我解释，但我只听得见老人平静的叫声。

在女孩所处的明亮空间中，有一股神秘的味道跟随着醋酸味蔓延开来，我又看到女孩站在桉树林下，潮湿的面庞依旧不能清晰。在这安静的朦胧中，可以想象到女孩精致的五官，可以想象它们是如何巧妙地安放在这个平面上。我从其中感到了一丝属于艺术的美，不可言喻，却实实在在存在着，醋的味道越刺鼻，女孩的美的形象就越在我的脑海中形成。

我在黄昏的光里捏着张丽扬的大腿，她的发间就有这么一股陈醋的味道。不知道是不是下午的气味还未消散的缘故，总之我在她的发间找到了它，这让我有一种莫名其妙的兴奋。那个女孩一见我便转身逃走了，而我望着她的背影竟然有追逐的冲动。我问张丽扬那个女孩是谁，她扭过头看了我一眼，我能感到她的眉头微微皱了起来，眼神中有厌恶的情绪。但事实也许不是这样，实际上她并没有任何表示，仅仅是看了我一眼，她的眉间平整如镜，眼中只是无尽的空洞。

“她才十四岁。”她说道。

7

如果说在人类感知世界的漫长过程中，有那么一样东西，它最为轻浮、微妙，让人在欲罢不能的同时而又难以忍受的话，那么它必定是味道；它像是午夜里不知何处的光，像未及肌肤的痒和喧哗深处的宁静。我知道这样的比喻很唐突，因为实际上它是超越了它们的，它超越了一切的感觉，就像云中的隐者。不可避免地，它也带有虚无缥缈的性质。

在很长一段时间里，我是如此地信赖味道，它几乎成为我感知世界的唯一标准。那段日子是我生活中一段最无聊的真空期，我在城市里一点一点老去，而我自己却毫无知觉。那时候，我开始厌倦女人。

柯晨也在进行着同样的衰老，他说他想了很久，还是不明白为什么，最终只能任其老去。我们贪婪地呼吸着城市的味道，在喧嚣与麻木中不能自已，这种感觉就像吸毒，可吸毒又有什么不好。

我们每一天换不同的烟抽，从黄鹤楼到红塔山，想努力分辨其中的差别，可到最后只剩下舌尖的干涩。

我想大概是由于适应自然的天性，后来我们也适应了衰老，不像最开始时那样恐慌，开始学会与它妥协，签下和平孤独的协定。这是个不错的趋势，但是不算太好，张丽扬说她打死也不签什么衰老协定，她要一直与它抗争到底，她知道她必败，但她不愿服输。

她抱着我，说她害怕有一天变成《黄金时代》里陈清扬那样。我问她是不是乳房下垂乳晕发黑。她很用力地在我手臂上掐了一下，骂我是流氓。我承认，有时候我的确是个流氓。我告诉她她还不至于老成那样。她说她知道，只是害怕罢了。

“老了也没什么不好，不过是换一种活法罢了。”

“你那时候对女人失去兴趣是怎么回事?”

“不仅仅是女人，”我说道，“对什么都失去了兴趣。”

“那后来是怎么恢复的?”

“没有恢复。”

我望着她，把她的头发撩起来，她的额头很白净，像新生的竹笋。

“你真是个骗子。”

我哈哈一笑，将她抱得更紧。

“怎么也抱不紧。”她说。

她趴在我身上，以倾泻的欲望吻着我的脖颈，那上面有红色，有一块新鲜的胎记，她伸出舌头，我能感到这春日的雨打在手背的冰凉。从她的舌头上结结实实地长出一束鲜花，那金属般的芳香四溢。一只猫趴在午后的炉火旁，木柴喷出的火星在乌云下闪烁。是的，怎么也抱不紧，胸口紧贴，小腹以相同的频率蠕动，大腿纠缠成死结，可是怎么也抱不紧。除非她的乳房融进我的胸膛，除非猫被炉火吞噬。世界上不会有更近的距离了，不会有更柔软的方式和更橘黄的味道，我突然意识到性只是为了彼此融化。

第二幕　创作是纵欲

1

好了，现在我可以如实告诉你，你正在阅读的这个故事正是我去年春天在茶厂写下的剧本。当然，从剧本到小说它确实经历了一些改动，如果你将两者进行比较，还可以发现这一年来作者的微妙变化。小说在情节上沿用剧本的线索，但小说还有许多自己的东西，现在它已经完成了一部分，接下来我还会继续完成它。这个故事是我去年就已经写好的，你知道，写的是有关记忆的事情，但对于去年的我来说，今年再次来到茶厂，再次与张丽扬邂逅却是未来。因此这有一个矛盾。当然我可以很好地解释它：或许是我把过去的记忆与未来的想象混淆了——这也是常有的事，也许你不会信服，但我已经没有更好的解释了。不过不管怎么说，时间的行进顺序总是不会变的，过去与未来就待在属于它们的位置，这也是不会变的。

作为一篇小说，这一切当然是虚构的，张丽扬和十四岁的女孩也都是不存在的。张丽扬产生于《威廉·退尔序曲》的某一个小节，而女孩则产生于我们每一个人在雨天望着窗外的孤独。但事实并非如此，事实是她们有血有肉，深知冷暖，有着人世间最炫目的疯狂与最深入骨髓的悲哀；一句话，她们都是活生生的人，在这个世界的某个角落和你我一样平凡地生活着。

2

柯晨这一角色在剧本中本没有这么具体，如果说两个女性角色各自有所来源的话，对于柯晨，我并不知道他脱胎于何物。柯晨的行踪总是飘忽不定，他经常在我和张丽扬做爱的时候推门而入，在屋子里转上一圈，又若无其事地走出去。不知是什么原因，张丽扬似乎从未看见过他，从去年开始，他就时常莫名其妙地走进我的房间，那时屋顶上的日光灯还没有坏，他会把灯打开，然后又拉灭，还会将曲子换成他所喜欢的那几首。但他从未打扰过我们，他说自己只不过是走进一间空屋子，让我们也把他当作空气。

张丽扬的确是这么做的，也难怪她从来没有看见过他。我曾不止一次地向她说起柯晨，可她并不相信他的存在，在她看来柯晨不过是我故事里的角色罢了。她照例在阴郁的下午来到我的房间，狼狈而美丽，像一颗剥开了一半的煮鸡蛋。她平静地喘着气，从发梢上滴下的雨水渗入地毯。我再次说起柯晨，她再次无动于衷。我对她说他现在就在茶厂，你随时可以见到他。她朝我一笑，说她是看不到他的，她说他也许现在就在间这屋子里，可她偏偏看不到。

“他不过是你伪造的罢了。”她说。

“没错，就是伪造。”我说，“不仅仅是他，你也是我伪造的。那个女孩，我不知道她和你是什么关系，不过这不要紧，就连她，也不过是我的伪造。”

“你走火入魔了。”最后她说道。

同样的话她去年就说过一遍，现在它兜了一圈又回到了这里。这话像一句咒语，我被它牢牢锁在白色的床上，瘫软得像一摊泥。我突然发现自己原来是一只祭祀的供品，躺在朝天的神坛上，而念着咒语的张丽扬则是无情的祭司。在明白了这一点后，清醒对我来说成了一种累赘，我所搜寻的热切的期待的感觉被这一句咒语所激发，在黑暗中产生原始的朦胧的崇拜。

说起来这也算一种返祖，无论是一年还是一万年，我仿佛又回到了那个什么也写不出来的混沌中，开始迎接与张丽扬的第一次做爱。

现在回想起来，这一幕倒真像是一个仪式，它同时带有庄重和荒谬的性质，在对先人的崇敬和背叛中达到属于我们自己的疯狂。张丽扬抓着我的背，嘴里说着“你走火入魔了”的咒语，我在黑暗中仿佛看到了先人的火焰。是的，我是走火入魔了，但走火入魔的不仅仅是我，我们都扮演着另一个更为接近真实的角色，已经做好了为艺术献身的准备。

那么让我们开始吧：

一、《威廉·退尔序曲》响起。

二、张丽扬的形象逐渐清晰起来。

三、人们跟着节奏在广场上跳起性的舞蹈，最终累得筋疲力尽；广场上一共倒下了三个王子、二十个无面骑士和五十八个纸牌大王，身为小丑的我紧紧抱着作为皇后的张丽扬。

3

欲望带有潮湿的属性。这是四月的结论。当我离开茶厂回到城市生活中来，我才真正理解了这一点。四月已经过去了，带着它所有潮湿的空气，而砖红色的五月也随之来临。我知道那不可抑制的腐烂的感觉又将向我袭来，它将继续折磨着我，事实上它也和欲望一样，潮湿、突如其来，并且不可捉摸。我回想起和张丽扬在一起的每一个午后，想起她永远湿漉漉的身体，想起冰冷得令人生畏的枕头，我才意识到这一切不过是欲望的复仇。我和张丽扬紧紧抱在一起，看着他从走廊上穿过，手中拿着刀，然后破门而入。我们紧拥的身体既是出于欲望，也是为了抵御欲望；我们寻找玫瑰的花瓣，撕碎洁白的床单，跟着罗西尼的节奏舞蹈，这一切也是既出于欲望又为了抵御欲望。

我们眼睁睁看着那个黑色的男人拿着红色的刀破门而入，来势汹汹，不可阻挡，张丽扬再次用力抱紧了我，她咬着我的肩膀，我们在一声不响中开始做爱。我第一次闭上眼，用别的感官去理解她的身体，我听见窗外的雨淅淅沥沥地打在桉树的枝叶上。我发现所有的感觉加在一起也不如视觉来得痛快，黑暗中好像总会有一些不期的未知在等待。在楼下的老人有节奏的叫声中，这些未知像鼓点一样击打着我的腹部。鼓槌每一次撞击鼓面都是同样的力度，像是有什么机械在控制似的；一开始我有些害怕，后来也就习惯了。又是习惯，我想。所有的不安到最后似乎都在往一种无限的平衡趋近，就像屋顶的灯，一明一暗中它也必定要选择一个结果。张丽扬咬着我的力度也一直没有变化，突然她开怀大笑起来，松开了我的肩膀，我感到如释重负。

我总觉得她会将我吃掉，就这么一口一口，像鼓点一样。张丽扬又笑了起来，说这是一个隐喻。我也笑了。她爬到我的身上，她的呼吸很轻，但是很急促，一股股热气打在我的脸上。有一瞬间我误以为它是雨。

“为什么你们男人就这么喜欢做这事呢?”她问道。

“女人难道不喜欢吗?”

“这不一样。”

“我看差不多，这是天赐的欲望，不做不行。”

“你信天?”

“有时候信。”

她像是不屑地一笑。“我不知道她们是怎么想的，”她的目光望向窗外，似乎没有聚焦，“对我来说，这不是欲望。”

“不是欲望?”

“至少不仅仅是欲望。”

“那还有别的?”

“有，”她肯定道，“但我现在还说不清。”

后来她告诉我，她弄明白了。“性根本不是欲望，”她是这么说的，说得很绝对，“性是逃避，性是人世间最悲哀的事情。”

“是的，”我说道，“性是逃避，是人世间最悲哀的事情。”

4

作品中的人物乃至作品本身是由作者创作的，这是一种狭隘的观念。作品并非属于作者，恰恰相反，作者才应该是作品的一部分。这一想法使得作品像充了气的气球开始无限膨胀，而作者只是那一个卑微的入气孔。随着作品胀得越来越大，它所包含的意义也就越多，最终只剩下即将爆炸的不可解释。当张丽扬在我面前用迫切的渴望发问的时候，最终也只剩下不可解释。

那时她冰凉的背紧贴着我的胸口，这一动作也充满了不可解释的意味。雨依旧不停歇地下，她问我艺术对我来说究竟意味着什么。

“这个问题太大了。”我说道。

“那我呢?”

“你?”

“对，我。”她扭过头来，看着我，“我对你来说又意味着什么?”

我避开她的目光，缄口不言。我不想欺骗她，也不愿告诉她真相。也许我的心中并没有什么真相，我想过艺术对于我的意义，但却没有想过她。她难道仅仅是一个逃离的场所那么简单吗？或许她就是艺术本身？我不愿再多想了，我开始排斥一切的可能。

过了一会儿，她又将身子背向我，她装作不经意地问我明年还会不会再来，我也没有告诉她一个确切的答案，我不知道自己会不会再来。我知道她并不需要我承诺什么，她不过是需要一个答案罢了，但就连这，我也无法告诉她。我慢慢离开她的身体，一种轻的感觉蔓延开来——无论是问题还是答案，此刻都显得那么的轻，如失去重力的肥皂气泡，最终将因为轻得无可救药而破碎。我隐约感觉到，明年若是再来茶厂，那一定不是出于寻找真相的目的了，那必定已经成为一种纵欲的习惯；倘若如此，我想性质也就发生了改变，我分不清自己内心深处那热切的东西究竟是害怕还是期望。

她问我还记不记得第一次在这里完成历史使命的场景，我说当然记得，我说那序曲的节奏我永生难忘。她又问我记不记得这是第几次，我说我忘了。“第二十三次。”她说道。我轻描淡写地“哦”了一声。

突然她转过身来，目光刺向我的瞳孔。

“你知道吗，”她说，“每次来你这，我都想象着你会把我从泥潭里拉出来，可是我知道你不会一直拉着我，每次你一松手，我又会重新陷下去，并且陷得更快，陷得更深。”

我默不作声。天花板上的灯像是复活了。

“很多事情是奢求，我知道，可是不想不行。”她继续说道，“我没办法不想，大脑真是个奇怪的东西，它控制着我的手、我的腿、我身体的各个部分，可是却连它自己都控制不了。

“真的，我想你会知道——你应该要知道，这种痛苦就像做爱，反复而绝望，可是你知道吗？”

“来吧，别说了。”

“可是这样很廉价，不是吗？”

“什么廉价？”

“像个婊子。”

我无言以对。

我感到自己确实是一个小丑，在天平的两端跳来跳去，却怎么也找不到安宁。我所一直祈求的宁静，到头来也只是更加深刻的疯狂，就像张丽扬说的那样，反复而绝望。我和她做爱做到了想吐，我们都大汗淋漓，面对着彼此的身体不知所措，为了克制厌倦的蔓延，我知道我们还得将爱继续做下去。如此重复，一次次地将身体陷入岩石中，变得僵硬而达到永恒。但是这样的永恒又有什么意义，几千年过去了，无论是神，还是鹰，还是普罗米修斯的肝脏，都将因永恒而遗忘；时间将会回到最初的无记忆中，从天际射出世界的第一缕光芒，而普罗米修斯已不复存在。我害怕这样的永恒，可我却在不停地走向它；我怀着这样恐惧的心情在路上越走越快，仿佛恐惧本身就在身后追逐着我；我不愿止步，反而享受飞奔的快感，享受扑面而来的风和骨头的碎片。我原所谓的逃离也将变得可笑，它将开始无尽地脱落，就像墙上的石灰，就像阴雨天融化的膝盖，就像张丽扬开始了坚强的衰老。

5

我逐渐意识到，相比于谎言，真相要不可靠得多。我在每一个潮湿的清晨里醒来，从头读一遍自己的故事，得到的就是这样一句话。文字可以说是最灿烂的谎言，古往今来，无论是伟大的小说家还是民间的说书人，无一不是在编织着属于自己的真实；在这个游戏中，真实的部分越多，也就意味着它越是虚假，因此成功者也同样是失败者；或者说这是个根本不可能胜利的游戏，所有玩家的赌注到头来都被用作编织的材料，最后留下的仅有文字而已——文字本身才是最大的赢家。

在明白了只有文字才是真实的之后，我对文字开始了狂热的信赖——这也就是张丽扬所说的“走火入魔”；我越信赖文字，同时也越发现文字的乏力——它的空洞与不可解释，它神奇的魔力和冰冷的态度，就像一个永远在对岸的女人，她也永远地用目光缠绕着你。说到底，我们不顾一切地将文字堆砌成冰山，所做的事和儿时搭积木并没有区别，是的，这确实是一个游戏，也仅仅是个游戏。

现在，我的故事就要结束了，但实际上它没有写完，它会随着文字无限地延伸，直至远方。这已经超出了茶厂，超出了小城的范围，使我不能再驾驭了。当我完成了未完成的《不可能的剧目》的时候，我就已经知道作品将不再依赖作者——是的，我的女儿就要出嫁了，而我也在她的身上满足了近乎乱伦的欲望。

一个没有雨的下午，那个女孩来到我的房里，有那么一瞬间，强奸她的欲念在我的脑海中形成了，我想只需要再来一点催化剂这事就可以实现，但缺少的那个物质却始终没有出现过。错过了这个念头，我没有再看她，也许是我已经知道她是怎么样都看不清的。她说张丽扬让她来拿一样东西，我问她是什么，她说她没有说，我问她为什么她自己不来，她说她不知道。实际上我清楚得很，我知道张丽扬要的不过是一个答案，我也知道她不愿再见我了。女孩用一半疑惑一半呆滞的目光看着我，她的双手垂在大腿旁边，看起来并没有在等待我的回答。

雨又开始下了，悄无声息。在这个屋子里，女孩和男人相视而立，他们保持着沉默，互相看不清对方，对于窗外的雨，也丝毫没有察觉。

突然她开口了，问男人能不能带她走。

他问她说什么。她又重复了一遍。

守　　望

北方民族大学/隋明照

一

在我很小的时候，奶奶在我的眼里，与别的老太太没有什么不一样，可我从别人的口中，好似觉得，我奶奶与别人是不同的，人们总瞅着我奶奶，叹息："这老太太，这个命呀!"

二

后来，我才知道，我奶奶是遭了大难的人。我出生的时候，我奶奶人生的难，已经过去了，她就如在惊涛骇浪里挣扎了好久的一条鱼，被风浪甩在岸边，半死不活地残喘。

我稍大一点的时候，我觉得奶奶与别的老太太的确是不一样的，她不能够在哪里安稳地待上一刻，她也从不与邻居们坐下来闲谈一会儿。她总是抱着我不住脚地游走，从我们家那四亩半地的大四合院子，走五百米远的路，走到河套边。那里是一个大硅沙场，生产玻璃，也制造玻璃器具。她把我放在地上，我刚摇摇颤颤地爬上一个小沙堆，抓起一把白花花的沙土，那亮晶晶的土在我胖胖的手指缝里流淌，我想再抓一把，让它们在我的手里流下去，或者我还想再往远走一点，到大一些的沙堆去玩，可我奶奶从不给我这样的机会，她总是在我抓第二把沙土的时候，抱起我来就往回走，走回家在院里打个转身，再往河边走，她就像在寻找什么，总这样抱着我，来来回回地游走。

后来我总想，那个时候，奶奶的心神是游走在悬崖的边儿上，她是自闭症、忧郁症，或者是精神病早期，我是多么庆幸，那个时候，我可怜的奶奶，我亲爱的奶奶，手下留情，没有在哪一刻，心的坝堤倏然溃毁崩塌，一下把我扔进汹涌流淌的白水河里，没有把我扔进茅草路边、那口深不见底的干井筒子里。

她有的时候，仰脸看着天，忽然就泪流满面，这个时候，她就紧抱着我，湿乎乎的脸，紧贴着我的小脸蛋儿，口里絮叨着："回家，回家，咱快回家……"这么说的时候，那腿就如起了风一样快跑起来，我想那是奶奶在与另一个疯狂的自己作战，她是提醒自己要把心爱的孙女带回家，也在召唤自己回家！

三

我感觉到奶奶的异样，我是多么想知道奶奶的命，到底是怎么啦，可没有人跟我说。

我奶奶的命，被掀开一角，让我看了个边儿，是在那年夏天。那时，我已经会跑了，晚上我们一家人在黄瓜架下，乘凉吃黄瓜，一个人风跑着来到我们家，说那个人要死了，车祸，或许就活不过今儿个，他要见见我爸爸。我爸爸愤怒地把一根嫩黄瓜撅断，扔到老远，大声地喊："这么多年，他想过我吗？他问过我们的死活吗？到今儿想起我来了?!"

爸爸愤怒地跑进屋里，趴在炕上不起来了，奶奶走进屋，对爸爸说："人在做，天在看，兴他不仁，不兴你不义……"

这个时候，我才知道，我们家与别人家不一样，我们家没有爷爷，以后我从妈妈和街坊邻居的嘴里，知道了一些我爷爷奶奶的事情。

在我爸爸七岁的时候，身为革命干部的我爷爷，热火朝天地爱上一个女人，这个人是唱戏的，长得貌似天仙，演过嫦娥，人送绰号月仙小桂，我爷爷被月仙小桂迷得神魂颠倒，常常夜不归宿。那日，我奶奶抱着我爸爸去戏子那里找我爷爷，我爷爷就犯了事，他被下放劳改了。

从此，我奶奶与我爷爷的离婚大战，也就拉开了大幕。我爷爷下到山沟里劳动，我奶奶也带着我爸爸跟了去。我爷爷劳改的那个村子叫桦木沟，他住进那个村打谷场上的一间小屋子里，我奶奶也在那个村子的一户老乡家找了间房住下。

最让我爸爸对我爷爷产生刻骨仇恨的是，我爷爷为了躲避我奶奶和我爸爸，他要求去深山老林拖木头了。拖木头的大山在坝上，离那个村子五十多里山路。为了挽回爷爷的心，我奶奶让我爸爸去给爷爷送鞋、送棉衣、送饺子、送咸菜，可是我爷爷只要能够躲开，就坚决不见我爸爸。我爸爸常被奶奶撵着，跟着上坝的人去看爷爷，大多数时候是见不到爷爷的。他就哭着跑回来，我奶奶撵他再去。一次大雪中，我爸爸被冻转了向，在山坳里干打转就是找不到回家的路，要不是遇到放牛的，爸爸就没命了。

我奶奶为了耗，就在那里，一住就是10年，直到我爷爷回到城里，我奶奶也带我爸爸回城。可我爷爷还是非离婚不可。我奶奶就死活不离，他们的离婚大战一直持续了15年。

直到爸爸快要娶我妈妈的时候，我奶奶才吐口与我爷爷离婚。

四

自从有了我，我奶奶在这个世界上才有了抓手，我是这个世界上，她唯一可以摸一把的活物，这是我奶奶的话。

我说，那只脑门子上有白点子的花狗，你不是天天摸吗？奶奶就笑得叼不住烟袋了，她说，我是说人，她笑着笑着，眼泪就下来了，就如秋天的雨说来就来了，滴滴答答，淅淅沥沥。

原来，奶奶的抓手是我爸爸，她就我爸爸一个孩子，可是我爸爸不让她抓了，连碰一下，似乎都怕羞了。

奶奶说，我是她的伴，是她的魂！

自从我生下来，我就与奶奶住在一起。我们家那四亩半地的大四合院子里，有好多房子，我跟奶奶住在院里紧挨近一棵大杏树的屋子里。

奶奶的生活主题也几乎全是我。她除了走溜，除了探察爸爸的行踪，就是去学校接我。

奶奶就像个侦探，她紧盯着爸爸，是不让爸爸在外边拈花惹草。别看我爸爸从小遭了不少罪，有点先天不足的瘦削，可相貌还是很英俊的，人们说像他老子，人们说我爷爷就仪表出众。

爸爸在我们的小城里，也是个不大不小的人物，也忙得受不了，家里一天很少见到他的影子。爸爸很注重外表，头发总是修整得油光水亮，衣服穿戴也很讲究。爸爸天生长相好，再稍一打扮，就十分帅气，我奶奶的目光，就如手电光，不时地在爸爸的身上扫来扫去，有时候就扔过去一句话："我告诉你，不管你在外头官做得大小，有一句话我说在前头，你得往人了长，你家出了一个你老子，要是再出一个，你们家的祖坟就该扒出来扬了。"

我奶奶对她的儿媳妇，我的妈妈，说得最多的话是："看紧他，不许他在外边过夜，一宿都不行。"在看紧爸爸这一点上，奶奶与妈妈是一个战壕的亲密战友。

五

另一个让奶奶严防死守的就是我。我从幼儿园到中学，一直在奶奶的严密监视之下，奶奶几乎整天在我学校的门前晃荡，我的同学取笑我，说她是我的老影子。

她眼睛里总是湿乎乎的，就如涝洼地里的一眼暗泉，水汪汪地一点点地往外浸着。她的眼睛怕风、怕光，一只手总是弯成一个小棚子，放在脑门子上，遮挡着。

如果有人精细地打量一下我奶奶的脸，一定会觉得很古怪。我奶奶的脸，说不上很生动漂亮，也说不上多有风韵，只是那笑，很有趣味，似乎是什么事情得了胜，嘴角挂着隐隐的笑，要是有人跟她说话，那笑就如花一样倏然开放了，很明媚，很灿烂，可是只要那人掉过头，那笑立即就颤抖着收敛了，那笑如云彩一样飘过去了，她的脸像落了霞光的天空，黯淡如一片褪了颜色的绸布片。

她就那样打着眼罩，站在我学校的门口，风雨无阻。

她接我，不是怕我被车撞了，被人拐卖了，或被敲诈绑架了，她的主要目的是监视我，说明白点是看我跟没跟小男孩或者是大男孩在一起。

她的眼睛如鹰隼一样，在我的周边搜寻。如发现我跟哪个男孩子走在一起，她先不打草惊蛇，不跟我说，她先去找那个男孩子。

她就如特务盯准目标一样跟踪那个孩子，悄悄地跟在后边，不紧也不慢，不远也不近，到了没有人的时候，我奶奶就突然堵在人家那孩子眼前，你是不是谁谁家的？我告诉你啊，你再别跟我们家花儿玩，啊！男孩子跟女孩子在一起不好，知道不？我要是看你还跟她在一起，我就去找你妈，要不就去找你们老师。人家那孩子要是被吓哭了，她就从袄兜子里掏出一块糖，或者几个山楂，给人家孩子，说，别怕，只要你不再跟她在一起，奶奶就不再找你，也不去找你妈。

奶奶就这样盯视着我，从幼儿园，直到我读完中学。

其实，这个事情是盯不住的。她越是这样草木皆兵的，就越发勾引了我的好奇，内心那蠢蠢欲动的东西，似乎时时被奶奶提醒着，更如打了兴奋剂一样亢奋着，时刻搜寻着目标。其实，就在读高中的时候，我就在她的眼皮子底下恋上了人，只是有备而来，我们的隐秘工作，做得相当的周密细致。直到参加完高考，我们的秘密才被奶奶侦破。

那是在等待大学录取通知的时期，我与他在河坝幽会，就是小的时候奶奶常带我走溜的那个河坝，奶奶发现了我们。

奶奶立即就恼怒得不行，因为她认识我找的人，他们家也是很有说道，用我奶奶的话说，不是正常人家。

原因是他的爸爸也是我们这个城市很英耀的人物，也是个当官的，他爸爸与他妈妈早就离婚了，人们传言，说他爸爸结婚没几年，就在外边又有了女人，她妈妈为这个也找了人，人们还说他也不是他爸爸的，是他妈妈跟别人生的。

我奶奶知道我跟他好，就如摊上多大的灾难了，她不吃饭也不睡觉，就坐在那抽烟，我爸爸说你别操心了，这个事情你管不了。我是死猪不怕开水烫，说要是嫁人，就非嫁他不可，我威胁奶奶，要是不让我嫁他，我这辈子就不嫁人了！

我奶奶也不敢惹我了，她见硬的不行来软的。

她的软是这个方式：夜晚，她把我们俩睡的小火炕烧得热乎乎的，她买来巧克力、麻辣卷，还有鸡脖子，这都是我平时最爱吃的，她还给我烤了酥脆的淀粉饼，在我大吃大嚼的时候，她这样说；“花，我告诉你，女人这一辈子，嫁人就是再托一次生，你不能够走了眼，你可不能瞪着眼睛跳火坑！”

“他不是火坑，他挺好的！”我咬着鸡脖子，大嚼着说。

我奶奶的怒气又喷薄而出了：“荒草都长不成大树，不是正当人家的孩子，就是没好东西！”

“不许你那样说他！不管他是啥，我也要嫁他！”

见我硬，奶奶又软了，她说：“你听我说，他们家不是正常人家，一辈传一辈啊！丫啊，你可受不了那个罪！那不是人受的！”奶奶的脸抽动着，眼泪就掉下来啦：“丫啊，在这个世上，女人，什么都可遭受，就是怕被男人抛失掉，那可就把你扔到半天云上去了，上不着天，下不着地，人不人，鬼不鬼啊，你可咋受?!”

六

看软的硬的都不行，奶奶就范了，她说：“爱咋地咋地吧，是火坑，是你自个儿要跳的，是天堂也是你自己寻的，奔自己的命吧。”

此后，奶奶似乎更依恋我，天天在门口瞭望我，不管我回来多晚，她都坐在门口等我，或许，奶奶觉得我离开她的日子不远了。这让我一看到奶奶那张脸，心就隐隐地发酸。

奶奶日日一心一意地迎送着我，她不再问我什么，可她的目光，让我感觉到有点陌生，她打量着我，似乎在猜测着什么，有的时候，她像是想问我点什么，又欲言又止，这让我觉得奶奶有点古怪。

那晚，星期天，我和他去郊区游玩，回来得很晚，家里人都睡了，奶奶还坐在门口等我。

我放下包包，就到隔壁的屋子里洗澡，不一会儿，奶奶悄然走进了浴室，我害羞地让她出去，奶奶站在那，没有动，她手里拿块毛巾，说：“我给你擦擦背吧！”我背对着她让她擦。擦完，她还没有走的意思，我说你去睡吧，她没有应我的话，她那样看着我，问道：“你们出去玩了？我是说，你跟他……”

“奶奶，我们就是一起跑山去了，你别瞎想。”

“那，他摸没摸你的头发？”我一惊，望着奶奶，不知道说什么。

奶奶的手伸进我的发丛，我飘柔的长发，如瀑布一样，在她的指缝间流淌。

“奶奶，你做什么？”我很不喜欢地去拿奶奶的手。

“你别害臊，我知道他会摸你的头发！”

我惊诧地望着奶奶，我发现奶奶的脸，泛着一种光，就如晚霞在山冈，踏着猫步游动一样。缓缓地游走，温暖、柔和、宁静，还有那么点羞涩。

“奶奶，我爷爷，他，摸过你的头发吗？”

“摸过。”

“那个时候，这城里没有这么多人，也没有楼，就是个大营子，四周围都是荞麦地，他在荞麦地里，亲我的头发，说我的头发有股荞麦花的香味儿。”我望着奶奶，一下想到，奶奶哄我睡觉的时候，就唱荞麦歌“荞麦花开如点灯，花花开放天地明……花儿摇落籽实熟，六角的棱棱如星星……”奶奶，我望着奶奶的头，眼泪一下就汹涌地流了出来。

“奶奶，爷爷，他爱过你吗？”

“爱过，你爷爷很会爱人……要不，那个唱戏的不会等了他 10 多年。”

奶奶羞涩地笑了。奶奶的脸红红的，面颊如点了胭脂，她的嘴唇都是殷红的。她一下年轻了，我好像看到了 20 岁的奶奶。

七

人真的是很矛盾，我与我的男友，在奶奶拼命阻止我们的时候，我看他啥啥都好，可奶奶不管我了，我又看他有这样那样的毛病，不时地闹点小矛盾，我就想起奶奶说他的话：不是好东西！他真的不是好东西吗？他会不会也像他爸爸，或者像我爷爷那样？我就不敢再往下想了……

我问奶奶：“你说男人是不是都坏，怎样才能不变坏？”

奶奶笑了，她捋着我的头发说：“男人也不是个顶个地坏，那是气话，要是都那样，这个世界上早就没了人烟了。”

奶奶对我说：“女人，对男人不能一惊一乍的，你既说他好，就要好好把持。”

她说：“自己的男人心疼女人，那才是真疼。那就像一片雪花，落在开了春的热地上，一下就化了。你不说他好吗？也要让他感到你的好，那是福！是他的福，也是你的福。”

“奶奶，爷爷疼过你吗？”

“疼过，你爷爷很会疼人，我们结婚当年就有了你爸爸……”

奶奶说了这个话，似乎不小心漏了嘴，她羞涩地笑了，眼睛都不好意思看我了，她就赶紧低头找烟，点上烟吸一口，她的嘴角还荡着笑，只是隐在那飘飘绕绕的烟雾之中了。

八

我的大学录取通知书来了，我就要离家远行了。

家里人都为我考上大学而高兴，开始为我起程做准备，只是奶奶有些黯然。不久，她病了，住了一阵子院，回到家还是不怎么好，我的心也不好。我知道奶奶怕我离开她，我走了，她就更孤单了。我不在家的时候，奶奶就坐在杏树下默默地抽烟，只要我回来，奶奶就一刻也不离我了，她在我的身前身后转。

我的男朋友与我考到同一所大学，这也让家里人多了一分欣喜，我们在一起，可以有个照应，家里也放心。

打点行装的时候，有一些东西，我都是购买两份，我怕他粗心，想不周全，比如旅行箱、双肩包、鞋袜、洗漱用具等，我收拾着这些零碎，奶奶就在一旁看着我，奶奶看我给他买的短裤。

奶奶就悄悄地对我说："花，我告诉你，你可要长心，没结婚前，你万不能够跟他做那事儿……孩子，那是女人的脸，是女人的命，不到他成了你男人，点上长命灯的那一刻，你万不能破了它！你一定要记住。"

"我是说，他要是觉得你不洁净，他啥想头都会有。那你就成裂了缝子的蛋，他就总在那缝子边找蛆。"

"奶奶，那你和爷爷……"

"他就是这一点，打心底敬服我，直到今儿，他都是有愧的。"

我大吃一惊："奶奶，你怎么知道他有愧？"

奶奶告诉我，那个叫月仙小桂的，在等爷爷离婚的时候，就与别人有了事情，在与爷爷走到一起后，被爷爷发现了，爷爷恼羞成怒，他悔恨地大骂自己："就是当王八的命，要是白桂兰，八辈子也做不出这样的事来。"

月仙小桂也大骂："白桂兰好，你干啥还找我？"

爷爷说："那是我发昏，喝了迷魂汤。"

白桂兰是我奶奶的大名。因为爷爷的特殊身份，爷爷与月仙小桂和我奶奶的事情，就如漏洞百出的破布片包着的棉絮，在小城里四处飞扬。

人说，我爷爷很是个人物，在人生的长河里，波波折折的总像泅渡的高手，总能够从水底下钻出来，安稳地上岸。他在劳改回城后，还没耽误他一步步往上走，最后做了我们这个城市最高的长官。他与我奶奶就生活在这个小城市里，我奶奶离婚后一个人守着我爸爸过，多年来一直没有离开爷爷祖上的老院，可他们不再有任何来往。

这个时候，我知道，奶奶一直惦记着爷爷，就在那天，有人找我爸爸说爷爷不行了，爸爸愤怒，可奶奶还是让爸爸去看了他。据说，那天爸爸去了，我爷爷抓着他的手，呜呜地大哭，怎么都不撒手，爸爸把他背在身上，奔了医院。或许就因为这个，爷爷没有死，可却落了残，一条腿不大灵便了，走路要拄拐杖了。据说爷爷天天在河坝上一个人走，那是奶奶天天抱我去的那个沙子场边的河坝。

奶奶对我说，爷爷与月仙小桂吵闹一段后，夫妻名分就有名无实了，他们也没有孩子。

"他一辈子过得也不好，不比我好。"奶奶说。

"那你恨爷爷吗?"我问奶奶。

"不，不恨，是我一下就撕破了他的脸，一下就把他逼到了绝路……"

奶奶给我看爷爷给她的东西，那是一个十分精致的首饰盒子，里边是一副银镯子，还有万紫千红雪花膏，还有一瓶杏花头油，她说，那个抹在头上又亮又香，那是爷爷给她买的。

摩挲着这些东西，我心酸万分！奶奶，我可怜的奶奶，她跟爷爷只过了短短几年好日子，爷爷就抛弃了她，奶奶，一个女人，几十年里，她就从这些可怜的物件里，回味她男人的味道！奶奶对爷爷的爱情，从来没有死，她一直守望着爷爷，奶奶的青春是压在心底的，那情意是那样的绵软、温热、持久！

九

我就要走了，临行前的晚上，收拾好行李已经到了深夜，初秋，窗外的杏树，窸窣地颤响着，似乎在絮絮地说着什么，我没有睡意，奶奶也不睡。

她在一边看着我收拾。当我把旅行箱的小锁啪的一声扣紧的时候，奶奶磕了一下烟袋，下地去找东西。她从柜子里，小心翼翼地捧出一个玻璃匣子。

奶奶神色庄重地对我说："花，我是被霜打透的树叶子，说走，不知哪会儿，风儿一样就走了，我怕是来不及告诉你，我一定亲口给你说，你结婚的时候，点长命灯，一定要点红蜡烛，一定要让它亮到大天明。"

奶奶说着，打开那个匣子，那里边柔软的海绵上卧着一对高脚玻璃灯，那东西分上下两个部分，下边是个玻璃底座，上边是玻璃罩子，这个灯造型优美，晶莹剔透，漂亮极了。

奶奶告诉我："把蜡烛放在底座，上边要仔细放好玻璃罩子，这样风就吹不到蜡烛了，风吹灭了长命灯，就不吉祥了。"奶奶说她与爷爷结婚的时候，蜡烛没有亮到天明就灭了。

匣子里，还有一样东西，那是一块云团样雪白的棉布。奶奶告诉我：记住，这在新婚的时候用，到时候，你妈妈会告诉你……

次日早上，妈妈来给我收拾东西，看到奶奶给我的东西，妈妈的眼里一下落下泪来。

她告诉我，当年奶奶新婚第一夜，她的婆婆给了她一块白布，次日早上，奶奶把染满了桃花红的布，给了她的婆婆，婆婆一脸喜气。多年后，在爷爷与奶奶离婚的时候，奶奶的婆婆决然与儿子断了关系，把祖上的家业给了奶奶，就是我们现在住的四亩半地的大四合院。

离家的时刻到了，起程赶奔我前程的时候到了，我坐上车，回头发现，门前的老榆树后，闪出了一张脸，那是奶奶，奶奶的脸上满是泪水，她孤零零地站在那里，一头白发，在风中飘动……望着那个影子，我的眼泪汹涌地流了下来……

马荒村的太阳

湖北第二师范学院/非 裳

一

我刚一到马荒村，就听说太阳被卖掉了。

到达马荒村是很久以前一个夜里的事了。至于它究竟在祖国版图的哪个角落，现在的我已经无从考证。只记得当天我带着猎犬大黑去岭南的某一片丛林里打猎，身上还带了一本泰戈尔的《飞鸟集》。没想到却迷了路，一夜奔波之后，大黑不知去向，天亮前我忍不住小憩片刻，醒来的时候，面前站着三四个打扮怪异的人，胯下骑着的不知是羊还是小牛犊子。

这些人身上穿着亚麻色上衣，样式也过于老旧了些。为首的是个年轻人，古铜色皮肤，我注意到他脸上有条刀疤。在他身后站着三个男人，皮肤晒得黑黑的，眼神好奇又警惕，还带着毫不遮掩的厌恶。那阵势，就像公鸡打量一只闯进鸡笼的猫。我揉了揉眼，发现他们骑着的是几头猪。

“你从哪里来?”有刀疤的年轻人从“坐骑”上跳下来，绕着我盘桓几圈，伸出右脚踢了踢我的小腿，像对待木材厂里一堆待售的木材 。他说话带着一种奇怪的腔调，我猜大概是受当地方言的影响。

“我进林子来打猎，迷路了。”我不知怎么回答，只好给出一个模棱两可的答案。我从地上爬起身来，看见年轻人的眼睛里放出光来。

“你一个人?”

“还有一条狗，昨天夜里我们走散了。”

年轻人眯起双眼打量了我一会儿，告诉我他们村子里从来没人走出去过，让我先跟他们回村子里去。一个人好心地让出了自己的坐骑，我尝试了几次却始终不得要领，难以驾驭这样的生物 ，只好徒步跟在他们身后，被同伴们叫作“仲明”的刀疤年轻人看着我哈哈大笑：“啊，见鬼，真不知道你是打哪儿来的，马荒村已经好多年没人来过了。”说着，他回头看了一眼同伴，“第三个。”

约莫走了半个小时后，我们到达了马荒村。才一进村，一个矮小精瘦的孩子就跑过来嚷嚷：“不好咧不好咧，老姚头把太阳买走了咧！”

我听他们吵吵嚷嚷，事情经过懂了一半。

这个老姚头大约是村子里的富豪，一个月前就提出要以高价将村子里的太阳买下来，村里人起初并不同意，尤以仲明等青年人为主。老姚头于是趁着仲明昨天出去巡山，便加大了筹码，乘机诱惑大家 。

“他同意拿出自己三分之二的家产分给村里人了！”“小瘦猴”嚷嚷着。

“马荒村的人从来不贪财，不怕他有钱！”仲明这边的年轻人也嚷嚷。

“他把家里的祠堂打开，给大家祭祖，还说可以去里面找自己先人的骨头咧。”“小瘦猴”又嚷嚷。

“好家伙！他占了全村人的祠堂不说，还拿到这里卖乖！”年轻人气得牙痒痒。

“远不止，”“小瘦猴”这次信心十足，一点也不急躁，“他还要把家里的那头大金猪运到村头，让大伙儿好每天参拜呢！”

“小瘦猴”说完这话，大家果然不再吭声，一个年轻的小毛头在地上狠狠啐了一口：“狗日的，这下让他称心了！”在场的几个人都还年轻，此时却都神情凝重，一言不发。大概因为我还没能很好地自我代入的缘故，我觉得他们皱眉的表情看起来更像一群赌气的孩子。

可为什么一提到这个大金猪大家就像被判了死刑一样？这立刻让我产生了浓厚兴趣：我暗自揣测着他们口中的这个大家伙，或许是“金珠”，也许是“金竹”。不管是什么，凭着猎手的直觉，我已经敏锐地觉察到了“大金猪”在这里的神圣地位。可是这跟我又有什么关系呢？我正要放下这个关于“大金猪”的问题时，有人叫了起来：“看啊看啊，老姚家的大金猪搬过来了！”

我抬头一看，不远的拐角处果然有一支队伍从从容容地开过来：所有人都慎重地穿着黑色衣服，我猜那是为了表达对神圣之物的崇敬。我周围的几个人也明显露出了期待的神色。队伍从拐角走出来，抬着金猪的担子也终于显现：八个健壮的大汉稳稳地挑住担子的四角，而在担子正中央——

“好大一只金猪！”

当我发现自己情不自禁地惊呼以后，其实心里有那么点羞愧，毕竟是身外之物，不该这么大惊小怪的。不过我事后得知，就因为这一句毫不掩饰的夸赞，我在第一时间迅速博得了马荒村所有人的好感。这个良好的第一印象在日后的往来中时常发挥出巨大作用。除去平日受到的热情款待，每次当我犯下一个友好的错误时，大家都只是宽容地笑笑，说，他可是夸过“大金猪”的人呢。这像一道免死金牌一样好用。

然后该说到面前这只金猪。这是一只不折不扣的大金猪：用金子打造而成的硕大的猪，光一个猪头就有餐桌那么大……这显然是全村人的荣耀，一大群人跟在金猪后面看热闹，场面十分壮观 。

仲明显然很是愤怒，冷哼了一声：“到先生家里去！妈的！”说着，带着我和几个人长手长脚地走了。

我看得出来其他几个年轻人其实心有不甘，他们对此既是羡慕，又是嫉恨，这正是平日里被我们称为“嫉妒”的东西。只是面前几位年轻的人类显然还没有意识到自己身上的这种丑恶，他们毫不掩饰地表现出来。此时的逃离就是他们对敌人无力的报复。

当我的脑子还沉浸在那只硕大的金猪身上时，我跟随的这支单薄而健壮的队伍已经开过村子中央，大模大样地走进了一户农庄。

站在这间屋子外面，我总结出了马荒村人们的第一个特点。一路走来，我发现村子里每户人家外都有着高高的围墙或密不透风的栅栏，又或者直接用密实的土墙筑起房屋，墙上连窗户也不必开一个。整个建筑犹如坚果，将人们紧紧包裹于其中，安全又保密。每间房子都是一个小的马荒村。

我们从厚厚的围墙上嵌着的那扇小门走进去，看见了人们居住的正屋。我一抬头就看见门楣上挂着的一方匾，写着“草斋”两个字，尤其是那个“草”字，更是飘逸不凡。想不到在这种蛮荒之地，竟然还有这样的高雅之人。我心中不禁佩服万分。

一个小孩儿见我看得出神，笑嘻嘻地说：“这匾是先生自己写的，怎么样，漂亮吧？”他竟然用了“漂亮”这个词，我看他神色十分骄傲。

我连连点头称赞：“字写得也好，名字起得也好，以草为名，甘为平凡，先生必定是有大胸襟大气魄的人，等会儿走的时候一定要向先生求几个字。”

小孩儿一笑：“你们外乡客就是啰唆，写得好就是好呗。要是求字的话，他准会给你写个‘草’，先生的‘草’字写得最好，给人题字向来都写这个，自己屋子也叫‘草斋’。全村人没一个不夸他咧。”

我正要说话，沈仲明领着一个男人走了进来，瞪了那小孩儿一眼：“二狗子，最他妈就你多嘴。”我听着这话觉得语序有点不对，应当是“就他妈你最多嘴”或者“就你他妈最多嘴”、“就你最他妈多嘴”等等，但不知道这是不是当地的文化特色，所以不好指出。于是我没理他们，打量面前的男人。

看情形这个人应该就是沈仲明们口中的“先生”了。老实说他的年纪比我想象的要年轻很多，虽然也已经是头发花白，中间还谢顶了，又是满脸皱纹，但我十分明确地判断出这只是提前衰老的征兆，大概是用脑过度的缘故。就我猜测，他的年龄也不过四十多岁罢了。

老旧的长布衫，就像古人穿的那样；有些发福的身材，原本突出的肚子被长衫盖去了不少；只是他的头有些过于大了，压得脖子又短又粗，不过这样倒不显得突兀。在那惨白（是长久不见太阳的那种惨白）的脸上，长着一双尖利的眼睛，而这双闪着智慧的精光的眼睛，此时正盯着我呢。

这个人向我走过来，突然说："你觉得地球是圆的吗？"我注意到他说出这句话时，沈仲明的肩膀重重地抖了一下。老人看着我的脸，顿了顿又解释了一遍："地球，就是我们脚下踩的这个地面，它其实是飘在空中的，只是你们看不到……想想多奇怪啊，这么多人都站在一片飘在空中的土地上，却不会掉下去！"

"那是因为万有引力的缘故。"我忍不住打断了他的话。这时后面有人提醒我："不用理他的，他见谁都这么问。"

虽然这老先生的话很离谱，但好歹没错。我想这个人要是能早几百年出生，早几百年提出这个问题，也许发现万有引力的就是我们中国人了。

"是的是的，就是万有引力！是万有引力！我记得以前有个女人跟我说过的。这个名字我已经回想了很多年了。"老先生拍着自己的后脑勺，十分兴奋。

"她叫朱梅。"沈仲明在一旁提醒，语气十分恭顺，表情却很不好，甚至可以用不耐烦来形容了。

老先生皱起眉，脸上的沟壑显得更深了："朱梅？那是什么？我说的是万有引力的名字啊！幸亏这个年轻人帮我记起来了！否则这可是马荒村科学史上的一大损失啊！"

沈仲明听见他提起我，指着我说："这个人是我们在林子里发现的，问他从哪儿来也说不清楚。带来请老先生帮忙看看。"

老先生先是对着我的脸端详了许久，久到我以为是自己脸上哪儿长错了，然后他伸出一只布满老茧的手（后来我知道那是因为做了太多实验的缘故）摸了摸我的额角，说："他的额头像你爷爷的一样尖，肯定不坏，不会有问题的！再说，懂科学的都不会是坏人！"

沈仲明点了点头。

老先生又对我赞许说："小伙子啊，你的'万有引力'说得好，说得好呢！你是从外面来的，等有时间叫仲明带你来看我，我要问问你们外面的科学咧。仲明啊，你们今儿先回去，我最近在研究新东西，忙得很，忙得很。"

沈仲明听了立刻带着我们出来了。

出了门，他们依然骑着自己的猪。我问沈仲明："刚说的那个朱梅，是谁？"

"一个女人。"沈仲明口气不是很好，我猜是因为老先生没有查出我有什么问题来，他有点不高兴。

但是我不怕他不高兴，于是又问："什么女人？她怎么知道万有引力的？"老实说对于这点我很疑惑，这个村子的人怎么会知道万有引力的，而且还是个女人。

"本来是老头子的婆娘，他自己忘记了罢了。"我看到沈仲明的脸色更差了。

"自己老婆都能忘？"我大叫了一声。

沈仲明瞪我一眼，气哼哼地走远了。二狗子跟上来，笑得贼兮兮的："你多什么嘴，当心仲明哥收拾你。"

我凭直觉知道里面有个故事。

回去的路上遇到了一个老头子，身量不高，但精神矍铄，穿得朴朴素素的，倒也干净整洁。这老头儿没有骑猪，单凭这一点，我对他印象还是不错的。沈仲明老远看见他就鼓着两只眼，眉毛都拧到一处去了。二狗子偷偷向地上啐了一口："呸，这老不死的王八蛋。"

老头儿背着手走过来，看见我说："这就是你们带回来的那个外乡人？你喜好玉米不？什么时候来我家坐坐。"前一句是对村里的年轻人说的，后两句是对我说的。

沈仲明看了我一眼，准确地说是瞟了一眼，答非所问："老姚头，我听说你已经把太阳买了，你这是在断全村人的口粮咧。"

老姚头面对这个后生的指责倒也没有恼怒，笑呵呵地问沈仲明："你说这个太阳是大伙儿的不能卖给我一个人，可你叔不也一个人买了咱们村的井？"

沈仲明气哼哼的，脸上那条刀疤抖个不停，但也没有多说什么，老姚头接着说："我买太阳那也是跟全村人说好的，大家都同意了。马荒村人最讲的就是信用，你要是再不承认太阳是我的，按规矩可是得撵到村子外面去的。"沈仲明还没听完，拖着我们就走了，倒弄得我怪不好意思的——老头子向我发出了邀请，我还什么话都没说呢！但我心里也有点不愿回去和他说话，毕竟沈仲明占了下风，我怕这小伙子面上磨不开。

我们跟在后面走，二狗子压着声音叮嘱我："咱们马荒村最讲的可就是信用，在咱们村儿，要是有人骗人了，那都是得赶到外面林子里去的。我听说你们外面人最爱哄人，在这儿你可小心点儿，千万别跟朱梅似的。"

"朱梅？她是哪样儿的？"

"咧……总之就是骗人不好咧……"二狗子不肯细说，我也就不多问了。

二

结果我在沈仲明家里暂住下来了。到马荒村的第三天有人给沈仲明家送来了一块肉，说是在林子里打的野味，味道还很鲜的。他们叫我过去吃，我尝了一口，十分疑心那是一锅狗肉，心里面觉得很悲痛，于是没有再吃。

我猜是因为老先生说过以后还要见我，所以他对我倒也一直很客气。我用各种问法向他打听可以出去的路，但他每次总是用同一种方式告诉我，马荒村从来没有人走出去过。

“那总有人像我一样进来过吧？”

“在你前面有两个，一个死了，一个被赶走了，也死了。”沈仲明没好气地说，甩甩膀子大步走开了。在我看来，这个年轻人时刻都是火气冲天的。

几天后我就不再向他打听什么，而是向家里的其他人问。据说沈仲明的祖父是村主任，也因为这个缘故，在他们家常聚集着形形色色的人。尽管没人知道出去的路，也没人知道马荒村从哪里来，马荒村没有历史。但我还是认识了不少人。

比如他们家里的两个老妈子，一个叫鲁妈妈，一个是裘老太。裘老太年近七十，但还在沈家做工，她负责的是家中物件的摆设，什么东西在哪里拿了用过，一定要归还原处，否则就要吃大亏的。好比从我进门到现在，裘老太每天都念念叨叨地问每个人有没有看见她的桃木梳子，鲁妈妈说是因为她年轻时候弄丢了情人送的定情信物所以才落下的病根，但我很怀疑这种说法，因为全村人都说裘老太得了一种怪病，头发从小就全都掉光了，也因为这个原因裘老太才终身未嫁的。所以我不太觉得有情人会给老太送桃木梳子，只是鲁妈妈很坚信自己的判断。

又比如说我认识的一个老瞎子，这个“老”字，一可以形容他的年纪，也可以表示他眼盲的资历。他很小的时候就瞎了，他一辈子兜兜转转，拄着拐杖在马荒村走了有几千个来回，比平常的马荒村人走的路都要多，据说以前有个小伙子立志要比他走更多的路，结果在村里跑了九百六十多个来回以后活生生累死了，因此大家都很尊敬他这项成就。可是老瞎子也有让人皱眉头的地方。他一辈子最大的兴趣就是探听每个人的隐私，打听家家户户鸡毛蒜皮的故事，有时候还发表一些言论：但请注意，这绝对不是造谣生事，因为马荒村的人是最讲信用的。老瞎子从来不撒谎，他只是夸大事实。比如说村头的姑娘某天和哪个小伙子遇上了，他听说了就要说这个姑娘是对这小伙子有意思，这话就会在村里传开。对此村里的张媒婆很是不满，对他给予过强烈抨击，说他是乱点鸳鸯坏人姻缘。虽然还真有几对就这么被他说成的，但更多姑娘在老瞎子面前宁愿干脆装哑巴，当作自己根本不在场。有人说他之所以瞎了，是因为他小时候偷看他母亲洗澡，所以被老天爷罚来着，所以这人瞎得很彻底。（当然，这些只是街谈巷议，此处并不采纳。他一生好说人长短，自然也就被人们摆在了唇舌可及的地方。）从他那里我听来了朱梅的故事。

我是到达马荒村的第三个外乡人，沈仲明口中那个被赶出去后死了的外乡客就是朱梅。而沈仲明之所以不愿提及她，是因为两人之间千丝万缕的联系。

老瞎子坐在我房间的门槛上，深深地吸了一口烟，仿佛他的嘴一旦开始说话就没机会再碰烟了一样。他把烟吐在空中，制造出一种迷蒙的幻境，他就在这幻境里做了一个既享受又神秘的表情，然后开始说：

朱梅是沈觉良，就是仲明的小叔，带人在林子里发现的，当时还受了伤，被觉良捡回来了。这女人生得那叫一个鲜亮，眉眼俊得呀，就是皮肤有点糙了，真的，我摸过的。这女人躺了几天，醒了。问她从哪儿来，干吗的，她就说她是搞什么研究的，我们后来才知道就是挖土泥巴、石头疙瘩的，看石头怎么长啊，山怎么动啊，鬼晓得她说的是啥玩意儿。（我听他描述，朱梅应该是搞地质研究的。）反正就这么住下来了，一住就是四五年，老沈家也不能这么白养着她不是，大家就说让她给觉良做媳妇儿算了，谁知觉良这家伙也是个有打算的，一提娶老婆，就跟要他的命似的，死活不肯娶。把个老沈头气得哟，这倒也就算了，可是十六岁的仲明又出来了，说，叔不愿意娶，正好，给我吧，我娶。沈仲明这小子我早就看出来了，老早就盯上这个女人了！他十一岁那年那女的被抬回来，他就没日没夜趴在门口盯着，给我都碰见好几次！这屁大点儿孩子，从那时候就在打主意咧，别人不知道，这事儿我可知道咧！

我嫌他扯得有点远，就又把问题拉回来：那朱梅嫁了没？老瞎子两个眉毛一抖，训我一句：

哪儿能！先是老沈头不同意，仲明要死要活求了一夜他爷爷才松口。可去和那女人一说，这女的却说不嫁！你说这气人不气人！老沈头又是气得不行，后来听仆人说这女的原来是和大东头看上眼儿了。这大东头是老沈家的一个赶猪的，朱梅经常在外面的林子里转悠转悠，又是搬石头回来咧，又是满山里瞎窜咧东捣鼓西捣鼓的。（我估计是在搞勘探。）她不熟悉情况，就经常带着大东头，一来二去，两人自然就好上了。大家正等着看老沈头要怎么处理这事，没过几天又说这女的半夜被人给睡了！这事儿肯定是叫老沈家的人干的！我老瞎子知道，就是沈仲明那小子干的，这年轻人，妙得很咧！那女人第二天就要从老沈家搬出去，可又没新地方去，挑来挑去，就挑到了那个“先生”的身上，直接就搬过去了。好多人犯糊涂，可我知道，这女人就是看上这老家伙的迂，还有就是他的那门子“科学”！什么地球太阳月亮的“科学”！可在我老瞎子看来，那屁都不是！

老瞎子还没来得及往后讲，我们俩就都看见沈仲明来了，老瞎子连忙抽了一口烟，匆匆说：“你要听故事，我下回接着给你讲，这会儿得回家喂猪去。”说完摇摇摆摆地便走了。

我一时不太好面对沈仲明，总有种偷窥了他的私密事的愧疚感，于是觉得很不安，但又不好表达，只是对着他相当友好地笑了笑。

谁知他并没把我这个笑容看在眼里，表情如故，对我说：“我们几个要去老先生的‘草斋’商量事情，先生让把你带上。”

我于是跟着他出门了。

在门口的坝子上我们遇到那个叫大东头的仆人，我特别注意了他。是个很普通的劳动者的形象，头顶上系着一块布，脸上的一切都长得直白又坦率，但干起活儿来手脚却十分灵敏。他熟练地给几头猪套上笼头和垫子，这几头猪被他养得乌黑亮丽，模样比他自己还要俊许多。

大东头收拾好几头猪，就站到一边去了，一句话也没和仲明说。仲明和二狗子几个一人牵了一头猪，我发现还剩了一头。

我看了看大东头，不知道是否该接受他的好意，因为我并不会骑猪。他大概是懂了我的意思，头微微抬起来一点，用马荒村人那有重重口音的腔调对我说："这头，最好骑的。"

我懂了他的意思，再说我也得开始为以后盘算。虽然我也很想早日回去，可从以前的经验来看，谁也不知道我还要在这里住多久，总不能让自己天天划着两条腿追在这一群猪的后面，入乡随俗也是必要的。于是我向他道了声谢，然后努力爬上了猪背。虽然我以前从没骑过马，但我想骑猪会比骑马容易很多，尤其是我骑着的这头，经过驯化以后十分好驾驭，不多时我就能熟练地操控它了。几个年轻人也很是惊奇。

骑上猪以后赶路果然快了很多，不一会儿我们就到了"草斋"。这里除了老先生在，还另有一二十人，也都很年轻，年纪最大的也不过三十出头。其中只有一名女性，个子不是很高，但一双眼睛却是大而有神，头发利落地盘到脑后，是当地已婚妇女的装扮。

"这是葡萄。"二狗子在我身边小声介绍，我发现二狗子对我的态度总是宽容而友好，对此我很是感激。

葡萄年纪不大，一双眼睛乌漆黑亮倒真像她的名字。她虽然个子不高，但身上却像有总也用不完的活力，站在人群里十分扎眼。她一见我，就迎上来："这就是你们说的外乡人了？仔细看看，外面人跟咱们也没什么差别嘛。我就说，同样是人，能差到哪儿去？你们还都不信！"

旁边有小伙子打趣她："葡萄你可是嫁过人的，也好意思这样盯着别的男人看？"

"咱们也还讲这个？凭什么我不好意思看你们，你们看我就好意思啊？"葡萄眼珠一溜，横着眼看那个人。

"你个小寡妇，嘴巴倒还挺厉害的！"旁边一个人接了一句。这时我才知道这个小女孩儿是死了丈夫的，心里咯噔吓了一跳。

葡萄冷笑一声，没再说话。刚好老先生这个时候走出来了，看见我说："年轻人你可来啦，快来快来，我有几个科学问题要和你探讨探讨。"不由分说把我拉进他所在的里屋去了。

临走之前，我隐约听到沈仲明说了一句："我们今天到这儿来，都是因为太阳被……"于是我问老先生："外面这么多人都在商量什么呢？"

“我听说是太阳被卖了，那些人在商量着怎么能弄回来呢。其实卖不卖太阳、买不买太阳都没什么分别，我们科学还是照样要研究的，这些人就知道瞎折腾。”老先生没有过分关注“他们”的事情，开始向我吐露他的困惑，原来他最近正着力于在马荒村普及文字的事业，而他始终无法找到一个好的方法让人们记住每个字的读音，我想了想，觉得有必要把汉语拼音教给他。我向他说明了我的想法，他虽然抱着将信将疑的态度，但最后也同意试一试。

我从 a、o、e 一口气教到了 zhi、chi、shi，然后简单说明了拼写规则，想不到他接受能力比我想象中的好许多，一个小时之内就将整套汉语拼音方案接受了，并且开始自主运用。我在旁边指导了一会儿，征得他的同意，开始翻阅他书房内的其他书籍。

其实他屋子里的书并不是很多，加起来最多也就七八十本，其中还包括十几本的种植、养殖类书籍，几本连环画册，剩下的基本都是文学典籍了，有残缺不全的《论语》、《道德经》一类，也有《西厢记》《玉梨魂》一类，更兼《三国演义》《水浒传》，几本不知是哪个年代流行过的小册子，甚至连中英文版的《绿野仙踪》都有，对此我还是很吃惊的，不过我估计全村的书应该都在这里了。

最后我在老先生的案头发现了几本地理类书籍，大概是他最近正在研究的。我大略翻了翻，发现都是专业性很强又极深奥的，我注意到几本书都是十多年前出版的，大约就猜出这几本书的主人是谁了。

我翻开一本鲍威尔的《西部科罗拉多河及其去流之探险》，只见书的扉页上用黑色的钢笔字大大地写着：“朱梅，一九九七年。”字体清秀挺拔，看着很有精神。再往后翻，发现每页的空白处都写满了密密麻麻的字，前面是汉字，到后面就成了英文。

第一页：“真不知道这种日子还要持续多久，马荒村的人都说从这里出不去，难道我这一辈子就要困在这种地方？早知道这样，真该听刘老师的话，不该一个人跑这么远的……”写到这里估计是心里觉得烦闷了，乱涂了一通，后面的笔迹也是乱七八糟难以辨认。

第二页：“也不知道是来这里的第几天了，每天躺在屋子里也不能出去，我的腿怎么还不好？现在想想外面的事情离我多遥远啊。每个来屋子里的人都像看动物园的狮子一样看我，真是太屈辱了！今天那个小男孩儿又来了，但还是站在门口不进来。如果他进来的话我可以教他认字，还可以打发打发时间。”

每段文字都是记些闲闲碎碎的小事，应该是无聊写下的。前面很多页都写每日在房间里的杂碎生活，还有那个叫沈仲明的小男孩儿站在门口看她的经过，也有时候带一个红薯放在门口就跑了。想不到沈仲明还有这么青涩的一面，我怎么也不能将这个小男孩儿和今天的沈仲明联系在一起了。

二十三页：“真好，明天可以出去走走了，我决定先去山里看看，一来可以探探出路，二来也可以把上次没采集完的材料取回来。终于可以出去了，新青年朱梅，加油吧！”

我往后翻了一页，还没来得及看，手中突然一空，抬头一看，原来是老先生抽去了我手里的书。只见他怒目圆睁，仿佛什么珍贵的东西被夺走了一样。我猛然醒悟过来，他毕竟是朱梅名正言顺的丈夫，的确是我冒犯了对方，于是连忙道歉，做好了被老先生赶出房间的准备。

谁知老先生愤愤地看了我许久，把书合上放在原地，然后转身指着纸上的字问我：“这个用拼音该怎么拼？”

我被他看得心里发毛，连忙过去给他注好了拼音，也不敢再随便乱翻，顺手抽了一本《西厢记》在一旁翻着，将剩下的时间混了过去。

我临走之前，他问我：“你来马荒村的时候，带书了吗？”

“有本泰戈尔的《飞鸟集》。”我不太确定他能不能听懂我在说什么。

“喔。”老先生心满意足地点了点头。

我不知道沈仲明还记不记得自己幼时和朱梅的种种琐事，但我看完朱梅写的东西后，脑子里总浮现出那字里行间所描写的场景，以至于当我再次看到沈仲明时，也觉得他不再生硬冷漠。

我常常在思考关于朱梅的死亡，我好奇这样一个女孩子是怎样死去的，我不太相信她会死于各种意外事故，相较于此，我更宁愿相信是因为抑郁，也许某一天当她再也承受不住这个陌生诡异的村庄对她原本生活的蚕食鲸吞时，命运就会对她宣判死刑？如果是这样，是不是当我承担不了马荒村带给我的一切时，我就要走上和朱梅一样的道路？意识到这一点，我的生活发生了两点改变：一是我开始尽力缩小自己和马荒村的差别，二是我开始盼着老瞎子快点来找我，只有从他那里，我才能听到完整的故事。

在等老瞎子的过程中常常遇见大东头，其实也不是遇见他的时候多了，而是我对他的关注更多了：有时候他在坝子里收拾猪，我就坐在旁边看他，试着揣摩当年朱梅的心境。我力图去理解朱梅当年的心情，我幻想着能够通过解读她的心境来缓解我孤身一人在马荒村的现状——这样的状况，我们通常称为孤独。

还有仲明的小叔觉良，这个人并不常回家，多半是住在外面，据说他在外面有很多个相好。我也见过这个人，他就是老姚头口中那个买了全村人一口井的沈仲明的叔，据说他后来给那口井里灌满了酒，想做成一口酒泉，不过最后失败了，井照样是归大家使用的。虽然受马荒村的客观状况影响让他不能很好装扮自己，但就现有的条件来说，他已经把自己成功装扮成了一个花花公子的形象，我也看得出，他所追求的境界正是这样的花花公子的生活，我猜也是因为这个缘故，当年他才会拒绝了朱梅的婚事。基于此，在他频繁地试衣服为打扮发愁的时候，我常常按照外面世界先进的审美观对他给予建设性的意见，为此他常常觉得感谢我。

通过对朱梅故事的关心也使我更加关心沈仲明的生活，我看见他们在商量着如何把太阳收回来，有时候是一群人，有时候是他和小寡妇葡萄两个人、行动亲密的——当然还有去老姚头家的祠堂里祭拜祖先并在一堆白骨中运用智慧挑出一块，作为自家祖先的象征领回家供着；还有每天早上和大家一起去村头拜一拜那头象征着整个马荒村繁荣富强的大金猪，每到这个时候，每个人都忍不住感慨一句“我们的大金猪如何如何”。

三

失去太阳主权的这件事情在起初一段日子里并没有给马荒村人们的生活带来很大困扰，直到几天后，老姚头在大家参拜那头大金猪的时候公开说，对于大家用他的太阳随便晒什么东西的行为他感到很气愤，太阳是他家的，他家的太阳会像他一样，在所有庄稼中最喜欢的是玉米，最希望晒到的也是玉米。如果有人再让他家的太阳晒到别的东西，那就是不尊重他这个持有者的决定，就是不守信用了，是要撵到林子里面去的。

有了老姚头这段话，谁也不好意思在地里种其他的作物。老姚头常常在各家各户的田地里转悠，各家碉堡式的房屋、厚厚的围墙都不再保护得了他们的秘密、挡得住老姚头的目光，因为他总能知道每一家的田地里种了什么庄稼，知道每一家晚间的桌子上摆着什么样的菜肴。我看见很多人把长到一半的稻米小麦全连根拔起，把半熟的庄稼拣出来，全家人一边拣一边在田地里大声号哭，每个人都哭得很伤心，撕心裂肺的。可是每个人都去拔了庄稼，因为马荒村的人们向来是最守信用的。

沈仲明家的庄稼被拔的时候，家里人头一次破天荒地聚齐了，就连我这个外乡客，也和大家一起站在地里，面对着整整一地的庄稼，心中百味陈杂。上至沈仲明的村长爷爷和他的妻子、沈仲明的叔叔觉良和沈仲明的父亲（仲明的母亲过世了），下至家里的几个仆人大东头、鲁妈妈、裘老太，大家一溜儿排开站在地里，和别家不同，除了鲁妈妈和裘老太两名感性的女性，其他人都没哭，只是表情凝重，像是人活生生被割去了一块肉。沈家奶奶是个坚毅的小老太，她拿着镰刀一边麻利地割着庄稼，一边在嘴里咬牙切齿地把老姚头骂了千万遍。就连觉良这个平日不肯浪费一分忧愁的人，此时也认真地默哀起来；家里的裘老太在一边扯着他的袖子大哭，他也没有多说什么。

这无疑是一份巨大的仇恨，这种仇恨超越了仲明们的小团体，以肉眼可见的速度在更大的群体中蔓延开来：我眼见着越来越多的人隔三岔五来找仲明，仲明总是先警惕地看我一眼，然后才把他们带进自己的屋子里去，时间久了，这种警示的眼神简直要成为一种暗号了。

其实他这样警惕我并不是没有理由的：在老姚头宣布要大家种植玉米之后，他曾邀请我去过他家一次，在那里我见到了姚家的——现在捐给了全村——祠堂，祠堂里供奉着各家祖宗的牌位，其中有一间屋子里堆满了白骨，据说是马荒村第一代祖先们的白骨，当时这些村里的元老们正在老姚家的屋子里商量要不要每年把马荒村向林子里拓展三尺的时候，从天上掉下来的巨大的石头（应该是陨石）将房间砸了个稀烂。所有人的肉和骨头都混合在一起，没人能分辨出来谁是谁，直到许多年后老姚头带人将尸骨挖出来，才得到了十几副残缺不全的骨架，它们在房梁的保护下并没有受到毁灭性的伤害。但大家依然无法分辨出各副骨架的姓氏，因此无法认领。因为不仅老姚头无法找出自己祖先的残骸，更多后代们根本不知道当时自己的祖先们在不在姚家的房子里，于是就出现了这样的状况：十几副骨架却有三十几户人家来领，有的小伙子还是领的自己祖父和妻子祖父的两副遗体。对于这种混乱的状况，老姚头最后干脆把骨骸堆进一间房子里，将大门一锁，谁也不给看了。这样的后遗症就是老姚头家几乎三个月没有开过门，因为门口总是有一群一群的人说是要来认领骨骸。

老姚头带我参观完他家的祠堂，带我去了他家的院子。他家的院子显得比较独特，没有花卉草木，而是种上了密密麻麻的玉米，这样的阵势着实让我大吃了一惊。老姚头并不是很懂得如何种植玉米，他家的玉米都是密密麻麻地种在一起而不管行距、水分、阳光等因素，正因为如此，这里的玉米生得矮小发黄，长势很不好，我估计连穗子也抽不出来。但这并不能阻止老姚头对玉米的狂热喜爱，他问我："你喜欢玉米吗？整个马荒村不会有人比我更热爱玉米了，我既喜欢看，也喜欢种……"他说着，两手掬起玉米的叶子，双手颤抖着，虔诚地亲吻。这是个全马荒村人都想要推翻的老头子，大家只是碍于他们的诚信，所以不能采取任何行动，可此时，这个老头子这样诚挚的情感，不得不说已经足以将我打动了。

我多次注意到马荒村所承袭的中国人的固有传统，以及他们的文化中明显令人匪夷所思的传统。如果说他们和我所属同宗，那么他们对猪的崇拜、空白的历史、除了老先生没人认识汉字，这所有种种都难以解答。我唯一能做的就是等待老瞎子来给我讲完关于朱梅的故事。

我一连等了好几天，等到第六天，沈仲明说老先生有事找我，让我跟着他过去。路上只有我们两个人，这次连二狗子都不在。这几天沈仲明脸色比以前更差了，也更消瘦，显得他脸上刀疤的沟壑更深了。我知道是因为太阳的事情，马荒村人是讲信用的，要把卖出的东西收回来，对马荒村人来说，太难了，或者说，这个决定太难了。

"太阳的事情进行得怎么样了？"我们平时说话并不多，但我还是觉得有义务表示下对对方事业的关怀。

这时他说了一句我觉得最有诗意的话："妈的，马荒村的人一辈子都是静止不动的！除了金猪会越做越大，你永远别指望他们会做任何改变。"

我懂得了他话中的含义，但也不好多说什么，只好问："村口那头大金猪，那么大一头，不会真的是用金子做的吧？"

沈仲明忽然停住他的猪，回头来看了我一会儿，突然心领神会地说了句"我懂了"，然后骑着猪一溜烟跑远了。后来我知道，这个晚上，他和小寡妇在一起了。顺带一提，据说他们也有了收回太阳的办法。

这时候的我则是慢慢悠悠骑着猪去找了老先生。老先生正在等我。

老先生面前放了一本《绿野仙踪》和朱梅的《西部科罗拉多河及其去流之探险》，我好奇地看着他。

"自从我从事科学工作三十多年来，"老先生表情严肃地说，长衫还是那样皱巴巴的，"我把马荒村所有的书籍都集中在这里，很久以来我就注意到，这些书中除了你说的'汉字'，还有另一种文字，而我看起来很困难。"他打开手边那本《绿野仙踪》，是中英文双语的。

"是英语，除了我们这个民族的另一个民族使用的，在外面世界很流行的。"我顺手翻了翻。

"我对着看过很多遍，除了可以对出几个个别的词语，我对这种文字还是一窍不通，"老先生说得煞有介事，"我希望你可以帮我。"

英语对我来说不算难事，至少教他是绰绰有余，但这次我没有轻易答应，不像上次那样坦率，这次我是有所图谋的。我说："要教你其实不难，但是你要答应我一个条件。"

"现在的年轻人唷，"老先生皱着眉，不高兴地训诫我，"研究科学嘛，怎么能这么功利？老想着要得到什么，这怎么能行？我知道你想看这本'西部科罗拉'，你要看我可以给你看，只要你把后面那个女人写的英文用汉语念给我听，我就答应你。"

我明明知道我这要求不算很过分的，但被他说着说着，还是觉得不好意思起来，他才一答应，我就端起书，翻到后面几页英文的，大略翻了一下。有的是断断续续的词语，我就揣摩一下，连缀成语。朱梅的英语其实并不太好，文中出现了许多语法和拼写错误，但后面的几页她都坚持写成英文。我起初很疑惑，但当开始翻译，看到第一句的时候，我就懂得了她用英文记录的意图。

第一句是："从昨天开始我嫁给了一个男人，他是马荒村唯一识字的人。"笔迹写到这儿顿了顿，然后一口气说下去，"但我并不知道他的名字，因为没人告诉我。但我不在乎。这个可以读书的男人让我很惊慌（原文写成 afraid），我觉得我不再安全了。”第一篇就是这样的，不过当我翻译给老先生听的时候，将语气改得轻缓很多。

第二篇：“这个男人每天都沉浸在他的各种研究中，今天我忍不住告诉了他地球是圆的，他居然很乐意地接受了，这点比小孩儿（这是她日记的习惯，指沈仲明）的表现好出许多。我想我或许可以培养一个学生了，一个比我大很多的学生……或许我也能改变些什么。”

接着的几页都记录了她起初几天对她“学生”的传授，还有些关于对生活的困惑、对未来的迷茫之类。很多话我都省下来，并没有直接告诉老先生。写到末几段的时候，话题转移到了我和老先生真正感兴趣的地方。这一篇写得很长。

“我时常在思考，关于马荒村的由来。马荒村外面虽然有绵延无尽的丛林，可它又分明是个密闭的空间。没有人记得马荒村的过去，但它确实和外界紧密联系着，他们的语言、服饰、饮食、计量单位，这些无一不表明着它是根植于中国文化的。究竟是什么斩断了马荒村的过去？我思考了很久，将它归结于历史遗忘。这并非某一个个体的遗忘，而是所有人都忘记了，而且这种遗忘应该是自然因素而非人为原因。我去马荒村的林子里勘察过，以村子为圆心靠近村子地方的植物、土壤、岩石跟森林稍外圈的明显不一样，这表明马荒村原本并不属于这片土地，而是以整个村子为单位连人带土地一并迁移过来的。从勘察的结果分析，我将这种迁徙的原因归结为一场大风。这种说法可能很玄妙，但这与真相应该相去不远。因为一场超级大的旋风将这片土地带到这里，巨大的震动使马荒村第一代人脑部受损失去记忆，剩下的也只是零星片段。这就是为什么马荒村人没有历史，但他们却依然生活在这种牢不可破的文化之中。这样的发现让我很振奋！”

当我把这篇翻译完的时候，我发现老先生不由自主地颤抖着，全身都散发着一种欲望得到满足后的愉悦感，口中喃喃地念“我知道了，我终于知道了。”我惊讶于他的反应，甚至超过了对这个秘密本身的惊奇。也许像他这样有着浓厚求知欲的人，获得知识之后本身就是这样的反应，满足又激动。

手中的《西部科罗拉多河及其去流之探险》剩下的页数已经很薄，我往后翻了一页，继续看下去，但老先生很明显地没有心思继续听下去，他沉浸在他自己的欢乐里：“今天讲授的时候，那个男人用一种奇怪的眼神着我，那种眼神里充满了期待和不安，还有欲望——并不是男人对女人的欲望，而是比这更高一层的欲望，比如人类对自然的占有欲。（这一段我只快速地扫了一遍，没有念出来给他听。）看来还是要尽早想办法出去，我不能在这里继续待下去了……”念到这里的时候，一旁的老先生突然伸手来抢书，就像上次一样，但我有备在先，一闪身躲过了，迅速翻到最后一页，在他正式向我索要之前瞥到了几个零星的字眼：“地球是圆的……阴谋，死亡是不可避免的……”最后一行写着：“生存还是死亡，今天已不再是一个问题！”在老先生拿走书之前，我以最快的速度瞟到了以上信息，这应该就是朱梅的绝笔了。

我看一边的老先生已接近暴怒的边缘，不敢贪恋，连忙把书还给他。他合上书，右手拇指的指腹在书脊上来回摩挲，问了一个让我脊背一凉的问题：

“年轻人，你觉得地球是圆的吗？”

几乎是出于本能的，我想起第一次见到他时他也问我这个问题，还有朱梅日记里的字眼，这些让我莫名心悸。我讷讷地点了点头，张皇地向他告了别，急匆匆地出门了。

我预感到自己已经接近了事实本质的周围。

四

第二天，我有些冒失地向鲁妈妈问起朱梅的死因。因为裘老太总是忙着寻找她的梳子，旁人很难让她坐下来。

鲁妈妈是个和蔼的老女人，虽然她爱好胡乱揣测他人（比如裘老太的桃木梳子），但总体上来讲，她依然不失为一个热情而和善的人。我努力排除了鲁妈妈故事中的主观因素，尽我最大努力还原着故事的本来面貌。

据说在朱梅被赶出马荒村之前有一场全村人对她的审判。那时候她偶尔会给小孩子教授一些基础的知识，起初的时候大家并没说什么，后来忽然有一天，所有大人们都发现自己家的孩子以为地球是圆的，于是他们找到了这种说法的源头也就是朱梅，全村的大人们问她：“地球是圆的吗？”朱梅当然说是。很多人问了她很多遍她都坚定地说是的，最后大家一致认为这是个不诚实的女人，马荒村仅存的古书上明确说过“天为圆，地为方”，并且因为这个理由在几乎全村人的一致同意下将朱梅赶出了马荒村——只有一人除外，那个人就是大东头，据说他是唯一一个站在朱梅这边的人。他并不认为地球会是圆的，但他却坚信朱梅是对的，由于他没有说谎，大家不能把他赶出去，于是所有人合起来把他狠狠打了一顿，这件事情也得到了他的主人的默许。马荒村的人从来不会意识到，他们眼中朱梅的落后只是因为在大家都在平面中研究地球的时候朱梅已经将它放在空间中研究了，她的悲剧在于她的进步。大家也不会意识到他们口中的“方”形的地球名字中本身就有“圆的”的意思，只是因为他们没有历史，而马荒村也没有被称为“球”的球体。

鲁妈妈听说朱梅死了已经是四五天以后了，说是尸体被野兽咬得稀烂，清早被村里人抬回来放在村口，一直到下午，最后是大东头去埋了她，坟是平的，没有立碑，因为怕被人掘墓。

近些天沈仲明的屋子里常闹哄哄的，还有人们欢欣鼓舞的声音，我不知道是因为太阳的事情终于解决了，还是因为沈仲明终于和小寡妇在一起了。但是有一天晚上，沈仲明来敲我的门了，他一手撑住门，斜靠在门框上，笑容满面地对我说："明天早上去村口，有热闹看。"

"有热闹看？"我眯缝着眼，含含糊糊地问他。

"嗯，热闹，大热闹！"沈仲明的声音里充满了活力，像是一锅沸水上冒出的白烟，随着他的一举一动源源不断地发散出来。

沈仲明关上门，在夜色里被脚步声送远了，但我却没有了睡意，因为今天下午的时候，老先生破天荒亲自到了我的房间，问了我一个问题：

"地球是圆的吗？"

"是啊。"我当时在看那本泰戈尔，想也没想就脱口而出。然后老先生向我告了别，并与我相约明早在村口的大金猪下再见。

想到这里我忽然有了某种灵感：关于朱梅的死亡应该是由一个人策划的，他找到这个致命的分歧，然后诱导大家把它激化，最后使朱梅被赶出了马荒村，这是一个阴谋，而幕后主使就是这位老先生。所有的事情只剩下最后一个疑点，就是当初是谁睡了朱梅，这件事虽然现在还不能解决，但我坚信我的判断。我熟悉他看我和我的书的眼神，我清楚地知道他在图谋什么，比如朱梅的《西部科罗拉多河及其去流之探险》，我的泰戈尔，再比如，我和朱梅对于马荒村来说都知道的太多了。马荒村需要的是他这样的学者，而不是我们——他一定是这么以为的。

想到这里，我便不再惧怕。

第二天一早，我将自己盛装打扮了一番，然后骑着我心爱的大猪，心情愉悦地来到了村口的大金猪下。

马荒村的人们已经养成了每天早上来观摩大金猪的习惯了，没有外人来夸赞他们的大金猪，因此所有人都很盼望我能每天去说上几句。

沈仲明和二狗子骑着高头大猪来了；沈老爷子踱着步子缓缓地来了；姚老头背着双手不慌不忙地走过来了；鲁妈妈和裘老太相互搀扶着来了；年轻人们也来了。最后，老先生也急匆匆地赶来了。

大家都满怀期望地看着我，但我还没开口，沈仲明就已做出了一个吸引大家眼球的大逆不道的动作——他一跃跳到了供奉大金猪的台面上，攀住了大金猪的尾巴！人群喧闹起来，沈仲明清了清嗓子说："我们马荒村向来是不允许不诚实的人在的，很多年前，我们把不说实话的朱梅赶出了村子，最后她被野兽咬死了！这就说明，凡是骗人的人都是不会有好下场的！但是今天，我们这里就有一位骗了全村人的骗子！他骗我们说这头大金猪是如何如何的宏伟和壮观，可是——"他说着，双手握住猪尾巴狠狠一拽，猪尾巴"咔嚓"一声便脱落下来，光秃秃的猪屁股上留下一个圆圆的洞，从洞里能看到猪肚子里填满的木屑和秸秆。

这就是他们崇拜了无数个早晨的大金猪！许多人甚至把朝拜大金猪一事安排在早餐之前，因为大家觉得比起早餐，大金猪更值得他们亲近。此时，亲眼见到的这个事实让人很难接受，许多女人难以自抑直接晕倒过去了，而更多的男人则是抄起手边最称手的家伙直接把老姚头撵出了村子，他们积怨太久了，要为自己的诚信报仇，要为自己田地里长到一半的庄稼报仇。老姚头一路逃回到自己的院子里，双手张开护住身后的矮小贫瘠的玉米，大声嘶吼着不许人们毁坏他的宝贝，最后他被几个壮汉丢出了马荒村。

太阳收回来了。

人们以迅雷不及掩耳之势赶走了老姚头，我知道这是因为他们压抑了很久的恨意，突然之间喷发出来，虽然过程很猛烈，但在如此短的时间内人们的心情并不能得到纾解，于是他们回到了村口，扬言要砸烂这头骗人的大金猪。这时候，会写“草”字的老先生一跃而起，也跳上了台面。人群安静下来，除了我，没人知道这个头发花白的老先生要做什么。

“外乡客，我要问你，”老先生理了理长衫，努力让自己站得更加体面些，“地球是圆的还是方的？”

人群把视线投射到我身上，视线里有野兽追猎的狂热和兴奋。

我的视线毫不避闪地迎向老先生，人群安静下来听我大义凛然地说出了下面的话：“我和先生都是搞科学研究的，搞科学的人都是说真话的，这个问题我还不用说，老先生就知道我要怎么答。可是，在这一切之前，我必须要向您忏悔一件事情，其实我还有一套钻研数学的珠心算没有教给先生您，对此我深感后悔，因为这套珠心算包含了数字的全部意义，正是科学之精华所在啊！我是如此的后悔，我渴望上天再给我一次机会，因为科学是无比崇高而伟大的！所以我想，只要先生您愿意说真话，替我向大家解释，告诉大家真实的情况，大家一定能够了解的。只要这样，我们就可以继续研究科学，我也可以把我的那套包蕴了天下数字精华的珠心算教给您了！所以，在最后，我想问您一句：您认为地球是圆的还是方的呢？”

当我说出那套我伪造的珠心算法时，老先生的眼睛明显一亮，每当我吹嘘说一句科学，他眼中的炙热就增加一分，最后他满怀热情地说：“我今天要在此说明的就是，地球是圆的！我们用科学说真话，是科学改变了我们的生活，科学万岁！”

人群中并没有几个人被他这份热情调动起来，大家的注意力都集中在前面那句话上：“地球是圆的！”这不亚于一个晴天霹雳，对马荒村的人们来说。于是人们用充满乞求的眼光看着我，希望我能带给他们解脱。而此时老先生也用充满肯定的眼神看着我，鼓励我大胆地说下去。

“真是太滑稽了！”我放声大笑了起来，“连三岁小孩儿也知道是天圆地方啊，老先生您怎么可以说出这样的话欺骗大家呢？我不清楚按马荒村的规矩应该怎样对待您，可是我知道马荒村的人们都是最讲信用的，您这样骗人是不好的呀……”我的话还没有说完，台下的人们已经一窝蜂地将老先生扯了下来，他被淹没在人海里。我看见他看我的最后一个眼神。

这是马荒村最后一个科学家的眼神。

很久以后我曾问沈仲明，当时朱梅被大家撵出去的时候，他是什么样的感觉。他对我说，当时觉得很难过，朱梅被撵出去的那几天他难过得饭也吃不下觉也睡不好，但当朱梅被埋在马荒村以后他就觉得很心安，尤其是老先生被撵出去之后，他就更加坚定当年自己的选择，既然地球的确是方的，那么撵走一个骗子就没什么好值得悔恨的。他还说，他觉得很同情大东头，因为这么多年他也一直没能走出来，因为这份同情，他现在对大东头很好。

我又想起当年那个一直悬而未决的疑团，于是问他：当初去朱梅房里的男人究竟是谁？其实就是你吧？很多人都这么说。

不是我。他笑得很隐秘，是我叔，当时我就在隔壁房，他进去的时候我知道。她不肯嫁给我，我当时很生气。

我和沈仲明相视一笑，结束了这场谈话，沈仲明现在是马荒村的村长，而我则是马荒村的第二位先生，也许不久就要加上那个“老”字了。多年的相处让我和沈仲明变得很默契，好比我后来在他房间里看到那头巨大的金光灿灿的金猪时，仍然脱口而出地赞叹了一句“好大的金猪啊”，但事后对此事也一直是讳莫如深。而沈仲明则再也不问我地球是方的还是圆的这样的问题。

于是我在马荒村有了很多的弟子，我可以把天底下所有我知道的知识都教给他们，只是每当孩子们问到地球是圆的还是方的的时候，我都毫不犹豫地告诉他们：“是方的。”

房　　子

广西师范大学/苏　鸿

1997 年　空房子

坐在对面的人戴着一顶耐克帽，视线沿着手枪的来复线，透过陈旧的书页，一直延伸到她那七彩的美瞳当中。桌上的手机被窗外的阳光静静地笼罩着，很难分辨出屏幕上端那一闪一闪的来电信息。

头顶上的老式吊扇在推磨似的缓缓转动，女士把书翻过一页，读到："人们只能看到他们所观察的事物，而他们只观察大脑中已经有的事物。"握着手枪的人用另一只空闲的手稍稍压低了帽檐，让自己苍白的眼球隐藏在明亮的午后的唯一一片阴影之中。

1992 年　木头房子

在我童年的时候，家里还保留着很多杂乱的木质家具。当时我经常依靠我那软绵绵的肌肉，在这些硬邦邦的东西上爬上爬下。尽管偶尔会摔得比较痛，但我仍旧很喜欢这个小小的游乐场。其实卧室的床铺软软的，我更想尝尝爬床的滋味。可是我已经记不得那种感觉了。在我更小的时候，也许是刚出生的时候，我应该也和其他的婴儿一样是从床上醒过来的，但是我确实已经记不得那种被称为舒服的感觉了。我也曾到过父亲的书房，留给我唯一的印象就是昏暗的灯光照耀着书架上胡乱摆放的残破的书籍。这也是很久以前的事情了，属于我记忆中最边缘的部分。

我父母和我在一起的时间很多，可以说我们几乎是天天在一起，因为他们看起来从来不需要出门，甚至是房间的门。卧室是属于母亲的，书房是属于父亲的，而客厅则是属于我的。庆幸的是整个家也没有打扫的概念，所以我有时候能找到妈妈前一晚上喝过的廉价啤酒，黄色的液体在我使劲的摇晃下会泛起一层白白的泡沫。这是我童年时期为数不多开心的时刻，因为这样妈妈再一次打开它时啤酒就会喷溅到她的脸上，就像那些男人每天晚上在卧室木床上把精液射到她那精致的脸庞一样。

我的母亲酗酒，而我的父亲则是一个靠笔杆子生活的人。我们的家是三室两厅的构造，卧室的旁边就是写作的书房。每天晚上我趴在沙发上，一边看着书房里传来的昏黄的灯光，一边听着卧室里传来的声音，想着下次应该上厕所的时间。因为如果我不能按时上厕所的话，醉醺醺的妈妈又会拿着剪刀来剪我了。

1984年　玻璃房子

我和杰西卡是在一家酒吧里遇见的。我下班路过十字路口时，随着人潮等了一会儿红灯。我感到各色各样的香水、丝袜、胸罩从我身边穿过，在我的脑海中留下一片模糊的影子。我可以嗅到女人身上诱人的体味，我盯着红绿灯，手心因为情欲的焦虑而在不停地出汗。

透过红绿灯，看到了酒吧玻璃映照出来的我，略带疲惫的神情，和玻璃之后围绕着钢管舞动的杰西卡。

模糊的影子好像渐渐变得清晰了，但是色彩还是保持着浓厚的特色。

酒吧对我来说其实也算是个好地方，这倒不是因为我是有多么喜欢喝酒，只是因为酒吧里的酒气能够掩盖我身上衣服的臭味，要知道我的衣服已经很久没有洗过了。

“就算是喝水，也要付钱的先生。”

“好的，多少？”

“一瓶水五个硬币，先生。”

“再来一瓶吧。”我掏出二十枚硬币，眼睛还依旧注视着舞台上健硕的大腿和颤抖的乳房。

震耳的音乐在打击着我的耳膜。

DJ要用怎么样的手指去摩擦出最富有节奏感的节拍呢？

我该用怎么样的笔去描绘和她做爱时的高潮呢？

如果酒保调的酒永远不会过期就好了呢。

“先生，她有很多个男朋友。”

“没关系，但是她迟早会有一个丈夫，也只会有一个丈夫。”

于是我在今后的一年里就被镶嵌在了这片玻璃上，你可以看到在这个平面上，我和杰西卡就是这幅画的主角——直到我们的孩子出生。

1986 年 石头房子

“威尔，你确定要用大理石来装点客厅吗?”我瞪着沙发旁的大块石头难以置信地叫道。

“是的亲爱的，不要再问了，这块石头是我花了大价钱从市场上买回来的，你知道古时候大理石就是一种封闭的精神实体的幻想……”

“好吧，你叫我别再问了，那也请你别再说了，可以吗?”

“听你的，亲爱的。”

我们已经结婚一年了，我和我的老公威尔。要知道放在以往，我和任何一个男朋友交往都不会超过三个月，这不得不说是个奇迹，甚至，我们那该死的小孩都差不多出生了。奇迹的发生需要老天的帮助，但是更需要满足一些特定的前提。比如这个家虽然不大，但是我很满意。这是一套位于旧城区的公寓，有着正常的客厅、卧室、书房以及卫生间。地板的瓷砖很滑，墙壁很白，水龙头出的水很干净，这些都是我在乡下的前男友那享受不到的。透过窗外，还能看见公车站旁来来往往的人群。但是这些都还不是最最重要的那一个。

我用手指触摸着这块石头上粗糙的纹路，心想着一口咬下去我的牙齿会不会碎掉。也许我能用牙齿去磨出一块雕塑来呢。

现在是八十年代的中期，但是阳光还是和三十年前我出生的时候没什么两样，肚子里的小孩踢了我一脚，我呻吟了一声——真希望是个男孩。

门铃在我沉浸的思绪中响起了。威尔依旧在书房里埋头写着他的小说，我打开门，门外的男人先是色眯眯地盯着我，然后又立刻呆住了。

“杰西卡，亲爱的，你……”

“对不起，我怀孕很久了。”

对，我和威尔的奇迹，是在一个最重要的前提下发生的，那就是他允许我结婚后，继续和其他的男人相好。

2002 年 花丛中的房子

在我调查我父母的资料时，发现他们有一个共同的特点，滥情。但是这并不妨碍他们的日常生活。我的母亲肉欲强，而我的父亲则是靠观察母亲来激发自己写作的灵感。正所谓各取所需吧，而通过这两个方法，我们也有了一笔不小的积蓄。有时候我也很怀疑自己是不是父母的结晶，但是可惜的是，通过 DNA 测试，我确实是他们的儿子，虽然他们现在都已经去世了。

这个家庭充满着淫靡的气息，这就是我进入警队以来调查的第一项案子的结果。我的父母在四年前死亡，我当警察就是希望能够查出他们死亡的真相。此时，我站在公墓前，看着上面刻着的墓志铭，想起啤酒喷在母亲脸上的画面。冷风吹着我的头发，那些和父亲一模一样的头发。一只蚂蚁沿着凹槽爬过我父母的名字，和另外一只蚂蚁一起钻进了我刚放下的野花当中。

墓志铭写道："这个由木头、玻璃和石头组成的家庭充满着淫靡的气息。"

甚至连我这个除了妈妈其他女人都没碰过的人也不例外。

我本来以为可以永远逃离那个房子的。

我狠狠地踩死了脚下的两只蚂蚁。

1997 年　空房子

坐在对面的人戴着一顶耐克帽，视线沿着手枪的来复线，透过陈旧的书页，一直延伸到她那七彩的美瞳当中。桌上的手机被窗外的阳光静静地笼罩着，很难分辨出屏幕上端那一闪一闪的来电提醒。

头顶上的老式吊扇在推磨似的缓缓转动，女士把书翻过一页，读到："人们只能看到他们所观察的事物，而他们只观察大脑中已经有的事物。"握着手枪的人用另一只空闲的手稍稍压低了帽檐，让自己苍白的眼球隐藏在明亮的午后的唯一一片阴影之中。

"杰西卡，你那天强奸了我们的儿子。"

"威尔，告诉你一个好消息，你写的关于我和儿子做爱的小说，获奖了。"

随着两声枪响，一切都归于寂静，只有手机的提示灯在不停地闪烁着。

塔塔的锁骨

安徽省安庆师范学院/聂小悦

“喏，还记得塔塔吗?”

“塔塔?”

“对，没错。那个女孩，她的名字叫塔塔。”

塔塔住在一个名叫参差的小镇里。参差小镇还是那个奇怪的小镇，四处都是参差不齐的房屋、树木和斑驳的阳光。

小镇的这个秋天和从前不太一样，本该丰沛的雨水却好似一些过期的情绪，迟迟不来。倒是阳光，毒辣辣的，挂在天空像一把银晃晃的匕首。这些日子以来，小镇的居民都很颓丧，从前这时节，田里早该收获了，而缺少了水，生活也变得困难了许多。大自然不乖，它像赌气的孩子一样不说话，小镇的居民们于是也不说话。

早晨，塔塔像往常一样去集市里买水仙花。因为缺了水，集市里也不像从前那样摆满白而柔软的水仙了。

塔塔失望极了，埋怨着：雨水雨水，你不想念你的爱人吗，不来看你的爱人一眼吗？水仙，水仙，我的爱人水仙，再给我看看你的脸。

塔塔这天穿了一件圆领的裙子，细碎的花衬在藏青色的绵绸上，像一大片满天星，却无端地开在了夜空里。

塔塔并且挽起了她一直以来披散着的头发。她的头发总是又干又黄，散在肩膀上让她看起来像个破旧的娃娃。现在她把头发扎到了头顶，并且旋成了一个小球，饱满的额头在阳光下几乎要闪光了，浓密的睫毛也在眼窝下投影出了一个扇形。

喏，塔塔还是很美丽的，不是吗?

“天哪！看那个女孩!”

突然，一个声音从集市的人群里迸出，响亮得犹如骏马咀嚼。

“你们看，她的锁骨，多么的美!”那个声音又说，并伸出手指向了塔塔。

人们的目光也都纷纷汇聚到塔塔身上来，那些目光是成片成片的焦灼，如同这个秋天的太阳。

镇里的女人们极少有锁骨，而塔塔，却意外地拥有着锁骨，拥有着非比寻常的美丽锁骨。

你想看塔塔的锁骨吗？

喏，透过肌肤就可以看见，那是两根玲珑的骨头，圆润而饱满，扣在塔塔的胸上，像两只要紧牵着手。那同时是一种接近于蒲公英的颜色，带点轻微的蓝，像海的眼泪，让人觉得有点寒冷，那寒冷里，又透着摄人心魄的美。

参差镇终于炸开了锅，尽管他们很久不说话了。听，巷里巷外，人们都在议论着塔塔美丽的锁骨。

塔塔多么骄傲啊，可是多少人议论她的美丽，她也是不关心的，她只关心从阁楼打开的窗户望去，数过四五栋参差的房子，那里面住着的她的爱人，有没有听闻她美丽的锁骨。

爱人的名字叫维猜，“猜”字的发音总是让塔塔不由得嘴角上扬——多么好听的名字啊。爱人总是顶着些微自然卷的发，手插在裤子口袋，夹着杏色的书包，目光笔直地穿过人群。

他太不爱说话了，他有没有听闻我美丽的锁骨？

又是傍晚了，夜色像玫瑰花舒展花瓣般挟持了天空，天空因而变得深邃、妩媚。

塔塔停止了从阁楼窗户向外的张望，转身回到屋子里，坐下来和她的镜子说话。

“好妹妹，你看，我的锁骨，美不美？”塔塔问着，用冰凉的手指抚触着自己的锁骨。那锁骨也是冰的，像一个冻结的誓言。

秋日的夜晚越来越凉了，一阵风吹开了阁楼的纱帘，镜子也被吹得打了个寒战，仿佛在说着什么。

塔塔望着泛着寒光的镜子，兀自笑了。

她听到了妹妹的回答，她的妹妹赞许了她的美丽。

可是，维猜呢，我的爱人，他有没有听闻我美丽的锁骨？

秋天一天天过去了，塔塔却再也没有换掉那条圆领的裙子。她之前的裙子都是大红色缀满花边的，而且是带衬领的，那身美丽绷住了她的锁骨，绷得她无法呼吸。

她抛弃了她的衬领裙，热切地露出她美丽的锁骨。每天，她在阁楼的窗户边望着维猜、等着维猜，等他从四五栋参差的房子那头走过来，走到阁楼下，对自己说：

“嘿，你的锁骨如传闻那般美丽。”

维猜始终是没有来的，但镇子里的旱情已经不可收拾了，镇长决定派年轻的男孩子们去隔壁的低茶山找水源。维猜也得去。

尽管他从来不说话，可是他心里是多么有责任感啊，他是多么好的少年啊，塔塔想。她的爱都要溢出来了。

男孩们还有五天启程，而塔塔，却在心里结了愁怨。

夜晚又来了，玫瑰花瓣又打开了。

塔塔坐了下来，忧愁地皱着眉，她摸着镜子，低低地说，恳切地说着：

“我的好妹妹，让我跟你说会儿话。爱人去那山了，那山可有野兽侵袭？可有食物果腹？爱人去那山了，我要祈祷他平安。我的好妹妹，我是不是该给他送点什么？”

“给他送点什么。”

这个想法一冒出，塔塔的内心便跟着那个遥远的地方热烈了起来。她多么想送维猜点什么，好让他平安，好让他记挂她，她不能等了，她想自己必须给维猜送点什么。

可是，送什么呢？塔塔根本一无所有。她拉开衣柜，那是她的裙子，一条条缀满花的裙子，大红色的，莓红色的，深蓝色的，五彩斑斓。她看看桌子，那是她的水仙，一盆盆刚买来就被塔塔用剪刀戳死的水仙，黏稠米白的浆液凝固在盆上，明晃晃的剪刀放在旁边，仿佛在进行一场长久的缠绵。她还剩了一面镜子，那是她的妹妹，她的妹妹很美丽，她不能抛弃妹妹。

塔塔要哭了，她第一次发现了自己无可救药的贫瘠。

“好妹妹，你说我该怎么办？”

塔塔望向镜子，她的妹妹没有说话，只是幽幽地泛着寒光，而她的锁骨，也在这片寒光里闪闪发着亮。

锁骨，是的，锁骨。她听到了妹妹的答案。

亲爱的爱人，我是不会干涸的风，我终将追随你。

参差镇的夜晚真美，塔塔带着甜蜜的笑容，沉沉地睡了。

还有四天，塔塔每日抚摸她的锁骨，并买来很多美丽的圆领的裙子。尽管走在秋风里的她瑟瑟发抖，尽管早市的水仙越来越少，塔塔还是会买回一株甚至更多株，她要用水仙的花汁来滋养她的剪刀，和她的锁骨。

第五天。太阳越升越高了，参差镇的界碑处聚了很多人。因为这天，男孩子们就要启程去低茶山了。小镇的居民们和塔塔一样对低茶山一无所知，并且和塔塔一样带着对亲人、爱人的担忧聚集在了一起，为男孩们送行。

而塔塔，她可不急着赶过去。

阁楼的门窗被打开了，早上七点的阳光咄咄逼人，她的剪刀插在刚买的水仙花花茎上，黏稠的汁液让屋子里充满植物的香气。

她涂了口红，一种类似铁锈的红色，让人感到温暖。她特意又梳起了长发，盘在头顶，像所有人惊叹她的美的那天一样。她还是穿了那条像夜空的裙子。噢，此时的塔塔像一只飞在夜空的蜻蜓，浑身充满着轻盈的美丽。

只是，她将不再有锁骨。

是时候了。塔塔想。已经是八点了，我的好爱人，请等等我。

她举起了剪刀，闻到水仙的浓郁的气味。塔塔看着镜子里的自己，觉得自己是那么的美，那么的幸福。

她又兀自笑了笑，伸长了手臂，眼睛也不眨地，把剪刀插进了胸上锁骨的位置。

血液像夜晚天空的玫瑰花般顷刻漫延，无法收拾，都快要弄脏她的裙子了，可塔塔哪里顾得上这个。塔塔要挖出自己的骨头，作为为她的好爱人送行时的礼物。塔塔要用点力，不能心疼自己。

漫长的，刺心的疼痛过后，塔塔取下了她的锁骨。取出的骨头很白，像平时看到的那般，白得让人想起某年的大雪，又或者，哪个坟头上的纸串。

她的裙子被血给浸染成了红色，瞧，夜空被染红了，红彤彤像她心里的火。塔塔笑了，笑着想又多一条红色的裙子，而这红色，也是骄傲的。

塔塔给伤口做了包扎，并换上了有衬领的裙子。现在，她要去见她的爱人，她要带着她的珍宝，去给爱人送行，她要迎接这个庄重的时刻。

她选了一条莓红色的裙子，缤纷的波点撒在上面，腰际上还灵巧地缀了一圈珍珠，多么美丽的裙子，这使她看起来像支甜美的草莓冰激凌，而此刻她的心，也像草莓冰激凌那么甜蜜。

塔塔真爱她的骨头啊，这是给她带来多少骄傲的骨头啊，维猜必定会喜欢的。

塔塔找出来一个木匣子，郑重地放入了她的锁骨。

现在去还不晚，我的爱人，等等我。

塔塔抱着木盒子奔去了人群，莓红色的裙子裙摆太大了，害得塔塔不能那么快地跑，塔塔急切极了。

终于，塔塔到了，这时，送行的人群已经散得差不多了。稀稀疏疏的队伍里，她却一眼就看到了维猜。

每个女孩都能一眼看到爱人，不是吗？

她奔过去，喘息着，疲惫着，笑着。她的发髻散掉了，口红也花掉了，可她全不在乎了。她拿出木匣，递给了坐在马上的维猜。

“给你的……礼物，我想你……你……会喜欢的吧？”

塔塔多么小心翼翼啊，她的嘴唇像蝉翼那么薄，她的话像烈烈风中的旗。

维猜伸出纤长的手指，接了过去，没有说话，没有注意塔塔汗淋淋的脸庞。

他打开来看了一眼，还是没有说话，没有注意塔塔失色的脸庞。

等到带队的人下令出发，他再次伸出纤长的手指，“噔——”，扔掉了盒子。

而不远处，一只流浪多年，秃着皮毛的老狗，一步蹿了过来。它用牙齿叼开盒子，一口吃掉了，塔塔的锁骨。

等

武汉大学/严赋憬

王夏微坐在家里的沙发上，沙沙的电视声音不知道在絮叨些什么，时钟秒针走过的声音刻录着一丝又一丝等待的不安，空空的房间里飘荡着生冷的空气，却不久将被喧闹给加热和升腾。接近年关了，庄子章和庄晓白父子很快就要回来了。庄子章今天就要到家了，马上，很快，片刻，这个家的地面就要踏上他的脚印，这个家的空气就要弥漫他的声音——他要回家了。

他终于回家了。

他带着行李箱和一个大包包进了家门。夏微在慌乱中整了整自己的衣服，半年不见的夫妻，一见面反而讷着不知道说些什么，但是沉默中有着心照不宣的默契。四十多岁的中年人，处在一种不尴不尬的状态，上了大学的庄晓白在不可避免地抛下他的父母走过青春走向成年，夏微的鱼尾纹增加了，子章的白头发不知道又几岁枯荣，在忙碌的平日里各居三地的三个人做着自己本分的事情，无形的联系像一张网，覆盖了大半个中国。年尾的相聚像是放了许多方糖的咖啡，仍是喜悦掩不住的苦涩。

“你冷吗?”他进门的第一句话。她轻轻地摇摇头，俯下身开始整理他的行李。换洗的衣服、给晓白的书、给她的首饰、年终的工资结余，一样一样地归置和整理，还有要准备的晚餐，原本一个人的生活突然添了一双筷子，多了一套漱具，一切都显得不一样。子章坐在沙发上，几天的奔波让他憔悴而疲惫，时刻提醒着他一直缄口不言的逝去的青春和即将逝去的壮年。已过不惑之年的他却在做着人生最迷惑的事情，前途何其渺茫，却还有一个家的负担和责任，他的语气多少怀着负疚的心态，对夏微的爱更是一种折磨，有些事想想都难说。

在庄晓白还没回来的那几天，王夏微和庄子章就已经开始热火朝天的准备了。过一个年真不容易，与其说年是一个欢聚的日子，不如说那是一个时间轴上的矛盾集中爆发点，坏了几个月的电灯泡和水龙头像神像一般被夏微小心翼翼地呵护着，避免二次伤害，还有一堆的年货清单不怀好意地堵在人的心里面，更不用提有些一年到头难得一扫的卫生死角，当这些事情集中起来的时候，就像一对干柴，让王夏微和庄子章的烈火噌噌燃烧。

庄子章保留了年轻时的家庭之长的遗风，对于家务活一窍不通却还在某些方面显得像小孩子一样不可理喻，也许他的能工巧手都只能用在修修补补上。好在总算解决了一些事情，大扫除的过程中，他在夏微的指挥下弄巧成拙地做了一些事，但是其他的他再也帮不上忙了。也许夏微已经习惯了，她有时在做饭时，听着客厅里的电视声，总在想，这样一个共同生活了二十几年的男人，突然显得那么陌生。感情这种东西，说出来了像是谎言，不说出来，却又像白开水一样淡到什么都没有的感觉。一个有了孩子的家庭，往往所有的精力都转移了，一对夫妇在一起是为了什么，也许只是一个孩子，为着一个十月怀胎生下来的小不点，两人默默地看着对方慢慢老去，时光和韶华的美好真真叫人心酸。一个孩子的诞生，就像一对夫妻间多了一个第三者，哭是为了他，吵是为了他，闹是为了他，笑也是为了他。夜阑人语轻的时候，夏微和子章偎在一起，要谈的事情很多，却也得一件一件来，那是最平凡却也最渺远的事：前路在哪里，怎样才能挣更多的钱，子章的未来计划，晓白的学费生活费，兄弟间频频而生的嫌隙，姊妹之间无形存在的隔膜……一字一句串起了每一个平凡夫妻的生活图景。只有在这些时候，夏微才觉得，他们也许真的是一对夫妻，因为生活那么久了，往往的结果是两个人合成了一个人，每件事的感想，每句话的感情，每个字的腔调，都像是照着唱本在台上的表演，毫无偏差。

过了不久，庄晓白也回家了。他的回来大大改变了这个家的风向标，东南西北一齐向他吹来。他喋喋不休地嚷着学校里的种种事，有些时候他也愿意停下来去听听他的父母，但他左右乱转的眼睛很快就会暴露他的真实想法。夏微觉得很开心，她觉得她的儿子是她一生最杰出的一件艺术品，仅此而已了，她平凡了一生，总该有些成就，她看自己的孩子永远是最满足的姿态。诚然如此，全天下的母亲都怀着排他的嫉妒心态爱着自己的儿子，夏微也不例外。这是略带病态的中国式的母爱。

子章也不是不明白夏微的心情，也许以前他在她的心目中是最重要的，但现在也只能是无奈地屈居第二。他也爱着自己的孩子，可有的时候也不可抑制地有着小小的幽怨心理、不可思议的羡慕和莫名其妙的嫉妒。庄晓白已经不再总是称呼他为爸爸，更多的时候是一句直呼其名，子章安慰着自己那是一种更似朋友的父子之情，却很清楚那是自己正在老去的迹象，青春正浮动在他的孩子身上，那种更鲜活的光芒往往照着他渐渐黯淡。他有着不可理喻的恐惧，他很清楚自己也许不会再做出什么了，因为终将有一天，庄晓白会大声宣布：“你可以好好安乐了，这个家将有我来负担！”那一天不远了。

这个年总算是过完了，好歹过完了，便又是一个新的开始。然而对于夏微来说，这个年却过得十分不舒心。前几年，庄家的老爷子过世了，庄家的几兄弟都得回去陪着庄老太太守家，连着三年，都是在好不闹腾中度过的。赶着三年满了，却又拾掇起以前的旧规矩，每家每户地挨家过年，今年轮到子章的二哥家了，不得已夏微只好跟着子章又去了他二哥家了。有人的地方就有矛盾，虽说是亲兄弟，谁心里揣着什么心思夏微都知道。在这旧岁的最后一天里，还要过这一年到头都虚心假意虚与委蛇的生活，夏微心里有着说不出的不快，然而碍着面子，却也忍了。过完年后，元宵节又不得不和子章回庄老太太那去一趟，子章过完元宵节第二天就要走了，所以不得不去，真是让人无奈。有哪个婆婆真心把儿媳当女儿，又有哪个儿媳不是虚伪地叫着一声妈，那场景假到让人发笑。不过冲着庄老太太专门插的一株栀子花，夏微还是去了。

晚饭过后照例又是一阵嘘寒问暖，但是那盆花该怎么办这是一个大问题。从庄老太太那回家里步行二十分钟就到了，但是一盆花的重量也是不容小觑的。饭前就商量了，子章打了电话给沈万洋——他的老同学，让他骑摩托车来接一下，夏微没有多说什么。晚饭后她带着晓白先回家了，子章在老太太家等万洋接他。

夏微回家很早，她打开电视等着子章回来。此起彼伏的鞭炮声像沙漏一样记录着分秒流逝的时间，扰得人心绪不宁。夏微让晓白打电话催他父亲，子章说他还在等。夏微越来越感到烦躁，不是等待的无奈，而是这些年的时光匆匆划过，让她深感憔悴，她发现二十年过去了，子章还是那样在这些或大或小的事情上一如既往的愚蠢，也许她早该反对让他在月圆之夜的时候麻烦别人，但是她从不相信他会愚蠢到等了一个半小时之后却还领会不到别人的不耐烦，她强烈地鄙夷他的依赖、他的愚蠢、他的不可思议的感悟力，她难以忍受了，静默中吞吐着难以抹平的怨气。庄晓白默默地看着她的母亲，空气中隐约透着不安的气氛。

门开了，沈万洋和庄子章一起进来了，子章把花搬到了阳台上，夏微和万洋寒暄了几句，万洋没有久留。他走后，子章问夏微："明天我上哪弄些肥土来重新培培土?"夏微侧着脸，默默不语。子章又问了一句，他凝视着她，他想起许多次她使着脾气沉默应对，寂静的空气给人的是无可奈何的压抑感，这让他神经突然就紧了。可是明天他就要出发了啊，他要为了这个家而奋力去搏，最后这一晚也要这样吗?他不可遏止地爆发了，点燃了她的导火线，他们爆竹一样节节攀高。

"王夏微！你摆这个脸色给谁看啊!"

"庄子章！你知不知道你有多蠢！你办事从来不力！大过年的晚上你麻烦别人干什么!"

"那你不也没反对吗！你怎么不早说啊!"

"根本不是！这么多年你都是这样！你根本不会安排任何一件事!"

"那你呢！你摆着张脸干什么！我明天就要走了！你不能为我想想吗!"

……

他们像两个空气分子，做着剧烈的布朗运动，蒸腾碰撞，在语言中相互撕咬，像两头咻咻的兽，啃食着对方，没有节制没有理性地倾洒出他们的怨，他们的无可奈何的爱，他们这些年的痛苦。两个人，最熟悉的两个人，一旦开骂往往戳准对方最痛的地方，却又知道如何防备。他们是夫妻，他们没有忘记，但在生活的战场上，他们谁都不甘示弱。电视上一片升平的晚会欢歌，在争吵声中穿梭，哀乐中年的感觉。夏微实在不想吵了，她开始不断抛洒“别跟我说了我不想听了”，可是子章无法忍了，他偏要说，语言不行便是行动，他冲动地想要打她！但是他被人狠狠地推了一下，闪到了一边，庄晓白吐出一句话：“你凭什么打我妈！”

他们都沉寂了，子章和夏微，他们忘了他们还有孩子，这不是两个人的战争，这是三个人的战场，一个家庭的战场，在元宵节上演的年初大戏，三个主角，三个人无法阻挡地受伤。电视里的晚会还在继续，却愈显遥远，他们都累了，战争结束了。

第二天，子章终究还是弄了些肥土重新培植了一下花苗，也许他在缓和什么，下午是晓白送他到火车站去的，孩子总归忘得快一些。家里又只剩下夏微一个人了，她坐在沙发上，空洞的空气里有着莫名的回音，二十年的光阴齐刷刷地放映着，这是绝世独版的属于她的人生，观众只有她一个。二十年前的她怎么会爱上他呢，现在想想真是不可思议，可是她还是不能克制地爱了，就为着他对她的好，对她的爱，他力拔山兮气盖世的雄心，可这些又能怎样，二十年的光景，她陪他度过了艰难的初婚期，又经历了几年的风光人生，却又不可预料地坠入地面，操劳地生活了十余年，她付出的不够多么？这二十年，一个女人的二十年，若没了她，他的生活能这样安稳地过下去么？可是他又给了她什么呢？他还爱她，她也爱他，但是一个年逾四十的人来说，这厚重的爱更像是负担，而失了当初的甜蜜。在一场婚姻中，没有人是胜利者，他和她都付出了感情，有了爱的投入，却不知为何经营的结果是如今的一塌糊涂和惨不忍睹。

夏微还记得，约莫二十几年前的那个元宵节，子章偷偷地跑到她的家来，那是个冷冬，极寒的天气，他一边哈着气，一边在她家门外叫着她，他不太敢进去，还在恋爱的人毕竟是有些怕父母的。夏微给他拿了一件军大衣，她披着一件宽厚的棉袄，两人一起，走在一条小路上。那个晚上出奇地静，仿佛那不是个元宵之夜，路周围都是郊野，或是别人的菜园，总之是难得的开阔景象。他们边走边说，抬头时突然发现那天晚上特别亮，周围没有路灯，那些银白的光都来自天上的月亮，浩然如烟，夏微第一次觉得这就是所谓的寒气，那种冷而白的感觉。冬天的晚上没有什么人，笼罩在寒光中，抬头看到的是浅白的月和斑驳的星。若干年之后夏微才找到合适的一句诗来形容她当时看到的夜空，那就是傅查的“明月舒空映小星”。

夏微想，自那以后再也没看到过那么明亮的夜空，他们婚后就搬到城里来，在高楼林立之间，他们的爱仿佛也在后工业化。

又过了几天，晓白也去上学了，夏微把晓白送上火车后，便独自坐了公交车往家去。一上公交，夏微突然感到腰部疼得厉害，她扶着座椅坐了下来，她疼得完全迷茫，她在哪，这是什么地方，她要在哪下车，她要回家但家在哪？她恍惚中摸索着到了家，她居然还能镇静地和院子里买菜归来的老太太们打招呼，可是她已经撑不住了。她进了家门，摸着床沿躺了下去，那钻心的疼死死攥着她不肯放手，她哭了。

她觉得她完了，一个女人二十年的操劳，这是最后的结果，她像一枚煮熟的鸡蛋一样，死神一点一点剥开她的壳，撕下外膜，最后将她吞食殆尽。她躺在床上，家里没有人了，晓白刚走了，子章已经开始工作了，她没有可以求助的人。年轻时她过于桀骜，不爱交朋友，现在是真的没有什么朋友。她直直地躺在床上，她在等待着什么，等一些人的到来，一些事的发生，也许等那盆栀子花的开放。可是她也不知道她在等什么。因为现在，她的心是空的。

床边的电话突然响了。

九相诗绘卷（节选）

武汉理工大学/张恬恒

啖食相

“那我给你讲个故事好了。”

“好呀。”

“嗯，有一家人，他们很富有。但你知道，如果钱只是钱的话，一下子就贬值了对吧，尤其在比较动荡的时期。不过那家人把财富换成了珠宝，就那个时候的形势来看，他们的做法很明智。

“不安定的日子里，掠夺比耕耘有效。有一天有一群人要来掠夺他们的财产，并囚禁他们。不过，那群人才是正义的一方，采取的行动都是合法的。那家人提前知道了消息，所以藏起了珠宝，并且举家逃难。不出意料，他们最后还是被捉住了，但是却没有人找到他们的珠宝。毕竟一开始就是冲着财富去抓人的，所以他们把那家人全身搜了个遍，但没有找到什么值钱的东西。其实抓人的那伙人一开始就有把那家人的家里搜个底朝天，那里也没能找到任何珍贵珠宝。”

“如果别人的目的就是珠宝的话，一开始就交出去不就好了吗?”

“要是他们和你一样想得开就好了，”我继续说，“毕竟是辛辛苦苦赚来的财富，一口气拱手相让也的确有点难度。据说他们的珠宝里有一件是最值钱的，和那玩意儿比起来，其他的珠宝不过是玩具而已。”

“说的也是，如果自己的东西被轻易掠夺，还是会很难受的才对。”

“不过他们不交出珠宝，就发生了更让人难过的事情呢。你知道，他们本来是很有钱的人家，所以他们家的女儿也是娇生惯养的，但逃亡时他们算得上颠沛流离，而他们的女儿一路上脸色极差，很不舒服的样子。那家人被抓到之后不久，那个女孩就死掉了。”

“死掉了？”听故事的少年有点惊异，“抓人的那伙人做了很过分的事情吗？”

“也不算过分吧，但当然算不上客气，推两下骂两句都是很理所当然的才对，是吧。”

“也是，毕竟是那种情况……不过既然没做什么，为什么女孩就死了呢，重病了吗？”

“也有可能吧，那个时候她的父母都震惊得说不出话来，那种失去孩子的心情，大概只有他们那些成为了父母的人才能理解吧。明明女孩已经成为尸体了，可是她的父母却不愿意离开他们的女儿。捉他们的那群人可是要把那家人囚禁起来的，既然是去坐牢，也就没有那么尊重那对夫妻的意见。那时他们都在荒郊野岭，运点东西麻烦得要死。所以，捉人的那伙人就把女孩抛尸荒野了。”

“真可怜。”

“也许算可怜吧，要是被关起来，说不定还没死了好。不过她父母可活着呢，他们的表情真的很揪心呀，女儿在路上死了不说，还就这么简简单单被扔在野外。要说开心的，那就是附近的肉食动物可以好好饱餐一顿了。你知道，不是那些鸟挺喜欢啄眼睛吗？”

“也对，其实死人倒不会觉得什么，就是她的父母会因此更难过吧。”

“后来他父母的事情也没什么好说的了，似乎因为没有利用价值后也被杀掉了呢。”

“真是悲惨的一家呢。”

“可是有趣的事情还是有哟，应该说很戏剧吧。”

“都死绝了还有故事么？”

“有哟。那个女孩其实也是一位妙龄少女，那时候有个男孩非常喜欢她。那种强烈的喜欢让他做了非常大胆的事情，就是跟着那家人逃亡的路线一路走。当然他不是一路同行，只是因为是那家人的邻居，所以清楚地知道那家人什么时候出发的，以怎样的装备往什么方向逃亡。他出发得晚一些，紧紧地跟踪但是从来不露面。

“不过呢，逃亡的路线可不总是好走的大路，因为那家人有时为了避人耳目，会走上野外的线路，翻山涉水的，十分麻烦。男孩跟在后面，虽然野外更好隐蔽，但是也更难独自一人穿越。有那么一段十分难走的路，男孩最终因为道路过于艰难而没能跟上那家人。少年那个时候十分的……怎么说呢，绝望吧。他大概在想，没能追上，那便是永别了，更何况他耗费了那么大的气力，却半路跟丢了。”

“……真可惜。”

“不过，”我的语调开始轻快了起来，“上天还真的不负有心人呢，那个男孩付出了这么多，老天还是让他见到了女孩哟。”

“那家人也走慢了？”

“不是哟，男孩在跟踪失败后，沮丧了一会，在树林里漫无目的地乱走。顺便一提，在野外乱走可是很危险的。不过因为他心情糟糕到了一定程度，大概想着，死在外面也无所谓了吧。可是走着的时候，他看见了很奇怪的一幕，那就是有一群鸟聚在一起，即使男孩走近了它们也没有迅速飞走。”

“诶？”

“没错哟，那群鸟在啄食女孩支离破碎的身体哟。虽然她死掉的时候是完整的，可毕竟被随便地扔掉，还被各种动物啃噬过，已经破破烂烂的了。男孩那时候大概像疯了一样吧，他歇斯底里地赶走了尸体附近的动物们。不过呢，虫子之类的东西是赶不走的，这也是没办法的事情。

“他看着少女的尸体，觉得于心不忍，希望把她埋葬或者火化。于是，男孩背起了尸体……”

“别说了！”

“为何不说了？那时的男孩咒骂着迫害女孩一家的那群人，跌跌撞撞地走在崎岖的道路上，这时候，更有趣的事情发生了。男孩摔了一跤，摔跤的后果可谓相当惨烈呀。男孩自己的膝盖和手臂被摔得鲜血淋漓，但他背的尸体更惨哟，树枝和石头把她的肚子彻底划破了，动物们吃剩的内脏乱七八糟地流了一地。”

“我叫你别说了！”听故事的少年不安了起来。

“更奇怪的事情发生了，那堆内脏里面，居然有着根本不应该出现在人类肚子里的东西。没错，那些贵重的珠宝居然就在女孩的肚子里。不过呢，那些东西在野外就算是垃圾，动物可对那些不能吃的东西一点兴趣都没有。

“那时候男孩的心情一定特别有趣，毕竟他一直都认为是抓人的那群人不好，是他们害死了女孩。可没想到，只是因为女孩的父母用她藏了珠宝，哈哈哈，分明是她自己的父母杀死了她。肚子里是那些奇奇怪怪的东西，稍微颠簸一下，撞击一下，内出血的可能性要比普通人大多了，她之前的难受，大概就是因为已经有内脏破了吧。不过这样一来，为什么女孩的父母想要留住尸体，为什么他们那么揪心，就全部都能理解了对吧，哈哈哈。”

“还是不能理解！”

“不过呀，我倒是想听听你的想法。你觉得男孩会因为女孩死掉后，而不喜欢女孩么？”

“当然不会啊，如果他真的很喜欢那个女孩，即使对方死掉，他也会依旧喜欢对方吧。”

“那他会嫌弃那个女孩么？”

“肯定不会啊。”

“那这就好理解了，他一直喜欢那个女孩，就算女孩从活人变成了尸体也依旧喜欢，而且毫不嫌弃对方已经变成了尸体。所以男孩背着尸体的时候，说不定挺开心的。

“不过我估计他看着满地乱七八糟的肉块虽然也会觉得恶心，但是他又觉得绝对不能因此就嫌弃那个女孩，心里很有可能矛盾了很久呢。任谁看了那血肉模糊的一堆，都会有甩手走人的冲动吧。可是男孩挺有责任心，还是带着伤，把女孩挪到了空地。他原本想烧掉尸体，却发现生火根本不是那么容易的事情。最后他简单地埋葬了女孩。

“在女孩肚子里掉出来的一堆东西里，男孩拿走了一个当作纪念。从喜欢的人那里收到的东西，可是不能被嫌弃的，就算喜欢的人是死人。男孩很有眼光，他用来做纪念的东西，就是我们一直想要的。”

我愉快地看着面前遍体鳞伤而且动弹不灵活的少年。

“你很厉害，很有毅力。”我由衷地称赞，但他却面色苍白，抿住嘴唇一言不发。

“可就是变态了点，”我继续说着，“喜欢一个死人可比喜欢一个活人容易太多，一心一意自顾自地喜欢就好了，和喜欢书里的角色还有根本见不着的偶像是同一个道理。她死掉后，你是不是反而觉得更轻松了呢？”

他的脸色已经可以用难看来形容了。

“你最后把拿出来的那块钻石，缝到了自己的肚子里。我知道你并不在意它的价值，你只是把它当作那个女孩的化身。”

他现在的样子就像个回避型人格障碍的精神病，而不是我一开始搭话时的那个阳光开朗的少年。

“安心吧，你来这家医院就诊，钻石我们一定会拿到手的，你想逃走也没有用。但是我想知道，你为什么把那块石头缝进自己的肚子呢，害怕弄掉了，还是想要模仿当时女孩受的痛苦？”

少年摇头，回避我的视线。

“我只是想这样，就能永远在一起了。”

练习死亡

陕西师范大学/廖兵坤

楔子

朋友走了。在一个花开的日子。
怀抱巨石沉入泥沙。我整个下午
都在一片浪花上分析搁浅的时辰

这是轻的。我深信
呼吸是轻的，气泡涌出溪水
气泡是轻的，轻得分不清重量和潜伏的地方。
这是轻的，我深信不疑。
信也是轻的，每个字都差不多忘了，没有挑出你的任何动机。
我也是轻的，105斤的体重
还有进一步压缩的趋势
我相信你也是轻的
轻得带不走哭喊声
轻得只剩下一篇悼词
轻得没有子嗣和爱人，而更多的
橘色杨柳舒展开来，又缩回去，不敢大声哭泣。

你的笼子里装的全是自己的毛发
没有一只动物在年终待杀。

你的遗言只有一句
命搁这，人走

A 等待审判

星期二下午 2 点 20，小 V 从新西门气喘吁吁地跑到四楼，参加第一场期末考试。他记不清应该是在哪个教室，只是随便奔向一个教学楼。掏出手机想给人打电话问在哪一个教室考试，才想起新买的手机上没有存号码。他也没有记别人手机号的习惯，就算是舍友的也不例外。手机上只有他暗恋的女孩的电话，可是这唯一的电话也没有打过。他手机的用处只是打游戏、听歌、上网而已。

小 V 蹲在教学楼前的台阶上，太阳斜斜地照下来，他的脸被刺得通红，活像刚刚出生的婴儿。小 V 快等到了三点，太阳从脚后跟爬到了脖子。他还是觉得必须要这样等。到了 4 点也没有等到一个认识的人来，三三两两的学生盯着他看了看又走了，有人说他是失了恋，有人说他是精神有问题。一个老师路过，斜着瞟了他一眼，捋了捋秃出一条大道的头发，分泌出刺耳的咳嗽声，抬了抬眼镜走开了。他记得这个老师，貌似今天要考的课程就是他上的，他在想老师是不是记得他。小 V 双脚并拢，张开，反复推地上那团土。

他一直在那里等。到 4 点 20 的时候，他灵机一动，觉得应该去教室看看，一个教室一个教室地找，说不定能找到他的同学。他站起身来，拍拍屁股上的泥土，走上台阶，进了教学楼。先是一层，他隐约记得这堂课的编码有一个“1”，可是忘了这个“1”究竟是个什么意思。

小 V 一个教室一个教室地找，从一层找到了三层，还是没有找到。他有些累了，开始反思是不是记错了，那个“1”是不是楼的序号，或者应该是一楼？他连忙起身向一楼跑去，脚步迈得飞快，步伐就像他的心跳一样律动着。两分钟后到了一楼。一楼是整个学校最豪华的教学楼，有全国最先进的教学设备，是全校的教学技能培训中心。他心想在这里上课该是多么霸气啊，难怪我记得有个“1”，原来就是为了给我这样一个好地方啊！他现在得意扬扬地刷卡进楼，却被楼管拦在门口。“你来干吗？”一个头发有些白了的老先生问道。

小 V：“我来考试啊。”

楼管：“现在不考试。”

小 V：“我记得今天就是在这里考试。”

楼管：“没有特殊情况，这栋楼不安排考试。”

小 V：“可我记得就是在这里考试，我得去教室看看。”

楼管：“你考什么试？”

小 V：“马原。”

楼管：“考室号是多少。”

小 V：“我不记得具体的考室，但是有一个‘1’，我去找找看就知道了。”

楼管：“这栋楼不是你随便进的，里面全是高科技设备，况且你连在哪个考室都说不清楚，很可疑。我警告你，再纠缠我就向上头反映了!”

一听是和上头沾点关系，小 V 便不再过问了，悻悻地向宿舍方向走去。边走边想：这栋楼想不到还这么神秘，一般人还进不去，我以前怎么就没有听说呢，也对，以前我们也没有在那里上过课。想来想去，总结出：这栋楼一定得去看看，说不定能有什么发现，揭露出一些大家都不知道的，那时候看这守门的再神气！他越想越高兴，好像他已经知道了什么阴谋，像特务一样穿过林荫路。

小 V 很快到了宿舍，脱了鞋，洗过脚后，躺在床上准备睡觉。睡了一会又起来，想想自己不应该这么早就开始睡觉，便躺在床上看书。看了会书，估计他们上课的也应该回来了，拉上帘子，自己看起书来。他的日子很简单，床也整洁。平时容不得别人坐他的床，他有深度洁癖，袜子要放到鼻子边上嗅，如果有了点臭味便马上拿去洗，洗的过程很复杂，先用清水泡几分钟，然后用手洗，再添加洗衣粉进行深度清洗，把泡沫清洗干净后抹上香皂，揉搓两分钟，洗净，拧干，晾在他专用的架子上。

小 V 睡在床上想，假如我晕倒在宿舍，几天后他们会不会发现呢，我会不会就那样死了，究竟有没有人在意我的死活呢？我想是没有了，不过怎么知道没有人在乎呢，我又没有晕倒过，也没有见到有人晕倒过。我在校外的一个宾馆睡了两天，也没有人知道我干了什么，其实一个人可能什么都能干出来，也有可能什么都干不出来，。

B 一诊

小 V 睡在宿舍，已经一天了。一动不动。他一直觉得自己在飞升，像氢气球一样，脚下是飘舞的云朵，一块一块的田地开满了油菜花，金黄金黄的，直耀人眼。他家也有这样一块地，不种油菜花，种药材。爸爸几年前在煤矿干活，腿断后，一直待在村里，以种药材为生。他不喜欢爸爸的活路，总觉得很伤害他的面子，上大学后除了要钱外没有给家里打过电话。

他爸爸自从和小 V 吵了一架之后，联系不上儿子，便坐了 12 个小时火车来找他，在学校兜了几个大圈子，没有打听到任何消息。便到附近一个城中村开了个房间，住了下来。

往后的几天他都在学校转悠，试图像小 V 读初中的时候那样，暗中踩点，抓到那个臭小子，却不料那一套对于现在的小 V 已经不适用了。联系不到学校的老师，他也不想继续联系了，他只想通过自己的眼睛把他挖出来。他以为自己有足够的经验去对付他的儿子。虽然野鹿突然变野了，但还只是一头鹿。

小V这头渐渐醒来的野鹿正在他的世界遨游，到处经历奇遇。他找到了以前梦中穿着红色风衣的女孩，对她笑，她也对他笑。他伸出手去抓，却一溜烟不见了。他没有过这样的感觉，静静地挥手，就像所有浪漫电影一样，果然是浪漫的，他笑了，笑得很开心。路过的人都侧着脸来观察他，貌似觉察到了什么异样，但是都没有发出声响，也没有做其他动作，各自走在各自的道上。十二月份，下起了小雪，行人的脚步点缀成了斑点密布的毯子，就像小时候小V专用的那个小床，画满了图，但是在梦里，这些斑点都没有了，光生生的，像婴儿的脸。

小V已经在床上躺了一天了，一直没有起床，也没有睁开眼睛。室友发现他的时候已经星期四了。小V隐约感觉到有人叫他，但是怎么也醒不过来。

“小V，醒醒，醒醒！”剃中分的4号床老枪摇着小V的床，大声喊道，“你要是死在宿舍，晦气我们，我就鞭你的尸，醒醒！”

“这小子完了，肯定是中了邪了”，头发两边剃光，前后留得长长的胡光叫嚷着，“得去医院看看”。

“也不知道是什么时候睡的，我都已经3天没有见到他了，不知道这几天他去了哪里。辅导员还专门问了他的去向，得去通报一下。”体育委员大胖在一旁忧心忡忡地嚼着口香糖。

老枪：“管他的呢，赶紧送医院再说。”

胡光：“我们没有钱啊，咋办？”

大胖：“先去校医院，把他弄醒了再说。”

老枪：“那赶紧去找找他的学生证和医保卡噻。”

胡光：“不对，他这是无故旷考，按照规定他是要留级或者直接回家的。”

老枪：“看来只有这个办法了。”

老枪看着呼吸匀净，却又醒不过来的小V说：“小V别介意，我们也不想这样，但是没有办法，不去医院做证明你就只有留级了，放心，我们会让你睡着的，睡着了就不会在意了。”

胡光：“对，就那样。小V放心，你一定会很满意的。”

“就这么说好了，我们马上行动。”胡光和老枪击掌，大胖还没有反应过来，“你们该不会是——？那样会出人命的。”

小V已经两天没有吃饭了，睡觉对他来说是最省力气的动作，脸色惨白，睡着了的样子就像是中了邪，谁也不知道他是犯了什么病。胡光和老枪准备好了开水，等着大胖买药回来。

大胖在路上徘徊，不知道这样做是不是对的，几相权衡，只能这样了。可要是做得不到位，出问题了可就死定了。应该不会被发现的，就算被发现，也不关我们的事，是小 V 自己要求吃的。大胖做好了心理准备，踏进了药店，顺利地买到了药品。

天已渐晚，灌了安眠药后，小 V 看上去睡得更香了，他很累，需要一次长时间的休息。

C 复习

老枪叫上胡光和大胖，乘着夜色快速地把小 V 抬到了校医院。主治医生都已经下班了，留在这里的只有几个护士和几个值班的医生。给小 V 简单地把脉诊断后抬进了病房，挂了一个药瓶，针生生地扎进小 V 的手背，血反灌到输液管里，红得像一条绚丽的彩虹。

11 岁时，他在阳台上看过一条彩虹。从妈妈摔下去的地方，一直连绵到山的另一头，他看到了妈妈的笑容，安静，甜美，就像刚刚嫁给爸爸的时候那样。

彩虹的一端是小 V 母亲的坟场，离他家有 3 公里远，从小到大他都没有去过，他爸爸也没有去过，大家都说他母亲是凶杀死的，不吉利。他还记得 4 岁的时候，连续几天夜里都听见狗叫声，当他没有听到狗叫声的那一晚，整个晚上都没有睡着，第二天就听周围的人说他妈妈在对面的山坳里摔死了。他没有哭，只是此后的几个夜晚都没有睡着，翻来覆去头脑里浮现的都是妈妈从山上跳下去，对着他笑的场景。

小 V 怕打雷，每次打雷的时候他都会想起妈妈在山的那边，被雷公的锤子敲打，砰砰砰的敲击声沉沉地刺进他的记忆里。他妈妈很漂亮，爸爸在外地打工时认识的，村里人都说他老爸有福气，娶了一个那么漂亮的媳妇。小 V 两岁的时候，父亲再次出门打工，他母亲在此期间染上了怪病。当时家里经济条件困难，她也难以启齿，一直没有很好地治疗。第二年他父亲回来，发现了她染上了病，从那以后他们三天两头地吵架，一年后，病情恶化，村里的医生给她把脉，查出了病因，但是已经晚了，医生便劝他父亲请道士先生做一场法事，驱驱家里的邪气。

当天晚上，几个道士先生敲锣打鼓，戴上了面具，在屋里起舞驱邪，在他妈妈的床前撒了一碗豆子，点了一炷香，给她驱散邪气。几天以后，病情不见好转，母亲疼痛难忍。周围的男女老少讨论起了她所患的病，说的话不堪入耳，他父亲便与那些人吵起来，回家喝闷酒，不时到她床前揪起她的头发，又松开，捶着胸口，望着穿衣柜里的那个自己，已经被折磨成了疯子，他想早点了结这一切，但是又不想自己的老婆死。

他妈妈看出了他父亲的心事，第二天一大早就起床梳好了头，对着镜子笑了笑，带上小 V 到了对面的山坳上。她做好了一切准备，喝了预先准备好的一瓶酒，用被子蒙住小 V 的身子，抱着他正准备往下跳的时候，又往后退了一步。慢慢地放下正在睡梦中的孩子，平放在地上，亲了亲熟睡的儿子，像美丽的仙女一样纵身跳了下去，只是再也没飞起来。当天在山上砍柴的人看见了小 V，他一个人坐在地上，拿着玩具，嘴里念叨着“妈妈，快看，彩虹”，“妈妈，妈妈”，他怎么也叫不答应，他也不哭，只是继续玩着自己的玩具，一边玩，一边叫“妈妈”。

从那以后的几天他都没有哭过。发丧那天，他目光呆滞地看着为他妈妈做法事的道士先生，伸手去抓他们的帽子，一个一个地抓，被他父亲打了一顿，父亲责怪他，哪有亲人死了眼泪都不流的孩子，拿起藤条就往他身上打。这回他哭了，哭得惊天动地，周围的人都为这突然传来的哭声给镇住了。抬丧的人都别过身，用衣领揩了揩眼泪。“这孩子太可怜了，刚出生爸爸就出去打工，老汉一回来娘又走了，这以后可怎么办啊？”从那以后，小 V 不哭不闹，把他的小车子推来推去。

小 V 梦到了和小时候梦到的一模一样的彩虹。他从彩虹的一头爬上去，一步一步小心翼翼地走着，生怕从彩虹上坠下去。从一端到了彩虹的中心，看到一个模糊的身影从彩虹的另一端走上来，身上泛着光芒，耀眼而不刺目，像母亲温暖的身体一样，让他感觉到了踏实与安稳。那个身影向他微笑，并张开了手臂，弯下身来，像是要把他抱到怀里。像小时候一样，他快步走上前去，伸开双手，投向母亲的怀里，刚要进入怀抱时，扑了个空，发出光芒的身影依旧笑着，张开怀抱，慢慢向后退，小 V 向前跑，试图抓住，却突然不见了。

小 V 惊醒，看见自己一个人在山上坐着，在玩小时候玩过的小玩具。这时有一群人走了过来，向他投去微笑，有的伸出手牵他，但是他拒绝了，继续玩玩具。

伸手牵他的人开始说话：“我们都是快死的人，结成了伴，死的时候就不会孤单，到了那边也不会被坏人欺负，你也来吧，看你瘦骨叮当的样子，到了那边是会被人欺负的。”小 V 肯定地说：“我才不要跟你们走呢，我活得好好的，哪里像是要死的人，我在这里是因为我想等我妈妈回来。”那一群人见说他不动，便叹息着走了：“你执意这样，我们也没有办法，可不要说你见过我们。”

D 二诊

小 V 心里很平静，他想象着妈妈从彩虹桥的另一边走上去，牵住他的手，他很愿意跟着自己的母亲一起走，不管走到什么地方。他想，妈妈是肯定会带我走的，那天她没有带我走是因为怕我哭，可是现在已经长大了，不会再哭了，妈妈肯定很想我，天天在那边看着我，知道我在这里等她。可能她很忙，忘了回到这里。

这片坟地都长满了杂草，很少有人来这边，这么大的坟地，周围只有两座坟。另外两座是隔壁的老大爷和夭折的小裤衩。小裤衩和他同龄，小裤衩的名字来历很简单，也没有经先生算生辰八字。只是因为他小时候不喜欢穿裤子，整天在别人家转悠，嘻嘻哈哈地闹。他爸爸张定邦便强行给他套上个小裤衩，中间开叉，栓了一根结实的布腰带。此后大家都叫他小裤衩，一直叫到三岁的时候。

小裤衩是穿着小裤衩死的，周围人都知道。那天晚上，他想撒尿，叫了身边的爸爸妈妈，没有人理他，他便一个人去了厕所。他们家的厕所介于猪圈和牛圈之间，牛很犟，全身金灿灿的黄毛，牛角又粗又长，经常和其他人户的牛角斗，总是要把其他的牛撞伤，要么撞断牛角，要么直接把牛给撞下山崖。他打着手电筒，走到了两块木板搭成的可以方便的桥上，一只脚踩一块木板。他盯着对面的牛，牛睁大了眼睛，死死地盯着小裤衩，他心里有点害怕，平时大家都叮嘱他不要到这头牛身边。他伸手抓过身边的一根小木棍，紧紧地拽在手里。

“嗡哦！”牛一声大叫，伸出牛角就在小裤衩这边撞，撞断了牛圈的木板，木板弹过来，弹到小裤衩头上，他脚底一滑，顺着便槽摔进了粪池里。池子很深，有很多淤泥，像沼泽地一样，他在池子里奋力地挣扎，越挣扎越往下沉，直到淹没了整个身子。第二天张定邦和他老婆找了很久，发现牛圈被撞坏了，牛也不见了，粪池很清，像是被掏过一样。他才想起小裤衩可能是被牛撞入了粪池。

小裤衩不满5岁，被埋在乱坟岗上，坟头盖了一个簸箕，那个簸箕把小裤衩运到了坟地，成了小裤衩最后的亲人。

小裤衩这时刚刚睡醒，钻出来和小V聊天：“这不是小V哥吗，你咋也来这地方了？”小V听到这个声音，想起了小时候的玩伴，冒出来一声：“你是小裤衩？”

小裤衩：“是啊，我就是小裤衩。”

小V：“你的声音一点没变。”

小裤衩：“我的声音变不了。”

小V：“你的裤衩还是那么短。”

小裤衩：“我的裤衩还是那么短。”

小V：“我在这里是不是不会变老了？”

小裤衩：“兴许是吧，我没有见过在这里变老的人。你来这里干吗？”

小V：“我来找我的妈妈，她也是在这里死的。”

小裤衩：“她很久没有回来了。”

小V：“她去哪里了？”

小裤衩：“她也没有告诉我们她去了哪里。她每天都在悬崖边朝你家那边望。”

小V：“你进过她的坟吗？”

小裤衩：“没有。死后的人是不会让别人进他的坟的。”

小V：“我也不可以吗？”

小裤衩：“你说不定，但是你得死了才有可能，不过看你的样子，你很快就能见到你妈妈了。”

小 V：“我想现在就见她。”

小裤衩：“那你得抓紧时间死。”

小 V：“可是我不想死。”

小裤衩：“嘿嘿嘿嘿，不用怕，死其实很轻松，只需要闭上眼睛，听心脏慢慢窒息的声音。”

小裤衩闭上眼睛，张开双臂，惬意地从牙缝中吐出一丝隐约的声音：“我们都只会死一次，机会难得，要借此机会享受一下生命降落的过程。”小 V 不回答小裤衩，闭上眼睛，向太阳走去，他心想妈妈就在那里，妈妈不代表死亡，妈妈也不代表生命，妈妈就是给我呼吸的人，我得要找到她，让她重新呼吸，还给她新鲜的空气。漫天的烟花托起死者的身躯，向太阳飘去，越飘越远，上升，直达生前触摸不到的空间，再慢慢降下来，和生前站在同一高度。

E 三诊

小 V 继续向前走，前方貌似有颗太阳，他跟着太阳的方向，一路狂奔过去，他的心里也有一颗耀眼的太阳，就像妈妈身上的太阳一样。小 V 继续走着，来到了学校的林荫大道上，太阳光从树叶缝中照射下来，在他身上映出了一道道斑驳的阴影。他静静地品味着当前的一切，这是他每天都要走的一条路，这几天没有来，感觉生疏了许多，他要细细地感受，弥补这几天没有抚摸这条小道的过错。

“小 V！”从身后传来一个粗粝的声音，小 V 打了一个寒战。“我总算找到你了。”小 V 反应过来，这个面色铁青的人就是自己的父亲，只是很怀疑他怎么来了这里，难道他们打通了他的电话，不会啊，他怎么会这么快就来了？

小 V 不相信眼前的这个人，继续往前走。“喂，你站住！”小 V 还是不理他，继续往前走。“听到没有，你给老子站住！”小 V 回过头来，看着他，觉得眼前这个人突然就老了很多。

小 V：“你没资格称自己为老子。”

爸爸：“怎么没有，对儿子称老子天经地义！”

小 V：“从你逼死我母亲那时开始，你就没资格了。”

爸爸：“小兔崽子，别跟我叫板，还轮不到你来教训老子。好好好，这个兔崽子，当初就该像小裤衩一样把你扔进茅坑。”

小 V：“我见过小裤衩，他活得也比我好，至少他没有见到亲人的死亡，他永远都是笑着的。”

爸爸：“好，那你赶紧去见小裤衩，像他一样，或者像你母亲那样。”

小 V：“我的今天，就是你的昨天，这一切都是你教的，你当初明明有钱医治妈妈的病，可是你却舍不得自己那几分可怜的钱，请几个道士先生来走过场，生生地逼死了她。”

爸爸：“那是她罪有应得！谁叫她和野男人鬼混的？”

小 V：“你几年不在家，还说她在鬼混？明明是那个人假装来我家讨口饭吃，住了一夜，谁料他趁我们睡着了——你——还有脸埋怨？”

爸爸：“现在人都走了，说这些还有什么用，难道我不想她好好活着？”

小 V：“有用！人还没死绝呢！”

爸爸：“用我的换她的可以吗？”

小 V：“你的命换不回她的命。”

爸爸：“那你觉得怎么做才会高兴？最近打你电话都打不通，你究竟怎么了？”

小 V：“不关你事。”

爸爸：“你是不是生病了？”

小 V：“不关你事！”

爸爸：“你给我站住！”

小 V 不回答，掉过头，径直往前走，隐约听到发丝坠地的声音，他和父亲的距离越来越近。回过头，却什么也看不见了。小 V 加快了行走的步伐，去什么地方依旧不清楚。只知道继续往前走，不能停下来。他陷入了沉思：大家都觉得我生病了，那就肯定是病了，偶尔觉得快好了，那是回光返照的一瞬，但是我游了这么久，是不是梦里的一瞬占用的时间很短？小 V 想着这些，一头扎入了夜幕。

F 四诊

老枪他们考完了最后一场，见小 V 还没有醒过来，心里急了。“都已经三天了，还没有好转，按理说给他服用的安眠药剂量现在也该过效了，怎么还没有醒过来？”，大胖嘟囔着，“要是他永远都醒不过来我们岂不是完了？”

“我们得去问问这是怎么回事，可不能这么不明不白让他送了命。”老枪拿定了主意，径直冲进了医生所在的办公室，“你怎么治的小 V，直到现在都还没有醒过来，你不是说很快就可以好吗？”

医生：“这个关不了我的事，你们不是说给他喂了安眠药吗？那种剂量肯定是要出问题的。”

“可是你说了保证没事。”大胖提高嗓门补充道。

医生：“那时你们也没有说真实的情况啊。”

老枪指着医生的鼻子大声骂道：“什么真实的情况，一群没用的医生，装腔作势糊弄人！”周围的病人望着这边。医生急了：“说清楚，莫冤枉人！”

“他要是出问题了，要你们好看！”老枪义正词严，毫不退让，有大干一番的势头。

胡光灵机一动，拉住老枪，对着老枪耳朵悄声说道：“不要忘了我们也是理亏的啊，大家各退一步，想办法救救小V才是最紧要的。”

医生见他们放缓了声讨，心想他们是意识到理亏了，便壮了壮胆，把他们叫到办公室，关上门，说道：“现在他已经病入膏肓了，要是送到大医院肯定你们也没有钱，他的父亲又打不通电话，学校也叫不来人，你们说怎么办吧，要不就听我一言？”

医生心里很清楚，小V服的安眠药是假药，小V本也没病，只是不知道怎么一直没有醒过来，难道真的是中邪了？小V听着他们的话，想张开嘴告诉他们，“我就是想睡会，马上就好了”，可是怎么也动弹不得。此时谁也不知道小V为何长眠不醒。

老枪三人按计划向学校报告了小V的病情，虚构小V是为情所困，买安眠药准备自杀，幸好他们发现得及时，保住了小V的性命。

G 审判

小V仍旧在他的世界遨游，此时已经是第四天了。小V走在校外的一条路上，那里有各种摊点和店面，可以满足各个地方的人的口味。他走进经常去的一个川菜馆，想去吃点东西。老板走过来拍着小V的肩头：“老乡，今天要吃点啥？”小V望着墙上的菜谱：“我也不知道，随便来点吧。”

店主：“我这小店里可没有‘随便’那种菜啊，哈哈，兄弟点一个吧，今天全部免费，管你吃饱。”

“是吗，那我来一个——”没等他说完，旁边一个围着头巾的白衣女子接过话来：“给他来一个蛋炒饭！”小V心里咯噔一下，这声音好熟悉，她怎么知道我在想什么？正要走进去一探究竟，那人却一溜烟不见了，只留下一句话放在餐桌上：“想要吃撑的人，都要挨饿。天下乡。”

小V百思不得其解，走到了附近的天下乡餐馆。进去空无一人，店员和老板都不在，他坐在位子上，心突突地跳，坐一会又起来，又坐回去叫了几声“服务员”，没有人搭理。他想到应该是自己的妈妈带他来到这里的，润了润嗓子，试探性地喊道：“妈妈，我知道你就在这里！”

小V又惊又喜：“妈妈，真的是你？”一条红色的身影出现在他面前。端坐在凳子上。

妈妈："我们有16年零4天没有见面了。听说你从很高的地方跳了下来。"

小V："我那是在做梦。"

妈妈："你以为在梦里练习死亡，很美吗？"

小V："美吗，开始是那样认为的。可是我还没有准备好。"

妈妈："除了我之外，他们都没有准备好就死了。"小裤衩拨开门帘，探进来一个头，接过话头："其实，我也没有准备好。"

小V看了小裤衩一眼，继续对妈妈说："你准备了多久？"

妈妈："我准备了很久。"

小V："为什么不让我和你一起？"

妈妈："我知道你没有准备好。"

小V："现在死了，我还是没有准备好。"

妈妈："你终于相信自己死了。"

小V："昨天我见到了爸爸。"

妈妈："他也快死了。"

小V："我没有理他。"

妈妈："你应该理他。"

小V："他伤害了你。"

妈妈："我已经死了。"

小V："妈妈，我爱过一个女孩。"

妈妈："我知道，她已经有爱的人了。"

小V："那不影响我爱她。"

妈妈："那就爱吧。"

小V："你爱爸爸吗？"

妈妈："以前爱过，现在不爱了。"

小V："为什么？"

妈妈："死了就不想爱了，周围的人都一样，大家都已经死了，活着的人也一样，和我们没有区别。"

小V："那你怎么会想我？"

妈妈："你是我身上的肉，当你离开我身体的时候，我就开始想你。死后，更想得到那块肉来补全自己。"

妈妈，好累，我想睡会。

睡吧，孩子，我已经休息很久了。

星期天早上，老枪三人路过1楼，看到一群人围在墙边，纷纷议论着，不知是在看什么西洋把戏。走近，看见一个人，约莫是一个人，头栽在地上，像是在做一个高难度的舞蹈动作。周围的血已经干了，像座椅上刚刚刷过的漆，变成了黑色，越来越黑，盖住了眼睛。

老枪三人目睹一个人的血由红色变成黑色，怎么也不会想到身边的人会突然长眠不醒，更不会知道人在长眠之前有多少次机会练习死亡。

盲目

安徽大学/柠　蓝

他和她，就像在深夜中并列行驶的列车上的乘客，透过车窗可以看见彼此的面孔，伸出手似乎可以握在一起，甚至有种相对静止的错觉。但他们终究是奔着不同的方向去的。谁都不知道两条铁轨会在何时错开，带着各自旅人的美梦渐行渐远。

壹

正月里来什么花，先开先败，什么人手牵手走下山来。正月里什么花，先开先败，什么人手牵手走下山来；迎春花先开先败，梁山泊祝英台走下山来……

电视中放的音乐戛然而止。坐在床角的唐沂站起来摸到倪涛的手说："不要关，我还要听。"

"听什么，乱糟糟的，吵死人。"倪涛说。

"我小时候听过这首歌，好像是我们家乡那一带的民谣，继续往下听也许有我老家的消息。"

"好多歌都是这个旋律，说不定的。你还想着老家的事吗？你那么早就离开了家，没什么印象，又是一个盲女，怎么可能找得回去。"

"我记得我九岁的时候父母送我到残疾人学校，在教务处注册学籍，有个老师问我名字唐沂中的沂是长宜子孙的宜，还是怡人的怡，我爸爸对她说是沂水的沂，我们家住在沂水边上。"

"好吧，就算你知道你们家住在沂水边上，可哪个县哪个村你都不晓得，你打算一路要饭问过去吗？"

唐沂从倪涛手中抢过遥控器，重新打开电视，可那档乡土节目已经放完了，现在是广告时间，一个大腹便便的男子在屏幕上推销白酒。

外面的推拉门发出刺啦一声呻吟，暗示有人进来了。倪涛把唐沂往外搡：“客人来了，你赶紧出去工作。”

唐沂并非生来就是盲女，她小时候生病发高烧，父母带她去村卫生室看医生，那个庸医一个劲给她打青霉素，致使唐沂的视力中枢神经遭到严重破坏，视力一天天下降，直至失明。十六岁从省城的寄宿制残疾人学校毕业后，唐沂到一户姓童的人家当保姆，童家男主人是她家远房亲戚，所以给她这份工作有半收留的性质。可在童家独子童乐上大学离开以后，童家实在不需要请保姆了，但又不好意思将唐沂扫地出门，所以就把她介绍给了倪涛这个男人，让倪涛照顾她。

倪涛在临照市开了一家盲人按摩店，手下雇用了六七个按摩师和一个烧饭的阿婆。他的这家店虽然开在深巷中，但因为靠近工人住宿区，价格又便宜，所以生意还算兴隆。

每到晚上六点工地下班以后，很多劳累了一天的民工就会骑着摩托车钻进这条小巷，有直接奔着形形色色洗头房按摩房的招牌去的，也有真正想花几个钱活络筋骨的。反正到了晚上，整条小巷红光弥漫，唯独唐沂工作的这家店开的是日光灯。

来盲人按摩店的大部分是老实巴交的人，但偶尔也会碰到心术不正的顾客。

有一次店里只有一个客人，唐沂让他脱掉外套躺下来，但他却一直不听，一边嬉笑一边在唐沂身上摸来摸去。后来这个客人脱个精光躺在沙发椅上，叫唐沂用手帮他按摩那个部位。唐沂当然不干，两个人就吵了起来。窘迫无助的唐沂把身边的台灯、水桶和花盆都打翻在地，她一步步往后退，最后在墙角摸到一把金属尖的雨伞，就举起来狠命往前戳。一声惨叫之后，那个男人仓皇逃跑了。唐沂也不知道他究竟伤在哪里。

倪涛从外面办完事回来以后看见房间里一片狼藉，二话没说就用力抽了唐沂一耳光，大概是觉得还不解气，他又把跌倒的唐沂拉起来，扯着她的头发往桌角上撞。

唐沂回到自己卧室后，关上门，躲进被子里哭，同住的几个盲女过来询问原因，她也不说话。

当晚倪涛把唐沂喊到外面，向她道歉说自己没有搞清楚事情就开始打她，出手还那么重，简直不是人。

唐沂说没什么事，她现在困了，然后便推开倪涛回卧室去了。第二天她又像往常一样不知疲倦地工作起来，那件事她始终没有开口说。

唐沂和她的姐妹们每周工作六天，平时最盼望的就是周日了，因为周日不仅放假，倪涛还会带她们出去玩。当然主要是他自己想找乐子。

倪涛经常带她们去歌舞厅，叫盲人学跳舞听起来有点滑稽，但其实不存在什么问题。舞池里本来就是人撞人，灯光又暗，谁也不会在意旁边是谁。倪涛让她们自己踩着音乐的节奏扭，有时若是心情好他还会一个个手把手地教。不过他和唐沂一起跳舞的次数最多。

但唐沂每当身处舞池之中都会有种莫名的恐惧感，她害怕自己一松手，倪涛就消失不见了，然后她一个人被丢在舞池中央，忍受这嘈杂的音乐和沸反盈天的喧嚣声。

幸好，这种事还从来没发生过。

贰

唐沂一直把童乐视作她在这个城市里唯一的亲人。按照辈分唐沂是童乐的表姐，再加上她在童家照顾童乐那么多年，自然感情深厚。但自从童乐上大学之后，他们俩就再也没见过面，这也令唐沂感到十分失落。

其实童乐曾经多次来“自强”盲人按摩店找唐沂，但每次倪涛都骗他说唐沂不在，他只能悻悻而归。今年入秋之后，已经正式上班的童乐再次来到这里，唐沂恰好端着塑料盆出来倒水，他看到后直接飞奔过去抱住唐沂，也不管那盆脏水全浇在他的皮鞋上。

童乐带唐沂到市中心玩，主要是逛商场，每到一个商场，他边走边告诉唐沂哪个方位在展示什么商品，如果唐沂脸上露出感兴趣的神色，他就牵着她的手去那个区域。逛一圈下来，他给唐沂买了一条碎花棉布裙、一套韩国化妆品、一串珍珠项链和一箱牛奶。

在一座百货大楼里购物时，唐沂突然说走累了，童乐就带她到休息区坐下来，童乐买了两根冰激凌，两个人坐在椅子上边吃冷饮边聊天。

毕竟很多年没见面了，亲如姐弟的他们也产生了一定隔阂。童乐沉默了一会后，他突然开口说：“姐，我就要结婚了。”

“哦，我倒忘了乐乐已经到该成家立业的年纪了。你什么时候带那个女孩来见我。”唐沂说。

“下个月吧，在婚礼之前我要向她隆重介绍我的姐姐。”

“唉……还是算了吧。你知道我们视力残障人士是靠声音和触摸记住一个人的……”

“见面以后你可以用手摸她，静谣是个心地善良的女孩，她不会介意的。”

童乐在介绍完他的未婚妻的情况之后，揽住唐沂的肩说：“姐，现在你该说说你的事了。”

唐沂说：“我能有什么事。每天除了工作、吃饭、睡觉之外我很少有其他的活动。”

童乐说：“我上次看到了你的老板，我觉得他不像是好人。”

唐沂问："为什么这么说。"

"也没什么特别的依据，反正我就这样觉得。"

"不要瞎猜疑了。其实他对我蛮好的，只是平时脾气很暴躁。"

童乐本来还想带唐沂到游乐场玩，但唐沂说她只请了半天假，必须在天黑之前赶回去上晚班。童乐看手表上的时间也不早了，便叫了一辆出租车送她回去。

叁

十一月的时候，临照下了今年第一场雪。唐沂的残疾人优抚证也终于办了下来，每月有150元的扶助金，过去由于她没有本市的户口，所以连这么微薄的福利也享受不到。她和倪涛从民政局出来的时候，外面的雪花已变成桑叶般大小，但因为落得急已看不出原先的形状，就像电视显像管故障时出现的噪点，杂乱无序，却充满整个视野。

地上的积雪被来往的车辆碾成一层薄薄的冰壳，到处立着"雪天地滑，小心摔倒"的标牌。倪涛紧紧拉着唐沂的手，行走在这片童话般的冰雪世界里。他突然开口说："你第一次来临照的时候也是这种天气吧，我记得当时我去火车站接你，你坐的那班车晚点，到站后你又迟迟没有出现，我心里面骂了你几百遍后正准备回去，就看到一个又土又肥的女孩从车厢里走出来，而且一下车就高高举起一个牌子，搞得像要上访一样，我因为好奇特意跑近一点看，上面写的是我的名字，还是用红笔写的。"

"所以我给你留下的最初印象就是又土又肥了。"

"并非完全如此，不过当时的你真的穿得很臃肿，远远看去像个球一样，我目测你应该有100公斤左右吧。但接你回去之后我大吃一惊，因为你一进屋就开始脱外套，脱了大约有三分钟，最后我竟看到一个身材苗条的女子。真不知道你当时为什么穿那么多。"

"因为我怕冷嘛。"

"现在不怕了吗？"倪涛瞥了一眼唐沂的衣着，上半身是件薄呢质感的皮夹克，领口处露出里面的黄色毛衣，下半身则是某运动品牌的棉裤，在这种飘雪的天气多少显得单薄。

"说实话这些年我的变化真的很大，我甚至无法理解以前的自己。一个什么都看不见的人竟会产生这种感受，你一定觉得很可笑吧。"

"有一点你始终没有变。"

"是什么，愚蠢？固执？"

"不，是你对这个世界的防备。你来的第一天晚上我看你睡觉时紧紧靠着墙，床至少空出了一半的面积，你也没有垫枕头，而是一直把它抱在胸前，像一面盾牌似的。这么多年你保持这个习惯始终没有改过。”

“哦，其实我也没有刻意去做。”

倪涛突然让唐沂把手放开，接着放上去一个东西，唐沂刚碰到那个东西就“啊”地叫了一声准备把它丢掉，然而倪涛却用力握住她的手不让她丢，而且越攥越紧。

过了一会儿，倪涛说：“你看不见的这个世界就像你手心里的雪球，别以为它冷，你可以融化它的。”

唐沂至今仍记得倪涛给她留下的最初印象：自私，残忍，吝啬，温柔，大度，体贴人意……还有，不算是坏人。这些形容词放在一起似乎有种违和感，就像铜汞银铂金永远不会和硫酸发生化学反应，然而它们的确在一个人身上统一起来了。

第一天吃晚饭时，唐沂刚动了几下碗筷，便开口抱怨道：“你们这里的饭怎么煮得这么稀啊，简直是汤泡饭嘛，还有，菜里面有好多盐粒大小的颗粒，我吃得牙都痛酸了。”

坐在桌子对面的倪涛放下碗，沉默了一会，然后突然叫了起来：“你要不说我还没在意，这盘藕片炒肉里怎么有具蟑螂的尸体啊，天！那盘菜里也有。”

“你是开玩笑吧！”唐沂小心翼翼地问。

倪涛没有回答，抱着垃圾篓发出干呕的声音，一阵折腾后他抬起头说：“你还是检查一下你碗中的饭菜吧，我刚才看见你用筷子夹了一个黑乎乎的东西，不知道是不是蟑螂头。”

唐沂把自己的碗推到一边，忼然站起来说：“抱歉，我实在吃不下去了，我先回卧室了。”

这时候桌子周围爆发出一阵哄笑声，还有人用勺子把餐盘敲得叮当响，唐沂知道自己上当了，但又不好意思回座位，只好硬着头皮往前走。

因为下午刚到这里，她还没记住卧室的方位，现在她一个人站在走廊里，茫然失措，最后不由自主地顺着墙角滑倒在地，她在那坐了好久，直到走廊里响起一阵急促的脚步声。

倪涛伸手把她拉起来，然后说：“等会我帮你泡一袋方便面当晚餐，今天是你来的第一天，我暂且原谅你一次，下次你再耍耍小性子就没这么幸运了。”

唐沂“嗯”了一声。

“还有，以后记得不要当着阿婆的面说她饭菜烧得不好，她五十多岁了，好不容易找到这份差事，今天也只是偶然情况，她平时做饭烧菜都拿捏得很准。”

唐沂一个劲地点头，像是一个做错事的小姑娘。

从此以后她再也没有在倪涛面前抱怨过什么。

转眼间四年过去了，唐沂觉得倪涛待她依然像初次见面那会儿，说话时虚虚实实，总是一副不正经的姿态，而且从不推心置腹，像一个在战场上远交近攻的将军。然而唐沂的心却远远没有战场那么广阔，充其量只能算是一张旧式案台，放下笔墨纸砚之后就再无回寰之地了。

他和她，就像在深夜中并列行驶的列车上的乘客，透过车窗可以看见彼此的面孔，伸出手似乎可以握在一起，甚至有种相对静止的错觉。但他们终究是奔着不同的方向去的。谁都不知道两条铁轨会在何时错开，带着各自旅人的美梦渐行渐远。

这些道理，唐沂其实都懂，可她还年轻，还不想屈从于命运，更何况她一直都觉得，所谓命运只不过是灰心丧气者在自己脖子上套上的枷锁。

"你今年多少岁？"唐沂在给倪涛搓背的时候突然开口问他。

"为什么问我这个问题。"

"没事，就是想知道。"

"你猜。"

"我摸过你的下巴，很尖，没有多少胡茬，像是很年轻的样子，但平时听你的声音沉稳中带点沧桑的感觉，应该是见过大风大浪的人，我猜你的年龄大概在 30 岁左右。"

"差不多吧。"倪涛不置可否。

"那你结过婚了吗？"

"没有。"

"我知道了，那你一定长得很难看吧。"

倪涛差点从椅子上跳起来："你再说一遍。这条街上谁不知道涛哥我玉树临风一表人才啊，隔壁的阿兰和小雅天天说要免费陪我睡，我都没同意。"

"那为什么你到现在还找不到老婆。"

"无聊。"倪涛从口袋中掏出一只打火机，点燃夹在指缝间的香烟。

"被我说中了吧。你一定长得很难看。"

"其实……我有缺陷，我心脏不好。"

"就因为这个原因，找不到老婆？"

"嗯。"

"既然没有女人要你也没有人想娶我……我们两个结婚吧。"

"想得美。"

倪涛像鲤鱼打挺般翻了个身，把燃烧的烟头摁在唐沂的手臂上，一声尖叫之后，火光熄灭了。

夜里唐沂突然醒过来，听见外面的走廊上传来巨大的喧哗声，中间掺杂着音乐，像许多人正在那里跳舞。她大声喊上铺的阿星却无人回应，便起床披上一件棉袄，准备出去看看。然而她刚走到卧室门口，走廊里的那些声音就全部消失了。

她一个人站在真空般的黑暗中，因为害怕而不知所措。这时有人从后面握住她的手，她想叫却被立即堵住了嘴，什么音都发不出来。

“不要怕，跟我走。”那个男子说。

唐沂依稀辨认出是倪涛的声音，便任由他拉着自己往前走。他们上了楼梯，一直向上爬，最后推开了一扇门，唐沂再往前跨一步，耳边迅速被刺拉拉的风声包围，她知道他们到天台上来了。

“现在睁开眼吧。”那个温柔的声音说。

那一刻唐沂忘了自己是盲人，她抬起头看见了满天星斗，就像无数双银色眼睛缀在一只巨大孔雀的尾巴上，它们似乎也正注视着人间，不时发出一阵涟漪般的闪烁。这幅灿烂的景象唐沂自从九岁之后就再也没有看到过。然而她很快低下了头，她想看看身边这个男人。

令她失望的是她仍然什么都看不到。眼前的黑暗中有团发白的雾气，倪涛似乎就站在里面。

一直到多年以后她都相信这并不是一个梦。

肆

唐沂犹豫了很长时间，最终决定为那件事找倪涛谈谈。

“我弟弟马上就要结婚了，新房还没有买，最近他看中了一套房子，但首付款还差3万多块钱，我想帮他一把。”

“这跟我有什么关系。”倪涛坐在沙发上懒洋洋地说。

“我以前叫你给我办了一张存折，这几年的工资我基本都没拿全让你存在里面，我想现在应该超过3万元了，请你帮我取出来。”唐沂说。

“可我给你办的是定期存折，现在还没到期，取出来很不划算。”

“在这种关键时刻还计较什么划算不划算，结婚买房是人生的头等大事，不说了，给我全部取出来吧。”

“我真搞不懂你诶，你那个当医生的表弟有手有脚的，眼睛也没瞎，而且谁都知道这年头医生赚钱多么容易，到处炒房炒地皮，他不补贴你就算了，你干吗还拿多年的积蓄补贴他啊。”

“这是我的钱，我想怎么花就怎么花，只要我愿意可以随便施舍给路边的哪个乞丐。我不想再强调童乐对我的重要性，你不懂，我也不指望你懂。”

倪涛一时间找不到反驳的理由，只好一个劲地说：“麻烦，麻烦……”

唐沂很快打断了他的呓语：“把存折给我吧，我自己去取，不劳烦您了。”

回复是一阵漫长的沉默，倪涛像患了小儿麻痹症一样蜷缩在沙发上，四肢都变得僵硬，大概是为了纾解紧张的心理，他颤抖着从衣兜中取出一支香烟，但还没来得及点燃，就从他的指尖滑下去了。

过了良久，唐沂开口说：“其实你根本就没有帮我办那张存折，对不对？我早就猜到几分了，但我一直不相信你能心安理得地骗我这么多年。”

倪涛注视着唐沂无神的目光说：“对不起，我知道现在说道歉什么的已经没有意义了。希望你再相信我一次，我现在手头真的很紧，但我会想办法尽快把欠你的钱还上。”

唐沂说：“你不用道歉，也不必许诺，是我太傻，我至今都不知道你还有多少事瞒着我。童乐在市立医院上班，他上次无意中看到你最近一次体检的记录，你的一切体征都正常，根本没有所谓的心脏病，我想不通为什么连这样的细节你都要骗我，说谎会上瘾吗？”

唐沂弯腰拾起放在沙发边的拐杖，准备出去，可倪涛突然站起来拉住她的手说：“等一下，我要告诉你真相。”觉察到唐沂的反抗，他又补充一句：“用不了多长时间的。”

唐沂用力甩开倪涛的手，急促地向前走了几步，在快要消失在走廊尽头前，她停了一下，回过头说：“谢谢你这么多年的照顾，我要走了，希望你以后好好活着。”

房间里电压不稳，明灭的灯光筛落在倪涛的脸上，分割出险峰与峡谷。他绝望地伸出手，指节弯曲的姿势像在做一个饱含深情的许诺，然而他要对之许诺的人，已经消失不见了。

唐沂离开“自强”盲人按摩店之后，打车去了童乐那里。童乐目前和未婚妻住在一间狭小的单位公寓里，居住空间并不宽裕，但他们还是对唐沂的到来感到真心欢喜，硬是在10平米的卧室里给她搭了一张钢丝床。

第二天童乐提出送她回去拿行李，这样就可以安定地住上一段时间，唐沂同意了。他们约好在拿行李的过程中如果遇到什么不好的情况，唐沂只要喊一声，童乐马上冲进去。

唐沂推开那扇熟悉的玻璃门之后，发觉有点不对劲，店里静悄悄的，像是不在营业中，往常即使没有顾客，几个新来的女孩也会在店里打打闹闹的，不可能这么安静。唐沂正疑惑着往里走，耳边突然响起了倪涛的声音。

“我等你一夜了，整整一夜我都在担心你是不是永远不回来了。”

唐沂没有回话，继续往前走，倪涛站起来紧紧跟在她后面，像机器人一般不停重复道："留下来吧，再给我一次机会。"

唐沂走进自己的卧室，把行李箱从床底拉出来，开始往里面放东西。她在这里住了几年时间，每个角落都非常熟悉，再加上她的私人物品并不多，所以很快便收拾好了。当她准备把最后一件针织T恤也塞进箱子里时，倪涛突然从后面抱住她，几乎是贴在她的耳根上说："不要走了，我们……结婚吧。"

伍

唐沂最终选择了留下来，她不知道究竟是因为那句话，还是因为自己从一开始就没有离开的勇气。伤春悲秋的人说，蜗牛时刻把家驮在背上，走到哪里，家就在哪里，可是他们不想，蜗牛纵其一生能走多远，它们的天涯可能只是一座花园的距离。

因为阿婆在洗澡时崴了脚，所以早上去买菜的任务临时交给了倪涛。倪涛当然不肯一个人去，硬是把唐沂从暖被窝中拉了出来。

菜市场在几条街道之外，等他们边走边跑赶到地点，身上已出了一层汗，很不舒服，但谁也不敢把厚重的棉衣脱下来，这个时节容易感冒。

途中两个人经过一座天桥，在走到天桥正中间时，唐沂突然停了下来，趴在栏杆上，倪涛问她怎么了，她也不回答。

过了一会儿，唐沂说："我不知道，站在这里有种奇怪的感觉，感觉一切东西都可能离开我，不，是随时可能离开我。你听，这风即使再轻再弱，也不会选择停下来，红灯亮后，下面的车会争先恐后地涌向不同的方向，还有那声音，刚才那个吵着买红薯的小孩跑哪去了？天上的飞机呢，半分钟前还能听到它的轰鸣声。我没猜错，它们都离开了，谁都不会留恋这里。"

倪涛说："我不还在你身边吗，我哪也没去啊。"

"我以前偷偷摸过你的五官，并非长寿之相。"

"你放心，在我咽气前一秒都会牢牢抓着你的手，像戏里唱的，陪君醉饮三千场，不诉离伤。"

"如果有一天你在外面出车祸死了呢。"

"别没事咒我。"倪涛捏了捏唐沂的脸蛋说："我冻得眼泪都要出来了，快点下去吧。"

离除夕还有一个星期的时候，倪涛突然消失了，接连几天没到店里来，打电话也联系不上，音讯全无。这时候，"自强"盲人按摩店的员工基本上都被家人接回去过节了，只剩唐沂和另一个无家可归的女孩还守在这里。

唐沂又气又恨，原本打算在春节之前试婚纱拍结婚照的计划完全落空了，更令她担心的是倪涛还会不会回来。

有天院子里突然传来急促的狗吠声，她以为是倪涛回来了，便匆忙出去迎接，没想到来了一群自称是便衣警察的人，他们进屋子以后挨个房间开门搜查，忙活了半天，最后大概是一无所获，把唐沂叫去问事情。倪涛最近一段时间回来过吗，一个年长的警察问她。

唐沂摇了摇头，反问道倪涛发生了什么事吗？

那个警官告诉她，倪涛已被检方指控为一起电信诈骗案的主犯，通缉令即将发出，具体情况则不便透露。末了，大概是觉得她可怜又提醒道，这套房子是倪涛名下的唯一大宗财产，不久之后法院可能会派人来查封，她最好提前做好准备。

除夕前一天，唐沂拖着行李箱离开了紫金巷，她知道这次是真的永远不会回来了。她坐在颠簸不定的公交车上，想到自己在命运面前抗争了那么久，最终免不了孑然一身地回到原点，不禁暗然失语。过去的岁月里飘满了朝露泡影，在日光下幻化出各种美丽的模样，诱人至极，然而无论哪一个都是她无法拾起的梦。美梦，春梦，南柯梦，黄粱梦，春秋大梦，现在都已经到头了，生活像退潮后的沙滩，只留下一片莽榛的遗迹。

唐沂觉察到手提包里有一样东西在嗡嗡地振动，犹疑了半天，她才想起来那是倪涛刚给她买的手机，这是它在广阔世间第一次响起来。

唐沂让邻座的学生帮她按了按接听键，然后匆忙举起手机放在耳边。

电话那头传来一阵狐疑的男音：“请问是唐沂小姐吗？”

虽然那嗓音被刻意压低了，低得极不自然，但唐沂还是立刻分辨出了说话者是谁。

“你在哪，我去找你。”

“我在一个很远的地方……以后还是不要见面了吧。我给你打这个电话是想告诉你，我知道你老家在哪里，我曾经去过一次，但因为害怕你偷偷跑回去所以我一直没告诉你，我现在跟你说，你记下来，你家在沂南县堰口镇平沙村 2 组，进了村以后你应该能凭记忆找得到。你母亲前些年因为肺癌去世了，你父亲还住在老屋里，他很想你，这些年他之所以没去找你是因为他要照顾你多病的母亲和上学的弟弟，现在你母亲去世了，唯一的弟弟也出去打工了，他希望你回到他身边。”

唐沂忍住没哭出声来，她说：“我们一起回去吧。”

那头短暂沉默了一会，但终究还是做出了回答：“对不起，唐沂，我不可能和你结婚了，那个承诺算我又骗你一次吧——我不记得骗你多少次了，逐一道歉的话可能要说到明天了。我临走的时候在你行李箱最外侧一层里放了一个鞋盒，鞋盒里装了五万块钱，是我欠你的，也是你应该得到的。你可以拿着这笔钱在老家做个小生意之类的，如果将来你遇到一个爱你且值得你爱的男人的话，就和他结婚吧。在过去闲暇的时候，我已经帮你规划好了今后的人生，但现在想想，我真的没有资格这样做，你会有自己的生活。唐沂……你在听吗，还有最后一句话。”

还有最后一句话。

可唐沂没有继续听，她把手机慢慢放下来，丢在座位上。那句话是什么都已经没有意义了。公交车内的广播突然发出即将到达终点站的通知，她心头一惊，不知道自己现在在什么地方，也不知道究竟错过了多少站。然而她实在没有非去不可的地方。

或许这些也不重要，重要的是下车的时间到了。

偷柚子的孩子

凯里学院/丁　立

多年以后，他们再聚首，准会想起多年前那个月光皎洁的夜晚。村庄沉浸在寂静之中，狗儿贴着地面打鼾，猫儿眯着眼熟睡了，老鼠在暗处爬来爬去。草丛中虫子的低鸣，使得村庄越发安静。月光惨白，把整个天空都照亮了；路面上斑驳的树影，如同在画纸上。金灿灿的稻谷中，有三个小孩蹲在那里，小眼睛睁得鼓鼓的，头低低压着，轻轻地喘着气，小心脏咚咚跳个不停。

田埂上，有一棵高大的柚子树，黄澄澄的柚子，散发出迷人的清香。三个小孩，痴痴地望着诱人的柚子，谁也没有勇气立起身来，朝柚子树走去。美味近在眼前，他们却退缩了。

远处郁郁葱葱的树林中，不时传来鸟儿拍打翅膀的声响；称职的狗吠叫几声，作为回应；别的狗也会跟着吠叫，然后一切又归于平静。每当狗吠叫的时候，他们总是紧紧地贴着地面，一动不动，仿佛把自己当成泥土，和大地混为一体。

夜更深，四周更静，月光越发明亮，斑驳的树影越发清晰，柚子在月光下闪闪发光，娇滴滴的，越发诱人。这样的夜晚，多么祥和，多么美妙。而他们的心弦却绷得紧紧的，颤动着；血液在乱窜，仿佛有什么东西在搅和。

“海春，你去!”说话的是个大个子，他身体结实，锅盖头，脸上有一股痞气，难得的机灵鬼。他最爱怂恿别人，喜欢做弱者的保护人。在这三个准备行窃的孩子中，他是精神领袖。他的小名叫二虎。

“我不去，我害怕!”海春哀求道。他个子矮小，身形瘦削，小脑袋上留着齐刘海，两扇大耳朵夸张地插在脑袋上，活像一幅漫画。他是个秀气的孩子，总被人使唤，扮演出头鸟、炮灰和枪子的角色。

“怕什么？快去!”二虎朝他屁股上踢了一脚，用力把他抬起来，往前推。海春像个死人一样，死死地摊在湿漉漉的地面上，稻谷被压倒一片。他撒娇地啜泣着，装得可怜兮兮的。

“老二，你去！”二虎厉声说道。

“天色还早，再等等。等人们都熟睡了，那时再去也不迟。”老二是个淘气的孩子，浓眉大眼，酷爱惹是生非，胆子大，脸皮厚，癞皮狗，有点小聪明。蹲在阴暗处，紧挨着高高的田埂。

“怕死鬼，明天要你们好看！……”二虎嘀咕了一阵，挽了挽衣袖，准备去爬柚子树。在这样的场合，他的地位、自尊和威信，要求他亲自出马。他的心头也是虚的，不过，他不能表现出来，不然，他会被人笑话的，他的面子也挂不住。

“有人来了！”海春尖声说道。

“在哪里？”二虎连忙趴下，压倒一片稻谷，轻声问道。

“楠木树底下，有人打电筒。”他发现了敌情，觉得自己立了功，弥补了之前的胆怯，得意扬扬指着远处。

远处的楠木树底下，有一个暗影，风尘仆仆地朝村口走开，电筒发出一束暗黄的灯光，灯光由远及近，人影越来越清晰。这样明亮的夜，其实是用不着打手电筒的。这个季节，夜里蛇多，谨慎的人，上了年龄的人，走夜路都会多留一个心眼儿。倒是这三个淘气的孩子，胆大包天，管他有什么潜在的危险。

他们重新躺下去，背紧紧地贴着地面，屏住呼吸，脖子硬邦邦地抻着，头偏向路边，眼睛发光，静静地盯着人影。

“是木匠，这个老不死的，爱揪我的耳朵，有一天，我会叫他好看的。”海春愤愤说道，以显示自己无所畏忌。

“他也爱占我的便宜。明晚去偷他家的蒜薹。”老二压低声音说。

“嘘！”

木匠快到眼前了，二虎示意他们不要说话，大意不得。要是暴露，就前功尽弃了。木匠是个胆小鬼，走夜路的时候，健步如飞，发出响亮的声音，呼吸声也大，仿佛是在虚张声势；两只眼睛睁得大大的，只盯着路看；夜如白昼，他偏要打手电筒，这不符合他吝啬的习惯。大概在他的心里，鬼神都怕声响和光吧！

他自顾赶路，目不斜视。

如果他稍微留心一点，就可以看到他这片心爱的稻田里藏着三个该死的坏孩子。他们的隐藏术并不高明，稻谷被压倒一片，身体暴露在月光下。田埂离路边也不远。只要往那里投去一瞥，便可以把三个讨嫌鬼揪出来。

木匠一心往家赶，哪里可能注意到田里蛰伏三个小毛贼。木匠从前面走过的时候，他们简直吓破了胆，没了呼吸，浑身发抖；咚咚的心跳声胜过了木匠的脚步声和呼吸声。木匠朝稻田里吐一口口水，刚好吐到二虎的嘴角。口水中含有令人作呕的烟渣味，他差点打了个喷嚏。木匠蹲下来……他们胆战心惊到极点，脑子一片空白，眼前模糊，仿佛失去了意识……木匠系好鞋带，起身就走，什么也没有察觉……要是不急着往家赶，他准会站住，好好瞧一瞧他那片黄灿灿的稻谷。

还好有惊无险，虚惊一场，木匠没有发现他们；他们是安全的，没有暴露。要是他们不是在偷摘柚子，而是在捉迷藏，他们一定会捉弄他一番。捉弄人，是他们乐此不疲的强项。木匠进了村庄，惊醒了一条狗，几声狗吠后，村庄又陷入寂静之中。

现在是午夜，一切都沉睡了。

他们站起身来，明目张胆地爬上柚子树。把摘下来的柚子，往田埂边干涸的水沟里扔，沟底有一层厚厚的软泥，柚子砸到软泥上，发出轻微沉闷的声响，陷入软泥里，动弹不得。

柚子一个一个往下掉，仿佛是砸在他们兴奋的神经上，他们欣喜若狂。成熟的让人垂涎欲滴的柚子，白天得不到，夜晚可以得到。没有什么是他们得不到的，他们几乎得意忘形了。这是一次愉快的冒险，既刺激又惊险。

“哎呀妈哟，痛死我了!”稻田里先是传来一声巨大的声响，犹如一块大石头砸在地上，接着又是一阵呻吟。

“怎么回事?”二虎压低嗓门问道，这时他在柚子最密集的树梢。

“海春掉下去了。”

海春踩到干枯的枝丫，然后就掉下去了，胸口被柚子刺划出一道血淋淋的伤口。着地的瞬间，胸口砸到一个拳头般大小的石头上，他至少有十来秒钟是停止呼吸的。

“没事吧?”二虎问道。

“没事，好得很!”海春回道。

为了证明没事，他双手把一个很大的柚子举过头顶，手舞足蹈。“哈哈，没事，没事……就蹭破点皮……我摘到柚子了……我有柚子了……柚子万岁……”他不服气，挣扎着爬上柚子树。不过，他又下了柚子树，胸口痛不可当，瘦弱的身体在微风中瑟瑟发抖。他现在的职责是边打望边把柚子捡进白色的蛇皮口袋。

人倒霉的时候，喝水都塞牙缝，放个屁都砸脚后跟。他弯身捡柚子的时候，树上一个滚圆结实的柚子，重重地砸在后脑勺上，他几乎晕了过去。

“老天爷！这是哪股水发了呀?”他哀叹道，眼泪夺眶而出，小声哭了起来。

“快点捡！多耽误一分钟，就多一分危险。”二虎命令道。

“叫老二下来和我一起捡!”他生气地说道。

“老二，你下去帮忙!”

“嗯，好!”

二虎从树上下来的时候，两只白色的蛇皮袋已经装得满满的。望着奋战半夜得来的战利品，他们得意地笑了。他们来到河边，清洗柚子，然后分成三等份，每人一份。

海春从柚子树上摔下来，受了伤，他希望多分得几个柚子。分完柚子后，他闷闷不乐。老二耍了小聪明，在田埂里藏了几个柚子，心中窃喜。二虎分得的柚子又大又圆，自然是高兴不已。

“这不公平，我不干！”他暗自想着，嬉笑着说：“你们每人再给我一个柚子嘛！你们看，我胸口都受伤了，脑袋又被柚子砸出个大包。”

二人不高兴地看了他一眼，相视一笑，扛起柚子就走，把他留在河边。他赶到前面，口中抱怨，他要去告状。他们则威胁他，要是去告状，就打掉他的门牙。

似乎老二藏柚子的事儿，得到了二虎的默许。当老二建议再去稻田捡漏的时候，二虎会意地笑了。现在规则变了，谁捡到就是谁的。海春更是觉得吃了亏，心里更加愤愤不平。

翌日黎明，天际麻乎乎亮，夜色还没有完全褪去，田野里传来一阵吵人的辱骂声。人们纷纷起床，出来看个究竟。

木匠的婆娘，早晨起来到菜园子摘菜，见柚子被偷，稻谷被压，气得半死。她脸色发青，怒眼圆睁，声嘶力竭地骂着，骂人的字眼极其难听。月英本来就是个既吝啬又尖酸刻薄的长舌妇，这回找到了骂人的由头，她把她这些年攒的骂人的话一股脑儿地倾泻出来。她漫无目的地大声骂着，人们听不下去了，纷纷摇头，关上了门。

木匠听说柚子被偷，稻谷被压，慌忙起来去稻田查看一番。从脚印来判断，偷柚子的应该是三个孩子。于是他想到了二虎、老二和海春，这三个孩子是最顽皮最淘气的，一分钟也闲不住，总能干出一些匪夷所思的事情来。

他径直来到二虎家。二虎听到骂声的时候就醒了，他故意装作睡得死死的，竖起耳朵，判断事态的发展。木匠说明来意，他爹说不可能，孩子睡得早，半夜也没见孩子出门。他妈把二虎从床上叫起来，问他偷柚子没有，他说没有。

“你出来，我要和你当面对质。”木匠朝屋里大声吼道。他爹有点溺爱孩子，不高兴地走开了。他妈虽然不高兴，可是没得办法，木木地站在一旁，一句话不说。

二虎从屋里出来，站在门框里，一脸茫然，睡眼惺忪的样子，这是他装出来的，这种事情是万万不能承认的，他已经做好了耍赖的准备。

“怎么了?”他揉了揉眼睛，懒洋洋地问道。

“怎么了？死狗日的，你比电视里的人还会装！”木匠声色俱厉，大声喝道。

二虎气坏了，往屋里走去。

“站住！”

“你想怎么样?”二虎大声嚷道。他想从气势上压倒对方，他非常心虚，毕竟这件事情是他一手策划的，他是主谋。

“今天不把事情交代清楚，你下不了台。”木匠针锋相对，非常气愤，说话的时候，食指指着二虎，上下晃动。

“交代什么？我什么也没干！”

“还装，我问你，昨天晚上，你去哪里了？”

“哪里也没去，在家里睡觉。”

“对，他哪里也没去，在家里睡觉。”他妈在一旁帮腔，她不相信自己的孩子会干出这样的事情来。即使干了这样的事情，作为母亲，也会偏袒自己的孩子的。

“柚子是不是你们偷的？”

“放屁，你家那破柚子，老子才不稀罕呢！吝啬鬼，铁公鸡！”

木匠和他婆娘月英，这老两口子的吝啬是出了名的，村里的人都不怎么待见他们。在农村，一般哪家有李子、梨子什么的，要是熟了的话，别人是可以去摘几个吃的，这算不了什么。可是，这两口子吝啬成性，吃不了一丁点儿亏，别人要是去摘他家的柚子，这两口子嘴上不说什么，心里却着实万般痛恨，一回到家里，絮絮叨叨，准会把别人数落一番，把他们所有不光彩的事情拿出来比对，说到气处，就破口大骂。

木匠眼睛都气绿了，跳上去撕二虎的嘴巴，二虎痛苦地挣扎着，对木匠拳打脚踢。他妈上去把木匠的手拖开，并好心地说道：“孩子不懂事，孩子犯错了，作为大人，口头教育一番就是了，不要打孩子。打出个好歹来，对大家都不好。”

“该打，就要打。你不打，他不长记性，还要去做坏事。从小偷针，长大偷金。这种手脚，惯不得。”木匠声色俱厉说道。

“说我偷柚子，拿出证据来。”

“你鞋上的黄泥巴就是证据！”

“你以为就你家的稻田里，才有黄泥巴吗？”

二虎挣脱开后，跑到远处，捡了一块石头，使尽全身力气朝木匠扔来，木匠身体一闪，躲开了。他要去追二虎，抓着他再锤他一顿。二虎边跑边捡石头向木匠扔。木匠哪里跑得过孩子，最后不得不作罢，只是一个劲儿地骂。

月英的气性大，她独自坐在自家的门槛上，骂解气了才开始干活。她在菜园子里看见了新鲜的柚子皮，应该是夜里剥了扔进来的。她家的菜园子离海春家最近，就隔着一排牛栏和一堵篱笆。她觉得这柚子皮是海春夜里扔的。可是她猜错了，这些柚子皮是老二扔的。

他们分开之后，老二小心翼翼回到家里，把分得的柚子藏进牛栏上的谷草里。他爬上牛栏边上一根大的构树，剥了一个大柚子，美滋滋地吃过之后，把柚子皮扔进木匠家的菜园子里。为了引导木匠，他顺着篱笆扔了一个柚子到海春家的阳沟里。阳沟边上有一堆木柴，海春经常拿来藏东西。他推断，海春肯定会把偷来的柚子藏在那里。

这样一来，木匠就会怀疑到海春身上。顺藤摸瓜，他就能找到藏在柴堆的柚子，自然而然，海春成了替罪羊。因为二虎是死活不承认的；老二家一家人都精明透顶，木匠斗不过他家，拿他们没有办法；唯独海春家一家人都老实，管孩子又严，海春惹了事情，无论理亏不理亏，他爹都要好好教训他一顿。最终木匠拣软柿子捏，跟海春家翻脸，把柚子没收，而且还要赔偿被压坏的稻谷。老二想当然地认为，海春不敢把他们两个同伙供出来。

她看到柚子皮，怒气又涌上心头，又断断续续骂了一阵。她翻过篱笆，来到牛栏边，在阳沟里找到一个柚子，左看右看，终于在柴堆里发现了偷来的柚子，柚子上粘有未洗净的黄色的鲜泥。她气势汹汹地来到海春家的门口，门是紧锁的，大人都上山干活去了，而海春去了老二家，他要确定他们今天早上去哪里放牛。

她不动声色，回到家里，等木匠从山上回来。

这三个偷柚子的孩子，朋比为奸，形影不离。他们在大洞门放牛，今天在这里放牛的只有他们三个。毫无疑问，他们都带来了昨晚的战利品，而且吃了个饱，柚子皮堆成了山。

他们赶牛上山的时候，村子里差不多已经空无一人，人们上山干活去了。但是，木匠的婆娘没有上山，她从菜园子回来，爬上楼阁，暗中观察这三个经常作怪的臭小子。她没有读过书，也不比别人精明，她是没有这等智慧的，这是木匠上山干活前交代她这样做的。

三个孩子大摇大摆地抱着柚子，走在牛群的后面。月英看在眼里，痛在心里。“坏胚子，终于露出狐狸尾巴了，三个没有家教的恶狗……”直到骂解恨了，她才从楼阁上下来。不知是由于找到了盗贼而得意忘形，还是由于趴得太久而致使脑袋缺氧，下楼的时候，她的脚踩空了，差点从空中摔下来，楼梯上的钉子，在她的大腿上划出一道血淋淋的口子。鲜血能夸大仇恨，她心里痛恨到极点，她必须狠狠地惩罚偷盗这种行为，而她唯一的武器就是那张利索的嘴巴。

她又去老二和二虎家，找到藏放柚子的地方。她气得发疯，又呢呢喃喃乱骂一通。她来到稻田里，把压倒的稻谷扶起来，用木棒支撑着。

他们烧毁掉柚子皮，并且感到心满意足。他们相互约定，无论谁被抓住，都不能出卖同伴。如果谁出卖自己人，他就会被揍！这是一个圈套，专门为海春设的。因为这件事情，必须要有一个替罪羊才能平息下来。

中午时分，他们回到家里，村子里跟往常一样，非常平静，房顶炊烟袅袅，人们在烧火做饭。不过，他们心里还是有点害怕，心里咚咚地跳个不停。

吃过饭后，木匠和他婆娘盛气凌人，首先来到海春家。海春的后背直发凉，肢体在抽搐，他战战兢兢，失魂落魄，鬼使神差地跑到柴堆里面藏起来，和柚子藏在一起。

“海春呢？”木匠大声问道，“叫他出来，我有事要问他。”

“什么事呀？大伯。”他爹问道。

“还能有什么事？你去柚子树上看看，柚子都被偷光了，稻谷也被糟蹋了一大片。你儿子干的好事！”他非常生气，说话的时候，脸涨得通红。

“这不可能，我们家海春非常听话，我们也管得严，这孩子手脚干净得很，不可能去偷你家柚子。”他爹和蔼地说道。

“还狡辩，柚子就藏在阳沟后边的柴堆里。”月英说道。

“你去看看！”他爹对正在洗碗的婆娘说道。

“来，坐！”他搬来凳子，叫他们坐下，同时递过一支烟，木匠也不客气，接过烟坐在那里抽起来。

不一会儿，阳沟后边传来一阵惊叫声、打骂声。他娘看到儿子和柚子藏在一起，气得差点晕过去，抓起海春就是一顿暴打。他大声哭泣着，在地上打滚，满地找牙。他爹脸色突然就变了，羞羞地低着头，脸辣乎乎的，仿佛被泼了辣椒水，一句话也不说。他娘把他拖到木匠两口子面前，跪着向他们赔不是。海春挣扎着，死活不肯跪下，泣不成声，嘴唇都乌了。他说是二虎和老二威胁他跟他们一起去偷柚子的。木匠的心软了下来，生气地离开了。

他们来到老二家。起先，他死活不承认自己偷了柚子，然而当柚子被搜出来时，他还想抵赖，说他并没有爬上柚子树，他只负责在下面捡柚子。柚子是海春爬上去打的，他还从树上摔了下来，胸口被划伤了，要是不信，你们可以去看看他的胸口有没有伤口。当问及二虎是否也参与这事时，他低着头，顾左右而言他。他爹是那种护犊子的主儿，处处维护自己的孩子，甚至还有点得意，他觉得自己的儿子，脑瓜子聪明，脑筋转得快，将来在社会上肯定不会吃亏。

“你想吃柚子，跟我说声就是了，摘几个柚子，不算什么。可是你不能去偷呀，这是在学坏，要不得。手脚不干净，将来无法在社会上混，准会出大问题。”

“哎呀，我说木匠，孩子就是这样，他们的心眼儿不坏，就是嘴馋！再说，谁小时候没有干个这种事呢？你小时候还偷过土豆呢，这一点，我可是记得清清楚楚。你老爹满山坡追着你打……”

木匠有点不甘心就这样被说服，继续说道：“偷几个柚子不算什么，关键是把稻谷压倒一大片，今年大旱，就那块稻田有点收成……”他仿佛是在自言自语，见人家脸上全是不欢迎的表情，他们老两口识趣地离开……

“木匠，坐会儿再走！”老二的爹大声说道，仿佛在炫耀木匠斗不过他。

两口子头也没回，也没有搭理，骂骂咧咧地去了二虎家。他婆娘的脸色难看极了，可是又有什么办法呢！她腿上的伤口隐隐作痛，她只能哀叹，自己无用，又嫁了个无能的男人。

“铁公鸡，又上门讨食来了。”二虎骂道。

“狗崽子，没得家教，不知羞耻。枉你还是个读书郎，我看你读的是望天书!”

“你想怎样?”

“要横是不是？小兔崽子，我会教你心服口服的，看你能横到几时?”他强拽着二虎，朝狗窝里走去。二虎对他拳打脚踢，极力想挣脱，奈何他年幼，没有那个牛力气。他们找出藏在狗窝后面垰垰里的柚子，二虎更加气愤了，他就是个小霸王，凡是他想要的东西，都应该属于自己。

“不是我偷的，我只负责在下面捡。”他的态度软了几分。

“鸭子死了，嘴壳子还硬。不要狡辩了，狗崽子，你还嫩着呢!”

“走，我们去稻田里看看，偷柚子也就算了，看把我那点稻谷糟蹋成什么样了?”他拖起二虎就走。说到心爱的稻谷，他怒气冲天。

“我不去，不去!”他极力挣扎着，屁股往下蹲，坐在了地上，就是不站起来。木匠气急败坏，拖着他在地面上滑了一段路。孩子皮肤嫩，二虎的屁股被地上的砂石刮得血肉模糊，辣乎乎地疼。

“铁公鸡，我杀了你。”他的屁股疼痛极了，撕心裂肺喊道，一只手捡起了路边一块拳头大小的石头，朝木匠扔去。他来不及躲闪，石头砸在了脸上，不一会儿，左脸肿了，眼睑也肿了，活像被马蜂蜇了。左眼视线模糊，看不清东西。他更加愤怒了，大声地骂着，难听的字眼一个一个往外蹦。他的婆娘狠狠地给了二虎几个大耳光，打得他晕头转向，两眼直冒金星。

“这件事情不能就这样算了，拼了老命，我也要讨个说法。他们必须给我一个交代。”

木匠强拉硬拽，把三个孩子聚在了柚子树下，让他们背朝柚子树跪着，面朝着稻田。他手里拿了一根竹枝，谁要是不跪，或是动一下，他就棍棒伺候。火辣辣的太阳晒着三个孩子，汗水从脸上往下淌，咸咸的汗水浸到眼里，扎得眼睛生疼。他们跪在那里，木匠在树荫下眯着眼睛监视，他们不敢拭去汗水，他们确信木匠这头老公牛是真被激怒了，什么事情都干得出来。

“什么时候认错，什么时候放你们。”他恶狠狠地说道，“我要让你们长长教训，不能让你们这样无法无天。你们是人，不是畜生。你们不能这样肆无忌惮，为所欲为，你们必须有所畏惧。”

他们面无表情地跪着，怒气冲冲地瞪着木匠，喘着怒气，心里乱骂着。他们也只能暗骂了，他们的家人不来看他们，也不来把他们领走。他们真的害怕了，认识到犯错了。

“我错了，我错了，我再也不偷柚子了。”海春最先认错，他本来就是个柔弱的孩子，认错之后，心理防线就崩溃了，哇哇地大哭起来。

“好，好！认错就好，浪子回头金不换，知错能改，善莫大焉。你起来吧!”

海春站起来之后，他的同伴恶狠狠地看了看他，仿佛在说，等着吧，怕死鬼，我们会揍你一顿的。他不管这些，低着头往家里跑去。

太阳越来越大，他们被晒得汗流浃背，脸上辣乎乎地痛，膝盖痛得要命，仿佛针扎一般，浑身不舒服，好似有千万条虫子在爬。地上跪出了一个窝，膝盖都陷进去了。

他们试着挪动一下膝盖。木匠用力地挥一下手臂，竹枝凌空打将下来，发出嘶嘶的刺耳声，竹枝打在高高的杂草上，杂草拦腰折断。他们本能地高耸肩膀，把脸缩进肩膀里，身体颤抖着，魂都被惊没了。

“小毛贼，跪好！再动一下，竹枝就会落在你们的身上，非打得你们皮开肉绽。”他轻微地说道。他的脸更加肿胀，脸皮绷得紧紧的，肿胀的地方是青色的，恐怕已经灌脓。左眼已经完全看不清物体，瞎了一般。他现在说话有点吃力，嘴唇翕动的时候，面部就阵痛不已。疼痛感能够刺激人的仇恨，他用一只眼恶狠狠地看着他们，看他们能够犟到什么时候。

“我认错，我再也不偷柚子了。”老二也屈服了，他站起来就跑了。木匠想问些什么，他已经跑远了。

“兔崽子！低个头，认个错，老子就饶了你。”

“嘿嘿！”二虎一副嬉皮笑脸的样子。他想认错，可是放不下面子。

他们僵持着，木匠不时用右眼瞟他一眼，那眼神仿佛在说：“走着瞧吧，老子今天舍下一天的活儿，跟你死磕到底。”

“怎么，还不认错吗？”

这时，已经有好几个孩子站在那里看热闹。有些大人从路边走过时，也说一些义愤填膺的话。他已经是过街老鼠，人人喊打了。他一个人在那里跪着，态度完全软了下来，只是找不到合适的台阶下。他想认错，可是话在心口难开。

他有时做出委屈的表情，木匠完全不去理会，面无表情坐在树荫下，摆弄手里的竹枝。他有时嬉笑着看着木匠，木匠装着冷漠的样子，心里却在发笑，似乎两个人已经把仇恨抛到九霄云外去了。

“喂，我错了。”他难为情地快速小声地说道。

“什么？”木匠装作没有听清楚。

“我错了，我可以走了吧！”他大声喊道，起身就想跑，可是被拦住了。他停了下来，愤怒地看着木匠。要是他再难为他，他肯定又要和他干一仗。

“爬上柚子树没有？”

“爬了。”

“不是没有爬上柚子树，而是在下面捡吗？”木匠反问道。

“我……”他理屈词穷，顿时语塞。

“把你们偷的柚子，一家分两个，家家都要分到。人不能吃独食。”

“知道了！”他不耐烦地大声回道，高高兴兴跑回家了。

“狗崽子，我还收拾不了你们。”木匠得意地嘀咕道，满意地坐在那里，把竹枝扔在一边，抽一袋烟后才离开。

时光荏苒，沧海桑田。10多年过去后，海春回到乡里，还有人跟他提起这段往事。他考上了大学，毕业后，在县里谋得一份体面的工作。一家人离开乡下，到城市定居，逢年过节的时候，才会回到乡下看看，走走亲戚。

时间又过了几年，清明节的时候，他回到乡下。在稻田边，他遇到一个白发苍苍的老者，他佝偻着身体，脸色惨白，拄着一根拐杖，一拐一瘸走着。海春一眼就认出眼前这个人是木匠。

“木匠，走哪里去？”

“啊？你说大声一点，人老了耳朵背……你是哪位？”

“海春。我问你去哪里？”

“啊？……海春？”他摇摇头，表示记不起来。“人老了就糊涂，颠三倒四的。”他自言自语说道。

“对，是我，我还偷过你家柚子呢！那时我还是个不懂事的小屁孩。”他指着田埂上的柚子树，大声说道。

“哦，是海春啊！我想起来了，你偷过我家的柚子。”

“对！对！我偷过你家的柚子，还跪着给你认错了。”他微笑着说道。

“单位放假，你回来挂清？”

“嗯嗯……木匠，你老了，都老成这样了。”

“老了，就剩这把骨头了。这人老得快啊！一转眼，你们就成大人了，我们怎么不老嘛！”

“儿女都孝顺吧？”

“嗯，都还挺孝顺。他们每个月都给我送钱来。”

“人老了，享福。”

“享哪门子福哦！在单位上班，那才叫享福。”他叹了口气，继续说道，“老了，没有几天好日子过了。”

“你能长命百岁哩！”

“真是长大了，懂事了，嘴巴会说话了。小时候，你是最没出息的，和你爹一样老实，老是受人欺负。但是你比他们听话，你知道认错，那时我就能看出，你比别人有出息。”

“二虎现在在干什么？”

“还能干什么，在家务农！脸朝黄土背朝天，天天在山上干活儿。一身的牛力气，倒是派上用场了。他婆娘厉害，生了三个儿子，罚不少款呢。”

“老二呢?”

“打工去了，这几年在外面找了不少钱，砖房都盖好了。来年，准备回来搞养殖，现在政策好，搞养殖赚钱。”

“他们日子过得挺好的!”

“好哪样好哦，累死累活的。还是单位上的日子好过，吃得好，穿得好，又有社会地位。在农村，有哪家的日子好过!”

“看你说的……乡下才好，山青水绿，空气好，环境也好，又不嘈杂。”

他挂完清，在稻田边又遇到木匠，他坐在柚子树下，两眼黯淡无光。柚子树已经开花，暗香浮动。

“要回去了?”

“要回去，明天要上班。”

“要是不忙，在我家过一夜再回去。”

“忙啊，必须回去。”

“柚子熟了，你来摘点去吃，能摘多少摘多少。这柚子，比城里的柚子好吃。”

“看情况吧，可能不得空。”

“到时再说，实在不得空，我叫人给你带到城里去。”

“谢您了!”

“这老头子，变大方了。别人是越老越吝啬，他却相反，越老越大方，要知道，他年轻的时候，可是个出了名的吝啬鬼呢。”他嘀咕着，慢悠悠走出村外……

原谅我不告而别

山东师范大学/宋文静

青春是个太滑稽的字眼，找不到方向却还信誓旦旦；青春是件太华丽的事情，忍不住喜乐也忍不住苦痛；青春是个情感过剩的时节，该有的、不该有的情愫，泛滥成灾。

（一）

唐豆豆第一次见到陶正轩，是在一次智力抢答的比赛现场。大学嘛，总要有这样那样的社团，搞一些“丰富多彩”的活动。唐豆豆此时已是大学二年级，对此类“智力游戏”无半点兴趣，无奈被好友拉到这里来当评委。她一边飞快地刷着手机屏幕，一边懒洋洋地看着时针慢吞吞地旋转。而陶正轩就不同了，他认真地关注着大屏幕上的智力题，嘴巴还不时嘟囔些什么，左手抚着额头一通苦思冥想，深沉得如同英国中世纪的骑士。忽然，他脸上掠过一丝恍然大悟的神情，继而又是一阵愉悦、得意，高高地举起右手，公布他的答案。

唐豆豆从这时开始注意他了。她用胳膊肘捅了捅旁边的好友齐慧慧，“那个总是第一个说出正确答案的小孩儿是大一的吧？”说罢，她冲着陶正轩的方向努努嘴。

“是啊，小师弟呢！他挺聪明的，在好多比赛中得过奖。听说也写诗歌哦，跟你一样也算是个文字爱好者。”齐慧慧望着唐豆豆一脸“垂涎三尺”的样子，坏笑道，“怎么啦，我的豆豆小姐，你这是连小师弟也不放过的节奏啊。”

唐豆豆当即一本正经地扭过头来：“谁会看上他呀！人家是老牛吃嫩草，本小姐可是喜欢成熟大叔型的。”

“好吧好吧，不跟你贫了。您这是当评委呢，态度认真一点儿，OK?”

比赛结束后，唐豆豆计算好分数后，提着包准备离开。低头看手机的空当，一个响亮的男声在她耳边轰响："师姐！"她惊魂未定地仰起头，看着跟前这个比她高出一个头的男孩子，不是陶正轩，又是谁？

她努力平复了一下受惊的心情，摆出师姐的姿态了，微笑而又不带任何感情色彩："怎么了？"

"啊，师姐，我认识你！"他依旧保持着特有的高分贝，好像是唯恐天下不知似的。而唐豆豆呢，听见他这句话，看着他脸上又激动又无邪的笑容，一时找不出合适的话来应对。

他没看出唐豆豆一脸的无语和无奈，喋喋不休起来："师姐，你不知道我可崇拜你了，经常在校报上看见你写的文章……"

唐豆豆露出一丝难得的笑容，有人崇拜总不是什么坏事情。

"而且，我看见你这个名字就感觉特亲切！"

"怎么啦？"唐豆豆饶有兴趣地问。

"我家小狗的名字就叫豆豆，你说巧不巧？"陶正轩说完还特开朗地笑出声来。

唐豆豆望了望他那一脸的真诚，用力咽了咽口水，妄图将内心升腾的怒气，连同口水一并咽下去。她这个气呀，你小子这是夸我呢还是损我呢？还给我整个欲抑先扬，你小子故意的吧！但为了保持她师姐外加淑女的姿态，做出一副宰相肚里能撑船的架势，她挑动嘴角，挤出一个微笑："我的名字的确比较特别……哦，我还有事，先走啦！"

正当唐豆豆顺利转移话题，准备开溜之际，陶正轩一个大手就抓住了唐豆豆的肩膀。唐豆豆那个恼啊，你小子在语言上占了本姑娘的便宜，现在还想劫色？看来你是不知道本姑娘的厉害啊。她转过身，刚想冲他来个排山倒海，又迎头望见陶正轩写满真诚的脸。唐豆豆感觉自己的气势犹如跑了气的热气球，一点一点弱下去，最后居然干瘪瘪地栽进干涸的谷底，连她自己也不知道为什么。

"师姐，我可不可以问一下你的手机号啊？"陶正轩说这句话的时候，满脸的局促不安。意识到自己有些"失态"后，他赶忙补充道："我想请教师姐一些写作上的问题……还有学习上的……嗯，这样联系方便些……"

唐豆豆面无表情地写下一串数字，写到最后一个数字时，脸上流过一个不可名状的笑容。

（二）

"师姐，你好！我要郑重地跟你说声对不起，我不是有意拿你的名字取笑你的，我只是见到你太激动了，一时不知道说什么才好。事后我特别后悔，怕你真生气了，所以急着跟你解释一下。我……"当天晚上，唐豆豆躺在床上悠闲地用脚画着圆圈，收到了陶正轩的信息。她边读边笑，一个字一个字地数着，最后终于忍不住笑出声来。这个男孩儿怎么这么搞笑，发个信息跟写信似的，一共写了486个字！

自此，他们慢慢熟络起来。有时候，人与人之间的关系是最难说明白的事儿，有些人整天待在一起，未必不是客客气气，相当生分；而有些人只要见过一面，便达成了熟识的协定。

他们添加了彼此的QQ和微信，从早到晚没完没了地聊天，连上个厕所都能找出话题聊半小时。那股疯狂劲儿，是他们都未曾经历过的。他们恨不得把自己所感所想所经历的东西都一一告知对方。慢慢地，他了解到她怕黑，怕鞭炮，喜欢吃酸辣粉，爱看搞笑的综艺节目。她也知道他喜欢打篮球，经常徒步旅行，热衷于一切挑战智力的比赛。

“师姐，我要考计算机了，你给我支点招儿呗！”陶正轩早已习惯用熟识的口吻跟唐豆豆讲话。

“我咋听这个师姐叫得这么别扭呢？”

“那我就喊你姐吧！”

“貌似可以。”

“那就叫豆豆姐吧……哈哈，我怎么感觉这么奇怪。”

“怎么啦？”

“你小时候有没有玩过这样一个游戏，就是小孩儿把两只手的食指贴在一起，然后再把手指挪开，嘴里还喊着逗逗飞，逗逗飞，哈哈……”陶正轩边说边在唐豆豆的手指上演示。

“你小子活得不耐烦了吧？三番五次拿我的名字取笑我！”唐豆豆边说边冲着陶正轩的胸口擂了一记重拳，“话说你还想不想要计算机资料啦？姐姐我那里可有的是呢！”

陶正轩一本正经地站在那里：“我错了。要打要骂随你便，上山下乡随你差遣。”

“人家都是上刀山下火海，你上山下乡干吗去？”

“忏悔啊。你想啊，去那地方忏悔多有意境啊。再说了，我要是上刀山下火海，你舍得吗？”

唐豆豆看着陶正轩嘴角的邪气的笑容，也没好气地笑了。

“走呗！”陶正轩拉拉唐豆豆的衣袖说。

“干吗去啊？”

“我这又惹您生气，又得求您借资料的，不得请您吃一顿啊？”陶正轩一脸的真诚，尽管是用无所谓的语气。

“那倒是！”

话说唐豆豆一口气吃了五个鸡翅、两包薯条、一个汉堡还是意犹未尽，陶正轩求饶地望着她："师姐，豆豆姐，亲姐，咱下次再来吃，可以不？你弟弟实在没带这么多钱过来呀！"

"没事儿，可以把你抵押在这里啊！"

陶正轩倒吸了一口冷气，在心里把自己骂了个狗血淋头，你丫的没带多少钱就带她来这种高档的地方吃饭，她还故意吃个没完！你丫的脑门被不锈钢门挤了吧！

唐豆豆边吃边若有所思地说："想起来了，就算把你抵押在这里，你也不值几个钱啊！"说罢，抹抹嘴，拎起包走人。

豆豆回到宿舍就开始翻箱倒柜，把大一时候的学习资料统统找出来，一一订好。她像是意识到什么似的，拨通了陶正轩的电话："你在哪儿呢？"

"我还在刚才吃饭的那家餐厅啊，钱没带够，被老板娘罚洗碗呢……哎哎，豆豆姐，先不说了，水溢出来啦！"陶正轩慌慌张张地挂断了电话。

豆豆嘿嘿笑出声来，把钱塞到他口袋里，他都不知道，真笨！豆豆继续嘿嘿地笑。

（三）

六月的天，小孩的脸，说变就变。六月的雨总是以迅雷不及掩耳之势骤然来临，其间必定伴随着狂风大作，电闪雷鸣。唐豆豆坐在自习室里焦躁地望着窗外越来越大的雨，双手合十，祈求上天可怜可怜这没带伞的孩子。百无聊赖之际，她拨通了一个熟悉的电话，对面传来熟悉的声音："怎么啦？"

"下雨了。我没带伞。"

"你问问你同学有没有带伞，跟她们一起回去。等雨稍微小点儿再走。乖。"

"你要是在，就好啦。"

"小傻瓜，我不在的时候你要好好照顾自己。待会儿早点儿回宿舍休息，用热水泡泡脚。你老是手腕儿疼，千万别沾凉水。听话哈。"

"嗯，知道啦。"

挂断电话的唐豆豆内心莫名地流过一阵又一阵的怅落，整个心情就像外面的天气一样，阴郁得化不开。她索性趴在桌子上，用脸贴着硬邦邦冷冰冰的桌面，上下眼皮搭在了一起。

陶正轩赶到唐豆豆上课的教室时，唐豆豆已然睡熟。他站在她跟前，一寸一寸地打量她熟睡的脸，长长的睫毛交织在一起，上面潮润润地氤氲着一片湿气，小嘴巴嘟起来，像是受了莫大的委屈。他看着看着，内心涌过一阵柔软而疼痛的撞击感，他忽然那么深地心疼她。当他自己发现这一点时，着实吓了一跳。

他轻轻地唤她的名字，手指触碰到她的脸颊，冷冰冰的，这也让他心疼。他凑到她耳边低语："起来啦，你在这里睡觉会着凉的！"

唐豆豆不情愿地打着哈欠伸着懒腰，心里满是温暖与感激。

结果，唐豆豆没有着凉，倒是陶正轩头痛、咳嗽不断地感冒了。豆豆把医药箱里的鼻炎药、止疼片、金嗓子，但凡与感冒沾边儿的药统统拿出来，塞给陶正轩。陶正轩操着一口浓重的鼻音，还不忘耍个贫嘴："姐呀，你把整个医务室都搬来了吧？"

"那是！你体质这么差，送个伞都能感冒了，得多吃点儿药！"唐豆豆一本正经的样子倒还真像那么回事儿。

陶正轩看到唐豆豆一本正经的样子，他也心疼。他心疼，是因为他感觉到，她在心疼他。当然，陶正轩不会就"体质差"这个问题跟唐豆豆争辩。他不会告诉她，为了知道她上课的教室，他打了多少电话，问了多少人；他不会告诉她，当他知道她被困在雨里时，他不顾一切地从宿舍往教室跑，满脑门儿的汗都顾不得擦；他不会告诉她，那把伞全用来给她遮风挡雨，冰冷的雨滴和他温热的汗水融为一体。

还有，他不会告诉她，他有多心疼她，多在乎她。

意识到一些事情的陶正轩加倍对唐豆豆好，衣食住行，事无巨细，俨然一副管家加保姆的形象。实际上，从他一开始认识并接近唐豆豆的时候，他就该想到，会有这么一天。

他每天陪她一起吃饭，一起围着校园轧马路，偶尔也一起出去逛街。他每天总能准时地出现在她的教室门口，顺势将温好的牛奶放进她的挎包。两个人在餐厅吃饭，胃口都相当好。"我一看见你就开心，所以吃得特多。"陶正轩边大口嚼着馒头，边嘿嘿笑着说。

"我可是看见你就烦得慌，所以不得不用食物来安抚我烦躁的心。"唐豆豆故作正经地说，还用了一副不以为意的语气。

陶正轩咀嚼的动作愣住了，笑容也僵在嘴角，闷闷不乐地埋头吃饭。隔了一段时间，他抬起头问唐豆豆："你真的很讨厌我吗？"

唐豆豆哭笑不得："这你都信？咦，什么时候变得这么小心眼儿了？"

陶正轩如释重负地笑了，不好意思地挠挠后脑勺，也在想自己怎么变得这么"小心眼儿"，连句玩笑话都当真。她唐豆豆的玩笑话在他这里无限放大，最后将他整个包裹起来，使他辨不清是非真假。

"你好久都没叫我师姐了哎……"唐豆豆找了个话题。

"叫师姐也太见外了吧——你想让我叫你师姐吗？"说后一句话的时候，陶正轩整个人都小心翼翼。

"叫师姐显得尊重啊……"

"那好吧……"

唐豆豆也看出陶正轩情绪的起伏，她搞不清为什么，确乎又十分清楚。一顿饭吃得不欢而散，两个人走在路上，默默无语，各怀心事。

走到教室后，唐豆豆拎起水杯去打热水，陶正轩一声不响地跟在她身后。“啊呀——”伴随着唐豆豆的一声惨叫，滚烫的热水已跃到她的手面上，尖锐而灼热的疼痛勾出她的泪水。陶正轩一把抓过她手里的水杯，溢出来的水同样灼痛了他的皮肤。“你怎么这么笨啊，快去旁边水龙头那里冲冲!”

唐豆豆憋住眼泪，跑到水龙头前，用凉水冲了一遍又一遍，冲到眼泪憋回眼眶，冲到不好意思地笑出声来。她一遍遍回味陶正轩刚刚紧张又疼惜的语调和表情，内心有种温暖的撞击感，旋即又隐隐担心起来。

冰冷的凉水麻痹了伤处，也麻痹了心。

“大小姐，你能不能快一点儿啊?”陶正轩拿着杯子不耐烦地嚷嚷。

“催什么催啊……”唐豆豆边说边往他的方向走。

“你等着，我去给你买烫伤药。”陶正轩看着唐豆豆的眼睛说。

“你看，没事啦，不用去买药。”唐豆豆说着将整个手臂都送到他面前。

“我去买，很快的!”陶正轩用不容置疑的语气说着，人已经跑到了楼梯口。

唐豆豆望着他急匆匆的背影，一时间不知道是该喜，还是该忧。愣在那里站了半天，发现刚刚憋回去的眼泪又夺眶而出，恣意在脸上蔓延。疼的吗?嗯，伤口在疼。

（四）

陶正轩周末去外地游玩，临走前，盯着唐豆豆的脸看了一遍又一遍。唐豆豆感觉到他的目光，没好气地问：“我脸上是青春痘泛滥还是玫瑰花开放啊，值得您老这般探寻?”

“就是想看看你嘛，这两天就见不到你了……唉，要不是朋友有点事叫我过去，我才不想去呢!”陶正轩说着说着，还一副特委屈的表情。

“你去呗!”

“你不想我啊?”

“谁愿想你啊?”

“反正我会想你的。”陶正轩认真的样子，让人莫名地心疼，“这两天你自己在学校乖乖的，下雨的时候记得带伞，要按时去吃饭，打热水时小心一点，实在不行就找你同学帮忙……”

俨然一副男女朋友对话的语气。唐豆豆意识到这些时，感觉那么温暖，又是那么残忍。

陶正轩回来时，带给唐豆豆一堆特产。唐豆豆穿着一件白色衬衫迎接他回来，希望他看见衣服上的图案，又不希望他看到。

陶正轩忙着跟她说话，询问她这两天的生活。她尽量压制自己的语气，不温不火地回答。他感觉出她说话不对劲，从熟络变得生分。于是，他看见了她衣服上的半颗心形图案，心里涌过一阵不好的预感。

“你的衣服……”他吞吞吐吐，实际上他也搞不清楚自己到底要说什么。

“噢，情侣装啊，看不出来吗?”她笑得那么夸张，欢快的语气却在颤抖。

“另一件呢?”他小心翼翼地问道。同时心里在幻想，也在祈求。

“在我男朋友那里啊。”她轻轻松松地说出来，一句话在半空中来回地旋转，最后流进他的耳朵，荡来荡去，一遍又一遍。

（五）

陶正轩与唐豆豆拉开了距离，不远不近，若即若离。

暑假前夕，陶正轩忽然跑到唐豆豆那里说：“明天我再送你一程吧!”

“我……我还不想回家……”唐豆豆也变得吞吞吐吐。

“那你去哪儿啊?”

“我要去趟南京。”

“去那里找他吗?”陶正轩没有把这句话说出来，而是说了后面一句，“那我送你去火车站吧!”

唐豆豆看着地上的影子点了点头。

拥挤的公交车上，行李堆满了大半个车厢，人们站着都找不到落脚的地儿。司机开车技术那叫一个生猛，一个急刹车就把整车的人弄得前仰后翻，唐豆豆抓着栏杆都险些摔倒。陶正轩凑过去，靠近她的耳边说：“抱住我。”唐豆豆不自然地笑笑，轻轻抓住了他的衣角。他一把将她揽入怀里，越来越紧，越来越紧，她能听见他咚咚的心跳以及喉咙里咽下痛苦的呻吟。一路上，他就这么抱着她，她也任由他抱着。他们心里都明白，这，可能就是结局。

唐豆豆坐在火车上，把头埋向窗户，任由眼泪肆意横流。她手里握着陶正轩发来的信息，像第一次一样长得不像话，那样细腻，那样令人心疼——

“师姐，允许我又这样称呼你。没想到，我们兜兜转转，最终又回到了原点上。我也不知道自己从什么时候开始喜欢上你的，我知道你也感受到了。但我没想到你有男朋友，而且你们已经坚持了两年的异地恋。可能我的感情真的有些唐突。

“你总是不好好吃饭，下雨不带伞，打水都能烫了手，你那么笨，又那么单纯，我多想一直陪着你，或者直接把你抢过来，名正言顺地成为我的女朋友。那天无意间看见你的泪水，我开始反思我的出现到底给你带来欢乐多一点还是忧伤多一些。我不知道。但我不能那么自私。不想让你为难、让你痛苦、让你哭，所以，我的退出，也许会让彼此好过一点。

“其实，我一直都想跟你说，第一次见面时，我拿你的名字取笑你，我是故意的。因为那样就可以要你的电话，理所当然地跟你道歉了。我在很久很久之前，就看过你博客上的文字。我常常在想，能写出那样深入骨髓的文字的女孩，会是怎样的。于是，我去接近你，并且无法自拔地喜欢上你。呵呵，现在想来，有些事全是我咎由自取。

“后来这段日子，我想明白了很多。谁的青春没有朦胧或热切的爱恋，谁没有死心塌地、要死要活地喜欢过一个人？彼此相遇，走过一段，便已感激欣喜。

“……”

很久之后，唐豆豆停住汹涌的泪水，扯起嘴角，弯出一个笑容的弧度。她知道，下车之后会是和暖的阳光，那个等待已久的阳光挺拔的男孩子在金黄的光晕里，朝她张开手臂。

青春，在花季雨季泛滥成灾。

沈　脑　力

上海师范大学/寒　木

一

沈脑力不是药品的名字，也不是保健品的名字，而是一个人的绰号。这个绰号比较有意思，很多人每当听到，都忍俊不禁。可是，当我听到的时候，却总是感到一阵悲伤。

我见过以物品为绰号的，比如，张水管、李茶杯；也见过以长相特征为绰号的，比如，陈大鼻、唐宽嘴。这都是司空见惯的事儿，然而，这"沈脑力"，如若我不说明它从何而来，恐怕没人会猜得到。

我是一个小说家，小说家一般来说不喜欢直来直去，而喜欢峰回路转，我也不例外。下面，我就要介绍"沈脑力"的由来了。

二

一年之前，为了体验生活，我搬到了益华镇。益华镇位于北京市的西南角，是个面积不大的镇子，虽然不大，却比较热闹。在镇上，有许多娱乐休闲的场所，譬如，狂酷歌舞厅、波浪按摩城、仙缘大浴场。每到夜里，镇上灯光璀璨，看上去十分繁华。只是，镇子周边的村庄，则相形见绌，到了晚上9点，基本就是漆黑一片了。

在益华镇上，可以看到形形色色的人，他们有的开着汽车，有的骑着自行车，有的穿着名牌服装，有的穿着地摊剩货。对于我来说，这是一笔不可多得的财富，因为总归有一个人，会成为我笔下的人物。

我现在住在李家屯，屯里有一个玩具加工厂，我白天在里面上班，晚上就回去写作。在工厂附近，有一个人十分特别，他不去工厂工作，却经常在工厂周围转悠。他就是我的主角，沈脑力。

沈脑力原名叫沈明，老家在江西，他大学毕业之后，就一直留在北京。他觉得，回老家是没有出息的，老家经济落后，公司很少，回去就是龙游浅水，空有一身本领而施展不开。于是，他便向家里要了五千块钱，暂时住在这里。

我和工友们住在工厂的旁边，房子月租四百，倒也不贵，只是条件差了点儿。而沈脑力不和我们住在一起，他有的是钱，在镇上的小区租了房子。那房子设备齐全，里面既有空调，也有浴室，既有电脑桌，也有衣柜。

当安顿下来之后，剩下来的事儿，就是找工作了。作为过来人，我知道，在大学中，莘莘学子可以以梦为马，可以尽情张扬激情四射的青春。只是，一离开，便要坠入昏天暗地的日子。

没有学校的庇护，沈脑力曾经所有的辉煌荣耀都成了一触即破的气泡，所有的心安理得也到此结束，迫于无奈，他只得开始找工作。他学的专业是财务会计，根据专业，他在网上查询了一下有关公司招聘的事情。锁定几家公司之后，便开始逐家投简历了。

投好后，沈脑力就在房子里慢慢地等，等着邮箱收到邮件。

平时闲着没事，沈脑力喜欢玩游戏，他经常在房间里自说自话、大喊大叫。除了玩游戏，他还喜欢一件事，那就是到工厂附近的乡村面馆转悠。

三

乡村面馆的老板是个女的，她煮得一手好面，每当中午放工，我便去她那里吃上一碗面条。夏天天热，如果兴致来了，我还会喝上一瓶啤酒。

这天中午，我和几个工友在面馆吃过，便聊起了天，聊着聊着，沈脑力就走过来了。他身材高大，面色红润，戴着一副厚厚的眼镜。他上身穿着白色的衬衫，下身穿着黑色的西裤，脚上蹬了一双锃亮的皮鞋。而且，他的头发，还是一如既往地往后梳着，头发好像涂了发蜡，在太阳底下明晃晃的，像一面镜子。

工友们先前对沈脑力刮目相看，很是尊敬他，因为没知识的人总是羡慕有知识的人，觉得有知识的人就不用像自己一样出苦力，而且能比自己赚更多的钱。每当见到沈脑力，大家便会迎上笑脸，热情地打着招呼。然而，带着补丁的衣裳却老是在西装面前碰一鼻子灰，沈脑力听了他们的赞美之言，虽然高兴，可是并不领情，时不时地还称大家为“弄塑料的”。

工友们虽然从事的职业不体面，但仍旧有着自己的尊严，当尊严受到践踏时，心里就很不舒服。久而久之，大家看沈脑力连工作都没找到，便换了一副态度，开始还击了。

“放工啦，今天的活儿，累不?”沈脑力走到我们跟前，半仰着脸，背着手笑道。

“哟，沈脑力，你这话说得，累也没办法啊，不干活没有工资拿。哪像你啊，读书人，脑力劳动者呀!”一位工友抹了抹嘴，斜着眼说道。

“那是，上了这么多年学，不就是为了跟你们不一样吗！我可是脑力劳动者。”他看了看别人朴素的衣服，又看了看别人破旧的鞋子，得意地说道。

“是是是，沈脑力，要是在古代，您就是大学士!”工友似乎恭维，也似乎嘲讽地说道。

“哈哈，聪明!”

正说着，路上有辆汽车飞驰而过，气流所带动的风吹乱了沈脑力的发型。见状，另一位工友便急忙指着那辆车，问道：“沈脑力，你不是脑力劳动者吗，可怎么没开小汽车呢?”说罢，便哈哈大笑了起来，其他人听了，似乎觉得大气已消，也跟着扬起了嘴角。

沈明听罢，脸上的神采顿时消失了，他扬着手拨弄了一下头发，瞪着眼睛大声地说：“别笑了！我跟你们这些 worker 没有共同语言!”他又开始在话中夹杂英语单词了，虽然他从来没有用英语说过一句完整的话，却经常使用单词。说罢，又接着说道：“我不鸣则已，一鸣惊人！我就是那诸葛亮，我等着大公司三顾茅庐！迟早有一天，我会开着比刚才那辆更好的 car!”

他这么一说，别人似懂非懂，就不再跟他继续聊下去了。气氛有些尴尬，沈明觉得脸有点红，便转身走进屋里，叫道：“来碗板面，加四个卤羊蹄!”然后，又冲着外面，大声喊道：“再来两瓶啤酒!”

老板听罢，欢喜地给他做着。沈脑力是她的大客户，经常来她这儿吃饭，有时候一次就可以消费几十块钱。老板做好之后，将面端到了沈脑力的面前，笑道：“38。”沈明面无表情，猛然从怀中拿出一个皮夹，然后，潇洒地从里面抽出一百块钱，拍在了桌子上。老板笑着，从桌子上拿走了钱，走回了屋里。

外面的几位工友看着，笑着，其中有人说：“沈脑力，是不是家里又寄钱了啊!”

沈脑力喘着粗气，擦着额头上的汗水，正当这时，老板拿着找他的零钱出来了。她将钱递给他，说道：“你看，”她指着屋里，“鼓风机的插头烧坏了，你帮我换一下吧，有胶布。”

沈脑力抬头看了看，那是一个染着绿漆的鼓风机，它表面没有异常，可却不工作了。装好了钱，他就走了过去，其他人见状，也跟着去了。

“各支路两端的电压都相等，等于哪里的电压?”沈脑力说罢，看着一头雾水的他们，骄傲地笑着，似乎挽回了面子。

“我说脑力，你倒是换啊!”有人说。

“换什么换，这电压220伏，能把人打死哩！”沈脑力抱着膀子，说道，“我问的问题，你们会吗？”

“电源两端电压！”那人回答说。

沈脑力一怔，像是受到了惊吓，他有些怀疑，便眯着眼问道：“你，也能懂这些吗？”

那人拿起工具，走上前去，顿了顿说：“以前，我是个电工。”

说完不久，鼓风机突然响了，老板连忙道着谢。沈脑力觉得这响声极其刺耳，便拎着没喝完的啤酒，走出了面馆。

走在路上，他小声地嘀咕着：“电工，不还是worker吗？我可是要用脑力的！”

看，“沈脑力”就是这样来的，他太爱“脑力”这个词了，这个词仿佛是一个勋章，可以昭示他的身份高人一等。

四

夏去秋来，转眼之间，便到了10月份，气温愈加低了。为了抵御寒凉，我拿着工资，给自己添了两件衣服。我虽然不富裕，但吃穿还是没有问题的，然而，沈脑力却有些窘迫了，因为都过了这么久，他的邮箱还是悄无声息。

几个月忽闪而逝，吃吃喝喝，加上房租，沈脑力已经皮夹羞涩了。由于连下个月的房租都无力支付，他便被房东赶了出来，接着，他背着被子拎着书籍，很不情愿地跟我们住在了一起。在搬来的时候，他还特意买了窗纸，要将窗户全部贴住。

我们这里的房租虽然便宜一些，但一分钱一分货，房间里只有一张床和一张桌子，别无他物。房间的门还是那种木质门，而且门锁不是暗锁，是普通的明锁。甚至于，房间的四壁都是脏乱的涂鸦，房顶的角落还结着蜘蛛网。

沈脑力没有办法，为了避免食不果腹的日子，只能将就一下。他看着房间里堆着的几年来积攒下来的课本，心中百感交集，不禁蹲下身，抚摸着它们。也许他在想着什么，但是当看到皮夹的时候，便一狠心将课本统统拿去卖了，卖得几十块钱。然而，几十块钱并不禁花，卖书换钱也只是权宜之计，如果说卖书的钱也算是收入的话，那么入不敷出的日子迟早会让他露宿街头。

日子越来越苦，当积蓄快花光时，沈脑力想起还有一张大学时代用的邮政储蓄卡，觉得兴许上面还有些钱。想到这儿，他兴奋无比，找了一台自动取款机。把卡插进去后，他轻轻按下“100”的按钮，可是上面却显示余额不足。见到此状，他的心猛地凉了，查了查余额，发现还有八十块零三毛。这时，他又立马轻松了下来，脸上也露出了久违的笑容。接着，他去柜台把钱全部取了出来。

沈脑力不敢总是大吃大喝了，每天都只是在吃午饭的时候去乡村面馆，而晚上，便在住处吃咸菜和馒头。有时候不是很饿，就省下来一顿，过着吃了上顿没下顿的生活。

当沈脑力看到那榨菜丝和凉馒头时，心里面就如同被浇灌了一盆冷水一样。他忍不住了，便又给家里打了电话。他信誓旦旦地说，爸，再给我打一点钱吧，等我赚钱了，就把你们接来。他父亲叹了口气，说，要不然，就回来找工作吧。沈脑力听了这些，懊恼地说，你当初不是跟我说上好学就能走向大城市吗，现在让我回去干啥！说完，便怒气冲冲地挂了电话。不久，他的银行卡上多了五千块钱，有了钱，他又过上了以前的潇洒生活。

看在眼里，急在心里，我觉得沈脑力不能这样下去了，如若继续，后果不堪设想。我知道，他即便没有一分钱了，也不会去玩具厂工作，但不工作怎么来维持生计呢？我是一个有良知的小说家，我不会告诉大家要趁着年轻尽情地挥霍时光。在我看来，这是误人子弟，这是将毒药注入人的心灵，这是将人的灵魂腐蚀消尽。我不能给人幻想却不考虑幻想在现实中必然破灭的后果。我是一个有良知的小说家，我不会以居高临下的姿态去批判谁，或者发现了些许问题，便自鸣得意，嘲笑挖苦。如若这样做的话，那我跟鲁迅先生笔下的那个看着杀头而发笑的人还有何区别？

出了问题，终究要解决的，我打算去找沈脑力好好谈谈。俗话说“良言一句三冬暖”，有时候人的话语就是那么神奇，可以让一颗冰冷的心感到温暖，可以让一颗迷茫的心找到方向。

这天，我买了两瓶啤酒，还有一包花生仁、四个鸡腿，去了沈脑力那儿。我去的时候，是中午12点，他还没有起床。敲过门之后，大约过了5分钟，他才开门。

“老沈，还睡着哪！”我笑道。

“嘿嘿，天天也没事儿做。”我进去后，他便把门关住了。

刚走几步，我闻到了一股难闻的气味，可碍于情面，我也没有做出任何反应。我把带的东西放到桌上之后，便端详着他的房间。在房间的东面，摆着一张床，床上放着杂七杂八的东西，还有一堆脏兮兮的衣服。床的旁边，是一张破旧的桌子，上面放着鸡爪骨头和吃过的方便面。除了这些垃圾，桌上还有一台电脑和几本书。看见书，我立马下意识地伸出手，并问道：“你这是什么书？”

沈脑力正在穿着衣服，他规规矩矩地扣上西装的扣子，又擦了擦皮鞋。听到我问关于书的事情，他遮遮掩掩地回答道：“没，随便看看而已。”

我顺着书边看去，发现基本都是些关于如何成为富翁的书籍，对了，其中有一本叫作《没有想不通的事儿》的书。这本书曾经畅销一时，我自然听说过，由于好奇，就拿起翻了翻。

“我看看这本书。”我说。

“看吧。”沈脑力端着水杯，走到了外面的水龙头前，准备刷牙。

等他刷好牙之后，我没有直接进入正题，而是请他坐下，与我一同享用我带来的东西。沈脑力见状，有些不好意思，非要出去再买一些。我来到此地，目的自然不是对坐对饮，而是要帮他一把，于是便拦下他。

“不用了，一人一瓶酒就行了。”我收拾收拾桌子，将啤酒打开放在了上面。

“这怎么好意思呢。”沈脑力笑着说。

我撕开了花生仁的包装袋，放在中间，说道：“来，先吃点花生。”

沈脑力坐在床上，我坐在凳子上，我们吃着花生，喝着啤酒。我们其实不算太熟，但是以前经常见，即便说话很少，可也算是点头之交了。等喝了半瓶啤酒，我开口问道：“兄弟，工作的事儿怎么样了?”

听到这句话，沈脑力愣住了，手也僵在半空中。过了会儿，他笑道：“问这个干吗?”

“我把你当兄弟，说句实在的，你现在是不是感觉很迷茫?”我问道。

“为什么这么说?”他问。

我放下花生，指着那本书，说：“因为这个。”

沈脑力拿起它，欣喜地告诉我：“你不知道，这书上说得挺有道理。你看，我虽然没找到工作，但我至少留在了北京啊！有多少毕业生，他们想留在北京而没有这样的机会啊！这样一想，生活不还是很好吗?”说完，沈脑力像一个智者一样，满意地笑着。

“你这么想就完蛋了！这对现状于事无补。你啊，不能守株待兔，要主动出击，最好去招聘会上看看，机会要靠自己去寻找！不然的话，很难继续支撑下去。”我借着酒劲，吐露出了我的心里话。

“话不能这么说，我至少投简历了，还有人根本就没有投简历呢！”他狡辩道。

“你怎么能跟不如自己的人比呢！”话已至此，我对他有些失望，于是放下酒瓶，说道，“趁着年轻，还有精力和激情去拼搏！我是一片好心，你再想想吧！”

后来，让我感到欣慰的是，沈脑力确实开了窍，他开始去招聘会上寻找工作了。效果就是那么立竿见影，凭借着自己的毕业证和学位证，他很快就找到了一份工作。虽然他对工资不是太满意，但心情还是无比激动的，当畅想一番之后，更是沾沾自喜。

自这之后，沈脑力便不睡懒觉了，每天都早早地起床，然后随便买点早餐，在路上边走边吃。走到镇子上的公交车站后，他要乘一个多小时的汽车，接着再坐一次地铁，才能到达公司。

有了工作，沈脑力的吃住就有了保障，同时，他也有钱做其他事了。每到周末，他喜欢去仙缘大浴场，以此来放松一下。仙缘大浴场是一家集洗浴、餐饮、娱乐于一身的浴场，每天都有许多有钱人出入。我们住处的附近虽然有一家澡堂子，但沈脑力从来没有去过，他宁愿多走半个小时，也要去仙缘大浴场，因为他喜欢踏入浴场大门的感觉。

这天，沈脑力到了浴场后，便脱掉衣服，在水中泡了起来。水面上雾气氤氲，看上去犹如仙境。沈脑力把玩着水，用手扇过来扇过去，好不快活。他非常享受泡澡的时光，泡澡会让他血脉畅通，会让他感到自己就像浮在空中一样，没有压力，没有烦恼。

泡好之后，沈脑力让人家为他搓了搓澡，抹了抹浴盐。到了休息大厅，看到别人找女技师按摩，他觉得自己若是不找就没有面子，于是也找了一个。按完了，他看到别人喝洋酒，心里暗想，你们喝得，我就喝不得吗！他不甘落后，便一口气要了两瓶洋酒。

他坐在床上，盘着腿，品着酒。不一会儿，里面有人吆喝道："有没有打牌的，凑一桌！"沈脑力一听，来精神了，连忙回应道："有有，正好消磨消磨时间！"他站起来，穿上了一条大裤衩。

"你，带钱了吗？"一位挺着将军肚、戴着金链子的中年男人问道。

"你们有钱，我也不差钱，我还是白领呢！脑力劳动者哟！"沈脑力自豪地说道。他瞬间觉得，自己的脖子上也有一条金链子，他似乎跟这些有钱人一样，可以闲下来时泡泡澡、打打牌。

沈脑力和他们开了一个房间，在里面打起了麻将。不去不要紧，去了才知道，他们玩得非常大，沈脑力不停地咽着唾沫，似乎有些怯场。果然，没多久，牌技不精的沈脑力就输得差不多了。他看皮夹里还有150块钱，而且这钱还要付洗浴费、按摩费、洋酒费，便连忙站了起来。

"不行，我不能玩了，我女朋友还叫我买菜呢！"沈脑力青着脸，颤抖地撒着谎。

"你他妈还欠我三十呢，没钱就别来这里玩，装什么蒜！"金链子不屑地说道。

"怎么会没钱呢，我只是没有现金了，下回给你吧，我得走了！"

"站住！30块钱，你不给钱也行，但得让我扇一巴掌！"

"不要开玩笑，怎么说咱们都是脑力劳动者，怎么能这么粗俗呢？"沈脑力捂住了脸，说，"打人不打脸，要不，你拧一下我的耳朵吧。"接着，金链子站起身来猛地拧住了他的耳朵，他疼得嗷嗷直叫。金链子看着他的样子，开怀大笑着。

沈脑力挨了拧，走脱了，当下次去的时候，就多带了一些钱，防止再次发生这样的情况。但是，这样的日子没持续一个月，沈脑力便有些生气了，因为到了月末，他基本没有什么余钱。

在公司里，他的工作是分析数据，老板每个月发给他3200块钱的工资。3200块钱，禁得起衣食住行，但禁不起娱乐休闲。沈脑力纠结了。他毕业前，觉得自己以后可以买一套一百平米的洋房，可以买一辆价值30多万块钱的汽车，可以每天带着美丽性感的娇妻，自由自在地在北京遨游。

然而，眼前的生活却不是这样，甚至于跟幻想没有一点关系。沈脑力算了一笔账，发现如此下去，一年连一万块钱都剩不了，这样的话，还买什么洋房，还娶什么老婆！他有些悲伤了，也有点无奈。尽管他时常幻想着自己就是老板，可是，仍然开不上小汽车。

昔日美梦，奄奄一息。多少次，当沈脑力走在城市的边缘，看着城市的灯光璀璨，听着城市的机器轰鸣，一种落寞感便油然而生。他觉得，无论怎么走，自己似乎都不能融入这座城市，就算在这里度过一辈子，将自己的欢笑、苦闷、希望、迷惘都留在这里，也终将悬浮在这座城市的边缘。

十几年来，不就是为了赚更多的钱，过更好的生活吗！

沈脑力天天这样想着，越想越觉得憋屈，越觉得郁闷，越觉得没有激情。

唉，北京这么好，可终究是别人的。

沈脑力开始叹息了。他本来打算辞职的，可没等他开口，老板就把他开除了。原因是，他不会操作电脑上的办公软件。老板训斥他，说，你不是都考到计算机一级证书了吗，怎么连软件都不会用！沈脑力辩解道，当时学了背了，所以考到了证书，但现在忘了嘛。老板让他抓紧练习，不要耽误事情，可他态度散漫，工作懈怠，经常把数据弄混淆。在这样的情况下，沈脑力就只得离开公司了。

“能干就干，不能干就走！不稀罕你，市场上的大学生多得很！”

“哼，工资这么少，让我干我还不干了呢！”

沈脑力离开之前，丢下了这样一句话。老板气愤地看着他，看着看着，竟笑了起来。沈脑力不干了，便什么也不干了，整日窝在住处打游戏。我为什么知道，因为每次经过他房间，总能听到里面大喊着“中路”、“打野”之类的词儿，对了，系统还时不时地来一句“我的剑就是你的剑”。

这是一个新的世界，虽然我不属于这个世界，可沈脑力却在这个世界活得有滋有味。在这里，他失去了生活的要挟，失去了生活中的喜怒哀乐。

五

“老沈，你现在是不是感觉很痛苦？”

“你怎么知道？”

“别问我怎么知道的，但你要知道，天下难事必起于易，天下大事必作于细。大官，都是从低处慢慢爬上去的，大企业家，都是从小买卖做起的。没有人，能一口吃成个大胖子。”

“可我今年都 25 岁了，干个几年，就 30 了啊！”

“你每天沉溺于游戏就能解决问题了吗？你不干就更没可能过上自己想要的生活！”

“书中说，人生难得糊涂！”

“你怎么没有一点责任感，你都25了，难道还吃家里的喝家里的吗！”

“这……”

在我的鞭策之下，沈脑力又匆匆忙忙去应聘了，这一次，他去了一家国有企业。面试的时候，面试官问他想应聘什么岗位，可他反问公司有什么岗位。面试官拿着他的简历卡，无奈地笑着，让他去财务室。但当他听到月薪才3100块时，就坐不住了，觉得越走越退，还不如之前。

“工资能不能稍微高点儿啊？”沈脑力试探地问了问。

“你刚开始干，干得好自然会加工资。我们现在倒还真有个工资高的位子，财务总监，可公司就算聘请你，你能胜任吗？”面试官轻蔑地说道。

受到了歧视，沈脑力很不舒服，于是反驳道：“他们不行，不代表我不行！我已经考了许多证书！”

他又看看手中的简历卡，冷笑道：“我问你个问题，不限制范围，随意回答。”

“不，你还是给我个范围吧，不然我心里不安。”

“呵呵，不限制你们的思维，你倒还不习惯，非要找个条条框框才舒服！好吧，我问你，你说，如何去判断一个公司发展的前景是好是坏？”

这个问题，似曾相识，沈脑力的脑子高速运转，回忆着相关知识。虽然有些模糊，但还是有些印象，他说：“预测一个公司的前景，就要看公司的发展能力如何，发展能力好，前景广阔，反之不然。要看发展能力，则要对近几年的财务报表进行分析计算，然后得出各项比率，并且与往年做比较。”

回答完毕，沈脑力本以为他听完之后会点头赞扬，可他却放声大笑起来，笑过之后，他指着沈脑力说：“你们这些学财务的，总是自以为是，就知道算！现在我来告诉你，一个公司的发展前景与哪些重要因素有关。第一个，是国家的政策，比如国家出台政策调控房价，许多房地产公司的发展前景便不被看好，尽管它们前些年业绩辉煌，但依然没有扩大规模。第二个，是技术的进步，诺基亚当年红极一时，可苹果横空出世，诺基亚是否会因为之前赚了而继续大量生产呢？第三个，是社会习惯，当大家习惯于网络阅读的时候，传统阅读模式受到冲击，其发展不受影响吗？诸如此类有关背景的因素，还有很多。呵，大背景，远比财务成绩重要哪！”

这个问题怎么扯出那么多与老师所讲无关的东西呢？沈脑力感到怀疑，思考着。

“你记着，财务，永远只是一个工具，就如同农人手中的农具。你要想做CFO，胸中就得有一个大的格局，就必须具备广阔的视野，能够放眼长远，能够把握住公司整体的战略。”

“没有金刚钻，就别揽那个瓷器活儿，先干好了再说涨工资的事儿吧!”

“可是，老师没这么教啊!”沈脑力反驳道。

“哈哈哈，”他大笑着说，“我这么教就行了!”

沈脑力听完这些，哑口无言，不知道如何反驳了。也许，他真真切切地听进了我的劝言，所以没有因为工资的问题而放弃。只是，一个问题消失，另一个问题就如期而至。如果说工资是现实的问题，那么，意愿则是精神上的问题。

就这样，沈脑力早出晚归，一直在财务室工作着，可半年之后，他的脾气突然变得非常暴躁。晚上下班回家，他总要狠狠地甩上门，似乎门欠了他什么。而且，他不再像以前那样有精神了，也不再去乡村面馆优越大家。原来，有个问题令他头疼无比，不当家不知柴米贵不贵，不工作不知内心爱不爱。刚开始还没有特别明显，但到了后来，沈脑力才发现，自己受不了财务的工作了!

每当看到那一连串的数字时，每当进行加减运算时，他都会感到一阵反胃。甚至于，只要看到财务报表，他就有撕碎的冲动，只要看到单据，他就想全部烧了。最可怕的一回是，当不小心算错一笔账时，他恼得直接把计算器砸了!

砸了计算器，老板也没有怎么为难他，只是让他赔偿一个。可是，冥冥之中，沈脑力觉得自己不能继续待在这个岗位上了，他快要疯了!若是以前的他，也许早就辞职了，但是，这么久的摸爬滚打，让他脱落了几层皮，让他像一只无助的羔羊一样，在冷酷的社会面前瑟瑟缩缩。如今，再要辞职，谈何容易!

直到有一天，沈脑力发觉如果再这样下去，自己有可能会精神崩溃。他有些动摇了，想要找回自我，可一想到辞职，内心便饱受挣扎。他的心里就像是有两个小人一样，一个要他为了生活继续做下去，说虽然钱不多，但是可以养活自己；另一个小人要他辞职不干了，说男怕入错行，女怕嫁错郎，既然不喜欢就不要做了。

两种思想交相缠绕着沈脑力，让他举棋不定。他也知道，如果辞职，可能会面临失业。一想到失业，他就感到一阵莫名的悲伤，但做着自己不喜欢做的事，又让他觉得在浪费生命。

找工作是难，但是做着自己不喜欢的工作就如同娶了一个自己不爱的女人一样，与之共枕，同床异梦，有什么乐趣可言呢?

沈脑力这样想着，那么，结果显而易见，他辞职不干了。辞职之后，他过起了漂泊的生活。每当拥有一份新工作的时候，他都会用心去感知自己到底想不想干下去，如果不想，就开始把目光转移到其他工作上。

几年来，沈脑力凭借着自己所拥有的证书，先后换了十几份工作。换来换去，他还是没有发现喜欢的。他试图找到自己的理想，可是却迟迟没有成功，理想像是被压在了不知何处的山下，无论怎么呼唤，它也出不来了。

我想，沈脑力肯定很挣扎，因为他像一只无头苍蝇，胡飞乱撞着。这个世界犹如一个箱子，虽然上面也许有些小孔，可是沈脑力却早已失去方向。

他辞职之后，找我聊过几次天，可我，却没有能力帮助他了。我觉得，即便我有天大的本事，也不能让时光倒转，帮他找到理想。我只是无奈地对他说，就算失望，也不要绝望，坚持下去吧。

六

在经济上，我和沈脑力是半斤八两，我如果笑他穷酸，那真是以五十步笑百步。我觉得我和他唯一不同的是，我找到了属于自己的方向，并且在努力地坚持着。即使工资不高，即使写作未曾给我带来任何收益，但我没有感到迷茫、痛苦和挣扎。在我眼中，沈脑力是悲哀的，因为他根本就没有理想。小说家可以把沉睡的人唤醒，可是，却难以让死去的理想重新获得生命。

沈脑力不再自称为“脑力劳动者”了，可即便如此，那些工友见了他也还是叫他沈脑力。他感觉自己待不下去了，觉得多待一天就多受一天的罪。终于，他艰难地做出了一个决定，那就是回老家。回去之前，他去了一趟市区，他对这里还有一些留恋，想要再看一眼。

沈脑力漫无目的地走在大街上，街上车水马龙，行人如梭。他最近似乎没有吃好饭，没有睡好觉，面容消瘦，眼睛通红，显得有些沧桑。他把双手放进口袋，无力地抬起头看了看。空中挂了一顶太阳，阳光好像过于刺眼，沈脑力低下头，用手揉着红红的眼睛。

当他睁开眼，突然觉得旁边好像有个东西，它投怀送抱一般地映入自己的眼帘。他目光一侧，发现旁边都是高楼大厦，看到这番景象，他又悲伤了。悲伤过后，他发现在一幢楼的上面，有一个蜗牛的标志，那只蜗牛浑身发黑，只有两只触角闪耀着金色的光芒。看到这里，他的思绪猛然回到过去，可停在哪里却浑然不知。搜索良久，还是没有头绪，但他坚信，自己绝对见过这个标志。

一股巨大的力量促使着沈脑力走进去一探究竟，他将目光落了下来，才知道原来这是一家广告传媒公司。公司建筑高大宏伟，很有特色，单是下面的台阶就有几十层。他站在那里，发着愣，不一会儿，傻笑了起来。

公司前面巨大的显示屏上显示公司要招聘职员，沈脑力看罢，叹了口气。他踏着碎步，轻飘飘地走进了公司。走到里面，他东张西望着，当他再次看到蜗牛的时候，心中有种怪怪的感觉，似乎那对发光的触角触及了他的心灵。

“明天!”突然传来了一声喊叫。

一听这声音，沈脑力瞬间警觉了一下，不知道怎么回事。沈脑力还有个绰号，就叫明天，不过那是大学时的事儿了。沈脑力转过身，四处瞅瞅，可没有发现什么。

“哎哟，沈明！”

沈脑力一抬头，发现有个男人走了过来，他也穿着白色衬衫，他的头发也梳得明晃晃的。

“噫，你，”沈脑力指着他，问道，“王永光吗?”

“是啊!”说话的人，正是沈脑力的大学同学王永光。

10年未见，嬉笑怒骂，已成往事，再次相遇，自然是非常高兴。王永光站在他的面前，拍着他的肩膀，沈脑力也伸出拳头，轻轻地砸着他的胸膛。他们像是一对亲兄弟一样。

“哟呵，不错嘛，你也穿西装啦!”沈脑力上下打量着他，似乎有些惊奇。

“哈哈，一般般。”王永光笑道。

“你来这儿干吗，怎么，还没找到工作啊?”沈脑力又有了精神。

王永光听罢，开怀大笑了起来，说道：“这公司都是我的，我还找哪门子工作啊!”

“呵呵呵，你是不是在逗我?”

“没逗你，我刚从外面回来，走，去我办公室聊。”

说着，王永光向电梯走去，沈脑力见状，有些发蒙。在电梯里，沈脑力开始惶恐了起来，也不主动说话。到了五楼，王永光带着沈脑力去了他的办公室，他们前脚进去，随后就有一个体态妖娆的女人敲起了门。

“王总，这是您要的文件。”她拿着文件夹，恭敬地说道。

“好了，放我桌上，你先出去吧。”王永光对她说。

接着，那女人将文件放在了他的办公桌上，走了出去。

“你是，王总?王总，是你?”沈脑力站在原地一动不动，小声地问道。

“是啊!”

沈脑力还是有些不相信，他情不自禁地端详着办公室。办公室比较简单，在东面和西面，是两个大书架，上面摆满了书。在门旁，有一台咖啡机，上面还放了一袋糖。眼前的一抹绿色，那是墙角的盆景，花盆精美，植物漂亮。沈脑力看了看办公桌，上面也很简单，放着一台水晶电脑，一部电话机，还有一沓报纸和一支水笔。

“坐，我去给你弄咖啡。”说着，王永光走到了门旁。

沈脑力咽了一口唾液，像小学生面对着老师一样，心跳也加速着。看着王永光的背影，往事历历在目，蹿到眼前。

那时候，沈脑力的学习成绩不错。虽然他喜欢玩游戏，但是在大学里，平时的课程不难，考试也比较简单。上课的时候，沈脑力规规矩矩地听课，回去后，又规规矩矩地写作业。因此，他的成绩还是不错的，尤其是高数成绩。对于高数这一科，虽然让沈脑力感到自豪，但它让更多的人饱受折磨。王永光便是很好的例子，他高数极差，第一次重修考试的时候都没及格。他高数差，但是又想着补上来，所以就向沈脑力请教。作为被请教的人，沈脑力喜欢有些同学，他们脑袋灵巧，一点即通，可不喜欢另一些同学，因为无论怎么跟他们讲，都像是对牛弹琴，他们就不明白。

沈脑力清楚地记得，在给王永光讲解题目的时候，他的脑袋里总是装着一些奇奇怪怪的想法，但并不是关于题目的。由于这些，沈脑力就不喜欢给他讲题，给他讲，他有可能听着听着就走神了，就算不走神，也未必听得懂。

沈脑力曾经跟他说，你想毕业之后就回老家种地、搬砖吗？不想的话，就逼着自己做自己不喜欢做的事，这样以后才能赚大钱！当时，沈脑力的语气是居高临下的，没办法，那是一种难以挥去的自豪感。

后来，王永光的成绩还是没有多大起色，只是最终老师也让他过关了。毕业前夕，沈脑力去他寝室给他送一个收费单子，在他的桌子上，沈脑力看到有一幅图案，那是一只平凡的蜗牛。那只蜗牛看上去十分坚毅，显然有着自己的想法，它背着重壳，毅然前行。蜗牛，沈脑力终于想起了！

“来。”王永光将咖啡递给了沈脑力，看他还站着，便说，“坐啊，别客气！”

沈脑力接住咖啡，尴尬地笑着，他仿佛突然想起了什么，并且在心里划清了界限。他觉得他们不再是一个世界里的人了，而且，当年自己跟他的关系并不多么好，甚至对他还冷眼相待。沈脑力不自觉地愧疚了起来，同时，场面也冷了下来。

王永光看他这么拘束，便告诉他，晚上请他吃饭，说老同学叙叙旧，不找别人，就只有他们俩。沈脑力点头答应了。

七

晚上，沈脑力按照他给的地址找到了酒店。夜里的酒店灯光闪耀，酒店外的车辆停得整整齐齐。在酒店外，有几个穿着西装打着领结的服务员，沈脑力站在他们面前，有些不敢进去。他来北京那么久，还从来没有到过这么高级的酒店。

正当沈脑力要进入大门的时候，领结小伙伸出胳膊把他拦了下来，说：“先生，请问您有预定吗？”沈脑力结结巴巴地回答道：“我，我，有，我有。”然后，把房间号说了出来，听到房间号，他这才让沈脑力进去。

进去之后，一位穿着橘黄色连体短裙的女服务员款款大方地走了过来，沈脑力有些不好意思，脸上泛起了红晕。

“先生，您预定了哪个房间？”她问。

“我，我，我是和朋友一起，302贵宾包厢。”沈脑力结结巴巴地说。

“好的，请跟我来。”她伸出手，走在前方带着路。

沈脑力走在她后面，欣赏着她纤细的腰肢，欣赏着她鼓翘的臀部。看看时间，还有20分钟就要到约定的时间了，沈脑力觉得王永光应该还没有来。

走到房间，沈脑力开门一看，原来他已经来了。看到沈脑力，他起身迎接，这让沈脑力很难为情。

坐在桌旁，沈脑力不停地冒着汗，似乎空调的温度调得太高。王永光想要拉近距离，便开始聊起从前的事儿，可沈脑力一谈这些，就更觉得热了。他只答不问，话语很少。

不一会儿，服务员便开始上菜了。

“来，吃！”

沈脑力的面前，有一块布，还有一只高脚杯和一套餐具，餐具里面有几个小碗、一个杯子。他看到这些，根本就不敢动，因为他不知道这块布该怎么叠怎么放，也不知道哪个小碗该有什么作用。

似乎看透了沈脑力的心思，王永光便说道：“别拘束，随意一点。”说罢，他就像当年在食堂吃麻辣烫一样，勺子筷子一齐上。看到这里，沈脑力心里充满了感激。

眼前的这桌子菜，都是那么精致，沈脑力有些舍不得吃下肚子。他拿起筷子，一边吃一边想，这得多少钱啊！吃着喝着，沈脑力按捺不住自己的好奇，就开始向王永光请教成功的奥秘了。沈脑力先把自己贬了一番，他听后笑而不语，接着，他开始说了起来，但是，并没有直接说是怎么成功的。

“明天，你觉得当年自己都学了些什么？”

沈脑力听罢这句话，蓦地陷入了沉思。

他又说：“很多人，都不知道自己学的是什么，为什么要学，就稀里糊涂、不求甚解地学，只为了考几个证，谋碗饭吃。学业虽然优秀，可却迷茫困顿，没有理想。你说，这批人，是不是侮辱了大学？我记得，你跟我说过一句话。”

沈脑力问：“什么话？”

“你当年告诉我，人要学会逼着自己做自己不喜欢的事，我觉得，这句话大错特错。随便一句话，只要被一撮人认同，并且引用证理，它仿佛就成了至理名言，像金科玉律一样。可我当时就在思考，自己不喜欢的事，为什么还要逼着自己去做呢？这不是傻到家了吗！自己不喜欢的事，做起来很难有主动性和积极性，就算再做，也不会有什么大的成就。”

沈脑力顺着他的话想了想，试图推翻他的说法，可是没有想出什么。然后，他又点着头，觉得很有道理。

从小学开始，爸妈就叮嘱沈脑力要听老师的话，要好好学习。因此在学校，他非常乖顺，老师让他做什么，他就做什么。在小学、初中，沈脑力在班里一直是独占鳌头，到了高中，他也是名列前茅。熟悉他的人，都知道他以前热爱试题，无论是哪一科，只要一天不做题，他就寂寞难耐。也正因为如此，他那时的成绩才这么好。

高考过后报志愿，沈脑力虽然对财务会计没什么感觉，但他觉得热门，觉得学了就不愁以后没有饭吃。于是，他便在大学学习了这个专业。很多人说，大学生不是沉溺于游戏，就是迷恋于恋爱。这话虽有道理但有失偏颇，沈脑力就不是这样，他除了玩游戏，还逼着自己学习，凡是学校和学院规定的课程，他都修完了。

正想着，服务员端上来一份看着十分精美的甜点，沈脑力受宠若惊，急忙伸手接住。放好之后，他问道："永光，你当年是怎么做的呢?"

王永光看着甜点，笑了笑，接着，他端起酒杯，看着里面的酒，舒了一口气说道："当年，我一直在问自己的内心，到底想要做什么。在许多孤独的时候，尤其是夜晚，我的心就开始发出声音。当发现了自己的理想，那么之后，我就勇敢地坚持着，毫不退缩。"

沈脑力突然感觉自己是那么的懦弱，甚至从来没敢寻找过理想。爸妈告诉自己考上大学就能脱离农村过上好日子，于是自己把考大学当作理想。老师跟自己说好好学习才能找到赚钱的好工作，于是自己把赚钱当作理想。

王永光放下酒杯，点燃了一支烟，静静地吸了一口，接着说道："也许以后你会发现，生命，当它真正属于自己时，会是多么幸福的事情！

"其实，我不得不承认，当初面对着僵硬的环境，我一点儿办法都没有。20多年来，好不容易有了理想，可为之行动起来却是那么困难！我顶着被老师批评被同学嘲讽的压力，在漫长寒冷的冬夜，坐在自习室里冰凉的椅子上，孤独地看书。在你们鄙视的目光下，我坚持着理想，不停地去外面为一些商铺设计广告。我就想不通，在大学里面为什么坚持理想会成为一件被众人嘲讽的事情。难道非得像个无头苍蝇一样才可以吗?

"我觉得，无头苍蝇，是最悲哀的一类人，他们就算是撞到了一坨大便上，也没有什么值得庆幸的，因为，他们从来就没有这样想过。"说罢，他端起一杯酒，一饮而下。

沈脑力呆呆地坐着，没有言语，不禁暗自回想着。大一的时候，沈脑力成绩优异，还拿了奖学金。但是到了大二，他听大家说不能读死书，得锻炼锻炼自己，便跟着大家一起去锻炼了。他们去校外的KTV尽情欢唱，去海边的别墅进行联谊，他们玩桌游唱情歌，他们吃烧烤喝啤酒。而且，沈脑力还学会了抽烟，别人说，抽烟是必须得学的，以后进入了社会，这是必备技能。

"很多人学傻了，只要一面试，就得说自己考了什么证书，自己的英语成绩多么好，有意思吗？难道这些年能撑起自己胸膛的只有这几张纸和一些虚缈的数字？我要的是个性，是你想做什么，能做什么！

"前几天，公司来了一个人，他可真够神的！他已经考到了会计上岗证、秘书国家职业资格证、证券从业资格证、教师从业资格证。我瞬间发现他原来是个千年难见的人才，他似乎博古通今、文理兼通，他既可以做会计，也可以做秘书；既可以做翻译，也可以做证券分析师。他什么都能干，仿佛天下的工作都是为他一个人准备的。

“呵呵。当这批人为证书而扬扬得意的时候，其实，他们已经死了。他们觉得自己什么都能干，其实……”

“他们什么都干不出色。”沈脑力不由自主地接了下句，他发现，这就是自己。

社会早就传来了强烈的信号：工作越来越不好找了。沈脑力来自小城市，想留在北京，但他觉得，如果只拿到毕业证和学位证的话，路似乎窄了一些。学生有什么需求，就会有人提供什么样的服务，恰好此时，证书席卷全校。

在他们学校，各个报栏、宣传栏上面贴的除了电影海报和商业海报外，就是考证的海报了。沈脑力曾经驻足看过，在图书馆旁边的那个宣传栏上，就贴了许多海报。海报说，多一个文凭，多一倍职场竞争力，人生更加辉煌！还说，双证书双学位，成功走向高薪职业！沈脑力再细看，看到上面介绍了各种专业，以及开设专业的高校，那些高校，不乏师资力量雄厚的名牌大学。

海报下面，写了上课的时间和地点，时间是周六周日，地点是沈脑力的学校。沈脑力感觉十分神奇，似乎看到草鸡变成了凤凰，而草鸡与凤凰，逐渐开始不分界限。当他一转眼，又一张海报映入眼帘，海报花花绿绿，红字尤其醒目，红字说，无证就是游民，立马做有证的人！还说，职场无情证有情，前途茫然证指路！看罢，沈脑力突然觉得脊背发凉，仿佛只要不考证那么这些年的学就白上了。所以，他一股脑记下了上面所有的联系电话，回去便开始一一报名。

“这样的人什么都会，又怎么能会得精呢？不会出色的。”沈脑力擦了擦汗，声音有些颤抖。

“对头！东一榔头西一棒子的，能学成什么呢？我始终认为，上学就是帮助学生实现自我的，没有什么功利性，自我就是爱好和理想，实现就是努力和坚持。同时我觉得，这世界上的成功者只有一种人，他们有理想，且坚定不移地达到了理想。有理想而坚持不住，是不争气的人，而若是压根没有理想，则是最悲哀的一种人，没有之一。

“可有的人就是不明白，脑子笨笨的，唉！”

听到这里，沈脑力一下子又想到了以前。

沈脑力清楚地记得，有一次给王永光讲题的时候，自我意识瞬间膨胀起来，便跟他说，你怎么脑子笨笨的啊，还听不懂吗？

想到这里，沈脑力忽然觉得肚子很疼，像是有一群苍蝇在里面胡飞乱撞。他捂住肚子，说要去一下洗手间。走了出去，沈脑力给王永光发了条短信，短信是这样说的：老王，我爸让我回老家工作，估计我不能在北京待了，咱们有缘再叙。祝你身体健康，大展宏图！

八

沈脑力临走的时候，把我叫到了他的住处，说要给我看一样东西。

到了那儿，我发现他拿出了一个玻璃缸，并在上面盖上了一块带有小洞的玻璃。接着，不知他从哪儿弄来了一只蜗牛，然后小心翼翼地将蜗牛放进了玻璃缸内。正当我诧异之时，他又将捉来的苍蝇放了进去。

我们谁也没说话，只是静静地看着。蜗牛动作缓慢，一点一点地往上面爬着，而苍蝇则扇动着翅膀胡乱碰撞。10分钟后，那苍蝇筋疲力尽，躺在了底端。而那蜗牛，恰好爬了出来。

“从今天起，我要做一只蜗牛！”沈脑力拍拍自己的胸膛，说道。

“你知道自己想要干什么了？”我问。

他咧嘴一笑，没有回答我。吃过散伙饭，沈脑力便背着行李，去往车站了。

九

自从沈脑力回了老家，我就再也没有见过他，有关他的话题，也就逐渐消失了。

在工厂附近，除了我，就只有一个人还念着沈脑力，那就是乡村面馆的老板。她昨天还问我，沈脑力怎么不见了呢？他出手多么阔绰啊，他不来，我少赚不少钱哩！

我听罢，苦笑着。沈脑力，好久不见，你如今过得还好吗？

2014
中国高校文学作品排行榜·小说卷（下）

中国高校文学作品征集评审委员会 选编　冰峰 主编

漓江出版社

长　生

安徽工业大学/曹　帅

李老汉的棺材被砸得粉碎，他瘫坐在门前的台阶上，眼睛直勾勾地盯着地上的那堆棺木。李老汉的大儿子阿富默默地收拾起那堆漆得通红的木头。二儿子阿贵还在理直气壮地骂着那些已经走得没影的一伙人，他起初骂他们是臭婊子在臭阴沟里生的杂种，专干这种丧尽天良的缺德事。后来，见人越来越多了，骂得越起劲，连带他们的祖宗十八代都骂了，还说砸我们这些老百姓的棺材算什么本事，有种砸北京毛主席的水晶棺去……阿富忙捂住他的嘴，小声说，咦……骂不得，骂不得。阿贵骂他们不是因为他们砸了他爹的棺材，而是他们砸棺材的时候还砸了他，现在腰上还火辣辣的疼。骂他们也不是因为疼，而是砸完人之后他们就这样屁颠屁颠地走了，连砸棺材砸人的钱都没给。阿贵咬着牙说，这事没完！我要他们赔，赔得倾家荡产！李老汉叹了一口气，喉咙里卡住一口浓痰，呼哧呼哧，说道，这算个什么毬事啊！

这事还得从上一年的年底说起，小寒过后，天气一连温暖如春。人们褪掉了身上的大棉袄，只留里面一件贴肉的衣服。李老汉养的那条黑狗也一个劲地掉毛了，身上挂着疙瘩大小的几撮毛，就像是刚跟邻村的大花狗咬架回来。连那桃树也被这温暖的天气骗了，纷纷开出绯红的花来。可在那村北的山上除了几棵点缀一丝绿色的樟树，剩下的都是枯掉的水杉，把满山的一排排的墓碑露了出来，就像李老汉一张嘴露出的那一口早已被烟熏得发黑的牙齿。

到了腊月二十四，这天是乡下扫墓祭祖的日子。人们踩着干巴巴的树枝，不时发出咔嚓咔嚓的声音。路边枯萎的草，无精打采地耷拉着脑袋，与裤脚擦过，发出沙沙的声响。这一天，鞭炮的声音从山上传来，在村子里回荡着，紧促的声音消失了，处处透露出一种年的气息。随着鞭炮的火药味，伴着各家煮的年夜饭的香味，一股股青烟从烟囱里缓缓升起，与远方灰色的天际遥相呼应，而后又稳稳扩散，在下沉的夕阳和上升的月亮之间漫开。一棵两棵杉树像刺一样立着，细密的树枝在夜色中一动不动。夜来临了。山上零零星星地还有一丝鞭炮声响，惊得两只乌鸦扑棱扑棱翅膀飞走了。夜又回到了该有的寂静，风来了，一下吹散了漫漫的青烟，露出赤裸裸的山头。从山上又冒出一股黑烟，伴着火光，把四周都照亮了。不知谁喊了一声：

走水啦！

当人们拖着烧得只剩把的大扫把回来时，火势已经无法控制了。千年的山，一朝的火，山连着山，山连着树，树连着树，被一把火噼里啪啦烧得精光。刺耳的警笛声越来越近，在夜色中响彻大地。

在村头有一排抹着白色石灰的房子，小卖部、早点摊子、小菜馆、棋牌室依次排开。那些上了年纪，吃着养老保险金的老人们是这里的常客。理所当然，村里最热闹的地方也就非这莫属了，而在这热闹中的最热闹当是棋牌室了。这里是茶馆也是牌室，花上几块的茶钱，便可在里面坐上一天。牌九、扑克、麻将……这里有个不成文的规矩，就是不允许赌博。但有时候也会花几毛钱买个彩头，一天下来，赢不过几块钱，输了也不过几块钱。

“哎呀呀，昨天这火烧的，可惜了那满山的树啊，这要是搁到当年大炼钢的时候，兴许能炼个十天八天哩！”老村长端着一壶茶一瘸一拐地走过来，放到正在摸麻将的李老汉旁边，又摆上一个茶盅。说话的这位是棋牌室的主人，也不记得他是村里哪一任的村长了，不过村里人都还叫他老村长，反倒忘了他原名叫赵正德。老村长祖上中过举人，当上了县官，后来革命军攻破了县城后，才全家逃亡到这里。“文革”期间，因为有当过清朝县官的祖宗，那时已经是村长的赵正德被揪出来，脖子上挂着个大纸牌，挡住了上半身，上面写着“打倒资产阶级保皇派”，押着他从村头批斗到村尾。虽然后来被平了反，老村长还是那个老村长，可是因为那年的运动导致瘸掉的左腿却没法复原了。

李老汉端着茶壶，倒上了满满一盅热茶，散着一股清香的热气。李老汉呼呼地吹着，又咂咂嘴喝了一口，盅里就见底了。他又满上，又呼啦呼啦喝掉了。这次他没有急着倒满，而是接下了老村长的话说道：“那年把锅啊盆什么的只要是铁的都砸了交掉了，就连我撒尿的尿盆也交了去，可到头来搞出什么？就搞出一堆带着尿臊味的铁疙瘩！搞个毬事！”说完，把胸前的一排麻将一推，嘿嘿一笑，露出一口参差不齐的黄得发黑的牙齿：“自摸！一筒！”

李老汉对面的刘铁匠一边双手交替地洗牌，一边拿下巴指着李老汉用他特有的鸭叫似的声音说：“谁都知道那时候就你最积极，连续三天三夜不睡觉守着那火炉子，当时生产队队长还夸你说是社会主义的先进分子，可谁知道你是看上了跟你搭伴的那姑娘，哈哈……”

“嘿，你怎么不把最后那姑娘就是我阿贵他娘说出来？”李老汉已经理好自己面前的麻将，整整齐齐地堆在一块儿，眯起眼笑着。

“哈哈，你李老汉当年就是个风流鬼，你就这鬼点子多，想必三夜不睡是跟那姑娘在野地里打滚哩！”众人笑了起来。

李老汉也跟着笑了，可脸马上又阴了下来，叹了一口气：“唉，只可惜他娘走得早，那时候连个长生都没给她置办，那年连个木板都凑不出来。”

刘铁匠也没再调侃他，同样语气低沉地说：“都是那年饥荒闹的，一开始喝粥，后来连粥都没得喝，就到处挖野菜，最后连野菜也没有了，全国得是饿死多少人，可那几年明明是他娘的大丰收啊！”

站在旁边看牌的老村长歪着身子，对着李老汉说：“你家阿富和阿贵可给你备好了长生？”乡下有一个习俗，家里老人上了年纪，作为儿子就得给老人置办好棺材，当然，棺材不叫棺材，叫长生，图个吉利，就是长生长寿的意思。这是老人最后的归宿，也是儿子孝心的体现。

“备好喽，都已经上了大红大红的漆，搁屋里放着呢，这下我算是放下心了。”李老汉又喝了一口茶，都已经凉了。裆下一顿胀得慌，便唤老村长说：“帮我看一下牌，我去解个手。”转身要出去，这时候阿富媳妇来了，阿富媳妇是一个肥胖的女人，急匆匆扭着身子过来，用生怕别人听不到的大嗓门说道：“爹，乡里来人到咱家了，拿着一张红文件，说要你签字画押呢！”

李老汉不耐烦地看着这大媳妇，他不是不耐烦看她，而是不耐烦她的嗓门。也不是因为她的嗓门大，而是她当着众人的面瞎添词加话，添油加醋，本没有那么严重的一件事，从她嘴里吐出来，就比中国要打小日本还严重。

“知道了知道了，一会儿就走，等我打完这一局。”李老汉憋着尿，瞪了她一眼，又坐了回去，扔下一句话，“你回去吧，我忙着呢。”

阿富媳妇的话被呛了回去，只好灰灰地扭着身子回去，其实她想说的是乡里要砸掉他的长生！

腊月的阳光总是最舒适的，披在身上，人都懒散了起来。李老汉养的那条大黑狗耷拉着耳朵趴在太阳底下，连看见李老汉回来也只是象征性地摇了摇尾巴。李老汉才放完憋了好久的那泡尿，浑身又抽搐一下，心里像顿时憋了一口气，咽不下又吐不得。因为他看见了桌子上的那张红色文件，一个通告：×人民政府关于在全县推行殡葬改革的通告。

才一天时间，这张红色文件已经传达到了全县的每个家庭里。不管有老人的还是没老人的，老人有长生的或是没长生的，都被这片红色笼罩着，一时透不过气来。李老汉在床上翻来覆去，这冬日的夜格外的安静，似乎在酝酿着一场暴风雪。李老汉一夜未眠，待鸡鸣第一声时，他终于在心里下定了一个决心。

第二天李老汉早早地就去了茶馆，年一天天接近了，而这天茶馆里却不同于往常的热闹，还在门外，他就听到了里面刘铁匠的声音："这是要我们死无全尸，不对，连尸体都没有，这是他娘的挫骨扬灰！"

"呸呸呸！大过年的不能说这不吉利的话。"人群中有人说道。

"还过什么年啊，都要死无葬身之地了！"刘铁匠越说越激动。

李老汉这时候前脚刚踏进来，后脚还没落地，就听见刘铁匠在大声唤他，李老汉点了点头走了过去，见大家都没在打牌，十几双眼睛齐齐地看着他，李老汉反倒不自在了，露出了那口黄牙，嘿嘿地说："哟，今天怎么都歇下了，还放假不成？"

刘铁匠板着个脸，脸上松垮的横肉都挤到一块儿去了，这个老铁匠的脾气火暴得很，对着李老汉说："老李，你点子多，你说，我们该怎么办？"

李老汉一脸苦笑道："还能怎么办，我们老百姓能把县里怎么办？"

"难道我们就等着他们来砸了长生？"

"不能够吧，全县这么多老人呢，他们能砸得过来？"有人小声说道。

旁边有人忙附和道："对啊对啊，县里从来都是只说不做的，老早说的修路的事到现在还八字没一撇呢。"

李老汉皱了皱眉："你们可想过这次的事为何这么火急火燎的？通告说，元宵过后，就要挨家挨户没收长生了。"

"听说是上次山林大火的事，林业局局长也被这大火烧了下来，位子拿掉了。上头都怒了，据说，是上头的上头……拍了桌子。"刘铁匠放低了声音。

老村长端着茶壶过来，脸上挤出牵强的一丝笑容，嘴里嘿嘿地笑了，说："各位，不谈政治哈，不谈政治。来来，喝茶。"

李老汉说："这不算政治，我们说笑玩呢。"

"算个他娘的国策，国家哪里说了强制火葬了？我们山区整到哪火化去？烧完了，那把灰埋哪？公墓？等他修好灰都冷了！再说了，就算修了公墓，咱们百年后住进去，要钱不？肯定要嘛！这不就跟城里一样了，咱们活不起，死还死不得。这要提到钱，这事情就变味了。"刘铁匠一口气说出这么多话来，连他自己也感到震惊。

旁边有人咂咂嘴："咦，铁匠你说得很对嘛，我看，这县长你当很合适哩！"

刘铁匠呼哧呼哧地笑，说他只是心里这样想着才这样说出来，直肠子。说的时候拿眼盯着李老汉，意思是说他有话不敢说，总藏着掖着。

李老汉会心一笑，说："我倒有个主意！"

众人齐把眼睛看着他，就像等着说书人从嘴里蹦出一大堆精彩的故事，此刻，李老汉就是那个说书人。他说："我们写信，联名写谏言信，这信我都准备好了，让我侄外孙写的，他可是名牌大学生哩！"他从口袋中掏出一封信：

全县老人给县委县政府领导的一封信

尊敬的县领导：

目前，全县各地纷纷开展了一场声势浩大的殡葬改革运动，但其发动时间之急，发展规模之大，改革力度之强可谓前所未有。作为本县的老人们，我们有几点建议和意见，望领导们引起重视。

一、火化，国家也是倡导，也是根据不同地方而因地制宜决定是土葬还是火葬。这就是本县火葬问题的根本。本县属大别山区，要充分考虑山区的实际情况，包括地理位置、经济水平、文化素质、民风民俗、老年人口数目、已备棺材数目，再做出科学合理、切实可行的长远化、人性化决策。而不是现在实行的“一刀切”，强制没收棺材。

二、在本县，传统的土葬已经延续了千年，但在殡葬改革政策传达到村里前，关于火葬在本县农村没有任何宣传。如此强制执行，可考虑到在老人心中根深蒂固的传统习俗？

三、接着上一条，下面就出现了一个问题，下达到全县各地的通告上写的是在元宵节后强制没收棺材，一律抬走。而据我们所知，省民政厅说的明明是“禁止强制收缴棺木”。这说明政策出台后，却被变相执行，农村里继续强制收缴棺木。

四、这个问题也是老人们最关心的，公墓现在何处？如果说，我们接受了火葬，那么，老人去了，那我们该何处安身？公墓设施没完善，怎么能如此迅速地收缴棺材？

五、被收缴棺材的老人该如何安抚？这有关政府公信力的建立，一个不管人民生命的政府如何取得人民的信任？

六、假如修了墓地之后，那需要当地百姓花钱买墓地还是政府出钱免费？这就是最让人迷惑的地方！是否打着殡葬改革的旗号实则行第二地产产业的目的？

七、土葬代表乡土民俗文化，对此的改革应该是渐进式的，短短的二十天时间的改革显然操之过急。同时，棺木是公民的私有财产，在所有人不同意的前提下，强制收缴、破坏棺木违背“物权法”。不管殡改制度有无棺木处置的相关规定，一旦侵犯公民私有财产，都是违法的。

以上七条谏言是全县老人们的心声，对于全县推行火葬一事，还望县领导们三思而后行，切不可一刀切，欲速则不达啊。

1月28日

李老汉一字一句读完，众人纷纷又是一阵咂嘴声。他接着说：“现在，就是要尽量多的老人在上面签字。”

天气在除夕前夜转冷，天上开始熙熙攘攘洒下雪来。此刻安静极了，安静下来的还有前两天闹得紧的火葬事件。年过完，又是忙碌的正月。

这天正月十五，天还没亮，村里就吵闹了起来。李老汉起来一打听，吓了一跳。刘铁匠跟他说，村头的蒋老太太上吊自杀了！

蒋老太太今年81岁，平时身体好得很，昨日听说娘家所在的那个村已经开始收缴长生了，愿意给的，赔偿800元现金，不愿意给的，长生砸掉，一分钱也没有！蒋老太太的儿子骂了一句，这长生可是十年前就做好的，啊，说给就给啊，当年可是花了一千多，抵得上现在两三千呐，这他娘的算什么赔偿！蒋老太太只是一边哭着，可谁想到，她就这样走了。听刘铁匠说完，李老汉叹了一口气：“唉，早点走了也许更好啊，这样还能留个坟头……”

“这蒋老太太只是想睡自己的长生啊！”

“就是了，这流传了千年的土葬怎么就不允许了呢？”他们俩你一句我一句的，只能用眼泪进行无声的抗议。李老汉抹了眼泪，说：“老刘，要不我们也……”

刘铁匠一顿，忙拉着李老汉，生怕他跑了似的：“老李，你可别想不开啊，你才多大年纪，68！你能跟人家蒋老太比？好死不如赖活，且活着，万一，到我们这他们就不收缴了呢。”

“唉，我也就一想，其实我之前就想过，可谁又愿意这样做呢？那蒋老太也是迫不得已啊！”

一大群人涌进了李老汉的家，带路的是现任村主任，姓苟，他不喜欢别人唤他的姓。你要叫他苟村主任，那你以后就甭想找他办事了，说不定还会给你使绊子。李老汉咧着嘴递上一根烟：“村主任，这是要干吗？”苟村主任板着脸：“李老汉，通告你都看了，你说干吗！”

李老汉眼神暗了下来，说：“非砸不可了？”

苟村主任笑了笑：“那倒不是，你要愿意上缴的话，是不会砸的，只是抬走，以后做桌子椅子凳什么的还是可以的，再次利用嘛。而且会有800元的补偿金……”

李老汉手指了指西头的那间房：“不用说了，长生在那里头，你们抬去吧。”

苟村长脸上笑开了，眉毛和眼挤在一块儿，拍了下李老汉，意思是说还是你李老汉觉悟高。长生抬出来，上面一尘不染，李老汉早已把它擦得干干净净。或者说，是他拿眼泪把它洗了一遍。

那群人正打算抬走，却被从外面赶回来的阿富拦下了，大喝一声：“干什么！”

苟村主任瞪了他一眼，吼道：“阿富，你想干吗！这是国策，你阻挠我们，就是阻挠国家，你要记住，你女儿上的学都是国家支持的。”苟村主任见他焉了下来，对着后面那群人指挥道，走！

不许走！苟村主任回头一看，原来是李老汉的小儿子阿贵。村里人都知道，这个阿贵是个脾气极火暴的人，又偏偏喜欢惹事。前些年，因为争一块田地，竟然将人家打得头破血流，要不是那人得到了及时救治，恐怕阿贵现在就在监狱里了。而苟村主任是最烦这种人，于是拿手指着他："阿贵，你又想干什么！"

"不干什么，哼，今天要想抬走长生也行，不过你得拿出三千块钱，不然，连根毛都拿不走！"

"哼哼，三千？你以为这钱是我的啊，上头规定的！"

"那你就甭想抬走！"

苟村主任脾气也上来了，对着后面那群人吼道："砸了，砸他娘的，今天！一分钱都别想要！"

"你敢！"阿贵撸起袖子，抡圆了胳膊要上去打人，全然没听见李老汉在喊着他："让他抬让他抬……"又咳了几声，阿富忙扶住他爹。这急了眼的阿贵哪能管得了这么多，对着苟村主任的眼睛就是一拳，苟村主任被砸蒙了，一屁股坐在地上，一手捂着眼睛，一手还指挥着那群人："砸，都给我砸了！哎哟……"

阿贵顿时跟那几个粗壮大汉扭打起来，李老汉养的那条黑狗看见这种情况，仰着头对着那群人一阵狂叫，结果一个大铁锤砸过去，正砸到黑狗头上，它哼哼逃走了，没走几步，突地倒地上了，黑色的鼻腔里留出血来。李老汉看见了，捶胸顿足，喊道："你们这些混蛋，打死了我的狗啊……"可这声音被淹没在打斗声中，邻里都围了上来，忙拉开了他们，那群人脸上被揍得鼻青脸肿，阿贵脸上没事，身上挨了好几下阴拳，阿贵啐道："他们竟然拿铁锤砸我。"李老汉的长生被砸得粉碎，黑狗的鼻子嘴里流着血，李老汉老眼泪汪汪地看着，阿贵气冲冲地攥紧拳头。苟村主任从地上爬起来，拍拍屁股上的灰，走！

过了半晌，阿贵还在骂着，阿富呆着收拾那堆棺木，李老汉瘫坐在地上，哭着天，他猛地直起身，眼前一片黑，耳边嗡嗡作响，喉咙里一阵血腥味，脚下一软，一头扎了下去。

诡异派画家

海南大学/白瑜彦

（我想说一个从藻荇潭子里捞起来的寓言。）

在一个偏远的小山谷，有一个神秘的村落。这个村落原是没有的，某一天上帝在做着异彩缤纷的白日梦，正在云枕上手舞足蹈时，突然打了一个响嗝，一不小心把梦中的奇幻仙境吐在了人间大地上。他如恩泽般的唾液化作了悠然绿水，哺育出了一群生活在这里的艺术家，并且每个人都身兼数艺，富有上帝七彩的想象力。

当然，他们以为这是本能。摇摆着上帝的神力，琴棋书画是与吃饭睡觉一样并存的习惯。他们每个人都有一项特别出色的艺术，得以谋生。他们把云投下来的影子收集了起来，编织成一个牌匾，命名为“从上帝梦里逃出的地方”。日新月异，这个小山谷里的人生活得其乐融融，以艺术营生的日子如同飞鸟。上帝没有摧毁这种曼妙的荒唐，大概是把这块地儿看作了特赐的艺术专场，每天一边嗑瓜子一边看岁月导演的另类肥皂剧。

直到有一天，这个小山谷宁静的日子被打破了——一位赶路的商人失足摔进了山谷，他拖着踉跄的脚步跋涉了几天，扒拉开一层又一层的带刺藤蔓，竟奇迹般摸到这个王国来。他非常兴奋，还以为走了这么多天路，终于找到了一处寻常村子。他看到这个村子的“牌匾”在微风中飘动着，投射到地面上竟有一道彩虹，而脚边的小牵牛花的花瓣上，也被雕上了美丽的无法辨认的图案。

他诧异，在村口用嘶哑的嗓子叫嚷了一声，长长的“喂——”令他身旁的大树倏然萎缩。

很快，一群衣着绮丽的妇人从四面八方跑了出来，长长的五色裙摆如云彩般在村头巷尾飞舞，其中一个妇人的眼睛展露出惊奇的光芒，并用曼妙的歌声唱道：“我们这样的穷乡僻壤噢/终于有了新鲜的风/快来迎接我们的第一位贵客！”

于是，这群贵妇人叽叽喳喳地像小鸟发现了新树，热情地把他迎进了村庄。商人惊奇地发现，村子里面就像一个童话世界，房子是千姿百态的，有大提琴模样的房子，画布覆盖撑起来的房子，用名著堆砌而成的房子等等，仿佛是一个技术高超的孩子用泥巴捏成的小王国，与世间普通的高楼大厦迥然有异。他走到哪里，哪里都有悦耳的歌声，连母亲训斥孩儿的声音都是动听的。那位擅长歌唱的贵妇人把他接进了家里，她吹了一串口哨，门便自动开了，屋里也马上变得凉风习习，驱散了外头炎热的空气。

这是一处像长笛一样的房子，直直的屋顶上能看见圆圆的天空。商人好奇地到处张望，问道："请问这是什么地方？"

妇人看了他一眼，眯起眼笑了起来："这里就是一个村子呀，看不出来吗？你是干什么的？"

"我是商人。"

"噢，觞人！想必你会调令人迷醉的水果酒。"

"……啥酒？不——"

"哎呀！"她打断他，"可惜的是家里刚好没有酒了呢！噢，街口有一间美食店，里面有珍稀的水果酒，你也饿了吧，去买点吃的吧。我也困了，是到了午觉的时候了。对了！我们这儿每天晚上都会在山谷的中央举行一场联欢会，以祭祀月神的深情。你一定要来参加哦！"说完，她便躺在床上睡着了，梦里流出美妙的歌声。

商人觉得一切都在不可思议当中，他想拿出手机百度一下这个村庄，可当他在裤袋里猛掏时，竟然发现手机变成了一块年糕。他扶住震惊的额头，不知所措之余又确实感到肚子饿了，就准备去街口买吃的。走到门边，抬手才发现这扇漂亮的门根本没有门把手。他心急如焚地又掰又推，还是没法打开这扇奇怪的门，上帝仿佛在他面前搁了一块漂亮的石头，完完整整地把通往外面世界的通道堵死了。正当他考虑从圆圆的窗子跳出去时，一只波斯猫不知从哪个角落走了出来，纯白的毛在阳光下闪闪发光。它昂首挺胸地踱到门边，妩媚地"喵"了长长的一声——那听起来竟是有乐谱的曲子——门突然就开了。波斯猫在他惊讶的目光中优雅地走了出去，他反应过来，在门被关上之前跟着猫冲出去。

门外是铺满阳光的大道。他无法分辨方向，只能朝着有食物香气的街道走。不一会儿果然看到那个所谓的"街口的美食店"，可是已经排了长长的队伍。他紧跟在人们后面，可是不一会儿就吓呆了——他发现这里的村民不是用钞票来换取粮食，而是用技艺：

一位老伯伯一边拉着扬长的二胡，一边用低沉的嗓音在唱着："牛肉/是鲜美的草原/苦丁茶/是深邃的清晨/而我最爱的/是烘房里香甜的软面包……"于是店小二就熟练地把牛肉挂在他的二胡上，把苦丁茶塞在他的衣襟口袋中，再把一袋子香喷喷的面包系在他长长的白胡子上。这位老人家没有停下来，依然拉着手中的弦，慢慢地转身踱回家去。紧跟着他的一位姑娘，抬手就展开一张油墨未干的画布，上面是一串鲜嫩欲滴的葡萄和一杯能闻到咖啡香的咖啡（想必她是在调色板中加了咖啡粉末）。店主在旁边一边递过她要的食物，一边竖起了大拇指说："比昨天画的要好！"在后面排队的人，都拿着各式各样的艺术品和乐器，像去参加一个大型的艺术晚会，就连商人前面的一个小屁孩，他也蹲在地上，正在用陶泥认真地捏出一块巧克力饼干来。而大家，只是为了换取一顿午餐。

他觉得这个世界疯了。他想大声责问却不敢，因为当下的他显然是个异类，万一身份暴露了，这个奇怪的种族会不会直接把他宰了供给艺术研究呢？他只能默默走开，艺术细胞几近为零的他，什么都不会。

他只能漫无目的地在街市中游荡。食物的香味从各家各户中飘散出来，商人饿得浑身没力，更糟糕的是他找不到来时的长笛房子，也找不到这个村子的出口。还没进村子的时候，他还能摘一些野果充饥，但如今即使满街都是浆果树，但树干上挂着的"私人所有，违纪摘者，罚字画一幅"让他望而却步。他等待这个暴烈的太阳快点下山去，不然无法驱散在脑袋边不断萦绕的发晕的星星。此刻的商人觉得，裤袋里的一沓钞票连擦屁股的厕纸都不如，他现在连厕纸都买不起呢。

恍恍惚惚地终于熬过了下午，月亮初起，夜雾给了他半分清醒。他看到街道已经暗下来，唯独山谷的中央开始烟火缭绕，渐渐传出了雷动的歌声与欢呼声。他想起了贵妇人说的联欢会。他拖着沉重的脚步走向那处凹陷的地方，视野突然就开阔了，那里有一块巨大的岩石作为舞台，后面是单薄的水帘瀑布，许多村民在上面表演着他们艺术上的新进展或述说着对自己艺术的新领会。商人悄悄地走到暗处，奢望在那里能找到一些免费的吃的，果然，一位大妈手中提的水果篮马上击中了他的眼球。他用这辈子有过的最猥琐的姿态蹿到她身边，正想顺手牵羊时，一个熟悉的声音在身后叫了起来："啊！觞人！你果然来了！"

绝望与惊吓震住了他的脑袋，他"嗖"地站起来，看见那位长笛房子的贵妇人在身后热情地招手。还没等他说出话，妇人就大叫起来："看呐！他就是我说的今天来的客人！我们村里的第一个新鲜脸孔！"众人喝彩，像观望外星人般团团围住他，七嘴八舌地说道：

"听说你是觞人啊，一定会酿很有水准的酒，快教教我们！"

"你能在酒面上用细针雕梅花吗？我的小女儿可以哦！"

"你是怎样调水果酒的，你是每天跟各种水果聊天吗？它们被压成汁时是在呻吟还是唱歌？"

……

商人觉得自己陷入了一场恐怖的叫嚷声中，来不及挣脱就被推搡到了舞台上。众人闪烁期待的眼睛像夜空中的宝石，远远胜过了树梢上的几盏暗黄的街灯。他们吆喝着等待他谈酿酒的艺术，商人双腿一阵发软，颤颤抖抖地说：“我不知道你们在说什么酒……我只是一个商人，就是会算计很多商业生意，赚很多钱那样……”

村民们懵了，但又不完全明白，都瞪大眼睛看着他，突然一位老者大叫：“世俗者！这种脑子里只有臭钞票味儿的人！”众人惊呼，“世俗者！世俗者！”的咒骂声此起彼伏，然后有一人大叫：“用火烧死这丑恶的灵魂！他玷污了我们的圣台！”下一秒，几个壮汉跳到了台上，欲把商人擒住，商人拔脚就逃，一头扎进荆棘林中，村民们举着火把与绳子在后面死命地追，满林子的荆棘把他扎得浑身都是伤口。他筋疲力尽，正欲回头时不料失足，“啊”的一声栽进了深潭中。

众人赶来，像捞藻荇一样把他一把捞起。他的衣服全被钩破了，溅出血来，商人顾不上疼，慌忙爬上岸，却被村民们拿着扫把打得左右翻滚，弄得他满身都是伤痕。妇人们取来木架，吆喝着把他绑在上面准备火烧，商人绝望地鬼哭狼嚎，但又说不出为自己脱罪的理由。就在这个时候，一位长老的一声惊叫把全场镇住了：“停！大家快看！”

村民们顺着长老的手指看去，是那片刚被商人翻滚过的绿草地，因为伤口太多，血混着潭水竟歪打正着地成就了一幅诡异的画，点点鲜艳的血点亮了这片从不开花的绿野。人们再奔到湖边，也同样发现了那一丝丝的凄怆艳丽的好色彩，正在萦绕出一幅不知名的画像。众人惊呼：

“你的身体里居然流淌着红色的颜料啊！”

“原来你是诡异派画家，为什么不早说呢！”

“果然天然的颜料就是调不出来的，这么稠密有度，真稀有！”

……

他们没有心没有血没有伤害，不知道人身上还能流淌着鲜红温润的液体。

于是人们兴高采烈地把他放了，并取来一条雪白的大毛巾把他紧紧包裹起来，说是要沾染上诡异派的画风。毛巾展开，是另一幅画，这成了珍贵的纪念。荒芜的草地上因着这一闹变得异常欢乐，村主任说，待到明天，要举行隆重的典礼，把商人封为年度最神秘的诡异派画家。

他连夜逃走，疯一般地逃。

这个寓言吞噬了我的梦。我枕头边的画笔掉在了地上，一只蟑螂对它伸出了藐视的触角。

没有朋友的女孩

湖南大学/巫小诗

没有人喜欢跟她做朋友。

只要她一开口，就像坏掉的水龙头般喋喋不休，她向周围人讲述着自己的苦难，一遍又一遍，她何止是喜欢倾诉，简直是诉苦着魔。

她告诉所有人，她最好的朋友是我，这让我有些难堪，因为我并不这么认为。

她是我的初中同学，初中时，交流并不多，只记得有人在班级上为她筹过一次款，为此，她的母亲怒冲冲跑来学校里闹，脑海里还依稀存着当时的画面，她市井气息的母亲扯着大嗓门在教室外面跟老师理论："我们家是乞丐吗？不需要这样可怜我们……"

事情大约是这样的，她向周围同学讲述自己家的困境：家境贫穷，父母工作卑贱，家里人并不爱她，不仅因为她是女孩，还因为她的出生仅仅作为一个替补，替补那个在十几岁时溺水死亡的哥哥，出生得晚，十几岁的她有着五十多岁的父母，看起来，简直像是爷爷奶奶，贫穷并且无爱，她的家庭是一潭死水。

那时，大家跟她都还不熟，初次听她的凄惨故事，无不心生悲悯。新官上任的班长，觉得自己要为班上同学做一些实事，他抱着事情没做成就先不告诉老师的原则，擅自在民间成立了捐助组织，将捐款任务分配到各个小组长，小组长们找组员开会讨论，悲惨的故事经过几次转述，变得更加悲惨，甚至出现屡受家暴的版本。

没有多久的工夫，班长把零碎一沓共三百多块的当时看来是巨款的钱交到她的手中，她接受了这一笔钱，当时我不在场，只是听说她表现得心安理得。

大约是回家后母亲发现了她身上的钱，问怎么来的，她支支吾吾地说是同学给她捐的，母亲自恃家里没有穷到要被救济的程度，觉得受到了侮辱，这才跑来学校理论。

直到母亲来学校里闹，老师才知道这场全班参与的爱心行动，几方了解后，才明白，所谓的悲惨命运，或多或少有自我夸张成分。她家境虽不富裕，但也算不愁吃穿，丧子之痛后的唯一女儿，父母又怎会不爱，只是不挂在嘴边罢了……她诉苦的目的，也许仅仅是为了给各方面都平凡的自己争取多一点的关注和关怀，并没想到事情会变成这样。

最后的结果，必然是，归还捐款，被父母责骂，被同学嫌弃。

老师在课堂上说，这件事就这么过去了，谁都不许再提。可是，叽叽喳喳的几十张小嘴，怎能放过这么有吸引力的话题，没多久，外班的同学也知道了她撒谎骗得捐款的事了，她像放羊的小孩一样，被舆论的狼吃掉了。

几乎没人跟她讲话，准确说，是没人会再相信她的话。当时的我，虽然认为她多少有些活该，还是觉得她挺可怜的，被孤立的滋味，我也体会过，并不好受。心存悲悯，却胆小如鼠的我，最终迫于舆论的压力，选择做那沉默的大多数，跟她保持着距离。

有一天，她突然找到我，说想让我帮一个忙，帮忙寄一封信。我的初中是一所严厉的寄宿制中学，大多数学生一个礼拜才能回一次家，我是少数的走读生之一，家离得近，常负担一些走私任务，买杂志和娱乐报纸什么的，我是个有原则的人，烟酒从来不带，信件的话，倒是头一次。

她说，寄到学校怕丢，寄到家里怕父母偷看，能不能写我家的地址，再顺便让我帮她寄一下。我同意了，因为这不是什么复杂的事情，而且，她当时的处境有些可怜，让我不忍心拒绝她。

我帮她寄出了这封信，一段时间后，她来问我，有没有收到回信，我说没有。后续的日子，她又问了我几次，依然没有。我问是很重要的人吗？她说不是，是在杂志交友栏目看到的一个地址，想交个笔友，可以聊聊天。她喋喋不休地问我，是不是对方不喜欢她写的信，不想跟她做朋友，或者是嫌弃她名字不好听。我只能安慰说可能是信寄丢了。

我越发觉得她很可怜，班上几十名同学，没有一个人可以做朋友，只能把希望寄托于远方，无奈远方并没有传来回音。也许在这个时候，我应该站出来温暖地说上一句“我可以做你的朋友啊，有话可以找我聊啊”，可我太怯弱，我没有这种当英雄的勇气，我怕成为群体孤立的对象，我必须站在大多数人的立场。在那时，我的内心并不讨厌她，我真挚地认为，不能因为对方撒了一个谎而将其全盘否定。

日子就这么平淡淡地过着，直到中考，直到上高中。

机缘巧合，我跟她上了同一所高中，分在同一个班级，她是班上我唯一认识的女同学。

没有了舆论的束缚，我跟她合情合理地成了朋友。高中的她，走出了捐款事件阴影，也算开朗。

我家依然离学校近，偶尔带她回家吃饭。吃完饭在我卧室里聊聊闲天，她喜欢翻翻看看，打开我的衣柜："哇，你好多衣服啊。"

"还好啦，我长个子快，衣柜里有一些已经穿不下了，你看看有喜欢的没，穿得下可以拿一些去。"

"好啊，你的衣服都挺好看的。"

她个头比我小，许多衣服都能穿得下。我一件件地把用不上的衣服挑了出来，她拿了其中一部分，走的时候，拎了满满一个袋子。

之后的假期，她也来过几次我家，走的时候，几乎都带走了些什么，我不再穿的衣服、鞋子，甚至一台有了数码相机后被淘汰下来的傻瓜相机，她拿走的东西越来越多，从我问她需不需要，到她拿着她感兴趣的东西问我这个还有没有用。妈妈说，你这位同学，有点贪小便宜哦。我说，还好吧，反正用不上，拿去也无妨，物尽其用嘛。

人的性格，终究是很难彻底改变的，走出初中捐款事件的她，依然那么地喜欢倾诉，只是现在，除了倾诉悲惨的家庭外，她还有另外一个倾诉话题，那就是我。她常常问别人，我把不再用的东西给她，是否是施舍，是否在可怜她。她绘声绘色地讲着我的妈妈如何不喜欢她，她在我家的时候如何小心翼翼，以至于，跟我不熟的人都觉得，她在卑躬屈膝地跟我做着朋友，劝她离开我，她则表现出一副好朋友不离不弃的姿态，继续若无其事地跟我做着朋友，并继续接受或索取着我的物品。

当我知道这一切的时候，我感觉历史总是这么惊人的相似，我简直能想象到当年的初中班长含着泪把一沓钱塞到她手中，后来得知她撒了谎的那种感觉。

想到她初中时众叛亲离的遭遇，我还是决定不让她难堪。只是渐渐地跟她疏远，不再邀请她去我家，下课后找别人说话，我以为这样，可以让两个人不伤和气地疏远，没有想到，她新一轮的倾诉又开始了。

她向周围的人倾诉，她最好的朋友，也就是我，因为她的家境贫寒，而嫌弃她、疏远她，为什么交朋友要这么现实……

我的忍耐已经到了极限，我找她单独聊了聊，把我知道的都说了出来，问她为什么非要把自己讲得这么可怜。她突然手足无措地哭了起来，大概自恃理亏，她一句话也没说。

"你是不是我最好的朋友？"在我转身离开的时候，她突然哭着问我。

"曾经是。"我头也没有回，径直走了，尽管她哭得更大声。

这次之后，我们彻底决裂。

高考是个太强大的存在，它的临近，足够赶走所有琐碎。她说什么都不再重要了，因为大家都在忙着备考，没人有闲工夫来听她倾诉了。

她开始找老师谈心，经常晚自习的时候，抱着书本上去问问题，问着问着就把老师请到教室外头借一步说话，我也不清楚她具体聊了什么，但猜也大致能猜到，无非是学习压力和家庭困境。后来，她申请了贫困生助学金，每个班只有很少的名额，她毫无疑问地通过了班主任这一关，但最后并未获得上级审批，因为她的实际家庭条件并不属于被救济家庭。

响铃，交卷，各奔东西。

上大学以后，我再没有见过她，只是偶尔听老同学说起她，她学校和专业都不太好，经常在网络上找老同学聊天，问三流学校冷门专业没背景没外形的自己，应该怎么办？老同学跟我讲这些时的语气，就像是在讲笑话，她口中自己的悲惨世界，已经没有人相信，更没有人同情了。

她是一个失败的演员，把自己精心准备的催泪悲剧演成了啼笑皆非的荒诞喜剧。她讲过那么多自己身上的悲惨事件，真真假假，日复一日，最悲惨最真实的一件，也许她忘了讲，那就是，她没有朋友。

琥　　珀

四川省乐山师范学院/杨定庚

我从大学毕业就在职场里头混，混到现在还是个小水厂的抄表员。我对此感到很压抑。但这种结果不能说明我不够勤奋，更不是时运不好。实际上，在我的发家史中曾有过两次重大转折，说严重点就是哲学里讲的质变。那时我感到只要跳过现实中的某个悬崖，就能坐拥对面的金山银山。而两次我都没能跨越时间，栽倒崖底去了。就差那么一点点。

经过深刻的反省，除了我不如别人会混之外，我还发现这一切都与老华这个人物有重大的联系。老华是谁？我也很想弄清楚。但现在我已知道“不鸣则已，一鸣惊人”就是用来形容他的。这种联系有点复杂。简单说吧，我感觉他就像一阵风，我的脚刚跳离地面，就被他刮偏了方向。

其实也不能全怪老华。在生活中我只是一把鸡毛掸子，这是李珊对我的评价。李珊是我的妻子，我们结婚四年了，感情还算不错。但她总将我比作鸡毛掸子，我想那是因为鸡毛太柔软坚韧又轻巧的缘故。轻巧就要被风戏耍不是？

李珊总能这样看到生活的本质，这是她的特长。她很懂生活，她从一开始就将我们的生活分为了三个阶段：历史，现实，未来；并解释说，未来是付诸现实的，而现实往往取决于历史。我记得她在说这种话的时候像极了某位国家领导人。于是在这两个“什么于”的方针推导下，历史的地位就显得尤为崇高了。所以我们在探讨生活的真相时，就常常要拿彼此的过去说事。可我发现我们在说这些历史时依然感到惶恐。那是根源于我们都不知道未来到底是什么样的，而现实依旧平静如水。

李珊是一个精明的女人。懂生活的女人总是很精明，这不足为怪。但精明的女人往往斤斤计较，这也是无法避免的事实。她的计较使得最近半年我们的感情出了一些波折。这主要表现在她每到月末要和我吵几次嘴。开始我还以为，对于女人来说一个月总有那么几天，但后来我发现她的反常与隔壁的单身男人张德脱不了干系。也就是说，我发觉他们的关系有点儿不正常了。男人只有在这个时候最有底气。说我像鸡毛，柔软？屁话。她又不是没见识过我在床上的勇猛。但她就是要避实就虚，把话题转移到历史中的我的身上来。

综合来看，整个争吵的过程往往像飞夺泸定桥，雄狮过长江的战役，只为争个决定性的胜负，然后将结果载入史册，供以后随时查阅。但这样做有什么意义呢？历史总归是历史。成者为王，败者为寇。历史只属于英雄，以及那些会混的人。历史哪是你我两个凡人能编写的？

我因此对她很不满意。但她是个精明的女人，我相信她能认识到这个真理。然而精明反被精明误，不论个输赢她就是不肯下华山。所以往往进行到一半，我就开始保持沉默。我蹲在床头上，听她从生活用品吵到家电家具，从家电家具再吵到以后的房子。在我看来，它们就像是李珊的再生父母，而她的再生父母不给她零花钱。

等她吵完我就会伸个长长的懒腰，关掉灯，搂着她睡觉。因为历史再怎么辉煌，也终抵不过现实。历史不累，而李珊会累的。吵嘴大半是她自己与自己在吵，一个过去的她，和一个现在的她。她把过去与现实分得一清二楚，结果还是没有把未来吵出来，这就让她感到疲倦。我之所以保持沉默，那是因为我始终站在真理的面前。真理既包括历史，也包括现实，还包括未来。真理是万变的，在万变的面前我只能保持沉默。

在这样的夜里，临睡前她总要掉几滴眼泪下来，作为对过去的白天的告别。既然历史无法被编写，还有什么更好的办法呢？

就在半小时之前，我将熟睡的李珊从床上拉起来，说了那三句近似于真理的话。现在她又泪眼婆娑地躺在我的怀里睡着了。而看着她茫然无辜的睡脸，我直到这时才感到所有的一切都要过去了。这很关键。这能说明历史敌不过现实。我明白当窗外亮起来的时候，便会是崭新的一天，此前的所谓历史就不再是历史了。在老华的影响下，夜的寂静会把历史封订成册，推它下悬崖。明天就将只有现实，没有历史了。

相比之下，今晚远不如昨晚精彩。今晚李珊吵累了就睡了。睡前她对我说：“明天把那块绿琥珀卖了吧，咱们这种人才戴不起呢。哼。”我便又陷入了惆怅和失落。我起来坐在窗子边上安静地思考一些历史性的关键问题，其中就有这两次重大的转折。

想到妻的话，我又真正感到后悔，关于昨晚的第二次转折。不知以后是否还有这样的质变，但前提是我现在还没有开始量变。我在原地踏步。夜很安静，时间被暂停了。我在重温历史，总结经验。我在原地踏步时深深地感到了无奈。

窗外的路灯透过树叶射到出租屋的天花板上。我看见零散的绿色斑点在上面随风乱晃，森幽幽的，像无数恶狠狠盯着我的狐狸的眼睛。这让我突然想到妻口中说的那块琥珀。而几乎是在想到琥珀的同时，我想到了老华。

我是昨天中午一点在城郊凤凰路碰到老华的。准确地说是他碰到了我。像往常一样，当时我支好摩托车坐在大榕荫下乘凉，忽然听见有人在喊，老李！我看见一个矮胖的中年男人向我走来，又喊了一声，老李！我看看周围没有其他人，心想你凭什么喊我老李，我三十岁都不到，你凭什么就喊我老李。他的肚子大得像皮球，提个公文包，一看就是推销保险的。当他走近我的时候，我还没想到他就是老华。我说我不买保险。他说哎呀老李，你不认识我了？我又看了半天，还是没有认出来。不过，我注意到他左手手腕戴的绿得发亮的东西。它就是那块鹌鹑蛋那么大的绿蝎子琥珀。

他在我的旁边蹲了下来，乱射的眼光中有一种热情的关切在里面。我捕捉到了，像是领导在察看新培育出来的杂交水稻。他说，咱们三年没见了，你还是没变，只是不认识我啦。哈哈哈哈哈。

这下我听出来了，他就是老华。他满月似的笑声永远那么像华山论剑时欧阳锋的声音。但我没有感染到他那种喜悦。我站起来，平静地和他握了手，我说原来是老华，三年不见你发福啦？

老华嗤地一笑，但笑容在他的脸上稍纵即逝。他说他在广告公司做策划经理，混得相当不错，当然要发福。接着他又问我混得咋样，我说很不咋样你怎么跑到这里来啦。他说专车在路上出了故障，刚才拖去修理了。

说话时，老华不断埋下圆脸去看那块琥珀，像在看一块手表。但我根本没有看到里面有指针。只看到那只蝎子的眼睛瞪得很大，大得离谱。但那也不是指针。没有指针怎么能组成我们的时间呢？我知道对这样的人来说时间就是金钱，但很奇怪的是老华浑身上下都没有揣着时间。

我说你在看手表吗？

这哪是手表呢，这是琥珀，琥珀你懂吗？他指着那块琥珀笑着说，嘴角歪成了一轮大弯月，相当迷人。简单地讲，千万年难得一遇这样大的树脂，千万年难得遇见这只大眼黑蝎，更千万年难得的是，这块树脂恰好滴在了这只蝎子的身上，再经过千万年的化学作用，才凝成这块碧绿透明的琥珀。说这些你可能不了解，总之它是世上独一无二的。独一无二的东西比名表珍贵，你明白了吗？

我本来是不太懂的，现在懂了。老华说话还是那么性感。我注意到他总是提到“千万年”这个具备强烈指示性的时间名词，就像在说国窖的“1573”。我很快就明白过来，很明显他戴的不是时间，而是历史。也就是说历史比现实的时间珍贵。他这点简直和李珊一样。

我说我要走了，我要去上班。他却把包往我的车上一扔，说，你能不能载我到白杨路去。我说你可以坐出租车。他说大中午的哪有出租车到城郊来。我说也对，但我只能载你到华西路，我要去上班了。

下车后，老华又像看手表似的看了那块琥珀一眼，脸上出现某种慌乱的神情。他的这种态度让人怀疑，那就是一块制工巧妙、设计隐秘的电子表。说不定从某个角度就能看到被历史的外表隐藏起来的现实的时间。他怎么能不戴手表呢？或者那个位置本来是属于手表，只不过今天早晨他出门时戴错了。

这样吧，晚上七点来白杨路临河的那家咖啡馆，我请你喝咖啡。不见不散。我看到那蠕动得咂巴咂巴响的嘴唇是在要求我。我说我会考虑的。就这么说定了，他得意地说，对啦，目前我正好需要一名策划部助理，你要知道——

你要知道，那时我已经发动车子了，没听清楚他后面的话。但我明白他的意思。我心想你以为你是个人物，三年前只不过和你吃顿饭罢了，谁要来做你的助理。狐狸精才做你的助理，当然，她还可以做你的小秘。我不屑地猛轰了一下油门。轰。

这几年在职场的摸爬滚打，我已深知人情世故就像丈母娘一样重要。我有几次就栽在这块上头。有次我应聘小杂志的采访员，面试官夸我各方面都很不错。他们说你就愉快地回去等好消息吧。我还真信了，一周后我愤怒地发现他们用了别人。果然是个好消息，听说那人表哥的同学也在里面工作呢。李珊嘲笑我，谁叫你装清高，独钓寒江雪。我说我就不想去招惹那千山的飞鸟，怎么的？实际上说完我就后悔了，就像错过了许多的丈母娘似的。而在某种程度上来说，丈母娘远要比对象重要。我没有丈母娘的那层关系，面试官就和我产生不了某种法定的联系。但话说回来，我实在不能忍受职场上的钩心斗角，假情假意。老华如果想帮我，为何三年前突然就消失了？

昨天仍是平凡的一天，昨天下午也只是一个普普通通的下午。和往常没什么两样。如果要说不同，那就是昨天我领了工资。昨天正是30号。30号，我领了工资，就这样。

下午我回到家时，已经把中午这件事忘了。我一进门就闻到呛人的椒油烟味儿。爆炒猪肝，没错，那是李珊最喜欢的一道菜。

吃饭时妻笑着说，今天是一个非常重要的日子。我说当然，今天30号。30号怎么了，妻说，我说的事比30号还要重要。我知道了，我说，你知道今天我领了工资。她很快地放下碗，用鄙夷的眼神盯着我说，就你那点工资，比起我说的真是小巫见大巫。我听了相当的冒火。我相信很多男人都这样，那就是弄不懂女人到底是怎么回事。没钱的时候女人要怪男人没能力，你给她钱她照样怪。她们总愿意重踏同一条河流，但是赫拉克利特早就证实了：这样很不科学。想来想去我还是不明白她指的是什么。我说那到底是什么，你快说。

你快吃饭，吃完我就说，不然就来不及了，她说。什么来不及了，我说，你不说我就吃不下饭了。

她刚一开口我就明白了。又是工作上的事。我感到很难堪。这是月末，我知道她又想吵了。我埋下头吃饭不搭理她。这次是真的，她说。她有些心急了，把我的头发揪起来。这次当然是真的，我望着她说，这次不仅仅是工作，还与张德有关。你是真的，张德是真的，真真得真。

不是我生性多疑，我很爱李珊，我相信她也很爱我。但我怀疑他俩的关系是有证据的。证据就是过去的现实，就是历史，历史不允许我擅自改编。说实话，我实在不愿回想那些事，可是为了说明事情的严重性，就必须要做到李珊所谓的“跟历史 face to face ”。

半年前张德租住在我们隔壁，门对门，阳台贴阳台，亲近得不得了。三天两头他就往我家里跑，开始我还以为他想和我做朋友，后来发现根本不是那么一回事。我发现他看李珊的眼神有些不同，怎么不同，我或许说不明白，但就是有那种感觉。男人很懂这种感觉，或许是一种暗示吧。

一次他提菜来我家吃饭，他开口说了五句话，四句都是盯着李珊说的。这不是我敏感，你是没有看到那种眼神。后来我实在看不下去了，就一把抓过他的眼神。我向他敬酒，我说你到底是干什么的。天羽服装厂生产部的经理，他得意地说，眼里有一道光在房间里胡乱扫射。我看到他左脸上的那颗大痣被堆起来的笑扭曲得可怕。

刚从总厂调过来的，调过来就做了经理。他说话时依然去看李珊，我注意到李珊很及时地对他做出了肯定的回应。我上次不是说过了么？他继续补充说。

我说你什么时候说过，我怎么记不得了？我扫了李珊一眼，发现她的神情有些慌张。我当时就知道有点不对劲了。但是我没说，我保持沉默。你知道这种事说出来吃亏的是男人。最好不要有下次，我心想。然后我就以睡觉为由打发他回去了。那晚我当然失眠了，李珊当然不知道。她得装作什么也没发生一样。

一个单身男人住在隔壁，不用想都知道接下来会发生什么。再加上那时是春天。一到了春天，男人就开始蠢蠢欲动了。

那是个晴朗的下午，春光妩媚，我从厂里回来拿去年的汇总表。打开门，你再也不会想到发生了什么。我看到张德的手和李珊的手挨在了一起。这真是关键性的一刻，而这一刻我没有错过。一错过，明媚的春光就再也没有了。

李珊看到我时她的手缩得很快，触了电似的，脸涨得通红。我气急了，砰的一下关了门。我说你们在干什么？说不清楚谁也不准出去。

那时我感到自己快要喘不过气来了。其实不用他们说我也知道，但我就是喜欢听他们的狡辩。我有权利对他们的行为进行记录并汇总，然后再审判。

李珊慌张地站了起来，说，我，我们没做什么。刚才，我，我只是递水给他。

哼，没有什么，没有什么你还支支吾吾的。你，李珊，你给我坐下！

李珊坐下去的时候我看了张德一眼。我不明白张德为什么在这时还有心情喝水。为了摆出一家之主的威严，我把桌子拉到他们的面前，再坐在上面。我两手叉着腰，以 60 度的视角俯视他们。我对他们说，坦白从宽。

刚才我用洗衣机，电线短路了，我找张德过来修，现在修好了。妻解释说。说完他看了张德一眼，张德一脸的笑。确实是这样的，他说。

今天为什么不去上班，我问她。今天下午头晕请了假，她说。你为什么不去上班，我问张德。他愣住了说不清楚。我的正义的念头是在一瞬间产生的，我突然重重地拍了桌子一下，好，现在可以定罪了。张德，你有罪！我气得跳下来把门拉开。你给我滚，张德，滚了就再也不要来了。

那晚我和妻子一起爆炒了一份猪肝。椒油味弥漫了整个不足 80 平米的二楼出租屋。你不了解，那种味道可谓性感，性感得甚至有点儿呛人。

我一把将李珊按在床上，李珊死活不从。我急了，我说，来啊，干吗不来，我可不比张德差。她一把推开我，从床上坐起来，大声地说，你疯啦？

我并没有疯，这点她是知道的。后来我们就蹲在床的两头吵。她说，你到底是不是男人？我说我是不是男人你还不清楚吗？她说天下哪有你这样不负责的男人？

我有些火了，我说对啊，我还不如床对你负责，床总要把你衬托得舒舒服服的。张德那畜生就是这样一张贱床！我看到她眼神有些焦急了，果然像那么回事。我更火了。

你不要总是转移话题，她说。我在说张德，张德。张德就是正题，我哪里偏题了？

实际情况就是如此，争来争去历史还是历史，得不出任何新的结论。接着我们又吵了很多的话，差不多把美妙的回忆都吵光了。历史吵光了，就只剩下赤裸裸的现实。然而李珊最擅长的就是总结现实。她在那时又企图将现实尽早地归为历史，一劳永逸地载入史册。你简直是一把鸡毛掸子，李珊总结说，只晓得欺软怕硬，有本事别在家里扫灰尘啊，怎么不出去扫一座金山银山回来？

我再也没有话说。李珊已在历史里将我定了罪，而我不能篡改历史。我保持沉默。于是那晚我们开着灯，平躺下来，各自回想了一整晚的史实。目的是希望求得安慰。

我很清楚，事情再怎么发展，不到最后一刻我绝不能想到离婚。所谓最后一刻，那就是发现他们同在一张床上。床是男人最感到光荣的地方，也是男人一文不值的地方。

我在历史的悠悠长河中，记起来上一次这样大规模的争吵是在一年之前。一年之前，为了孩子的事情我们曾吵得天翻地覆。我们把整座楼都惊动了。我说我想要个女儿了，女儿可爱。她说没有钱怎么养孩子，你看过去的人养了那么多孩子，多累。有了孩子就等于有了资本，我说。她听不明白。我说你现实到了娘家了，还有没有人情味？以前你可不是这样的。

以前的李珊温柔可爱，楚楚动人。她的眼神会传情思，注视你时你能看到里面微微荡漾着的水波，澄澈之余又灵动不息。一旦笑起来，她脸上的两个酒窝就像在和你说话似的，让人怜爱至极。那时我感到我爱她爱到疯癫了，甚至都到了可以为她牺牲的地步。

在我们结婚的时候她给了我一个长长的吻，就有历史那么长。她伏在我的耳边说要给我生许多漂亮的女儿。她知道我喜欢女儿的。她说我们要走遍全世界，在每个角落都留下我们爱的吻迹。她还说纵使我现在一无所有，她也愿意陪我从无生一，一生二，二生三，三生万物。当时我还以为她是指给我生一大堆女儿，我感动得快要哭了。后来才从书里了解到，那是先秦的智慧，即从不可能变成可能。我为了表示对她的爱，婚后我整整洗了一个月的衣服。

然而那些全都是过去了。现在李珊已在冲锋美妙未来的高地途中向残酷的现实缴械投降了。她把憧憬过的未来落实到了现实，而在真正的未来，她又将把它归入历史。她变了。我想过离婚。但她在最后又说了一句让我感动的话，就是这句话打消了我的念头。她说，以前的全是历史了，我既然选择了你，就要和你同甘共苦。你要知道历史是无法被改写的。

李珊把筷子往桌上一扔，啪，溅起了几颗饭粒。我看见饭粒在空中优雅地转了几圈之后，稳当地落在我的面前。

李多，你给我听好了，人家张德是看在你有过记录员的经验才叫你去应聘的。别没事找事。车间主任，月薪六千，过了这个村就没有这个店了。就算不为我，你也要为你的女儿想想。哼。李珊简直气急败坏了，愤愤地甩下这几句就朝卧室跑去。

我被她吓到了，一时间说不出话来。准确地说，我是被她提到的我的女儿吓到了。你知道，李珊到这个时候还能从历史里面找出我的心结，并完整无误地传达出来，可见其精明。我站了起来，觉得不对又坐了下去。可是我坐下去又觉得空气太闷人，屋里的油烟味似乎还在漫散，一度让我感到窒息。

我很快就逃了出来，逃到街上去了。我在打开门的时候大声朝卧室的方向吼了一句：我去！

李珊的意思是，张德是厂里的生产经理，掌管几个产间，负责生产的环节。我去应聘，实际上是到夜间操作现场走个过场给厂长和其他经理看的。但是我不能去，我想到早上张德在阳台对着李珊卖笑就觉得恶心。我不是逞强，这是原则问题。然而事实证明，没过多久我就后悔了。

我漫无目的地走着，只是为了排遣烦闷。那时将近到七点的样子，街上人来人往。人们肩碰肩，头靠头，熙熙攘攘的像一群正在找屎堆的苍蝇。车来车去，时不时冲你叫一声，滴，滴滴，就像在喊你爹似的。我相当不满。我在穿过马路的时候就对着突然停在我面前的奥迪车骂了一句，滚远点，老子还没你这个儿子呢。

我顺着路从银杏公园走到商业街时，街角的霓虹灯五颜六色地亮了起来，像在闪烁着无数困惑不解的眼睛。我还看到大大小小的店铺乱七八糟地挂着烫金的招牌，进出的人们把眉头紧锁成了巨大的问号。一个发传单的小伙向我递来一张淘金的信息，我转身就扔进了垃圾桶。我不知道音乐是突然从哪里响起来的，像吃错了药似的，一会儿是“恋爱ING”，一会儿又是“分手快乐，祝你快乐”，悲喜交加的场面久久地在我的头顶上演着。简直是乱透了，简直是糟糕透了。

眼前这一切非但没有消解我的烦闷，反倒让我在烦闷之余生出了一种毫无保障的漂泊感。灯光打下来的时候，我感到这一切都像是现实的一双无形的手，通过刺眼的光线搭在我的身上，就将要扒光我所有的衣服。而在其中的某刻，我感到了前所未有的惶恐与恐惧。我发觉现实的时间对我来说一文不值了。我很快地就想到了未来，我迫不及待地想要逃到未来去。因为我一直有一种预感，未来的我要比现在好上千百倍，富上千百倍。那里什么都有，有我的憧憬，我的女儿。当然，还有李珊的善解人意与温柔。

我就是在这个时候想到老华的，进而想到那家临河的咖啡馆。

我不知道自己是怎么走过去的，当我看清眼前的“聚友咖啡馆”招牌时，门口的女服务员已经在向我打招呼了。我无法拒绝，只好随着她走进去。

我问，老华呢？他人在哪？

什么老华？我不知道，她诧异地望着我，是不是那块绿琥珀？我说对对对。我跟着她走到一个角落。就在这儿，她十分肯定地说。

但我没有看到老华，那块绿琥珀放在桌子上。我说老华呢，他人在哪？

我真不知道，她微笑着说，他说已经和你讲过了，你见到这块琥珀就全都明白了。

我茫然地望着这块琥珀，我说老华什么也没给我讲过，我什么也不知道。你不知道，我就更不会知道了。它知道。服务员指了指那块琥珀笑着说。她的笑很迷人，像李珊一样有两个酒窝。但是她的酒窝不会说话，她的酒窝只是两个浅浅的洞，两个将她的秘密一览无余的窗口。

总之你一定要等他来，因为他有机密的事要交代你。

说完她转身就走了。我坐了下来，回想她刚才讲的似有深意的话，忽然觉得咖啡馆的服务员就是不一样，说话都带有一种咖啡似的绅士或者淑女的味道。

但很快我就感到了无聊。这样的等待对目前的我来说只能是某种象征性的收获方式。而我对未知的憧憬却早已远远超过了对现时的把握。于是将近半个小时过去了，优雅的男人对面都有了性感的女人，我等待的未知还没有来，现实就只能剩下无聊。总体而言，这样的无聊还不至于像之前的烦闷，我很快就将注意力转移到了灯上。

咖啡馆的灯光很幽暗，具有一种困惑似的女性魅力。我望着靠近河边的玻璃里的反光，一时竟觉得河上的黑暗空间里也有一座同等规模的咖啡馆。那里的灯光悠悠，仿佛是被风吹动的样子，或许光明与黑暗正在相互追逐映衬以及呼应。

我欠着身子看得很投入，我注视着里面的一切。在那里，时间宛如一条轻盈梦幻的小河，里面回响的是时间河床里流淌的声音。哗啦哗啦，哗啦啦。对面而坐的衬衣男人与短裙女人，分别像坐在一只小船上，他们在时间的水流上轻划着双桨，似将要划破空间，划出一条缝到未来去。他们的举手投足之间，优雅至极。性感至极。

忽然，我看到我自己了。我自己也突然出现在那条时间的小河上，却独自忧伤地划着小船。我甚至想到了李珊。于是我调了个位置，面对墙壁。我认为她出现在这里只能破坏梦幻的情调。我也无法去想未来的女儿，一想到她我就慌张。我不止一次地梦到她被绑架关在一间黑屋里，正乞求我以100万去解救她。我不能想历史，也不再敢想未来，我于是只能想现在。想咖啡馆。于是我想到琥珀。我想到琥珀的同时就又想到了老华。

三年前老华的肚子还没现在大。那时候他没留胡子，使他比实际年龄看起来年轻十岁。李珊的同事说老华很厉害，认识他总算不会错。但刚和他见面时我根本看不出来他哪点厉害。他的头发一律都往后梳，就是所谓油亮得站不起苍蝇的那种发型，于是他的脑门就显得很大很宽敞。我知道具备这种额头的人至少都不简单，至少那是成功人士所共有的特征。我们聊了一会儿就准备去吃晚饭。我不知怎么就自觉跟在了老华的后面。我到现在也搞不明白怎么就默默地跟着他走进饭馆里去了。

老华很爱笑，我们坐下来他就不停地冲着我笑。我认为笑也是成功人士的重要标志。只有成功人士才有自信随时保持随和的笑容。但他笑起来的时候，嘴唇把脸撑得很开，嘴角在他的脸上勾勒了一轮巨大的弯月。你永远也不能从那离谱的弧度里琢磨出他发笑的原因。笑的时候他用手托着下巴，仿佛那弯月要掉下去似的。他就这样呆呆地把你望着。你甚至不敢做出任何的行为。因为那弯月太瘦小了，瘦小就脆弱，脆弱就容易变形垂下。我就是因为这种原因不敢出声的，甚至都不敢直视他。我想着看到上弦月总比看到下弦月要更轻松一些，更自然。

总体说来，老华作为厉害的成功人士不是那么让人讨厌的。至少他脑门大，他聪明。聪明的人往往很厉害，我就是这么认为的。对于聪明的人，我一直怀有天生的敬意。

酒足饭饱之后，老华还是不提他的成功秘诀，他只顾着剔牙。等他满意地拍了拍肚子，我想这下要透露了吧。他却问我谈了几次恋爱。我说就一次，和李珊。他啧了啧嘴，说，你吃亏了兄弟。我问他哪里亏了，他不说。

我们边喝酒边聊天，重新挂好月亮之后，他拍了拍我的肩膀。李珊我认识，她人不错，他笑着说。我很诧异，我问她哪里不错，他哈哈哈哈哈地笑得很厉害。我看见他快把弯月亮笑成圆月亮了。原来他的笑声更厉害，像欧阳锋。

我没说话，我低下头，看着老华裤子上的一块黑色的油点。这会儿我有点紧张了，当我紧张的时候我就保持沉默，这是我常用的方法。后来我醉了，只记得耳边一直是他哈哈哈的满月式的狂笑。

我从自己的床上醒来已是第二天的中午。醒来头还很晕很沉。但醒来我就问李珊，你和老华到底是什么关系？

老华？我不认识，只是听说很厉害。她说。

听说？他一直夸你很不错呢。你们到底他妈的什么关系？李珊急了，推了我一把说，我不认识，告诉你，我，不，认，识。

实际上那天就是我的第一次转折所在。这是我后来意识到的。下午我接到一个电话才反映过来，我错过这次转折了。上午的那场广告策划部复试我没有去。月薪五千的工作被我睡过去了。我后悔的心情没有办法形容。拿李珊骂我的话来说，那就是，美好的未来被沉醉在现实的我睡成一文不值的历史了。

那时我突然想到老华。不知为什么我突然就想到了老华。我还想找老华问一些问题，但老华已经消失了。问李珊的同事，她说她也不清楚。厉害的成功人士老华，哈哈哈的满月，怎么突然就消失了呢？

那时我想到这里，又回忆起白天的经历，我有一种说不出来的感觉。我越来越觉得老华的厉害，那就是你永远猜不准他说的话。这个时候我很想见到老华，想问问他三年前的事。可是墙上的钟已经八点了。八点了他还没来。我一定要等到你，老华。不见不散。我已暗自下了决心。

这时我注意到那块琥珀闪着碧绿的深光。幽暗的灯光照着，使它更显得深不可测。我注视了好久，发现它真的不是时间。很奇怪，老华浑身上下真的没有揣着时间。但在这个时候，我的关注点已不在时间上了，而是在琥珀的身上。

借着微弱的昏黄的灯光，我变换着角度观察这只鹌鹑蛋大小的绿琥珀。我看到这只琥珀的绿有点发蓝，蝎子的眼睛在里面就像是人工安上去似的，大得诡异，大得可怕。不知为何看了一会儿我的思绪有点儿飘忽。我想到月下的森林去了。我仿佛见到眼前有一大片森林，月光将树木染成了碧绿色，盈盈的闪着淫光。既像狐狸的碧绿阴森的眼睛，又像一片宁静的微蓝的大海。海面上波光粼粼，充满灵动的美。仿佛是海鸥做的流动纷繁的美梦，而我甚至愿自己就是这只自由遨游的蝎子……

我感到我的胳膊被推动。

睁开眼，我看到那位女服务员对着我微笑。我揉了揉眼睛，很奇怪我竟看不清她的脸。我看到两个酒窝像两只眼睛，而一只嘴唇在蠕动。我们已经打烊了，你可以回去了，那只嘴说。

原来我是做了一个梦。我感到我在醒来的那瞬获得了一种失落。于是看了墙上的时间，九点过了。而九点过了老华还是没有来。我很愤怒，我仿佛觉得被耍。边走我边止不住地对着那块琥珀骂，老华你他妈的躲哪里去了？拿一块琥珀来挽留我有屁用，有本事我们来赌时间！

直到这个时候我才发现，我连老华的真名都不知道，他真正干什么我也不知道。我只知道他叫老华。别人都叫他老华。

我回去时门没有关，一进门就被李珊拦在门口。

你怎么没去应聘，她肯定地说，两眼无神地呆望着我。我那时已被老华搅得心烦，谁说我没有去？我大声地说。她说张德来电话了，他们录用了一个叫华文林的人，你根本没有去，你到底去哪里了？

我没去哪，我只是去喝了杯咖啡，我很不耐烦了。咖啡？你不去找工作还有心情去喝咖啡？她的声音有点颤抖。

我正想痛骂张德的时候，我看见妻的眼泪流下来了。她一把抱住我，几乎把整栋楼都哭响了。那时我正在气头上，心烦意乱，却被她这一哭一抱弄得不知所措。忽然不知怎么的我也想哭。而这时我才清醒过来，我上下打量了周围一圈。我意识到我们从结了婚就在这里租住，已经租了四年了。我们过了四年的苦日子。那些耳鬓厮磨、互相加油鼓劲的场景突然就在我的眼前涌现。我记得我的心一下软了下去，一时不知道该说些什么，做些什么。

许久之后，我在伸手去抱她的时候，手背碰到了衣兜里硬硬的东西。是那块琥珀，我想了起来。我很快地掏了出来，递到妻的面前。来，这个给你，我说。

这是什么？她接过琥珀去左看右看。

没有看到吗？蝎子琥珀，我说。

给我这个干什么，哪有钱买？妻这时已不再流泪了。不知是拥抱化解了她的怨恨，还是琥珀吸引并打动了她。给我买这个干什么，多少钱？她问。我说多少钱你不用管，总之它很珍贵，比名表珍贵。这是我送给你的。现在它是你的了，你不喜欢可以再拿去卖。

我为我这种大方的态度感到自豪，因为李珊已经不怪我了。我看得出来她很喜悦，准确地说是她感到很幸福。这种状态持续了大约一个小时。直到临睡的时候，她忽然想起什么又开始吵起来。但我早已习以为常了，我意识到自己和她生活在不同的阶段上。她活在历史，而我活在未来。她有她的过去经验，我有我未来的憧憬。昨晚她的言论依然精彩，因为她几乎带着我回顾了我们所有的历史。

现在看来，昨天是平凡的一天，昨晚也只是一个平平常常的夜晚。那就是我们把历史吵光了，然后我们抱着睡觉。唯一的不同便是昨晚我们都做了一个久违的美梦。我们不约而同地梦到了那只琥珀。后来在谈论的时候，我们都觉得很兴奋。我们感到历史与未来似乎就要在现实里交织了，而我们也很快就要实现在现实里的拥抱。

今晚的争吵虽不如昨晚精彩，但也很至关重要，因为李珊打算卖掉那块琥珀了。这多多少少又为我们带来了新的机会和希望。独一无二。名表。我想到这两个词的时候便感到平和，以及一份难得的安慰。

我由琥珀想到以前的事，再回落到琥珀的身上来，已经是晚上十点过了。窗外仍是一片寂静，星星始终闪着它永恒的迷惑。天花板上的狐狸眼睛还在不停地晃动。我的心忽然变得很平静，像什么都没发生过一样。历史在这时又等于零了。于是我开始思考历史是不是属于夜晚的，因为只有夜晚才寂静得什么都不会发生。但我知道未来一定是属于白天，因为白天的所有不就是为了将来么？那么现实呢？现实跑到哪里去了呢？

我就在这时忽然听到窗外的那阵响亮的谈话。

张德？我搞不懂这么晚了张德为什么还在外面闲逛。

哈哈哈哈哈。

老华？老华怎么会在这样的夜里和张德在一起？听了一会儿，那就是老华没错。那是老华和张德。

当我探出头去时他们已经走远了。但那时我注意到一个很亮的月牙儿挂在天边。下弦月，相当迷人。可是我很惊奇，今晚怎么会有一个很亮的下弦月？

我被这一发现惊得心砰砰直跳。我便在这时打开灯，一把将李珊拉了起来。

说，快说，张德录用的那人叫什么？我大声地问她。妻被我吓到了，迷迷糊糊地说出了三个字，华，文，林。

老华？

什么老华？她惶恐地望着我，我没有话说。我愣了一下，我就在这时忽然说出了那近似于真理的三句话：

“这块琥珀你不用卖了，反正是个赝品。千万年前的树脂怎么会遇到千万年前的蝎子呢？是赝品你就戴着吧，咱们只能戴赝品了。”

妻茫然无辜地望着我，乖乖地不再说什么。我一把抱住她。我们终于一起陷入了沉默。

没过一会儿，我看见她脸上两行碧绿的清泪流了下来。就像两滴树脂，将要永久地封入琥珀的史册。

侏儒手记

天津大学/夏 超

1

我出生在人群。我不知道我的父母是谁，所以我无法向任何人抱怨我矮小的身材，无法抱怨因这副身体而承受的命运。现在，我已坦然地接受了这一切，不是因为我获得了生活的真谛，而是我根本就无法改变。

我出生在人群，生活在人群的阴影之中。我知道，将来有一天，我也会死在这里。在关于遥远过去的模糊记忆里，当我睁开双眼，周围就是来来往往的人群。我还未站稳，几个人就挤过来，我便被人群裹挟向前。

我的一生就此开始。

2

我身材矮小，我看不到人群的边际。我仰起头，只能看到镶嵌着一颗颗脑袋的阴沉天空。

放松地看一看天空，不是容易的事。当我将头高高扬起，身旁路过的人撞上我时，我可能失去平衡，如果我撞到别人，很有可能被痛骂一顿，而如果我被撞得跌倒在地，那就极为危险了。只有我足够强壮，或是别人向我伸出稀少的援手，我才能在熙熙攘攘的人群中重新站起来。如果我没能站起，很有可能被践踏而亡。

这样死去也不值得任何抱怨。很少有人乐意主动踩踏别人的，踩踏者之所以踩到别人的手，踩到别人的脚，踩烂别人的脸，踩断别人的肋骨，只是因为他身在人群，身不由己。周围的人挤着他，他无路可走，甚至可以说，跌倒者还挡住了他的落脚之地。所以，有时能够看到，踩踏者不仅不会对被踩踏者表示歉意，反而恶语相向，啐他一脸口水。

当我身边的人群变得稀疏一些，我才敢抬头，幸运的话，我能看到几朵阴云间有一只黑鸟扑翅飞过，像一颗黑色流星。

3

在人群中生活有个好处：你不必选择方向。人群向东，你向东；人群向西，你向西。

在人群中生活有个坏处：你几乎无法选择方向。人群向南，你必须向南；人群向北，你必须向北。

有时，我随着人群向东走，人人都分得一勺肉羹；有时，我随着人群向西走，最后饥肠辘辘，两手空空。所以，时而在南方，我胖得像一只臃肿的鼹鼠，时而在北方，我瘦得如一截枯木。

我曾经试图从人群中逃离，但并不是为了追求自由而决定从人群中逃离，当然最后失败了，但最初的动机很明确，就是我厌倦饥饱不定的生活，我想找到一处每天都能吃饱喝足的地方。

我利用矮小的身段，在周围腿和腿的空隙中朝着一个方向不停穿梭。我相信我迟早会挤到人群的边缘，成功脱离。但是一天过去了，两天过去了……最后我已经记不清过了多少日子，我的眼前仍是不断摆动的长腿。这些腿就像不断变换位置的牢笼的栅栏，将我困在自己的脚印中，无法摆脱。

4

我有时想，或许，逃出人群也不是一件好事。

如果人群之外是更好、更有意义的地方，那么处在人群边缘的人肯定会离开去往别处，等他们走开，一圈崭新的人群的边缘就出现了，这些人接着离开……如此下去，这无边无际的人群会像洋葱被一层层剥开，最后消失。

但这些不断离去的人，最后是不是又在别处聚成一个新的人群。或者说，这个新的人群不过是原来的人群转移了地方而已。

现在，我身在的人群还完完整整地存在，没有分崩离析的迹象，那这人群中的某处一定存在着巨大的秘密，像一个磁性的中心，将这些人如铁屑般吸引而聚拢起来。

于是，我决定去寻找这个中心，但我又走到了一个穷途末路。因为我无法得知人群的边界，我身处其中，便根本无从得知中心在何处。任何一点都可以是人群的中心。如果处处皆为中心，那中心就不存在。那人群又是何以成为人群的呢？

或许，无论是在人群中还是人群外，根本就不存在一个更好、更有意义的地方。人群只是一个巨大的谎言，掩盖着人的虚无。

想着这些问题，我找不到答案，感到痛苦。

5

不去思索，安心待在人群，并不能消除所有的痛苦。

有时，人群几乎是停下来，变得异常安静。每个人都直直站立，望着一个方向。我听到有几个人在远处奇怪地喊叫，夹杂着金属碰撞之声。人声如一团麻绳，杂乱地绕在一起。突然，人群弹出一阵大笑，人们前仰后合，将我挤痛。我露出愤恨之色，被旁边的人看到。他们低头对我怒目而视，逼问："你为什么不笑？你心里想着什么？"他们的阴影落在我胆怯的眼中。"哈哈哈，真有趣！"我开始假装和他们刚才一样开怀大笑。一会儿，又是一阵嘘声，夹杂着咒骂，我小心看着他们的表情，努力和他们一样去嘲笑，去讥讽。

我不知道远处正在发生什么。如果我知道，说不定我会觉得那件事并不可笑，或者并不应该被耻笑。谁知道呢，我还是装作和他们一样比较好。

6

我不知道的事情还有很多。

有时，人们一脸严肃，听远处一个人在扬声器中饱含激情地咆哮，讲着另一个人群的事。这让我感到吃惊。原来这世界上并不止一个人群。原来人群并不稳定，或者说，比我想象的更为稳定：一个人群可以分裂为不同的人群，不同的人群也可以汇成一个新人群。

人群举起拳头，人群喊着口号，我不知道他们究竟要去做什么。

人群听到了炮声，人群说军舰要沉了；人群看见远处的火光，人群说宫殿被烧了。人群沉默不语，人群翘首以盼。人群说我们革命吧，人群说将有新生活。人群挤来挤去。

人群说一座桥塌了，人群说野兽来了；人群说我们不能走，人群说投降吧；人群说能吃饱就行，人群说北风吹过大江，人群说太阳升起来了。人群挤来挤去。

人群说上山去，人群又下海了；人群说吃得好，人群又闹饥荒；人群砸了龙王庙，人群又修缮了灵堂；人群说生活真美好，人群说我们被骗了。人群挤来挤去。

对于这一切，我感到疲倦。人群仍旧挤来挤去。

7

我感到疲倦。突然我双腿发软，被挤倒在地。

一只脚踩了上来，我无处躲闪，踩到我的脚踝上。那个人感觉被绊了一下，身子前倾，撞到了前面的人，说了声抱歉，继续向前走，没有低头看我一眼。或许，是我太矮小，像一块石头，无法引起他的注意。

接着又是一只脚，一只脚……我放弃了呼喊。我不知道即便我呼喊，是否会有一只手伸向我。即便有一只手向我伸来，将我拉起，我的下一次跌倒也会很快到来。因为我已经对人群彻底厌倦了，这意味着——死亡。

8

在我弥留之际，在脚落在身上已无痛感时，我的脑中闪现了幻梦一般的片段。

我看到我再一次从人群中逃离，终于在一个阴沉的雨天挤到了人群的边界。那些铁栅栏一样的长腿变得越来越稀疏，我向前迈出几步后，一条也不剩了。我走到了人群的边缘，站立的地方却是一个悬崖。

从悬崖向前眺望，我看到了不再被人的脑袋所镶嵌的天空，那么辽阔那么深远。天空下，是同样辽阔而浩渺的大海。浪涛翻涌，呼应着天空上卷曲的云团。

雨在下。雨，一颗颗落着，一颗颗落在海浪中，一颗颗消失在无际的大海中。

一阵海风挟着雨滴吹在我脸上，我感觉冷。我突然有些怀念人与人相互拥挤时的温暖。我转身望向不远处涌动的黑压压的人群，却不想迈出返回的脚步。

“哇——哇——”

一阵婴儿的哭声将我从彷徨的幻景中拉出来。眼前，一只脚又将落向我。

我要死了。我想，我当初诞生在人群时的哭声，是不是也如此孤独？

馄 饨 铺

青岛科技大学/王博璨

三里巷深处有家鲜为人知的馄饨铺。

吃过的人都说这是方圆十里内一绝。

馅儿是新鲜蔬菜，白菜芹菜都有，看时令，芹菜要茎，白菜要帮，掺大葱一根，要够大，姜小段，要够老。猪肉肥瘦三七开，菜肉也是三七开，肉菜切细碎后混一起，沿顺时针一个方向搅拌，望见肥肉滑腻如丝丝入扣时，加入适量鸡精、五香粉、盐，最后滴一滴香油，再一滴蚝油。皮儿正方，掌宽，刮刀抹一层肉馅，用指尖将边上四周聚拢，左边蘸些水，折上来，再用虎口捏紧，反扣成伞形。下锅三浮三沉，看见皮儿呈透明漂于水面时便可出锅，入碗，浇上一大勺熬烂的猪骨鸡汤，撒几片葱花，添几丝紫菜，便是正宗的三里巷徐记馄饨了。

徐记在三里巷开得久远，久到老一辈人从小就在闻徐记的味道，久到铺子前的青石生满绿苔。小一辈人觉得铺子是靠这碗鲜而不腻的馄饨撑起来的，但只有最老的那一辈人才知道，徐记馄饨坚持到现在的原因，不是大小恰如一口的馄饨，也不是六两重的良心肉馅，而是一代代徐家手艺人心头的那口气。

许多年前有个南方的读书人上京赶考，来到三里巷时已是穷困潦倒，年轻的徐记老板接济了他一碗馄饨，外送十两纹银做盘缠，结果那年读书人高中状元，念念不忘来时的一路坎坷，游街夸官时特意旧地重游，留下一幅写着“一碗馄饨尝尽人间炎凉”的笔墨，以此夸赞徐记老板的善心。世事浮沉恰如馄饨翻覆，当年那位意气风发的状元郎后来官场失意，临回乡时又来三里巷吃了一碗馄饨，看着毫无变化的铺子，状元郎问老板，为何当年不趁着东风把铺子做大。已是中年人的老板笑着说，家里老人临去前握着他的手，问他怨不怨一辈子只能守着这间小铺子，他说不怨，人生百八十年，不如意事太多，都是心不宽惹的祸，铺子小不打紧，守好了同样是一段人生。状元郎闻后泪流满面，因他这辈子前半生寒窗苦读，为官后钩心斗角，反倒忘了童年隔墙偷听读书声的那股喜悦。

状元郎临去前又留了一幅字，“知足常乐即是红尘心”。

如今的徐记，早已没有当年一碗馄饨传江北的名气，只是蜿蜒的破落巷子内的一间破落铺子。若说破落巷子是城市的一道旧创，那徐记无疑是这道旧创内的一颗硬瘤，卡在三七的位置，恰如喉部比之于食道。徐记没有时下盛行的广告牌，夜晚通上电，幽白灯光宛如鬼火，吸引着饥肠辘辘的孤魂野鬼前去——可不就是孤魂野鬼，来徐记的人，大多是三里巷的住客，一群无处可去的孤魂野鬼——徐记只有一杆祖传的旌旗插在门口，红底黄边，上面斗大的一个黑色徐字。风吹日晒，这杆不知年岁的旗子也老了，下摆丝丝缕缕，像老者的胡子，也像破烂的鱼尾。除此之外，就是几张黑乎乎看不出本色的榉木桌椅了。

老板是位老人，花甲之年，接近古稀。一双手不知是不是因为常年和馄饨打交道的原因，透明得像馄饨皮，能看见青色血管，只是由不得岁月如刀，皮肤松松垮垮，像是被刮尽鱼鳞的鱼皮。此时老人手握一杆黄铜烟枪，蹲坐在门前台阶上，一只黑色布鞋踩住那块青石。

老人有些想孙子了。

曾经的徐家倒也人丁兴旺，除长子接过家业外，其余子孙开枝散叶，多少得了几分大族气象，一代代徐家人薪火相传，闻鸡而起，日落而息，手艺传男不传女，女婿除非入赘宗家，否则也是不传。只是如今沧海桑田，整个徐家只剩一老一少。老人临近晚年丧子，一头灰黑头发一夜之间变得雪白，哀莫大于心死，他知道，徐家这门手艺，就此绝了。

或许他早就知道了，只是他从没想过会是白发人送黑发人迫使他接受事实。红尘心不假，但也要先活下去再说，解放时分，徐记依旧生意兴旺，只是经过百年乱世，变的不仅是世道，还有人心。当儿子对他说，他要出去念书，学得一身本事然后回来把徐记开遍大江南北时，他没有恪守祖训地拒绝，而是允许了儿子的离去，因为他也想知道，这未来，应该何去何从。他看着儿子离去的背影，颤抖着嘴唇，手指扣紧门框，终究没有喊出那句话，儿啊，别走，这门手艺你还没学好。

父母在，不远游，因为就怕远游复归，却是天人永隔。

老人还记得当年那两个陌生男女前来敲门，说是警察，问这里是不是徐永贵的家。日渐衰老的老人含着泪水从那对男女手中接过婴儿，听他们讲，这是永贵的儿子，父母双亡，还没取名字。

一瞬间佝偻的老人看着那截藕臂不安分地在空中挥舞，一会儿笑，一会儿哭。

江山代有才人出，不求你大富大贵，不求你木秀于林，只求你蕴口心气。

徐茂才。

读过几年私塾的老人最终为婴儿取了这么一个名字。

老人看着对面街坊紧闭的红门，突然意识到原来二十多年过去了。孙子的眼睛随他爸，这让老人时常有些恍惚。老人看着孙子像竹笋般一点点长大，仿佛又看了一遍过去。只是多少有些地方不像，老人想这是不是随他那从未见过的儿媳。

老人叹了口气。孙子太随他爸，耐不住性子往外跑，看不上徐家这门馄饨手艺，从什么小学一路拿奖学金读到大学，最近还谈了个女朋友，连媒婆都不需要了。

“这世道。”老人哼哼唧唧地在青石上磕了磕烟枪，一小捧灰烬落地。老人摇摇晃晃地站起来，拍掉屁股上的湿意，转身进门。孙子大了，明天要把女朋友领回家给他看。

第二天一早，老人赶在鸡鸣前起了床，锁门，在门环上挂了个“休”字，然后离开巷子去菜市买菜。今天要用心做一碗馄饨讨孙媳妇开心哩，一辈子只会做馄饨的老人高兴地想着。

菜市其实不远，穿过两条街就是。两条街中间穿插着一片工地，一群恐怖的机器正摇头晃脑，把那些比老人年纪还大的房屋一栋栋推倒。听说是城市扩建，要建新的居民区。老人停下脚，望着工地发呆。小时候，他光着屁股在那些房屋间来回跑，这堵墙下挖蛐蛐，那堵墙下尿泡尿，而它们此时在老人眼前一堵接一堵地倒塌，就像一个老迈的人一下被抽去了精气神一样。人越活越累，到老了还不就靠那点记忆支撑着？老人想不明白为啥要推了它们，好好地待在那里不行吗？招谁惹谁了？屋子大小不要紧，能住不就好了？可这些话也就是在老人心里说说，外面都是陌生人，想开口都不知从何说起。

老人看了会儿，摇摇头，踱着步子走了。正事要紧。只是买完菜回来，老人又忍不住回头，此时看去工地就又有些不一样了。城市不就是这样一点点建起来的嘛，熟悉的东西不也就是这样一点点消失殆尽的嘛。活了一大把年纪仍有些看不开的老人又摇了摇头。

过马路的时候，老人不小心跌了一跤。一个西红柿从袋子中滚出来，像只兔子般疯狂地逃离，滚到路中间，被一辆车啪一下压成烂泥。两旁的人看了，有笑的，有冷眼旁观的，有漠不关心的，有想来扶一下的，结果被身旁的人一把拉住。

老人把周围人的眼神尽收眼底，撑手爬起来，顾不得拍打身上的灰尘，弯腰把散落的东西一个个塞回袋子，自嘲地扯了扯嘴角：“这世道。”

回到家，洗手，和面，老人想了想，往面里加了一勺蜂蜜，接着又去洗菜，择菜，剁肉馅。老人一丝不苟地做着这些，就像第一次做一样小心翼翼。活了这么多年，他依然记得父亲的教导，做事要用心，尤其是做我们这行，不用心是做不出好吃的馄饨的。老人不懂馄饨的好吃与用心有什么联系，他只是日复一日地包着馄饨，看着方正的皮变成圆润的馄饨，看它们在水中尽情舒展着躯体，再看着它们进入食客的嘴中——他们噘着嘴，小心地对待滚烫的馄饨，笑容一点点绽放——老人感到满足。

包完馄饨，老人突然有些不知道该做什么了。馄饨铺小得很，平日老人收拾得井井有条，也没什么需要整理，至于礼物，徐记能拿得出手也就这碗馄饨。老人巡视了一圈，最后一屁股坐在台阶上，点燃烟枪，用力吸了一口，突然想到什么似的，蹦起来，进门搬了个凳子，又坐下了，一口又一口慢慢吸着，烟雾袅袅。

也不知过了多久，青石旁的烟灰又高了几分。太阳有些毒，老人的额前生满了毛汗。老人抬起袖子狠狠地抹了几把。孙子来了，身旁跟着一个女孩，紧紧抱住他的胳膊，把自己往他身上贴。

两个人就像一个人一样慢慢地挪了过来。

孙子对老人笑了笑，刚张开嘴想说些什么，女孩先笑了，你带我来这么个偏僻的地方，说这里有顶好吃的东西，是这里吗？

孙子点点头。

女孩拉着他走进馄饨铺。一阵幽香飘进老人的鼻子，有点痒。女孩一进门，打量了一下四周环境，深深叹了口气，真破。跟在身后的老人脚步一僵。孙子回过头，笑得有些尴尬。老人有些落魄地抬脚，迈了一步，接着挺了挺腰板，像平常一样走了进去。

两碗馄饨。

女孩回过头，看孙子依然站在那里，走过去把他按在凳子上，自顾自地和孙子说一会儿还要去哪儿吃他口中的美味，接着见他的爷爷。孙子笑得有些勉强，偷偷看了眼老人。老人已经背过身。馄饨下锅，一个个圆白在水里翻滚，活像死去的鱼肚。

馄饨好了。

老人端着两碗芹菜馅馄饨，颤巍巍走来，放下后返身拿来满是油腻的香油瓶，笑着说，吃馄饨前一定要倒一滴香油，不仅汤面好看，吃着也香。孙子每次吃馄饨前老人都要念叨这么一句。女孩眨眨眼，拉着孙子，我不喜欢香油怎么办？老人的手悬在半空，又慢慢放下，像是失去了精气神。

老人看了看面红耳赤的孙子，挤出一个笑容，脸上树皮般的皱纹更深了，不吃，不喜欢就不吃嘛。

女孩小心地把包放在腿上，屁股只有小半贴着凳子，吹了吹，一口吃下。从进门起便皱起的眉头一下子舒展开了，就像远山的雾霭拨云见日。

老人真心觉得女孩是好看的，起码他活到现在，从没见过这么好看的女孩，只是衣服有些奇怪，又是露肩，又是露肚脐，颜色也鲜艳，就像一朵花。老人打心眼里喜欢这女孩，虽然她不喜欢香油，也看不上徐记铺子，但孙子喜欢她不是，这就够了。老人吧嗒吧嗒嘴，又吸了口烟。

送走了坐立不安的孙子还有意犹未尽的女孩后，老人回头收拾碗筷，看着女孩吃剩的一个馄饨在碗里躺肚子，突然情绪像潮水般翻涌。这世界变得和老人认识的不一样了，已经不是吃饱喝足就能满足的了。老人扶着桌子缓缓地坐了下来，缓缓地，就像树叶枯萎的速度。

老人生平第一次觉得自己老了。

晚上孙子回来，一个劲儿地跟老人道歉，握着老人的手使劲地摩挲，不愿放开。老人拍了拍孙子的肩膀没说话，也没怪他的意思。过了一会儿，孙子又说，他想和女孩结婚，但是没钱买戒指，更没钱买房子。欲言又止。

老人知道孙子没说出来的话。巷子外拆了在建的居民区，也包括了三里巷，只是巷子里住着许多不愿搬走的老人，还没跟政府谈拢。人老了，没多少年可活，总想死在自己熟悉的地方，这叫善终。老人曾经也是这么想的，所以那份拆迁合约至今收在屋子里没签。签了，老人就真的什么都没了。

老人没说话，默默坐着。孙子见此放下心来，陪坐在老人身边。入秋了，风有些紧，一阵凉过一阵。

老人想了很多，年少时嬉戏邻里，三天两头地念私塾，长大了没去当兵，接过祖传的手艺，讨了一个媳妇，可惜去得早，儿子也是，只剩他孤零零一个，后来有了孙子，这辈子剩下的期望就都寄托在他身上了。走马观花般回忆完自己的人生，老人发现没什么遗憾，安安稳稳，虽然也有酸甜苦辣，但就像馄饨，还是有佐料入味的好吃。

孙子走了，带着老人签了字的合同。看着孙子消失在黑暗中，老人心里有点难过。孙子说，等新房子到手，就把他接过去享福，不用再每天辛苦地包馄饨了。可对老人来说，馄饨贯穿了他的一生，离了馄饨，他想象不出自己活着是什么样。

徐字拆分，乃是三人禾，恰恰应了众人拾柴火焰高的道理，可惜如今徐记只剩一人，独木难支。

“这世道。”

老人吸尽最后一口烟，悠长地吐了出来。烟雾缠绵着往天上游去，渐渐拉成细丝，渐渐消失不见，就像人死前最后的那口气。

明天以后就没有徐记馄饨铺了。

半边乳房的女人

福建师范大学/姚建花

医院的病房，一个个被紧紧密封了的罐头，由于常年没有受到阳光的照射，总有股死亡抑或是腐烂的味道在这样那样，肆无忌惮地发酵着。那种强烈刺鼻的味道，夹杂着高浓度的消毒水味，在你一只脚迈进医院的瞬间便被这只无形的手牢牢抓住，直到你离开，才像男人口中吐出的烟圈缓缓地在阳光下消散。

电梯里最引人注目的要算贴在壁上，那一张张泛黄了的纸，上面报着一串又一串的“护工热线”，当中指不定就有一串能与我相等同的数字。我，兼职护工。这个即使是炎夏也显得阴森森的地儿，是我常年工作的地方。出于对阴森冰凉的厌恶，我常常在炎夏38℃的高温里行走，拒绝采取任何防晒措施，我认定只有夏日的阳光才能驱散自己身上日积月累的那股死亡味道。因此当你看到一个瘦小、不戴帽子、不撑伞的女人，行走在柏油马路上，阳光把她的四周照得极亮、极亮，天气燥热得可以从上面踩出乌黑黏稠的液体。那极有可能是我。

我正在照顾的是一位女病人。4 月 24 日，我的工资从这日算起，一男子打来电话，那头传来的声音，仿佛被重物压住，每个字从细小的喉缝中挤出，低而慢。这声音让我听得极不舒服，但还是耐着性子捕捉到几点重要的信息：客户住 7 楼肿瘤科第 41 床；性别女；工资面议。这打来电话的多半是病人的丈夫，忙而多金，没时间照顾自己的妻子。当时我刚送走一个 79 岁的老太太，照顾老太太的 8 个月里，她谈得最多的是自己的儿女以及想活到 80 岁的欲望，“再活一年就好了”，她常常把这句话挂在嘴边，一直到她死，散发着厚厚的霉味，这点欲望竟也馊了。老太太走的那天，我终于见到她的儿女，脑际闪过老太太说的话，“大儿子像他父亲，小女儿长得却极像年轻时候的自己”，还有说话时摆出的神情，那是艺术家在向别人夸起自己毕生最完美的作品。上下打量着小女儿，中等身材，高鼻梁，皮肤白皙，能挤出一汪水来。我开始想象老太太被熨斗熨平，漂白，注水过的脸，想着想着，这两张脸竟真叠合在了一起。她不似老人那样健谈，当我欲开口聊起她的母亲时，她只是敷衍地点着头，从包里掏出钱，匆匆结算了我的工资，结束了我们的谈话，便敲着细高跟笃笃地离开了。

我将两套换洗衣服、口罩、手套、洗具打包装进袋子，踏进电梯，两扇门缓缓地滑在了一起，7楼的按钮，亮着微弱的红光，我一个人，贴着壁，任由金属的凉意渗进我的皮肤，盯着那一张张泛黄了的纸，我的思绪渐渐地因电梯的升降起了麻意，哔的一声，门从中间裂开，退向两边，于是我跳出来。站在廊道上，看，一间间病房，敞开着的口，沁出幽幽的光，不知吞下过多少生命。714病房到了，我停下脚步，41床的病人正睡着，脸同身体紧紧地裹在被子，只看得见头顶的发际线和一半的额头，几撮亚麻色微微卷曲的头发自然地散落在被子上。这是个时髦的女人。我小心地不弄出声响，坐在看护椅上，等她醒来，床头的桌子摆着一束鲜花，几天前的，垂着头，蔫得不成样子，泛着黄意。到了午饭时间，那女人才探出闷在被子里的头，坐了起来，瞥见了我，胡乱拢了拢垂下来的头发，说："护工吧，以后就叫我阿秀，来，帮我把枕头竖起来，靠着。"我过去，那淡蓝色的头枕，有着被泪水湿过的痕迹，巴掌大的一圈，颜色比旁的要深。我小心地打量着这个叫阿秀的女人，四十上下的年纪，丰满，两片眼皮却像被水泡过似的，下眼圈还沁着淡青色，暴露了她苦心掩藏的秘密，自己是个病人。

接下来的日子，她并没有问起我的名字，只是一味地吩咐、买饭、盖被…… 每天这里的护士嚷着病人的床号，推着装着各种吊瓶的车进来，轮子滚动的声音，药瓶碰撞出哐哐当当声，小护士尖尖细细的嗓子，竟在日复一日的消磨中变粗了，在每个早晨悠悠地撞进每个病室。她们的嘴里总含着一串数字和各样的药名，检查病人是否换上颜色规格统一的病号服。阿秀是爱美的，她不愿穿那套浅绿色、竖条的、机械重复的衣服，不愿被贴上病人的标签，因此阿秀与护士的一阵争执是714病房每个清晨的一段插曲，护士长最终拗不过阿秀的倔强。离手术的日子近了，阿秀的脾气越来越躁，喊我做事的声音也越来越粗，掺杂着一股火药味，有次因为饭菜咸了点，竟把整个饭盒掀落在地，一天不吃不喝。这期间她丈夫来过一次。

手术那天，我并没有下去，只是守在病房。正午，阳光很好，从窗户斜斜地插在地上，这时车推了进来，上面躺着还在昏迷的阿秀，架上吊着营养袋，白色的液体从透明的管中缓缓地流进病人的体内，许多人围了上来，714病房被挤得水泄不通，我缩着身子，小心翼翼地挤过人群，站在角落，那些人围着床绕成方形，里三层外三层，在护士的骂声中一哄而散。后来的几天稀稀拉拉地来了几个人，阿秀做完手术后变得不爱说话，人来了，她只是把头闷在被子里，再后来竟谁也不来了。

诧异的是，这场手术改变了我和阿秀的关系。她开始依赖我，扶她上厕所，提裤子，喂她吃饭，帮她翻身，收拾屎尿，看着吊瓶里的液体一点一点地渗进她体内直至变成空的，喊护士进来吊起另一个药瓶，念长长的账单明细，缴医药费……她甚至开口跟我讲很多的话，嘴唇干而发白，整个人被抽走了一半，她说自己只剩半条命了，胸被纯白色的绷带裹着，左边突起，右边却像一堆被人恶意铲平的小土丘，平得出奇。

阿秀说，那天她躺在手术台上，裸着上身，麻醉并没有使她完全丧失意识，刀锋触碰到她的身体，划开，一阵冰凉，像炎夏里撞见老家院前的那棵榕树，凉意一点一点地往下渗，然后哗啦散开来。戴面罩的男医生，露出他的眼睛，射着锋利的光，从她的身体里拿出一团不规则淌着血的东西，缝上，然后，然后就留下一条难看的疤。“后来头越来越重，那操刀的医生的脸竟幻化成自己，我在厨房里快活地忙碌着，操着刀将肉剁得啪啪响，偶尔有阳光从泛黄的玻璃片斜射进来，打在砧板上，也被剁成细碎的末儿了。”这种快活让她开始打战，医生在手术的时候难道也同样的快活？手术室竟成了医生的厨房？此刻的她，竟也成了砧板上的一团正在恐惧和颤抖的肉，手术台上方的灯光，打在脸上，她触摸到的却是金属般的锋利与冰凉，灯光下医生嘴角泛着的笑意竟也闪着光。

三个月后，阿秀开始化疗。针孔在乌青水肿的静脉进进出出，显然鼻梁架黑框眼镜套白色制服的实习护士尚不够熟练，手背被乳白色的胶布缠绕着。阿秀的面容更憔悴，眼圈发黑，亚麻色的头发开始脱落，喉咙刺痛，肿胀到吃不下饭，吃下去的东西几乎全吐出来。就算这样还是要坚持赤裸着身子平躺在电疗桌上，什么也不能做，小心翼翼地爬上冰冷的钢铁上，听着医疗器械发出呼呼、咔啦的声音，想象它是在轰炸自己体内肉眼看不到的癌细胞，想象它们消失。晚上回到病房，只要闭起眼睛，就满眼它们的尸体，一支被彻底击溃的敌军，被肆意地割走头颅和耳朵的画面在她脑海里时而浮时而沉，她说她恨它们，该死的癌细胞。我看着阿秀一天天地消瘦下去，被抽干了往日所有的水分和光彩，就连手背上的皮也怕冷似的蜷缩在了一起。

每天躺在病床上呻吟痛苦的时候，她总握着我的手，整夜整夜地难以入睡，在黑夜里数着白天，怀念起手术室里发生的一切，那种麻痹毫无痛楚的感觉。第二天，天蒙蒙亮，她便贴着墙跑到值班室，颤着嗓音对医生说：“听说有种叫吗啡的东西，可以止痛。”医生不给开，说是她还没痛到非用吗啡不可的程度。当时她没有说话，呆呆地盯着天花板，只是到了晚上，她说“你说要是，要是那些医生也得我这样的病，他们就会知道难忍的痛是什么感觉了”。她尤其讨厌那个每天清早来查病房的医生，鼻梁扛着厚厚的镜片，后面总眯着两条线，露出杯口大的酒窝，深得让人觉得他是很卖劲地在笑。而病人总是不喜欢见人笑的。

她丈夫不知从哪里弄来了一打吗啡，一痛，阿秀便要我将液体注入她的体内。冰凉的液体顺着青色的血管，流向了身体的各个角落，附在神经线上，一点一点地消解痛苦。阿秀终于解脱，下嘴唇四个瘀青的牙印也慢慢地淡去，夜里 714 病房奏起了阿秀一会儿高亢一会儿又沉下去的呼噜。这样的日子过了半个月，痛的知觉被她渐渐遗忘了。一次，她无意中打翻了桌上的热水瓶，整整一壶的沸水浇在了她的下半身，她呆呆地看着冒着汽的白雾顺着腿，散开来，待红漫成一片，才意识到这水的温度。替她抹药时瞥见大腿上竟留下一串月牙印，她将长长的指甲陷入肉里，用自虐来重新刺激被吗啡屏蔽掉的神经。原来痛竟也是一种被需要的知觉。

医院走廊倒数第二间病房在每个礼拜天都有歌声飘出，偶尔还夹杂着一两片的笑声，再隔壁的太平间，堆积着厚厚的呻吟与哭泣，死亡黑色的影子将地板铺成阴冷的黑色。阿秀从不往那头去。始终按捺不住的好奇，驱使她迈开步子，目光停在了死亡的前一站，一群的人围成圈，唱着歌，里面的人邀她进去，她只是怯怯地摇了摇头。到了晚上，我闭着眼睛躺在看护椅上，却听到了床架呀吱呀吱挣扎的响声，阿秀跪在床头，双手合十，啜泣着，隐约中听到她絮絮叨叨地念什么，对谁说着话，稀疏的声音被巨大的黑暗吞噬。从此阿秀变了，常常去倒数第二病房，不再注射吗啡，千万只蚂蚁噬的痛常常让她的眼角沁出泪珠，唱诗歌，一首接一首地唱，喜欢上了在半夜絮絮叨叨地讲话。再后来阿秀回家了，我不知道她是死了还是有别的命运，但她的歌声仍然时常响在我的耳旁，在我经过教堂时，想起的竟不是在夜里听她讲话的上帝，而是她的歌声。

阿秀离开的那个午后，空气很闷，天空被厚重的乌云压得很低很低。远处闷闷的雷声卷起许多床泡发霉变了的棉被，猛地在你的耳边炸开。雨下得越来越紧，砸在地上，满地铜钱大小的坑。靠近窗户的桌上放着本莫言的《丰乳肥臀》，待我伸手抓过它时，上面的“乳”字已被模糊了一半。一阵风扫过，啪地把窗扇关上了，玻璃碎了一地，风、雨灌进屋子。出了病房，我又踩在了寻找新的客户的路上了。

后记：有人说写作是一种偷盗生命的过程。有人记录声音，火车轰隆过去的声音，鸟叫的声音，爱人的笑声、哭声，总之平凡日子里各种流逝的声音。我曾经兴奋地跑到教学楼前的竹林下，那里一到黄昏整树的麻雀，叽叽喳喳，另一群生命生活着发出的响动，我伸手想拽住那些声音，却被落后的手机转化成了一串吱吱吱的声音，所有的诗意全然消失殆尽了。写这篇文章其实是一个蛮痛苦的过程，需要对暑假两个月的记忆进行重新编排。疾病，或者更确切地说是癌症，意味地身体抑或心灵上的残缺，孤独、脾气暴躁、想要引起注意，因痛楚向往死亡，却又不舍属世的东西，对某些人或物有着割舍不了的种种牵挂；因痛楚对类似“吗啡”等东西的依赖上瘾，比如自杀，比如信仰。

抖

北京师范大学/于文舲

“你的手在抖。”他说。

她点点头。

他和她坐在约会常去的西餐厅里，最熟悉的角落。圆桌很小，他们之间也就是一抬手的距离。灯光是玫瑰色的，从头顶浇下来，把她颤抖的左手投影在桌布上，连同手里的高脚杯，都放大了一点。她想盯住他的眼睛，像平时那样，琢磨他说话时表情微妙的变化。可这会儿做不到。她不由得捏紧杯子，垂下目光。

“总是这样，”她尽量让声音听上去很轻松，“是生理性的，医生说，没办法。”

她没有撒谎。两年前，她去过医院。医生让她举平双臂，那两只手就像两叶孤舟，在渺茫的空气里一沉一浮。她瞪眼看着，觉得它们正在漂离身体。可越用力，越无法控制。连呼吸都急促起来了。她有点想哭。幸好这时，医生要求她闭上眼睛。抖得更厉害了，她知道，但终于松了口气。

许久以来，她不得不学着与身体和解。她知道什么时候抖动会加剧，知道该怎样用力、怎样调整呼吸来减轻它——其实更多的时候是掩饰它——她替她的身体编过多少借口连自己也记不清了。她知道必须想办法躲开什么场合、什么动作，否则身体会叫她下不来台，也知道怎样显得若无其事，怎样借助身体，让自己灵敏，柔软或者骄傲。这甚至为她平添了一种难以捉摸的女人味。但也有那样的时刻，她仍然只能闭上眼睛，比如现在，跟他在一起时——她也说不清是紧张还是激动，但身体这廉价的戏子，它演得太过火了。真要命，她在心里说，右手掐了下大腿。她可不想被当成什么害羞的小女孩。

他用指尖沿着她颤抖的胳膊向上摸索，从薄纱披肩下面探进去，宽大的手搭在她肩头。他的小拇指勾住裙子一侧的肩带，仿佛不经意地扯了一下，停在乳房上面一点的地方。她以前从没这样穿过。当然，也从没这样固执地举着手臂。她紧闭双眼，把杯子再抬高些。应该刚好在他眼前了。既然这次她答应嫁给他，她就想让他知道。

肩膀被攥住了，五指力量均匀。她模糊地嗯了一声。在越来越粗重的呼吸里，那手顺势一推，沿着锁骨滑向胸前，食指触到她脖子上一小片皮肤，顿了一下。她直挺挺地坐着。除了母亲，她的身体只接受过三个人的抚摸，表哥、他，还有她自己。在他之前她还有过一个男朋友，但她没让那男的碰。只有在这些时刻，从上到下都是汗津津的，抖得厉害，她也不想管。

表哥把手伸进她小裤衩的那天，她没什么感觉——没抖，至少印象里没有。当时她还是白嫩嫩的。青春期的食指和无名指又细又长，按在那一小片嫩白上，中指垂下来，毫无章法地扭动。手就直奔那里去了，有点僵硬却越来越快。冷不丁碰到嫩白里面粉嘟嘟的一点，指尖惊得弹起来，落下时还显得游移不定。关于她的一切，她什么也想不起来了。那就好比她是一台摄像机，只负责记下她自己以外的动静。表哥问："舒服吗？"表哥问："疼吗？"表哥讨好似的笑了笑。表哥解开自己的裤子，褪下一点，扒出那东西给她看。是粉红色的。表哥拉着她的手，按在粉红上……

她终于"啪"的一声把高脚杯放回桌面。她睁开眼。酒在晃荡，有两滴飞溅出去摔碎了。杯子里的酒安静下来。

他抽出手时捏了捏她的胳膊。

"你一定肌肉酸痛，"他说，"别太担心。"

这个大她十六岁的外科医生，露出比以往任何时候都更加温柔的笑容。他穿一件蓝白条纹的短袖衬衫，宽阔的肩膀，肚子微微隆起也还算匀称。两年前她在大学里念书的时候，他就已经算得上手术室的中坚力量了。他永远带着一股消毒水味儿。刚开始她浑身起鸡皮疙瘩，闻多了就不会。其实，她常约他来西餐厅，还有一个与此相关的原因：她喜欢那双棕红的大手握住餐刀的样子。她觉得，它有一种非同寻常的专注。牛排在盘子里好像还有呼吸。他习惯要五分熟。

提琴声从不远处飘过来，她真饿了。热乎乎的小牛角面包配乳酪。奶油沙拉。银鳕鱼表面泛着焦黄，软嫩的肉质刚好带上一点韧劲，在舌头四周滑溜溜地游动。她没拿稳，叉子上的鱼肉刚到嘴角就一头栽回盘子里。汤汁染上唇边，是甜的。她偏爱吃全熟的牛排，端上来时吱吱作响。香气烙印在每一丝肉里，蹿上鼻腔，又充满了整个口腔，浓郁而持久。淋些黑椒汁，有点硬，她鼓着腮帮嚼，直嚼得不耐烦了，就吞下去，再灌两大口红酒。她感觉到他在笑。随便吧，她想，应该让他知道，我可不是什么害羞的小女孩。

"你这么喜欢西餐，"他说，"蜜月旅行带你去吃好的。"他告诉她他的计划，数出好几个她没听过的店名。这时她看见一颗樱桃，在他左手旁的慕斯蛋糕上，撅起来，像一对不满足的唇。玫瑰顶灯为这小东西蒙上娇滴滴的光泽，沾着糖浆的地方在发亮。她恶作剧似的挖出那颗樱桃，咬住给他看。提琴声像月色轻叩玻璃窗。有瓷盘碰在一起发出“叮当”的脆响。还有女人衣料的窸窣声。有时他笑起来也像个孩子。他伸出舌尖，在唇齿间舔了舔。

棕红的大手从桌下穿过来，抓在她膝盖上，转到内侧，再到后部，四指缓慢地画了个圈。她觉得自己身体里牵扯着无数根银线，就这么一下子都攥在他手心里了。她含着樱桃，抿了抿嘴唇。手指继续沿着大腿往上爬。她不由得眯一下眼睛，立刻又睁开。他的肩膀好像有点窝起来了。她在即将闭上眼的一刹那，按住他的手。它就停在原地。他的肩膀是有点窝起来了，她看得出来。

“你这样很诱人。”他说着，手在她发抖的指间动了动，好让她明白他在说什么。听语调，他把这完全当成了处女的羞涩。

他不是早就这么干过？有几回还更过分些，她也半推半就。第一次，身体在他手里翻云覆雨，她把什么都忘了，那种感觉刻骨铭心。是他把一个女孩抚摸成女人。

唯一不同的是，这次她忘不了她的抖。抖动的十指横在他们中间，看上去很焦虑。又是和那个午后同样的抖，让她不愿再闭上眼睛。她给了他一个处女该有的微笑。

几天前那是个阳光充足的午后。她突然想看看自己的身体。家里没别人，她还是仔细地锁上卧室的门。她赤脚站在房间中央，对着镜子一件一件剥掉自己的衣服。腿很长，隐约能看见肌肉的棱角。浑圆的肚子向下滚进骨盆的三角中，腰际凹进去一点，算是曲线。乳房鼓胀起来，高傲地翘着，右边比左边大一圈，乳头在镜子里如同两根责备的手指，直指向她。这让她感到不自在。但她从没像现在这样渴望认识它。

她双臂交叉抱在胸前，手掌掠过肩膀、大臂、小臂，能感到骨骼的质地，硬且实。左右手交握一下又松开，五指抹过乳房，画了个圈。心跳就在那里，与呼吸构成一种复杂但很有节律的应和。血脉里流动的声音，像藤蔓爬遍身体。她站定听了一会儿。呼气时，双手继续沿着两肋推进。小腹凸起来，中间有点凉，她知道那是子宫的位置。她往手心里哈了口气，捂着。再往下是一小片平坦光滑的皮肤。指尖循着青色的血管滑向大腿内侧。她伸了个懒腰，尽量让每个部位都舒展开，几处关节发出怪叫。她觉得身体比她自己诚实得多。风涌进窗口，在她肚子上揉了一把。她蹲下，胸抵着大腿，脸颊埋在两膝之间，闭上眼。不仅是手，她感到全身都在抖。她就在这时看到了那只男人的手——又细又长的青春期。

记忆真是很神奇，她想，快二十年了，原来它始终在某个触碰不到的角落，等待着。它没在她幼小的意识里留下什么——连感觉也没有，但她确信，它一定在她身体上留下了什么。后来，表哥把她带回自己的房间。表哥脱光身子仰躺在床沿上。表哥说：“你也脱掉好吗?”表哥说：“来。”表哥抱起她，向自己的胸膛挪了挪。表哥把手按在她大腿上。表哥在她身下蹭了一会儿，就一动也不动，好像连呼吸都停止了。临走前，表哥送给她两片海苔，她不喜欢那味道，随手就扔了。

可她不明白，为什么在那个时刻，她闭上眼会看到表哥，而不是他。

她把视线从他身上移开。他斜后方的桌子旁坐着一个火红色头发的女人，面前摆了一瓶酒和两只杯子，不时望望门口，像在等着什么人。红头发把一只杯子挪到对面，开始往她近前的那只里倒酒。先用右手倒一点，放下瓶子，把酒杯推到左手边，用左手端起来喝掉，再换用左手倒，放下，推给右手，用右手端起来喝掉。然后右手又推给左手。左手又推给右手。就这样反反复复推来推去，让红头发看上去很高兴似的。她怀疑红头发已经彻底忘记了那个要等的人。

他的手在她大腿和掌心之间挪了挪，没抽出来。它被她死死地抓着。指骨分明，似他的声音那般干脆利落。手背上几根血管凸起，仿佛胸膛上的肌肉微微跳动。手心有点潮，掌纹很深，像是刻在那里的。这让她想起他左膝上的一道疤。一道枣核形的疤，延伸到膝盖内侧，据说在他还是个男孩时就有了。每次碰到那疤痕，她会觉得疼。现在，这只触摸过无数人体和无数把手术刀的手，趴在她腿上，好像睡着了。她松开手，它也没动。它显得疲惫，还有点迷茫。她又捏了一下他的手。她没抖。她是不是在这时才爱上他的，她也不知道。

涟　　漪

福建师范大学/鬼稚子

第一章　水华

2014 年 7 月 5 日是我刑警生涯中最不平凡的一天。它彻底地改变了我，改变了一切理所当然，将单单纯纯的生活无以复加地填充，瞬间滋生成吨成吨的蓝藻，成吨成吨地在我脑海里泛滥。什么是真？什么是假？原本可以准确判断，现在却看不穿了。是的，我需要理理头绪，把案件重新记述一遍，把材料规整规整，要赢回主动权，让真相靠近我。

这是从宁波开往厦门北的 D30 次列车，如往常一样运行平稳，可到达瑞安站，却有一大批人涌进了 1 号车厢。看这穿着，一部分是医护人员，还有一部分是铁路警察，到底发生了什么？根据下属警员的汇报，1 号车厢 12D 座的男士猝死，死因正在调查。相关人员已带回警局讯问。

下午 3 点，尸检结果出来：氰化物服用过量引发猝死。尸体表面可见鲜红色的尸斑，特别是耳廓、耳垂呈樱红色，颜面及嘴唇有紫绀。通过"普鲁士蓝法"，检测到胃、肠、心血管等处有残留的氰基离子，从而证明氰化物中毒的事实。吊诡的是，在死者口腔还残留相当稀少的洗洁精。

死者身份：姓名——吴昭祥，年龄——22 岁，在校大学生，就读福建大学音乐系。此行同 3 位友人一道前往普陀山，是朝拜还是观光未知，归途中遇害。

与 3 位友人关系：同校不同系，因同一社团结交，在"小说俱乐部"有各自的代号，死者代号"残月"。

根据以上警员搜集的资料，我大致了解了案件的轮廓，决定马上讯问相关人员。

1 号人员，朱婷婷，29 岁，1 号车厢 12F 座的女士，死亡过程的目睹者。暂不清楚与死者生前是否全无关系。

审讯室内，我负责讯问，张警司负责记录，朱婷婷面对着我们坐。

（考虑到对方情绪尚未稳定，暂不讯问，采取询问方式。）“很抱歉把你带到警局，耽误了回家的行程，还请配合一下我们的工作。”

“没事。”（一副有事的表情。）

“你和死者生前认识吗？”

“完全无交集……其实动车上经常坐在一起的是陌生人。”

“哦，那你第一眼看到他是什么印象？”

“第一眼就是他抽搐不正常的时候。”

（我去，这人也太沉溺于自己的世界了。）

“那你……”

“等等……让我想想……不对不对。他上车的时候，好像很喘，应该是跑进车厢的。”

“那他中途有离座吗？”

“没注意。”

“一点都没注意？”

“我一直都在睡觉，直至被他吓醒。”

（虽然她的表情是很急躁，但急躁所引导的果敢回答与简练语言，有种令人深信不疑的感觉。）

“好吧，现在切入主题，”我顿了顿，使气氛凝重，“能否将他临死前的举动描述一下？”

“我是被他的惊吼声吓醒的，瞬间困意全无。他手就这样，”她试着模仿，“死死掐着自己的脖子，呕吐，拼命呕吐，不一会儿……其实，就3秒吧，侧倒在地上，抽搐，蜷缩着抽搐……实在是太吓人了。”

（她又冒汗了，汗珠顺着鬓角，滑过脸颊，只不过这会儿是冷汗，看得出心有余悸。无论是刚才的大汗淋漓还是现在的冷汗直冒，其实都是紧张造成的，都是种逃避的心态控制着汗腺的分泌：刚才的速战速决是为了逃避现实，现在的难以言说也是为了逃避现实。而这种逃避，在我看来，是最真实的反应。）

“先缓缓，”待她捋顺了气，“有没有注意到此刻车厢内其他人的举动？”

“注意……别开玩笑了，大伙都吓呆了。他侧倒的时候，我最先尖叫，C座大妈直接瞪大眼睛捂嘴半瘫在B座大叔身上，然后前后排开始站起来探究竟。我们真的不敢碰他，实在是太惊悚了，那抽搐，仿佛几十万伏电流穿透全身……真的不敢碰……”

（她紧张得连气都接不上，身体不住地颤了一下。）

“那后来?”

“就半分钟，我们活生生地愣了半分钟，活生生地看着他抽搐、剧烈地抽搐，不停地抖动、抖动、颤动、微颤，最后像白老鼠一样‘吱’的一声不动了。这会儿才闯进个男的，想扶起他，却发现断气了……对了，这男的后面还跟着一男一女，也是硬挤进来的，男的倒还镇定，女的惊叫得比我还瘆人……接着是‘残月怎么了?’‘怎么会这样?’‘到底是谁干的?’……整车厢瞬间‘哗变’，乘务员、列车长也是赶得匆忙，反正现场一片混乱，可以说我的记忆是卡带的。不过，也就几分钟到站，秩序还好，估计是列车长报警了。”

“唉，摊上这事……说实话，他还挺帅的，所以看着他抽搐，就非常的不忍心，可是越不忍心就越不知所措，最终就这样活生生地死在我面前。”她终于忍不住抽泣了起来。

“这不是你的错，谁也无法拯救，任何人包括我在内，面对死亡也束手无策……对了，餐桌板上的物证在混乱之际有没有人动过?”

“没有，但是他侧倒的时候，手中的矿泉水也跟着洒倒一地，只剩个空瓶，傍着他不停颤动的头。”

“空瓶？你确定?”

“是的!”

(可案发现场并没发现空瓶，看来是有人趁围观之际，偷偷捡起……不，有可能是乘务员堂而皇之地捡起，也有可能被整车的人踩过最后遗弃在某个角落，直到清洁人员发现，然后清除。总之，在我眼皮下，在这案子所触及的世界里，它的痕迹已被抹去，这带有杏仁味的氰化物的痕迹……)

“非常感谢你的配合，你可以回去了。”

……

2 号人员，江萍珺，47 岁，1 号车厢 12C 座的女士，死前状态的知情者。暂不清楚与死者生前是否全无关系。

(这里请允许我省去关于死亡目睹的再次确认，由于后来江女士陷入昏厥，所以也无法提供太多的信息，只能佐证朱女士口供的真实。询问的重点聚焦于死者在毒性发作前究竟吃了什么，而我最想知道的是，洗洁精到底是怎么一回事。)

……

“酸甜酱？你是说他用薯条蘸酸甜酱?”

“是的。难道你们还没查出酸甜酱有问题?”

“啊，这个，还在化验中……对了，为什么你那么确定酸甜酱有问题？或者说为什么如此刻意地去强调酸甜酱的存在?”

“难道你不觉得薯条蘸酸甜酱很奇葩吗?”

（忽然发现最近大妈们遣词造句很是得心应手，两个“难道”并没给我带来任何压力，只是有点想笑。）

“奇葩并不能解释问题，况且我也经常这么做。”

“越来越搞不懂你们年轻人在想些什么。你知道吗？他是三根薯条蘸酱吃，结果吃进去，眉头就皱了起来，赶紧拧开瓶盖大口喝水，结果就这样送命了。”

“等等，他喝水之前有没有吐出那些薯条？”

“有啊，有啊，忘了说了，大口地吐，全吐了，表情很难受。唉，肯定是那酸甜酱的问题。”

“那先喝的第一口水有没有吐出来？”

“你问问题可否别那么抠啊？我只记得大口大口灌，不记得还要小抿一下尝尝鲜。”

（大妈们似乎把调侃当作生活的态度，久经风雨消磨了脑子，也打磨了这张嘴。我严重怀疑这女人会晕过去。）

“那他是不是喝到一半就紧紧掐住自己脖子？”

“不止，灌了有三分之二，脸上表情比之前更不正常了。刚刚是吐得难受，脸煞白，这会儿是憋得难受，脸红得跟关公似的。然后倒地……”

……

“非常感谢你的配合，你可以回去了。”

（单就从态度上看，前者9分，后者7分；若从真实程度分析，应该都没隐瞒。把两位证词放在一起，恰好衔接得上，而这种恰好是很自然的。我愿意相信朱女士的真性情，也愿意相信江女士调侃背后的真用意，我决定以此作为参照条件推理下去。可事实真的如我所愿吗？）

……

“来，咖啡。”

“谢谢。”

“我先让剩下的3位回招待所了。”

“哦，好……就是跟他同行的3位友人？”

“对，安排他们分开住，不过没有监视。”

“嗯，暂时不用……对了，老张，说说你对这个案子的看法。”

“看法？我觉得主角尚未登台亮相，一切都还扑朔迷离。”

“你认为是谋杀，并且凶手在他们3个之间，对不？”

“对。今天询问的两位女士，根据刚才小吴呈上来的报告，和受害人生前没有任何关系。而且她们的陈述并不十分聪明，没有隐瞒真相的能力。当然，完全没有隐瞒的必要。”

“没错，我也是这么认为的。但，谋杀？还得斟酌。我们不能忽略自杀的可能性，因为我们很难证实‘他喝的第一口水有没有吐出来’。如果吐了，他应该能察觉水有异味。”

“不，不。你注意到洗洁精了没有，它是一个混淆因子，暂时性麻木了味觉。而且，氰化物溶于水，仅是淡淡的苦杏仁味，在人难受的时候是很难察觉的。”

“你不能凭着自己感觉去判断，他也可能是‘明知山有虎，偏向虎山行。’当然，前提是他察觉到水有异味。如果没有吐出，只是大口大口地灌，那么就能肯定是谋杀。”

“我明白你的意思了，就是说，当他有所防备却大口大口地灌，其自杀倾向是非常明显的。”

“没错，况且水中氰化物浓度肯定超过10－4M，难说他没有察觉。还有，如果他没吐出第一口水，你不觉得很奇怪吗?”

“奇怪……是啊，如果换作我的话，肯定会先漱口！可他没去洗手间……”

“得去查查他餐桌板上的清洁袋!”我们异口同声地说道。

……

7月6日天未晴，小吴呈报上化验结果，案发现场那边也将采集的资料传真过来。汇总信息如下：

1. 餐桌板上的酸甜酱检测出洗洁精成分。因液体颜色、浓稠度与酸甜酱相近，故不易察觉，导致误食。

2. 案发现场无空矿泉水瓶，任何死角均未放过。询问乘务员，无捡起记录；询问清洁员，无打扫记录。他们的态度，十分肯定：案发时消失的空瓶，与我们无关。

3. 1号车厢12D座清洁袋尚未开封。呕吐出的半截薯条在汉堡包装盒内。其唾沫检测出残留洗洁精，证实死者生前误食，但未检测出氰化物的存在。

4. 案发时餐桌板上确定有薯条、汉堡，也确定没有中杯可乐。常规的套餐模式被打破，令人生疑。

5. 死者抽搐时，1号车厢与2号车厢之间的厕所过道传来惊吼，一名男子匆匆往后车厢跑去，过了1分钟，又跑回1号车厢，跪倒在尸体旁，身后有俩人跟着挤进人群。经在场人员确认，是3位涉案人员之一：严霜。

6. 死者在案发前45分钟离席，前往后车厢，大约15分钟后回座，手提麦当劳袋子。阅读书20分钟后开始进食，从袋子里并未拿出中杯可乐，而是矿泉水。案发后排查：袋子空的。

7. 死者刚进车厢气喘吁吁，不出5秒动车便开了。

8. 死者在“宁波—瑞安”动车时间段，离席两次，一次厕所，一次未知。其余时间几乎都在阅读，书名：《等待戈多》。

9. 死者在该时间段，表情平静，第二次回座，面带微笑，看来心情不错。

10. 经在场其他目击者确认：案发前，朱婷婷趴在餐桌板上睡觉；案发时，江萍珺突然晕眩。二人所述结合，确定为目击者代表证词，可以采用。

……

事实总是在合情合理的生活轨迹中出乎意料地发生了，当你自作聪明地将昨天复制给了今天，将熟悉的不断熟悉，陌生的不断陌生，无所防备地将惯性填充，你会发现自己越来越逃不出自己营造的笼。而当你困身笼中，四肢开始慵懒，进而身心，进而脑子，思维跳不出只能原地打转，越转就越糊涂。活得不明不白也许不是事，死得不明不白才是真大事。我和老张都把他的死看得太过简单，自以为是地替空瓶、酸甜酱，甚至清洁袋安排角色。我们渴望着自杀的画面，曾经多次将三者联系起来，演绎出“自杀”的好戏，可终究事与愿违。“谋杀”是个敏感词汇，但并不麻烦，麻烦的是那些“多余”的举措，往往死无对证，只能旁敲侧击。你问我“他为什么上车气喘吁吁”，我能给出的是N种解释，人证、物证所做出的贡献则是排除选项。值得庆幸的是，此次祸首选项可以穷尽，10条“公理”虽然一定程度冲击了思维过程，却跳不开思考的结局：3人至少有一凶手。

这便是黎明前规整的材料、厘清的头绪，可真相真的能靠近我吗？

第二章　水纹

身份证、户口本（复印件）轻而易举地获得，名正言顺地摊放在我的面前。3个人，不，4个人都来自同一个地方，厦门。也许，他们操着一口令人费解的闽南话；也许，他们已经10年没登上鼓浪屿；也许，他们早已习惯台风要来不来的臭脾气。可事实上，他们口口声声的闽南话，却在口口相传中变质；他们口口声声的鼓浪屿，却终究是儿时的鼓浪屿；他们口口声声的台风天，只不过是台风擦过了厦门的脸。这座城市，非常傲娇；城市的人，参不透的距离感。

眼前3位，与我岁数相仿。我28，做的是28应做的事，长的是28应有的脸。可证件上的他们，20看不出20的活力，21却总是眯着眼，22倒像最年轻的。长发飘飘的20没有微笑，不是眨巴眨巴的眼，而是平静地直视前方。鸟窝头发的21和蓄着胡须的21，走的是个性路线，好像永远扣着大耳机，试图将心情沉下去。唯有死去的

22，炯炯有神地暗示着：他，还活着。

我，突然有一种莫名的悲伤。为什么双手要插着裤袋走路？为什么驼背低头去看脚下的风景？为什么摆出一副漠不关心的样子，烙印在大大小小的证件上，告诉世界，我就是这么的自我？为什么？难道压迫感很值得享受？难道寂寞感很值得玩味？难道负罪感很值得拥有吗？眼前的3位，正玩着非常危险的游戏。

……

上官雯，女，1994年4月18日出生，代号“枯荷”；

楼以凡，男，1993年3月2日出生，代号“冥火”。

……

老塞咖啡店，一如既往的绿招牌，放着“One more time，One more chance”，随意地呼唤着随意的人来做客。靠窗坐的是一男一女，男的皱着眉，女的挂着泪，看似在约会，心情却差到谷底。他们话很少，常常以沉默做回答，双方像是无声的异性磁铁，本应相互吸引，却不知为何在中间矗立起同性的磁块，无数次排斥着内心当初的欢喜。桌上的咖啡纹丝不动地摆着，不动声色地注视着彼此，等着谁先喝上第一口，谁先打破沉默。酝酿的时间实在是太漫长了，变浓变苦也是情非得已，可终究有人要一饮而尽，眼睁睁地看着另一位消失在自己眼前。

他们，分手了。

……

上官雯，居住于厦门市西堤别墅，独生女；

吴昭祥，居住于厦门市禾祥东路奔马新村，有一兄。

……

殷商时代，一如既往地闪着红大字，沿着那条曲折的巷道，投向最为漆黑的角落。这个被孤立的世界，存在着一群耽于虚幻的人，唯独这死角对死角相隔甚远的一男一女，聊着现实中的事。QQ窗口越来越频繁地闪动，笑脸接踵而至，时不时逗趣的话语也是看得心醉。可回复却等得花谢，无感的语气词独立成句，一次冷水、两次冷水……浇得人心碎。他无奈地让笑脸挥了挥手，她却视而不见地起身，挎包，走人。

他，又玩起了英雄联盟。

……

楼以凡，就读于福建大学信息技术学院，单身；

严霜，就读于福建大学文学院，单身。

……

豪聚顺，有名的东山大排档，建在铁路公园旁边。这儿白天安静，晚上沸腾，多是旅人走了一天的路来这儿用餐。这儿的鱼很是新鲜，从不炸，也从不煮，只用蒸，蒸出个3分钟热度便上盘。这儿都是大圆桌，一家子围着坐，个挨个紧凑着，一人糊弄了一句，满座便炸开了花。唯独这犄角旮旯里偷偷地摆着个双人桌，俩男的对坐喝着闷酒，气氛萧条。数数这桌底的空瓶，塞得下一箱，再加上桌上的，够得着一箱半。一人脸通红，一人面不改色；一人说胡话，一人听着胡话。没劲归没劲，干得倒挺爽快，不过这俩瓶“嘭”的响声终究淹没在欢声笑语里。大概等人都散了，他俩才跌跌撞撞地搀扶着离开，结没结账不知道，可能也没这能力了结这笔账。

此刻，天上没星星，没月亮，只有不断往外冒的酒花。

……

是时候叫他们3位进来讯问了。先审谁，得跟老张商量商量。

“还是那女的先吧。”

“不，我们总是会把‘先入为主’当作是正确的，因此第一个人必须嫌疑最小。”

“你如何测量他们的嫌疑？长相、资历还是家庭出身？就这3张破身份证，你就别指望参透出什么玄机了。”

“但，我们可以猜啊。女的心理承受能力较差，越放后面，她就越不安，到时讲出来的就越实在。至于那俩男的，我看高个先。”

“他长得不老实啊。”

“你长得也不老实啊……个高好歹有点气质。”

“你这，啥逻辑。好吧，就听你的。”

第三章 冥火

我是因为她来到小说俱乐部的，那时她是社长，一个大一新生就攀上这位置，我也是醉了。她定了很多奇怪的规矩，最重要的一条便是：“社员间只能以代号相称。”我已经忘记了“冥火”的由来，大概是抓阄得到的，反正无关紧要，她喜欢就好，习惯就好，在这儿，我任由她摆布。可这女人越是放纵，她就越致命。分手的理由很简单，她有“外遇”了。

是谁？我没问她。反正她QQ窗口无时无刻抖个不停，反正她摆在桌面上放肆地让你瞧，反正让你瞧的全是有“代号”的男人。我嫉妒得发疯，发疯地记录下每次抖动，发疯地寻找那些“绯闻男友”，发疯地臆想把他们全部杀光。是的，其中有“残月”。

学长，一位很有气质的学长，她很迷恋。当她认识他的第一天，她第一次婉拒了我的邀请；当她Q他的第一天，她第一次拒绝了我的邀请；当她Call他的第一天，她第一次无视了我的邀请。巧合？一定不是巧合！我从不把恋爱当作儿戏，分手视为家常，每一次巧合，我都不会过多追究，可当巧合一而再，再而三，不追究的，还是男人吗？

我决定整整他，理由很充分，手段很简单：叫上她和他，去一个地方玩玩，然后当着他的面玩我的女人。计划很顺利，因为严霜哥们的临时加入，变得更加完美。是的，动车票我定，我、严霜和她坐一起，他自个儿待一车厢。要知道，这动车是俩车头连在一起的，他想都别想过来找她（其实只有来时动车是这样的，这里“冥火”的陈述出现漏洞）。当然，旅馆也是我定的：我和她一间？不，这太愚蠢了，我只想玩她，不想和她上床；我们仨男的一间，她自己和别人住，只要他俩分开，我的目的就达到了。事先说明，他很信任我，一厢情愿地把我当作兄弟，我表面上对他也很好，很好。

计划归计划，事实常常“红杏出墙”，当初觉得没什么，现在想想有点奇怪。1. 在旅馆，趁我洗澡的时候，严霜反锁了“残月”的门，他俩单独在屋子里聊些什么，我很好奇。（这里说明一下，舟山朱沙尖一带旅馆的3人间套房，是两单人床在主卧，附带厕所。还有一间次卧单独一张床，门可上锁。）2. 一路上，“枯荷”好像不理“残月”，倒是经常跟我聊些不着边际的话题。这也没什么，我真正心有芥蒂的是严霜跟“残月”好像很熟。反正，他们仨好像在作秀，原本打算孤立“残月”的，到头来好像我被孤立了。3. “枯荷”在来时的动车上用手不停摩擦我大腿内侧，这暗示性太强，我不敢看她，也不敢阻止，勃起让我很尴尬。她应该注意到了，却只是笑了笑，让我觉得很假，因为以前她连抚摸我的勇气都没有。（来时，我们仨在12号车厢，严霜7A，我7B，“枯荷”7C。）4. 出事前，“残月”来过我们车厢，因为他的那份麦当劳在我包里。这不奇怪，事先约定好的，奇怪的是，“残月”讲了个吊诡的事，听起来有点不可思议：

宁波站的站台设置不同于福州，一个大站台上面写着“3”和“4”，也就是说，在3号站台上车和在4号站台上车是同一个地方，不过是各分两列排队。当下楼梯后，左手边是开往厦门北的动车，右手边是开往武汉的高铁，奇怪的是高铁长得跟动车一模一样。“残月”习惯性地往右侧看，急匆匆地往1号车厢跑去。结果进了1号车厢，发现有几位看上去像企业高管的人在谈话。这分明是VIP专座，只有8排，哪来的12D。他略感不对，赶紧往里冲，可1号车厢就1节，进入的是2号车厢。不仅如此，动车车座靠椅上的背套应是蓝色的，可这里全是红色的。他脑袋发热得厉害，赶紧去问2号车厢和3号车厢之间的乘务员。一查车票，才发现上错车了，是对面那列，此刻离发车，只剩10秒。

我当时听完，对他笑了笑，说声“幸好赶上”。可坐在我旁边的那俩人好像连听都没有听。半小时后，“残月”死了，他真的上错车了……

可凶手不是我，最多只能算是恶搞。酸甜酱含洗洁精是我使坏的，目的很简单，就是整他，那玩意儿吃不死人，且一入口便可察觉。说来也凑巧，有一次单独和“枯荷”出去吃麦当劳，她咬着半截薯条饶有兴致地说：“你知道吗，‘残月’吃薯条爱蘸酸甜酱，是不是很奇妙?”是的，很奇妙，她跟他在一起就一直很奇妙，3个月抵得我3年，也是酸酸甜甜惹人醉啊！我一直想不通，他们俩的3个月：QQ很频繁，电话却不是很多，见面估计只在社团碰头，哪来的情感维系？可静下心想想，也对，背着我搞“地下恋情”，这么做是必须的。因此我对他更加厌恶，男人何必遮遮掩掩，有种就放马过来争啊！我的3年不是像他甜言蜜语搞定的，而是腥风血雨一路争来的。呵，多少男人“惨死”在我的手上，我也要让他见识我的阴霸。

不过，他的死完全成了我的梦魇，我要的不是这种结局。警告他，让他别痴心妄想，才是我的打算。的确，现在的情形对我来说太不利了：杀人动机、物证，呵，恐怕还有人证，全都指向我。是的，麦当劳是我买的；是的，矿泉水是放我包里的；是的，连食物都是我亲手交给他的……可，这又能代表什么呢？我不是“死神”，我只是被“死神”玩弄的愚人……

其实，这一路两夜，作怪的心理一直在打退堂鼓。“残月”是个很好的人：早上，叫醒我的是他；下楼迟了，给我留包子做早餐的是他；忘带打火机，借火烧香的是他；登船买票，早早替我们排好队的也是他。可他越好，我越觉得心烦：在珞珈山，有尊送子观音，他调侃我“早日和枯荷生子”；在佛顶山，他硬是拉着我在“佛顶顶佛”4个大字前拍照；在梵音洞，他指着空无一物的前方不厌其烦地对我说“看，那儿有座观音像”。可惜，我始终看不到，只看到了他的遗像。

以上，便是“冥火”的陈述。

……

“最后问你三个问题，请你如实回答。”

（“冥火”咽了口痰，喉结向上提了一下。）

“根据你的陈述，我大致了解了酸甜酱的秘密。可你到底是怎么做的?”

“其实，我去麦当劳并没有索要酸甜酱，那是我事先准备好的，连同他的那份放在一袋子里。”

“根据你的陈述，我觉得你在‘洗澡’一段有所隐瞒。你都洗澡了，如何看见严霜反锁‘残月’的门?”

“这……其实不重要吧。是的，我……不知道谁关上门，我只听到门响了一声……唉，刚刚顺口说的。”

“顺口？他们若是背地里，门会‘啪’的一声让你听得清楚吗？你是不是没在洗澡？”

“有，我真有！好吧，‘背地里’是我臆想的，行了吧？”

“这不是行不行的问题。其实，我也很在意他们俩在房间里做了什么，因为这是这件案子唯一的盲点，死无对证的盲点，你知道吗？我的意思是，如果你趴在门上偷听，请一五一十地告诉我！”

“不，不是这样的，我没有偷听！我只是关了喷头犹豫了一下，然后听不见动静，就继续洗澡了……是的，我是很好奇，但我神经质的对象不是严霜，他是我最好的哥们！”

（“冥火”急着一口气说完，脸瞬间涨红。）

“根据你的陈述，我想核实一下：严霜是不是受你邀请，才参与这次旅行的？”

“是的。”

“你确定？”

“确定！”

（“冥火”的眼神非常坚定，坚定得让我非常困扰，困扰我的又多了一重。）

第四章　严霜

说实话，在这次旅行前我和“残月”压根就不认识。虽然同属一个社团，但毕竟大我一届，十有八九是碰不到面的。至于“冥火”、“枯荷”是如何认识他的，我就不清楚了。看他们3个关系好像不太融洽，而且这对分手的恋人总感觉怪怪的，一时半会儿也猜不透他们现在的关系。在这复杂的关系谱上，我仅和“冥火”熟络，“枯荷”这女人我是万万碰不得的，毕竟也是“前嫂子”。可以这么说，我是这个案子的当局者，也是这个案子的旁观者，我能大致描述案件的始终，却无法理清案件背后千丝万缕的关系。是什么契机让“冥火”相邀“残月”上火车？是什么理由让“冥火”与“枯荷”不避嫌地坐在一起？又是哪阵阴风让我无所事事地陪他们普陀朝圣？越描越黑的人物关系加快了剧情的发展，倏然间，命案发生了。

我想就这次旅行提供点有用的信息：1. 我很费解，为什么我晚订动车票，“残月”与他们同时，而我意想不到地和他俩坐一起，“残月”却被出局。这只能解释为“冥火”不可告人的用意。2. 我很纳闷，“枯荷”一路上为什么不和“残月”攀谈？明明是一起出来玩个实在，却刻意地保持着5米左右的距离。想来“残月”本身也不明所以，动不动借“渴不渴啊”、“累不累啊”、“重不重啊”这些套话来打破僵局，却总被“挥手致意”无形中封了“残月”的嘴。3. 我很怀疑“冥火”的初衷。当初在豪聚顺，他是这么邀请我的：“你也来吧，帮我把关把关‘枯荷’的新男友。”来到普陀，我才意识到这句邀请得反着听：“你也来吧，帮我收拾收拾‘枯荷’的新男友。”“残月”不是个敏感的人，他学的是打击乐，能把握的仅是节奏，难以感知触碰心灵的旋律；而我不同，我是个敏感的人，我学的是中文，总有一把筛子在心里，随时过滤掉肤浅的表面，沉淀的是我眼中的真相。“冥火”在普陀所做的一切，表面上无关痛痒，实则有意无意地刁难，而这种刁难结合着“枯荷”的无视，我觉得是时候挺身而出帮助不自知处境的他。4. 我很担心，正常的交流会被恶意地曲解。整个旅程，我总觉得有一双眼睛盯着自己，时而提醒，时而催促，无非是想让我和“残月”保持距离，以便他更好下手。其实“冥火”的心思是有点变态的，他致力于孤立“残月”，认为我每次靠近“残月”都是对他的背叛。可事实上，这没到背叛不背叛的地步，仅仅是道义上的不认同。在我眼里，他的一切行为分明是在毫无理由地百般刁难；分明是在宣泄自己令人作呕的占有欲。他的女人还属于他吗？分明是过去式了，还攥在手里，认为“枯荷”依旧附属于他的影子，理所当然地去惩戒偷情的“小三”，连我都成了他惩戒的工具。说句难听的话，“冥火”打心里害怕戴绿帽子，实际上，他连戴绿帽子的资格都没有！5. 我很清楚“残月”的为人。也许我们曾经各走各路，可当我们共走一路时却有太多可聊，从生活到游戏，他把他的所有秘密都与我分享，包括对“枯荷”那“可远观而不可亵玩焉”的爱慕之情。他很实在，不像“冥火”爱装：有事没事地泡吧，学一些舞池交际的“狐步”；有事没事地搞个大人范儿，和你在大排档吃酒划拳；他会告诉你“不要去带‘吧’的地方”，会告诉你“这顿饭我请”。如果，现在“枯荷”面临一道两难的选择题，我会建议她选择“残月”，“闭月羞花”才是真正的幸福。

以上是我所在意的5个关键点，而由点及面，对整个案子的分析得从一道逻辑题讲起：

有3顶红帽子和2顶白帽子。将其中的3顶帽子分别戴在A、B、C3人头上。这3人每人都只能看见其他两人头上的帽子，但看不见自己头上戴的，并且也不知道剩余两顶帽子的颜色。问A：“你戴的是什么颜色的帽子？”A回答说：“不知道。”接着，又以同样的问题问B。B想了想之后，也回答说：“不知道。”最后问C。C回答说：“我知道我戴的帽子是什么颜色了。”当然，C是在听了A、B的回答之后而做出回答的。试问：C戴的是什么颜色的帽子？

我们3个之中至少有一个是罪犯，换言之，我们3个之中至多只有两个是清白的，因此白帽子代表“无罪”；我们3个有可能全是罪犯，因此红帽子代表“有罪”。根据上述的条件，我们是可推出结论的，这里不表。可这个案子却不满足这些条件，问题在于：你问A，A回答“不知道”，可“不知道”的本质有着天壤之别。在此题中，A“不知道”的是自己戴什么颜色的帽子，“知道”的是别人戴什么颜色的帽子；而在此案中，A“不知道”的是别人戴什么颜色的帽子，“知道”的是自己戴什么颜色的帽子。可惜的是，A即便“知道”了，也不会告诉别人自己戴什么颜色的帽子，而会竭尽全力地去证明自己戴的是“好”帽子。这也正说明了逻辑的天真、现实的残酷，现实往往不讲逻辑。但，我相信警方有能力辨别真假，这种能力无非就是比较，比较“冥火”、我、“枯荷”3人证词的共同部分，出入较大的或者无法衔接情节的视为“假”，而“假”的次数最多者先视为“罪犯”。不过，我可给你们打个预防针，我们3个有可能说的都是真的，只不过对真相的理解是假的……

我记得此题最后的答案是“C戴着红帽子”，也就是说，“C是有罪的”。可“枯荷”不会在意这些细节的，因为给我们仨戴帽子的“残月”已经死了……除非，警方重新给我们扣上“帽子”。

以上，便是严霜的陈述。

在我最后提问之前，先将此逻辑题的分析列下，作为日后参考：

如果B、C戴了两顶白帽子，那么A肯定知道自己戴的是红帽子，但是A不知道自己戴的是什么颜色的帽子；

如果A、C戴了两顶白帽子，那么B肯定知道自己戴的是红帽子，但是B也不知道自己戴的是什么颜色的帽子；

如果A、B戴了两顶白帽子，那么C肯定知道自己戴的是红帽子，但是C是在听了A、B的回答之后才做出回答的。

所以有结论1：他们中最多只有一个人戴白帽子，不可能有两个人戴白帽子。

如果A戴白帽子，B戴红帽子，C戴红帽子，那么A不知道自己戴红帽子还是白帽子，但是B看到一顶红帽子，一顶白帽子，由结论1就知道自己戴红帽子。

如果A戴红帽子，B戴白帽子，C戴红帽子，由结论1，A就知道自己戴红帽子。

如果A戴红帽子，B戴红帽子，C戴白帽子，由结论1，A就知道自己戴红帽子。

所以有结论2：A和B看到的应该是“两红”才会不知道自己戴什么

颜色的帽子。

根据结论2，所以C就是戴红帽子。

……

“严霜，你的陈述非常有意思，既可视为一种参考，也可视为一种挑衅。像你这样的聪明人，是不会用大好年华去搬弄是非的，因此我愿意参考你的推理，也希望你能解决我的困惑。”

“没问题。”

“据目击者说，你在死者，也就是‘残月’濒死时，刚从厕所出来。当你目睹这惊心的一幕，你的举措除了惊吼，居然是往后车厢跑，这让我颇感意外。”

“往回跑是为了……”

“我知道，我知道是为了什么，你不必解释。你做得很对，只是不像真心好友第一时间的第一反应，冷静得连‘惊吼’都失真了。”

“简直无法忍受你的臆想！别一厢情愿地认为我做的每件事情都另有目的，别自作聪明地把这些目的推断为‘杀人动机’。我往回跑，就是不自觉地往回跑，而不是你脑子里重复上百次的‘边跑边偷笑’。如果说，及时将情况告诉‘冥火’、‘枯荷’是种伪装，那么独自跪膝、捧着躯壳、等着冷却，难道不也是一种伪装吗？”

“好了好了，这个问题暂不讨论。”老张受不了，吼了一嗓子。

“也罢……你的秘密无穷无尽，可分享的却少之又少。我希望你能明白，缄默是种美德，也是种罪责。套用你的句式，别一厢情愿地将有迹可循的事情隐瞒，别自作聪明地将死无对证的事情公开。你所说的关键5点，在我眼里一文不值，就因为处处牵连着‘残月’，让我如何向死人证实你的陈述？正如你所说的‘我们3个有可能说的都是真的，只不过对真相的理解是假的’，既然如此，为何还要执念于理解真相呢？”

“因为……”

“因为真相不如你所愿吧。”我决意不让严霜说成一句话。

第五章　枯荷

“谢谢你，以凡。”

在别人眼里，高大的你出奇地平凡；而在我眼里，平凡的你出奇地高大。别人都说你脾气不好，可我觉得你脾气很好；别人都说你很贪玩，可我觉得你很会玩……当你将最诚恳的一面展现在唯一的我面前时，我就深深地爱上了你。3年，热恋的第一年，苦恋的第二年，眷恋的第三年。还记得高二时，你将手机还给我的第一次初见，那令人抓狂的短信至今仍让我“女儿”津津乐道：“SB，来认领你的小灵通，思诚201。”我装得很生气去找你算账，你却看都不看我一眼，指了指旁边的桌子，然后耍起了臭流氓，硬让我说谢谢。“好，谢谢……谢谢你妹！”我疯子般地从你教室冲了出来，畅快地在走廊释放青春。回班级后，你发了条短信到我手机上：“SB，你又落东西了。”我眨了眨眼，回了句：“落下了你。”……还记得，你我当初的约定吗？那天，没有樱花做背景，没有烟雨朦胧做水印，晴空万里飘不下一片叶。蝉在嘶鸣，我在哭，你却抱着我在笑，贴着耳朵，轻轻地说：“等你，在大学。”一等，一年零一月……很高兴，真的很高兴再次见到你，可是明明单身的你却只是让我高兴而已。我应该哭的，爱一个人是应该哭的，只有喜欢才会高兴。对不起，时间让爱退化了。于是，这一年来我们拼命地尝试让爱复苏：看了几十场电影，逛了上百次街，365天天天在老塞培养感情。结果，美式咖啡，太苦……我想，这次旅程也是你的挽回吧，多了俩人，是怕我俩独处尴尬吧。你为什么要对我这么好？好得让我忍不住摸你，习惯性地靠近你，想对你说“上床，上床……”，也许我的身体交给你，爱会重新来过吧。

……

“回答我，昭祥。”

你我相识已有3月，可彼此却不甚了解。你喜欢在QQ上冒泡，却总是在社团里潜水。冒泡的时候总像打了鸡血，说的净是些不着边际的话；潜水的时候则杳无踪迹，偶然遇见也只是微笑致意。你真是个奇怪的人啊，难怪“冥火”总说“得提防你”，也是怕“戴着面具的太宰治”复生，进行一场内心的屠杀。不过这次旅行，让我重新认识了你：阳光、帅气，看不出一点阴郁。一路上总是“嘘寒问暖”：“渴不渴啊”、“累不累啊”、“重不重啊”。要知道这水绝大多数是你买的，这行李绝大多数是你提的，要喊累也是你先喊，不过“冥火”、严霜在旁边站着看倒是让我很气愤……在房间，我躺床上，对着天花板发呆，不自觉地想起你：为什么在QQ上如此疯狂地追求我？为什么在生活上又如此拘谨地伺候我？我哪有这么大的魅力，使你沉湎于意淫的世界，唤起你熊熊的关心呢？也许，不善表达的你，难以面对着我说出心声，只好不停地抖动窗口来表达你的好意。不过，谢谢你的好意，春去秋来的3年是很难被春去春来的3月所取代的，当我挎起包离开网吧的那一刻，不知坐在遥远角落的你是否看见，那就是我的回答……可是，你的回答呢？当你在动车上一动不动的时候，你的回答就是沉默吗？不，你那死死不肯闭上的眼，充斥的不是眼白般的空洞，而是无限扩大的瞳孔般的恐惧。

你不是自杀而是被人所害，因为自杀的你无论如何也会给我个答复，哪怕只是个“哦”……断了线的风筝，终究是回不来了；没了根的树，终究是活不成了；失了魂的你，终究是没下文了……

怀疑，仍在蔓延；煎熬，仍在继续。

……

“至于他，严霜……”

“不了解！”

他总是用很奇怪的眼神盯着我，一言不发地盯着我，然后嘴角上扬，笑得很有内涵。他是经“冥火”介绍来社团的，最初的定义是“好哥们”，现在的定义更像“基佬”吧。自从我和“冥火”分手以后，他俩形影不离。咖啡店摇身一变成酒吧，西餐厅摇身一变成大排档，爱情摇身一变成基情，纵是我胡思乱想，但淡蓝的他取代了粉红的我却是不争的事实。也许是寂寞把俩人捆在了一起，在没星星、没月亮的夜晚，他们烂醉如泥地搀扶前行，在我前方不出10米的上坡，唱着走调的《王妃》，唱着那句“夜太美”……男人的世界，我不是很懂，可我明白，只有在男人的世界，男人才会真正的快乐。颓废是每个男人的天性，极力地掩饰颓废，在装出来的生活中过得如鱼得水是丧失人性的重要一环，只有在颓废被默许的啤酒氛围中才能享受比做爱更舒畅的快感。女人所不能给予的，正是给男人一个搀扶的臂膀，一个可以颓废的理由……正因如此，印象中的他总是黑白的，总是侧脸的，总是笑着，不知在笑些什么。我偷偷地在书上画下了他，给他加了根烟，夹在右手食指与中指间，还让他呼出了3轮烟圈，一圈比一圈大。可事实上，没见过他抽，肺应该很健康，应该不会时不时干咳，他让自己颓废得很另类。把头埋在书里，把头托在手心里，把头保护起来，好好地安在脖子上，转动眼球已足够。一个人的世界，不必强求什么，连白纸都不要，活着就好……

也许，他的笑没有内涵，只是笑。

……

“相信我，警官。”

我知道，你们已经锁定了目标，在我们仨之间。可即便如此，想要破案依旧困难重重：1. 我们3个的陈述都是片面的。“冥火”与生俱来的戏谑性人格使他做事欠考虑，估计陈述也偏主观。而严霜正相反，把自己藏得很深，不按常规出牌的他，想必故弄玄虚了一番。至于我，找不到任何的证据去证明自己的清白，自始至终在案件里扮演着“被动者”的角色，我压根就没有机会去改变现在所面临的境遇，只能被迫像提线木偶般举步维艰。2.

“凶手不唯一”存在着巨大的可能。若是单人作案，逐个排查是有效的；若是合伙作案，则必须明确三者间和三者与死者间的关系，为此，我在前面已述，仅供参考。不过有一对关系值得你们注意：严霜与“残月”之间尚未知的秘密。3. 案件存在许多盲点。这不单单是困扰你们的，也是困扰我们仨的，包括凶手在内，正如他无法预知到“残月”竟然差点上错车。从我的角度出发，旅馆内他们发生的所有事情均是盲点，如果案件的诱因隐藏其中，我便是无辜的受牵连者。同样，“冥火”有“冥火”的盲点，严霜有严霜的盲点，可他们的盲点我却一无所知。你们最大的优势在于掌控了全部的盲点，我相信先前的二位肯定提出了自己的疑惑，甚至主观上的臆想。把盲点汇集起来，试着排除，是唯一可行的办法。4. 大多数盲点均是死无对证。“冥火”与“残月”、严霜与“残月”、我与“残月”，建立在这三重关系上的所有盲点均是私人所有，换言之，当关系双方中的其中一方死去，那么关系间的所有秘密只剩另一方所知。可事实上，另一方采取的往往是隐瞒或欺骗，即便如此，你们也会因“死无对证”而束手无策。总而言之，选择相信谁，是你们的自由，也是你们的职责。我尽了我的义务，将一切如实奉告，剩下的，就是等你们相信了。

以上，便是“枯荷”的陈述。

……

“的确，照目前的形势发展下去，这个案子终将以‘死无对证’而告终。我不能寄希望于你们3位，可事到如今，只能尽量相信你们的陈述。接下来我所提问的，你只能回答‘是’、‘否’或者‘不确定’。”

“好。”

（有关“冥火”）

“你是否经常忘记关掉QQ窗口，而被‘冥火’发现聊天记录？”

“不确定。”

“‘冥火’是否追问过你，关于QQ的聊天记录？”

“否。”

“你是否在来时的动车上摸过‘冥火’的大腿？”

“是。”

“你是否在旅行中多与‘冥火’闲聊？”

“是。”

“你现在还爱‘冥火’吗？”

“否。”

"'冥火'现在还爱你吗?"

"不……确定。"

(有关"残月")

"'残月'最近一段时间是否经常Q你?"

"是。"

"在殷商时代的那次，你是否见到'残月'本人?"

"否。"

"'残月'参与这次旅行，你是否吃惊?"

"是。"

"在这次旅行中，你是否刻意地回避'残月'?"

"是。"

"而'残月'在旅行中截然不同的表现，是否让你感到错愕?"

"是。"

"'残月'爱你吗?"

"……"

"你是否怀疑过'残月'爱你? 还是说，你是否试着去理解'残月'爱你?"

"是。"

"也就是说，你怀疑QQ上的'残月'与旅行中的'残月'不是一个人?"

"……"

"快回答!!"

"……让我说句话吧，'残月'之所以在旅行中表现得很'大哥'，而不是很暧昧的态度，是因为我已经很明确地拒绝了他。他这么做无非是想退一步做朋友而已。仅此而已!"

(有关严霜)

"你是否和严霜读同一个专业?"

"是。"

"你是否与严霜有过节?"

"否。"

"你是否介意严霜在你和'冥火'之间存在?"

"否。"

"严霜参与这次旅行，你是否吃惊?"

"否。"

"严霜和你们俩来时动车坐在一起，你是否介意?"

"否。"

“你在旅行中是否经常与严霜攀谈？”

“否。”

“而他却经常和‘残月’攀谈？”

“是。”

“你很留意，而‘冥火’看起来很介意？”

“是。”

“于是你就很好奇他们之间攀谈的内容？”

“是。”

“他们告诉了你？”

“是。”

“无关紧要？”

“是。”

“你觉得他们没讲实话？”

“不……确定。”

“你是否觉得严霜是一个参不透的人？”

“是。”

“那他会不会爱上了你？”

“什么！”

（有关“枯荷”——允许做答）

“矿泉水是否你买的？”（此题以“冥火”的陈述做基准，若回答“否”，则矿泉水应是严霜买的。）

“是。”

“买了几瓶？”

“3 瓶。”

“为什么？”

“我喝玫瑰花茶，自己泡的。”

“然后塞到‘冥火’包里？”

“是。”

“塞的时候包里是空的吗？”

“不。里面有平板电脑、相机、充电器，还有香、贡品、洗漱的东西，反正有空间放。不过后来汉堡就塞不进去了，‘残月’和‘冥火’的那份硬塞，其余的只好拿手上。”

“我检查了那个包，是挺大的，拉链还特别多。不过我很好奇，‘残月’为什么不把吃的、喝的拿手上呢？”

“哦，因为‘残月’当时两手都提着行李袋实在不方便。而且他袋子里有半瓶水，不够的话，再到我们车厢拿，顺便把麦当劳带走。”

“我明白了。可这么说，水的问题只关于你了？”

“……但我真的是在自动售货机买的！严霜，严霜可以做证！”

“怎么做证？他是陪你一起去的？”

“不……我现在不知道，脑子一片空白……求你别再问了。”

“好的，该问的也问完了。走之前告诉你一件事，你后半段的陈述方式很像严霜，你们似乎都在寻找这个案子的答案。不过得提醒一下，要想证明自己推理的能力，先得证明自己头上的帽子是清白的。严霜的嘴撬不动，只能委屈你，抱歉。”

第六章　涟漪

美丽的月之湖，水面静静。环湖四周，树木丛生，远处的坡上有几户人家，窗前的烛火微微摇荡，星星点点装饰着静谧的夜。湖畔，习习晚风吹着草弯腰，送进了袖口，一身透心凉。情侣间不说话，只把头藏在你盘坐的腿上，默默地注视着你的下巴，不知何时迷恋上了你的棱角。无趣的你，不懂抚摸我的头，或是亲吻我的嘴，只懂抓起身边的石子，一下、两下往湖里敲，咚咚响，咚咚响，涟漪阵阵不说话……我情不自禁地抬手，来回摩擦你的下巴，不小心碰到了你的喉结，奇妙的凸起，男人成熟的标志在我手心里把玩。可你仍旧看向远方，是婆娑树影还是烛影摇红束缚住了你的眼神，只留给我你眼皮底下的世界。忽然，你停下了手，不再去敲静静的湖面，眼光逐渐地收拢，45 度角，似乎在凝视着涟漪的退去。我，也放下了手，把头侧过去，抬了抬身姿，看向你所“痴迷”的地方。是的，涟漪即将消散，湖面即将平静，倒映出……背后的那个人。

……

在结束 3 人审讯之后，我开始归纳猜想。

一、假设 3 人同时作案（可能性：4 星）

依据：1. 3 个人的无力自白：

“是的，麦当劳是我买的；是的，矿泉水是放我包里的；是的，连食物都是我亲手交给他的，可，这又能代表什么呢？”（冥火）

“不过，我可给你们打个预防针，我们 3 个有可能说的都是真的，只不过对真相的理解是假的……”（严霜）

“我们 3 个的陈述都是片面的……至于我，找不到任何的证据去证明自己的清白。”（枯荷）

2. 存在串供的嫌疑：从内容实质上看，“冥火”侧重的是自己扮演什么角色，严霜侧重的是他人扮演什么角色，“枯荷”侧重的是自己和他人角色间的某种关系；从信息价值上看，“冥火”提供的是案件表象，严霜提供的是表象与真相间存在差距，“枯荷”提供的是真相隐没于表象。3个人的陈述几乎无交集，令人生疑。

盲点：迄今为止，仍找不到3个人的共同利益点，也很难建立起关系模型。就像来时的动车，A、B、C坐在一起，很正常又很尴尬。

二、假设2人同时作案

这里牵涉到帽子问题。由于是2人作案，红帽子两顶，就存在调换帽子的可能。3人作案就不必考虑，因为都是红，怎么调都一样。注意，调帽子的一方可能“无罪”，也可能“有罪”。当其“无罪”时，意图旨在保护某人；当其“有罪”时，意图旨在陷害某人。而具备“调换”能力的人，在我看来，只有严霜。当严霜旨在“保护”，那么对象应是“枯荷”，所以我提出了疑问，“枯荷”却一脸不解；当严霜旨在“陷害”，那么对象不定，因为他的措辞是这样的：“冥火”的刁难、“枯荷”的无视。还要注意，由于是2人作案，所以旨在“保护”的一方是一厢情愿，而旨在“陷害”的一方是两人商量好的。当然，这些均属情况复杂化，先做说明。

“冥火”与严霜（可能性：1星）

1. 不对等的认识：“冥火”至今认为“严霜是我最好的哥们”；严霜背后却说“‘冥火’连戴绿帽子的资格都没有！”

2. 互相猜疑：“冥火”觉得严霜跟“残月”混得很熟是在孤立他；严霜觉得自己成了“冥火”惩戒偷情“小三”的工具。

3. 互相隐瞒：“冥火”在东山大排档，隐瞒了旅行的初衷；严霜在旅馆，反锁房门，隐瞒了自己和“残月”的关系。

“冥火”与“枯荷”（可能性：3星）

在“冥火”的陈述中，可以看出他非常爱“枯荷”，甚至达到了疯狂的境地，不惜一切代价去收拾“残月”。但，“冥火”欠缺勇气，不具备单独作案的实力，若有“枯荷”相助，则可能性大增。两人存在共同目的：“情感复原”，而最大的障碍便是“残月”存在。试想一下，“残月”三番五次地QQ骚扰“枯荷”，作为前男友内心肯定不是滋味，而作为当事的女主肯定也不胜其烦，于是两人利用此次旅行，展开了谋杀计划，恰逢严霜的参演，为这出戏增添许多看点。不过，质疑声在心里越擂越响：作为情杀的案例，此次“情杀”的理由也实在勉强，正如“冥火”所言：“警告他，让他别痴心妄想，才是我的打算。”的确，这宣泄的不是被“劈腿”的耻辱感，而是表明身份的占有欲。但“占有欲”作为谋杀的诱因是站不住脚的，因为“枯荷”已经很明确地拒绝了“残月”，主动向“冥火”示爱，而“残月”也在旅行中用行动说明了，“我只想和‘枯荷’做朋友而已”。那么，“冥火”占有欲一说只能认为故意粉饰，实则另有隐情，他们三者的关系绝非想象中的那么简单。

严霜与“枯荷”（可能性：1星）

1. 关系暧昧。严霜表面上说，“这女人万万碰不得”，实际上巴不得走进她的世界，替她做“闭月羞花”的选择；而“枯荷”表面上“腐化”严霜，实际上是对其爱慕已久：时刻关注着他的一举一动，刻画在书上，刻画在脑海里。

2. 言语暧昧。严霜对于“枯荷”的描述，在遣词上值得琢磨，他先说“枯荷”无视“残月”，后说“残月”爱慕“枯荷”，那么“枯荷”形象自然高冷，相对处于不利的境地。然而，他又说“枯荷”被“冥火”攥紧手里，身不由己。若接上“枯荷”的台词：由于我身不由己，“自始至终在案件里扮演着‘被动者’的角色”，因此“找不到任何的证据去证明自己的清白”。如此衔接，只能理解为“枯荷”的无奈，却猜不透严霜的用意：究竟是被迫谋杀的无奈，还是被疑谋杀的无奈？究竟出于“陷害”的心态，还是“保护”的心态？在两人作案的大前提下，只能理解为“保护”，不过这种“保护”不属于上文所讲的“调换帽子”的情况（因为两人均戴红帽子），而是严霜自己擅自站在“枯荷”身前，用自己的帽子挡住“枯荷”的帽子，是“遮挡帽子”的绝妙手段。

可是，这种无奈是“冥火”造成的。他俩谋杀的对象应是“冥火”，但事实上死的却是“残月”。所以，我只能证明他俩有站在同一战线的必要，却无法证明他俩的共同敌人是死者。

……

这是不可凑泊的月之湖，没有星星，没有月亮的做伴，只有阵阵妖风掠过湖面。芦苇都往一侧倒，想贴近看看湖里的自己，一不小心沾到水，就像一滴血滴进眼里。环湖四周，荒芜的草地，没有一棵树，却有一群乌鸦常来驻足。驻足在离湖不远的古宅屋顶上，每过一时辰从屋顶飞向芦苇丛，再从芦苇丛飞回屋顶，群鸦来袭一回合两次，直到天亮，却不知飞哪了。宅里没人住，住的都不是人，是一具骷髅挨着一具骷髅，并排坐在长铁椅上，双手束缚被麻绳打了活结，系在靠背的第二条杠上。乌鸦也许吃了他们的肉，可白骨剩着浪费，若有几只狗待着该多好。不过狗是进不了古宅的，因为乌鸦在屋顶守着，守着那几具骷髅。这忠心也确实感人，前主人“弃肉喂鸦”也算值得。可事实并不如此，乌鸦白天附体成了人，晚上脱壳成乌鸦，如果骷髅被移动或是换了位或是损了部件，那么就变不回去。这是湖的诅咒，夜幕降临；也是鸦的守望，《等待戈多》……

……

老张看不惯我那套纸上谈兵，信奉着“实践第一”的教条出门办案。我们俩表面上是分工，实际是各干各的，他严重怀疑我陷入了严霜的谜题之中，认为所谓的“依托关系”办案可能性不大，决定逐一调查3人最近的状态。对此我毫无意见，只在临走时拜托几个细节：

1. 询问小说俱乐部其他社员：严霜的代号。

2. 询问“冥火”、“残月”、严霜的舍友：3 人是否玩“英雄联盟”。

3. 询问“枯荷”的舍友：期末阶段是否常夜不归宿。

4. 询问朱沙尖旅馆清洁人员：7 月 5 日一早 204 号房退房后，在打扫次卧时，是否发现安全套。

5. 取调“殷商时代”关于 6 月 25 日晚来店人员记录。

6. 取调 6 月 13 日至 6 月 30 日“冥火”订动车票记录。

7. 在“枯荷”的允许下，查看她和“冥火”、“残月”及严霜的 QQ 聊天记录。

老张一一记下，门也不带上，急匆匆地离开了办公室。

剩我一人，和一杯凉透了的咖啡，盯着它许久，竟发现水面微漾，肯定是什么东西震动了桌面，但绝不是我，尽管你不相信。每次这样无所事事地靠在沙发椅上，总喜欢回忆些琐碎的小事：大学放暑假，宅在屋子里哪都不去，看着后宫片流口水，所谓的“抖 S”和“抖 M”也深有体会，时不时变换扮演这两种角色，“攻”、“受”都做了一番尝试。想想我的发育，偏早还是偏迟，记不清了，大概和老师有关系。自从她开讲“性器官”的那节课，我便在意起了“光秃”，可能是意念作用强大，不出一个月便长毛了。说实在的，我很害羞，尿尿都得贴近便池紧紧的，也很骄傲，被窝里总喜欢掀开内裤瞧瞧，然后搞大，虽然一开始并不顺利。我很色，大家都这么说，看见美女，两眼注视的永远是乳房，心里想的净是“玩奶子”。一旦有女的胸罩若隐若现，我就兴奋，兴奋得想拉扯她胸罩两条带子，看着她捂得紧紧地说“干什么呀!”。的确，意淫是一种病，可不是性病，很健康的。我还是能很正常地与女生交往，她们都喜欢跟男生聊，只要男生够娘。至于聊些什么，记不清了，很久没玩女人或者被女人玩，旁边总是“老张”类的大叔或是“小吴”类的乖仔，要么净抽烟要么连抽烟都不会。啊！天真无知的小男人，颓废无知的老男人，还有我这盲目无知的野男人，绝妙的三人组，连搞基的机会都没有。现在，剩我一人，把咖啡喝个精光，到厕所解决一下。

……

隔天傍晚，老张从福州回来，小吴从宁波回来，带回来的全是空气，预料之中。从来没指望这俩男的在外办事能捎带些特产，除非吩咐。一屁股坐下，就是“哇哇”叫，叫两声就“咕咚咕咚”地大口灌水，表面上不想说，实际涨红脸快憋不住了，真相即将脱口而出。

第七章　死水

7 月 14 日，公布结果的日子。严霜、“枯荷”坐在我和老张对面，只不过这次角色换了一下：他负责讯问，我负责记录，小吴依旧把守着门，不让外人打扰。桌上摆着一盒面巾纸，一根警棍，两副手铐，必要时都有用武之地。事先说明一下，他们仨都还是“自由身”，不过被监视。

我的习惯是转笔，老张的习惯是开讯前咳嗽两声，紧接着客套话一句，绝不再多，然后直奔主题。

“前两天，我们在福州、宁波两座城市进行了一番调查，加上之前你们的陈述，通过对比验证，已经得出了结论。”

话音刚落，“枯荷”便不自在地扭动起来，死命地搓着手。

“不必紧张。杀人都不紧张了，这会儿紧张个啥？”我插嘴，不自在地又转起了笔。

“是这样的，‘枯荷’，你期末阶段是否经常夜不归宿？”

足足一分钟她不吭声。我在看严霜的表情，低着头，只有那鸟窝头发搭理我。

终于，她怯生生地“嗯”了一下，听不大清楚，但点头承认。

“为什么？”

“因为……因为我……”

“因为你紧张，所以编不出来，请说实话好吗？”估计老张会气个半死，说好的让他问，可我就是管不住嘴。

“没事，大胆地说。”老张就是条狗，见女的就摇尾巴，不过这会儿不介意，我在意的是严霜的手竟然发抖了。

可她还是没吱声。

“还记得殷商时代吗？”我决定亲自出马。

“记得。”

“那晚，你也夜不归宿，舍友说的。哦，对了，那是第一次，接着好几天都是这种情况。姐妹们说你变了，变憔悴了。”

不吱声，那我继续。

“你撒了个谎，其实在殷商时代你看见了‘残月’，可你不敢说，因为你们做了……”

“没有!!!”震耳欲聋的尖叫，人立马站了起来，两眼只把我活活瞪死。不过，我不在乎，我只在乎严霜竟然握拳，死死地咬着下嘴唇。

老张咳嗽了两声，又示意了我两眼，说了句：“没别的意思。”算是打了圆场。

她坐下，不再看我，低头擦眼泪。

“你不想承认，没关系，我来描述：你先离开了殷商时代，‘残月’也很知趣地打起了网游。呵，老套的剧情。谁都知道大街上碰熟人正常不过，何况是在学生街附近，要是被看见一起进旅馆，多尴尬啊，为此你还煞费苦心地跟他在网吧聊那么久拖时间，10点半，都门禁了小姐。约莫12点，你们碰头，反正藤山戴斯的柜台人员说了，‘有一男的要了你的房间号’，男的长啥样记不清了：个挺高的，长得挺帅的，发型正常吧。”我瞄了严霜一眼，“至于你们在房间做什么，我不感兴趣。”最后一句，违心。

“简直胡扯——”严霜嘀咕了一句，不幸被我听见。

“胡扯？是，这确实胡扯，也确实只有你们会干出这胡扯的事来!”话锋一转，“‘枯荷’，你曾对我说：要留意严霜和‘残月’的关系。呵，你想知道吗?”

“枯荷”侧过头，用一种不知所措的眼神看着他，我第一次发现她眼睛其实很漂亮，流过泪的眼就像水晶。

“是的，告诉我。”

我想了想：“老张还是你来说这事吧——”

他倒是当仁不让：“好的。经朱沙尖旅馆一名清洁人员表示：7月5日清晨，在打扫南区A1栋所有房间后，发现一盒杜蕾斯牌子的避孕套被拆封使用，却未告知柜台。本来普陀山就是佛教圣地，在此地做这种事，确实比较醒目，所以过了一周，旅馆人员还是记忆犹新。”

“关我什么事?”不屑的表情，却看出他内心的动摇。

“当然，避孕套不能说明什么。可南区A1栋就住了你们3个男的，还有3个女的，以及3个老太婆。避孕套是男款，你说呢?”我又机智地插了一嘴，看着他表情逐渐地僵化，而“枯荷”则一脸吃惊。

“更关键的是，这该死的避孕套是在204号房间发现的；最关键的是，这要命的避孕套现身在房间的次卧。虽然只用了一个套，呵，也是速战速决。”

“简直胡扯——”看得出他想“杀人灭口”了。

“不，这是事实。”感谢老张及时扑火，“‘冥火’曾经对我们说过，在他洗澡的时候，你刻意地进了‘残月’的房间并反锁了门。而这就有时间、有空间去办那件事，除此之外——”

“没有!!!”震怒的严霜中指竖向了我们，而‘枯荷’却恸哭起来，看得出她悲痛万分，可为什么会悲痛万分?

“我明白了，同病相怜的两位弱者。你们喜欢‘残月’，却不爱他，可他深爱着你们，于是你们表面上满足他。可终究是厌烦了，于是联手杀了他。哦，可怜的双性恋。”

“你在胡说——”严霜身体迅速前倾离座，出手的右拳直往我脸上冲，不过一下被老张铐住了。

“老实点!!! 以为这是哪儿? 给我坐下!!!”干得漂亮，老张。

他的怒气依旧不能平息，嘴里含着无数的脏话，反复着“狗娘养的”4个字来填充短暂的沉默。终于，“枯荷”再也忍不下去，再也不去装好奇、装吃惊了，一把抱住了严霜，嘶吼着：“别再说了！别再逼他了!!”

我第一次看见严霜簌簌滴落的眼泪……

……

真相凭借着一个收放不自如的晶状体，我们自作聪明地让它聚焦于极远处的一点，然后悄悄地戴上有色眼镜，过滤掉不利于自己的部分。我和严霜都戴上，欺骗了所有人的眼，却欺骗不了法眼。从头说起，太累太累，就允许我直奔主题吧。我和“冥火”之间的爱情是在老塞咖啡店结束的，即便咖啡又浓又苦，我也不予理会，浓的是他，苦的是他，执迷不悟的也是他。“残月”随之跟进，可说实话，他太阳光了，我“枯荷”承受不了这种光，于是一次次拒绝。在这一时期，拒绝是双线的，否定“冥火”的同时否定“残月”，我的心如刀割、如乱麻。就这样彷徨地走着走着，突然在前方不出10米的坡上，一个身影飘过来一句“夜太美”，不知不觉醉入了他的怀抱。殷商时代，那一夜，QQ里的“残月”比往常更加的痴狂，直白的弹雨似的话语激起了我无限的性欲，我忍不住偷偷地发了条短信，告诉严霜：“我需要安静。”也许“冥火”有机会知道这一秘密，可事实上他却执迷不悟，于是“残月”成了我俩做爱时的床帘。朱沙尖，那一夜，夜半有钟声，可人却依旧酣睡，只有被寂寞包裹住的我需要安慰。按事先约定的，我下了楼，204开着门缝，里面一片黑，刚到就被严霜拽进了小黑屋，小黑屋里的次卧，那避孕套事先准备好的地方。他很坏，胶布死死黏住了我的嘴，而他的嘴却贪婪地吮吸着我的肉体，窒息、窒息，令人窒息的快感，似乎听见了隔岸普陀寺传来的佛音。啊，极乐世界！那一夜，他抽了第一根烟，也给我抽了几口，他悄悄地告诉我，“残月”醒着，我回头一看，门开了一个小缝……

——“枯荷”的告白

真相就像自己的爹娘一样，永远在身边却视而不见。戴眼镜的人往往会因找不到眼镜而苦恼，玩手机的人往往会因找不到手机而崩溃，其实眼镜就在眼前，手机就在手里，只不过不相信自己的眼睛、自己的手，只相信自己的臆想罢了。我亲眼看见“枯荷”买了3瓶矿泉水回来，亲眼看见“冥火”从包里取出矿泉水给“残月”，也亲眼看见“残月”死时那从手中脱落的空瓶。一个念头闪过，我惊吼一声，可腿却不听使唤地往回跑，一遍遍告诉自己：“这不是真的，不是‘枯荷’干的。”从那刻起，我下定决心，要保护自己所痴迷的肉体和灵魂，于是迈开第一步，召来同伴返回现场，把“冥火”也拖下水。在陈述的过程中，我尽可能地措辞严谨，更多地去质疑“冥火”的初衷，不满他的人格，而用“无视”一词来淡化“枯荷”的存在。“帽子”一题无非就是个幌子，希望将疑点更多地聚焦在我身上，却不料加剧了警方对我和“枯荷”关系的猜疑，将彼此的遮羞布暴露在众人的眼皮底下。虽然遮羞布并非案子的核心，但我们是体面的人，是有隐私的人，终究敌不过你们赤裸裸的“污蔑”，终究只能惨淡地收场……也许，你们会问我为什么这么执著，执著地给“枯荷”扣上红帽子，又执著地替她遮挡红帽子——因为一句话。当她回头看见门缝后，便扯下了胶布，贴着我耳朵说：“真想杀了他——”

除此之外，还有几件事要交代：1. 藤山戴斯，那一夜是我和“枯荷”的第一夜。2. 我和“残月”是邻居，都住在奔马新村，当初选这所大学也是参考了这一点。3. 我和“残月”在次卧什么都没干，只是告诉他，待“冥火”入睡后换下床（“冥火”不会真心想和“残月”睡的），我要看世界杯（主卧、次卧都有液晶电视，但不能打扰“冥火”睡觉，有声音、有光线都不行，这无疑成了最好的借口。对了，那场是巴西对阵哥伦比亚，4点开战），看完比赛再把床位换回来。待“残月”入睡后，差不多2点，呼叫“枯荷”下来，可不知怎么的，我反锁的房门竟然开了个小缝（估计“残月”有钥匙），他终究是发现了我们的秘密，不过发小就是发小，什么都没说。4. 关于“冥火”，见陈述，那部分是真的，除了反感就剩反感。5. 最后，告诉你们一个秘密：我也是有代号的，不过只有“枯荷”知道。藤山戴斯，那一夜，她唤我：“死水——”

——严霜的“告白”

严霜与“枯荷”牵着手走出了审讯室，等待他们的绝不是幸福，而是门缝后的一丝恐惧。法律也许无法插手他们的“性生活”，可终究有鬼会来偷窥他们的“罪恶”。我忽然想起严霜的陈述，简直就是一连串的反语：所谓的“我和‘残月’压根就不认识”，事实上从小认识；所谓的“‘枯荷’这女人我是万万碰不得的”，事实上玩弄于股掌之间；所谓的“我成了‘冥火’惩戒的工具”，事实上“冥火”成了他替罪的羔羊。他活脱脱就是个骗子，而且是光明正大的骗子，明知谎言一戳就破，仍以一身的“谎言”示人，妄图迷惑警方，实则迷惑自己。“枯荷”怎么可能是凶手？看来他对自己的感情也心存畏惧……他们离去的身影，我无法触及，也不想触及。此刻，只想快点逮捕“冥火”，告诉他，弱者只有眼泪。

……

是的，人是我杀的。

我恨“残月”，更恨“枯荷”。我整整等了她一年零一个月，日夜思念的一年零一个月，她竟然说分手就分手，把我的青春熔铸在她的性福之上，把我美好的大学憧憬践踏得支离破碎！可我拿她毫无办法，已被爱情束缚得身不由己。然而，我终究是“冥火”，终究会点燃心中的“妒火”，于是我计划了这次旅行，目的不是夺回这个女人，而是给这个女人一辈子的痛！为此，我费尽心机地设计：殷商时代，那一夜，去的不是“残月”而是我。我登录了他的QQ，办法很简单：之前他找我代练，给了我英雄联盟的账号，并撂下了句：“认真玩，这可是大号。”于是，QQ便到手，只需在谈话后删除记录即可，也不必过分担心，因为此时的他正在演出。至于为什么要这么做，就是为了让她反感，等的就是那句：“我现在有事，先走了……”真的很痛快！你们知道吗？这一战的作用既可以探测他俩之间的关系，又可破坏他俩之间的感情，从旅程中发现，效果显著：“枯荷”几乎不理会“残月”。豪聚顺，那一夜，我试着邀请严霜入伙，没想到他立马就同意了。知己就是知己，我还没说出目的，他便知晓了我的用意，所谓的“把关”他是最在行的，在情场上他的眼界绝对比我开阔。朱沙尖，那一夜，是我最不安又最安心的一夜，当成功种下罪恶的种子后，我睡得很香很香，正如第二天一早严霜说的：“看来是做了个好梦。”要问我何时种下“种子”？在洗澡的时候。也正因如此，才不会过多介意“严霜锁门”一事，毕竟自己做的也是见不得人的事，不被发现就好。我是用浴巾包着一瓶矿泉水的，那瓶水是从宁波站自动售货机买的，是在到站时有意买的3瓶之一，也就是自己没喝的那瓶，对，我就是要嫁祸给那“贱人”！在浴室，我把口袋里事先准备好的一小包氰化物全部倒进瓶子，水溢出来就溢出来吧，拧上盖，一瓶崭新的“农夫山泉”。我承认有点紧张，至少在出浴室时手是发抖的，可严霜却没注意，忙着在床上发短信。知己就是知己，配合起来就是默契，我顺理成章地把浴巾塞进包里，当然，浴巾裹着“种子”，看不见的“种子”。第二天，在车站，“枯荷”非常懂事地把买来的“农夫山泉”放在一堆杂物之上。然后就是在动车，我站起身，伸手往行李架上的包里掏，掏出“种子”给了“残月”。说实在的，我没想到那天他如此配合，竟讲了个故事给我打了个掩护，听完之后，我也是发自内心地笑了笑，说声：“幸好赶上。”

嗯，这就是我所有的谋略，我毫无保留地告诉了你们……

——“冥火”的遗书

毫无保留？不，还有太多的疑问，只不过这些疑问无关紧要了，你好走就是，反正弱者只有眼泪。

——我在遗书后补写

附：平行世界里的异端生物

4个看上去交往颇深的人，却依着自己的代号过着毫不相干的生活；4个看上去积极向上的人，却有着异于常人的甚至畜生般的行径。4个人互相欺骗，互相利用，爱情友情在此纠缠不清，像成吨成吨的海藻在我脑海里泛滥。到底什么是真，什么是假，依旧看不穿……我所困惑的正是，凶手死了、帮凶走了，而这凶手与帮凶间却没有任何交流，恰似一道不可能的数学题：“两条平行线竟然交叉在一起。”我想重温一下那个吊诡的画面：“冥火”在浴室里下毒，严霜在卧室里对着“残月”撒谎，“枯荷”可能在楼上等着严霜的回复。3个完全隔离的空间，却不可思议地围起了四面高墙，更不可思议地围住了一个毫不相干的人。也许这个人曾经有机会逃脱，试着打开一丝门缝，结果却令他瞠目结舌，以至于无法向另一扇门里的人述说真相；也许上帝对此人动了恻隐之心，试着放下一条绳子，结果他快成功时却不小心松了手，一坠便粉身碎骨，一坠，坠在了四面高墙围起的密闭空间里。这既是始料未及的，又是预料之中的，在这三个空间里，表面上预料之中，实际上始料未及，尤其是“枯荷”所在的空间，至今还有诸多疑问，尽管已无关紧要。我一直耿耿于怀一件事，“枯荷”为什么在来时的动车上当着严霜的面，不停摩挲“冥火”的大腿内侧，她究竟爱着谁？究竟在干什么？难道做爱时想着另外一个男人？难道她早已知道门缝后有人，却更有干劲地“做”下去？在案件审理过程中，我竟然淡忘了她的存在，直至“冥火”的死才让我意识到她的地位。不出意外的话，严霜也会死去，一湖的“死水”顷刻间漫上了我的心头……

——鬼稚子

2014年8月22日星期五

最后我们都被挤成生命之饼

湖南大学/张艺慧

1

“他们短短一场演出，朋克激流热涌，之前我曾以为‘水蛭’一死，世间再无朋克。”我用力地在记事本上写下这段话以至于纸张落下凹痕，后来，每每抚摸背面浮凸，手指捕捉到的那种细微的快感，都会使我不可遏制地想起那个激烈的夏日，我所见他的第一面，他膝上放着一只十二音卡西欧，被迫发出它不愿意发出的声音，他咬住嘴唇，挑战着所有面部肌肉。演出迸发着戏剧性的，狂野得无法无天的能量。

结束时候，我突然觉得自己的耳朵和心脏都受到重创，而且它们不介意再来一次。

那晚他和我喝酒的时候说，他们的演出是为了纪念伟大的“水蛭”乐队，我眼睛一亮，在很长一段时间里，我在睡前听“水蛭”乐队的专辑《If We Get There One Day, Would You Please Open The Gates?》，这名字真的很长，我翻译了一遍，“假如有天我到你家门口，你能给我开门吗？”他接过话说：“好啊。”

我望着他黑灰色的眼珠，想的竟是，喝酒泡妞是摇滚圈的坏毛病，一点不假。

你看，我身上肤浅又多疑的女性特质使我与一段罗曼史擦肩而过。之后的我越是回想那个夜晚越是感到懊恼，我所能了解的有关他的全部就是他与本地乐队合作的那场演出。我试图回到那个酒吧寻找那个乐队，可是他们并不认识他，他和他们排练了一周，他说他叫ah1，仅此而已。暑期结束，离开镇子的时候，我又去了一次，一个女孩调笑我：“你总来领受乐音折磨啊。”我慢慢抿下一口酒，说，以后不会啦。我留了一封信，压在他弹奏过的卡西欧的架子下面。

2

我叫Z，在大学的专业是中文，梦想是成为一个有趣的人。童颜贫乳，易心塞，收纳强迫症，喜欢听冷僻的音乐，在18岁生日后的第二天晚上，去了一个生意并不算好的酒吧，意外邂逅了一场惊天动地的摇滚演出，并喜欢上了客串其中的弹卡西欧的男孩。

但是这不是我要讲的故事，我要讲的故事发生在上周的音乐节。

我念大学的城市，到了9月仍然热得跟放置在太阳底下的照相机机身似的，空气里弥漫着烫手的热，我和我最要好的同学H一致认定这样的天气去参加音乐节十分要命，你可以想见，每个人都是一个发热体，聚集了一万多个发热体的器皿，投入一枚摇滚炸弹，结局是我们都变成了条形碎片四处飞溅。

中文系的人就是爱说傻话，事实是，在音乐节前一周开始，我就辗转反侧，难以入睡，时而在凌晨3点拿起放在枕头下的节目单，用手电的光去照亮它，最中间的节目，一个叫生命之饼的乐队，主唱的名字（请允许我吞下口水），叫ah1。

可想而知，我拿到这份节目单的时候，全身仿佛被一道闪电贯穿而过，我满脑子只有一个念头，如果我能够再次见到ah1，我一定要眼睛眨也不眨地朝他的嘴唇吻上去。

音乐节那天下了冷冷的雨，温度低得叫人措手不及，我穿着黑色帽衫，头发全塞在帽子里，看上去像个瘦削的男孩子，H带来一个叫Y的我没见过的女孩，化着精致的妆，她对摇滚一无所知，她此行目的不在摇滚。此外还有三个女孩和我们一起，她们带来了一箱啤酒，我不喝酒，其他人在草地上就着音乐节开头那些无关紧要的乐队的歌，喝完了那些啤酒。

我问她们，有没有人要跟我一起去舞台下面拍照，只有H拿着相机跟了上来。一个陌生的美国乐队登场，垃圾电音和轰轰琶音的可怕组合，接下来就是生命之饼了，这个念头使我面红耳赤地看着这个美国乐队，那神情仿佛刚被上帝告知："哦，那个摇滚巨星，你可以嫁给他的。"

美国乐队一走，我就挤到了舞台的最前面，越来越多的人向前挤，我努力使自己的额头不要撞在舞台上，他们一定是把我看作男孩子了，挤起我来毫不留情。在台上表演的人，如果有密集恐惧症就惨了，不是吗，人像鱼一样，拼命地拍打着尾巴涌上岸。

ah1，他还会认出我来吗？这个想法使我忍不住后退了一步，踩着了后面两个人的小腿，我空空的眼神吓到了那两个人，他们并未抱怨。我可怜巴巴地望着舞台，求你了，ah1，求你救我上岸吧。

细细的雨在长长的光束里飘洒，镜头里已均沾迷离的光斑，镁光灯气势汹汹地巡视着人群。汗酸味、青草味，因为人的热量在空气中蒸腾，使人晕眩。

我闭上眼睛猜想 ah1 会以何种方式登台，从天而降？从人群中冒出来？从舞台中央冒出来？可惜我睁开眼时，我朝思暮想的男孩，是从后台走出来的。

我迅速地反应着他身体上的新变化，看上去更结实，或者他一直这么结实，他咬着下唇，面色如新死之人，他手上拿的是贝斯不是卡西欧，他弹了两个音，引出整段乐曲，那两个音在我听来，似乎被贴上了粘胶标签，一个标签上说：没错正是在下；另一个说：让你久等了。

接下来的他们的声效系统肯定设置成了丛林模式，我的胸口都随着他们的贝斯而颤抖。ah1 的表情全程都像一团芥末酱一样扭来扭去，他的歌声带着辛辣的味道喷薄而出，像钢铁一样有力。第一首歌结束时，他朝我的方向看了几秒钟，扭过头去，又回头看了一眼，我不能确信他在看我。ah1 不善言辞，他含糊不清地说："接下来这一首歌，献给伟大的……"生命之饼把舞台变成一个神坛，祭奠偶像。醉，生，梦，死。

最后一首歌，他突然在观众面前灌下一整瓶啤酒，他说："这首歌献给……"我没有听清楚，一束聚光灯投向我的方向。那一瞬间的光芒几乎融掉了我。

那首歌是致敬"水蛭"乐队的歌，我所见他的第一面他所演奏的。他在麦克风前说："If We Get There One Day, Would You Please Open The Gates?"我张开嘴，却什么也说不出口。

我双手支撑着身体，并不费力就爬上舞台，我和生命之饼一同鞠躬，感谢在场观众，感谢他们忍受了一份莽撞的告白，观众里发出天灵盖爆炸似的喝彩，我猜这里面有近一半人从未听过摇滚，他们在快感到摇滚之乏味的时候，听到了在他们理解范围内的爱情故事。

舞台灯光熄灭的时候，ah1 给了我一个吻，这是一个舞台之吻，我在他嘴里尝到了某种冰冷的液体，是刚才的啤酒。

如果故事就这么结束该多么好。

3

我们喜欢按照自己的想法来描述一个故事，不断将其美化、柔化，用煽情的语言来掩饰逻辑的错漏，我们在叙述中混淆事实和愿景，到最后自己都信了。

伟大的珍妮特·温特森教导我们：掀开雪白锦缎，底下可能只是一碗汤。

4

我叫Y，在大学念中文，梦想是成为一个音乐记者，因此不放过身边任何一场演出，写稿投给报纸，渴望一夜成名。我与我的男友也是因为一场演出而认识，他是生命之饼的主唱兼贝斯手。圈里的人都叫他ah1 。

我第N次去看他们表演的时候，他突然上前跟我说："你就是那个在杂志上给我们更新乐评的记者吧。你写得真烂。任何一个人看了你的乐评，都会对我们的演出失去兴趣。"我瞠目结舌。ah1又说："你应该多使用一些比喻句，比如'他们的乐队表演好像煤气罐爆炸了似的'和夸张的句子'不会有比生命之饼更烂的乐队'，只有这么写，你的乐评和我们的乐队才会有名气，懂否?"

我以最高程度的白眼回敬了他，但在那次的乐评末尾，我写的是：

"他们短短一场演出，朋克激流热涌，之前我曾以为'水蛭'一死，世间再无朋克。"那期乐评刊载出来后，ah1给我打了个电话约我出来。

约会的那天早上我们还是不言不语，晚上却已经难舍难分。ah1送我到大学的宿舍楼下，用一个绵长的吻确定了我们的关系。

"喝酒泡妞是摇滚圈的坏毛病。"我向我最要好的同学Z和H甜蜜地抱怨。

摇滚歌手和普通的大学生，我们恋爱的细枝末节都引发了好友的莫大兴趣，她们终日拿着刊登了我关于生命之饼的乐评的杂志，寻找潜藏其中的暧昧。

突然有一天，我意识到ah1已经很久没有联络我。

我们之间的关系微薄如丝，我伤感地想。之前我没有认识到这一点，是因为ah1总会在我想要电话质问他之前，发来温柔的问候短信，温柔到足以将之前的疑问忧郁一扫而光。摇滚歌手的地下女友，这个设定似乎颇为罗曼蒂克，我顺从地接受并扮演，直到，直到这一天，我意识到ah1已经很久没有联络我。

我也就不去联络他，与其说是初恋之人的自尊心，不如说是害怕听到他的近况，害怕获知我已经在精神上和身体上都失去他的消息。

大一的暑假，我没有邀请男友，而是邀请H和Z来到我的家乡，一个艺术氛围浓厚的小镇。她们爱死了这个地方，我们终日游泳、喝啤酒，哈，其实Z滴酒不沾也不擅长游泳，她通常把自己包裹得严严实实在岸上听音乐，看我和H戏水。我带着她们走遍了镇上所有的美术馆，这个镇以两件事物闻名，油画是其中之一，另一件，是酒吧。

某天，一个当地乐队在我家对面的酒吧演出，白天放出消息，我们都兴奋得要命。晚上我们簇拥在最最前面，然而乐队上来以后，我完完全全呆住了。ah1，我朝思暮想的恋人，膝上放着一只十二音卡西欧，在这支远不如生命之饼厉害的乐队里卖命弹奏。

那天晚上的演出相当震撼，音乐一结束，我就冲上台去，ah1一把将我抱起，一面大笑一面吻我，乐队主唱朝热吻的我们做了个手势，说："此时我也需要一位姑娘上台，我的嘴唇很有空！"全场爆笑。ah1给了我一个我能想到的最棒的惊喜。

那晚他和我们喝酒的时候说，他们的演出是为了纪念伟大的"水蛭"乐队，我粲然一笑，"水蛭"，是我们秘密的恋爱符号。

那晚真的非常愉快。最后ah1把喝得烂醉的我送回家。我保留着最后一丝清醒意识，听他说，他会消失一阵子，然后他会挑个适当的场合曝光我们的关系，我温顺地应允着。

因为那场震撼的演出，原本就是摇滚迷的Z迷恋上了我家对面的酒吧，她每晚都去，她希望能再次看到那个乐队的演出，我调笑她总去领受乐音折磨，她说不然以后就没机会啦。

暑期结束前，我们3个又去了一次，Z还在酒吧里卡西欧的架子下给那个当地乐队留了一封信。

我们3个一同回到念大学的城市。这个城市到了9月份仍然热得跟放置在太阳底下的照相机机身似的，空气里弥漫着烫手的热。但是我们都期盼着9月，每年9月，一场盛大的音乐节会席卷这座城市。

特别是今年。

ah1往我邮箱里发了一份节目单，生命之饼乐队赫然排在正中央。他承诺会在今年的音乐节宣布我们的关系。"不过，前提是我的女朋友要打扮得漂漂亮亮的。"我可以想象出他调皮的上升的嘴角。

音乐节那天下了冷冷的雨，温度低得叫人措手不及，我穿得就像要去做新娘子一样隆重，化了足有3个小时的妆。穿得隆重和穿得少在某种意义上可以等同，我非常羡慕把自己包裹在厚厚的黑色帽衫里的Z，她看上去很暖和，脸颊也因此通红。H还带了3个女孩，她们带来一箱啤酒，Z没有喝，我们在草地上就着音乐节开头那些无关紧要的乐队的歌，喝完了那些啤酒。

Z问我们要不要同她一起去舞台下拍照，H跟了过去，H答应我，等我被ah1请上台，她一定帮我录像。其他3个女孩陪着我，听我讲我和ah1的爱情故事。

在生命之饼的前一个乐队，一个我叫不出名字的美国乐队登场的时候，我接到了音乐节工作人员的电话，那个壮汉手持工作证一路领着我冲破人群来到舞台最前面，H和Z正好被人群挤到了我身边，工作人员交代，等聚光灯打在我身上时，我就可以走上舞台。我牢牢握住H和Z的手，无比兴奋地等待着那一刻。

你们有过那样的经历吗，舞台上那个人像一颗恒星一样凌厉地发光，惹来满场尖叫，而这个人，你清楚他是属于你的。那种感觉使你站在拥挤的人群里，却与人群隔离开来。从生命之饼登场开始，我就怀抱着期许和骄傲并因此热泪盈眶，第一首歌结束时，我举起摇滚的手势，而他居然看到了，他扭过头，又回头看了，他的目光落在我的身上，像那晚月光里的细雨一样温柔。

最后一首歌，他突然在观众面前灌下一整瓶啤酒，他说："这首歌献给我的女友Y。"一束聚光灯投向我。在那束光的照射下，我得以彻底与其他观众区分开，他唱这一首，只为我一个。

那首歌是致敬"水蛭"乐队的歌。"水蛭"，是我们秘密的恋爱符号，他在麦克风前说："If We Get There One Day, Would You Please Open The Gates?"我点头，眼泪大颗大颗地滚落。

他拉住我的手，把我抱上台，我和生命之饼一同鞠躬，感谢在场观众，感谢他们忍受了一份莽撞的告白。我们在众目睽睽之下接吻，我在ah1嘴里尝到了某种冰冷的液体，是刚才的啤酒。接吻的时候我在想，H有没有把这一幕认真录下来呢？一定录了的吧。

5

我叫H，在大学念中文。职业听音乐，脱宅困难户。我以前不听摇滚，直到我认识了Z和Y，Z是狂热的摇滚迷，她总是穿着黑色的印着架子鼓、萨克斯或者英国管的衣服，不粗鲁不叛逆甚至不声不响。而热情奔放的Y，简直是Z的反义词，Y热衷给摇滚乐队写音乐评论，却对摇滚一无所知，她所有的运用于乐评的知识都来自Z。甚至在她想要追求一位乐队主唱时，她问Z，最伟大的已故的朋克乐队是什么，Z说了自己最爱的乐队"水蛭"，她便在乐评末尾为那位主唱写下了他们堪比"水蛭"乐队的句子。

拜"水蛭"所赐，Y和那位主唱真的走到了一起。Y对他们的感情闭口不谈，甚至不告诉我们那位歌手的姓名和长相，她叫他ah1，她说圈子里的人都这么叫。我们收集了刊登了Y的乐评的杂志，从字里行间推测他们的暧昧和ah1的为人，Y说我们俩一定是闲得发慌。

大一的暑假，我们在Y家里度过，游泳、喝啤酒，走半里长街去看画展，这样平静幸福的姑娘家的小日子终止于某天晚上，我们去Y家对面的酒吧去看当地乐队的表演。

表演非常震撼，我只需看Z的表情就能确信，令人惊讶的是，演出结束后，Y被那个乐队里弹奏卡西欧的英俊少年一把抱起，我们这才知道，那个人就是ah1。

ah1简直是姑娘们做梦才会看到的那种梦中人。他居然就存在于Y的身边并为她预备下这种惊喜，对Y所产生的嫉妒使我沉默不语。Z在那天晚上却说了相当多的话，她不饮酒，头脑很清醒。ah1抚摸着半醉半醒的Y，和Z谈天，Z一开始闷闷的，后来ah1说他们的演出是为了纪念伟大的水蛭乐队，Z眼睛一亮，就此打开话匣。

夜更深，我扶Y去厕所呕吐。回来的时候，发现ah1深情款款地看着Z说："好啊。"我不知道Z之前问了他什么，但是他们借着醉意开始凑近。"什么玩意儿！摇滚圈的人都像你这样喝酒泡妞吗！"我冲ah1吼道，Z猛地一哆嗦，露出少见的惊恐表情，做错事似的看着我。ah1冷冷地看着我，一副无须解释的样子，他接过我怀里的Y，说："我送她回家，等她清醒以后，随便你跟她怎么说。"

妈的，我才说不出口。特别是第二天，Y无限兴奋地告诉我，ah1答应她，要挑选一个重要日子公布他们的恋情。

我下定决心要隐瞒那晚我所看到的事情。而Z，她仿佛被催眠过一样，她说她爱上了ah1，不是那个好友的男友，而是另一个，在露了一次脸之后就不再出现的ah1。Z在那个酒吧里卡西欧的架子下为她幻想中的ah1留了一封信。

6

珍妮特·温特森教导我们，掀开雪白锦缎，底下可能只是一碗汤。

7

我们3个似乎仍像从前那样要好，一同回到念大学的城市。这个城市到了9月份仍然热得跟放置在太阳底下的照相机机身似的，空气里弥漫着烫手的热。但是我们都期盼着9月，每年9月，一场盛大的音乐节会席卷这座城市。我们一致认定这样的天气去参加音乐节十分要命，好在音乐节当天下了冷冷的雨。

这雨下得颇有深意，似乎是为了浇灭一切浮躁的幻想。

Y给我们看音乐节的节目单，排在中间的是生命之饼乐队，主唱的名字，叫ah1。Y说ah1答应她，会在音乐节上公开他们的关系。我对她的美好描述将信将疑，Y却为此隆重打扮了一番。

音乐节那天，Y在冷雨里瑟瑟发抖，却格外楚楚动人，Z包裹在严严实实的黑色帽衫里，她俩看上去更像一对反义词了。我为了不使自己夹在她俩中间为难，还带去了3个女孩，我们买了一箱啤酒，除了Z没有喝以外，其他人在草地上就着音乐节开头那些无关紧要的乐队的歌，喝完了那些啤酒。

Z问我们要不要去舞台前面拍照，我担心她会有什么惊人之举，便陪她一同去了。我们很快便被挤到最前面，越来越多的人往前挤，生命之饼开唱前，Y也被人流挤到了我们身边，人像鱼一样，拼命地拍打着尾巴涌上岸。那晚我们的确看到了ah1，可是直到表演结束，都没有聚光灯投向观众席。

我发现生命之饼的名气是靠记者们的乐评撑起来的，看他们的表演我并不觉得特别，还不如那天晚上酒吧里那个当地乐队呢。

我不清楚密密麻麻的人群里，有多少女生是为了生命之饼而来，我只知道我们离开音乐节的时候，差点被挤成了生命之饼，每个人都郁郁寡欢，像一张干掉的缺乏水分的饼。

你　说

广西师范大学/徐　威

1

五点零三分。二十七分钟，一千六百二十秒。

他抬头看了看电脑。还要二十七分钟，一千六百二十秒。

他悄无声息地在心里叹了口气。

还有二十六分钟，一千五百六十秒。他冲了一杯咖啡，再坐下来看电脑，时间过去了一分钟。

他用一根细长的陶瓷汤匙轻轻地搅动着浮在表面的泡沫，缓慢而细致。他凝视着这杯褐色咖啡，手臂机械地晃动。搅动六十下之后，还剩二十五分钟，一千五百秒。

时间如此缓慢。他重重地用陶瓷汤匙敲了敲杯沿，然后举起杯子，一口喝完。

抽出一张纸巾擦了擦嘴，在手心揉成一团。他看了看电脑屏幕，怔了一下，又把揉成一团的纸巾小心翼翼地摊开。带着黄褐色斑点的纸巾平铺在办公桌上。长方形的纸巾令他想起了一件久远的事物。二十多年了。他眼睛里闪动出一丝光芒，然后拉了拉摇椅，端端正正地坐在办公桌前。

低下头，二十二寸的电脑屏幕把他遮挡住。

他如遇珍宝似的把纸巾轻轻压平。然后，如同二十年前趴在地板上那样专心致志地把纸巾叠了一个对折，又摊开，沿着折线，再折出两个对等的三角形。

时间缓慢地流动着。他紧张，手臂轻微地颤抖。这令他感觉到一丝恐惧。而后他深深地吸了一口气，憋在胸口，继续不急不缓地叠着那张满是褶皱的纸巾。

太薄太软了。他皱了皱眉。

终于，他抬起头，长长地舒了一口气。在他的眼前，一架软绵绵的纸飞机瘫在米白色的办公桌上。

他怔怔地望着这架软塌塌的纸飞机，眼睛许久没有转动。永远也飞不起来。他伤感地摇了摇头。两分钟后，他拿出手机，对着纸飞机拍了一张照片，然后传到微信朋友圈。他写了一句话：永远飞不起来的飞机，究竟有什么意义？

放下手机，他看了看电脑，右下角显示时间为五点二十分。

还有十分钟，六百秒。

他把纸飞机拿了起来，放在手心，又看了一眼，然后用力揉成一团。一条并不优美的抛物线，带着纸飞机飞向了垃圾篓。

整了整桌面的文件，关闭电脑，收好提包，把偷偷塞在耳朵里的纸团取了出来。

他准备下班。

市委大楼门前的马路宽阔而明亮。他抬头望了望天，烈日仍挂在半空。灼热的气息逼出他一头的汗。他站在大门口，身后是两个站得笔直的武警。他回头望了望沉默的他们，心中不由生起一丝羡慕。

他站在大门口好几分钟一动不动，仿佛站在空荡荡的荒原，放眼皆是路，却不知去往何处。这感觉不止一次地出现。有时，他甚至想，现在这所有的一切，看到的，听到的，摸到的，闻到的……是否都只是他在荒原中做的一个梦。

哪一个是真相？哪一个是幻象？想到这，他又一阵恍惚。这时，他的电话响了起来。

“在哪呢？”电话里的声音很粗犷。

“刚下班。”他平静地回答。

“今晚七点，新叶农家菜，聚聚！”

“怎么了？”他不由得挑了挑眉毛。

“没啥事，就是凑大家伙喝喝酒、吹吹水。你别告诉我你不来啊，自打你进了市委，三番五次叫你都叫不动。我跟你说啊，你这样不行，当了官架子大了是不是？再说，出来聚聚喝喝，也是搞好群众基础嘛……”

“我已经在吃着了。”他这样说。事实上，他并没有。他原本可以在市委饭堂吃工作餐，可是他没有。对于饭堂，他有着对办公室一样的厌恶与恐惧。

“吃饭不是重点。你别磨叽了，我马上过来接你！等着啊，半小时就到！”而后，粗犷的声音戛然而止。把手机从耳朵边摘下来，屏幕上沾上了一片汗水，显得模糊不清。

早就应该关机。他无奈地握了握拳头。

2

他站在洗手盆前，对着镜子愣愣地看着自己，仿佛不认识一样。洗手盆里的呕吐物已经被水冲走，而他仍感觉到一阵恶心。

只喝了三杯啤酒，怎么就吐了呢？他脑袋有点转不过来。他清醒地意识到自己并没有晕，更别说醉了。这点酒，对他而言，并不意味着什么。那为什么三杯下肚就吐了呢？他扶着洗手盆，晃了晃脑袋，脸上的水珠随即被甩出去。

包间里的空气太闷了。他这样想。于是，从洗手间出来后，他并没有返回包间，而是右拐，走向门前的草坪。空气果然好了很多。他心满意足地坐在了草坪边的大理石上，跷起了腿。

他掏出手机，登录微信，打开朋友圈。下班前发出的那张纸飞机图片下面已经有十余条评论，还有数十人点了赞。有人大笑，有人质问，有人问候近况，有人约喝酒。他一条一条地把评论看完，而后对着手机发呆。

他突然有些后悔，后悔自己把纸飞机拍下来，后悔拍下来之后还发到了微信朋友圈。评论里的文字让他感觉到一种紧张。他不知道该如何回复那些评论，不知道这些评论到底是真还是假，如同他不知道纸飞机与荒原哪一个才是幻象。

有什么意思呢？想到这，他呆滞的眼睛转了转，然后拿起手机，点开朋友圈里的纸飞机，按下删除。事实上，这是他微信朋友圈里唯一的一条信息。终于清静了。唯有安静如此真实，他重新把手机塞回裤袋，惬意地伸了个腰。

夜色多么美好。他望着天空，尽管看不到任何一颗星星。

他一开始跷腿坐着，抬头望着夜空，随后身子渐渐往后仰，最后躺在了柔软的草地上。他深吸一口气，闻到了黏稠的青草气味。这气味令他想起了家乡，清秋的家乡，充斥着浓郁稻禾味的田野。多么安静啊。他听着远处传来的虫鸣，身体感觉像是在换气一样，把恶心与厌烦置换成了自然的温软、寂静与空旷。他感觉到亲切，感觉到舒服。

他凝视着朦胧的夜空，没有一颗星星出现在他的眼眸中。

我能否成为夜空中一颗星，高高地挂在无尽宇宙，寂静地散发光芒？他莫名一阵兴奋，似乎自己即将腾空而起，乘风而去。然而，这兴奋刚刚开始，电话又响了起来。

该死的东西。他开始厌烦手机这东西的存在。事实上，这种厌烦早已生根。他曾经想过，把手机一扔了之，或者整日整夜地关机，把它当成一个摆设，然而他不能，或者说，他没有扔掉手机的勇气。他知道，现在这个世界，手机已经不单单是一个手机。

他懊恼地骂了句，然后接通了电话。

“你跑哪儿去了？出去下就不见你回来，赶紧的，都等着跟你喝酒呢！”依旧是那粗犷的声音。

“好。”他便挂掉了电话。

多么美好的夜色啊。

他用力吸了几口青草味，依依不舍地起身往回走。

刚进到包间，他就已经开始怀念。但他不能说，他只是对着认识的不认识的一圈人笑了笑，然后坐到自己的位置上。别人对他举杯，他嘴角咧咧，喝。然后又坐下，听着一群人已经在兴致勃勃地谈论。谈论失联的女大学生，谈论贪官下马，谈论女星八卦，谈论油价上涨，谈论房地产是否会崩盘，谈论白切鸡，谈论乳腺癌，谈论iPhone 6，谈论银行贷款……所有的一切，都在被谈论。

他仿佛置身于热闹的集市。不，比集市更可怕，比集市更拥挤，比集市更令人透不过气。这些人像是一个又一个衣着光鲜的怪兽，口中吐出的一个个词语犹如一座座小山峰，朝他飞来，压得他气喘吁吁。

望着这些滔滔不绝的嘴巴，他心里忽然明悟开来。不是三杯啤酒的问题，是十三张嘴巴的问题。真的有那么多的话来说吗？说这些到底又有什么意思呢？真话，假话，无意义的话。他忽然有些好奇，人一天到底能说多少话？口中吐出的话如果变成文字，是否每天都能制造出一部毫无意义的长篇小说？

他悄悄地在桌子底下掏出手机，在百度搜索上打出："一个人一天能说多少话？"

然而他失望了。没有人统计出来。或者说，没有人能统计出来。他望着一桌活力四射的嘴巴，心里确认，这确实是一个无法回答的问题。

零至无穷。

于是便想起了办公室，想起了办公室里那一群中年大叔中年阿姨从上班到下班时刻不停地在迸发词语的像是永动机一样不知疲倦的嘴巴。

多么聒噪的世界！

他绝望地呼喊，没有发出声音。

3

他开始尽可能地少说话，甚至不说话。一个人一天能说多少话，没人能回答，但是，一个人一天最少能说多少话，他已然知道。他不想再给这个聒噪的世界增添任何一分的声响。全是无意义的声响。他这么觉得。

于是，他中午去饭堂吃饭的时候，开始习惯用手指点菜，而后一言不发地刷卡。晚上不再去喧嚣热闹的饭店或大排档，而是自己在家做饭。一个人，多么安静。出去买菜，他不再去声音嘈杂的菜市场，尽管那儿的菜更加新鲜。他开始把购菜地点挪到大超市，一个明码标价不需询问的地方，一个把打包好的菜放入购物车，清点结算就行的地方。他已经明了，在超市买菜，他需要面对的唯一一句询问，往往是在结算时："请问您有会员卡吗？"这时候，他依然不用说话。他只需要轻轻地摇摇头，面无表情。然后，递上自己的银行卡，签字，走人。

他把手机里装载的交流软件一一卸载。QQ、微博、微信，一个个地从电脑屏幕上消失。而后手机提示，手机内存腾出来三百多兆的存储空间。他感觉自己就像手中的手机，瞬间从超负荷状态解脱开来。紧接着，他又把电脑上的软件卸载得一干二净。他觉得自己正在变得轻盈，愈来愈轻盈，轻盈得令他有飞翔的快感。

说的话越来越少，从一千字到八百字，从八百字到五百字，从五百字到三百字，最后到不足一百字。他觉得自己逐渐成为英雄，一个沉默的无名英雄。

他的英雄之举就在于沉默。

直到有一天，主任敲了敲他的桌面，示意他到主任办公室去。他点了点头，跟着主任进去了。主任坐在皮质大摇椅上，隔着宽大的办公桌，对他说，坐。

他于是就坐下来，认真地看着主任。

主任也盯着他，手中转着一支签字笔，许久没有说话。两人就这样沉默着，办公室里飘满了对峙的紧张。寂静。可能过了五分钟，也可能是十分钟，主任终于开口了：“你……”

漫长的紧张之后，只说了一个字。主任感觉这次谈话不知道该如何继续下去。不应该啊。主任心中涌起一丝懊恼。为了掩饰尴尬，主任紧接着换了一种语气，一种严肃而气愤的训斥。

“你怎么就像个哑巴一样，十天半月蹦不出几个字！同志们对你意见极大，阴森森的，像个鬼！谁招你惹你了？啊？你这是什么意思？”主任流畅地骂了出来，心里终于感觉到一丝畅快。

他脸色稍稍一变，身子往前微微一倾，张嘴想要解释。他想解释，他并非人不人鬼不鬼，他只是不再热爱说话。他想说，他不说话一样能写公文材料，一样能做好工作，甚至是更好地完成工作。然而，主任一连串的词语像是从飞机上源源不断扔下的炸弹，轰炸着他的身体、他的耳膜、他的舌头。主任骂了五六分钟，眼睛狠狠地盯着他。

这时，从无限眩晕中挣脱出来的他终于感觉到了一丝宁静。久违的宁静。他深吸了一口气，决定跟主任好好谈谈。他张开了嘴巴。然而，却发不出任何一个字音。他想说“主任”，嘴里吐出来的却是“呀呀”。他的心里涌出一阵慌乱，继续喊，全都是“呀呀”、“啊啊”、“呀呀呀”。他手忙脚乱地咿咿呀呀地比画着，脸涨得通红，脖子青筋迸起，野兽般狰狞。

他只能咿咿呀呀地比画着，在主任看来，像个疯子一样咿咿呀呀地比画着，再也说不出一个字。

精神病了。主任想。

夜色浓郁，没有满天繁星。他坐在飘窗上，背靠着墙壁，双手抱腿。他面无表情地坐着，任晚风吹起窗帘，拍打他，盖住他。许久之后，他终于睁大了眼睛，用力地搓了搓麻木的脸庞，接着吐出一口浊气。他望着窗外密密麻麻的灯光，点燃一根香烟，缓缓抽完之后，他站起来，像是什么都没有发生一样。甚至，他感觉到一种愉悦，一种隐藏于心的满足与快意。

他到洗手间，把衣服一件一件脱掉。站在镜子面前，他一丝不挂。他望着自己，深情地凝视自己。从头顶的毛发，到白皙的腿部，他从上往下，仔仔细细地看了一遍，而后拧开花洒，任凉水冲刷。他用了大半瓶的洗发水、一整瓶的沐浴露，洗了整整两个小时后，终于感觉到自己开始变得清洁。前所未有的清洁，不属于这个世界的清洁。他光着身子走了出来，找到手机，而后用力一摔。他又把笔记本电脑取了出来，用力一摔。这时，他再一次感受到轻盈的力量，感受到轻盈的快感。像是飞翔的纸飞机，他忍不住想要发出一声长啸。

但他没有长啸。他拉紧窗帘，锁好门窗，熄灭家中的一切灯光，成大字形躺在客厅平滑的地板上，安静地舒展着脸庞的肌肉。

他有他的大欢喜，无声无息的大欢喜，独自一人的大欢喜。

4

他这么静静地躺着，眼睛睁得极大。他在天花板上看到了无数的星星。明亮的，暗淡的，大的，小的，成群结队的，孑然一身的，悲伤的，欢喜的……数不尽的星星在他的眼眸中安静着。

世界唯有在安静中才显露出真正面目。他忽然感觉，从这一刻起，他才真正地开始活着。是的，一切虚假在寂静中无所遁形。一切声音均是虚伪的幻音。多么肮脏的声音，令人作呕的声音。毫无乐趣。

现在他感觉到欢乐，重生的欢乐，从未出现过的欢乐。他的每一个毛孔都在散发着愉悦的呻吟，每一根毛发都在欢快地起舞，每一寸肌肤都如同水波一般轻盈地荡漾起来。

他的全部心神都在那些安静的星星之上。他感觉到一种恋爱的幸福与冲动。他如此沉迷，以致沦陷，以致超出尘外。

一切美好的宁静都毁于隔壁的欢呼。

“生日快乐!”

全世界的安静突然醒来。他听到了欢呼与尖叫，听到了狂躁的音乐，听到了虚伪的欢笑与祝福。眉头骤然紧皱，一种恶心与疼痛涌上来。他用力地抓住头，在地板上弓起身子，像是一只热锅上的虾米。

他从未感觉到声音如此刺耳，如此令人头疼。他张大嘴巴，发出巨大的“嗬哧嗬哧”的声响。他叫唤一次，头就更加疼痛一次，像是逃离不脱的怪圈。所有的声音都像是锋利的匕首。自己的声音也不例外。他疼，但他不敢再出声。他紧咬着牙，咬得面目狰狞。然而，疼痛没有停止。

所有的声音都如此巨大。隔壁的欢呼与大笑，楼上年轻夫妻咿咿呀呀的叫床声，楼下老人辗转反侧的长吁短叹，甚至，阳台上吊兰一片叶子的悄然伸缩都清晰地传达到他的耳朵里。

灵敏的耳朵。疯狂的耳朵。该死的耳朵。他拼命地用头撞地板，但毫无用处。他把头紧紧塞在沙发里，用双手捂住耳朵，毫无用处。一切声响都如同诡异的幽灵，无孔不入。

他已经满头大汗，大口大口地呼气。每一次呼气的声响，像针一样刺痛他的脑袋。针？针刺一样的疼痛让他忽然间看到了希望。他摇摇晃晃地冲进卧室，打开衣柜。他要找一根针，一根解救他的针，细长而锋利的针。

他找到了，一根生锈的针。一根虽然细长，已不再锋利的针。

他拿着针，望了一眼，然后决绝地往自己的耳朵里刺去。

左边耳朵。刺进去。

疼痛。他大声号叫。

号叫带来更大的疼痛。他哆嗦了好几分钟，又拿起那根生锈的针。锈迹斑斑的针尖带着一抹暗红的鲜血。

左手的针颤颤巍巍地转到右手上。他用力举起，满头大汗，像是举起一座山峰般吃力。针尖对准右边耳朵，刺进去。

疼痛，剧烈的疼痛。

他再次发出孤狼般的号叫，却再听不到任何声响。

安静了。全世界都安静了。只有耳朵溢出暗红的鲜血在缓缓地流着。他随即摔倒在地上。汗水顺着脸颊流下来，像是一条细小的溪流，源源不断地流着。

汗水啪一声打在地板上的声音没有了。一群人的狂欢没有了。辗转反侧的长吁短叹没有了。楼上啪啪啪撞击的声音没有了。吊兰伸缩的声音没有了。号叫没有了。呼吸没有了。汗水没有了。疼痛，也没有了。

好久之后，他看了看墙上的钟。夜晚十点。他看清楚了，然后疲惫地闭上了双眼。世界清静了，他要休息了。在安静的星星中睡去。他咧嘴一笑，笑容纯净如水，又如火焰般狰狞。

5

他梦见自己成了那架软塌塌的纸飞机。不是飞向垃圾桶，而是慢慢地变硬，变得立体，最后坚硬如铁。然后起飞，飞向漫天的繁星。他缓慢地飞着，飞了许久许久，飞到他感觉即将要死亡的时刻，终于投入了繁星的怀抱。他飞成了一颗小小的星星，在浩瀚无际的宇宙中安静地闪着自己的光亮。周围都是星星，周围都是安静的星星。悄无声息的世界，多么安好。他想要一声长啸。但他不能，他成了星星，他用尽力气，闪烁出三道耀眼的光芒，向无数个世界传达他的喜悦与安逸。

然后，他醒了。他望向墙上的钟。他感觉自己仿佛过了三生三世。

夜晚十一点。仅仅是一个小时。三千六百秒。他惆怅地叹了一口气。

夜晚十一点。隔壁的人群仍在狂欢，尖叫，大笑。楼上年轻夫妻开始小声地争吵。楼下依然在辗转反侧长吁短叹。阳台的吊兰伸缩起的枝叶又重新张开。

又听到了。

世界再次回归喧嚣。

怎么又听到了?!

他感觉到脑袋里有一万张嘴巴在叽叽喳喳，有两万张嘴巴在唉声叹气，有三万张嘴巴在制造阴谋与悲剧。

一万，两万，三万……无数张嘴巴像是匕首一样插进他的脑袋。他无处躲藏。他把自己埋在被子里，毫无用处。他钻到床底下，毫无用处。他把脑袋浸在水桶里，毫无用处!

到处都是说话的声音。到处都是丑陋的声响。无孔不入。

他听到他发出骇人的号叫。漫长而痛楚的号叫。

那是更为刺耳的声响。他抱头乱撞，把墙壁、木门撞得砰砰作响。

他疼。他叫。

越叫，越疼。

他感觉像是活在一个魔咒里，历经世间所有大痛楚。他只能无声无息地承受这前所未有的大痛楚。

无解的命运。除非，所有的声音消失，所有的谈话消失，所有的感叹消失，所有的生命消失。

他在卧室的地板上抱头打滚，滚到走廊，滚到客厅，最后滚进了厨房。他扶着墙，摇摇晃晃站起来，不敢再叫唤一声。双眼血红，青筋暴起，他浑身哆嗦。

他在厨房里见到了刀。一把不锈钢的斩骨刀。前些天在超市新买的斩骨刀。从未用过的斩骨刀。

他拿起刀，握在手里，沉甸甸的。这是一把顺手的刀。这一刻他又重新感觉到了安静，梦寐以求的安静。他感觉像是回到了星星群中，只闪光，不出声。然而，短暂的寂静之后，隔壁“干杯”的声响又清晰地传来。

他背靠着墙壁，“呼哧呼哧”地喘了十几声大气，然后，拿着刀，摇摇晃晃推开了家门。

他要找回一个安静的世界。

出　殡

甘肃省河西学院/上　方

严家湾。

天地忽然变小了，天空中青云相互碰撞着，发出短促响亮的雷声。一场声势浩大的暴雨，将至。

严朗媳妇在腋下夹了伞，拿了雨衣，将长长的泥靴穿在了脚上。严朗还在山上放牛呢，她得赶紧把雨衣送去，帮他把牛赶回来。

严家湾是白松沟里的一个村子，四面都是很高很陡长着丰茂青草的山，沟里的人们世代生活在这里，家家都养着精壮的牛羊。严朗家就养了三头大牛，三头小牛。六头牛大清早赶到山上，太阳落山就又赶回家。家里的20来只羊顾不过来，便交给了沟里专门放羊以图生计的人，年底给些辛苦钱，倒也省事。

严朗媳妇离家时把两岁的儿子交给了她婆婆严三婆子，告诉婆婆待在家里不要担心，并要婆婆别出门去。天上雷声一声接着一声，严三婆子心里很急，便催她儿媳妇赶快去接应严朗。六头牛，平时都得严朗媳妇上山去接，不然牛回家时发了疯般跑，怕踩塌了山脚下沟里人的庄稼。今天天要下大雨，就更得早点儿去。严朗媳妇便匆匆走了。看着媳妇出了门，严三婆子心里踏实了点儿。儿媳向来能干，不仅人长得标致，而且很是孝顺，严三婆子待儿媳便也如待自己的亲闺女一般，让村里许多与婆婆不和的媳妇很是嫉妒。“欻欻欻”，严三婆子右眼皮连跳三下，她不禁浑身颤抖起来，口里念道：“天啊，可别出什么事。”便颤巍巍走进里屋撕了片黄纸贴在了右眼皮上。

“啪！”一滴雨落在严朗媳妇脸上，这时她正走到西山窝子。这座连着的山就在这里有一条很深的槽沟，一直从山头滑向山底。槽沟里草树长得密密麻麻，平时连狗都不敢进去，更别说人了，怕的是被丛中的蛇虫叮咬了。沟里的人曾在经过槽沟的半山腰间挖了一条近三米宽的路，如今又被长长的疯长的野草霸占了，只剩下不足一米宽的路面被上山下山的牛羊踩得发白。

"啪！啪！"又是两点雨落在脸上。严朗媳妇心跳得厉害，这雨这会儿就要下来了，可过了这沟还不一定能看见家里的，要是他被雨淋了可怎么好？这可不是一般的雨啊……如此想着，严朗媳妇便又拖着长长的泥靴弓身快步往槽沟那边走去。

"轰！轰！"严朗媳妇闻声抬头，一滴巨大的雨珠直接落在了她的右眼里，她疼得闭了眼，却又感觉到自己的头上背上泛起一阵阵似被开水烫到般的疼痛。槽沟里又传来"轰轰"声，好像山也被钢珠似的雨点打疼了阵阵呻吟呢！顷刻间，雨水从槽沟里倾泻下来，瞬间又将槽沟扩大加深了许多，槽沟变成了一个天然泄闸。严朗媳妇正走到槽沟中间的路上，"欻"，她还没来得及反应就被冲到下边的沟里去了。

这雨下了一个晚上又半天，第二天临近中午时，沟边北坡上出现浑圆的一条虹。沟里许多人都在河边往家里捡被水冲聚的树枝。孩子们望着那虹哈哈地笑，相互追逐着；胆大的孩子手里提着被大雨冲得来不及换气而被憋死的蛇吓唬别的孩子，玩得不亦乐乎。

严朗在河边的人群中挤进挤出，急匆匆的，不时碰倒在人群中玩闹的小孩。"看见我家婆子没？"他用沙哑的声音问一个正在扯动被泥沙压住的树枝的人，那人龇着嘴说"没有"，但瞬间却又严肃起来，问："你媳妇还没回来？"他知道严朗媳妇对严朗有多么重要：这二人自从结婚便一直恩恩爱爱，两人都把劲儿往一块儿使，使严朗家的生活境况一天比一天好过村里人，因此严朗是将他的婆子看成是自己的命的。严朗没有回答那个人的话，转身又挤进了人群中。

严朗是中午刚刚赶牛回家时才得知自己的媳妇昨天冒雨去接他的事的。昨天快要下雨的时候他和沟里一起在山上放牛的人就将牛赶到了另一面山的一个山窑里，自己也与那伙人躲在里面，烤起了火，决定了在这山窑里过夜。

严朗的脸上满是细密的汗珠，一个个相撞了，便汇聚在一起，似一条小河般顺着耳根、鼻梁流了下来。他的心里空空的，轻轻的，全身的重量都压在了他的喉咙处。媳妇一夜未回，那么大的雨，该想到的他都想到了，他只是在寻找一个结果，或者说是一个证据——一具尸体。

严朗找到媳妇尸体时，在河边逗留的人已不多。

一个二十几岁的小伙光着膀子使劲拽一根很粗的树枝时拉出了严朗媳妇的尸体。尸体被树枝压着，全身的衣服已被大雨冲得精光，口鼻里全是泥沙，露出两个奶子和两只脚被水泡得肿白。小伙子被吓住了，愣在原地盯着尸体不知所措。旁边几个年长一些的男人看见了也未作声，其中两个转身就往村子里去了，待这二人抬着从严朗家牛圈上卸下来的门板回来时，看见严朗已经用自己的衣服包了尸体的私处抱起尸体往回走着。严朗似乎看不见眼前的路，时不时陷进地上的泥泞里，泥沾满了他的脚把儿骨；鞋子随着步子的起落发出吧唧吧唧的声音，泥水也随着鞋响调皮地从鞋坑里跳跃出来。抬门板的两个人想让严朗把尸体放在门板上，可严朗什么都没说，就这样把他媳妇抱到了家门口。

严朗家门口围着许多人。严三婆子盯着严朗怀中的尸体身体抖得厉害，一滴滴黄浊的老泪从她眼眶里被抖落下来 。严朗张口对他母亲说了一声什么，但是大家都没有听清楚。严朗低头看了一眼怀中还未裹住身体的媳妇，抬步想要挤开围观的人群走进家中。但让他惊讶的是身左身前身右的人都像商量好了一样往他身前挤，他甚至发觉他的母亲也往他正面挪了挪身体，这时正用充满乞求却又带着一种不可抗拒的神情的噙满老泪的眼看着他。严朗看懂了他母亲眼中的意思。“妈——”他没有了后话。他又向前走了一小步，可是眼前众人包括严三婆子动都未动。

严朗媳妇的尸体停放在了严朗家大门外面的打麦场。

按照当地习俗，人殁了要请阴阳诵经三天，摆席请吃亲戚村友，祭祀亡灵，并于第三天下午修坟入土。葬礼严整隆重，天泣地动。可像严朗媳妇这样的却不能抬进家门，更别说有什么隆重葬礼了。

这天夜里，严朗和村主任、严三婆子及沟里的三四个人聚在一起，商量着出殡的事。严朗说：“就算不能抬进门，坟我是一定要修的。”村主任收了烟杆，瞅了眼严三婆子，懒懒挪动了下椅子上的屁股，缓缓说：“这门不能进，坟也不能修，在外死的人，还那副样儿，不能修坟，会害人。”严三婆子没有说话，只是又抹了一把填在脸上皱纹里的泪。尽管儿媳生前受尽村里人的夸奖从未曾让家人丢过脸，但她却是衣不蔽体死在外面成了野鬼的。要是让她入祖坟，将来不知道要害死多少村里人。她纵然疼她儿媳，对她儿媳有万般不舍，也不能对村主任和村人的话置之不理。严三婆子看了看儿子，看着他凌乱的头发和发红的眼，看着他脚把儿骨上的已经干成一块一块依旧粘在他皮肤上的泥，她还是没有说话，只是抹着泪，以沉默即是默认来回应村主任的话了。

严朗抬头看了一眼面无表情的村主任。这村主任原是有两个婆子的：在他16岁的时候他做地主的老爹就给他娶了第一个媳妇，过了五六年，又给他娶了第二个媳妇。可是现在村主任一个婆子都没有。大婆子有一日送走了村主任的大舅子后突然恶鬼缠身，直挺挺躺在地上净说胡话，被村主任和他二婆子用扫帚打鬼打死了。后来，二婆子去了一个白事，在席上吃一块鸡肉时，被活活呛死了。他的两个婆子都是悄悄埋掉的，没有进家门，也没有修坟。村主任自己说，这样死了的人，若是修了坟，会变了鬼害人。

但是严朗却是舍不得他媳妇的，他想不能抬进来也就算了，但媳妇的坟他是一定要修的。他知道村里人担心什么，也明白自己不能全然不顾村里人的顾忌。只是自己的媳妇生前人那么好，众人都看在眼里，死了怎么会变了鬼害人！所以未等众人说完，他就站起身只静静说了句“我要修坟”就走了。

严朗跪坐在媳妇的尸体旁，媳妇的脸白得发青，小拇指上稍长的手指甲硬硬的，眼睛闭着，就像睡着了一样。严朗已经决定明天早上就叫上村里几个支持他修坟的年轻人去修坟，下午就让媳妇入土。媳妇在世上的这最后一夜他本也想自己陪她。可是媳妇走得突然，走时不能都没有衣服穿，他想着得自己亲自去城里最好的寿衣店给媳妇置办一套才行。于是严朗就找了村里几个人替他照看还停放在打麦场上的媳妇的尸体。

严朗回来时天边刚出现亮光。他拿着做好的寿衣直接往媳妇身边走去。当他走近一看，放在打麦场上他媳妇的尸体，下巴至脖子上的皮肉已被狗完全啃去，包括媳妇生前红润湿厚的双唇。被狗咬烂的脖子上的肉像媳妇生前常系在脖子上的红围巾，血色与肉白，交相辉映，艳得耀眼。

原来那几个受托看守尸体的人夜里倍感无聊，就买了酒来喝，一喝就喝得不省人事了。当他们看见严朗媳妇的尸体被狗咬成这样时，虽然心里有些愧疚，可也不觉得有什么，反正村里人本就不同意严朗媳妇入坟，这下他媳妇成了身体残缺的人，按照村里的习俗，身体不全的人绝不能入坟，这也刚好随了村里人的心意。

村主任又来看过，只说了句“不能修坟的”，就走了。

竹　哨

四川省乐山师范学院/邹佳良

（一）

可能是盘古开天辟地时多带了一把劲，天地分体后，斧锋犹存，活生生地在梅岭村的地面上划下一斧三四米宽的口子。水虽居卑下，却能顺沟穿流。时间一长，这口子就成了河。

河东面坡缓、地平、土肥，大多数村民都住河东面；河西面高山劈立，只有山脚下才有一方不大的平地。邢老爷子那两三间东倒西歪屋就在山脚下。每天下午在固定的时间段，邢老爷子都会在屋前吹那除几个小孩不留心听听外，早已无人问津的竹哨。要不是邢老爷子每隔三两月，得通过那座走在上面就叽里呱啦作响的木桥，到河东面买点盐茶酒醋，连打照面最多的店家刘二都会把他忘到地球边儿上去。每次刘二看到一个身材高挑、步伐稳健的老头儿，径直向他店子走去，都会翻着眼珠子想那老头是谁。待到老头儿走近，刘二才幡然想清，立马嬉皮笑脸地招呼道：“邢老爷子，有空过来走走，您要点什么?”

邢老爷子走进店说：“一包盐、一瓶醋，一包茶，素的!”每次买茶，邢老爷子都会在后面加一个“素的”表示强调。意思很明确，除了取法天地的素茶外，其他的，他瞄都不瞄一眼。转过身给邢老爷子拿东西时，刘二递了一只上了釉的瓷杯给邢老爷子，说：“来，我刚进的红茶！你尝尝!”刘二在说到“红茶”时，特地加强的语气里带了几分得意的骄傲。

邢老爷子端起茶杯，把头凑过去，闻了闻，好像闻到了一股叶子腐烂的气味儿。放下杯子，紧闭着嘴，他使劲儿吸了一口气，又用手指轮换按着一个鼻孔，另一个鼻孔吸了气，又呼出来。两个鼻孔都是通的！邢老爷子又端起杯子闻了闻后，把杯子侧着，身子也随着杯子侧过去，头探过去，两眼直往杯子里看。“这是哪家的牛火气这么重！屙的尿都带红了！快用生鸡蛋和白糖给它吃！”说着，他把手里的杯子往身后轻轻一扬。刘二听到邢老爷子说的话，心头纳闷，转过身来，惊忙中还没来得及喊出一个“哎”字，茶已被邢老爷子顺势倒在了地上。邢老爷子像小孩做了一件心满意足的事情，转过身，得意地把杯子放在柜台上。刘二沮丧着脸说：“我不是给你说了那是红茶吗？”邢老爷子变得拘谨起来，轻轻地咂了咂唇，手伸到头顶，趁挠脑袋时把脸转到了别处。

刘二把邢老爷子的东西用袋子装好，递给邢老爷子。邢老爷子一手伸过去接东西，一手把钱放在柜台上，说：“看一下，数对不对，过后可不认账的！”

刘二难为情地说：“我不能收！”

邢老爷子说：“什么叫不能收，买东西给钱，天经地义，哪儿都行得通，到我这儿就改道儿了？”

刘二苦笑说：“上次不是给您老说了，村领导说您就一个人，只要到我这儿买东西，您都不用给钱，年终他们来结账！”

邢老爷子听了，眼睛一鼓，腮帮子一抽，拧声拧气地说：“你这么说，我不成了吃百家饭的！”

“老爷子您这是说的哪儿话，是村里的钱，又不是大伙儿的钱！怎么和百家饭扯到一块儿了！”刘二知道邢老爷子的脾气比他刚才说话的语气还拧，连忙解释道。

“刘二！”邢老爷子说话的语气一下子舒缓得让人很不自在，“我问你，这村里的钱从哪儿来？地上捡的？猪毛还不得从猪身上拔！这你们家虎娃都比你清楚！”虎娃是刘二的儿子刘虎林的小名儿，在一边儿做作业，听到邢老爷子说到他，就偏过头来望着邢老爷子傻呵呵地笑。邢老爷子每次到店里买东西，都会逗虎娃玩一会儿。邢老爷子下巴对着虎娃扬了扬说：“对吧，虎娃！”说完他转过头，对着刘二说：“你看，你们家虎娃都知道，你还不知道！快收下！”说着就把钱塞到刘二手里。

刘二把手里的钱往邢老爷子面前一放，说：“反正我不收你的钱！你权当这是我送你的！”

邢老爷子把身子微微往后仰，头微微往后抽，说：“这既不过节，又不过寿的，你送我！你以为是红宝书，什么时候都可以送！送了我还必须得收？懒得和你绕口舌，我就问你，收还是不收？”刘二把脸一歪，转到一边，摆出一副坚决抗战到底的架势。

邢老爷子把手里的东西往桌上一搁，钱往手里一拽，说：“我不买了！哪有拿钱买不到东西的道理，我自个儿到街上买去！”说着，转身就往店外走！

刘二在身后不停地叫邢老爷子。邢老爷子任由刘二怎么叫，就是不回头，一个劲儿地往前走。刘二让虎娃赶快把邢老爷子拉回来。虎娃放下笔，咕噜咕噜地跑过去拉着邢老爷子的衣服，像撒娇似的。邢老爷子转身低头，见是虎娃，身子往后仰着做出不情愿的样子，但还是跟着虎娃往回走。刘二见虎娃把邢老爷子拉了回来，绕过柜台，迎了上去。邢老爷子不耐烦地说："还有什么事？我还要上街买东西！"

刘二说："您老属牛的，我收钱还不行吗？"

邢老爷子说："这就对了，买东西给钱，一个简单得不能再简单的道理，你偏要弄得这么复杂。我看你是存心折腾我这个老头子。"

刘二打着哈哈说："哪有！哪有！"

邢老爷子把袋子提在手里，把钱递给刘二。刘二迟疑地看了看邢老爷子，搓了下手，伸手把钱接了过去。邢老爷子在虎娃的脑袋上摸了摸，说："虎娃真乖！"说完和虎娃对视着笑了一下，走了。刚跨出门槛，邢老爷子迟疑了一会儿，又继续走，走了几步又退回来，对刘二说："你一杯红茶可惜了！"

（二）

虎娃看上去虎头虎脑傻乎乎的，不大爱说话。别人问一句，他答一句，多的一句都不说。但脑瓜子转得快，聪明，记性好。背书时，别人要叽里呱啦地读上半天，才断断续续地背出来。他一个人闷在那里，看上两遍，就从头到尾背了出来，连口气都不换。考试期期第一。老师和刘二夫妇对虎娃喜欢得很，暗地里都坚信虎娃是一个不可多得的人才，教导得当，定大有作为。

可虎娃贪玩。每天回家，三下五除二地把作业做完，往边儿上一撂，就到桥东头的沙地里去了。刘二早就想改改虎娃贪玩的脾气。但虎娃期期第一的好成绩，每次开家长会班主任都拼了命地夸赞虎娃，让刘二脸上有光，欢喜不已，怎么也找不到整治的借口，只得由虎娃的性子玩。刚开始，虎娃是不到沙地去的，而是和他的玩伴儿们一起玩玻璃球、到田里捞鱼虾、到山上掏鸟蛋。但打他一次偶然在桥东的沙地里，听到邢老爷子从竹哨里吹出悠扬婉转、低沉高亢又诡谲的调子后，让他心头有一种说不出的感觉。做完作业，他就再也不去找玩伴儿们了，而是一个人跑到沙地里听邢老爷子吹竹哨。虽然邢老爷子每次到店里买东西，都会逗着他玩，但虎娃怎么也不敢走过木桥去听邢老爷子吹竹哨。

虎娃见过邢老爷子的竹哨，是竹筒一截衔一截做成的，和竹笋一个样，一头大一头小，个头比他矮一些。但他没见邢老爷子吹过，只是隔着一条河远远地听着声音。他听他爸爸刘二说过，现在十湾八寨的就邢老爷子一个人会做和吹竹哨。虎娃有一支竖笛，是期末考试得的奖励。他拿着竖笛吹了很多次，吹出的声音虽有变化，但总像没睡醒似的，慵懒得很，而且还闷声闷气的，十分低沉，像得了重感冒塞了孔似的。不像邢老爷子的竹哨，发出的声音既能像圈里的猪饿时嘶叫出的高音，又可以像狗见生人吠出的中音，还可以像慵懒的牛从鼻孔哼出的低音。这使他对邢老爷子，尤其是那支发出的声音既能爬坡上坎，又能拐弯抹角的竹哨好奇十足。

虎娃渐渐地发现，邢老爷子每天都会吹竹哨，只是时间不太统一。有时他到了一会儿才吹；有时他一到就吹；也有的时候，他还远远的，竹哨声就铺天盖地地向他涌来，推着他加快脚步，偶尔还带着急促的小跑。

（三）

虎娃到了沙滩很久，都还没听见邢老爷子的竹哨声。他懒懒地蹲在沙滩上，把沙子有一把无一把地抓起来，又侧着脑袋看着沙子从手里慢慢地滑落到沙地里，堆成了一个小沙堆；抓了一会儿，又扬起手，在沙堆上懒心无肠地拍打着。拍打了一会儿，他站起来往桥那头望了望，一点儿动静都没有。他在沙堆上重一脚、轻一脚地踩起来，用脚尖轻轻地拍打着被踩平了的沙地。两个肩头随着胳膊往下一搭，垂头丧气地长叹了口气后，虎娃脖子伸得长长的，像蛇伸头捕食物似的，踮着脚尖，把全部的精力都集中到了眼睛，瞪得大大的，炯炯有神地望着河对面。稍远看去，虎娃像是被人用一只无形的手拎着脖子，快脱离地面似的。

“虎娃，你在这儿望什么？”虎娃听到有人问他，急抽了一口气，脚跟不由得着了地，是邢老爷子。邢老爷子又问他望什么。虎娃拳了拳手，斜看了一眼河对面，局促地说：“没望什么！”说得快，声音小。

邢老爷子见虎娃还是一动不动地杵在那里，一句话也不说，就试探性地说：“走，到我那儿去玩！”虎娃放松了一些，望着邢老爷子，神情有些疑惑。邢老爷子见虎娃没反应，用既像小孩子间说悄悄话般亲切，又像哄小孩开心的语气说：“走，到我那儿去，我吹竹哨给你听！”虎娃听邢老爷子要吹竹哨给他听，疑惑的眼神立即鲜活起来，略显激动地说：“真的呀？”邢老爷子微笑着点了点头。

虎娃跑到邢老爷子跟前，仰着稚气又天真的脸，对邢老爷子说：“快走啊！”

在木桥上，虎娃在前，邢老爷子在后。虎娃像兔子似的往前跑了几步，又转过身来等邢老爷子。等到邢老爷子走近了，刚想转身往前跑，邢老爷子却叫住他问：“昨天你怎么没到沙地里玩？”

“昨天同学背书，老师让我帮他监督！”虎娃说。他皱着眉头想了一下，问：“你怎么知道我昨天没来？”邢老爷子被问得脸上露出难以言说的尴尬，在喉咙管里“嗯”了两三下都没“嗯”出个所以然来。还好虎娃只是随便问问而已，问了转身就往前跑了。

到桥西，往左转，再往前走几步，就是邢老爷子那矮得像得了侏儒症似的房子。邢老爷子让虎娃在外面。他弓着身子开门进屋，出来时一手提了一张竹椅。虎娃见邢老爷子只提了椅子，没拿对他有着无限诱惑的竹哨，便急着问："竹哨呢?"邢老爷子不忙不紧地把椅子提到一块光滑的石头上边安椅子边说："先把椅子安稳当了再去拿，一样一样地来。吹竹哨慌不得，一慌就吹不好!"

虎娃吸了口气，提了下胸，噘了下嘴，想说什么，见邢老爷子转身进了屋，话也就没说出来。邢老爷子出来时，手里拿着竹哨。虎娃兴冲冲地跑过去，像螃蟹似的侧着身子走，眼睛盯在竹哨上，转都不转一下。他的眉毛小心地往上带，眼珠子悄悄往上翻，见邢老爷子没注意到他，就伸出手，慢慢地向竹哨探去，试了好几次，好不容易触碰到了，却一下子把手缩回来了。但就那瞬间，他却感受到了恐惧带来的兴奋与激动。他伸出手，想再去摸时，邢老爷子却停了下来，把他吓了一跳，抬头看时，已经到椅子边儿上了。

邢老爷子见虎娃坐下后，自己也坐下，缓缓地吸了口气，又慢慢地呼出来，眼睛觑着，像是看河东面薄雾下朦胧的村庄，又像透过了雾霭，看到了村庄和山川以外的东西。他两手端起竹哨，眼睑下拉了一点，把哨头放到嘴边，开始吹。吹着吹着，邢老爷子就变得睡眼惺忪似的了。一颗花白的头发脑袋自在自为地摇晃着，但幅度不大，眼皮下的眼珠子也舒缓地滚动着，像在晒阳光浴似的。虎娃见过他音乐老师上课时摇脑袋。他的音乐老师既教他语文，还教他体育、思想品德……在他眼里，他老师比任何人都厉害。但邢老爷子的摇脑袋和他音乐老师的摇脑袋比起来，他总觉得邢老爷子摇头的动作，就像猫在太阳下懒懒洋洋地翻身打滚，怎么摇怎么晃，都很自在；而他老师的头，似乎左摇没找对方向，右晃还是没找对方向，摇来晃去像木偶抽了筋似的。

吹着吹着，声音逐渐小了，仿佛是从跟前跑到了山脚，缘着山爬到了山腰，再爬到了山顶，倏的一下，又顺着山势，滑山的那边去了。过了好一会儿，邢老爷子的眼睛才睁开了一点儿，显得有些静穆。他还是望着河对面，仿佛河对面有什么在牵引着他似的。

虎娃见邢老爷子还望着远方，把他撂在了一边，就坐不住了，在椅子上东歪西动起来，弄得椅子嘎嘎响。邢老爷子转过头，和善地问："好听吗?"

虎娃把双手分压在双腿下边，背微弓着，咬着嘴唇，使劲儿点着头。邢老爷子把手里的竹哨给虎娃递过去，说："来，试试!"

虎娃愣着，不敢伸手去接。从大人们茶余饭后的聊天中，虎娃多多少少地知道，邢老爷子的竹哨，就是他的心尖子、肺叶子、眼珠子、命根子，谁都动不得。谁要动了，他就冲谁瞪眼睛、吹胡子，跟谁急。一年春节，他的徒弟们打工回来，领着孩子去给他拜年。在屋里玩时，一个孩子不小心把竹哨撞倒在地上。竹哨在地上"咚咚咚"地滚了好几转。邢老爷子"咯噔"一下从凳子上站起来，去看竹哨，哨口摔掉了一块。他眼睛一下子瞪得比牛眼大、鼓得比鱼眼凸，气得像打足了气的皮球似的，呼啦呼啦地走到他徒弟面前，抡圆了膀子，“啪”就是一耳刮子。他徒弟的头应声就转到一边儿去了。徒弟转过头，一脸疑惑，正想问个究竟，“啪”又一耳刮子打在另一边脸上。其他几个徒弟也像吃了耳刮子似的，嘴微张着，嘴角向后咧着。徒弟刚转过头，邢老爷子就指着徒弟的鼻梁骨骂：“你们自己不吹，还想我也跟着你们不吹不成。支风放风地让你娃子来把竹哨给我弄坏。以为弄坏了，我就没法了？”被打那个徒弟，立即变得面红耳赤的，两边脸颊上的手掌印变得异常明显。邢老爷子缓了口气，继续骂道：“你们家娘儿母子地，围着你们要吃要用。一根竹哨顶不了事。你们出去打工挣钱，养家糊口，情理之中的事情。我由着你们，不怪你们。可你们还这样做！我是招惹了你们，还是碍着你们了？”徒弟们理解师傅的心情，就像师傅理解他们一样。合作社那会儿，师傅领着他们十里八湾地走，风光无限，走到哪儿都有人端水、递烟、倒茶打招呼，觉得浑身上下都像发出金灿灿的光似的。他们的婆娘都是那竹哨吹来的。后来，土改了，人们有地了，竹哨却被冷落了。再后来，人们不知不觉地在家里待不住了，一个二个都出了远门。回来时，腰包鼓了，精气神足了，说话高昂了。邢老爷子的竹哨队，在这期间也没任何预兆就无声无息地解散了。面对竹哨队的解散，邢老爷子看上去不在意，心里头总有那么一个揉不散的肉疙瘩。有时他一个人吹着吹着，就停下叹一口气，说：“好好的，怎么说散就散了呢？多好的东西！”说完，看着河对面，眼神迷茫。

徒弟们对他们拆砖揭瓦的行为也感到十分的愧疚。土改后，顿时感到家里一下子就有了很多双眼睛望着自己要吃的，对于曾经给了他们很多实惠的师傅他们能做什么？他们能做的就是逢时过节去看看师傅，陪他老人家聊聊天，说说外边儿的世界，给自己一点安慰，图个踏实。尽管他们那样想，但不知为什么，打那次邢老爷子扇出两耳刮子后，师徒间的情分就被扇生疏了不少。徒弟们来得少了，说话少了。到后来，干脆不来了。有人私下里说，为了一支猪不看狗不理的竹哨，扇掉了那么多好处，不值。邢老爷子不以为然地说：“要真对我好，扇他两下就痛进了心，不来了？再说我打一个，其他几个都被打了？都不来了？都是找的口实！现在的竹哨又给他们找不到婆娘，挣不了钱！师傅不要总比要的强！”

虎娃虽不明白邢老爷子说话的意思，也分不清那两下打得值不值！但他能肯定的是，邢老爷子对那支竹哨在乎到了心坎儿里，别人轻易动不得。他瞅了邢老爷子两眼，邢老爷子还是那么和蔼地笑着望着他。见虎娃瞅他，邢老爷子笑得更明显，像是害怕虎娃看不见他在笑似的。虎娃瞅了邢老爷子，又看哨头。刚才悄悄地摸了一下竹哨，心里就乐滋滋的。现在竹哨就在他面前，他反倒不相信得有些犹豫害怕了。邢老爷子见虎娃盯着哨头，连忙把竹哨收了回去，用袖子把哨头擦了个遍后，又给虎娃递过去，说：“来！”虎娃怯生生地望着邢老爷子，小心地伸手接过竹哨。

虎娃把哨头放到口里，学着邢老爷子的样子晃起脑袋来。对他来说，竹哨长了点，重了些，晃的时候，整个身子都在动。吹出的声音都一个调，还没竖笛吹出的声音好听。他停下来，把竹哨看了一通，又看了看邢老爷子，再吹，还是一样，似乎比刚才还难听了一些。又吹了几次，觉得一次比一次差劲儿。他生气而沮丧地把竹哨递给邢老爷子，说："什么竹哨，吹不好！"见虎娃耷拉着脑袋，垂头丧气的，邢老爷子摸了摸虎娃的脑袋瓜子，像是给虎娃鼓劲儿，又像是给虎娃安慰，意味深长地说："这个得慢慢学，我这一辈子都没吹出过满意的竹哨。只有在不断吹的过程中，才明白怎么吹！"

虎娃说："你吹得那么好，还不满意？"

邢老爷子笑了笑，没说话，把哨头放进嘴里开始吹。虎娃托着下巴，仔细地看着邢老爷子的每一个动作。吹完一曲后，邢老爷子抬头看见鸟儿断断续续地往屋后的山里飞，对虎娃说："快回家吧，你看天都快黑了！"

虎娃拖着不舍的腿，慢吞吞地往桥头走。走了几步，他回过头看着邢老爷子。邢老爷子朝他挥手，说："快回去吧，待会儿你爸妈着急了！"虎娃张了张嘴，听邢老爷子那样说，又闭上了。站了一下，他小心地问："明天我可以再来吗？"邢老爷子咧着嘴笑着说："可以呀，什么时候想来都可以！反正我一个人也冷清，来给我作个伴儿！"虎娃壮着胆说："那你得等我到了再吹！"

邢老爷子问："为什么？"

虎娃翻着眼珠子想，觉得找不出什么像样的理由，就说："反正早晚都是吹，等我到了再吹不是一样的吗？"

邢老爷子说："这是什么理由？"

虎娃耍起无赖来说："你就等我一下嘛！"

邢老爷子无奈地笑着说："好好好，等你到了再吹！"

虎娃跑了回去，伸出右手的小拇指，说："来，拉钩！"邢老爷子望了望虎娃，迟疑了一下，说："好，拉钩！""拉钩，上吊，一百年不许变！"虎娃和邢老爷子一边拉钩一边唱。

拉完钩，邢老爷子就把手松开了，说："这下总行了吧！"

虎娃撇着小嘴说："不，还没完，你想要赖！还没盖印儿呢！要盖了印才算数！"邢老爷子疑惑地说："什么都没有，怎么盖印？"

虎娃命令道："把你的大拇指伸出来！"虎娃把自己的大拇指对着邢老爷子的大拇指，摁了一下说："现在好了！"

（四）

从那以后，邢老爷子每天都在石板上安两张椅子，一张自己坐，另一张在他对面一米远的地方，等着虎娃来。他手里拿着竹哨，觑着眼，望着从木桥蜿蜒开去的小路。虎娃就是从那条路上来的。开始是一颗黑黑的头一上一下地移动着，再一看时整个身子都露出来了，一蹦一跳地从木桥上跑过来。跑到桥中间时，朝着邢老爷子大喊一声“师傅!”。以前都是叫邢老爷子，但从虎娃到邢老爷子那里听竹哨不久，邢老爷子就不让虎娃那样叫他了。虎娃想了想说：“那叫你老师好不好?”

邢老爷子想都不想就说：“不行！叫师傅!”

虎娃说：“为什么呀？师傅和老师不是一个意思吗？就叫老师!”

邢老爷子还是毫不退让，坚决地说：“不！叫师傅！听起来好听顺耳一些！以前我教的那些人都叫我师傅!”邢老爷子的一句话，把自个儿带进了记忆的泥淖，越想越深，欲罢不能，变得黯然神伤起来。

虎娃见邢老爷子在其他事情上都特别迁就他，唯独在称谓上较真儿，就只得妥协，遂了邢老爷子的意，叫他师傅。

一个周末，邢老爷子到刘二店里买东西，见虎娃在写作业就问：“虎娃在做作业呢?”

虎娃见是邢老爷子，就惊讶地叫道：“师傅，你怎么来了?”

邢老爷子微笑着说：“我来买包……”

没等邢老爷子把“盐”字说出来，刘二拧过脑袋双眼瞪着虎娃厉声戾气地吼：“还不快做作业，看你的成绩下滑得一点底底都没有了?”虎娃被吓得身子一抖，埋着头，规规矩矩地做作业。

邢老爷子的微笑一下就消失了，说：“刘二，哪有你这样吼孩子的？看把孩子吓成什么样子了!”

刘二一脸着急地说：“老爷子，你是知道的，这孩子以前成绩挺好的，可近几个月不知怎么的，三心二意的，特别贪玩！做的作业像鬼画符似的。作业一丢，就跑出去了，快到天黑才回来。”

一直都有“老小”一说。意思是，人在真实年纪上大了，但在心理年龄上却变得幼小起来。而老人和小孩不同之处在于，老人经历了世事沧桑变得深谙人情世故，对一些只言片语敏感至极。邢老爷子想，虎娃不是最近几个月才到他那里听竹哨的吗？虎娃不是每天下午快天黑才回家的？越是这样想，邢老爷子越是觉得刘二的脸色和话都是做给他看，说给他听的。照邢老爷子以前的性子，非得说上几句带刺儿的话给刘二听不可。想到刘二说的话，都和他有关，反倒使他觉得有些做贼心虚，不敢说了。邢老爷子咂了一下唇，不自在地提着盐走了。

等邢老爷子一走，刘二就虎着脸问：“刚才你叫邢老爷子什么?”

虎娃把身子往后缩了一点，恐惧地望着刘二，嗫嚅地说：“师傅!”声音比蚕吃桑叶发出的声音还小。

刘二又问："问你话呢！又哑巴了？"

虎娃直勾勾地望着刘二，说："师傅！"

"师傅！什么师傅？"刘二追问道。

虎娃什么话也没说，眼巴巴地望着刘二，眼神里充满了乞求。

"问你呢？"刘二吼道。

虎娃带着哭腔说："他教我竹哨……"

"竹哨！老子花钱送你读书不好好读！你要去学竹哨，我……"刘二一听到竹哨，心头就起火，暴跳如雷道。

"可，可我……喜……喜欢……"虎娃小声地打断了刘二的话说，腰稍微直了一点，但一看到刘二的脸，又弓下去了。

"你喜欢！翅膀长硬了，想飞是不是？看老子今天不给你掐了一截！"刘二转身把放在货柜顶上的那根把儿捏得亮晃晃的竹梢拿了下来，"噼里啪啦"往虎娃身上就是一顿打。虎娃抱着身子一声不吭，只是时不时地咧了咧嘴，泪珠子顺着脸颊流到下巴，一滴又一滴地滴在作业本上，把作业浸湿了一大片。

打了一会儿，刘二歇了下来，问："你是要读书，还是要跟那老头子学？"无论刘二怎么问，虎娃都闷着脑袋，半个字儿都不说。刘二又边打边说："问你，要读书，还是要跟那老头子学？说！快说！"无论刘二怎么打，怎么催，虎娃就是不说话。

刘二住了手，在心理上退了步，苛刻地说："你要跟那老不死的学也可以！这学期的学费我已经给你交了！你到学校把学费给我退回来，我就让你跟他学！"

虎娃侧了一下脸，小心地瞄了一眼刘二后，赶紧把脸侧了回去，小心翼翼地吸着气。

刘二见虎娃抱成一团，动都不动一下。屋子出奇的静，满屋子都是刘二气急败坏的呼吸声。突然刘二敦促道："还不快去！"虎娃被刘二吓得身子一抖，不自觉地抱得更加规矩，缩成一团。屋子又恢复了沉寂，但虎娃总是感到满屋子都是刘二的"还不快去"这句话，从四面八方追踪自己，让他觉得自己像做逃犯似的四处躲闪，却又无处躲藏。刘二坐到了条凳上，恶狠狠地盯着虎娃看，盯了一会儿，见虎娃还是没动静，眼神温和了一些，说："叫你去退学费，还抱在这儿干什么？"语气虽没先前那么凶狠，但总让人觉得字缝儿间散发出一股既浓又淡的居高临下的蔑视。虎娃动了两下，"嗖"的一下站起来，嘟囔着说："去就去！"一下子就从刘二面前冲过去了。

刘二没想到虎娃真去要学费，眼睁睁地看着虎娃走了好长一段，才起身追上去，伸手拉住虎娃的胳膊，使劲儿把虎娃拽了回来，说："你给老子还真去！"虎娃一下子放开嗓门大哭起来，往前挣扎了好几步。刘二把手里的竹梢扔在地上，双手把虎娃死死扣住，上齿咬着下唇，憋足了劲，才把虎娃拽回屋。

（五）

第二天下午，邢老爷子刚把椅子安好，就看见虎娃背着书包从桥上走了过来。虎娃走得很是小心谨慎，时不时地还往后看，像想做小偷又害怕被人发现似的。

邢老爷子笑呵呵地看着虎娃走过来，说：“你有好几天没来了！”见虎娃背着书包，又问：“你怎么书包都背来了？快先回家把作业做好再来！”

虎娃不知怎么给邢老爷子讲，在邢老爷子跟前站了半天才说：“你能不能现在就教我吹竹哨！”

邢老爷子一脸疑惑地问：“为什么呀？快先回家把作业做完了再来！我等你来了再吹！”说着往虎娃左肩上轻轻地拍了拍。虎娃疼得嘴角咧了一下，身子往右边偏了点，伸出右手揉了揉左肩。邢老爷子见虎娃的右手背上有两条红肿的纹路，略微着急地问：“你的手怎么了？谁欺负你了？”虎娃连忙把手缩了回去，藏到身后，在衣服上搓了搓，望着邢老爷子，没说话。

邢老爷子又问：“谁打了你？我找他算账！”

虎娃低着头小声地说：“我爸爸！”

邢老爷子气愤地说：“无缘无故地打你干什么？下那么重的手，太没道理了！”说着又想伸手去摸虎娃的头。虎娃把身子偏了一点。邢老爷子的手正好摸了个空。

虎娃说：“我期中考试考差了！”

邢老爷子更加气愤地说：“考差了就打人，还打这么厉害！下手不晓得轻重！我找他说理去！”说着，邢老爷子怒冲冲地拉着虎娃走过桥去。

刘二见邢老爷子牵着虎娃，脸先是一沉，接着脸上的肉又拼成一个极不和谐的笑脸说：“邢老爷子，您要点啥？”

“少跟我嬉皮笑脸的，我今天什么都不要，就要和你说理！”邢老爷子沉着脸说。刘二还是挂着笑脸，刚要张嘴，邢老爷子又厉声道：“你说，有你这样打孩子的吗？你看……”

一听邢老爷子是为虎娃的事来的，刘二的笑脸就挂不住了，说：“邢老爷子，你不知道，这孩子贪玩。皮子痒得很，不打不行，黄荆棍儿出好人嘛！对不！”说完狠狠地瞪了一眼头埋得很低的虎娃。

“什么事不能好好说的，偏要动手才行……”

邢老爷子的话还没说完，刘二又夺过话去，说：“我说了，他不听，就拿棍子打了他几下！”

“浑身上下都是伤，还几下！小孩子哪有不犯错的！”邢老爷子始终用他那种强硬的语气说。刘二低着头，没说话。邢老爷子顺手把放在柜台上的竹梢拿过去，折成两半截后，一手稍微用力地扔在地上，带劝诫的语气说："以后不准这样打小孩了！"

刘二见邢老爷子不但把竹梢折断，还扔在了地上，语气一下子降到零度以下说："邢老爷子，教育孩子是家事，我知道怎么教育孩子，用不着你教我！"

邢老爷子本来就在气头上，听刘二这么说，心头的火气一下子燃得更旺了，说："家事？刘二，当年你偷瓜摘桃，被你老子打得快断气了，要不是我劝你老子，你还不知道叫什么二呢！那时你怎么不给我提家事，现在想起了！"

邢老爷子当着虎娃的面提了刘二当年那些陈芝麻烂谷子、见不得光的事。让刘二觉得自己在儿子面前的威严，一下子就被邢老爷子捣毁了，牙齿咬得咕咕响，咬牙切齿地说："邢老爷子，我敬着你是长辈，有些话没直说。你倒反而给脸不要脸，得寸进尺了！你说你那破竹哨有什么好的，你还把它当宝贝似的抱着。现在的人不像以前那么笨，肚子饿得'咕咕'叫，还能被你坑蒙拐骗！现在你不是还住在那个鸟不拉屎的山脚下？睁开你的眼睛看看吧，泥巴都盖到头顶的人了，还这么糊涂……"

"啪！"刘二还没骂完，就被邢老爷子打了一耳刮子。邢老爷子像咬钢镚似的，一字一字地说："管好你的嘴！"

刘二一手捂着脸，看着邢老爷子，心里挣扎了好几次，终于又说："以后你不要再骗虎娃跟着你学那吃不得穿不得的破玩意儿，他还要读书！要他和你一样抱着一根竹哨在这穷山沟里过一辈子，妄想！"说完，刘二赶紧往后退了一步！

但让刘二没想到的是，邢老爷子只是盯着他看，上下牙打得"咯咯"响。不一会儿，邢老爷子迟缓地转过身，一个人默默地走了，完全看不出他是带着一腔怒气来的。虎娃偷偷地抬了一点头，看了一下走得垂头丧气的邢老爷子。不料被正盯着他看的刘二逮个正着，刘二愤怒地说："昨天才让你别去，今天你还一放学就去了！"

（六）

邢老爷子怎么也没想到虎娃还会去找他，而且还说出了他想了很久都没说出的话来。那是邢老爷子从刘二那儿回到家十多天后的一个下午。自从他从刘二家回来后，就一直没碰过竹哨，一个人整天整天地坐在那块石头上发呆，像是在盘点什么，但似乎又什么都没盘点清。十多天后，他像是盘点清楚了什么似的，想到他应该继续吹竹哨。这么好的一个东西，不能因为别人的三言两语就搁在一边去了！他把椅子从屋子里提出来，刚走到石头上，就看见虎娃出现在桥对面，活泼生气少了许多，慌张恐惧增了不少。邢老爷子不相信那是虎娃，以为自己老眼昏花，闭着眼睛摇了两下脑袋，再睁开眼。虎娃不但没消失，反倒向他走来。直到虎娃走到了他面前，邢老爷子还惊讶得难以置信地说："你怎么来了？"

虎娃沉默一会儿，小声而略带委屈地说："我是悄悄跑出来的！我爸妈不让我出来玩，更不让我到你这儿来!”

“你还是快回去吧！我不想你一辈子都窝在这个土山沟里边儿!”邢老爷子换了一种口气说，脸上的惊喜也随着语气的变化消退了。但说出这话后他就后悔了——他担心虎娃真走了!

虎娃并没走，而是一直杵在邢老爷子面前，不说话。他的嘴翕动了好几次后，终于艰难地张开嘴，小声说：“我……我想要支竹哨!”声音小得比一只吸满了血的蚊子扇动懒洋洋的翅膀发出的声音还小。邢老爷子虽然听清了，但他不相信自己的耳朵就像刚才不相信自己的眼睛一样。他眼睛瞪大了一点，有点吃惊地确认道：“你要什么?”

虎娃被邢老爷子的吃惊弄得不知所措。他吸了口气后，把胆儿提到嗓门上说：“竹哨——”他觉得自己的声音已经很大了，震得他骨头都有点儿酥了，但实际上比刚才还小了一些。

这次邢老爷子没听清楚，却说：“竹哨，是吧?”不等虎娃点头，他又十分确信地说：“要就说，怕什么，大声点儿嘛!”早在两个月前，他见学了两三个月竹哨的虎娃对竹哨十分上心，就起了给虎娃做竹哨的念头。但他还是担心虎娃的上心是小孩子九分钟的热情，三分钟的火辣，劲头一过，就失去了兴趣。加上那时也不是做竹哨的最好季节，就一直没说出来。上次从虎娃家回来，邢老爷子更是断定虎娃不会再去找他，做竹哨的念头就彻底打消了。他没想到为了一支现在人人都冷眼相待的竹哨，虎娃竟会一个人偷偷地跑出来。邢老爷子略作思量后，说：“你爸妈都不让你学，做了，你也吹不了!”

虎娃忙解释道：“我明年就上初中了，那时我就可以吹了!”

邢老爷子听后，脸上露出惊喜，但立即又忧虑起来，说：“这样会影响你的学习。你这样聪明的孩子，不该像我们这样。”

虎娃说：“不会，我没事儿的时候才吹!”

“这样最好!”邢老爷子说，“你得答应我好好学习。不然即使给了你，我也会把它收回来!”

“那你愿意给我了?”虎娃高兴地问。

邢老爷子想了一会儿，说：“我那支竹哨不能给你，太旧了！我给你做一支新的，比你的书包短一点，可以放在书包里。”

虎娃说：“真的！那你什么时候才给我做?”

“今年是不行了！明年吧，明年夏至!”

虎娃对季节时令一窍不通，困惑而吃惊地说：“明年夏至，还有一年?”

“明年四五月间的样子！那时给你做，带到学校都还是崭新的!”邢老爷子说。

虎娃听了高兴得只顾点头。不过他一下子又沮丧了说：“你不能给我爸妈说!”

“嗯，不会！”邢老爷子笑了笑。他有所警觉地说：“你快回去吧！不然待会儿又得挨打了！”

虎娃看着邢老爷子，眼眸里灌满了水灵灵的不舍。“我还想听你吹竹哨！”语气中满是小孩子不管不顾的倔强。

邢老爷子不假思索地说：“不行，今天太晚了，你得快回去！”

虎娃委屈而生气地反驳道：“以前我这时还在来的路上！你明明就不想吹给我听！还找借口说太晚了！”

邢老爷子本是出于好心叫虎娃早点儿回去，免得受罚挨打，没其他想法。给虎娃这么一说，他倒觉得自己真是在找借口，暗暗有点自责。他捏了一下手里的竹哨，想坐下来给虎娃吹一曲。但他好不容易才平复下来的内心，被虎娃的到来，尤其是刚才那句话搅得毛躁得很。他哄着虎娃说：“你看我的竹哨都坏了！不能吹了。你先回去，等我修好了，明天再来。”说着他指了指竹哨上的一个小缺口。

“可我不知道明天能不能来！”虎娃说。

邢老爷子愣了愣，没问原因。一头的白发已让他明白，许多事情可以想，可以做，即使心里明白着，也只能尽心尽责地藏着掖着，不能说出来。他还是用哄小孩的语气说：“那你什么时候来都可以！”

虎娃点了点头，有些失落地说：“那我走了！”走了几步，虎娃又回过头来问：“下次来，你吹嘛！”

邢老爷子有些恍惚地说了一个字：“吹！”

（七）

邢老爷子给虎娃说的是“什么时候来都可以”，意味着是一个不确定的时间，却给了他一个盼头。他也不知不觉地以为虎娃还像往常那样每天都去！他又恢复了以前的习惯，在那块光溜溜的石板上安了两张椅子，另一张等着虎娃来坐，但绝大多数时间都是空着的。每当这种时候，邢老爷子都会若有所失地望着桥对面发会儿呆，又意味深长地看一会儿那张空椅子，再缓缓移动竹哨。

邢老爷子就在这样的望路口、看椅子中，一直等到第二年春夏交季。那些日子邢老爷子三天两头往山上跑，劲头十足，到处寻觅哪里的竹子比较老，哪里的新竹比较直。在山路上，明显地看得出他身体跟不上劲头的痕迹。做竹哨是老竹和新竹和着用的。邢老爷子的师傅教他做竹哨时只撂给他一句顺口溜：老作底来新作尖。其他的都是心头功夫，得靠自己。刚开始，他不懂什么是心头功夫。做了好几支竹哨后，他似乎就明白了。却像他在山上找竹料说不出什么样的是好料一样，他也说不出心头功夫是什么。他只能眯着眼瞧瞧这根竹子，敲敲那根竹子，再侧着耳朵听。听到顺耳处，眼睛一亮，心满意足地点点头。

选好了料，做好了哨，离虎娃到镇中学读书还有几天。开学前一天，虎娃找邢老爷子问竹哨的事情。可邢老爷子把竹哨递给虎娃后，虎娃又犯愁了。他爸爸亲自送他到学校报名，万一他发现了，一支新竹哨肯定会被当作柴火烧掉。邢老爷子略作沉思后，说："过几天我给你送到学校去！"

虎娃走后的几天一直下着雨，河里的水直见涨，冲得木桥"叽里嚓啦"响！这几天，邢老爷子一直都在缝一个装虎娃竹哨的袋子。他缝好了袋子，装好了竹哨，关灯睡觉时，不小心绊到了椅子。他那支竹哨就在椅子上。一个踉跄后，他站稳回过神来。椅子早已"啪"的一声摔倒在地上，椅子上的竹哨也被摔成了几大块。邢老爷子直愣愣地看着地上的竹块，面无表情地捡在一起，小心翼翼地放在椅子上。

第二天，天还蒙蒙亮，邢老爷子就扛起锄头，抱着摔坏的竹哨，到屋旁边的一块空地上，挖了一个坑，把竹哨埋在坑里。就在这块空地上，邢老爷子已经埋了三根竹哨了。

埋好竹哨后，邢老爷子草草地吃了几口前一晚上的冷饭，背着袋子，到镇中学去了。接连几天的秋雨，桥上的青苔长势很旺，尽管邢老爷子走得很慢，他还是滑了一下。站稳后，他看了看河水，河水又涨了，湍急了不少。在校门口，邢老爷子刚把竹哨递给虎娃，上课铃就打响了。还来不及说上一句话，虎娃抱着竹哨急急忙忙往教室跑。在回去的一路上，邢老爷子满脑子都是虎娃跑去上课的匆忙样，一遍儿又一遍儿的，像不断回放的电影似的。想到这，邢老爷子就一脸愁容，但越是愁，他越是想。

快进村时，雨下大了，路旁本就有些枯黄的草叶子被打得低了头，草一下子矮了好长一截；树叶子也被打得垂头丧气的，向下耷拉着，树看起来却高了一些。雨逼得邢老爷子加快了脚步。在桥中央，邢老爷子滑了一下。慌忙中，邢老爷子赶紧伸出手，手正好撑在护栏中间。护栏长年累月日晒雨淋，朽得已经不成什么样子了。邢老爷子猛的一下按在上面，护栏来不及发出"嘎吱"响，就断了。邢老爷子更是慌忙，脑里一片白，什么都来不及想，就掉进了河里，只激起一个不太起眼的浪花。

（八）

在水里浸泡了几天的邢老爷子，整个身子都肿得变了形，有的地方还溃烂了。让人感到奇怪的是，邢老爷子在水里泡了好几天，其他地方都泡得不成样子，唯有那双睁得直愣愣的眼睛一点都没变，眼神让人畏惧。

村支书特意叮嘱先别给邢老爷子穿寿服，他要亲自给邢老爷子穿，敬嫡子之孝。出葬那天上午，一个村民对村支书说："该给邢老爷子穿寿服了！"村支书看都没看村民一眼，只顾伸着脖子往河对面望，说："再等等！"

过了一会儿，河对面出现一个右挎相机、左挎包的记者。村支书赶紧迎了上去，背弓着递了一支烟过去后，赶紧点火，低声给记者讲什么。记者手里的烟都没点燃，突然抬起头，惊愕地望着村支书说："对着死者照相恐怕不合风俗、不吉利吧！"这时又有一个村民来给村支书说该穿寿服了。村支书迅速地瞪了村民一眼，有些尴尬地对记者说："那我先去给邢老爷子穿寿服。"

记者跟了过去，忽然问："他的眼睛怎么还睁着的？"

村支书一边心不在焉地拿衣服，一边满不在乎地说："不知道，我们抹了好几次都这样！"

记者说："他不会有什么搁不下的事吧？"

村支书有些不耐烦地说："就他一个人，无儿无女，无牵无挂的，有什么搁不下的！"隔了一会儿村支书补充道："他每年的零用钱，都是我们村里给他付的！"记者听后点了点头，觉得邢老爷子的确没什么可牵挂的了。

下午发丧好几个五大三粗的男子汉怎么也抬不动灵柩时，人们不得不想到记者说的话。所有人都急得焦头烂额时，风水先生以他丰厚的经验说："方子（灵柩）太重，是有搁不下的东西拖着。人最不容搁下的就是和别人的恩怨情仇！肯定有人和他结下了梁子。"

屋子里一下炸开了锅，议论纷纷。不管怎么说，都离不开邢老爷子为人孤僻，和谁都不来往，一年到头都在河西面，顶多到刘二店里买点日用东西。议论着议论着，大家就想到了结果。一个略懂巫术的女人说，这种事情，可开不得玩笑，有谁对不住他，放下面子，道个歉就行，不然一家老小不会好过。

刘二被女人的话吓得脸发青，直打哆嗦，扑通一下跪在灵柩前，放声忏悔："老爷子，我不该骂你！望子成龙、望女成凤，我是一时气糊涂了！我看到虎娃成绩滑得厉害，怕耽搁他，才冒犯了你！您老就大人大量！求您安心去吧！"刘二忏悔得一把鼻涕一把泪，还不停打着自己的耳刮子。有几个人嘀咕着说，这邢老爷子还真够记仇的，人家为了孩子前途着想，不小心骂了他几句，都死了还记在心里。刘二的哭声、自责声还有乞求原谅声，相互交织，一浪胜过一浪。让听的人心里都堵得慌，像自己在忏悔似的。有人去劝，他不起；有人去拉，他还是不起。几个人铆足了劲，把他从地上架起来，他都还拼死拼活地挣扎着。

令所有人费解的是，刘二忏悔后，邢老爷子的灵柩还是抬不动，似乎比先前还要沉重了些。刘二一下子就不哭了，低声对旁边的人说："我就说不关我的事嘛！"这下大家又犯愁了，邢老爷子一个人生活在河西，大有和人老死不相往来的决心，谁都不明白他想什么。阴阳先生冥想了一会儿，说："他平时最喜欢的是什么？常和什么人交往？也许可以找到一点线索！"

大家循着阴阳先生的思路不断抓耳挠腮。他们除记得邢老爷子无嗣无子，一个人住在河西外，什么都记不起。刘二这一哭，面子可丢大了，脑子里还在想着他和邢老爷子吵架的事情。他一下想到了竹哨，惊叫道：“竹哨！邢老爷子最放不下的是竹哨！”越说，语气越坚定。这时人们才幡然想到，他们的生活中的确出现过竹哨的痕迹。他们把邢老爷子屋里屋外都找遍了，都没找到竹哨。村支书着急地说：“这可怎么办！找不到竹哨，发不动丧！”突然有人说：“刘二家虎娃和邢老爷子走得近。以前我看到他经常背着书包来找邢老爷子。”

刘二听了这话才明白过来，虎娃在读六年级时，隔三岔五地很晚回家。问他时，他都略带惊恐地说：“老师留我们下来补课！”说完就赶紧拿出书本做作业。当时他也没太注意，现在全明白过来了。刘二斜眼看着那人说：“怎么可能，东西可以乱吃，话可不能乱说！虎娃从没和他来往过！”

那人诅咒发誓地说：“我说半句瞎话，我看得到今天天黑，看不到明天天亮！”

刘二吸了口气还想说，却被村支书一个手势止住了。村支书走到刘二面前，心平气和地说：“老刘，真是那样的话，就让虎娃回来一趟，什么事都解决了！不是那样，虎娃回来一趟也没什么损失！”村支书把嘴贴近刘二的耳朵，看了看记者说：“你看记者都在这儿，如果我们村连一个孤寡老人都埋不下去，不但我们村领导没面子，我们一个村的人都没面子！”

刘二难为情地说：“可虎娃在读书，回来一趟耽误他学习！”

村支书说：“虎娃的脑瓜子聪明，升学考试全片区第一！来回也就一天多的时间，他少眨一下眼睛就把功课补上去了！”

刘二听村支书都这样夸赞自己的儿子，顿感脸上有光，十分爽快地说：“行，我去叫！”

刘二到学校给虎娃讲了邢老爷子去世的事，虎娃转身跑回寝室，把竹哨放进书包里，和刘二一起匆忙回村。虎娃呆呆地看着灵柩，从书包里拿出竹哨，吹了一曲邢老爷子平常最爱吹的曲子，虽有些生硬，但雏形初具。吹完曲子，收好竹哨，他走过去，双手扶在棺沿上，看着邢老爷子精光四射的眼睛，嘴嘟囔着，小声地说了一句话后，邢老爷子的眼睛就闭着了。

第二天一早，虎娃收拾书包准备回学校，发现竹哨不见了。他仔细回想了昨天发生的事情。吹完竹哨后，他就把竹哨放进了书包里，睡觉的时候还摸了一下。他径直去找他爸爸。刘二毫不掩饰地说：“我拿了，怎么样？我拿钱是送你去读书的，不是让你学那破玩意儿的！”说着拿出竹哨，狠狠摔在了地上，刘二狠狠一脚踩上去，竹哨来不及发出一丝儿响，就破了。刘二一脸愤怒地看着虎娃说：“今天我就断了你的念想，去给老子好好读书！”

虎娃眼睁睁地看着刘二把竹哨踩破，当着刘二的面，怯生生地把踩烂的竹哨一块一块地捡起，背着空书包一个人走了。走到桥头，他站住了，望着那座桥。昨晚下了一夜的大雨，水又涨了，桥被冲得“嘎吱嘎吱”直响。他迈开步子，准备上桥，一个浪子过来，桥“嘎吱”一声响，从中间冲断了。树棒木块掉进河里，连浪花都未激起一个，就被冲走了。只剩几块木片在桥头，哆嗦着，打着寒战。又一个浪子过来，仅剩的几块木片也被冲走了。

给我一把羊角锤

山东艺术学院/周　浩

一

这一天上午，龟城镇书记王广德家的儿子结婚，鞭炮声不绝于耳，炮仗的碎屑铺满了大小街巷；龟城前屯孙家的才女正在破旧的戏台上唱曲儿，好嗓子高低婉转，围观者堵住了左右路口；偏偏后屯顾家的老爷子顾世清仙逝，唢呐锣鼓声高却悲，哭丧队已走过了远近的村户。

哭丧队来到后屯与前屯的界碑处稍作整顿便折返回去——前屯跟后屯互不往来，两不相干，这是几十年的规矩，约定俗成，任他前屯唱戏，后屯发丧，不越界碑半步。人群回转间，在清一色的白衣白帽里竟混进了一件油紫色的短衫并搭配着暗绿色的破旧迷彩裤，那油紫色是一种说不清楚的颜色，可以猜测是多年至少是很多个月不曾换洗而积留的汗渍，也可以假设是在车底或是烟囱边蹭碰而沾染的油迹——总之，他很快便吸引了人们漫不经心的注意。

"老景！"走在哭丧队前头的孝子顾顺认出了那身穿着，与其说认出了穿着，倒不如说认出了贴着寥寥黑发的光秃的前额，认出了松垮盘踞在糙老腮帮上根瘤一样的赘皮还有那"五尺差半寸"的身高。

顾顺仿佛一个囚徒一般站在矮小的老景面前。哭丧队依旧是前行，没有人再回头观望。很显然，尽管大部分人对老景都没有印象，但就因为一句"老景"，人们便认同了这个陌生人的身份。哭丧队"高歌"向前，阴郁沉闷着，有小孩子看到老景苦涩地抿起嘴唇不禁笑出声来，随即被身后的大人狠狠拍了脑袋，于是放声大哭，哭是最合时宜的。

老景伸出手要孝子顾顺胸前的白花，顾顺马上退后一步，弓着腰埋着头站定。

“不行，爹交代过!”

老景松弛了手臂，整条胳膊耷拉下来，侧目望着渐行渐远的哭丧队，淡黄的眼白表面不由自主地闪烁着泪光。这个五十五岁的中年男人心里很不是滋味，他被囚禁的十五年里的苦等都已然化作了一捧风吹即散的松散的骨灰，他得为自己正名，十五年来顾老爷子德高望重，死后尚有百人的哭丧队唱着哀歌走遍龟城后屯，可他呢，日夜凝望的铁窗如今成了灵魂的枷锁，负重而难以昂头，每走一步都是在无垠的荒漠里蹒跚，更何况，那唯一支撑着他的希望缥缈得就像一只盛夏的蝉在不绝的嘶鸣中等待冬天的雪。

他想起，当初进去没几个月就是过年了，他难得地抽了一根烟，酝酿好了许多肺腑之言等着第二天说给一个人听，可是第二天那人没来，来的是顾世清，顾一脸愧疚地说，老景，她走了。

走了？老景锁紧了眉头，后牙咬得咯吱响，从微微跳动的眼睑上滚落了一颗浑浊的眼泪。是死了还是没死？

没死，她跑掉了，昨天晚上睡觉的时候跑的，她可能知道了整件事，一时接受不了……顾世清想再多说一句，他看了一眼老景，便打消了念头——隔着探视窗，老景正在用头敲桌子，不停地给顾世清磕头，边磕边说道：谢谢，谢谢你救了她。

顾世清心里明白，只要她能活着对老景来说便已是巨大的福音，于是，顾坚定地告诉他：“老景，你安心等着，我一定找到她。”

从此，老景以一种近似变态的自我催眠和安慰来度过这铁门铁窗铁栏杆里的拘束生活，然而多年来顾世清口中反复出现的“寻而无果”叫他食而无味、夜不能寐，还有一些更加细腻的思念在被无情地拷打着。

“十五年了，找到她了吗？”老景蹲在界碑旁，点起一支烟，又递给顾顺一支，顾顺没有接过，而是从兜里掏出一把钥匙。

“我爹留下话儿，你若是回来，就先住在炼锤厂的贵宾室里。”

“这么多年就一点消息都没有吗？”

“我爹顾念你的恩情，叫我像对他一样对你，答应让你参与厂里盈利的分红。”

“她走的时候也没留下什么东西？像纸条、衣服什么的？”

“老景，别待着了，咱们回去吧。”顾顺吃力地拉起老景，像拔出一根深埋在地里的老萝卜，老景布满血丝的眼眸还在看着远去的哭丧队，烟雾迷了他的眼睛，呛出一滴眼泪，他扔掉烟头，对孝子顾顺说道：

“好侄子，我是不是你们顾家的恩人？”

“是，这么多年来我爹还有我从来都没敢忘记过。”

“那你们也是我的恩人，你们治好她，我感激你们……”

“可是……”

“让我给你爹磕个头。”

二

发丧这一天所有人都只能吃米饭，于是在灵堂外搭的露天棚里都还是热气腾腾的，吃饭的人顶着太阳，虽已是入秋，但仍然吃得汗流浃背。老景给顾老爷子磕完头出来的时候，顾顺还特意给老景盛了一碗，老景接过来边吃边说着早年间流传的顺口溜：白瓷碗装着白米饭，白孝帽配着白衣衫，白了脸也白了天，只盼着老爷早成仙。

深邃耀眼的白日远远地照射着，些许的飞虫在抱团乱舞，惹得人心烦，被人一挥而散，转而又聚在一起，向一棵年久的老槐树飞去，树的不远处就是顾家的炼锤厂。

炼锤厂的工人万福也是认识老景的，他们十五年前同是厂里的工人，顾老爷子待人和善，老景进去以后万福就当了烧火组的组长，他也心甘情愿给顾家干一辈子长工，按他的说法就是——“没必要换主子”。

万福在锤厂大门看到顾顺领着一个脏兮兮的人回来，仔细一看，才想起是老景。老景一脸呆滞，顾顺也是极为严肃，把万福吓了一跳，怔怔地也不敢吭声，就这么眼巴巴看着两个人进了厂里的贵宾室。

炼锤厂十五年来修修补补又翻新加固，早已不是老景记忆中的模样，只有那些成堆的羊角锤和没上漆的锤把让他心里隐隐有些怀念，却是怎么也说不出口，坐在贵宾室倒更像是坐在牢房。于是，在漫不经心地听完顾顺的安排后他踱步来到厂里的烧火房，万福正在里面打扫灰白的煤屑，看到老景，他直起腰在身上胡乱拍打一通，堆满笑容地走过来。

“我听说你出来有段日子了。”

“十几天了，一直在城里。”

“咋不先回来看看？”

“没啥可看的，就知道顾老走了，急着回来送送。”

“噢，顾老今天发丧，厂里停工，杨哥他们都回去了。你知道的，顾老为后屯做了许多好事，村民们都纪念他。”

老景点了点头，往兜里摸了烟给万福，万福笑道：“我记着那几年你只抽哈德门的，这刚出来就换成黄鹤楼了，老景啊，人都说多难多福，你也到了该享福的时候啦。”

老景不自然地笑了下，倚着门框深吸了一口，过了好久才缓缓吐出来，烟雾缠绕升腾，老景又慢慢板起了脸：“我这人命臭，恐怕享不了福，等老死了也没个人送终，你想啊，十几二十年以前，你们就叫我老景，现在我五十五了，你们还是叫老景，是真的老啊还是没有年轻的缘分？”

万福一时语塞，他很难体会这个五十多岁还没儿子的人的复杂心情，作为当年同厂的工友，老景的往事万福自然清楚，但是这也让他更难以去安慰老景，他像是受到了审判和质问，不得不提起一个让老景日思夜想的人。

万福说道："话也别这样说，是你的总归是你的，跑不了。我就听说晴嫂去过前屯，然后没了消息，顾老找了好长时间，大概到了别的省也不是没可能，要我说，这个找不找得到，也是天意，别太……"

"她去过前屯?"老景打断道。

"好像是有这么个说法，我也是听顾老偶尔一提。"万福隐约感到自己说错了什么，连忙试探道，"你该不会是要……"

"我要去前屯找找。"

果然，万福最担心的事发生了。老景要去前屯，而且要跟前屯的人说话、打交道，这可是坏了规矩的大事儿，会把两个屯的人都惹毛，虽说老景根上并不是后屯的人，但只要从后屯过去也是一样的。万福感到自己坏了大事儿，于是百般劝阻，可老景态度坚决得很，说："几十年了，该见面的都得见面，没什么规矩!"他丝毫不在意自己的行为是否关乎前屯后屯，他的心里只记挂着一个叫他等了也找了十五年的人。

万福劝说无果，情急之下找到了顾顺，直骂自己是个猪脑袋，哪壶不开提哪壶。顾顺先是一惊，随后叫万福去界碑处拦着，无奈顾老爷子的丧事还没办完，来吊唁的人正挨个在灵堂敬花，他们都是面无表情，也都在巨大的黑白照片前驻足良久，像是叙旧，也像是发呆——流程总是让人厌烦，可是流程必须要走完，否则会被说成不圆满。顾顺心里犯起了嘀咕，老景回来这才几个小时的光景就出了麻烦事，又偏偏赶在了这个节骨眼，所以他只能指望万福能够拦住老景，以防被更多人知道，难以收拾。

万福当然没能拦住老景，反而差点被老景拽进了前屯，只好灰溜溜地回来了。

已是下午五点多了，来吊唁的人陆陆续续都走了，顾顺结算了哭丧人的工钱。其中有一个二十五六岁的姑娘，她是今天哭得最好的人，从上午就开始哭，眼泪就像决堤的河水源源不断地流出来，哭唱的词儿和曲调也是非常到位，顾顺就额外给了她五百块钱，姑娘睁大了还通红的眼睛，满口说着谢谢，不觉着又流下眼泪。

完事以后万福跟在顾顺后面说道："我知道前屯有个叫孙香艺的丫头，跟这个女的一样，长得水灵漂亮，唱曲儿是一绝，人家是艺术学校毕业的，专搞这个。"

顾顺转过身来责备说："净说些个废话！我问你，你怎么还让他进了前屯呢！不会去多找几个人拦着啊!"

万福垂下脑袋，认错似的点点头，说："你也知道，老景念着晴嫂，又是个死心眼，不是说拦住就能拦住的，只要别捅出什么大麻烦，就随他去吧。"

顾顺长出一口气，看着已经变成橘黄色的日头隐进了树丛，躲到了房屋之后，很快也就会沉入地平线了。他说道："关于晴嫂，我从来都不敢跟他讲的。"

三

前屯和后屯之间隔着宽阔的庄稼地，唯一沟通彼此的路竟是破烂泥泞，但各自的村里却都修了多条平整的水泥路，界碑如同屏障，相互隔绝，偶尔在田地里相遇的村民也都是形同陌路，所以无论是在现实还是人们的心里，前屯和后屯都没有路。

老景走过那片庄稼地，里面种的基本都是水稻，有一部分已经准备收割，他回头望着后屯，心里突然有了些希望。夕阳普照，漫田熟黄，这片土地的故事他是知道的——那里有一颗争夺与私欲的种子在生根发芽，凉了人心。

改革开放以前，两个屯子还属于同一个生产大队，彼此并没有隔阂。分田到户以后，村民们因为土地分配的问题吵得很凶，往往是王家的地肥沃而李家的地贫瘠，李家的地靠着河但是王家的地离得远，明明王家的人少却多划了一分地而李家的人多偏偏少了一分，就这样争缠不休，两个屯子对既定的划分方案都不买账，互相僵持着。

矛盾爆发还是在镇上决定修路之后，前屯和后屯要通水泥路，本是值得高兴的好事，却因为出资方面产生了分歧，前屯的人觉得后屯在分地的时候多了几亩，所以应该多出点钱；后屯的人认为修了路对前屯的好处更大所以前屯应该多出钱，镇上调解无效，修路就此搁置。

谁料到不久后就有两个村民因为稻谷种过了界而大打出手，继而引发了两拨村民的集体械斗。两百多人就在这片庄稼地里打开了，基本都是拿着木棍，但打得最狠的时候竟然拿起了锄头、镰刀，于是，终于有人倒下了，血染红了黄土。

这场械斗死了十三个人，有直接就倒在地里的，也有治疗不及时失血过多而死的，双方各有损伤。后来镇上严厉惩治了械斗者，但两屯的仇恨就此产生了——

老子会把这些事讲给儿子，儿子又会断章取义地讲给孙子，这样世世代代没完没了，前屯后屯就再也不会修好，同饮一方水，不是一方人。

夜色如薄纱，渐渐笼上来，前屯伴随着阳光的收敛也慢慢归于静谧。老景从未来过前屯，站在街道上正如丈二的和尚摸不着头脑，他问了几个路过的村民，大致描述了晴嫂的模样，但没人知道，他也很庆幸，因为没有人过问他是从哪里来的。

两排平行的路灯把街道照得亮一片暗一片，在宽阔的路口传来一群妇女闲聊时爽朗的笑声。这笑声却如迎头棒喝击退了老景，他不敢往前走，也不知往哪里退，只能循着这些灯光在屯里徘徊，他觉得，只要继续走，就是对的。

不觉间走到了前屯的村委会，村委大院里有一座破旧的戏台，油漆掉得厉害，随手一蹭就是花白的粉末，墙上地上满是涂鸦。小孩们在台下你追我赶，女人们在台上跳舞聊天，男人们则蹲在旁边抽烟。这里和后屯不一样，后屯的人吃过晚饭就脱力似的不愿再出来走动了，而这里就像开启了一个小派对。

正对着村委会大门的是一家叫“余记百货”的小卖部，一间沿街的平房，招牌竖在房顶，门口的墙上扯了一个电灯泡，杂乱无章的啤酒瓶和废纸箱堆放在墙根。

老景走进这家小卖部，买了一包烟、一瓶啤酒和一根火腿肠，权当是晚饭。老板叫余同，给老景搬来一个马扎儿，说：“你搁这儿吃吧。”老景坐下后，他又说：“我没见过你，你不是本村人吧？”

“哦，不是，我是后……”老景愣了神，险些把后屯说出来，便改口道，“是后边太平镇上的，来这里找人。”

这时，一个戴着眼镜长得瘦瘦高高的年轻人从屋里走出来，他姿态稳健，在货架上拿了一支笔就转身要回屋里去。

“太平镇早就跟龟城合并了，后面可不就是后屯？过了后屯就是祝家庄，再往后就得是莒南县了，你是从哪儿来的？”余同接着问道。

那个戴眼镜的年轻人听后收住脚步，慢慢走过来，看见老景稀里糊涂地点着头，感到很奇怪。

老景已经十五年没来过这里，怎会知道太平镇被合并的事儿，只好笑着说：“都习惯以前的叫法了。”

“那你来找谁？”

戴眼镜的年轻人这时也搬来一个马扎儿坐在老景旁边。

“一个女人，五十来岁。”

那年轻人突然笑道：“五十多岁的女人这儿多了去了，你找哪一个？她姓什么？”

“呃，她姓高。”

“嗯？前屯可没有姓高的，”余同皱起眉头，接着说，“长什么模样？”

“如果变化不大的话，应该是长头发，双眼皮，腮帮子上有一个痦子，但是长得巧，衬得年轻，还好穿一件格子衬衫。”

那年轻人说：“你这么一讲，倒还真有个人挺像……”

老景仿佛听到了世间最美妙的音乐，他的生命在那一刻开启了转折，内心有一股暗涌的冲动将蛰伏已久的欢乐牵引出来，他急忙问道：“她在哪儿？带我去见见她！”

那年轻人却说：“不过，她肯定不是你要找的人，人家姓孙，叫孙香艺，才二十五，怎么可能呢。”

余同也说：“是啊，那丫头水灵着呢，是艺术学校毕业的才女，今天上午还在村委那戏台上唱了几嗓子呢，那调子高得，隔着好几条街都听着了。”

老景并没有感到希望的消失，而恰恰相反，他觉得这是他十五年来离晴嫂最近的一刻，也许那个孙香艺正是她，老景记忆中的她就是那么漂亮，甭管二十五岁还是五十二岁，这就是一把活生生的美人标尺，她本应该嫁到城里当阔太太却在炼锤厂里选择了无能的自己。但是，在顾世清和万福等人看来，晴嫂长得的确一般，她嫁给老景也并不委屈，老景待她千依百顺、万分呵护，倒是她几世修来的福分。

老景说："你带我找她，我想见见，都十五年了。"

四

当一口冰凉的啤酒刺激了舌头的味蕾，变成了一道富有弹性的温和火焰，散发着灼热的甘醇流过食道进入肚肠，翻滚的泡沫就开始聚合上升，做一个习以为常的礼尚往来，它们成为胀气向咽喉冲击，突破阻碍又摇身化作一声冗长且响亮的"噶喽"从嘴里喷出。

老景觉得舒服极了，尽管一道清晰的泪痕还刻在粗糙的脸皮上，孙香艺盯着眼前这个喝闷酒的怪人，也不明白自己为什么就想跟着来到余记小卖部，更不明白为什么眼前这个人一见到自己就喊出"晴嫂"两个字，那种充满了爱意和思念的眼神震撼了孙香艺，她还在读书的时候有多少次托腮幻想过这种浪漫的对视，但她不能接受对方是一个相貌丑陋的中年男人。

"你的痦子长在右边，她的在左边……"老景黯然说道。他被带到孙香艺家时，孙香艺正穿着一件格子衫，老景抑制不住心中的激动就喊了出来，但刚走近了一步，就看到了孙香艺右脸的痦子，这个痦子没晴嫂的黑，老景就像一个变脸的小丑从狂喜变成了失落。惊异失措的孙香艺得知来意后，很好奇就跟着回到了余记小卖部。

余记百货店依然开灯营业，这也许将是营业时间最长的一天。戴眼镜的年轻人坐下，从老景手里拿过烟，点着，贪婪地抽着，说："早跟你说了不是，你还非要见。"又抬头跟孙香艺说："你也别奇怪，他找的那人，八成是他老婆，十五年没见着，谁也不知怎么回事儿，不过，能跟你长得像，这家伙也挺有福气的。"

孙香艺还是感到莫名其妙，她抿起嘴唇把眼睛瞪大做出了一副无可奈何的表情，又叹了一口气，说："我痦子长在右边有什么不好吗？"

坐在柜台边上的余同"扑哧"一声笑了，他指着那个戴眼镜的年轻人转而对老景说道："你啊要是想找人，就得先找我儿子帮忙，我儿子可是县报的大记者余想，听说过没？他要想找谁，随便在报纸上写几个字儿就能找着。"

年轻人，也就是余想急忙说道："爸，乱说个啥！"然后，他把手里的烟塞还给老景，慢吞吞地说："你要是真想找着那女的，就跟我讲讲到底是怎么个事儿。"

老景咽下最后一口啤酒，把烟头踩灭在脚底，腮上的肌肉群在微微颤动，他终于放松下来，淡淡地说道："我不瞒你们，我是从后屯过来的。"

气氛突然变得很尴尬，很久，没人说一句话，僵直的眼神都暗含了各自的想法，谁也不愿意去猜下一秒的事情。终于，余同锁上了收钱的抽屉，故意把桌子弄得很响，然后走过来对老景说："既然你是后屯来的，那就赶紧回吧，我们得关门了。"

老景没有执意，他从容地站起身就要走，余想说道：“别忙！我可以先听完你的故事，说不定能帮忙找到。”老景回过头，眼睛里闪烁着感激的泪光。

“放屁！”余同怒斥道，“前屯后屯互不往来，这是几十年的规矩！大路朝天，各走一边，前屯的人怎么敢去帮后屯的人！”

“我也不喜欢后屯的人，我爷爷就是让后屯的人砍伤了大腿，从那时候起他就没离开过拐杖，”孙香艺停顿了一下，接着说：“但是我很想知道到底有什么故事。”

看到孙香艺并没有表现出对老景的排斥，余同大发雷霆，把老景脚边的啤酒瓶子用力扔出去，“咣当”一声摔碎在地上，那一声震彻心肠，犹如裂空的一道闪电，使一切无法复合。

“前屯后屯三十几年不碰头、不搭腔，有深仇大恨也应该找到一块儿吵一架，什么规矩不规矩，搞得不到黄泉不见面，没丁点儿好处！”余想摆手让老景坐下，说，“你坐下，我听你这个故事，帮你找那个‘晴嫂’，让你俩团圆，我见不得一个老头子在这里掉眼泪！”

老景听后嘴唇止不住地颤抖，他的心里温暖极了，他再次看到朝阳般的希望。

孙香艺劝解说：“余叔，要不就先算了，毕竟都是多少年的旧账，总提着没意思。”

但是余同怒气未减，挥手动拳地吼道：“好啊，我儿子帮着一个后屯的孬种跟我吵开了，忘本忘宗啊！那老一辈的血是白淌的？命是白丢的？这事儿今儿个传出去，他娘的整个屯都得炸锅！你赶紧给我滚！”

“我们都不去说，没人能知道，你就信我这一次，帮了这个人，说不定前屯后屯能和好！”

余同已经是怒不可遏，他左右寻觅着可以拿起来的东西好把老景打出门去，谁知就在他左顾右盼时，老景“扑通”一声跪在余想面前，满含热泪，那张褶皱蓬松的脸因为流泪变得难看甚至丑陋，佝偻着背像一只油炸过的河虾，这一番争吵他未发一言，却抛弃了比谁都多的尊严，他是那样想念晴嫂，他不能跋山涉水地寻找，却经历了堪比十倍的煎熬，他唯一的人生，大概只留下了晴嫂。

老景在一片沉默中说：“我求你，帮我，找她。”

五 之一

晴嫂以前不叫“晴嫂”，叫“晴娘”，大家每次喊她都像是在喊“亲娘”，所以就改口叫“晴丫头”。

我三十二那年还是光棍一条，招工招到后屯一家炼锤厂干活，专管烧火。在我来之前，晴丫头已经在这儿干了两年，主要是给锤把上漆，这一年，她二十九，没处过对象，有媒人说她左脸一个“克夫痣”，十有八九得守寡。她爹就带她去点痦子，可是点完了又长出来，还变得更黑，一来二去干脆就不找对象了。

炼锤厂的老板叫顾世清，他有个儿子在外地念大专，进厂头一天他跟工友们介绍我，其实整个厂里就五个人，厂子就是自家的院子，老板自己也是工人，管着烧火，此外，钻锤眼的一个叫杨哥、一个叫万福，刷漆的是吴婶和晴丫头。我是一个闷性子，不大爱说话，平常看到女人就躲得远远的，但是那天我一眼就看上了晴丫头，晴丫头长得真俊，两条眉毛像柳叶儿，眼睛水汪汪的像池塘，什么樱桃嘴啊，小蛮腰啊都是她的，从身材到长相都好着呢，尤其脸上那个痦子，叫我说那得是美人痣。

可是我怎么也不敢跟他说一句话，都已经过去一个星期，除了她，杨哥、万福和吴婶我都聊过了，我觉得她肯定是看不上我，要不然怎么从来都不正眼看我一下呢，我渐渐地已经不再打她的主意，一天十几个小时在烧火。有一阵子那天可真热啊，我在烧火房里只能待个把小时，出来凉快半天才敢再进去，要不然就得热死。

杨哥看我大汗淋漓的就笑话我说：“知道为啥顾老爷子要招你进来了吗？在那屋里蒸桑拿，他都快蜕皮了。”

我说：“这样一看，还是钻锤舒坦。”

“放屁！”万福说，“钻锤钻得我腰椎间盘突出了都，你烧火吧就夏天难受，到冬天还就你享福呢！”

后来，我就白天睡觉，晚上凉快了再起来烧火，但这样一来我就更见不着晴丫头了，不过也好，我打心眼儿里觉得自己配不上她，眼不见，心不烦。

有一天下午，我起来给锅炉升火，把没用的锻锤的模具搬到院子里，可巧晴丫头正在墙上钉钉子，挂一幅装裱的山水画，画里崇山峻岭，瀑布河流，很是壮观，想来一定是顾世清安排下的活儿。晴丫头举着大头锤一下接着一下，额前的头发左右摆动，汗珠在余晖里放光，我看得出了神。

可是有一根钉子不小心钉歪了，她扔了大头锤在四处找些什么，又看到我像一只木鸡一样站在旁边，就对我说：“喂！给我一把羊角锤！”

这是她跟我说的第一句话，我忘不了那一刻胸腔里心脏“咚咚咚”地乱跳，口干舌燥也没有唾沫，下身麻木，眼前的一切仿佛都已静止，那太美好，像做了一场梦。我在过去的十五年里因为一直回忆着这一刻才终于熬到现在。

“喂！”她冲我喊道，我这才回过神来，连忙从身边拿起一把羊角锤递给她，可是她没接过去，而是责怪我说，“拿个锤子都这么慢，喏，你来钉！”

于是我把钉歪的钉子起下来之后，她扶着画，我就开始钉钉子，我有几次想低下头看她，却正撞到她也在看我，一紧张就砸到了手，但是我没作声，一直忍着，努力表现出一副很平静的样子。

弄完之后她捂着嘴笑说：“钉个钉子而已嘛，你乱看什么呀。”

我只能傻笑着，心里想，哎呀，我真是笨啊，我应该接上话让她开心，或者讲几个笑话也行啊，总之得说点什么。

果然，我什么都没说，但是从那天以后，我和晴丫头就慢慢熟悉起来。

顾世清说，这幅画就挂在院子正墙上，上面写着宏图大业，就是要把炼锤厂做大做强，激励大家。对我来说，只要晴丫头对我笑一下就是我最大的动力了。

杨哥觉察到了我对晴丫头的心思，他一边磨着锤一边对我说："老景啊，这追姑娘啊，就跟拔萝卜一个道理，那劲儿得不停地使，你稍一放松，她又钻回去了，你越是守着，她越不过来，所以就是要一鼓作气，连根儿拔出来。明白吗？"

我若有所思地点点头，转身要回去烧火，他忽然把我拽回来，使劲拍了一下我的脑袋，说："你丫就是一猪脑子！活该三十好几没老婆，正常人听了我这话就应该开始拔萝卜了，你他妈倒好，还回去烧火！烧火！还烧火！"他一边说一边拍我的头，引得对面晴丫头跟吴婶看着我俩嘿嘿直笑。

杨哥压低声音接着对我说："我教你一招，你好好听着，晴丫头她爹好喝酒，没酒就难受，你待会儿去买瓶二锅头，再把衣服割一道缝，等晴丫头下班的时候你就……"

杨哥这些悄悄话真的很奏效，我看到晴丫头下了班就过去说要帮忙收拾，她果然开始推辞，我再稍微坚持一下，她就开始拉扯我，我的衣服就这样裂开了。

一切都按照计划进行，晴丫头觉得不好意思决定帮我缝好，我说自己缝就好，但是要用一下晴丫头的缝纫机，于是就顺理成章跟着去了她家。磨蹭了小半天终于缝好，她爹果然要留我吃饭，我就拿出来买好的二锅头。

但等我坐好之后我忽然意识到麻烦事了——我该说些什么？怎么才能不冷场，让晴丫头的爹不讨厌我？可我天生的笨嘴，说不出一句话，牙齿之间都涂了胶水，牙缝里都塞了棉花，喉咙里上了螺丝，嘴唇外缝了针线。

于是我开始喝酒，一盅接着一盅，晴丫头她爹乐坏了，也一杯接一杯的，不多会儿，我可能已经迷糊了，我想说话了，我敢说话了，我要说话了，我在心里呐喊着，老天啊，就让我大胆说出来吧！

我直了直腰，忽然看到晴丫头跟他爹都摇摇晃晃的，模模糊糊的，我说："你们这么快就喝醉了，晃什么晃！我……"

我可能倒在桌子上，也可能倒在桌子底下，但是我醒过来的时候是在晴丫头的床上，她爹正坐在床边笑吟吟地看着我。

"丫头出去干活了，你这家伙占了她的床，她趴在桌子上睡了一夜呢。"

我坐起身，脑袋阵阵地疼，赶紧下了床，说了不知多少次"抱歉"，但他爹就是笑个不停，还让我有空再喝一场。

顾世清看到我灰头灰脑地回厂，劈头盖脸地骂了我一顿，说我昨天晚上没烧火，昨晚煅的铁还没成型就凉了，一番批评后，悻悻地走了，杨哥就开始大声笑了起来：“老景这小子昨晚破处了吧。”

万福和吴婶“喔”的一声，都把目光看向了晴丫头。晴丫头的脸“唰”地变得通红，两个拇指在衣角打转，她想说些什么又咽了回去。

我不明白晴丫头为什么害羞，难道她也喜欢我？可是怎么可能呢，她是那样漂亮，我是那么普通，不会的，那也许只是女人的正常反应吧，我只好摆摆手解释说：“没有，我昨晚上就是喝醉了，说啥干啥都不知道，再说根本没有的事儿，不作数的！”

这时晴丫头突然站起来，走到我跟前，狠狠踩了我一脚，撩起头发，鼓着粉红的腮帮子对我说：“那你昨天晚上跟我爹说，你看上我了，想娶我，作不作数？”我怔住了，很高兴。

从那天开始，晴丫头就成了“晴嫂”。

“你们叫她‘晴嫂’，我可不叫，”顾世清说道，“没大没小，像什么样子！晴丫头她爹还喊我声‘顾老哥’，我却得喊她‘嫂’，什么跟什么呀！”

顾世清还真的没有改口，即便是参加了我俩的婚礼，吃了我俩的酒席，他还是一口一个“晴丫头”，直到两年以后晴丫头怀孕。

五　之二

那些日子真是好啊，但是我知道，从我走进余记小卖部的那一刻起，你们就认定了我的故事应该是落魄的。我这种人，不应该过什么好日子的，晴嫂跟了我已经是老天爷的大恩大德，可是天底下没有只享福不受罪的便宜事儿，享了福就得受罪，所以越往下讲，我越觉得吃力，每次想起来，都像是在用小刀剜自己的肉。

那个时候，厂里的生意是越来越好，顾世清又招了一批工人，院子翻新盖上大棚，装上了崭新的排气管道，这样一来，烧火的时候就不那么热了。炼锤厂还接了南方大企业的活儿，听说要把锤子都成箱成箱地卖给外国人，所以厂里就多了一个工种叫装箱员，每个月要运几十箱，活儿不算多，找个人专门做又浪费人力，所以干脆让厂里的人兼顾着干。顾世清让万福负责这个事儿，万福撇撇嘴说，我腰间盘不行啊，整天搬箱子说不准哪天就把腰给累断了，我还得护着腰子给媳妇儿用呢。顾世清无奈地嘟囔了几句就决定把装箱的事交给我来管，我是很乐意去做的，我得多干点活儿多挣点钱才能给晴嫂多买些骨啊汤啊养好身子，才能给未来的儿子买奶粉，所以我整天都干活干到晚上十一二点 。

晴嫂怀孕有三个月了，我让她好好歇着，她说闲着难受，结果还是整天来厂里刷漆。我劝不住又看着心疼，就半夜偷偷起来把她的活儿干了大半，她早上过来看到已经刷了一大堆锤把，立马就猜到是我干的，把我从烧火房里揪出来，一口一个多管闲事。

我晚上睡觉的时候喜欢摸晴嫂的肚子，柔软光滑而且慢慢变大，里面的就是我老景的儿子，当然我希望是儿子，是闺女也不错，我做梦都想不到我这个光棍儿这么快就有了儿子，这都要感激晴嫂，她不嫌我丑，不嫌我矮，也不嫌我没钱，有时我也会奇怪，晴嫂到底喜欢我什么呢。

我摸到晴嫂的小肚子里有个鼓囊囊的肉蛋儿，就揉了一会儿，晴嫂推开我说“生疼”，我问那是什么？她也摸了摸，笑着说，八成是儿子的小鸡鸡吧。小鸡鸡是个一按就疼的肉蛋儿吗？我觉得不对劲，可是晴嫂让我别大惊小怪，兴许过段日子就好了。

晴嫂说得对，过了几天真的就不疼了，晴嫂她爹就炖了一锅母鸡汤，说怀孕的女人得管着两个人的营养，营养跟不上就长内疮，我觉得有理。

那一个多月龟城镇都没下过雨，天上没有云彩，也很少刮风，锤厂前边的老槐树捧出来一堆堆叶子，在烟灰喷飞的排气道周围都覆盖了一层厚厚的铁锈，每天“叮叮咚咚”的打锤声，“呼呼啦啦”的烧火声，还有后屯每天都有扩音喇叭的叫卖声，“凉皮儿凉菜”、“馒头豆沙馒头”、“收废纸废铝废铜”。循环往复，生活出奇的平静，我就想把这种日子过一辈子，没啥风浪，就像这天气，不下雨不打雷，不用打伞也不用晒被，就吃喝拉撒睡。但是过日子往往没那么简单。

老天终于下雨了，一下起来就是暴雨，雷电交加，雨啊就像一盆水从天上倒下来，我跟晴嫂就在家里待着也不用开工，没事陪着晴嫂她爹喝几杯。喝了才几杯，晴嫂她爹发现房顶漏水，拿了塑料薄膜就想上去盖住，我也急忙穿了雨衣跟着去帮忙。晴嫂说等天晴了再弄吧，先找个盆接着。她爹非得上去，跟晴嫂一样都是个犟脾气。

房子是那种有坡檐的瓦房，得一个人先爬到墙头上再让另一个人到漏水的地方展开塑料薄膜给盖住。我爬到了房顶漏水处，从晴嫂他爹手里接过塑料薄膜，很利索地就给盖住了，准备往回走，晴嫂她爹说，别急，我记着有两个漏水的地儿，我也上去看看。说着他就从墙头要爬上来，也许是喝了点酒，脑子有点晕乎，他踩着一个瓦片突然滑了一跤，直接从房顶上“扑通”摔下去，也没来得及惊叫，就跟冰冷的水泥地面碰撞发出一声巨大的闷响，就像远处的闷雷，晴嫂在下面失声尖叫起来。

晴嫂她爹走了，因为掉下去的时候摔得不巧，正摔到后脑勺，我背着他去医院的时候就感觉到他已经不行了。晴嫂哭个不停，我很难受，我跟晴嫂结婚以后就一直住在晴嫂她爹的家里，他从来不觉得我是个上门的累赘，反而很乐意跟我拼酒，我很惭愧没有喊过他一声“爹”，他也从来不说什么。我不明白这样的好人为什么会摔死。我听说镇上有个老头从三楼跳下来才只断了条腿，为什么晴嫂她爹就没有这样的运气，要我说，人的命运就跟下雨是一样的，你看着上午还天气晴朗，说不定下午就大雨滂沱了，就算有预报，也有算不准的。

这头的丧事刚发生，那头的不幸就紧跟着来了——晴嫂哭晕过去了。医生给她做了检查，看看有没有伤到胎气。我就一直等啊等啊，终于，医生面无表情地走出来对我说，你老婆恐怕得流产。我很着急地问道，怎么了，是不是动了胎？医生摇摇头，我连忙追问，那是咋了，没动胎为啥要流产啊？医生说了一堆我听不大懂的词儿，但总的意思就是晴嫂的子宫里长了个窝头大的瘤子，坚持生产的话怕是有危险，而且即便流了产，也很可能得切除整个子宫。

我就坐在晴嫂的病床边，心里难受得要死，像有很多的虫子在咬心头肉，当时我的脸色一定非常难看。我在想该怎么跟晴嫂说呢？直接告诉她，说医生要摘你的子宫？还是拐个弯，就说你身体不大好，要不就先不要孩子了，反正以后还能生嘛！想着想着，我的眼睛就湿润了，我一个男人在医院就那么哭起来了，我觉得对不住晴嫂，也对不住我儿子，我早该想到那个肉蛋儿兴许是大病，怎么就没拉着晴嫂来医院看看；或者我早该预感到她爹下雨上房顶得出事儿，要提前拦着点儿，这样晴嫂何苦会躺在这里。

我哭的声音太大太难听，晴嫂被我给吵醒了。她迷离着眼也开始吧嗒吧嗒掉眼泪，把头靠向我抽泣，我感觉到了我身为一个男人的巨大使命，我得保护晴嫂，给她最好的生活。

“爹呢?”晴嫂问。

“进停尸房了。”

晴嫂哭得更凶了，撕心裂肺，医院走廊里回声很大，路过的人都往这里看，他们同情我们。晴嫂哭着想下床去找他爹，我拦住说：“医生说你身体不好，得休息，别再晕过去了。”

她死活不依，弄得我毫无办法只好说道：“晴嫂，晴嫂，你冷静点儿，医生说你要住院，咱们的儿子可能得流掉。”

她一下就安静下来，问为什么。

“医生说你肚子里长了个瘤子，生的话有危险，得切除子宫。”我不知道我是怎么把这些话说出来的，但是我后悔了，我看到晴嫂精神恍惚地坐到了床上，两眼呆滞，我吓坏了，赶紧把她搂进怀里，说：“你别难过，身体要紧，孩子没了咱们可以再生啊!”

她猛地推开我，拉住我的胳膊狠狠咬了一口，直咬得冒血，我感觉那块肉就快要被咬掉了，但是我就是忍着，我知道，晴嫂难受，这样的话兴许能舒服点儿。晴嫂她是那样心疼我，她看到出了很多血就连忙松了口，然后不停地捶打我，嘴里骂着：

“你这个白痴！切了子宫就不能再生孩子了！我恨死你了!”

原来女人没了子宫就不能生育了，我这才知道，那这样说来，我老景也就再也没有儿子了。我心塞得要命，为什么给了我的又都要收回去呢，还连累着晴嫂。我摸着晴嫂脸上那颗混着泪水的痦子，沉默着，晴嫂也不哭了，就看着我掉眼泪。过了好久，好久，我们谁都说不出话，我的脸上火辣辣的，像是被谁狠狠抽了一耳光，我在做最后的思想挣扎并终于得到了一个结论：

我这一辈子，能有个晴嫂就足够了。

五　之三

我现在看到后屯的天还是那时的天，不那么蓝，而是白，太阳光躲在云里；但后屯的地早就不是那时的地了，变化太多，没的东西也太多，就像晴嫂她爹的坟，原来就埋在前屯后屯之间的庄稼地里，但是下午我来的时候发现都种的是将熟的水稻，坟头早就被推平了，我心里感伤，不想也不敢多看一眼。我想找到晴嫂以后就重新给她爹盖个坟。

余想兄弟，你念过大学，又是城里的大记者，是个见过大世面的人，头脑不像我们这些粗人一样简单。我当时就想还要不要让晴嫂在锺厂里接着干活，因为晴嫂出院的时候医生特别叮嘱我，千万不要再让晴嫂去干刷漆的活了。我知道，那些劣质的油漆对身体特别不好，兴许晴嫂那个瘤子就是因为闻多了油漆味才落下的。

但晴嫂是个那么犟的女人，从来她若是要起脾气我必然会让着她，就连做手术这个事儿也顺了她的意思，结果只流了产，没把子宫切掉，用药物暂时消退了瘤子。医生说这样会有隐患，但晴嫂死活不依，她还想着能给我生个儿子。现在，她又坚持要上班，我隐隐地感觉着不能再顺着她了，否则早晚有一天会失去她，于是我就整天在锺厂守着，看见她来就把她生生拽回去，任她哭闹。顾世清、杨哥他们也是支持我的，发生这些事儿以后，他们经常安慰我，时不时地给我讲人生大道理，顾世清有时还给我开双倍的工资。

晴嫂却说，我爹刚走，你就开始欺负我了。

我又委屈又心疼，还有些心软，有一度我甚至想就依了她吧，但幸好我坚持住了。后来，她就再也不往锺厂跑了，我心里高兴，以为她知道爱惜自己了，谁知几个月后我在镇上碰巧看见她在一家制衣厂给人缝衣服，她见我很生气，就像一个犯了错的小孩子乖乖地跟着我回去了。

晴嫂出院以后，有好几次想跟我同房，都被我拒绝了，我很害怕，我怕我一时冲动反而会害了她。她说："你不要我了吗？"

我说："不是。"

"那你现在都不愿意碰我一下，是怕那个瘤子传染给你吗？你是不是嫌我脏？"

我赶紧抱着她，说："当然不是，我是舍不得碰你，如果做那种事儿能让你的瘤子跑到我身上，我肯定整天缠着你，但我只怕你会因为这个变得更严重。”

晴嫂说着就哭了：“我就想给你生个儿子，年纪大了就更不行了。”

我只好跟她同了房，以后几年也是这样，但她再也没有怀上过。

一晃六年过去，锤厂的生意并没有多大的发展，顾世清整天垂头丧气，他的儿子顾顺也在外地创业失败回到家里准备接管锤厂生意，万福从钻锤的变成了烧火的，成了我的伙计，这一年，我三十九，晴嫂三十六。

虽然这么多年没有大的变故，晴嫂肚子里的肉蛋儿也变小了，但我注意到，晴嫂变得越来越瘦，一到晚上就四肢无力，还经常没有胃口，有时甚至会呕吐，每次呕吐她就猜想可能是怀孕，可是没过几天例假就来了，空欢喜一场。

我在锤厂还是每天干活到深夜，装箱的活儿渐渐多了，我发现每个月送出去的货里都添了几箱不知是什么东西的袋状物，有时跟锤子混在一起就运了出去，搞得神神秘秘的。我自然不会关心这些，兴许是顾世清又做起了什么副业吧，要不然他怎么会突然就心情大好了呢，整天喜气洋洋，谈天说地，还给厂里的每个人都发了福利。

钱虽然赚得多了些，但晴嫂却越来越显苍白，我忍不住问是不是身体难受，她说还好，就是有点虚。我就去买了很多补品，怎么吃也不见起色，反而多了些“虚不受补”的症状。

几个月后万福跟我说：“晴嫂这命真是苦，不过还好有你这个冤大头。”

“我怎么成了冤大头？”

“早年间的一些个流言，不听也罢，单就说晴嫂生不了孩子又落一身毛病这事儿，也就得亏摊着你，换了哪个没心没肺的，早就不管死活。老景啊，你也真是不易。”

“我倒是不打紧，就晴嫂这毛病，去医院瞧了两回，也没查出啥来，当是虚症来治吧，又怎么也补不进去……”

我跟万福正说着，顾世清突然从门外走进来，他耷拉着脸，愁眉紧缩。这几个月来厂里运转都很正常，他怎么这个样子，就跟要上刑场一样。

万福问，怎么了顾老？顾世清没有理会，而是将目光投在我身上，像是在想些什么东西，我和万福面面相觑，正感到莫名其妙，顾世清突然长叹一声，走掉了。

万福说：“我这几天看着顾老不正常，他今天一大早就坐车去城里了，前天也是，难不成摊上什么事儿了？”

开个炼锤厂能摊上啥事儿？我没心情再理会这些了。现在，晴嫂的身体才是我最关心的事，我时刻警惕着最坏的情况出现，可是该来的总归还是要来的。终于有一天，我下班早，提前回了家，推开门突然发现晴嫂躺在院子里，鼻子里正在汩汩地冒血。

当时那种心情是难以用语言来描述的，我当时很乱，耳鸣无休无止，脑子里也嗡嗡作响，手脚完全是在那些护士的指挥下运动的，我眼睁睁地看着晴嫂进了急救室，我被挡在门外，开始了我这一生最漫长的等待。

往往有些你不在意的事情会在说不准什么时候就带给你难以预料的后果，晴嫂就是这样，她子宫里的肿瘤已经扩散，需要化疗，几年前的那个肉蛋儿现在已经变成了好多肉蛋儿，它们在吞噬着晴嫂。医生把话说得很严重，我只问了一句，还能治好吗？我的额头沁出了豆大的汗珠，我感到我快要失去晴嫂了，我恐惧的事情将要到来，这远比让我离去更难以接受。我觉得我能再乐观一点，只要医生说她能治好，我就立马破涕为笑，我发誓，只要能治，我就不再流这些没用的眼泪。

医生犹豫了很久，他告诉我能治好。我两条腿瞬间就变得酥软了，无力地跪在医生面前，我像是在洪水中抱住一块木板一样抱住他，又像是在鬼门关前面抱住了晴嫂，我得把她救回来。

对于我们这种工人，是不能生大病的，生了大病就等于是倾家荡产。晴嫂的化疗费用很快就让家底亏空了。我决定去找顾世清借钱，我在厂里做了这么多年，他肯定会帮我的。

我推开顾世清办公室的门，闻到了浓重的烟味，看到顾世清正抱着头在办公桌上发呆，眼里空洞无物，我见情形如此，着实难以开口说借钱的事，转身就要回去。谁知顾世清叫住我，挥手让我坐在他对面。

熄灭的烟头散落在桌子上的各个角落，烟灰缸成了摆设，顾世清每吸完一根就直接掐灭在桌上，桌子上随即出现焦黑的印记。他终于开了口：“锤厂要完了。”

我非常地震惊，忙问起缘由。顾世清就像一个喝醉的酒鬼，他慢吞吞地带着自暴自弃的口吻对我说：“厂里只有你知道的，每个月装箱的时候，都会掺进几袋东西，你见过吗?”我点点头。

“那是海洛因，就是毒品。”我瞪大了双眼，难以相信。

“那年厂里的羊角锤销量不好，生意急转直下，我就想做点副业把生意搞上去，碰巧从广东的生意人手里接了这笔买卖，起初我也是担心，但做了一次发现并没有什么风险，因为这些袋装的毒品掺在锤子里能避过许多检查，很容易周转，而且赚的钱是卖锤的好几倍。我就昏了头，大着胆子一做就是半年。直到一个星期以前，我得知广东的那个伙计竟然被抓了，他是个没义气的人，为了减刑肯定会把锤厂供出来，到时候查到我这里，锤厂就算彻底完了。”

我一直觉得我一辈子都不会遇到这种事，没想到如今近在眼前，我只好问道：“还有啥补救的法子?”

顾世清突然抬头，两眼放光直盯着我，脸上只有嘴在动：“有！我虽然做了这生意，但是只提到过锤厂，没提到我本人，如果我能脱罪，那么锤厂就有救!”

“怎么脱罪?”

顾世清冷冷地说道：“只能找人顶罪!”

"找谁?"

顾世清突然沉默了，他酝酿了一个周密的计划来挽救锤厂和自己甚至还有他的儿子顾顺。他又点起一支烟 ，在昏暗的灯光下，他像一个沉思的作家，他要说出的话都带有预言的性质，他吐出悠长的烟雾，转身说道："老景啊，你来找我，做什么?"

顾世清开口问了，我只好说："其实，我今儿来找你，就是想借点钱来着。我那点儿家底都用来给晴嫂化疗了，这还只是前期费用，后边的是个无底洞啊。"

顾世清仿佛猜到了我要说的这些，他满含深意地说："哦，晴嫂的病我都知道了，这可需要一笔庞大的费用啊！咱们后屯人少钱也少，就算都攒出钱来也未必够用，能帮你的也只有咱们这个锤厂了。"他话锋一转，接着说："可是，如果现在我坐了牢，锤厂肯定会被查封，到时候别说借钱，就连你的工钱也都没了。"

顾世清说的句句在理，我没法子不点头，只能顺着他的思路走下去。他坐下正对着我，一本正经地说道："老景，我知道这样很对不住你，但这是保住锤厂的唯一办法，也是治好晴嫂的唯一办法。整个厂里，只有你有机会接触那些毒品，如果到时候盘问起来，你就说是你干的，把罪名顶上，我再花点钱跑跑腿，锤厂就可以脱险……"

原来顾世清嘴里顶罪的人正是我，我马上站起来，摆手说："这不行，绝不可能，我一辈子老实本分，从不干违法的事儿，这罪名我担不起，如果我顶了罪，整个后屯都会议论我，连晴嫂都会瞧不起我。不行!"

顾世清也站起来，他好像得理不饶人一样，说："但是晴嫂现在的病就凭你是绝对治不好的！你要想让她治好，只有这么做，不然只能等死！锤厂生，晴嫂生；锤厂死，晴嫂死!"

"锤厂生，晴嫂生；锤厂死，晴嫂死。"这句话震动了我，我脑中仿佛降下一道闪电，我在挣扎。顾世清说得不错，只有靠锤厂的收入才有可能维持晴嫂昂贵的治疗费，我竟已经到了无路可走的地步，只怨生活是如此艰辛，哪怕我安分守己，依然会招来祸端，走到绝境之时，我还能做什么选择呢? 但我还是说了句："让我先想想。"

顾世清说："老景，我顾世清指天发誓，只要我能脱罪，保住锤厂，我一定把所有的钱都拿来给晴嫂治病，我会先告诉她你去了外地筹钱，等她好了再告诉她实话，我向你保证，只要我顾世清在一天，晴嫂这辈子都不会离开你!"

我的生活又一次抓住了希望，哪怕是一次不得不牺牲自己的交易，只要能治好晴嫂，我的生命就还是自由的、活着的、有价值的。我走出烟味缠绕的办公室，准备往医院去，我故意磨磨蹭蹭，可是又急于见到晴嫂，这，也许会是我最后一次见她了。

躺在病床上，晴嫂没有穿病号服，而是穿上了一身她年轻时最喜欢的格子衫，她满脸的愧疚："早知道就听你的，把子宫切了。"她全神贯注地看着天花板，说："得了这种病一般是治不好的，要不咱们就不治了。"

“不行，”我斩钉截铁地说，“医生说了治得好，你就放宽心吧。”

“可是家里哪来那么多钱？”

“钱的事儿都不用你操心，我自有办法，你就在这儿把病治好，就是帮大忙了呢。”

晴嫂笑了，她还和以前一样是个勇敢的晴丫头，她说：“你要是这么会赚钱，咱家早就搬出后屯到城里住了，你一不会偷，二不会抢，更没本事坑蒙拐骗，现在再逞能就是找罪受。”我也没啥好说的，就跟着晴嫂“咯咯”地笑。

晴嫂接着说：“其实有个事儿你一直都不知道。”晴嫂瞄了我一眼，小心翼翼地说：“那天，你在我家跟我爹喝酒，喝醉了之后其实啥也没说，我第二天说你要娶我，那些都是假的。”

我一时呆住，无言以对，晴嫂见我沉默，很紧张地说：“那几年，有媒人说我脸上有个‘克夫痣’，是克夫的命，前后找了几个对象都没成，我爹整天说我嫁不出去，眼看就三十了，却正好碰见你，就……你不会就生气不要我了吧？其实我跟了你以后发现你真的是个好人，我就算现在走了，也是值得的……”

“别乱说话！”我赶紧打断她，接着说，“那年我光棍一条，又没本事，能遇着你是我的福分，我这把贱骨头可没那么容易被‘克’到。”

我跟晴嫂就是这么相互感激着走到现在，我此刻搂着她就不觉得难过，就觉得还拥有一切。晴嫂扯着我的衣领，慢慢说道：“那么，你现在还愿意跟我做爱吗？”

经历许多，我越来越懂得何为珍惜，我没有多想就轻轻地亲吻着晴嫂，抚摸她的全身……

晴嫂那年三十六，但她的身体依然柔滑、温暖，我们在未知的绝望中相互给予。

“你还记得你跟我说的第一句话是啥？”我问晴嫂。

“不记得了。”

“那天你在钉钉子，看到我就跟我说：‘喂！给我一把羊角锤！’”

“哦？你这么一说，还真有那么一点印象。”晴嫂回忆着。

“可是，你没有接过去，你嫌我慢吞吞的，就让我钉钉子去了。”晴嫂“咯咯”地笑了，我接着说，“那这样一来，我也就并没有给你那把羊角锤。”

晴嫂转转眼珠想了一下，突然伸出手来，带着当时晴丫头的天真和羞涩，很调皮地说道：“那现在，给我一把羊角锤吧！”我笑着竟然真的从身边拿出一把羊角锤，看着晴嫂吃惊并且激动到想哭的表情，我把锤子递给她，笑说：

“这一回你可得自己钉钉子了。”

六

指针滑向了夜里的十二点，前屯的大街小巷空无一人，秋虫的低语衬托着安静的乡村，午夜的清风吹拂着安详的灵魂，月亮从一撮云中慢慢走出来，它的光辉福泽大地，群星点缀着夜幕，为这黑暗执灯照明。这里是一个叫“龟城镇”的平凡的角落，这里许多人的一生真的就像一只老龟在负重前行，还有那个几十年不和后屯打交道的前屯，此刻正聚精会神地听着后屯的故事，余记百货店门口的灯泡依旧点亮着。

老景搓了搓鼻子，眼眶红了一圈，他极尽详细地讲着自己的故事，孙香艺在轻轻抽泣，她想得不错，眼前这个怪老头真是一个重情重义的好人，余想用两根手指压住眼镜，不知是为了抑制眼泪还是故作沉思，就连本来跟后屯势同水火的余同此刻也沉默着。

“那天晚上我等晴嫂睡着以后去找了顾世清，他告诉我见了警察要说些什么，又伪造证据在我身上。第二天中午就有几个警察来锤厂询问，我的嫌疑自然最大，被带到公安局随后认了罪，又转去了监狱，从此十五年就再也没有出来。”老景提起这些事来，轻描淡写。

孙香艺急忙问道：“那晴嫂呢？顾世清有没有遵守诺言治好她？”

“我进去两个月后，顾世清才来探监，他告诉我晴嫂的病有所好转，就是怪我为什么会不辞而别。我说我想见见晴嫂，顾世清说恐怕不行，因为要见晴嫂的话就得把事情都告诉她，怕她会受不了。我只好等着，终于等到顾世清告诉我说晴嫂已经好了大半，我才抖抖索索地要求把真相都告诉晴嫂，我太想念晴嫂，我等不了哪怕一天。顾世清答应了，可等我再见到他的时候，他却告诉我晴嫂知道真相后就失踪了。十五年，我又等了十五年，如今，顾世清已经走了，我真是想不出还有啥办法能找到晴嫂。余想兄弟，你见多识广，肯定能帮我找到她的是不是？”

余想皱起眉头，他伸出舌头舔着干燥的嘴唇，“啧”的一声，说道：“我可以帮你写篇稿子发在县报和网上，可是我总觉着有些不对劲，但又说不上来，也许是我多想了吧。”

孙香艺拍着老景的肩膀：“余想哥肯帮你就问题不大了，你放心吧，凭想哥的影响力，找个人是准没问题的。”

余同也很惭愧地说：“那会子对你吵吵，实在对不住。我会帮你在前屯留意，适当时候，就挨家挨户帮你问问。”

老景道谢后起身要离开，被大家挽留，就又坐下聊起来，这一聊就是一夜，他又追述了更多关于他和晴嫂的点点滴滴，十五年的无人问津在今晚一吐为快，老景幸福地笑了出来，这是他出狱后第一次露出发自内心的笑容。清晨，老景离开余记百货到镇上继续寻找晴嫂。

两天以后，老景的故事登上了县报的头版，余想经过文字加工，把故事写得更加感人，引起了县城内巨大的反响和讨论。与此同时，余想在网络上的发帖也迅速获得了不少的关注，一时间，龟城镇的大小村庄仿佛都在寻找着晴嫂。

可偏偏在前屯，情况却大不相同。前屯的中年人和老人们反对最为强烈，他们所想的无非就是前屯和后屯互不往来，怎么能帮后屯的人；而年轻人则认为几十年的旧账应该大家相互调解，找晴嫂这件事与后屯无关。而在后屯的反应中，有些人也极端地认为，后屯的事儿用不着前屯插手，爱管不管。

前屯后屯的争执又起，这让龟城镇书记王广德看到了一个契机，他召集了两个屯的村民代表相互协商，用尽各种说辞，使出浑身解数，最后来了句“难道牙齿咬了舌头，就不能再吃饭了吗”，话音刚落，村民们都不约而同地鼓起掌来。时代无论怎样变化总归还是向前进的，因为利益争夺而起的纷争其实只需要彼此的一步退让便可轻松化解，两个村子就这样奇迹般地重归于好了。王广德当即决定，前屯后屯中间那条搁置的水泥路马上就动工。

看到几十年的难题被自己解决了，王广德心里美滋滋的，他想再促进一下村民的感情，但一时没找到话题，琢磨半天，他忽然想起来老景的事，就说：

“既然都已经冰释前嫌，那就齐心协力，过好日子。另外，也别忘了让两个村子和好的功臣，就是那个老景，大家也都留意点，争取早日找到晴嫂。”村民们马上开始讨论起来，只有后屯的村民代表顾顺一言不发，王广德看见顾顺板着个脸，于是说：

“顾顺呐，老景跟晴嫂都在你炼锤厂待过，虽然你爹走了，但当时的情形你也该记着吧，给大家说说，看看能不能找到什么线索，人多力量大嘛！”

顾顺却说：“我爹走的时候千叮咛万嘱咐，说有些事儿不能告诉别人。我爹还说，他这辈子对后屯做了许多好事，却唯独对不起老景，老景回来那天还专门给我爹磕头，这个头应该是我和我爹给老景磕才对。”

王广德和众村民觉得很吊胃口，异口同声地说：“那你倒是说说，到底是怎么一回事啊？”

谁知顾顺站起来说了句抱歉就快步走掉了，留下云里雾里的众人继续议论纷纷。

七

寻找晴嫂的事件经过连日来的持续发酵，终于有了新的线索：有人在网上留言说，曾在山东省临沂市区见过一个容貌和故事中描述的很相近的中年妇女在一个路口摆过地摊，左脸长着一颗明显的黑痣。

余想连忙到后屯的炼锤厂找到了老景并把消息告诉他，老景激动得连声道谢，又匆匆忙忙地要去收拾行李，但被顾顺拦住，顾顺说：“老景，这个消息难保真假，兴许是骗人的呢，临沂离这儿那么远，还是再等等看吧！”

老景执意要去，哪怕是假的也必须一探究竟，任顾顺怎么劝说都无济于事，还叫来了万福一起劝导。余想看着顾顺如此卖力地劝阻，越发感到自己之前的猜想是正确的。说话间，老景就已经收好衣服行李准备出发了，顾顺拉住老景，见老景态度坚决，就掏出一张银行卡塞进老景的口袋，说，这张卡是专门为你准备的，密码就是晴嫂的生日，里边的钱够你用几个月的，不够了记得告诉我。

余想和顾顺把老景送到车站，听着汽车发动的"隆隆"声，他们和老景挥手告别，汽车的轮胎扫起一溜烟尘，车站里又响起了下一班车的通知声。

"老景这后半生，不知还要找多少次晴嫂。"顾顺叹着长长的气。

"就让他去找吧！一个人能知道自己为什么而活，也就能忍受任何一种生活。"余想看了看面带愁容的顾顺，转头目视前方，很镇定地说，"你老实告诉我，晴嫂是不是早就死了？"

顾顺猛地转过头来，磕磕巴巴地说："哪有，晴，晴嫂，就……就是失踪了。"

"别瞒着了，按老景当时的说法，晴嫂得的病应该是子宫癌，而且很可能已经到了晚期，我想，老景进去没多久晴嫂就已经走了吧。"

顾顺见瞒不住余想，索性全盘托出："老景进去以后，我爹骗晴嫂说他去了外地筹钱，可晴嫂又担心又想念，病情恶化得很快，过了才两个多月就走了。我爹本来想告诉老景，但是没忍心，他知道老景把晴嫂看得比什么都重，就只好说晴嫂失踪了，我爹当时还在犹豫这样说到底好不好，但他突然看到老景在探视窗那头给他磕头。我爹临走时还告诉我，一定不能让老景知道晴嫂已经没了，对老景来说，晴嫂活着，他就活着。"

余想也禁不住唉声叹气，他说："像老景这样活着，真不知道是幸运还是悲剧。"他看着建设中的高楼矗立在城市的中心，这个不断发展的城市正向着繁华靠拢，生活在其中的人儿都在努力经营着自己的生活，一切看起来都是欣欣向荣。"大家都在向前看，只有老景还活在十五年前，说到底都是因为女人啊，能像老景这么钟情的，万里挑一啊。"

"可不是嘛，我就才听说了王广德那儿子才结婚还没几天就跟城里一个夜总会的女人好上了，现在的人啊，就是聪明里透着糊涂，"顾顺说着说着就笑了起来，"我年轻那会儿也整天想着找女人，现在可是真没那心思喽。"

余想也笑起来，他边用手比画着，边说道："这找女人啊就像喝茶，你说你是泡一壶新鲜的龙井呢，还是倒掉刚喝了几口的碧螺春……"

对　窗

浙江师范大学/初　尘

在多少个冷凝的冬夜频频抬眼而望，隔着十几米零度的空气。对窗，有光。静和美好，一尘不染，纯美如伊甸的光。

【10年2月26日　落霞倾颓　摄氏5度】

一

她。

我只能这么说，因我至今不知晓她的姓何唤何，亦诧异自己竟从未问起，似乎这样无以修复的遗憾才算是完美。相识没有过程，也许很久以前就知道她的存在，也许她从未出现过。常强迫性地想，如果我能熟识她，在第一次“见面”时便熟识她，这一切会不会都不一样？

冬日的落霞似这般温柔，橘红色的余晖给一切带上怀旧温情的色彩，我想此刻哪怕是断头台，亦美得体无完肤。望进对面的窗户，就像望进一双空洞的眼。如果，我是说如果时间能再慢一些，我会把这一切都打理得很好。我也许会给她写封信，跑上对面的楼轻叩，抑或塞张纸条。诸如此类，也好过没留下一丝存在的证据。

仍是望着对面，仅是那一间屋子空了，就有一种整栋楼房都空洞无物的错觉。“故国便是无兵马，犹有旧时一段愁。”窗前桌上一本发黄的笔记本，上面第一页这样写着。

真像。

即使空了，也抹不去曾经的存在感。就像一个人没了手臂，但是手的感觉和记忆却还在，有时候一觉醒来，仍会不由自主抬起断臂去取东西。正如我每天仍不由自主会抬头远望。

那一栋楼的所有窗户都装上了防盗窗，唯独她那扇窗特立独行，保留着最初的面貌。是不是正因如此，她就逃走了呢？如同一只凄厉的黑鸟在玻璃前冲撞而出。

不能再惦记了。

【07 年 2 月 26 日　日光倾城　摄氏 10 度】

二

清晨，我举起望远镜，以标准的90°的视角扫向那一架“隆隆”从天上掠过的长了俩翅膀的钢铁怪物，看着它斜斜地朝高楼背后移去。远距离地瞭望，飞机那速度慢得索然无味。

于是将望远镜下移，降低视野，刚遇上对面第五层第四间，房间的一切都被完整地框进望远镜模糊的焦距里，略微调整：

一个女孩，瘦削的脖颈，纤长的手臂，带着身体打圈儿。她扬起的下颌，在碎金般的日光里画出流利的弧度。芭蕾？好奇心驱使我保持着“偷窥”的姿势，心虚地观察了许久，努力地追捕她的脸。

唰——不知何时，女孩的目光穿透镜片，与我相对。

被发现了！偷窥狂，变态，色狼？不知道该被人怎么想？她起初是一愣，继而趴到窗前朝我莞尔一笑，并且招手，没等看清她脸，我便悻悻地搁下望远镜，视线瞬时模糊。那笑容应是极美的吧，有一丝迸裂的光。更希望我手里拿的不是望远镜，而是相机，打着长焦，按着连续曝光。

身体的执行度很高，念头刚起，手上开始翻屉倒柜，手里真多出一架相机，也忘了是从什么地方翻出来的。旋即拿起来，朝对面一挥手——嗨，看我！如果是一般人，定是嘴里咒念一句就拉上窗帘。但是她就站在那里不动，露出一排白瓷般的牙齿。

只是，一切只是我自己估摸想象的，老式相机的长焦彻底失去作用，拍下来的照片就只有一个渺小而模糊的人影。

下意识觉得她与我年纪相仿。

那以后，白天一有空闲，我就枕着窗棂，像一只慵懒的猫眯着眼晒太阳，晒得脸半边滚烫，半边冰凉，从阳光里汲取着维生素 ABCDEFG。朝对面望望，她似乎很容易察觉，会在窗前站起来打声招呼。我猜想那房间的摆设和我的一样，窗前是一张长木桌，一盏灯，一本书，一支笔。

【08年2月26日　暗夜微光　摄氏1度】

三

是夜，天混浊得乌漆抹黑，冬的况味。

冬夜本就来得早，而且已经开始下着有刺痛感的冰雨，窗外的风想必被冻得起了褶皱，再也吹不动。这样凄迷的夜总是能摩挲人联想的神经，在我们的目光和脊髓中，打开一条通明的路径。

趴在桌椅上正用1000瓦的功率思考着题目，也许只是做无用功发呆而已。突然的第六感让我觉得身后发痒。一转身，见一点红光迅速在房间里晃动飘移着，在白色的墙上、天花板上，衣柜上，最后到我身上，像是被人用枪支上的镭射线瞄准了一般。

随即转身，“嗨——”洪亮而清脆的声音在两幢楼间来回盘旋，打开我的窗户，向对面一望。

是她。

正用一微型镭射灯射出红光“瞄准”我，如果这道光线有温度的话，在它透过的距离上，寒冷就会开始融化。我突然只是感动。

第二天，我也买了一个微型镭射灯，在晚上照向对面，这是一个有图像的镭射灯，打在对面那堵墙上，是一朵极大的腊梅花，我不知道当她看到的时候是什么表情，只知两头的笑声在空气中轻撞，澄净悦耳如天籁，感觉很久没这么放肆猖狂地笑过了，听得附近一户人家传出的骂声：谁家的孩子，还不睡！

夜已经深了。

我多想大声地朝对面喊话，即便累得喘气地交流传达，即便会被他人听到。

人一生再没有像少年时期那样渴望被人理解，再没有像少年时期那样深陷于孤独之中，渴望被人接近理解，再没有像少年时期那样站在这一头朝遥远的地方呼唤。不是喜欢张扬，而是畏惧寂寞。

四

她房间朝北，我朝南，楼宇间不过相隔十几米，勉强望得清人的轮廓，一年过去，她似乎一如既往地梳着一只马尾。

每晚北风刮起，小区的人都睡得异常地早，唯独马上要准备期末考的我和她，一手撑着深不可测的夜，一手撑着沉重的复习稿，伴着台灯微黄的光线。夜再深点，再冗长些，附近的楼房已是灰压压一片消失在黑暗中，只有五楼的两间相对的窗户透出一束黄色的光，灯光穿破窗玻璃在两幢楼之间寒冷的空气中冻成一条明亮的线，暖黄色的温度仿佛顺着线路，在空气里噼里啪啦弥漫开来，打通了一条黑夜里的心路……我看到光线所经之处，照亮的不是潮湿的空气，也不是快速下落的雨点，那里仿佛是有阳光的味道。

我在这头，她在那头，我开始幻想楼下涨起潮水，如同两岸，两岸刮着一样的风，下着一样的雨，河里是一样的云影天光，然后我们在河心相遇，潜于同色调的绿波里，像是对峙却从未分离。

单是这般想着，便拖沓了功课，渐渐发现，总是在等我完成作业，关上电灯之后，对窗的黄色灯光才会熄灭。我曾偷偷使坏试了一次，故意在作业做到一半时关了灯。果然，对面光随即暗下，心里生出几分愧疚，我已经没勇气再打开灯了，唯恐对面的灯光又亮起，也不管摊在黑暗中那未完成的作业，便先睡了去。

在那以后，我开始加快了做作业的速度，1000 瓦的功率已经不足以供应我思考了，风卷狂雨般处理掉一切快结了痂的死板题目。然后便轮到我继续在窗前开着台灯，看着书，陪对窗的灯光，直至一同熄灭，似乎这样心里才平衡些。

如此平淡而无形的回应。

【09 年 2 月 26 日　月辉倾城　摄氏 7 度】

五

同往夜一样，也许我们都以为对方还在复习，你等我，我也等你。于是一直亮着灯，之后都忘了关上，就这样，亮了一整夜。

清晨的母亲大人起床气总是重一些，甚是诧异我房间的灯竟还亮着，而我趴在书堆上睡着了，并且着了凉。她的苛责与批评在耳边不断，可我却听不进，只是为她担忧起来，会不会和我一样，傍晚，两人傻愣在窗前“思过”，相视而望却都“扑哧”一声笑了出来。想来她也是明白了，彼此心照不宣。只听得下一秒，对楼飘荡出一声“谢谢”，引得路人驻足张望，我亦毫不客气回喊“不客气”，又引得几个邻居推开窗，探出脑袋。

她声音清亮，不掺一丝杂质。

深夜里，纸笔沙沙地摩擦着，偶尔我们会互相用那小玩意发送一束红光到对面，打个招呼，也不再用大嗓门喊破这一片静谧的星空。

考试临近，时间便有了加速度，什么也来不及做，兵荒马乱的学习计划，使我们渐渐忘了彼此，抬头，是对窗一个黑色的，在昏黄灯光下奋笔疾书的轮廓，没有了往日一同对望的默契。

在那段时间里，由于需要实在的生活，我不得不学着去放弃想一些深而虚的东西，学着不轻易发问，一有令人纠缠深陷的玄想，就将其扼杀，制止深入。不再对着夜空想天地玄黄，宇宙洪荒，不再迎着秋风想陈根委翳，落叶飘摇，不再望着远山想鸣凤在竹，白驹食场，不再盯着小说想群雄割据，逐鹿中原。

感到这样很不值得。

孤独感又侵袭而来。却只能用一只手将自己的脑袋狠狠扎进一堆荒唐的试卷。

六

你看到过凌晨四五点的天空吗？从未如这般失色无光的天空。伤感压抑，蒙着一层含糊的蓝。淡而伤。英语里，blue的另一个意思是忧伤，这是最好的诠释。

如果你某一天失眠，一直把天熬亮的话，也许你会碰到。已经一个星期了，考试早就结束，但是对面的光再也没有亮起。

嘿，有什么好忧伤的，虽说把忧伤留在纸上，把幸福留给现实生活没什么不好，无病尽管呻吟也没犯大忌。但是比起做忧伤的苏格拉底，我更愿意做一头快乐的猪。

我想，她只是暂时离开一段时日。

七

天气愈发地冷了。

【10年2月26日　寒风袭城　摄氏0度】

八

对窗不知不觉已经暗了近一年，空荡荡的窗内如黑洞一股沉寂，想把人吸进去，却什么也看不到。终于，我鼓起勇气下了楼，叩响她家的门。

一分钟，五分钟……没有响应。

“这户人家早搬走了，别敲门了？”对门的中年女人匆匆下楼。

——等下！

我追了上去。

——她是外地人，父母在工地里工作负了工伤，却要不到赔款，已经搬回老家了，毕竟是租的房子。对了，她应该在离开前找过你一次，你和她认识吗？中年女人扯动着脸上松厚的粉底，用最平静的语调说出一串让我极为怨恨的字。

不算认识。我回答得更为平静。由始至终，我只认识了一个永远的陌生人，甚至没来得及把她的轮廓记清。

“这个房子的户主是谁?”我问她。

“三楼的王……”没等她说完我便冲了下去。也不知是用如何荒唐的理由借来了房子的钥匙。轻轻推开房门，来到她的房间，窗前书桌上一层厚重的积灰下，压着一张纸条——我走了，虽然不知道你是谁，但是我会记得你。2009 年 3 月 1 日。

她没有留下名字，哪怕是一个假的称呼也好。

一连懊恼了几天，甚至晚上望着对面会忽然有幻觉，灯亮了！实际上是别的房间。有时还会出现一张勉强清晰的笑脸，唯一见过这张脸只是在望远镜里，一个虚像。

她也会想起吗？也会遗憾吗?

写作业的间隙倏地抬头，对窗有了光，没错就是这一扇窗。嗨！我激动地拿出镭射灯向对面打招呼。嗨！我像个傻子一样重复。对面的人倏地将窗帘拉上。

无法尝试装作从未遇到这个女孩，否定发生过的一切，因人不能随意篡改回忆，这关系到时光的尊严。即便后来，等我身边的人都渐渐把她忘却了，我仍然记得。

这是一种可怕的清晰，你明明记得它存在过，仿佛伸手便可触摸，可偏偏它们只属于过去。又开始下雨了，滂沱的雨，每一滴都掷地有声，并且字正腔圆地重复着过去充沛的时光和不堪重负的人事。

出神地望着这一轮清瘦的月，觉得有生以来的记忆中，这夜的月最冷，周边一道青色光晕，看得人心发寒。

突然更希望这是一个冗长而杂乱无章的梦。

【11 年 10 月 15 日　日光倾城　摄氏 20 度】

九

最近对窗又搬进了新房客，他们总是整夜地开灯，不知浪费，却让我一次又一次沦陷在对过去的追忆中。

已经入秋，即将到来的冬天，每晚看到的会是空洞的黑吗？是否她的离开，会将我的这个冬天拉得更加冗长？少了那份来自对窗的温暖，会不习惯么？若有一天她看到这段文字，会觉得矫情吗?

可是，我觉得它好真实。

回头看当日冬夜的月亮，一夜之间竟已化作今日的灿烂千阳。

小巷深处

中国人民大学/朱 敏

一

七弦河足足拐了八道弯才淌进九里巷，在巷子里又散进江南的血管化为水汽。九里，这是在江南随处可见的那种巷子，青灰色的底调，青石板的道路，走进去，窄小、蜿蜒、湿润，似乎还带着一丝江南小乡镇的市井气，当然，这话若是被九里的住户们听到了，他们或是要恼的。在外人看来，九里的人们似乎活得太过安逸，他们总见不得匆匆忙忙的样子，你若快了几步从王家阿公的门口跑过，他总是要探出头来对你叹的："阿囡，勿要急呀。"

在这条江南再普通不过的巷子深处是一棵老槐树，枝丫就像知道九里人懒得搭理它般地恣意生长，遮蔽了巷子，又延伸到人家的屋顶上，郁郁青青的样子，在巷子外一眼就看到它。于是老槐树成了九里的一大标志，九里之所以被巷子外的人叫作"槐巷"，也正是应了这棵槐树的名。

一到五月，巷子里就像下了雪似的，地上积起厚厚的一层，这时候，整条巷子的孩子都会承了母亲的命，一大清早端着自家的面盆来拾槐花，只捡前天夜里落在石板路上的槐花朵儿，没被人踩过又还带着露水的新鲜。承这桩活儿是要抢早的，晚了要不槐花早被捡光了，要不就已经被踏得不能食了。其实，对于九里巷的孩子们来说，就算只是为了看一看这条槐花毯子，那早起也是值得的。清晨的时候，广播里头的"早间新闻"还没开始播，九里巷比平日其他时候要安静得多，只有七弦河水拍着河岸的声音，还有那早起的麻雀儿躲在电线杆上头嘤嘤啼几声，听来也不聒噪。天那时还是青灰色的，日头也没出来，整条巷子都还笼在淡淡的晨雾里，你甚至能看见水汽在巷子里飘荡的姿态，腾上了哪户人家黛色的屋顶上，轻烟缭绕的样子。

捧着又大又沉的陶瓷面盆过来却已经没有了槐花，这实在是常有的事情，不过就算这样，孩子们也从不摘槐树上挂着的槐花串儿，这是九里巷不成文的规矩，破坏不得，孩子们已经被姆妈嘱咐过了，他们晓得，树上的槐花是要留给所有人的。槐花拾回去后先洗干净，在荫头里晾干，之后巧手的阿婆会把它们揉进糯米团子里，在吱吱作响的油锅里煎成金黄，做出香甜的槐花饼；或者搁到白酒里头，再加进去满满几大勺的砂糖，给阿爸泡槐花酒喝，一坛槐花酒，一年香到头。

夏天傍晚的时候，这棵槐树下便是乘凉的好去处，你若看到老老小小搬着板凳到树下，或是闭目养神或是和邻里谈天说地，甚至于王家阿公还带着二两黄酒来咂咂，便明白它是有多受九里巷住户们的欢迎。

就在九里巷最受欢迎的这棵老槐树下，是九里巷 1 号：茂春茶馆。大门是常年开着的，门口有点附庸风雅地摆着一道墨竹屏风，外人也就看不真切里头的景了。因为在巷子深处，又加上被老槐树抢了不少风头，平日里真正来茂春吃茶的人是不多的，不过老板“张浪头”却一点都不以为意。“张浪头”大名就叫张茂春，不过我只听过九里人叫他“张浪头”，因为他“浪头大”，平日里出手阔气，做事最讲究排场，免不了受大家的调侃。“张浪头”家在九里，听说他在县城里还开着另一间茶馆，生意很红火，茶客常年不绝。

不过，茂春茶馆这种客少的窘境一到演评弹的日子就变了，那天槐树下的小板凳变少了，大伙儿都挪到茶馆里头听评弹去了。在艺人来的前几天，张浪头会在巷口贴上海报，大红纸上头写着艺人名字和表演时间，不一会儿工夫整条巷子就都知道后天夜里平江评弹社的谭月梅要来唱《珍珠塔》了。到时候，三块钱吃一杯茶，五块钱听场评弹，一晚上就这么舒舒服服地过去，然后九里人又带着评弹的余韵守望下一场演出。

九里巷 2 号就挨着茂春茶馆。这是一座小院，再加上一栋二层的木质小楼，一面临街，一面沿河，临街的院子被老槐树挡着了，常年阴阴凉凉的。这座小院是从我太爷爷那传下来的，已经有些岁数了，不过它的院墙依然雪白，雕花镂空的窗户镶着漂亮的菱格玻璃，红漆的木门前些会儿也刚上了色。就算这样，它在九里巷众多的楼子里依旧毫不起眼，我朋友李子家的三层小楼就比九里巷 2 号好看上几多倍，但是因为有了这棵老槐树以及紧挨着的茂春茶馆，九里巷 2 号也沾上了光，成了九里巷“人气”最旺的地方。

二

从老槐树下的弄堂里看 2 号的楼上是四扇长窗，两两分开了左右房。踩着陡直的黑得发亮的木楼梯走上二楼走廊，左手边沿街的屋子是燕子的。

燕子是九里巷最漂亮的姑娘。我总觉得她的那双眼睛会说话，不笑的时候静静像潭水，笑起来眯出月牙儿，眼波流动里勾住你的心神。然而给她的漂亮更锦上添花的是她的声音，清清脆脆又软软糯糯，百转千回的乡音从她口中吐出来，就像偷偷喝过的那坛槐花酒，甜得让人困，不动声色却后劲十足，她咯咯笑的时候，声音飘遍了整条巷子，巷子里也一并带上了槐花酒香。

燕子的长窗下是巷子里的男孩子们爱待的地方，他们常借着乘凉的由头坐在槐树下，虽然手里捏着围棋子儿，眼神却总往那两扇长窗里飘。燕子自然是知道自己的漂亮的，她大大方方地坐在窗边，却很少施舍给外头一个眼神，这种在刻意的无意中营造出的高傲姿态，却让燕子的追随者们更加着迷。

我也是燕子的“追随者”之一，她比我大近十个年头，辈分上我该喊她姑。在我看来，我们之间的血缘关系真是一件值得怀疑的事情。我身上没有一丁点儿燕子的漂亮。单眼皮的小眼睛，虽然我曾经竭力对着镜子笑得眯住眼睛，然后按住眼角，想要整出燕子那样的月牙笑眼，最终还是徒劳。我也想要编起燕子那样的拖在脑后的粗辫子，可是细碎的头发却像斜生出头顶的杂草，以至于姆妈干脆给我剪了个男孩子的“游泳头”。

我是在燕子的青春里长大的，成了九里巷最漂亮的姑娘身后的“小尾巴”。当我长到四五岁，开始拖着鼻涕追在燕子身后央着她陪我玩过家家时，她却和巷子里的男孩子们走在一起，她不再带我玩了。燕子在他们中间像一只高傲的孔雀，下巴微微抬高，身板挺得笔直，穿着淡绿色的碎花长裙，风一吹便露出她白皙的脚踝。

我知道，他们想要甩掉我这条“尾巴”，却从没能如意，四五岁的我已经摸透了九里巷，就连谁家墙脚跟生了几株凤仙花我都晓得，无论他们躲进哪条胡同，总能被我找到。

然而，我作为燕子“尾巴”的日子依旧很快结束了。

不是因为燕子长窗下的那些男孩子。

三

三妹太住在二楼的另外两扇长窗里，她是我太奶奶的妹妹，我阿公喊她三姨，阿爸喊她三好婆，我却喊她三妹太。虽然常因此被阿爸请去吃“毛栗子”，但我知道三妹太欢喜这个称呼，每次我这么唤她的时候，她眼角的皱纹总像小鱼儿聚到一起，满眼含笑地看着我。

三妹太在我出生前好多年就住进了九里巷 2 号，她没有子女，除了我太奶奶也没有了别的亲人。我没有关于太奶奶的记忆，在我眼里，三妹太就是我太奶奶。她总是唤我“宝贝囡囡”，每次到她屋子里，她就从窗边那张老藤椅上慢腾腾站起来，从摆在床头的白底牡丹花的铁皮饼干盒里抓出两三粒松子糖给我，有的时候是几块花生酥，吃得我满嘴香，因此，我也老爱往三妹太的屋子跑，惹得我阿婆悄悄嘀咕：也不知道这是谁的孙女。

九里巷里也有不少和她同龄的阿太们，但是三妹太和她们不一样。她的齐耳的头发总一丝不苟地用黑色的头梳拢在脑后，没有染过却比我阿婆的还黑亮。玉兰花开的日子，巷子里常常传来“玉兰花要伐，卖玉兰花哉”的叫卖声，这时候她便从长窗里探出头，招呼卖玉兰花的到院子里，从窗口放出个钩子把竹篮提到楼上来。掀开竹篮上盖着的蓝印花布，三妹太仔仔细细地挑好两朵，再把一元硬币放进篮子里吊到楼下去。她把玉兰花别在衬衣的领口，有的时候也给我别一朵在胸前的手帕上，幽幽地散出一股清香。

三妹太还和巷子里的其他老太们不一样，她从不去茂春茶馆，就是在演评弹的日子也一样。

那天傍晚，九里巷的住户们站在老槐树下等一声人力三轮车的车铃声，然后是从巷口传来的张浪头的开道声：“平江评弹社个谭月梅、张林根到哉!”便看着几辆人力黄包车在窄小的巷子里骑进来，前头是张浪头，后面就坐着演员们。这时候我爱坐在我家院子的门槛上，看着车上的人走下来。其实呢，我只是想看看外头有名的演员的样子，而关于评弹，我是不感兴趣的，我还得回去看动画片呢。

三妹太甚至都不走到槐树下，她就待在她的两扇长窗里。我看完演员们进场，就忍不住回去告诉三妹太：今朝谭月梅穿着什么样的衣服，她这场换了个怎样的搭档，这次来的是两个之前没见过的小细娘，等等，三妹太微笑地看着我，也不说话。

我问三妹太：“你为啥不去听评弹啊?”她搂过我说：“我也和囡囡一样欢喜看动画片呀。”

不过我知道，三妹太没说实话，她才不喜欢看动画片呢，她的眼睛总看着窗外葱绿的槐树枝丫。

或许，她只是不喜欢评弹吧。

四

七弦河在夏天蒸腾出一股独属于这条水道的气味，由着沿河的窗子悠悠飘进来；老槐树上的知了还在不停地叫唤，时短时长的没个规律；我捧着半个冰镇西瓜，坐在凉席上挖着中心无籽的红瓤。

一切似乎就是平常的样子。

晚饭的时候，燕子在饭桌上宣布了一个消息：她要去苏州了。

就在刚才，苏州评弹学校的老师来镇上的中学挑选学生，这在我们这个小镇子是从未有过的。镇中学今年一共有两个初三班，不过六七十的学生，哦，对了，燕子上初三了。

负责招生的老师说了，条件就三样：声音呱呱脆、模样顶顶好，还要有灵气。他们走进班级里，把长相标致的学生们喊出来，简易唱几句民歌或朗诵上一段，这样就差不多算挑选完了。不用说，燕子自然是被选上的那个。

饭桌上突然安静了，只剩下外头聒噪的知了和头顶转动的电风扇响着闷声。

阿公把筷子放下来，没有说话，沉着脸不知在想些什么。过了好久，久到我禁不住把脑袋从饭碗里抬起来，"怎么也不和家里人商量一下，想清楚了，你真想去？"却是我阿爸的声音。

"嗯，我要去的。"燕子看来是坚决的样子。

"唉，那就去吧。"阿公似乎轻轻叹了口气，又拾起筷子。而我，一直到很久的以后，才听懂他的那声叹气。

"大，这是好事啊。全校只选了两个呢。"燕子是高兴的，和我一样不明白阿公刚才的反应。

"当然是好事。"

巷子里的饭点是不约而同的，晚饭后，老槐树下照例又热闹起来，搬马扎的、拿蒲扇的，自己拎着个茶壶而不愿去茂春茶馆的，都聚在了树下，今天的话题是中学里的那场招生以及后头长窗里的姑娘。

消息已经从中学传到了小巷深处。

"我就知道燕儿能选上，她那小嗓子真叫脆生生的。"

"我俚志文讲，小燕子没说几句呢，那老师就拍板要收她了！"

"老朱啊，你家可是要出个明星了啊，恭喜恭喜哉。"

就连张浪头也走出茶馆，边恭喜边对阿公说："老朱，以后我请你囡到我的这个小茶馆里唱一出，到辰光不要搭架子啊！"

我坐在院子的门槛上和李子吃着刚摘下来的甜青瓜，她嘴里含着满满的瓜肉："你姑可真好，我听我姆妈说……学了评弹做了女说书到辰光可风光哉，啥地方都要抢着请去的……"我看着她鼓囊的腮帮子，忽然想起曾在这儿见着的那个坐在黄包车里驶进九里巷的谭月梅，还有黄包车上其他那些标致的女说书们，想到燕子以后是不是也要坐着黄包车进巷子呢？是不是巷子里的人也要站在这棵槐树下来迎她呢？心里有一种叫自豪或该叫骄傲的东西胡乱涨出来。

燕子是我姑，她要去苏州了，去学评弹。这是我日后对别人夸耀过许多次的话。苏州，那是个什么地方呢？连我们的小县城都没去过几次的我，根本不敢想象那座城市的样子，而我们家的燕子却被选去了。

这真是好事。

张浪头又一次请评弹团来演出了，这一次，唱的是《西厢记》。我也终于第一次进了茂春茶馆，第一次完整听了场评弹。

那扇挡住视线的墨竹屏风后是一个大堂子，放着十几张方台子和几十条长凳，前头搭的台子上摆着一张红木高脚长桌，上头铺着大红色的绣花台布，还搁着两盏小茶杯。桌两边各摆着一张高脚雕花红木椅，被那碧绿色缀碎花布罩罩着了。左手边的椅子上坐一个男说书，穿着灰色的长襟大褂，手里是一把细长的叫作三弦的乐器；右边的椅子上是一个穿着旗袍的女说书，那旗袍黑色的底上用金丝线绣了好看的花色，紧紧地包裹出窈窕的身段。她把琵琶搁在大腿上，轻轻拨动几下就溢出了溪水般泠泠淙淙的琴音，清清脆脆真是极好听。今天这场是《西厢记》的“酬韵”，讲张生和莺莺的月下相会。只见那个男说书开场，拿出一把纸扇一摇，便扇出了张生的风流相，他的嗓子有点沙，却恰好听起来麻酥酥的，像是有只手在挠心肝，直挠得人痒痒。他或念或唱，或反串红娘的女声，有时还模拟风吹的声音，虽是坐着的，脸上表情却把张生急躁又不可得的窘态表现得十足，逗得我憨憨笑起来，堂子里满是叫好声。而女说书的那副嗓子真叫是滴溜溜的圆，唱得字断声不断，她的一双手则灵动极了，纤长的手指弹琵琶时在弦上上下翻飞，在做手势时又花样繁多，有时像是拈花的样子，有时又做出莺莺含羞而不露的娇态。琵琶和三弦的配合更是天衣无缝，三弦刚好收音琵琶声就压着尾音起，或突然同时安静下来，留女说书一个人淡淡泣诉。这一场《西厢记》听完，就如同偷喝了口阿爸的槐花酒，明明很甜却也刺激得舌尖辛辣，我已经觉得有些醉了。

燕子坐在我边上，眼睛一眨不眨地盯着台上的说书人，灯光照在她长长的睫毛上，给她眼底投下了些许阴影，也让我不能看清她那潭清水中藏着的东西，是那女说书惟妙惟肖的神态，还是她灵活的拨动琵琶的手，还是一些别的什么东西呢？

天花板上挂着的电扇把这堂子里的灯光搅碎了，也一同搅碎了燕子眼中的倒影。

我实在是看不清了。

夏天总是走得很匆忙，九月很快就到了。

燕子去上学的那天，巷子里飘满清甜的桂花香，阿婆把她的行李打包好，还装上了亲手摊的糯米饼子。我们一家子把燕子送到巷口，然后由我阿爸用他的那辆铃木牌摩托车把他的妹妹载到县城的长途汽车站，那里有开往苏州城的大巴。

阿婆还在叮嘱着她的小女儿，燕子却早已匆匆搭上摩托车，兴奋地催促“快走”，她脸上有一种挡不住的渴盼的劲儿。轰隆一声发动机响，就这么带燕子走出了九里巷。

我看着她的背影渐渐隐进大路的尽头，回头，依旧是九里窄小悠长的巷子。

五

燕子说要去上评弹学校的那天，三妹太在饭桌上没有说话，不过，她话一向是不多的，晚饭后，她照例回了房。那天晚上，阿公和阿婆在三妹太的房间待了很久，我想，他们应该是在和三妹太讨论关于燕子的事情，毕竟，太奶奶去世后，三妹太早成了我们家最重要的长辈。

不过，不喜欢评弹的三妹太会同意燕子去评弹学校吗？

我到现在仍不知道三妹太当时的意见是什么，总之，家里再也没有人提出过反对的声音了。

我就是在那个夏天开始听评弹的，那时我已经七岁，刚上完小学一年级，还不认识几个字。

张浪头每月请评弹演员来唱三四次，我几乎一场不落地听下来。央着阿爸讨五块钱的时候，阿爸总说“小孩子家家能听懂些什么”，却还是把钱给了我。我在茂春茶馆听完了《西厢记》，又听了《珍珠塔》，后来还听过《白蛇传》，有的时候还有说大书的来讲《三国》、《水浒》什么的，不唱只念，又把惊堂木一拍，那就是另外一种风味了。

我还是最喜欢《西厢记》，崔莺莺这种大家小姐的姿态，似乎就成了那个穿着旗袍翘起兰花指有时又抚着琵琶的女说书的样子了。那些说书人扮演的角色，成了我记忆里关于这些纸上的人物最初的形态。不过，你若真要问我评弹好不好听，我也答不上来，若要是和《葫芦娃》比起来，我肯定是毫不犹豫选择《葫芦娃》的。或许还是因为燕子吧，因为这是我最崇拜的燕子正在学着的东西，所以评弹也便有了另一种韵致。

那天听完评弹，阿爸在弄堂里卖馄饨的推车上买了几碗绉纱小馄饨，让我给三妹太端碗上去。我便蹑手蹑脚地走上楼，恶作剧地想要突然出现吓一下三妹太，于是踮着脚尖猫着腰从楼梯口挪到她房门。我们家每个房间对着走廊都是有两扇推窗的，为了通风，平日里都敞开着，我悄悄挪到窗户那儿，想侦查一下三妹太在做什么。

三妹太在整理衣服，她把那个老式五斗橱拉开了，把平日里穿着的那些衬衣什么的放到最上层，又把最下面的抽屉拉开，躬下身子从里头慢慢拿出一件衣服。

我努力踮起脚尖。

那是一件旗袍！

有着暗红色滚边的竖领、漂亮精致的盘云扣，白色的缎面，上头印着几朵牡丹花，和那个装着我糖果的铁皮饼干盒的图案很像。三妹太沉沉地看着这件旗袍，她的手缓缓地抚上很平整的旗袍竖领，又抚上那密密叠叠的盘云扣，手指在上头摩挲着。她就坐在那张老藤椅上，渐渐地闭起了眼睛，床头的台灯开了，散出微醺的橙黄色的灯光，把她的影子倒映在地上，那样长长的。

三妹太把那件旗袍放回去了，还是在五斗橱的最下面一层。她放回去的时候那样小心翼翼，似乎把它当成了易碎的水晶摆设。

那天晚上我在小窗底下见到的三妹太和她手中的那件旗袍，都是那样的不寻常。除了在听评弹的时候看过女说书先生们穿的旗袍之外，我没有见过其他旗袍，巷子里没有什么人穿它，我姆妈和阿婆更是没有，可是，已经快七十岁的三妹太，竟然有那样一件旗袍，从没有见过的那样好看精致的旗袍。而静静抚摩着旗袍的三妹太，更是我所陌生的。平日里的她总是对我盈盈地笑，我没见过她生气，似乎也没有见过她难过，她很淡淡地过属于三妹太的生活，却有灯下那样长长的让人胸口涩涩的影子。

我决定再去看一下那件旗袍，我似乎对它着了魔，那晚它在橘黄色灯光下泛出的幽幽光晕，似乎在引诱我和它再次相遇。

三妹太早饭后总会到外头去拿一些绣花回来做，我知道这是我去见那件旗袍的最好时机。第二天早上，我趁三妹太出去的时候偷偷溜进她的卧室，精确无比地摸到五斗橱最下一层抽屉。五斗橱抽屉很沉，打开的时候，手竟然不住地发颤，我的一颗心在嗓子眼怦怦地跳得厉害，奇怪地有种偷偷摸摸的兴奋感。

喃，旗袍果然在这里，被压在几件冬天的毛衣下头，白色的缎面隐隐露出来，和周围暗色的毛衣料子格格不入。我把它抽出来，展开铺在床上，这件旗袍微微地散发出一股樟脑丸的清香。我禁不住使劲地吸了口气，要知道，我实在喜欢这种陈旧的樟脑丸的味道。就如同先前多少次幻想过的那样，旗袍月白色的缎面摸上去滑滑溜溜，绣在左肩口的几朵牡丹花的针脚密密麻麻，硬挺挺地缀着，还有那精致的盘云扣，转了一圈又一圈，绕出看不清的繁复花样。

不知为什么，我的心中似乎有好多团小火苗在跳跃，涌上一股挡不住的新奇，竟鬼使神差般地解开了它的扣子，套到了自己身上。

对于一具七岁的小身体，这件旗袍显然是太大了。肩膀那儿塌下来，原本中长的袖子一直滑下去盖住了双手，两条胳膊在里头空空荡荡地晃动，而它的下摆襟一直拖到了床上，前后留出了两块长长的布料，腰那边更不用说，直直地下来，一点都没有女说书先生那样包得紧紧的美感。可是七岁的我，似乎执念地认为这旗袍衬得我那样好看。此刻，我就站在三妹太的旧式雕花木床上，看着对面旧式穿衣镜里映出的这个像穿着硕大麻袋的女孩子。镜中的女孩把腰身那边的布抓在一起，使那件旗袍的衣料包裹住还没有发育的男孩子般柴瘦的身体，这肯定不够，她又深呼吸屏住了一口气，这样的动作能让肋骨微微地抬起，似乎就能做出女说书那样的窈窕的身段了。她很满意现在的身体，是不是终于有点长大了，终于变得漂亮点了呢？镜中的她来回地在床上走着“直线”，想要像电视里那些走着“猫步”的模特们那样，那样优雅。恩，真的真的变好看了，她咯咯笑起来，甚至高兴地轻轻跳动，她飞起来了，老木床也唱起咿咿呀呀的曲子。

木门忽然被轻轻推开，“吱呀”一声，三妹太走了进来。我愣住了，不知该说怎样的辩词，只吓得跌坐在床上，七岁的我突然明白了一种叫作羞耻心的东西，脸涨得通红，恨不得立马找到个地洞钻进去。三妹太看见穿着旗袍的我，似乎微微怔了一下，走廊里较暗的光线和屋子里的亮堂形成的反差衬得她的脸影影绰绰的，我只看见她的眸子里有什么东西在闪动，漾出或明或暗的两抹。三妹太站在房门口，只是看着我身上的旗袍，一阵不说话。不过，她立时缓过来，提着刚拿到的绣花布头，慢慢走到床边。

我怕三妹太训我，虽然之前我从没见过她骂人。

然而她却没有，嗓音还是平日里那样轻轻柔柔的，可也似乎带上一丝震颤。她坐到床边抚上旗袍的角，问我：“囡囡，这旗袍好看啊？”

“嗯……好看……三妹太，我，我不是故意的，我昨天看见……”我支支吾吾地也不知自己在说什么。

“憨小囡，三妹太不怪你的呀……这旗袍是好多年没拿出来了……”

我确信三妹太不会责备我，说话便也开始有了底气。“三妹太，这旗袍是你的吗？真的挺好看的！”

“嗯，是我之前的，老早以前的了……”她说这话的时候悠悠的，似乎是用的气声，像在回忆什么遥远的东西。

我从旗袍里钻出来，那腰身处被我攥住的地方已经有点皱皱巴巴的了，我使劲用手压平：“三妹太……这个……”

“没什么事的，只要汰一下就好了。”她把那件旗袍再一次小心叠起来，平整地放回五斗橱里，依旧回到了原本笑意盈盈的样子。

“对不起，三妹太……我……”刚刚的自己就像被抓现行的小偷，虽然三妹太说不怪我，但心里还是很忐忑。

“憨小囡。”三妹太走回床边，拉起我的手说。

多少年后，那天镜中的女孩子和三妹太怔了一下却立刻恢复常态的神色依然会跑进我的脑海里。我知道那个女孩子似乎走进了一处禁地，打开了另一个人珍藏了很多年的宝贝。

那件旗袍之下藏着怎样的故事呢，我没有问，虽然，后来，三妹太还是说了。

六

已经连着下了十几天的雨，我真想问问老天爷有什么心事，为什么怎么哭也哭不尽。这一年，听说长江的水位变得很高，几乎快漫出来，而从长江里淌出来的七弦河，也到了我识事以来最满的时候。河水漫过了水桥的下两级石阶，似乎还有往上涨的意思，站在九里巷2号沿河的窗子边，有种一伸手就能触到河水的错觉。那个夏天，我的小心思变得很多，其中一件就是担心七弦河淹进我家。

因为连着下雨，屋子里变得潮漉漉的，墙壁总在流眼泪。这年夏天的雨成了很多人的困扰，阿爸每次下班回来，都抖着雨衣，抱怨起没完没了的天气。

这年夏天，茂春茶馆只挪开了半扇门板，里头只有几桌搓麻将的常客，而且张浪头请班子来演评弹的次数也少了，想也是下雨的缘故。现在想来，似乎在没有评弹的日子，九里巷的人们还是正常地过日子，只是大家茶余饭后的话题变成了一部新播的古装电视连续剧了，看来不只是我被那个大眼睛的姑娘迷得窝在电视机前不愿挪身。

因为雨，燕子不出门了，她待在房里，摆弄着那个琵琶。那是她自己的琵琶，这学期学校统一买的，听说价钱不便宜。桃花木的身体，似乎还带着木头特有的清香，四根硬挺挺的弦紧绷在上头，肉手拨上去是那样磕人。燕子的手一向是我羡慕的，看上去似乎是孱弱的又是健康的，白皙却不病态，手指头纤长又精致，灵动十足。如今，燕子为了弹琵琶，把之前总是略微留着点的指甲剪得十分光生，她不舍得却也实在没有法子，因为容易折。如今，她的指腹那边也磨出了茧子，虽然还不算厚实却十足把她的手变糙了。只是这是藏在里面的，谁又能见着呢？

燕子隔三岔五地练琵琶，时间不长却也还算规律，她总把窗户打开，雨声就泻进来，还有槐树叶子在雨中摩挲的沙沙声，就像在伴唱似的。刚开始的几天，我总会蹲在燕子脚边，做成一朵向日葵状，看着她的手指一阵阵拨动琴弦，正手或反手，或捻、或拨、或划，状似不经意却总能有美妙的琵琶声淌出。不过只几天，我似乎也没了兴致，曲子我也听不懂，便还是回去看动画片了，只是燕子的琵琶声成了新的配乐。

雨挡住了很多人的脚步，但我却还是要出去玩的，雨不可能挡着不让我野，这是我姆妈形容的，她总开玩笑地说“落雪落雨狗欢喜”。我穿上喜欢的粉色雨鞋和黄色的连身雨衣，再拿上把伞，装备齐全，就出门找李子去了。我们就在巷子里踩踩水坑，或者到水桥边预测河水什么时候会漫过最上面的一层石阶，还会在老槐树下玩过家家，一片槐树叶子做一块钱。那个时候伴着我们的是琵琶声，来自九里巷2号的长窗里，而不是隔壁的茂春茶馆。燕子的琵琶声一直能传得很远很远，传进巷子的每一扇窗户，引得河对岸的人家也禁不住倚在窗口听。

从槐树下望燕子又是一出不一样的景，她就像生在那扇画框里似的，在雨的迷蒙里，都让人分不真切了。三妹太有时也把窗子打开，便见得坐在窗边的她又在看外头的槐树叶子了，沉沉的样子。此时，燕子就在邻着她的长窗里头弹着琵琶，分明隔着一堵墙壁，从楼下望过去她们俩却像面对面坐着，不知三妹太有没有在听燕子的琵琶声呢？

立在槐树下的我骄傲地问李子："怎么样，好听吧？"李子也不回答，只和我一样也成了一朵向日葵，望着长窗里头弹琵琶的燕子。

我心里真正开始泛起小疙瘩是在那天，那天燕子依然坐在窗边弹琵琶，远远地看还是像一幅画似的。

而且，燕子还穿着旗袍。那件月白色的、牡丹花色的旗袍。

我是在槐树下铲着泥巴的时候抬头望见的，心里油然产生一种被"背信"的感觉，似乎那原是属于我的东西却被抢走了，不由得泛起一阵阵酸，虽然分明从没有谁和我约定过。我匆匆别了李子，跑回家去。

燕子果然穿着一条旗袍，我知道这一定是三妹太的那条，那条曾经套在我身上的旗袍，那盘云扣和暗红色滚边也是一模一样的，不会错。

燕子穿着它，真是比我不知好看多少倍去。肩膀那边服服帖帖不必说，腰部的线条也被勾勒出来，长襟下摆正好落到小腿肚子上，露出她最漂亮的脚踝。虽然燕子的身体还很青涩，不能完全撑起这条旗袍，但是却另有一种纤弱的美感，正合它月白色的玲珑剔透。

她见我上来，笑开了："小敏，过来看，你看这旗袍。"

她转了一圈，展示似的，却又炫耀似的。

"姑，你哪拿到这旗袍的？"我知道自己有点明知故问，却不死心。

"哦，是三好婆送我的呀，勿想着她还有这样一件旗袍。"她坐回凳子上，不住地整着旗袍下摆说。

"真的？"其实我是真不相信的，看那时候三妹太是那样小心翼翼地宝贝这件旗袍，她怎么会轻易把它送给燕子呢？"三妹太说这是她之前穿的……"我喃喃地说。

"是吧，不过到现在这款式还很新哪。"燕子似乎没有把我的话放心上，她站在镜子前前后后照着。"三好婆伊讲唱评弹的是要有一件旗袍的，你过来，我现在给你唱首呀。"

那一刻，我是真想一扭头跑掉的，忽然间我对燕子和三妹太一并讨厌起来，心头又生气又有点委屈。但在那之前，燕子已经把我按在她的床沿上。她跷起一条腿坐着，琵琶就稳稳地搁在腿上，落进旗袍的皱褶里，此刻，旗袍上的牡丹花衬得她的脸颊更加明艳了："上有呀天堂，下呀有苏杭。正月里梅花开；二月里玉兰放；三月里桃花满园全开放；四月里，蔷薇花开，牡丹花儿斗芬芳……"燕子弹着，唱着，窗外的雨还在落着，槐树叶子在雨里绿得快要泛出油水。我感到一种怎么也说不出的谐调感，就像我知道豆腐花一定要搭着榨菜、紫菜、小虾米才会好吃，燕子、旗袍、琵琶还有落满天井的雨，也是这样。

当然，我还是在别扭的，对三妹太的确是生着脾气的：你说，明明是我"发现"的这条旗袍，而三妹太也晓得我那样喜欢它，她却还是把旗袍送给了燕子，而且都没有和我说起，三妹太平日里难道不是最疼我的吗，她怎么就没想把旗袍给我呢？这样一想来，似乎燕子和三妹太把我踢到了她们的圈子之外，默默背着我达到了一种我怎么也赶不上的情谊。

然而，在燕子的这首弹词里，我又不得不承认，三妹太把旗袍送给燕子或许真是一个正确的举动。有谁能比燕子更穿得起这条旗袍呢？她凭窗弹唱的模样，可是比我在茂春茶馆见过的任何一个女说书还要有味道的。这种味道是什么，我说不上来，只觉得就该是燕子这样的。

"上有呀天堂，下呀有苏杭……"后来我再听到这首弹词调的时候，是在很多年后的那则城市宣传片里，片子里的女孩子也穿着一身蓝色的青花旗袍，站在落雨的长窗后头数着芭蕉叶子。我竟错看成了燕子，赶忙喊姆妈来瞧，姆妈没动身子，只说："不要戆了，你讲讲这可能伐？"

我才恍然醒过来。

雨停了的时候，这一年的夏天也到了尾巴上。

七弦河终究是没有淹起来，我的那些心思也终于被验证了只是自己的胡思乱想罢了。

这场雨里，九里巷青石板道夹缝里的青苔疯长起来，憋闷在屋子里好久的人们在摔了几跤之后才意识到它们的存在。

燕子似乎也在这一季的雨水里丰润起来，穿着旗袍弹着琵琶的她从一个女孩长成了一个女人，开始散出属于自己的韵味。而追着她的那些男孩子却少了，这是我实在不能明白的。

而我呢？头发终于长到肩膀那儿，姆妈给我在脑袋两侧梳起了小角辫，除此以外，该是没其他变化的吧。

七

朦朦胧胧里，我的房门被打开了，嘎吱嘎吱的响声，只有在这扇老木门被缓慢推动时才能发出的声音，应该是三妹太进来了。我听见窸窸窣窣的声音，然后是毯子静悄悄地盖上我光溜溜的腿，想是晚上睡觉时，它又被我踢到床下了。

三妹太没有喊醒我。

然而六月的初阳已经爬上了窗棂，我却是不该再睡了。再过不久，我就要参加考试，我已经下定决心要去县里读初中。

几年前，李子已经先转学到县里去了。那是九月开学前的几日，李子跑来眼泪涟涟地说，新学期不在镇上读了，她爸妈把她送进了县城最好的小学，转学的原因按照李家叔的说法就是“在镇上读也读不出息”，似乎那两间平房怎么也无法承载孩子们热切的目光。

这实在是我从没有预想过的分别，九里巷少了李子，这条巷子怎么能完整呢？我们一起拾槐花，她总把自己拾的那份给我；我们一起用凤仙花染红指甲，然后回家被各自的姆妈骂；我们一起在青石板路上玩跳房子，倚着树干“写王字”；我们还一起在老槐树下听过燕子的琵琶声……然而，她却比我先走出了巷子。

不仅是李子，这些年九里巷越发地空起来。傍晚，老槐树下乘凉的人们稀稀拉拉的，只剩下几个老客还惯常来。王家阿公每天都抱怨小孙子“没良心”，离家个把月也不打个电话回来；张姨和莫家婶娘在那里讲今朝国棉厂里新出的“八卦”；而张浪头已经很久没有请评弹团来了，贴在弄堂口的那张红海报上还登着几个月前的演出预告，现在早已经褪成了斑驳的粉色，谁也不知道下次的演出是在什么时候。似乎就在世纪末最后一场大雨里，九里巷的人们找到了新的生活方式。

我依然坐在九里巷2号的门槛上，看着老槐树下越来越稀少的人烟，看着茂春茶馆一日日掩下去的门板，我看着好多人走出了这条巷子，而我渐渐能够明白的是，我也必须要走出去才行。

我想要见见巷子外头的世界，它究竟有多精彩，为什么那么多人都朝着它去了。

不知道什么缘故，夏天似乎一年比一年热了，人心也一并跟着躁起来，阿爸和那时候的许多人一样，辞去了原先在国营企业稳定的工作，顺着下海的大潮自主创业。起先，我阿公和阿婆很反对，他们一直是保守安分的，从没有什么大的要挣钱的心思，却最终还是拗不过阿爸的坚持，也都到巷子外头那间小作坊帮忙了，有的时候忙得顾不过来便索性睡在那里，就像今天这样。

因为阿爸的下海，我和三妹太待在一起的时间变多了。我在里屋写作业的时候，三妹太就在外头院子里绣花边，沿着白色布料子上的镂空图案把针抵进去，一针一针地直到把花边都包裹住，就做出了好看的蕾丝的样子。一张花边也就换几毛钱，却成了三妹太对阿公的生活费的正正当当的推辞。三妹太每次都说：“我还有着，不用给我……”我却不由得暗想：三妹太一天也就能绣几张花边，又能有多少钱呢？然而，就算是这样，大年三十的晚上，我却总会在枕头旁摸到三妹太包给我的红包，年年如此，里头的压岁钱虽然算不上多，可这都是三妹太一针一线绣出来的啊，一想到这样，便觉得神奇。

有时候，我会搬着小马扎坐到三妹太旁边，看着针头一下下地融进布里，白棉线把花边包裹得圆润细密。三妹太绣花的时候，外头好像一下子变得很静，竟然依稀能够听见纱线和布料摩擦的声音。时间在三妹太的针尖上淌过去，流进了花边的线头里，被紧紧地锁住。三妹太绣花时不爱说话，架着老花眼镜专心致志的样子，我也便不聒噪了，就那么静静地看着，这成了我俩之间的某种默契，任何声响都会打破这种美好的静默。这似乎是一种神奇的力量，三妹太独有的，她把日子过得特别缓、特别静、特别沉，一直沉到这条小巷深处。

随着三妹太的花边一张张绣出来，再一年的九月来了。

一如当年场景的复刻，不过这一次，我终于不再是立在巷口目送燕子背影的人了。拖着大包小包向巷口走去，一种辨不清的感觉涌上来，憧憬着却又感到酸涩和憋闷，我不知道这是不是燕子当年的心情。不过，离别的味道我还没尝尽，探险的冲动便把它压倒了。我只是一门心思地想见见巷子外面的世界，对于燕子、李子，还有很多我的同辈人们，这条巷子似乎是留不住我们了。我想，巷子外面一定有着不同于九里巷的味道，应该还会有很多其他的不一样的东西。

不然，你看，他们都出去了。

八

燕子已经在评弹学校学了几年。起初的时候，她把琵琶带回来，有事没事常常拨弄着，可是渐渐地，巷子里的琵琶声稀了，燕子似乎是倦了。现在，我已经好久没有听到过燕子的琵琶声了。

那把琵琶就靠在她房间的墙角，阳光透过槐树的枝丫在上头留下了斑驳的影子，不过，这是蒸腾不出桃花木的味道了。我走过燕子房间的时候，从临走廊的窗子往里头瞧，视线恰好能越过窗棂子，看到那把琵琶，有些落寞地立在那里，就像被阳光和阴影织成的网子罩了起来似的。有的时候我走进她房间，按捺不住地拨几下，“叮……叮……咚”，弹得不成调子，不是我原先听过的声音了，琵琶多了些落寞的喃喃。

现在，燕子也懒得管我了，就算见着我拨弄也常是不作声地走开，先前她是顶宝贝那把琵琶的，我碰一下就像割了她的心肝肉似的，现在算是被冷落下了。对于燕子来说，琵琶的新鲜劲是过去了，她也没再拾起来。

“敏丫头，去喊你姑下来吃饭。”阿婆吩咐我。

“别管她，爱吃不吃！”阿公厉声道，径自开始吃起来。

燕子和阿公大吵了一架，已经在房间里窝了一天。阿公是九里巷有名的好脾气、老好人，他也很宠儿孙们，晚得的小女儿燕子自然更是他的“芽芽子”。我很少看见他生气，可见这一次是真的上火气了。

事情的起因，是燕子的“宣言”：她决定今后不弹琵琶，不演评弹了。

评弹学校已经去上了四年，还有一年，燕子就要毕业了，恰是决定今后出路的时候，现在说出这话，实在有点决绝的意味。其实，这个“宣言”，燕子或许是酝酿已久了。巷子里越来越稀的琵琶声，燕子越来越少谈起她的评弹学校，甚至是她渐渐又留起来的长指甲，我看到上头涂起了亮红的指甲油，都不是这一日两日的事情了。

阿公听了燕子说不弹琵琶，以为是她一时的气话，起初还有些开玩笑地问她缘由，依旧是平日里的好口气。燕子却拧着不说，就僵在那里，脸上没什么表情，目光也不看人。

阿公对着燕子这种犟扭的态度恼了，他是了解燕子的，知道她是真下定决心了：“先前是谁说一定要去的，啊？现在又谁让你说不学就不学的？”

屋子里静下来，秒针“嘀嘀嗒嗒”地走动，外头树上的蝉舒舒促促地叫着，不由又添了几丝烦躁。

燕子出声了，依然是倔着，眼神依旧不看人，只盯着白墙上的一点：“现在评弹能有什么出路，还有谁喜欢、谁愿意听？……我们班上早已经有好几个退学的了，大家都说学评弹今后只剩下喝西北风的份！”

“大家……大家！你怎么想？”阿公问道。

燕子沉默了，然后是闷闷的声音，从葫芦里倒出来的一样：“说实在的，我也不是真喜欢，以后也不可能做这个，我老早就想清楚了。”说完就径自跑回了房。

一声拍桌子的响声炸开来。

阿公这次是出奇的生气，不知道为什么。

燕子的房门闭着，却没锁上。我轻轻推开，一阵对流风顿时让房间的空气畅通起来，一下子把原先房内的郁热缓了不少。

燕子坐在床边，双手抱着蜷缩起来的腿，看背影显得单薄而瘦小，不是我印象里她一贯的样子，曾经那可是巷子里最受欢迎的“女王”般的存在。此刻我还没从刚才那阵争吵的气氛里缓过来，说实在是被吓到了，所以分明想劝说几句也最终不知道该说些什么，只好走过去坐在她身边，默默不作声，手在那拧着汗衫的下摆口。

她不看我，眼睛红红地盯着窗外，脸上却没有泪水的痕迹。窗外的槐树叶子在夏日的风里颤动，淡蓝色的窗帘也被吹得微微鼓起，直像起航时微扬着的船帆，却又很快地瘪了下去。

很静，我还是开了口："姑，你为啥不想弹琵琶了？"

过了一会儿，燕子才瞧着墙角的那琵琶，幽幽地说："现在都有谁听评弹啊，再怎么练了也没人听哪。"说话的时候带着些鼻音。

想来，的确，茂春茶馆的生意也是一日不如一日了，那天张浪头在槐树下打着大芭蕉扇乘凉："唉，现在大家都不爱听评弹哉，不止这里了，县城里也没生意，我看呀，这茶馆早晚有一日要关门哉……"

王家阿公也在，道："现在谁愿意来看啊，屋里头几十个电视台呀调不过来了，不如在自家舒舒服服看电视好哉！"

"张浪头啊，你想想，到茶馆来听评弹还要钞票的呀，家里看电视嘛连钞票也不要的！"不知是哪家的婶娘又说。

是啊，评弹是越来越少的人听了，茂春茶馆是一天天萧条下去了，才不过几年的辰光，当时人们在槐树下争着看演员的景象看来是再也不会出现了。

"那为什么当初还一心想要去学评弹呢？"我想不通坚持着要去学评弹的燕子。

"我啊，我现在反过来想想，当初也不是因为喜欢才去的。"燕子抬头看着我，眼睛红得像兔子，"你记得不，当时那些说书坐着黄包车进来时有多风光啊，整条巷子的人迎他们，记得吗？谁不喜欢那么多人捧着自己呢？而且啊，要不是去学评弹，我哪里能去苏州呢？"燕子低头看着绞在一起的脚趾头，说话声音渐渐低下去，听着，我感觉心口酸酸的。

燕子继续说着，脑袋埋在膝盖上，声音像隔了层水膜溢出来。她说，评弹，是她能最快走出巷子的方式，她不想压抑在九里巷里了，这条巷子太窄了，她要到外头去，这不仅仅是走出横在七弦河上的那座石桥那么简单，她想要更好的，那是这条巷子、这座淹没在江南水道里的小镇子不能给的。曾经在茂春茶馆里见到的女说书先生，千万种风情之下藏着的一呼百应的傲气，还有她们从外头带来的九里巷所没有的东西，这才是燕子真正想要的。

可是现在呢，评弹似乎不再是评弹了，就连这条古老的九里巷，也容不了老江南的技艺，更别说是外头了。坐在黄包车上驶进巷子的女说书现在已经是很难见着的了，电视里的女演员们早已经取代了女说书们曾经的传奇，镁光灯和艳羡是留给她们的了。琵琶、旗袍、拗口的吴音，在渐渐架遍巷子的光纤电缆面前，骤然沉寂下来。曾经的老宝贝，还有多少人去追呢？

评弹，曾经九里巷人们眼里身份的象征，确是已经落寞了。评弹对于已经走出了巷子的燕子的意义，也就这么一起淡下来了。

燕子絮念着，鼻音轻了。

我不由想到当年偷穿三妹太旗袍的时候，那种心里涨得满满的感觉，以为自己穿上了旗袍就能飞起来，就能一下子变得不一样，那种现在依旧能回忆起的踩在云朵上的感觉。那时我在镜子里看见的女孩子，到底是谁呢？是我自己，或许也是燕子吗？

外头总比里面好，旧的总不如新的，听已经在苏州城里待了四年的燕子说，这是永恒的定律。她告诉我："你要是出去了，就明白了。"

燕子不学评弹了，这能怪谁呢？

阿公在灶间拿着火钳子一阵阵往灶膛里添柴火，灶间的热气从噼里啪啦燃着的毛豆秆子往外冲，阿公的白色背心已经湿透了，渍出了一块又一块灰色的地带。他不住咳嗽起来，原先阿公的嗓子就不好，火气一上老毛病又犯了。

"阿国，我来烧吧，你去外面吹吹风。"三妹太说。

"就好了，就要好了。"然后又是几声咳嗽。

"哎呀，阿公我来烧，我来！让我'玩玩'嘛！"我抢过嘴。

"里头热得很，你出去。"

"让我吧！"我缠着，总算是把火钳子夺到手里。

阿公只好作罢，他走到天井里，坐在天井的水泥桩子上，点了一根烟，也不抽，烟雾从他指尖很快散开来，虚空得、缥缈得停不住，多像轻巧的话语。

三妹太也慢腾腾走进天井，我从灶间望他们的背影，她和阿公在说些什么，我听不真切，我只知道他们讲了很久，又像是叹了很多气。

燕子走了，那把琵琶却留在这里，被封进了黑漆木的琴箱里。

学还是要上的，可也是另一种学法了。

经过一个夏天，她和阿公的关系算是缓过来了，是阿公"妥协"的，他还是那个宝贝孩子的、狠不下心的老头。其实该是三妹太劝了阿公吧。燕子和阿公，还有阿爸和我，都是一个模子里刻出来的，按姆妈每次对阿爸和我发的牢骚，就是"你们家一个个都是犟骨头"，然而三妹太可不一样，我总觉得她比我们家里头其他人都要更有智慧。

不过，从那之后，本来话就不多的三妹太变得更寡言了，虽然对着我们这些小辈她还是一贯的疼爱。

三妹太继续在天井里头绣着花，戴着老花眼镜却还要把针线离得远远的才成，眼睛的确是老花得严重了。

九

我已经记不得这几年来的日子是怎样过去的，巷子外的生活匆匆忙忙，等不得你呼一口气又得着急往下赶。我忽然很想回到九里巷2号那座小楼里，趴在三妹太身边看着她绣花，那样的话，时间似乎就可以走得慢一点。不过几年，在巷子外的这些日子明明才离得这么近，却又那么模糊，反而十多年前发生在九里巷的事情倒要记得清楚些。

说到九里巷，我已经有一段时间没有回去了，不算是回不去，却也是在忙碌间逐渐适应了外头的这种节奏，也就断了想回去的念头。

现在九里巷2号里就住着三妹太一个人，三妹太有着上了年纪的老太特有的那种执拗。“我早住惯这儿了，出去要不适应的……我一个人可以的，不要担心……”我们劝了她好多次搬到城里来一起住，遇事也方便些，三妹太却总是回绝，她独自守着九里巷2号那栋小楼，只逢年过节到城里来和我们一起过罢了。

这次回去是去接三妹太过中秋节的，现在秋还不深，南方的树叶还没透黄，却已经微微有了凉意。

车子是开不进巷子的，不到巷子口就停下来，我们的车前面还停着辆蓝色卡车，有工人往车上装着什么，走近的时候才发现，那些是被截成一段段的树枝，有粗有细，上头还长着生翠的树叶。

我突然意识到那是什么，竟一下愣住了，不会言语了，脑袋空空地走进这条小巷深处。我早该想到什么的，车子刚开到巷口的时候就该想到的，却没有去深究。

果然，空空荡荡的，头顶什么也没有了。

我算是见着了九里巷上头的天空，阳光直射在脸上、射在青石板路上、射在九里巷2号的天井里、射在巷子里那么多户人家的屋顶上，第一次这么无所遮掩的，这么刺眼。

什么也没有了。

地上还残着树干和树枝，曾经两个人都抱不住的槐树干子就躺在那儿，变成了一段又一段圆圆的木桩子，是啊，就躺在那儿。分不清哪些是曾经溜进窗里的枝叶子，哪些上头曾经挂满洁白的槐花，现在它们都被分成了一堆又一堆，按照粗细的标准，成了毫不起眼的柴火，可是上面还长着碧绿的叶子啊。

工人们把这些枝干往巷子口拖去，长长的枝条划过青石板路，在上面留下浅浅的刮痕。这么多这么多，是要运很多次很多次才能运尽的吧？

在曾经老槐树长出的地方，只有嶙峋的根茎暴露在外头，还留下了一个秃的粗的桩子，怎么我先前从没有发觉那些撅出泥土的根茎狰狞得像爪子呢？

我木木地盯着那秃的粗的树桩，树的切口很平整，看不出一丝犹疑，这该需要多么锋利的电动锯子、多么熟练的手法呵。

一直到刚才，这棵槐树已经在这儿生长了很久，就连巷子里最年长的老人也记不得有多久，我只熟悉他挺直地站立的模样，想象不得它倒下的样子，它该是以何种姿势，有没有扬起尘土，上头的鸟儿呢，它们究竟飞哪儿去了？

我木木地盯着那秃的粗的树桩，突然，很想数一数上头的年轮。

可是，竟然怎么数也数不清。

槐树的香气最后一次飘荡在九里巷里，是以它最纯然的木的方式，就像它曾给予我们的最丰美的恩赐一样，九里巷的这棵老槐树是带着清甜的香气做道别的。

“三妹太？”我一进门便唤，没有应答，应该是在楼上。

三妹太果然坐在房内她惯常坐的藤椅上，以她惯常的姿势望着窗外，只是现在长窗外面什么也没有了，再也没有了槐树枝丫，三妹太一望能望见很远，却比先前望得更沉，她不知在看什么了，我走进去竟没有察觉。

“三妹太？”我走近她身边又叫了一遍。

她这才回过神来：“哦，囡囡，你来哉。”

“嗯。这个，三妹太，这槐树……是怎么回事？”我指向空荡荡的窗外。

“唉，之前说是要拓宽路面，然后又说这树碍着了。”三妹太从藤椅上起身说道。

“那就给砍了？”

“怪这棵树傻啊，不知怎么偏偏就生到了那里，又寻不着主人，就直接给砍了。”

“怎么也没人反对？”我情绪有些激动地问。

得到的却是三妹太再平静不过的回答：“现在这里只剩下我们这帮老骨头，老了啊。”三妹太把窗户拢上，刺目的阳光通过菱格玻璃在地板上聚成通透的光点。她慢慢地扶着楼梯扶手走下去，我赶忙跟上去。

我把院门合上，回头看见三妹太立在路边，怔怔凝视着地上的槐树枝丫，还有那光秃秃的树桩，默不作声。看着背影，她似乎比先前越发矮小了，阿婆平日总说自己上了年纪之后身量比之前缩了不少，我一直以为那是玩笑话，现在看来也不尽如此。

十

燕子毕业之后去了上海，找了份算是满意的工作，不久之后又听说找到了一个不错的男朋友，一切如意，也不常回家了。现在，她的那把琵琶，我记不清楚在哪里了，好像先前是在九里巷2号阁楼里的，也没人再去拿它出来了。

那天又听阿公说，茂春茶馆果然是关门了。张浪头把那儿租给了一家电器维修行，生意倒是出奇的红火。

十一

今年的春节着实很冷，连日阴着天，南方的雪却又不肯轻易下下来，一直积压着在等一个缺口，总是这样。我已经窝在被窝里好几日不愿出来了，看着窗户外头低沉的天，心情也一并郁结着。

如今，三妹太还是住在九里巷2号里，不过我阿公阿婆也回去住了，为了三妹太能有个照应。

可是就算这样，许多事情并不是说照应便能照应的。

这是腊月的最后几天，三妹太照常去井边提水，她的身子骨一向健朗，凡是自己能做的事情从不轻易麻烦别人。因为没有下雪，也无法确切衡量冷的程度，可井栏边着实已经结上了一层冰。平日里一向小心的三妹太不知怎么竟踩上了冰，脚下一滑，重重地摔在水泥地上。

三妹太摔倒之后是自己回的房，谁也不知道她是怎么爬上那又窄又陡的老木楼梯的，就算平日里她也需要扶着栏杆，用极慢极慢的步子。等到阿公阿婆晚上回家，喊三妹太下楼吃饭，却一直没有回应，这才发现老太太躺在床上，动弹不得，竟也没有发声的气力了。

阿公马上把三妹太送去医院，检查之后确定是骨裂，可三妹太这时候却固执起来，忽然像小孩子脾气犯了似的，无论怎么哄，说什么也不愿住院，大家实在拿她没有法子了，便只能在家里好好躺着养着，想着好好补补骨头总能长回来的。

这些都是我听说的，我是打算过完年之后再回家看望三妹太的。

大年初一晚上的爆竹声一阵接着一阵，没有个停歇，震得人心里“咚咚”的睡不安稳，又焦又躁的。等到大年初二的天光逐渐亮起来了，却才刚刚开始睡熟。

似乎是没睡多久就被急促的电话铃声吵醒了，我对这恼人的电话铃声一阵烦躁，直将脑袋往被子里蒙得更深。

“咚咚咚”，楼梯上急促的脚步声，“小敏，快起来！我们要回家！”阿妈冲进我房间说道。

“回家做什么？”我还在睡梦里迷迷糊糊地嚷。

“三好婆去世了！”

我在车上不住地问阿爸，怎么可能？怎么可能？

三妹太一向那么健康，她的腰杆还挺着呢，连白头发都没有几根，怎么可能摔一跤就这么轻易地走了？人的生命哪有这么脆弱？

我们不是说好了还有几天我就要回去看望她的啊，怎么可能？

阿爸不说什么，只沉默着叹气。

三妹太躺在她的老式雕花木床上，身上盖着一层薄薄的床单子，我走上前去的时候吃了一惊，床单映出的她的身形竟然瘦小干瘪得不像话，像是孩子的身形，我印象中的三妹太从来不是这个样子的。

此刻，我站在屋子中间，动弹不得，周围的人们各自在忙碌着，有的整理东西，有的已经在着手安排殡葬事宜，只有我这儿，像是一个时间凝滞的孤岛，看着来去的人们，却听不见声音。哦，不对，还有三妹太那儿，就像我们曾经不出声的默契一样，她和我在一起。

很奇怪，我应该要哭出来才对的，可是却怎么也哭不出来，心里回响着一种空洞洞的回声，眼睛涩涩的，没有眼泪。我只是怔在那里，看着盖着床单的三妹太，我的头脑里什么都没有，我甚至离那床沿有一段距离，没有靠近。我不敢靠近，不敢看三妹太的样子，我记忆里的三妹太的脸永远是饱满圆润的，连皮肤都不怎么皱，除了眼睛有些老花，三妹太一切都那么健康，精神头十足，巷子里的阿婆们总夸她比五六十的还年轻，我甚至曾以为，死亡对于三妹太是一件永远也不会到来的事情。

可是如今，三妹太似乎在告诉我，无论是谁，无论看上去再怎样健康，都逃不过这老、死的命运。这世间的万物，无一逃得过这老以及最后的消逝。

只是在那一刻，我突然明白了，很多东西都好像是无理数的轮回，在π的周长里回到最初，就如同人到最后都会变成孩子般的模样，是吧？

外头的乌云越来越沉了，这会儿天黑得很快。请来做丧事的道长吩咐说需要一张遗像，众人正忙着翻寻三妹太的东西，想找到一张可以作为遗照的相片，从床头柜到衣橱，甚至连床头的饼干盒子也掏了，可是却一无所获。

我从没见三妹太照过相。

“等等！”

阿婆在收拾三妹太的床，床上的这些东西按照我们这儿的规矩都是要烧掉的，阿婆把床帘收起来时无意摸到木床顶头的一个纸包袱。

用报纸严严实实地包了好几层，外头的纸已经泛黄了，打开来里面又用藏蓝色的布包裹好，小心翼翼地，像是三妹太一贯的样子。

这一层层的包裹里头是一张相片，已经用红漆木裱好了框，相框玻璃是一尘不染的，现在在灯光下反射出一阵阵光亮。

这是一张谁也没有见过的相片，黑白的，看上去年代已经很久远。照片里头是一个年轻漂亮的女人，圆润的鹅蛋脸，一头乌黑的头发在额上微微隆起，在脑后盘成了精致的云鬓。她的眼睛看着镜头，却又像透过镜头看向了外面的世界，又深又广，眼波盈盈涌动着。那抹嘴角处带着的浅浅的笑，荡出两汪酒窝，盛着满满的暖意。

最引人注目的，照片里的她穿着一袭合身的旗袍，手里捧着琵琶。

“伊是啥人啊？”众人忙着问，拿着相片去找阿公。

阿公捧起这张老照片端详了很久，缓缓吐出：“是三姨。”他说，“是伊三十岁个辰光。”

事情很快传开了，这一张从来没有摆出来的老照片成了九里巷的一桩稀奇事，吸引了很多人来看，大家都想从这张近半个世纪之前的照片里找到三妹太现在的样子。

“是伊是伊，我记得伊是有酒窝的。”大家想起了三妹太嘴角的那抹笑容。

“这眼睛就是伊呀，你们记得不？”

“是个是个！”众人纷纷应道。

我默默走上前去，眼神被相框里那条旗袍左肩口的几朵大牡丹花吸引过去了，虽然它是黑白的颜色，但我知道，它们开得一定比现在要鲜艳得多。这条旗袍穿在三妹太身上是那样合身，比我、比燕子穿上都要合适得多，果然，这条旗袍应该是独属于三妹太的才是。

“怎么？难道三好婆以前是弹琵琶的？我俚都不晓得啊！”有人说道。

连我也不晓得，三妹太竟然是会这样穿着旗袍弹着琵琶的，这还是三妹太吗？那永远平整的灰青色衬衣和刚到脖颈的短发的三妹太啊，她怎么会藏得这样好？此刻，这张照片里的她捧着琵琶的样子不由让我想到曾在长窗口弹琵琶的燕子的模样，蕴出江南的柔美劲儿，那时候的燕子唱的那首弹词调儿，三妹太该不是也唱过吧？

可是，三妹太从未说过自己会唱评弹啊，她甚至从不去茂春茶馆，也从不听评弹，我还以为她是讨厌评弹的，不是吗？

在为三妹太守灵的这天晚上，道士们的念经声回荡在九里巷2号的堂屋里，莫名地，我觉得道长们的经文像是丝，结成了一层层的茧，就这样把三妹太束住了，我看着茧子越来越厚，人就这么被滞在了里面。

这天夜里，在中堂的稻草堆上，在三妹太的身旁，阿公讲了一个短短的故事，关于一个女说书的平淡的故事。

杜雪梅，后来我在图书馆的那本没被多少人翻过的《江南评弹艺人辑录》上又见到了这个名字，不是正文，只是在附录里的，那里记载了有上百个评弹艺人的简介，他们被框在了一个个工整的表格里，一个人就这么化成了短短的几行铅字：“杜雪梅，原名杜三娣，女，擅姚派弹词，江苏常熟人，与其夫陈连生搭夫妻档，代表作《春来茶馆》……”杜雪梅这个名字在这本书里的记载，到1969年便戛然而止。而陈连生呢？他的一辈子落在了前面两张书页上，同样，故事停滞在了1969年：“1969

年，自缢于家中浴室。”于我，都是陌生的字眼。

而我所知道的是，1969年后，杜雪梅又叫回了杜三娣，她在国营棉厂一直工作到退休。从那之后，她再也没有唱过评弹了。

和燕子一样，三妹太不弹琵琶了，这能怪谁呢？

关于某种技艺、某种味道，它经受的考验从未消失，只是化出了不同形状罢了。它们似乎注定了，敌不过时间，譬如生命、譬如某种历史的存在。

十二

我听见呜咽的声音，又像是嘶哑的耳语，从巷子尽头的一个深渊里传过来，苍老的、空洞的，又带着回音，分明不是人声，却又分不清是什么。

那天晚上，我的梦里一直缠绕着一种声音，它似乎在向我倾诉什么，又想让我代它言说什么。醒来，却怎么也回忆不起，只有耳畔隆隆的回声，心头一种被堵住的憋闷的感觉。

今天是三妹太出殡的日子。

三妹太去世当天，燕子就带着女儿小满回家了，小满今年有3岁了，在上海出生、长大，没怎么回过九里巷。她也长着燕子那样的月牙笑眼儿，嘴角却有着和三妹太一样两汪深深的酒窝，笑起来满是调皮样，大家都说她和燕子小时候像极了，长大了会比燕子还好看。

小满迈着小步子走到中堂里，她指着三妹太的遗体问燕子：“妈妈，婆婆为什么躺在那里呀？”奶声奶气的，孩子的话语，却是讲着标准的普通话。

“婆婆在睡觉呢。”燕子微微红着眼眶，我不知她哭了没有。

小满径直走上前去，伸出稚嫩的小手抚上了三妹太的手，一点都没有害怕的样子，巷子里的其他孩子都不敢进中堂。这两只手，小满的和三妹太的，一只白嫩，一只嶙峋，对比是那样鲜明。

“婆婆应了宝宝没有？”

小满抚着三妹太的手，轻轻地：“嗯，婆婆在和宝宝说话呢。”依旧是稚气的小孩子的话。

“时辰到了。”道士拉着长音高声喊道，出殡的时候到了。

念经文的声音越发响起来，嗡嗡填满了屋子，我们围在三妹太身边向她做最后的道别，然后众人把三妹太移入棺木，在她的身上放上绢纸花束和纸元宝，几个壮实的小伙子上来抬起棺木。

“等……等一下！”燕子像是突然想起来什么，她转身跑上楼去，震得木楼梯嘎吱响动。

“时辰不等人的！”

没多久燕子便下来了，手里捧着一件东西。

我想我知道那是什么，是那件旗袍。此刻三妹太遗像上穿着的那件旗袍，燕子唱《姑苏风光》时的那件旗袍，我曾经偷穿过的那件旗袍。

那件已经被遗忘了多久的旗袍，现在就在燕子手里，她把旗袍展开，小心地盖在了三妹太身上，旗袍白色的缎面遮住了三妹太身上藏青色的寿衣。

这条旗袍，薄薄的月白色，却好像是要把棺木压垮了。它曾经经历过流华的书场，享受过艳羡的膜拜，也曾经因为风波而被藏在五斗橱黑暗的角落，曾经在时代的洪流里被遗忘在燕子的衣橱。最后，这条旗袍还是回到了真正的主人这里。亲历者将是最后的殉葬者，带着外人听不懂的话语。

“砰”，门口的炮仗开道，启程了。

按着规矩，阿爸依长孙的礼捧着三妹太的遗照走在送葬队伍的最前头，我提着黄铜脚炉跟在他后头。脚炉里有香燃着，走一段路香灰就掉下，露出猩红的芯，或明或灭，袅袅的烟升上来了，又立刻散进寒冷的空气里。我时不时盯着脚炉，担心里头的香断了或是灭了，不知怎的，这时候眼泪却似乎被熏得要掉下来了。

燕子就在我后头走着，她一路撒着白纸，凛冽的风从她高高扬起的手里头把白纸吹走，细碎的纸片在空中挣扎着，最终落在九里巷新砌的水泥路上，又被卷到哪户人家的墙角，累累地摞高了。我像是又看到了当初落满一地的雪白的槐花，堆成了厚厚的蓬松的白毯，孩子们在九里巷1号与2号之间的这棵老槐树下拾着槐花，然后迫不及待地跑回家邀赏，他们的眼睛在晨雾里浸得湿润明亮。闻闻，槐花饼的香气从各家的厨房飘出来了。

唢呐声一阵高过一阵，盘旋在这条古老的巷子里，在替逝者对它做临别的注目。九里巷的住户们都从屋里出来了，在自家门口立着，似是送三妹太最后一程。王家阿公，他依旧在他的老房前，多少年都没挪过地方，那屋门前的泥地快要印下他的脚印。我听见他对着我们的送丧队伍轻轻嘱咐着：“阿姊，否要急，慢慢走啊。”

坚守最终还是没有抵过另一种让人屈服的无名力量。多少年啊，守着这条老巷子不愿意走出去的三妹太，终于还是出去了。

十三

“吧嗒”一声，九里巷2号院门的铜锁被扣上了。办完这场事，我们还是要回城里。现在，三妹太不在了，这栋小院再也没有人守着了，很多东西已经被锁在了这扇落漆的木门后头，不知道下一次打开它，会是什么时候。

忽然，“噼里啪啦”的爆竹声如雷炸开来，划破了巷子的宁静，各家各户开始放礼花和爆竹了，我几乎要忘了，今天是大年初五，是要接财神的日子。

这时候，一朵金色的礼花绽放在原先属于茂春茶馆的那栋小楼上头，礼花的光亮把这座小楼上方的天照得清晰如白昼。

我竟是再次听到了那夜梦里的呜咽声。

看来，这场雪终是要落下来了。

管道韦伯

中国传媒大学/辛晓阳

我的邻居韦伯搬家了，在一个夕阳流血的傍晚。他最后一次敲响了我的门，说要搬到管道里边去，就是高速公路的河流旁边那种粗硕而巨大的不知道是不是已经弃用了的管道。

“也许那里赚钱容易些。”他叼着廉价烟卷，把粗犷裂纹的大手支在我的肩膀上，眼神里掺着些淫欲，“没办法，过不下去啦!”

我帮他把已经掉了色的纸箱一个个扛上卡车，里面塞满了零零碎碎的小玩意儿，甚至还有一只只剩下半个身子的花瓶。他臃肿地爬上驾驶座，隔着玻璃冲我谄媚地笑：“嘿，伙计，我们还是在一起的，只要你需要。”

路面上扬起的灰尘盖住了我的眼睑，我收起之前租住给他的公寓钥匙，突然泛起一阵没来由的心酸。韦伯离开了，那个已经接近50岁还找不到女人的糟老头子突发奇想要去管道里赚钱。嘿，这可真是件稀奇的事儿!

我摆弄了一下被风吹得失去了方向的帽子，发现小女儿米亚正站在门口一动不动地望着我，金色的发梢席卷了她的侧脸，也许这就是另一个世界的夕阳。

“爸爸，韦伯为什么要搬走呢?”她倚在门边，把右手的大拇指放在门牙上——她心情不好的时候经常这样，“以后就没人陪我玩植物大战僵尸了。”

我搔了搔后脑勺，走过去吻了她的脸：“亲爱的，他到管道里去了。唔……你知道……就像淘金一样。那里有金矿。”

“他会变得很有钱吗?”

“说不好。总之，晚饭时间到啦，我的女神。”我弓下身子，让她爬到我的背上，一个四岁的小女孩并不算重，“莱恩会陪你玩植物大战僵尸，他就像个炮花……当然也可以是大坚果，只要你喜欢。”

圣诞节前夕米亚从信箱里拿到了韦伯的贺卡，邀请我们一家到管道里做客。妻子温柔地抚了抚米亚的肩膀，告诉她已经准备好了很棒的派对，并且发出了邀请函，我们没办法再赴约。

“可是爸爸……”她头一次拽着我的衣袖，可怜兮兮地絮语着，“为什么我们不能推掉派对呢？事实上我很想去看看韦伯，莱恩只会演窝瓜。”

“亲爱的，”我蹲在地上，把她放在大腿上，“我会跟妈妈说的。可是如果不行……”

“我和莱恩就在派对上唱歌。”她吻了吻我的侧脸，笑得像佛罗里达盛夏里绵延千里的暖阳。

圣诞的前两天我们一家驱车到韦伯的住处去，这是我和妻子权衡已久达成的共识。米亚和莱恩在后座叽叽喳喳地欢闹着，妻子回过头去和他们开着玩笑。我可没那么开心——这鬼地方似乎找不到停车场。车子绕着同一条环形小路盘旋了半个小时之后，我最终决定把车停在草地里。天，这真是件让人难过的事情。

韦伯站在管道口远远地冲我们挥手。米亚开心地奔了过去，顺势被他抱起来举到了半空中。“这里看起来像个难民营。”莱恩凑近我的耳朵咕哝了一句，在妻子的怒目下吐了吐舌头，走过去跟韦伯握了握手。

“伙计，真开心你能来。你知道的，如果没有你们，圣诞节我就要一个人过啦！”韦伯看起来确实过得好了一些，脸上的胡子也剃干净了，像一个还没成亲的小伙子。

“我很抱歉把时间提前，事实上圣诞夜我们要在家里开派对，如果你能来的话真是再好不过了！”

“乐意前往。但是明天我有一笔大买卖……我要和一个陌生的女人共进晚餐……我从来没有过这样的经历。”韦伯大声吆喝着，惹得其他人纷纷侧目。大家只是笑着，好像同韦伯一样期待了很久。

“哦，我的天！”妻子压低声音的惊呼着实把我吓了一跳，“那不是新党的议员吗，新闻里出现过的，他怎么会在这里……”

顺着她手指的方向，我顿时倒吸了一口凉气，还是假装镇定地瞄了他一眼。那个穿着西装扎在穷人堆里的男人正用一脸鄙夷的腻笑审度着周围的一切，像是一只扬着尾巴奚落老鼠的猫。

“嘿，韦伯！”

“嘿，乔恩斯！”

我半张着嘴巴，目睹着韦伯走上前去和他握手拥抱。米亚靠在莱恩背上一动不动地看着韦伯和那个风度翩翩的男人说着淫荡的俏皮话，眼神里充满了不解。

“亲爱的，或许你可以给我解释一下我看到了些什么。”妻子捅了捅我的肋骨，眉头蹙成了一个疙瘩，一动不动地盯着眼前的场面，满脸不可置信的表情。

“兄弟们都答应了吗?”议员突兀地严肃起来，不安地四下看了看，附在韦伯耳边低语着。

“当然。”韦伯耸了耸肩膀，释然地挑了下眉毛。

“噢，这是你女儿吗? 像个小天使!”乔恩斯伸手环住了米亚小小的身体，妻子本能地上前一步把受了惊吓的米亚从伟大议员的手里夺了过来。乔恩斯尴尬地扭头看了看韦伯，像是初识般冷漠地打量着。

“米亚和我是好朋友。”韦伯摊开手，咧开嘴放肆地笑着，门牙上镶嵌的牙渍让人浑身打战，“也许你太过激了，我的朋友。”

“你好，我是乔恩斯，我想你应该知道我。新城市议员。”

“当然。”我摘掉帽子向前微微欠了欠身子，露出一个基督教徒虔诚而友好的微笑。

“喂，伙计!”韦伯从后面环住了我的肩膀，将我从狐疑的气氛中解救了出来，“他是来散财的。过两个礼拜就是新党议员的竞选日，兄弟们等他很久了。”

“难道这就是你们口中的‘金矿’?”我能料想到自己眉毛拧成一个结的尴尬模样。

“都是穷人。也许这里看起来像个贫民窟，但是贫民窟里也有百万富翁。”韦伯依旧咧开嘴放肆地笑着，干净瘦削的脸上凭空多出了几道苍白的皱痕，像是麋鹿奔跑后来不及填压的橇印。

我从来没有感觉新城气候像今天这样冷。

“爸爸，我可以去找韦伯做游戏了吗?”米亚拽着我的毛绒衣角可怜兮兮地问。我顺着乌黑黑的管道往里头拼命地张望，隐约看得到韦伯和乔恩斯还在密谋些什么——我打赌绝对跟市议员的竞选有关，因为两人脸上同时挂着不温不火的微笑，让人觉得毛骨悚然。

“亲爱的，或许我们今天到这里来是个错误。”妻子掐了掐我的手心，冷冷地望着管道的入口处堆放的大箱的食品和美元。莱恩和米亚穿梭在那些盯着箱子入神的穷人中间，更像是两个上帝派来的天使。

“或许。事实上看得出来，米亚并不开心。”我在她冰冷的注视下短暂地脸红了一下，支吾着往厚厚的羊皮手套里吹了一口热风，“你也不开心。”

乔恩斯临走前故意踱到我们面前，用一贯俏皮的口吻说了些无关痛痒的笑话，逗得莱恩“咯咯”地笑个不停。事实上从电视里看来他是个既内敛又温柔的绅士，我更愿意相信是我的眼睛欺骗了我。

终于到了发放食品的时刻，那些守在管道口的穷人们一窝蜂地冲上去拿下属于自己的那一份——或许更多，小心地揣在怀里转而消失在管道深处。米亚右手的大拇指安静地贴在门牙上，一动不动地注视着这一切。事实上在这之前她已经无数次地请求到管道里面去走走，都被妻子毫无商量地一口回绝了。面对这些我只能尴尬地耸肩，毕竟我真的怀疑到韦伯这里来是否真的是一个荒唐至极的决定。

“嘿，我的朋友。为什么不到里面坐坐呢？要知道，看不见的世界里总是充满了意想不到的惊喜。”韦伯张开双臂，在寒风中显得有些萧瑟。远处的尖顶房子里突兀地传来了Hanson的《Yesterday when I was young》，我并不认为那是座教堂，或许只是形状上有些相近。

“韦伯，作为你以前的房东——你最好的朋友之一，我必须要说，你在做一件很危险而且荒唐的事情。”我皱着眉头附在他耳边，刻意压低嗓子低语着。其间米亚以一种极度茫然的眼神盯了我许久，好像我也是这场闹剧的密谋者之一。

“没办法。”他蓝色的瞳仁瞬时黯淡了几分，随即又燃烧起新一轮的挣扎，“我以前做过许多工作，修车、卖巧克力、货车司机，甚至米亚的玩伴，可是有的时候我甚至付不起你房租。”

“你在玩火。这太冒险了。”

“伙计，闲暇时我可以幻想自己是这个国家的总统，但是饿肚子的滋味确实不好受。”韦伯拍了拍我的肩膀，我能感受到那双冻裂了的大手隔着厚绒衣袭向肩胛时宽厚而温暖的触感。我知道我们从此不再属于一个世界，也许很多问题根本就无从谈起。

“圣诞快乐，韦伯。”米亚小心翼翼地从妻子手中接过一个挂着彩带的精致礼盒，“手套是爸爸选的，你会喜欢的对吗？”

“当然，我可爱的小向日葵。”韦伯颤抖着接过盒子，弓下身子温柔地吻了米亚的侧脸，“明天我就可以戴着这双手套去和市长夫人约会啦！这将是我第一次和女人一起单独吃晚餐，简直棒极了！”

“噢，韦伯，我真替你开心。”妻子依旧带着惯有的从容，不动声色地说，“但是我认为不应该在米亚和莱恩面前说这些，他们只是孩子。”

“我高兴糊涂啦！她一定是有什么事情找我帮忙，事实上一个礼拜前我看到她和一个男人在管道旁边的森林里拥吻，这可不是新城的第一夫人该做的事！”韦伯抿了抿嘴，摆出一副期待的模样，“据说市长大人要争取连任，或许她还会捐赠给我们一些温暖的衣被——管道里的冬季真是糟糕透了！”

“够了亲爱的，祝你好运。圣诞快乐，我们现在要回家准备派对要用的道具，希望你不会介意！”妻子露出一个玛利亚般深沉而美好的微笑，同时牵起了莱恩和米亚的手。

“当然。我很开心你们能来。”韦伯的眼睛眯成了一条缝，管道上空安谧淡然的晚霞将他不动声色地笼罩起来。他变成了风景的一部分。

“好运。”我上前去和他拥抱，仓促地望了一眼囤积着淤泥的浑圆而巨大的管道，以及入口处乔恩斯留下的被风卷得铺天盖地的食品箱。

一切都像是一场梦，也许根本什么都没有发生过。

大概过了半年左右，我们再也没有得到韦伯的消息。乔恩斯成功连任了市议员，我们都固执地认为这和管道里韦伯那样的穷人脱离不了干系。至于和市长夫人共用晚餐一事则彻底没了下文，媒体没有吐露一丁半点的消息，或许他们根本不知道。

新城寂寥无声的盛夏如期而至，空气中满溢着淡淡的撇不去的草香。我和妻子在院子里撑起一个足够容纳四个人的帐篷，然后一家人在蝈蝈的歌声下嬉闹着扮演植物大战僵尸。我是胆小菇，妻子扮演炮花，而米亚和莱恩则分别是向日葵和大坚果。

“嘿，要是韦伯还在该有多好呀。他最喜欢玩这个游戏了！”米亚清脆的嗲音在暗夜里显得格外明清，我敏感地看了妻子一眼，发现她也正在注视着我。我们用同样疑惑而担忧的眼神打量着对方蓝色的瞳仁，好像做着来自异次元世界的不着边际的梦。

——新闻一下午都在播出着拆除管道的特别报道。我呆呆地看着那些冻得像茄子一样的穷人们一个接着一个走出那阴冷而龌龊的洞口，却迟迟没有见到韦伯的影子。同样的新闻我一点不落地看了两遍，并不认为自己会漏掉某一个穿插着韦伯的关键镜头。

终于发生了什么不好的事情，比如韦伯死了。

听到这个消息的时候我正和妻子背靠背站在厨房里烤着孩子们最爱的奶油酥饼，莱恩突然慌慌张张地闯进来，递给我们写着噩耗的单子——事实上那个单子在一下午的时间内蔓延到了新城的每一个角落——关于死者的认尸报告。韦伯安静地躺在管道旁边的草地上，像是一尊安然而美好的塑像。我记得那个地方，半年前我曾经在被逼无奈的情况下在那里停过车。

我摘下围裙，匆忙地赶到现场。警察用黄色的布条将周围的区域封得死死的，周围站满了不明所以的民众。那些年轻的小伙子们操着戏谑的口吻微笑着附在同伴耳边絮语着，姑娘们则是用双手捂住了嘴小声轻叹着，满眼不可思议。

出示了证件后警察示意我对韦伯做最后一次的辨认，尸体的颈部隐约闪烁着一条血红的印痕，看得出来韦伯是被铁丝一类的细物勒死的，这是一场谋杀。

警察给我看了从韦伯内衣里层的口袋里找到的一张写得扭曲的忏悔信，详细叙述了近一年来的受贿经历以及施贿名单，末了还有一行歪歪曲曲的小字，看得出来是最后犹豫了几番才添上去的，因为上面还有划掉了几遍的痕迹：“上帝原谅，我没有继续践踏民主。”

随之一起的还有一个放在塑胶袋里的包裹，据说那玩意儿直到最后还被韦伯死死抱在怀里。傍晚的余晕穿透林林隙隙的魅影落在死者肩上，不知哪棵树上的乌鸦没命地呼喊，像是见证了一场无以言说的亡灵。

包裹打开，是一双完好如新的羊皮手套，里层还缝着一层小小的布条——

致马克·韦伯：

你是我最好的朋友！

永远爱你的米亚·韦斯特

食 单 考

中国人民大学/卢多果

它们也许要哄骗我一生，使我时时反顾。

——鲁迅《朝花夕拾》

一

当我的父亲已厌烦于向每日散学时的我报告今日的吃食时，厨房的门框上便粘上了窄窄的一方纸条，姑且可呼之为“食单”。我便轻轻踮起脚揭下那纸条，夹在童稚时所珍藏的日记本里。父亲用圆珠笔写在窄窄的纸条上仍是粗大，每日积攒，就成了厚厚一叠。

厨房的门是深红色的油漆，透过门上窗框里的油污，看得到天花板上一块块悬起来的腊肉。父亲的厨房对我总是关闭的，我的父亲总是不无伤感地说，结婚之前他从不做饭，我却更疑惑他的技艺自何而来。我所见的厨房总是偃旗息鼓的，调料锅碗与我不相识。我被驱逐于厨房之外，厨房对我来说只是那深红色油漆门框上的食单，以及那窗框里的被油烟拥抱的腊肉。然而我只倚靠那窗框和食单，便已能想象厨房里的运动秩序；我见到食单上的条目后再凝望那窗框时，便已知晓今日菜肴的形状、味道。我总要一个人在那门框下站着，头一个印证我的想象。

食单并不是每天都有的，至少父亲不在家或我不在家时是没有的。随着我日记本里的食单渐多，而忧心于无处安放之时，我所能与食单相见的机会也渐少。那只是属于我幼年时的记忆。我们对于幼年的记忆其实是不看重的，尽管我们屡屡心血来潮便大谈童年时的所谓美好记忆，但那不过是成年人的欢呼雀跃。

现在我要讲的不是一个关于食单的故事，或者这只是发源于我在那门框下的想象，因为我已久未见到门框上的食单，那负载90年代以来家庭饮食史的一叠食单也早在人口迁徙中迷失无考。抄食单的举动无疑是过于古典主义的，而我的父亲原是一个自80年代走来的浪漫主义者。我惊奇于这一行为的情致，但或许这情致只是来源于“食单”之名，而这名字大抵是中了袁子才的流毒，我的父亲是从未把它唤作“食单”的。父亲的“食单”与上了年纪而未趋时更新的饭店里的阿姨点菜时手抄的菜单并无不同，只是纸上没有或红或绿的条框（虽然某些饭店点菜时甚或需要食客亲自在简陋的白纸上抄写菜名）。袁子才才是古典主义者，我必须为我的父亲申辩，他是真正的自80年代走来的浪漫主义者。80年代或许也将被涂抹为古典，但我的父亲，当年的确是一个浪漫主义者，千真万确。

我并未仔细端详过那些纸条上所写为何物，儿童的注意力总归是分散于周围的一切事物；我只是打量一眼，揭下来，藏好，这一过程我熟练得竟不在意手中为何物。我至今仍可以数出那窗框里的腊肉如何与日俱减，在腊月初又重归于琳琅满目。那些腊肉是从大雪纷飞里拖回来，那黝黑干枯的表皮往往渗出油渍，构成了我对于厨房的全部想象。我每天要花上10来分钟端详那些腊肉而非食单，以满足我对于厨房的欲望。对于食单，我是不解其意的，我只是一日一日把它揭下藏起。我更感兴趣的是那窗框里的世界，或许食单本是有助于我了解的。但直至我的父亲进入厨房次数的减少，食单也迷失不见，随即被遗忘，那个被珍藏的日记本亦如所有童稚的记忆一样被弃于迁徙与成长。因此我被准许进入厨房，偶尔观看我的母亲操持菜肴。我对于厨房的想象顿时得以全部满足，我忽然记起从前那个厨房里的一切，记忆都是昏黄的，只有门框是耀眼的深红，我重新发现了门框上的食单，是更耀眼的亮白色。

我开始回忆本应在我的家庭饮食中占有重要地位的食单，懊悔于年幼时的无知与粗疏，以至于仍无法回忆起食单上那些名目。我思考我当时的想象究竟是否来源于食单，我怀疑当时的文化程度尚不足以认全上边的名目，而这个结论随即被推翻，若如此我的父亲便没有抄写食单的必要；然而这或许便是帮助我认字之用，或许这原非供我所设。但我的记忆里食单只是一张空白的纸条，上面的名目都已淹没不见。厨房的想象成了窗框里具有线条性的腊肉，那些粗鲁的腊肉无疑是罪恶的，因为它们挤占了我的记忆。我决定搜寻仅有的记忆片段以还原那食单上的全部名目，一如所有后现代主义史学家所致力者。那些腊肉成了恐怖的符号，我因而回忆起夜里起来时见到关于其狰狞面目的想象：腊肉一字排开，又仿如我的父亲为我讲述的无数古典故事中屡屡出现的“一字长蛇阵”，必然会为一个少年将军所击破。我现在便是那个少年将军。

二

我所依据的全部材料是我父亲的习性，以及我在饭桌上的所见所闻；但饭桌与厨房是截然不同的两个世界。我始终坚信，饭菜一旦端上了饭桌，便不再属于厨师。因而我放弃了以饭桌上的菜来推定食单上的名目的做法，食单是这两个世界之间的桥梁，却是属于厨房那个世界的，甚至是只属于我的父亲和我的。我想食单上的名目一定是特别的，就算见到菜也未必能知晓其名目。

事到如今只有去询问我的父亲了，问问不就明白了吗？但是我的父亲尚未到达回忆往事的年纪，他似乎仍是一个地道的积极浪漫主义者，询问这些未免有些唐突。实证主义早已为我鼓足勇气。我认定自己便是父亲故事里的少年将军。

对于食单的苛求使得我对于腊肉这种事物异常憎恶。我认为是这些线条形的肉干挤占了童年的我的可怜记忆。我固执地以为只要把腊肉在我的记忆中驱逐出境，我便可以清晰无误地回忆起父亲食单上的构成。于是我变成了父亲故事中的少年将军，勇敢又奋力地和那些悬挂于窗框里的腊肉搏斗。

我艰难地将一条条腊肉从我记忆里的窗框中取下。食单上的内容仿佛隐藏在腊肉之后的厨房，随着时间的流逝渐渐显露真容。它们的名字在我的嘴边几乎呼之欲出，拼音、笔画，甚至是它们被端上桌时的气味和放入口中的触感在脑海中一一浮现，但是很快又被晃动着的肉干所打碎，终不能组合成形被我的笔所记录下来。腊肉几乎变成了我的梦魇，就如现在广场上上了岁数的女性们用来循环播放的歌曲一样，进入记忆中便再也不肯出来。我尝试着用许多办法来摆脱它，譬如放弃了这道家乡的美味，虽然这令我看上去不再像一个纯粹的湖南人。我甚至开始排斥与它同时出现的青椒、豆干以及其他食物，但又很快沮丧地发现这几乎就是徒劳。

当我逐渐放弃与腊肉搏斗的时候，我惊讶地发现，更多父亲食单上的菜肴开始隐隐约约发现出来。只是每当我妄图捉住它们的味道并为其定名的时候，它们就又会消失不见，仿佛它们都是一道道没有名字的菜，它们只有自己的气味和口感，却从未真正以名字的形式出现在父亲的食单上。

三

我现在要依靠我的父亲的习性来还原那些食单了，无疑这需要小心的求证。首先绕不过去的仍是那些名目的来源，依据我的历史知识，最为凑手的考察重点便是父亲的阅读范围，我自然把目光投入他尘封已久的书柜。如果我能在其中找寻到《随园食单》等菜谱，或是《实用家庭菜大全》云云，便易于做出判断了。

那书柜是深蓝色的玻璃，是那年头最流行的式样，玻璃是如同窗户一般的可滑动的两大整块，正中间是横插的一把锁。儿童对锁闭的空间往往最有兴趣，更爱在柜子箱子里翻检，我年幼时也因此被父亲斥骂。玻璃在轨道里滑动的声音依旧刺耳，然而找寻的结果令我失望，菜谱一本也无，这便自然使我排除了食单上的名目来源于菜谱的可能。这顿时使我骄傲起来，我有极大的把握证明那些名目是出自我的父亲之手。书柜里多的是诗歌、小说，说不定“双桅船”、“神女峰”便是我所探求的名目，或者是一句诗，那简直是符合我父亲的习性，也无怪乎我难以记下。不过对于一个儿童来说，这毕竟过于深邃了，我的父亲是为避免讲解的麻烦因而制作了食单，因此这一可能也属微小。

年幼时翻检书柜是为了搜寻图画书，将锁从书柜上拔下来的那一瞬间也让我爽快。我总要偷偷地从父亲的书柜中搬运书籍到我那小小的书架上；年龄及长，每次翻检便自然会有新的发现，这让我乐此不疲。书柜是属于我的父亲的，但我却从未想过那些书与父亲有着任何联系。我只是像老鼠一样搬运着我所爱之物，既不知晓这些书何以出现于此，更未想知晓我父亲与这些书的故事。在这些书与我的父亲之间是一片空白，这空白直到我为那食单上的空白而惊讶时才浮现。我开始疑惑那些扉页上签下的各种我不认识的名字，那些原本的主人是谁以及为何摆放在我父亲的书柜里，这些都是难以解答的。我老鼠般的行为使我发窘。

那书柜也是我精神的最初来源，当然不是由我直接阅读，我还只能阅读一些粗浅的画报或诗歌。我上学的时候年纪还小，但语文课作业总是要布置日记，从三十字到五十字再到二百字，我随着笔下的字数而生长。父亲说，等你认真学习，长大了就能写八千字了，但我并不想写八千字，也不想写得太少，三百字就足够了。我愿意永远待在三百字的年纪。

我记得我还写过父亲为我抄写食单的日记，但细节我早已忘记了，因为我对写作文实在是不擅长，每日布置完作文回来我便用央告的眼神看着父亲。父亲说：“先吃饭。”我照例应该在厨房前站一会儿，有日记或作文的夜里我是无心站立的。饭毕，父亲坐在那把坚硬的大理石靠背的椅子上，开始口述今天的作文。那个关于食单的作文，是由我的母亲提议，由我的父亲叙述的，有许多话我尚不解其意，但照例记录下来，不会写的字便附上拼音。父亲念作文时都不用多想，虽然有时的方言语汇使我费解，但这并不减少我的崇拜之情。我想父亲一定是把那书柜中的书籍都读完了才能如此迅速地写作文。我曾经立志要读完父亲书柜里的书，但这志向像儿时所有的理想一样被我忘记了。

我重新打开这深蓝色的书柜时，这一代的年轻人已经有了自己的精神口号，我们声称自己的精神故乡在80年代。我惊喜地发现我与我的父亲有着精神上的紧密联系，他满足了我关于那个时代的全部想象和向往。只有那个时代，才能产生我父亲这样的浪漫主义者。

我在书柜里虽未寻到半点有关食单的信息，但我不再认为自己对父亲一无所知，我认为对书柜的探索取得了圆满的成果。

四

对于食单上的具体名目，我终究没有获得现成的信息，我只能自己尝试着去拼凑。有一样材料是不必细究便可揣测的，那食单上定然有大量的辣椒。我的父亲是纯粹的湖南人，他的性情是湖南式的暴烈。

从年幼起的很长一段时间，我拒绝吃辣椒，这让父亲很苦恼。大抵是一次误食辣椒使我一直心有余悸，使我对于饭桌上的诸种菜肴都难以入口，这自然成了我逃离饭桌的借口。我们那边管执拗的行为叫作“霸蛮”，这字样是地道的湖南风味。在父亲屡屡劝说诱骗无果之后，我的父亲便要对我“霸蛮”了。

那也是我久立在门框下想象今日的厨房之后，我的眼前出现了一盘深绿，那深绿使我惊惧，是在油锅中翻滚后焦枯的颜色，辣椒的表皮绽开成黝黑。我盯着那被米饭深深掩盖的碗底，米饭上出现了一抹深绿色，上端是父亲的筷子和手。

“吃，这菜蛮好。”父亲的话语不容违抗，我迅速吞下了那一抹深绿并起身去取茶杯，那灼热感随着迅疾灌入的水流得以缓解。我的父亲并未阻止我，灌入的水声中好像伴随着父亲的叹息，我听不分明。我坐下来继续凝视我的碗底，父亲指了指饭桌：“吃吃，还有别的菜。”

我不记得是何时我开始对父亲的辣椒抱着崇拜的态度，大抵是父亲一再的教导使得我对于自己不能吃辣这一事实感到羞愧。他决定改变我的柔弱的性情，其表现便是不能吃辣。在饭桌上若是不能嚼上几口辣椒简直等于是降低了湖南人的人格，若干年后我在饭桌上见到几个来自各地的姑娘为家乡的尊严而大嚼辣椒时，我才懂得父亲的良苦用心。我知道柔弱的性格是不妙的，我们家历来是纯粹的湖南人。

我的曾祖父是武师出身，整日好打熬筋骨，玩弄枪棒，据说能只手推倒围墙，引发过与邻近家族间的大型械斗。我父亲便是随他习得了拳脚功夫，但这并不妨害父亲是纯粹的浪漫主义者——被认定为浪漫主义者的李白便曾“十步杀一人”。我们那个县城上有一个广场，其实就是火车站前的一片空地。整个县城只有呈L形的两条大路，那片广场便在L的交叉点上。那也是儿时父亲带我去散步的地方，夜里这里就是一块一块的夜宵摊。昏黄的老式灯泡讲述着十年前的故事，我开口询问，父亲就开始讲述。

那时我父亲年方二十余岁，那也是个晚上，父亲说他出门前吃了祖母做的虎皮尖椒，气力十足。父亲走路很快，很容易就独自出现在火车站前的广场上。我想那定然是有星星和月亮的晚上，广场上散落着夜里出来乘凉的闲汉，我的父亲走近了一群正在吃着凉粉的赤膊的闲汉，那是夏日里街头所习见的装束。

我们那里到晚上便有大批浪荡的汉子涌出，或吃酒，或打牌，或闲游，斗殴自然是少不了的。夜宵摊刚刚兴起便得到了欢迎，那些汉子在漫漫长夜里依靠一盘龙虾、几瓶我们本地出产的冰啤酒，试图压下那正蓬勃的雄性气息，结果却使其更为喷涌。广场上成了夜宵摊和汉子们的聚集地，有一片空地供他们唱卡拉OK，不标准的粤语通过劣质的音响回荡于广场四周，也难免会发生一些不愉快事件的。

“小卢来了，唔……来吃杯……”那个正在吃凉粉的汉子抬起头，含糊地准备把那滑溜的流体咽下去。

父亲没有说话，他长吁了一口气，他的脸由于刚吃过辣而通红，想必那些汉子已经闻到了那种青椒独有的烈香。父亲扬了扬头，很认真地对着那个汉子的鼻梁打了一拳，那汉子尚未来得及站起来，一口凉粉喷得满桌俱是，深绿色的啤酒瓶清脆地滚了一地，他倒在了邻桌的桌子底下。那一拳是朴实的，但由我父亲打出来一定是很好看的。

桌上有一盘刚端上来的口味虾，极辣。那是与鲜红的辣椒所共生，又在浓烈的辣椒油中所浸泡过的，表皮由浅红转为炽热的深红。那些汉子刚才还在缓缓为龙虾剥去硬壳，为其味之烈而皱眉。此时他们已弃了那盘炽热的龙虾，迅速退开，准备打斗。父亲轻轻在盘子里拾起一只龙虾，径自放入嘴里，咀嚼声坚硬有力，金黄的辣椒油洒在桌面上。父亲又很快地向前了一步，手上残留的辣椒油飞溅在另一条汉子的胸口。

父亲没有告诉我那天晚上打斗的起因，也未说明他所打倒汉子的数目。然而这个故事寄托了我的想象与崇拜，我坚信父亲的胜利与祖母的虎皮尖椒、夜宵摊上的口味虾有关。于是在我的强烈请求下，父亲带我坐在了一家卖口味虾的夜宵摊前，昏黄的灯泡还讲述着从前的故事，那是我第一次大量吃辣，父亲的脸也通红。父亲像那天晚上一样把盘中的龙虾吃尽，没有饮酒，赤了上身带着我离开。一如那天夜里一番打斗后，他依旧满脸通红地脱了上衣，钻进同样赤膊的围观的一群汉子里。

夜里的火车已不会在广场后的火车站停留，它们只是一列又一列迅疾地离开，把广场上闪跳的人们抛在身后。

父亲的教导起到了效果，对于辣椒、更多是对于我的父亲的崇拜使得我开始大量吞食辣椒。这个故事在我的转述中添加了许多传奇和想象的成分，然而有关辣椒的部分，那是属于我的父亲而且真实的。那些食单上，辣椒定然是不可少的。

五

我继续满怀欣喜地进行追忆，腊肉被我从大脑中驱散而食单也渐渐明晰起来，我既已获得辣椒的重要线索，现在只用知晓其他材料，就能很容易地组合出一盘一盘的菜。而且我们这里的辣椒不是纯粹令人灼烧的辣，你细细咀嚼时，是有甜味的。

父亲的身体健壮而高大，他多年来有锻炼的习惯。我常常在天微亮，眼目蒙胧时被他唤醒。我便安静地站在水池边背着手站立，享受最后几秒的酣睡，父亲便弯腰用湿湿的毛巾为我抹脸，他的手时常弄疼了我。我便大叫道："鼻子要落下来了！"这时候父亲就会抱歉地揉揉我的鼻子，把一个打满了水的深绿色军用水壶挂在我的脖子上，我便赶紧迈步要走在父亲的前面。这时的街道上尚无人出现，夏日的早晨是清冷的，那一扇扇隐秘的门后仿佛还听得到微微起伏的鼾声。

北边有一座小山，山下是一条水渠。县上没有公园，老人只能在这里进行锻炼。每天清晨走到这里父亲都会问我是上山还是走水渠边，我总是毫不迟疑地选择走水渠边。山上的地面上铺满了有棱有角的石头，树木也是东倒西歪，使我厌烦。水渠边比我们早到的都是老人，父亲便可以借此教育我一番："老爷爷年纪这么大都可以早起，果果也不能睡懒觉啊！"我不屑地说："老爷爷长大了就不用睡觉了，我还没有长大所以要睡觉长身体！"父亲总是以长身体为由催促我早睡，这却也成了我睡懒觉的借口。

在水渠边走上一段便没了瞌睡，县城是那样的小，以至于路上遇见的都是熟悉的老爷爷，他们或是街边卖茶叶的老爷爷，或是我们院子里那个神秘的总是扣着鸭舌帽的老爷爷。我最烦恼的是见到年纪稍长的人不知道该叫伯伯还是爷爷，都怪父亲的熟人太多，我就低下头先走。水渠边是窄窄的一条小土路，旁边分开的小路又引向农田房舍，小平房里便吱呀一声开了门，由一个汉子挑出两担豆腐或是各种蔬菜，那清爽的香味隔着一层豆腐布都能闻到。父亲说我们那里豆腐好吃是因为水好，我就已经能想见，父亲的食单上马上要添上几样。

水渠的尽头是一个小湖，周围是矮矮的山谷，那时候尚且未有水质污染的概念，老爷爷老奶奶们用装食用油的大壶装满了水挑回家，扁担的两头油壶发出撞击的闷响。湖边是刚捕获了大鱼或山间蛤蟆的汉子，坐在扁担上等待买主，哼着一曲上了年纪的调子。装过化肥的蛇皮袋里是蛤蟆可爱的呱呱叫声，那些鱼侧卧在地上便不动弹，一个个饱满得像白馒头。我的父亲一头盯紧了在草丛中玩耍的我，一边和那汉子攀谈起来。我喜爱在水渠边洗脸，但父亲禁止我靠近水边，我便趁他还价之时用手沾上一把水。

回家了，我折一只狗尾巴草在手中摇晃指点，跑在父亲的前边。我问父亲："买这么多干吗啊？"父亲便说："这里买的才好吃，你要多吃点，只晓得读书。"我不解为什么好吃便要买这么多，只是说："老师说不能吃青蛙，只能吃牛蛙，青蛙是要消灭害虫的。"父亲手里黑色的塑料袋发出呱呱的叫声，父亲笑笑但并不说话，我认为自己的观点得到了默许，便愉快地继续往前跑。我现在想象从前父亲手中提着的黑色塑料袋，踏着小土路一路走来，一定像极了皮囊里装着仇人头颅的侠客。

我在门外静候着水渠边的种种材料被盛上饭桌，想象那豆腐被剖开跌入油中绽开的形状，鱼儿跃入会是一声闷响。父亲对于食物有着严格的苛求，水渠边挑着担子或背着蛇皮袋的汉子或妇人，为我父亲的食单提供了源源不断的材料，也是被他认定为有助于我长大的。那些材料难以穷尽，但不穷尽那些材料便无法还原食单，忽然它们像那段水渠一样汹涌而来，淹没了我的记忆。

六

对于食单的考证终究是一种属于成年人的幼年式的游戏，这一考证注定是漫长而无结果的。所谓的考证成为漫无边际的追忆，我将在追忆中耗尽我的兴趣。追忆是成年人的游戏，他们终究不会如他们所企望的那样生活，追忆只是作为他们干枯生活的点缀，追忆过后他们的生活依然干瘪无趣。

我逼问自己是否真正了解父亲，尽管我已经掌握了组成食单的材料、我与父亲不可分割的精神联系，但这些未能拼凑出那些食单上原本闪亮的名目。或许最好的办法依旧是去问一问我的父亲，顺便询问从前的故事。那些想必都是很有趣的。但对于食单的考证随着父亲的忙碌与我的忙碌而搁置，我不仅不了解过去那些食单，就连我家的饭桌上此时摆着什么菜也不了解。这些无足轻重的小事，只会在成年人的追忆中派上用场。而那些食单是只属于过去的我和过去的父亲的，既不属于此时的我，也不属于此时的父亲。

我的父亲随着我作文字数的增长而苍老了。在我的字数超过三百字时我便少有机会看到他的食单。如同他所说，在我长大时，我笔下文章的字数已经远远超过八千字。在我的文章还只有一千字时，我第一次出门远行，久未下厨的父亲要求为我做菜。我被允许钻进厨房观看，那是一盘极平常的青椒炒肉。青椒裹挟下的腊肉在锅中嘶鸣，尽管这道菜他炒了有数百遍，他依然很笨拙地翻动着，动作未必有他打斗时那么好看。我抬起头，已经看不到天花板上悬着的腊肉。父亲把菜盛到盘子里，敲击了一下锅底，认真地说道："青椒炒肉。"

我愕然而惊恐，那青椒已不再是我儿时的青涩，肉也惨白得吓人，它们也过了青春的年纪。

我说我想吃煎豆腐和龙虾，我想念那些豆腐担和蛇皮袋。

从前父亲不去山上锻炼的时候，总是一个人站在路边等山上挑着担子下来的汉子，那些蛇皮袋里有各种我所未见过的物种，它们被记录在食单上，然后被我囫囵吞食。那些汉子写就了我的食单，或许我应该去问他们。

七

县城里的人们都老去了，只有它自己越来越光鲜。

那些陈旧扁担下的汉子和妇人逃离了县城，在迁徙中，他们将各得其所。青椒、豆腐、鱼虾，不再属于菜篮和蛇皮袋，它们也在大超市的货架里各得其所。我再也找不到它们。

那些纸条则会随着我的又一次迁徙，在一个幽暗的日记本里被意外发现。那时候我曾经的所有考证和猜测将得到证实。纸条的亮白一定已经转为老式灯泡的昏黄，只是不知道那些急促写下的字迹能否保存下来。

然而我呢，我只是想念它们。

报　应

甘肃省陇东学院/丁璐璐

“这是造孽啊，这是报应啊!”这是老善人常挂在嘴边的话，村里的老寡妇也这么说，摇着头，和老善人一模一样。可盼爱到死都没学会这句话，我每次拿棍子抽她时，她就叫起来：“爸爸，爸爸……造孽啊，报应啊!”我感觉她的嗓子都快要破了，能把那些死掉的人叫活过来。

盼爱是个傻子，盼爱挺好玩的，盼爱挺可怜的。

盼爱来我们村时我才上三年级，盼爱死时我上四年级了，现在我还是在上四年级，村里的那个秃头老师说我考的分数盼爱都能考来，所以我得在四年级再念一年。

盼爱是老善人给富贵带回来的媳妇，老善人是富贵的老子，村里的人都叫他老善人。大伙们叫他时把善字拖得很长，和唱戏一样，小孩子也学大人的叫法，倒没有谁家的孩子学得有我像，这是别人说的。老善人从村当中的十字路口光着脚走下来，我赶忙拖长了声音叫他，抵到一起聊天的女人们的头像花瓣一样瞬间就开了，笑声一个比一个尖。别家的孩子也都争先恐后地喊老善人，到从来没有人喊在我的前面，也没人喊得有我好听，我把善字拖得长长的，再打个钩，跟唱戏一样。头抵到一起聊天的女人们都夸过我，可惜母亲从来不在。

老善人光着脚走路的样子看起来很潇洒，我听大小虎说，老善人是在行善，他怕穿着鞋走路会踩死蚂蚁和毛蛐。大小虎是双胞胎，穿一样的衣服，站在一起像是在照镜子。他们说老善人是受菩萨保佑的，他的脚底和铁一样硬，用针扎都不疼。我不信，他们就砸碎了一个酒瓶，拣了小碎片洒在老善人家门口的路上，带了我去看。

老善人没走几步，右脚就先立了起来，紧接着左脚也反弹回来了，整个身子抽了一下，扑通地一个背仰身。大小虎拔腿就跑了，我没跑，因为我看到有一股红色的液体从老善人的脚心冒了出来，他的脚掌是黑色的，那股红色的液体看起来很干净，闪闪动人，我知道那是血，我想他可能会疼的。但我还是没跑，玻璃碴不是我撒的。

"笨笨，你过来!"老善人向我招手，他抓了一把绵绵土撒在脚掌上，那一股鲜艳的血瞬间就变成了黑褐色。我没动，他会打我的。

他又招招手："你过来，笨笨!""爷爷，那是大小虎放的，他们说你的脚是受菩萨保佑的，不会疼。"我这样说着便过去了。老善人听了眯着眼睛笑，坐在那儿一动不动看着我。

那天老善人带着我看遍了他的小庙，里面供着观世音菩萨和关公老爷。我磕了头，烧了香，吃光了供献的苹果便要撒尿，老善人拉着我蹲在一块空地上看了好一会儿才说："尿这儿，笨笨!"

"这里是风水宝地吗?"我问。

"不是，这里没有活着的小东西，你的尿会把它们烫死的，烫不死也会淹死的。"

在以后的好一段时间里，我想尿尿时总要憋着，跑去找一块没有蚂蚁虫虫的空地才撒，有时也用手试试尿尿的温度能不能烫死一只蚂蚁。

大小虎是怎么知道我这个秘密的，直到现在我都不知道，大小虎知道后，村里的小孩都知道了，他们开始叫我小善人，把善字拖得长长的。我讨厌这几个字，可他们还是叫，我和大小虎抱着头打了一架，所有的孩子都为大小虎加油，我输得很惨。

"我不叫小善人，我不要叫小善人!"我大声哭着。

小个子龙飞说："你以后不要管老善人叫爷爷了，也不要学着他那样尿尿，我们就不要叫你小善人。"其他的孩子也都这么说。

"我以后不学着他尿尿了，"我小声嗫嚅着，"可是是我妈妈要我叫他爷爷的，我要听我妈吗的话。"

"哈哈，你妈就是哑巴，你怎么听你妈的话，蛋蛋多听你妈的话，蛋蛋和你妈一样都是哑巴!"大虎笑着叫道，其他的孩子也都哈哈大笑着。

那天，我是在大小虎他们的带领下去撒尿的，找了半天，小个子龙飞终于在一棵树下找到了蚂蚁洞。

"尿!"小虎指着跑动的蚂蚁给我一声令下。

蚂蚁落荒而逃的样子看起来很狼狈，但它们既没有被淹死也没有被烫死，小个子龙飞几脚下去就踩死了很多，我看着他威风凛凛的样子，决定也潇洒一回。那天我填了好几个蚂蚁洞，打瘸了两只不知谁家的鸡，踹飞了一只脏兮兮的小狗，好多孩子都举起了大拇指在我面前晃动，说："你是这个!"我知道他们在夸我，以后的日子里，那些把头抵到一起的女人也常常在我面前晃动着大拇指，尖声地笑，像唱戏似的，说："笨笨是这个!"当我拖长了声音喊老善人的时候，；当我把蛋蛋的胳膊掐青或者扇她两巴掌的时候，当我在村当中的十字路口拿一根棍子逼着盼爱脱衣服的时候，她们都会这样说，可惜我的母亲一直都不在。

我的母亲也是个可怜的人，她让我给老善人端去了一盆热花卷，父亲知道后就扇她两巴掌；她流着泪换洗蛋蛋的满是屎尿的衣裤的时候，父亲很不屑地啐她两口；她偷偷把自己的衣服给盼爱的时候，父亲红着眼睛踹了她好几脚。我一直都看着，学着父亲教训母亲的样子，也啐了父亲两口，又摸摸他的脸，然后结结实实地扇两巴掌。每当这时，他总会把我高高地举起来，然后又放下，咧开嘴，露出了满嘴的黄牙，哈哈大笑地对母亲说："你给我生了个有出息的儿子！"

我父亲对我真正是极好了的，他从来都没有打过我，学校的老师也都不敢打我，他们说我有一个能吃人的父亲。

他们这样说时我很自豪，父亲偶尔来学校接我，我骑在他的脖子上，"驾"的一声，父亲就像脱缰的驴一样狂奔起来。

但更多的时候，都是母亲来学校接我的，我一点都不喜欢母亲来学校，她的一条腿长一条腿短，走起路来一弹一颠，拼命似的喘着粗气，左胳膊随着走路的节奏夸张地抬起又放下，右手拉着蛋蛋。蛋蛋一看到我就咯咯地笑，和母亲喂养的那两只刚下蛋的母鸡的下蛋声一样动听。

母亲也看着我笑，眼睛眯起来，没有声音。大小虎和小个子龙飞他们也笑，把蛋蛋的笑声裹得严严实实的。我不哭也不笑，因为母亲听不到。

我是喜欢母亲的，也是听她的话的，虽然母亲不会说话，但她只要看我一眼，我就知道她想说什么，我捂着她的耳朵扯长了嗓门喊："老善人是我的爷爷，蛋蛋是姐姐，盼爱是小叔子傻富贵的媳妇，我也要叫姐姐……我要好好学习，我不能欺负盼爱和蛋蛋，我不能像其他孩子那样把爷爷叫老善人……"

母亲的眼睛眯起来，头一点一点地，跟那两只刚下蛋的母鸡吃麦粒时一样快。

母亲是有文化的人，这是村里那些把头抵到一起的女人们说的，当母亲一弹一颠地拉着蛋蛋从她们面前走过去的时候，大小虎的妈妈的眼睛总是那么尖，她喊："红梅，过来坐下聊会啊！"

"我妈她不会说话，她是哑巴。"我认真地说。

"妈妈，你要坐会吗？"我捂着她的耳朵扯长了嗓门喊。

我的母亲她总是摇摇头，眼睛眯成一条线，指着蛋蛋，向那些女人们摆摆手，蛋蛋又开始了母鸡下蛋一样的笑。

那些女人笑起来声音尖尖的，长长的，跟向我竖起大拇指时的笑声一模一样，只是，她们从来都没有向母亲竖起过大拇指，她们说：

"红梅是有文化的人啦，怎么可以和我们这些文盲走到一起呢？"

"吆！哑巴文人诶，书香门第人家出生的姑娘啊！"

她们是在夸母亲，可惜母亲听不到，我一直想着要在母亲耳朵旁扯长嗓门喊一回，就重复大小虎妈妈她们的话，可是，她们还没说完的时候母亲就走了，拉着蛋蛋一弹一颠的背影，我没撵上去，因为那些女人的头迅速抵到了一起，说着"红梅……"。

那天我的收获可真不小。虽然她们的头抵得很近，还使着眼色时不时瞟我一眼，我知道她们在说我的母亲，我也知道她们是怕我听到了再告诉母亲，虽然我的母亲耳朵不好使，但我的可灵了，所以还是听到了一个大概，关于我的母亲——她们念念不忘的红梅。

我的母亲，她原是邻村一家有钱人家的女儿，长得好看，又念过很多书，按理说是没可能嫁给我父亲这样粗俗而没文化的男人的。可是后来，就像荡秋千时突然断了绳子，母亲一家被摔远了。

大小虎的妈妈说是要去红梅妈的娘家，小个子龙飞的妈说是要去城里看烟花，为此她们还争论了半天，其他的女人急着要问后来的事，我猫藏在她们身后，耳朵伸了老长，像是在偷听别人的秘密故事。

总之，母亲一家是坐车去的，车跑着跑着就跌倒了，掉到沟里去了。就这样，断了的秋千把母亲一家都摔死了——除了母亲。但是母亲的脑袋被摔坏了，她不会说话了，耳朵也不好使了。

那时母亲18岁，她的哥哥继承了母亲家的房子和钱，又养了她一年多，母亲不到20岁便许给了我的父亲。

父亲是个无赖，曾经娶过两次媳妇——都跑了。之后便再也没有哪家的姑娘乐意嫁给他了，有个老女人说："我见过的，富海打他的第一个媳妇的时候用这么粗的木柴，上面还有刺，啧啧，那个哭呀，不跑才怪呢！"她用手比画着，声音提高了许多，好像她看过我父亲打人是件多么光荣而伟大的事情。

"嘘，小声点！"小龙飞的妈妈回头看了我一眼，我低下头去玩着玻璃球。

"笨笨，你怎么不去玩，你在干啥啊？"小龙飞的妈妈问我，所有的女人都看着我，好像她们都不认识我似的。

"我在玩耍呢，我听到你们在说话，可我什么都没听清，你们声音太小了。"我看着她们说。

"笨笨，你去我们家找龙飞一块玩耍去，这里没人和你耍，别在这里了。"小龙飞的妈妈说，她对我可真好！

"好的，那我走了！"我走了没几步便又回去了，因为她们啧啧了一会儿头又抵到一起了。

母亲是老善人托人给父亲问来的，老善人就是我的爷爷——父亲的父亲。父亲比母亲大好多岁，那个把母亲养了几年的伯伯起先是不同意的，但母亲最终还是嫁给了我的父亲，因为父亲给他们的彩礼真不少哩。

母亲虽然是哑巴，却十分聪明，人又长得好看，父亲对她竟比先前的两个媳妇都好多了。一年后母亲便生了一个娃娃，还是个男娃娃，本来这都是多么好的事情，可是娃快出月的时候突然发起了高烧，烧了两天，村里的大夫瞧不出个究竟，最后带到城里的大医院去看，结果检查出了先天性心脏病，医生说这是治不好的，说不准活到什么时候就会死掉。

回家的路上，父亲和奶奶——他的母亲把他的娃娃扔到了野沟里。

我的奶奶，我是知道的，他死的时候我才刚上学呢！她对婷婷非常的好，比对蛋蛋好很多，她对我也好，但没有对婷婷那么好。

婷婷上学的时候，奶奶经常拉着她，背上背着我，去大小虎家的杂货店里买大白兔奶糖，奶奶总是把多半给了婷婷，还说我太小，吃了糖牙里长虫虫。

我大声地叫着婷婷的名字的时候，奶奶就打我的屁股，我就乖乖地叫婷婷姐姐了。奶奶对婷婷真的是好，婷婷念书的时候，奶奶给婷婷缝画书包，买铅笔，她把婷婷得过的奖状一张一张地贴到墙上……婷婷到脑袋后长肉疙瘩的时候就不上学了，那时我奶奶还一直抱着她，坐在炕头，搂着婷婷的头一直哭。

“海妈待富海家的大闺女那真是极好了的！”小个子龙飞的妈妈她们都这样说哩。

可是，奶奶却和父亲一起把她的大孙子给扔了。

父亲和奶奶扔了母亲生的第一个娃娃后没敢告诉母亲和爷爷。骗他们说娃娃死在了医院里。

我的奶奶最终没有把得住风，当天晚上她就把这件事偷偷告诉了爷爷。我的爷爷是老善人——一个走路都怕踩死蚂蚁的人。

于是，我的母亲便知道了，和我爷爷一起拼死拼活要去找孩子。最终孩子是找到了，却没带回来，因为早已经断气了。我的母亲搂着她的娃哭不出声音，回来时已经大半夜，母亲没留意滑倒掉下了悬崖摔断了腿。

“红梅可真可怜啊！”大小虎的妈妈说，大家都这样说，啧啧了好一会儿，我看到她们都快要哭了，但我没有看到眼泪，因为她们的头又迅速而又默契地抵到了一起。

母亲的腿终究是瘸了，这下她不单单是哑巴了，长得再好看父亲也不会对她好了。

如果不是老善人，母亲也不会去找娃娃的，她也就不会变瘸的，所以，富贵把老善人揍了一顿，而且还揍得不轻。

富贵把他的老子揍了一顿，揍得两天没出门，这下全村人都知道了，其他村里的人也都知道了。大家都很激动，有人说父亲真是厉害，连老子都打，有人说父亲在造孽，会遭报应的。

关于父亲揍爷爷，我想那一定是精彩极了的画面，可惜那时我母亲还没把我生出来。

富贵是听说了这些事才要回来的。他的哥哥把他的老子揍了一顿，这是像富贵这样的好男人所不能接受的事情。

我的小叔子富贵他可真是个有出息的人啊，大家都这样说，虽然他很少回来，但父亲娶媳妇的礼钱都是他打工挣来的，父亲盖房子的钱也是他打工挣来的。现在他要回来了，他说他想看看他哥哥的本事。我的父亲可能要倒霉了。

可是，富贵还没回来就出事了，他在工地上最后一天挣钱时被楼上掉下来的板砖砸坏了脑袋。一个月后，富贵回来了，被几个小伙子抬回来了，又一个月后，富贵出门了，村里人都知道，富贵傻了。

父亲又盖起了新房子，比原先的阔气了许多，因为砸坏富贵脑袋的工地老板赔了不少钱。

房子盖起来后，村里人都说，富海想要分家啦！

我的爷爷老善人和小叔子傻富贵被分到了一起，爸爸之所以没把奶奶分走是因为我的母亲又生下了第二个娃娃。

母亲每隔两年生一个娃娃，婷婷，蛋蛋和我。

“富海终于是得到报应了”，这是小个子龙飞的妈妈说的。

婷婷死的时候十岁，那时我刚要念书，现在我已经在四年级第二学年了。

婷婷的脑袋后长了一个小肉球，大夫说那叫瘤，一刀子切下去就没事了，可现在长得太大了，一切命可能就被切没了。最重要的是父亲给不起切瘤的钱，他的钱都是富贵挣得，现在富贵被板砖砸傻了，砸来的最后一笔钱也被他用光了。

就这样，婷婷不去学校了，奶奶整天抱着婷婷，整天地哭。不到两个月，婷婷脑袋后的肉球长得有半个脑袋大了，侧身睡在南房屋里的炕上，父亲不让我进去。我在窗户外面拼命踮着脚，使劲地往里看，叫婷婷“姐姐”，她还会答应我，知道我是笨笨。她说“笨笨我想去学校”；她说“笨笨我想喝水”；她说“笨笨我的头好疼”；她说“笨笨我快死了”……

不久后婷婷就真的死了，死在了我奶奶的怀里，蜷着的身子硬了奶奶都没放开。进棺材的时候婷婷还蜷着身子，棺材盖压不下去，父亲拿过一把斧子，一斧子背下去，“咔嚓”一声，棺材就被盖得严严实实了。

我的姐姐婷婷死后刚一年，奶奶就上吊了。关于奶奶为什么会上吊，可纠结了大小虎妈妈她们好一阵子，有人说是因为富海对他妈不好；有人说富海妈是后悔扔了红梅的第一个娃娃；还有人说奶奶是太想婷婷了，她就见过奶奶曾大半夜坐在婷婷的坟头哭呢……

总之我的奶奶是死掉了。穿得很新，头发梳得光溜溜的。那天中午吃饭的时候奶奶不在，晚上吃饭的时候她也不在。

“奶奶呢?”我问父亲

“吃你的饭!”父亲瞪了我一眼。

“奶奶怎么不来吃饭?”我又问。

“不想吃了给我滚!”父亲用筷子指着大门吼道。

马上我就乖乖地滚蛋了，我滚出门口不多远就撞到了小龙飞，他跑得飞快。我问："小龙飞，你这么急干什么去啊？"他呼哧呼哧喘着粗气说："我要去看你奶奶，你奶奶上吊了你知道吗？"

我说："你放屁，你奶奶才上吊了。她今天早上还送我去学下呢！"

小龙飞说："你拉倒吧，你奶奶已经死了。你爸爸把你奶奶骂了，你奶奶就上吊了。"

我说："我不信，我奶奶不会死的。"小龙飞说："不信我带你去看，你奶奶吊死在了山神庙里，现在还挂着呢！"

小龙飞没有骗我，奶奶真的死了，吊死在了村里山神庙后的老槐树上，吊得很高。

我跟着小龙飞跑到山神庙时，那里已经站了好多人。有几个人想把奶奶弄下来，但是奶奶吊得太高了，大家都很惊奇，她是怎么把自己吊得这么高的呢？

父亲很快就来了，抬头围着看奶奶的人们立刻为他腾出了一个豁口。有一个人冲着父亲说："富海，你现在满意了吧？你把我姐逼死了是不是很高兴？"我认识这个人的，他是我们家的一房亲戚，比我父亲年轻，我父亲却要叫他叔。

父亲挠着头什么话都没说，那人愤愤地走了，另一个人说得先把吊着的人弄下来。父亲便走到了树下，奶奶吊着的脚刚好到父亲的脖子上，父亲托住他母亲的脚，他想就这样把他的母亲抱下来，但奶奶的脑袋在上面吊着。有个人过去给父亲帮忙，但是奶奶吊得太高了，那人就说得有个人到树上去，他看看父亲，父亲便要去爬树了，可是他太肥了，一点都不利索，像壁虎一样贴到树上便不动了。有两个男人过去在父亲的屁股上一推，他就像一个学爬的孩子一样挥舞着四肢，最终还是爬上去了。可是父亲爬到树上之后还是拉不到奶奶，他把脑袋伸下去，手刚能够到奶奶的头，站在下面的人都开始摇头。

"爸爸，你把绳子割断奶奶就能下来了。"我说，大家都开始看我，有一个人说只能这样了，于是大家都说这是一个好主意。

有人给父亲递上去了一把镰刀，马上，奶奶就下来了，"扑通"一声就栽下来了，父亲还在树上，好多人都跑过去看，我也跑了过去。

奶奶的眼睛是睁着的，眼珠子泛白，竟冒了出来，像两颗镶进眼眶的玻璃球。

父亲终究是得到报应了，母亲瘸了，生了四个孩子，两个死掉了，现在他自己连妈都没了。

"做人啊，不能太毒了！这都是造孽啊，这都是报应啊！"村里的老寡妇摇着头说，大家随之都点头。

"也就红梅最可怜了，富贵还动不动就打她。拉扯蛋蛋这那样一个屎尿都自行不了的娃，这可是一辈子的事，听说她还有什么病哩，这要是我啊，啧啧，早都活不下去了……”

大小虎的妈妈这样说的时候看上去又快要哭了，好像我的母亲明天就要死了一样。大家也都沮丧着脸叹气，好像她们就是我的母亲一样。

我看着她们，心里这样想着，最后就忍不住笑了。她们抵到一起的脑袋瞬间就分开了，像一朵开了的花，花瓣都向着我。我笑着看着她们，她们也睁大了眼睛看着我，好像她们都不认识我一样。

“你在干什么，笨笨?”大小虎的妈妈问我。

“我在听你们说话。”我说。

“你听到我们说什么了？——笨笨，你过来，你可千万不能告诉你妈妈!”小个子龙飞的妈妈说。

“你们的声音太小我什么都没听见，你们忘了吗，我妈妈她也听不见，她是聋哑巴。”我说完便一蹦一跳地回家去了。

这是我最为激动的一天，因为我知道了很多事，一些我以前所不知道的事。那天回家我一直都在想，秋千绳断的时候，母亲一家人坐的车跌倒的一瞬间，那肯定是一种非常美妙的感觉。我很想问母亲，但还是没问，因为我不太喜欢捂着她的耳朵在她的耳边扯着嗓子喊，她只是看看我不哭也不笑的样子。

在以后很长的一段时间里，当我坐在车上的时候，有时是爸爸的摩托，有时是大小虎爸爸的拖拉机，也有时是去城里的大班车，我都在想，它们什么时候能够像母亲坐过的那辆车一样跌倒，跌倒在沟里，那该是一件多么有意思的事情，那一定是一种美妙极了的感觉，也许我会被摔死，也许会跟母亲一样摔成哑巴，这是多么的激动人心而又刺激。但终究没有，他们都跑得很快很快，很稳很稳，大小虎爸爸的拖拉机跑起来一颠一簸，像是瘸了腿的母亲，但它从来都没有跌倒过。

这一切都令我非常沮丧，我是个非常喜欢刺激的人，所以，当母亲不注意的时候，我会拉着蛋蛋去那些把头抵到一起说过我母亲的女人们坐的地方，那里总是有很多人，我把蛋蛋拉到她们面前，那些女人看着蛋蛋尖声地笑，眼神里充满了期待，我知道她们在期待什么。

我摸摸蛋蛋的脸，一巴掌就下去了，和我爸爸扇妈妈时一样响。蛋蛋看着我，眼珠子从来都不动，像母鸡下蛋一样咯咯地笑。我这样扇爸爸的时候，爸爸把我举得高高的，又放下，咧着嘴露出了黄牙，他对母亲说：“你给我生了个有出息的儿子。”

我又掐蛋蛋的胳膊，蛋蛋的胳膊太细了，掐不上肉，我就用足了劲掐，学着她掐母亲时的样子，只一会儿蛋蛋的胳膊就出现一块块的青紫色，蛋蛋看着我，眼珠子一动也不动，母鸡下蛋一样咯咯地笑。我沮丧极了，这样一点都不刺激，我觉得她应该哭两声的，或者也摸摸我的脸，再扇两巴掌，她怎么可以笑呢?

母亲一看到蛋蛋的细胳膊就哭，好像被掐的人是她，母亲给蛋蛋换衣服的时候，我跑得很远，我知道蛋蛋肯定时拉屎或者撒尿了，母亲还是哭，我像大概是蛋蛋咬疼她了吧，蛋蛋似乎很讨厌母亲给她换衣服，她抓住母亲的手能咬出血来，比我掐她时用的力气还要大，但我从来没见过母亲掐蛋蛋，她只会哭。

后来，我在蛋蛋身上得到的那点快乐和满足就不够了，虽然那些把头抵到一起的女人也会向我伸出大拇指，尖声笑着："笨笨是这个！"

村里的老寡妇也还是摇着头："造孽啊，这会遭报应的！"但这都没以前那么有意思了。

这都不是多么有意思的事情，真正有意思的事是在老善人把盼爱领到我们村之后。

盼爱来我们村里时我才刚上三年级。我在学校，大小虎跑到我跟前说："老善人给富贵带回来了一个媳妇。"我呆呆地，像是听到了一个并不搞笑的笑话。他们又说："你的小叔——傻富贵，他有媳妇了，也是个傻子，还管你爷爷叫爸爸呢！"

一放学我就跑回家告诉妈妈，我捂着她的耳朵扯长了嗓子喊："爷爷给小叔找了个媳妇，叫盼爱，是个傻子！"我喘着粗气等母亲的反应。她只看了我一眼，没有笑，也没有哭。

后来我才知道，盼爱有个比她还傻的疯妈，一个瘫痪了的爸爸，一个同样傻但比她好很多倍的姐姐。盼爱的疯妈早就死了，大冬天偷跑出去被冻死的，等村里人发现时都死掉好几天了，光着的脚早烂了，血和脓都黏在一起冻得亮晶晶的。盼爱的姐姐也早被嫁了，她还来我们村看过盼爱呢，背一个大包，里面是给盼爱的衣服，还有两套新的，我怎么看她都不傻，长的白白的，像我母亲一样眯着眼睛摸着我的头笑，但村里人都说她是傻子，只是没盼爱傻的厉害。

如果不是盼爱的出现，我觉得生活真正是无聊透顶了。不过，现在好了，盼爱来了，自从盼爱做了我的小叔傻富贵的媳妇，我又赢得了长达一年多的大拇指。

也是在那些女人把头抵到一起的地方，我拿着一条棍子，那是我奶奶活着的时候拄过的。我对着盼爱呵斥："把衣服脱了！"我扯着嗓子喊，就像父亲骂母亲时的派头。可是盼爱并不像母亲那样听话，她双手紧紧提着裤子，声音喊得比我还大："造孽啊，报应啊！……爸爸！爸爸……"

我感觉她的嗓门都要裂开了，女人们捂着耳朵，咬着牙齿啧啧了好一阵子。我们都知道她在喊老善人，她每喊一声，我就拿棍子狠狠抽她一下，我每抽她一下，她就扯着嗓子喊一声"爸爸"。那些把头抵到一起的女人们又向我伸出了大拇指，尖尖的声音："笨笨是这个！"

我在这样的快乐和满足中打发掉了一年多时间，一直到盼爱死了。盼爱死的时候是秋天，那时苹果还没摘。盼爱偷吃了大小虎家的苹果给毒死了。盼爱偷吃大小虎家的苹果很多次了，大小虎的妈妈打她也很多次了。最后大小虎的妈妈让她的男人给苹果树喷了农药，大小虎的妈妈对老善人说："你要看好你们家的盼爱。"可老善人还是没有看好，盼爱吃饱了苹果就回家睡觉了，睡到第二天9点都没起来，老善人叫她起来放羊，叫了半天都没反应，富贵拿着棍子进去，看到她吐了很多白沫，嘴是紫色的，眼睛瞪得圆溜溜的，身体早已硬了。

那天我一路狂奔到家，看到母亲跪在院子里，蛋蛋光溜溜地站着，母亲在给她换衣服。我扶着大门站了两分钟，喘着粗气，母亲没有看到我，蛋蛋看着我，眼珠子一动不动，母鸡下蛋一样咯咯地笑，母亲给她一件一件地穿上衣服，我还是呆呆地站着。蛋蛋怎么可以这样，她今天怎么没咬母亲的手呢？她怎么可以不咬母亲的手呢？母亲的手应该从来都是溃烂的，带血的齿痕在水中泡过的模样……我悻悻地走过去，母亲诧异地看着我，我说："盼爱死了。"母亲还是诧异地看着我，我知道她没听见，倒是屋内炕上睡觉的父亲跳了下来，我顿时兴奋起来，捂着母亲的耳朵扯着嗓子喊道："盼爱死啦，偷苹果吃毒死的，吐了这么大一摊子白沫沫就断气了。"我边喘气边用手比画着，父亲站在门口看着我，我也看着母亲，带着一种神秘而又得意的神情等待母亲的反应，母亲没有哭，也没有笑。

盼爱挺可怜的，死时娘家只来了个姐姐，听说她的瘫痪了的父亲早在一年前就死了，喝农药死的，和富贵一样，盼爱死了没半年，富贵就和他老丈人一样喝农药死掉了，喝了一瓶敌敌畏，死得很快。大伙都说他是想盼爱了，也有的说是被病折磨死的。富贵的疯癫病犯了的时候就到处打人，打老善人，打盼爱，也打自己。一次犯病时用斧头砍掉了自己的一个手指头，后来疼得叫妈，怎么都说不是他砍的。

富贵喝下半瓶敌敌畏的时候老善人正在念经，他一点都不知道。我看着富贵蹲在我父亲以前圈牲口的土坯房的地上。我已经很久没有来这儿了，我知道这里以前还是我的家，可是在母亲还没有生我的时候父亲就分家了，现在这就是富贵的家了。此刻他就蹲在他的家里，口张着，一种淡黄色的液体从他的嘴里往外流，顺着下嘴唇拉出一条长长的看上去很富有弹性的线，另一头连着地，一小滩同样黄色的黏稠体吸附在地上。我看着富贵，他也看着我，低着头，眉毛却翻了上去，用两半个眼珠子瞪着我。我慢慢走过去把地上的绿瓶子捡了起来，我把瓶口朝下，半天它才掉下一滴来，然后就没了。富贵喝了个精光呵。我把瓶口对着鼻子，顿时感觉似乎有什么尖尖的东西深深地刺着鼻眼，很不好的感觉。我又把一个手指头伸进了瓶口，拿出来，用舌尖在指头上轻轻添了一下，"呃啊——"我感觉自己马上就要吐了，富贵瘫坐了下去，右腿把那一摊黄色的液体压住了一半，还是用两半个眼珠子瞪着我看，我扔下瓶子出去了。

我站在老善人的身后叫他"爷爷"，他跪着没有反应，当我叫到第三声的时候他就转过身来，我说："小叔喝了农药，看上去快要死了！"老善人呆呆地看着我什么话都没说。"小叔在牲口圈里睡着，看上去快要死了！"我又说。老善人忽地爬了起来，跌跌撞撞地跑了出去，猫着腰跑得飞快，好像是我在他的屁股上踹了一脚。

老善人号哭起来，我还从没见过他这样子了呢！他抱着富贵，眼泪顺着皱纹横流起来，口张得很大，一长串鼻涕掉下来，流在了他的嘴里。富贵还是瞪着两半个眼珠子，这会却是瞪着老善人看了，嘴里往外溢着白沫沫。

父亲来了，母亲来了，来了很多男人，又来了很多女人，老善人家总算热闹了一回。大家都说富贵要死了，大家都说要把富贵救活了，大家都说富贵喝得真不少。有人说喝了农药要去医院洗胃的，有人说来不及了送到医院早都死了，又有人说不管怎样让他把喝的农药吐出来就行了……

大家都开始看父亲，现在喝了农药快要死的毕竟是他的弟弟。父亲是个聪明的人，大家都觉得父亲一定会有办法的。事实证明，我的父亲真是个聪明的人。

父亲拍拍我的脑袋说："笨笨，去把你妈妈灌油用的长嘴漏斗拿来！"我飞快地跑回家拿了漏斗，父亲拍拍我的脑袋说："真有出息！"

父亲又端来洗脸盆，灰色的半盆水上面斑斑点点地漂浮着一层白色的肥皂沫，大概是富贵洗过脚的，又大概是老善人洗过衣服的。

父亲又抓了一大把洗衣粉丢进去，挽起袖子用手搅和了几下，说："把人拉住！"男人们你看我我看你一会儿，父亲又说："把嘴撬开。"有两个男人上去了，又有两个男人上去了，女人们啧啧地把脑袋伸了出去，富贵蹬着腿，被两个男人压住了，富贵又挥着胳膊，又被两个男人压住了。

父亲用一只手托住富贵的下巴，又往上一捏，富贵的口就张开了。

"放到嘴里！"父亲对我说，我看到富贵又开始用两半个眼珠子瞪我，我有点怕了，拿着漏斗的手不由地颤起来。

"放进去啊！"父亲大声说。我双手发颤，我说："我怕……"

"没出息的东西！"父亲吼道，他以前还从没骂过我呢。我的眼泪下来了，牙齿战栗着，但终于还是把漏斗伸进了富贵的嘴里。

"往里戳啊，没出息的东西，怕什么，怕死啊？往嗓子眼里戳！"父亲又嚎起来，唾沫飞了我一脸。我眼睛一闭，鼓足了劲，猛地把手里的长嘴漏斗往富贵嘴里戳去。

我感到似乎有什么东西被我戳穿了，一种麻酥酥的感觉从指间嗖嗖地流动起来，直至脚底，马上，我就听到咕咚咕咚的声音。

父亲把半盆水都灌进了富贵的肚子里，他灌得太猛了，一些溢在了富贵的脸上，呛进了他的鼻子里，富贵使劲地摇头，但他没怎么摇得动，我看到他的瞪上去的两半个眼珠子瞬间冒了出来，眼睛大得出奇，直直地戳向了我，我浑身一颤，慌忙松开了抓着长嘴漏斗的双手。

有一个抓着富贵胳膊的男人笑了，另一个压着富贵的腿的男人笑了，父亲也笑了，为着我没出息的样子，为的是他想出的这个没人想得到的绝招。

父亲把漏斗从富贵的嘴里抽了出来，说："翻过去!"几个压着富贵的男人便很配合地把富贵翻了一个身，这时，趴着的富贵把嘴哈哧哈哧地张着，我看到他马上就要吐了，但是他没有吐。

"他不吐!"一个人看着父亲说，所有的人都看着父亲。

"翻过来!"父亲说。

富贵又被翻了过来，父亲叠着双手在富贵的肚子上压了起来，像是在泵里打水，他每压一下，富贵的头就会抬一下，眼睛瞪得很大，口哈哧哈哧地张着，马上就要吐了，终于还是没吐。

父亲压了一会儿就没趣了，皱着眉头瞪着他的弟弟。所有的人都看着父亲，父亲就是父亲啊，他是有办法的，他没有让大家失望。

"把嘴掰开!"父亲说。有一个人上去了，像父亲一样托住富贵的下巴，往上使劲一捏，富贵的嘴就像个鸡蛋一样变得扁圆起来。

父亲拿过漏斗，把它又尖又长的嘴巴伸进了富贵的嘴里，富贵的眼睛还是瞪得大大的，头像拨浪鼓一样摇了起来，马上又上来一个人把他的脑袋给按住了。

父亲用漏斗的长嘴在富贵的嘴里倒腾着，拥在门口的女人脖子伸得跟拔了毛的母鸡一样长，半张着口，几十只眼睛直勾勾盯着富贵哈哧哈哧的嘴。

父亲终究是父亲，他没有让大家失望，富贵终于还是吐了，父亲还没有把漏斗的长嘴从他的嘴里拿出来的时候富贵就吐了，吐了一脸，吐到了父亲和那个托着他的嘴巴的男人的手上，那个男人慌忙退了两步，甩着双手说："他妈的!"父亲把刚才用过的洗脸盆一脚踢了过去，富贵就哗啦啦地吐了起来，他吐了很长时间，敌敌畏的味道都来要把这个房子挤爆了，男人们皱着眉头，女人们捏着鼻子啧啧地叫着，大家看上去都很激动。

富贵吐着吐着就不吐了，他耷拉下脑袋，每隔几秒钟就耸动一下脖子，从喉咙里发出一声沉闷的"呃啊"声，看上去又要吐了，但他"呃啊"了二十分钟都没有再吐出来，到最后"呃啊"的声音也越来越小了，男人们看着摇摇头，女人们把脖子缩了回去，捏着鼻子悻悻地出去了。

"你们看到了吗，他吐了那么大一盆的东西，啧啧!"

"我看大概要死了，都吐了血了，他最后吐出来的都是血，肯定是活不了了。"

"可很难说哩，都吐了那么多，一时半会死不了的。"

"看来真是死不了了，那么多敌敌畏都喝光了，富贵命可真大呵!"

"闹腾这么久都没死得了，真是活受罪啊!"

富贵真是活受罪了，他受了那么多的罪都没能活下来。

女人们站在老善人家的院子里，把头抵到一起了好一会儿，那时富贵还活着。老善人突然瘫坐下去，对着天大哭起来："造孽啊，这是报应啊!"

母亲一直都站在院子里，她没有进屋，没有哭也没有笑，这会儿她过去搀老善人，她蹲下去拉了他一下，老善人没有动，呜呜地哭起来。父亲出来了，他说："闭嘴！"老善人还是哭，父亲吼叫着："哭什么哭，没死呢！哭丧啊？"老善人立马就闭嘴了，母亲的眼泪却下来了，只是一点声音都没有。

女人们又啧啧了好一会便都各自回家了，她们走后没多会富贵就断气了。

我扶靠着门站着，父亲问我："笨笨，你在这里干什么？"我说："我给你帮忙，刚才我给你拿漏斗来着。"父亲咧开嘴笑了，拍拍我的脑袋说："真有出息，真是我儿子！"我抬头问他："小叔他死了吗？"父亲说："死啦！一口气都没了，明天就可以埋了！"

就这样，富贵第二天就被埋掉了，和婷婷还有她媳妇盼爱埋在了同一块地里。

村里的老寡妇摇摇头，和老善人说的话一模一样："造孽啊，这都是报应啊！"那些把头抵到一起的女人们都点头，又啧啧了好一阵子。

富贵死了之后，村里人都说老善人活的时间不长了，我也这么觉得，他还是光着脚走路，不怎么喜欢说话了，就算说也是自言自语，他说："这是造孽啊，这都是报应！"老善人的一个庙塌了，土堆里冒出菩萨的半个脑袋，老善人没怎么管……人们都说老善人活不久了，可他终究还是活着。

老善人还活着，几天前我还见着他的。他提着一个布袋子，红色的，很脏，有两个洞，不大不小，我看到里面是苹果，不多。他就从那些女人旁边走过去了，还是光着脚。这次谁也没有注意到他，大家都在听大小虎妈妈说一些关于老寡妇年轻事的风流韵事。我看到老善人时他已经走远了，我突然想起自己好像有很长时间没看他的庙了，我便撵了上去，我叫他爷爷，他就看着我笑，我说："你要去你的庙里吗？"他说："不去，没香没腊，什么都没了，菩萨不高兴了，窑也塌了。"

老善人走得很慢，我也走得很慢，我们用了很长时间走到了坟地。盼爱的坟堆小小的，比婷婷和富贵的都要小，上面连草都没有。爷爷把苹果一个一个摆出来，他嘟囔着："这个是老婆子的，这个是我儿子的，这个是我孙子的，这个是我的傻媳妇儿的。"他坐在盼爱的小坟堆前，又说："我可怜的孩子啊，这是我洗了很多遍的，你就放心吃吧！"

我和爷爷一起坐了很长时间，比他教我撒尿的那次还要长，我们坐到了天黑，我把他的苹果吃得剩了最后一个便说要回家。我说："我要回去了，不然我妈她会哭的。"我说："这个苹果我要拿回去给我妈。"

"红梅……你妈现在怎么样了？"我想他大概是在问我。

"她有好长一段时间没出门了，她可能快要死了。"我这样说，心里却难过起来，因为我的母亲快要死了，这是一个多么大的笑话啊。

"红梅是个好女人啊，红梅是个可怜的女人啊，死了好，死了多好啊！……这都是造孽啊，这都是报应啊！”我的爷爷摇着头，像极了村里的老寡妇，他又说：“蛋蛋，唉，笨笨……你回去吧，笨笨……”

我一个人要走回去了，周围是死一般的寂静，头顶的月亮被黑云吞去了半个脸，剩下的一只眼睛直勾勾盯着我，看笑话一样的表情。我做贼似的转过半个脑袋，老善人——我的爷爷站在那些荒冢之间，像是许多小山丘中间的一棵腐朽的老树，快要倒下去了……我听见有人在叫我的名字，像是婷婷姐姐，像是奶奶，又像是母亲，母亲？母亲叫我的名字会是怎样的声音？

我竖长了耳朵，像是听那些把头抵到一起的女人们讲故事一样认真，我听到有人在哭，是我的小叔子傻富贵，是他的傻媳妇盼爱，听着听着，竟成了我的姐姐蛋蛋的笑声，像母鸡下蛋一样动人……我看到我母亲溃烂的双手在我面前晃动；我看到父亲的黄牙闪着神秘的光；我看到抵着头的女人们向我伸出大拇指……他们都离我很近，所有的画面在我眼前晃动，我像看电视剧一样痴迷在了里面，我是主人公。

我不想回家了，我想在这儿睡下去，我希望睁开眼睛时婷婷姐姐还在上学，盼爱还在啃着苹果；我希望自己一觉睡得醒不来，强烈地渴盼自己从车上摔到沟里，渴盼把自己摔成一个傻子……我躺了下去，我想睡一觉。

“这是造孽啊，这是报应啊！”

我闭上了眼睛，我知道这是我爷爷的声音。

刀 马 旦

重庆师范大学/董腾宇

爷爷说好的旦角不是靠嗓子，也不是靠身段和扮相，靠的是你在戏中怎样饰演一个女人，即便是七尺男儿，只要投了旦角的胎，也就成了巾帼红颜，走到哪儿也逃不出西皮二黄的命运。京剧是国粹，旦角是国粹中的精神，不是女人，不是女性，它超出了性别的意识，是一种抽象的品格。在爷爷心中，旦角是一种意念，是他退出舞台后的一个精神崇尚，虽说千生万旦，但他知道哪一个行当都不是那么简单。一旦走进了油彩的世界，就要吃得了寒苦，耐得住寂寞——其实也并非是苦不堪言，还有早晨第一缕阳光的普照和深夜的那弯皎洁。

旦角总是和美放在一起的，青衣的身姿摇曳、花衫的娇首低吟、花旦的嬉笑怒骂、彩旦的幽默诙谐，都有无限魅力，但爷爷最爱的还是穿蟒扎靠戴翎子的刀马旦，他说女子就是应在凤冠蛾眉之外加上花枪坐骑，才显得英姿飒爽。爷爷腿疾之前是一个大花脸，褪去油彩，由净转旦，悉心培养他心中的舞台女性。他走路时一条腿在地上画圈，时而立住演示着一招一式，音韵情调跟随着那条腿，在练功房、在后台、在排练厅里画着圈儿，一路走一路画，直到画出一个大圆，学生们开始缅怀这位和蔼亲切的爷爷、严厉不阿的老师、德艺双馨的艺术家。

浦南是爷爷看准的好苗子，哪儿哪儿都好，最重要的是她生就了旦角的骨肉，水一样的至清至洁。她在六岁时就甩起了水袖，从此她的童年没有了欢声笑语和游戏嬉闹，有的只是起五更睡半夜的辛苦和压腿下腰耍花枪的训练。

爷爷鬓角的白发换来了浦南的碧玉妆成，一颦一笑一回眸，一唱一念一做打，戏里戏外，姹紫嫣红。首次演出带来的不单单是喜悦和兴奋，还有一份紧张和激动，浦南虽然无数次登上舞台，但那都是配角，也就是说真正属于自己的戏是这一场，对于一个把京剧看作生命的人来说，这一场不仅是跨入京剧演出的一步，也是自己生命蜕变的时刻。她曾想过，自己像一个世界的主宰站在舞台的中心，所有的人都是过客，唱词念白、文武招式都已经融入自己的血液，别人眼里的她是戏，是刀马旦，在她的心中自己是人物，是这出戏的灵魂。

她像是一片在风中飞舞的树叶，但她知道方向，不是那风的潇洒飘摇，也不是天空的风轻云淡，她向着那宽广的大地，幸福地飞去。为了大地春晖，她精专每一个咬字，每一个动作，她要呈现一场完美的《樊梨花》，响排、彩排，一遍一遍，在锣鼓声的催促下来到了首演的日子。

傍晚的余晖笼罩着长安大剧院，远远看去，像是一个朝圣的宫殿，金碧辉煌，熠熠发光。长长的队伍纵列在入场口，叶浦南早早来到了剧院，操琴司鼓的老师也已到了，化妆师在后台等着，她把所有的道具查看了一遍，花枪马鞭、长剑令旗、彩衣绣鞋都是齐备的，这是老师交代过的。披上水衣坐在了镜子前，正所谓“早扮三光，晚扮三慌”，她取过底彩，由脑门向两腮均匀地拍上底色，面面俱到，恰到好处。拿过面红，压住眉毛，由上而下、由深渐浅地拍好定妆粉，再由眼部到两颊一样深浅地涂胭脂。从外眼角往上挑，好一对妩媚美丽的凤眼，一对剑眉增添了三分英气，使她娇而又媚，媚而不俗。点睛之笔的画嘴唇，更是多了几分女娇娥的风姿。

化完妆，浦南静静地坐着，把自己交给了化妆师。化妆师湿好勒头带，吊眉、包头、贴大片，上好齐眉穗儿，盖好网子、水纱，戴上头套、假发，浦南出落得像九天仙女一样，爷爷在身后笑着点了点头。观众进场了，后台也更加忙碌，浦南穿蟒戴靠，插上面牌，系上绣球，戴好头冠，理了理翎子，定睛镜中，好一个威风凛凛的樊梨花，腰插宝剑，一手持令旗，一手拿马鞭，走上了侧台。浦南是用心窍去演出，帷幕后她是爷爷的学生，是京剧新秀叶浦南，是新一代的刀马旦，可拉开的大幕像一个揭开的魔术，瞬间她就穿越到沙场点兵，进入了自己的世界，她像上帝一样在给自己塑形，塑造心中永恒的角色。

锣鼓声疾，将士们驰骋沙场，整军以待，迈开莲步，走出了一代女将樊梨花。她忘记了紧张，忘记了观众，按着平日里的排练，唱出了古代大家闺秀的柔情，打出了西凉将国女儿的英姿。此刻心中没有了爷爷，没有了叶浦南，剩下的只是樊梨花，一通鼓，打开了她的身体和心窍，声音舒展，身体放松，她不是在演戏，而是在享受戏中的爱恨情仇，她感觉自己像是一阵风，吹落了，吹起了，在乎的只是自己的轻盈。

鲜花和掌声属于她。爷爷一点儿都不奇怪，似乎没有一丝的惊奇，这么完美，只是平静地笑着，透着些许欣慰。浦南注视着化妆镜，镜子里是一张张京剧脸谱，有谢瑶环、穆桂英、白素贞、梁红玉、刘金定……一个个刀马旦，望着她们就是望着自己，望久了，就会有一种眼花缭乱的感觉，再仔细看时，自己的眼角也添上了皱纹。浦南唱着爷爷的心愿，唱着对京剧的爱，唱着自己的精、神、魂、魄，在刀马旦的一招一式中度过了最美的年华。

40岁按说是演员的黄金年龄，正是大展风采的时候，可她也像爷爷一样华丽转身，一心一意地教着下一代的刀马旦，成就着珊瑚的花样年华。珊瑚是她的学生，刚从戏校毕业，进入京剧院后拜了叶浦南为师，在别人看来，珊瑚是幸运的，这预示着她将成为万人瞩目的角儿。而珊瑚却不这么看，在她心里是不喜欢京剧的，之所以上戏校进京剧院都是她父母安排的，她喜欢的是流行音乐。

浦南仿佛在珊瑚身上看到了自己的影子，她用心地教着，就像当初爷爷教自己一样。一恨、一爱、一惧、一怒、一喜、一悲、一伤、一哀、一荣、一枯，都要变成刀马旦的一字一句、一腔一调、一颦一笑，教学那一个回眸、一个转身、一个水袖、一个亮相，端详那一把剑、一架靠、一支花枪、一个绣球，无数的细节都化成了唱念做打，一段念白、一段唱腔，勾起了京腔京韵，成就了京剧的精髓。

同样的长安大剧院，同样的刀马旦，珊瑚迎来了属于她自己的《樊江口》，浦南仿佛体会到了爷爷当年的心情，期待中有些紧张。后台忙得不亦乐乎，可观众却稀少得很，大家带着些许失落准备着。

珊瑚穿好了靠，今天是她的舞台。她今天有些不太一样，可能是紧张的缘故吧，踌躇着来到老师的面前："我不想演了。"这句话像是醒木一样，化妆间里鸦雀无声，所有的眼睛都盯住了珊瑚，叶浦南不敢相信自己的耳朵，可她没有听错。

"老师，我对不起您，对不起我爸妈，可我不想再对不起我自己的一生了。"珊瑚压在心底的话像催战的锣鼓一样，掷地有声，声声似箭，直射人心，"我试图去喜欢京剧，但越到演出我越说服不了我自己，我热爱流行音乐。"

叶浦南的内心翻江倒海，珊瑚怎么会不爱京剧呢？"珊瑚，你打定主意了？"她死死地盯着珊瑚的眼睛，她祈望看到珊瑚退缩的眼神，但没有，她看到的是一对坚定的星。她知道这一切都不可挽回了，珊瑚和自己太像了，倔强的性格没人可以改变。"既然如此，路是你自己选的，老师不拦你，但是今天你必须演下去，你不能对不起《樊江口》的这些演员和观众。"

"好，我演。"珊瑚的口气放松了许多。京胡和锣鼓已然响起，樊梨花气宇轩昂地走上了沙场。浦南站在台侧，仿佛看到了当年的自己，不，不是自己，当年是座无虚席，而今却空缺众多。她回到后台，没等演完她就离开了剧院。"我试图去喜欢京剧，但越到演出我越说服不了我自己，我热爱流行音乐。"珊瑚的话回响在她的耳畔。出租车里响起了广播："戏曲推广，不可只靠白先勇，不论是昆曲还是京剧，现今都正在被边缘化……"

堵 路

武汉大学/许仁浩

（一）

他坐在湿漉漉的青石板上。身旁有一泓清泉，淙淙地流动。

他把铁锹和钢钎轻轻地放下，浸泡在冰凉清澈的水潭里。然后，他从背篓[①]里拿出那把今晚立了大功的铁锤，也放进冰凉的水里，准备一起清洗干净。望着这些不会说话的家伙，他满布皱纹、沧桑纵横的脸上浮起淡淡的笑容。

井旁是自家的吊脚楼，月光如水，朦胧地洒在高低错落的瓦楞上。

他站起来，脱下汗衫，想把自己和工具们一样，清洗干净。即使脱下了那件已经陪他十余年的汗衫，泡在水里的身体还是感觉不太舒服。他站起来，索性把自己的裤衩也褪了下来，在白月光下把自己剥了个赤条条的精光。

“反正没人。”他心里咕哝着。

放好衣裤，他又一骨碌地跳进水潭，把头埋进清澈的水里，几秒钟过后，猛地抽出来，肆意地抖搂着沁凉的水珠，好一阵爽快！

他赤裸裸地站在石板上，沥着身上的水。山上忽然传来响动，他的双手下意识地捂住下身那团黑漆漆的东西，又马上放开。

“妈的，又不会有人。”他朝草丛里啐了一口。

他就这样赤条条地立着，独自思忖着：“他娘的，这几日应该马上又有人来找我

① 竹器，一种农具，背在背上运东西的篓子，多用竹子和竹篾做成，有两根肩带，方便适用，盛行于湖南张家界、湖北恩施、四川和重庆等地。

背力[①]了吧。”眉间顿时掠过一丝快意。

他家里地少，妻子又多病，两个女儿又远嫁在外，于是背力成为谋生的唯一出路。其实，背力这样的活儿是没有多少人愿意干的，偌大村子里就只有他一个人是干这种活儿的。

干活的时候，他需要用背篓或者弯架[②]背着一百到两百斤的物品，诸如肥料、水泥等，爬过屋后的大山，替山上的农人送去。基础价是五块钱一百斤，随着路途的变远价格稍微抬高一点。一天下来，能挣得个二十多块，需要日日不断、月月不断，方能维系整个家庭的财政。每天下来，他都会累得腰酸背痛，倒床便睡。现在倒好，肩膀还落得了个叫作骨质增生的厉害病。

不过他为人老实、干活踏实，山上的人都愿意找他。遇上好的人家还会给他端茶递烟，有的主妇还会给他下碗面条做午餐，却也不会因此克扣他背力的工钱。他每天背着沉重的货物，穿行在陡峭曲折的山路上，极少有行人，却时常能碰见毒蛇、蜈蚣、千脚虫。

走在隐蔽处，他会找一个合适的地方歇歇肩膀，也歇歇脚。但是他不能放下背篓或者弯架，只能是靠在路边的高地或岩石上让其帮忙承受一点重力，而且他的身体要尽量保持直立的姿势，如果真的歇下去了自己就很难再站起来，毕竟背上的负荷实在是太重了。

在这寂寥的山路上，实在憋得没办法的时候，他会一边歇着，一边解开裤带解决一下内急的问题。然后安心地说：“反正没人。”偶尔，在长时间找不到歇处解决内急问题的时候，他会自言自语道：“天下哪有老大管不住老二的？老二，你就不能忍忍吗？”

……

他是这边陲的力夫，靠出卖自己的力气干活挣钱。他叫邓照宗，大家唤他照宗叔。

如今，一个冬天过去，一个夏天又来。山上找他背力的人越来越少，最近甚至是没有了。他知道，不是他为人不实诚，而是山上新修了公路，大伙儿为了图方便、省时间、少花钱，都两三个人合伙去市镇买肥料和水泥，然后凑钱找个麻摩[③]就把东西

---

① 背力，即力夫的工作内容。在山路崎岖、不通公路的地方，除了通过牲口运送货物之外，力夫也是一种交通工具。他们多身强力壮，一回能背上一两百斤的东西，并且把这些东西送到指定的位置，然后收取廉价的辛苦费作为报酬。背力是少数人迫不得已的谋生手段。

② 一种农具，用木头和竹篾配合做成，呈弓形，具有轻便牢固的属性，能承担三四百斤的重物，是背力人必不可少的工具。

③ 安装三个轮的交通工具，用来载人或装货。这种交通工具在城市里已经销声匿迹，只能在乡下或者农村能找到，方便实用。

拉上山了。

修了公路对于大伙儿来说确实是件好事，但对他来说，就等于是砸了赖以生存的泥饭碗。现在，他每天除了上山给牛割食草外，其他的时候都是闲着的，地上的那点农活根本不用他搭手，他的病妻都能打理过来。

他每天都在熬煎着，盘算着怎么过活。

他妻子每天都在煎熬着，盘算着柴米油盐。

（二）

这天晚上，照宗叔去小卖部给自己买酒。路过村主任家门口，听见村主任在屋外与人说话，就没去和村主任打招呼，自个儿放轻脚步走了过去。突然，村主任他们的谈话顺着风传了过来，他也就拣路边的一个大青石坐了下来，一边抽着旱烟，一边听他们说话。

仔细一听，村主任家里的人是郑老三。

两个人谈得正欢哩。

只听村主任说道："老三啊，你莫看山上那条小公路，看起来比村公路小多了窄多了，但这里面可是玄机重重啊。"

"咋了？莫不说有什么那个不成?"

"哈哈哈，你说对了。"

"……"

"听我一一讲给你听啊。修这条路，起初是山上的人合起伙来要搞，有几个人就来找我谈。当时我觉得这修路是个麻烦事儿，就不大乐意。那几个家伙三五天一趟地来找我，日子多了，我也就烦了……"

"是，是呢。"

"后来我就干脆跑到乡政府，和杨乡长讲了讲这门子事，他一听，当即就拍板了，说'可以'。我当时看见他眼睛里硬是放出了两道金光啊，我当时就晓得这事儿——成了！我后头才陆陆续续地得知他用了个什么'组组通公路，造福为民生'的招儿从县政府那里要来二十二万，真厉害啊。"

"二十二万？那个破路二十二万?"

"老三，莫急，慢慢听我说嘛。有一天，他打电话说叫我去一趟他家，一起喝喝小酒。后头他支走了几个陪酒的，才一五一十地把事情完整地说给我听，咳，这乡长就是比我们这些直肠子精明啊。他当时变化了一下说话的调子，慢吞吞地对我说：'老邓啊，这二十二万，我俩就分那个零头，你看行不行啊？剩下的二十万你就拿回去，修公路，这是必须要搞的，县领导等完工了要来看的，到时候你不仅要摆出一条公路，还要准备酒席啊。’我当时就愣了，眼都不眨一下，两万，就这么拿走了。”

听到这里，照宗叔心里瘆得慌。他自顾自地想啊，一个乡长和一个小小村主任就有这么大的能耐，眼睛不眨一下，两万就到手了。自己改天打电话给大女儿的时候，一定要告诉她让孙子好好读书，将来当个大官儿。这样，就真的是“家有一官，吃喝不管”了。自己的那个外孙聪明伶俐、能说会道，是块做官的好料儿。想着想着，他那把老骨头都顿时觉得松软起来了。

听村主任说完，这郑老三大叫了起来：“啊？不是，那个……那个，两万块？两万块啊！你俩就分了那两万块？”

“哎，哎，我说你是个苕啊？——我敢要吗？我是在他手下当的这个村主任，某些规矩我还是懂的，我不能因为两万块钱砸了自己的饭碗啊。虽然我也想要钱，但是你也不想想，他说分我就要啊？”

“啧啧，那是，那也是哦。一官压一官嘛，你不需要孝敬人家就算好的了，哪还有跟乡长分一杯羹的道理啊。”

“可不是吗？但是我回来了得做事啊。一回来我就开始组织上面山上的人自己出工，我们村委会把那二十万拿出来当用材钱，像雷管、炸药、水泥啊，还有爆破费啊，这公路也就几个月的事就成了啊。哈哈哈……你看现在上面的人多乐呵啊。”

“咳咳，哎。对了，那你就再没从这二十万中拿点儿？”

“老三，你还怀疑起我来了？老子当了八年村主任，哪个说我贪过？我可是不拿群众一针一线的，不管是私人的救助，还是公家往下拨的款子，我都没搞过黑良心的事。老子身正不怕影子斜。好气人哦！你竟然还怀疑起老子来了？老子要气死了！”

“哎呀呀，是我说瞎话了，我啊，是觉得你看到杨乡长那么搞，你就没有动心啊？就问一下哈，又没说你贪了，你动气干啥啊？我给你赔不是！”

“算了，用不着哦。老子晓得，就是有些人喜欢在背后戳人家的脊梁骨。幸好老子留了一手，把这次修路的支出一五一十都记下来了，看哪个还嘴巴多，心里净盘算着诋毁老子！要不，先把这次修公路的收入支出的账本拿给你看看，你也过下目？”

“哎，别别别！莫这么搞哈。我信，我信了，真的信了。回头哪个敢说你我第一个帮你堵他的嘴巴。行了吧？”

“哈哈哈，这就是了。我这种小官，就是给村里人多捞点好处，事事为村民利益着想嘛。”

“嗯嗯，那是，你放心，不会有人再说你的不是了。再有人说，我先上去给他两巴掌。这不，时间也不早了，我得回去了。说不定他娘还在等我吃晚饭呢，我没跟她说我到你这儿来了。”

“哦哦，那就赶快回吧，免得把她等急了哦。”

目送郑老三走远，邓村主任深深地舒了一口气，眉毛也舒展开了。

（三）

照宗叔听了他们的谈话，打心底儿地佩服村主任，觉得邓村主任是天底下最好的村主任。看到郑老三走了，照宗叔也想去和村主任闲聊几句。

他迈开步子朝村主任家门走去，听到屋里面村主任正在和村主任夫人低声说话。

女人问男人：“三哥他走了哈？”

村主任应道：“走了啊。”

“哦，那就好，我看他个背时的今朝来就是套话的，该死的背万年时的。”

“管他搞嘛子啊？他又能套到个嘛子话呢？这些事只有你跟我两个人晓得，别人戳不破的。”

听到这，照宗叔打了个激灵，杵在屋外没敢作声。

女的又说：“我叫你做的账本你都做好了？”

“嗯，都搞好了，二十万还剩六千块。到时候拿来当作县领导下来视察公路时的开支吧。”

“我就说嘛，我的这个招儿能靠谱的。”那女人言语间略带笑意。

“莫说你还有两下子嘛，当初我找你的时候眼睛没蒙灰哦！”

“说嘛子呢？还是先算一下账吧！”精明的女人从来都是一丝不苟。

两人压低声音开始合计。照宗叔在外面费劲听着。

男人说：“这次不管怎么着，我们也赚了近三万吧。那次乡政府给咱们村的沼气池计划，我们自己领三个，还黑了那二十一个计划，每个沼气池补了二十五包水泥，再加上以前村里的凉棚补助、村公路修补补助和民房改造补助等等，所有水泥加起来有好多吨呢，全部锁在仓库里，别人都不晓得。这次就照你说的，我把仓库里囤积的水泥伙同从外面新拉的水泥一起，全部拉到山上去了，但是在做修公路的账本上我把这些囤积的水泥全部算作是从市场上新买来的，光这些水泥就有近两万块的收入。”

男人咳嗽一声，接着轻声说：“我用同样的办法，把以前没用完的和黑下来的雷管炸药也拉上山去了，又把死货变成活钱了。我们这一次把仓库也彻底清理干净了，以后就是我不干村主任了，别人接手的时候也不能在仓库里抓到我贪污的证据，消除了我俩的一个心病啊。我总的算了一下，这次收入有近三万呢。”

“三万?!”照宗叔僵在原地，两眼空洞地望着村主任家的大门，不能转动，想赶紧走开腿却没有力气抬起来。

屋内的两人完全没有察觉，嘀嘀咕咕地继续说。

“嗯嗯，真是要得啊，既处理了那些存货，又拿到了活钱，而且在这修公路的账上也写得很清楚，别人根本就瞧不出来窍门啊。”

"媳妇儿，咋个你比我还精些了哦。哈哈。老子就不晓得这二十二万从中央拨下来的时候是好多万啊，你想想，这一级一级地索取下来都起码拿了好多万啊。想到这我就心慌。不过还好，这次修路的事儿让我顺理成章清理了仓库，了结了你我多年的心事啊。"

"我说你就莫想那么多了，早点洗澡去吧，说不定到时候领导视察了公路还有奖励或者提升你呢。"

"嗯嗯，那也是滴哦。"

……

屋内不再有多余的言谈，屋外的人惊吓出半身冷汗。照宗叔是个聪明人，他晓得这个时候去村主任家显然不是明智之举。揪着一颗急速跳动的心，他飞也似的又轻悄悄地从原路逃离了。

……

明月朗照，星星闪烁。村主任洗完澡，脱了衣服，也就上床睡觉，搂着怀中的媳妇，想着那句经典的"每个精明男人背后都有一个扎实的婆娘"，乐着哩。为了表达对这人儿的爱意，两人不免在床上腻了一阵子。后来，夫人就慢慢地进入了梦乡，她那有节奏的呼吸宛如莺语，轻轻如诉，他在一旁听得入迷。

但自己却总是睡不着，索性点了一支烟，不抽，任其慢慢自燃。烟灰轻轻地落在床前，在打碎他细微叹息的同时也化成了一支低沉的村庄夜曲。

（四）

走在去买酒的路上，照宗叔不住地骂"个的混账东西!"

或许是照宗叔偷听了村主任家里的谈话之后，也接触到了他从未企及的缜密思维和高明手段，这个平时老实巴交的力夫，走着走着，眉头一皱，计上心来。

（五）

山上炸开了锅!

村里炸开了锅!

邓村主任的家里也炸开了锅!

出大事了!

山上刚修不久的水泥路，一夜之间数处被破坏。有的地方被从路旁高处挖下来的土堆在道路中间；还有几个地方被岩石完全封死了，全部都是一两百斤的大青石，分明是从岩石裂隙处撬落下来的；有些地方，大石头、小石子混杂在一起，堆在道路中间；还有几个地方路面被滚落的石头砸得破碎不堪……

除此之外，沿路还有好多地方都有零散的石头，而这些石头更大，大多数都是修路时堆在路边的大石头，或者是爆破了但没有被弄走的“悬空岩”，这些石头全都鬼样地被堵在了路上，整条路好多处都被山石破坏得惨不忍睹。

这样的状况对于当地人来说，还是第一次遇到。即使在这样老少边穷的地区，“要致富，先修路”的口号还是深入人心的。见过路被破坏的，但大多数都是被自然灾害所为，诸如暴雨、塌方、泥石流等。而这次，明眼人都知道是人为的。

各种猜测、谣言、怀疑，还有各种怨愤、咒骂和指责一起弥漫在村子里。

面对突发的状况，村主任蒙了。是不是有人故意与自己作对？还是自己的事走漏了风声有人蓄意报复？但作为村主任，他也不是吃素的，针对这件事，他决心要查个一清二楚。

于是，他召开了全村大会，让肇事者出来自首，这样的话便可从轻发落。不料山上的人火气大得很，他们气愤愤地嚷嚷：“要是知道是哪个干的，就把哪个活活打死。”这话一出，会议结果可想而知：没有人承认毁坏了道路。

虽然心里明白是自己干的，但照宗叔也不敢承认，他怕连累家里的妻子；当然，他更怕死。

会议结束，毫无结果。山上的人依旧气愤难平。

作为村主任，关键时刻要拿出手腕和魄力。他在会议结束之前发表了自己的看法：“乡亲们，事情已经发生了，我们现在最重要的是解决问题，而不仅仅是找出搞这种缺德事的人！目前呢，正是夏肥的当用之时，路在这个时候出了问题，怎么搞？到现在我们还没查到是哪个孬种干的，那是不是就不管路了？肯定不是嘛。照我说，就先自己把路抢修了吧，是谁干的，咱不管了，交给派出所去查吧。这次修公路之后，还余有几千块钱，我先拿出来把这路修整了。明天我就去喊爆破师傅和卡车，准备整修道路。山上的大伙儿有空的都来自觉搭把手。”

“还有，我丑话说在前头，这次修路，路是给大伙儿搞好了，结果还有人戳我脊梁骨，说我贪污！我是窝了一肚子的气啊，今天我把修路的费用支出情况给大伙儿带来了，这是账本，现在搁在这儿了，大伙儿都翻开看看，心里也有个底，同时也好好丈量丈量，摸着个人的良心说话。看看我邓某人是什么样的人！”

村主任说话的时候大家都很安静，说完之后他把一个本子重重地摔在桌上，一副很生气的样子。

本来就很安静的场面变成一片死寂，先前因为道路被毁造成的愤怒瞬间也被击溃，大伙儿都低着头，像是在承认错误一样。

只有一个人，他没有说话，也没有低头。他抬着头，目光如炬，远远地望着村主任，一直望着，没有表情，没有发出任何声音。村主任觉察到了，不禁为这目光所骇，打了个寒战。

这个不说话也不低头的人就是照宗叔。

（六）

照宗叔远远想不到，自己花了整整一个晚上堵的路，大伙儿一个上午都没用到就几乎使其恢复原样了。

山上的肥料运输得以继续。对于山上的人来说，只要利益得以保全，当初是谁堵的路他们已经完全不在乎了。而且，这次整修道路的钱也是公费承担，山上人几乎谈不上任何损失。他们偶尔下山去小卖部时，还会给村主任带点蔬菜、鸡蛋。

至于堵路的人，大伙儿也没有再追究了。

没有人知道那次开会之后，村主任去了照宗叔家，在他家坐了很久。

后来——

照宗叔家就成了村里唯一一家低保户，每个月都有固定的生活补助。

后来——

上级来视察公路修筑情况，村主任因为工作出色、成绩卓越，被破格升职为乡长助理，一家人都搬到镇上去了，再后来村主任变成了乡长。

后来——

照宗叔不背力了，有了生活保障，却再也没有以前的笑容了，他的妻子三年后病死了，他也迅速衰老并且变得耳聋了。

（七）

去年冬天，我放寒假回家。在已经废弃的乡村小学前面，看到一群孩子，都是五六岁的样子吧，围着一个叫花子模样的人，跳着叫着。我仔细地听了一下，那段词儿我隐约还记得几句——“聋子壳，扁担戳，戳出血来我有药；溏鸡屎，辣椒末，就是你的药！”

回家后，我问了母亲。母亲不以为然地告诉我说，那个叫花子就是照宗叔。我问为什么孩子要叫他“聋子壳”，母亲回答，他一天到晚一句话也不说，别人问他什么也不作声，不是“聋子壳”是什么？

我说他不是早就聋了吗？

母亲早高兴地为我做饭去了，没有听到。

放眼望去，屋前的远山，已没有一丝绿意，也没有一点生气。寒意从山脚慢慢往上侵，慢慢包住整座山，整座村庄。慢慢地，这个世界就只有寒意了，火焰也变成冷冰冰的颜色了；慢慢地，血液凝固了，人心也结冰了。

我晚上梦见好多的人心，随着寒气一同，撕裂粉碎了。

清早起床，大雪铺地。推开窗，一条白练曲曲折折从家门前绕过，它从山脚到山腰再到山顶，时而出现，时而隐去，自由自在，煞是好看。当它从山顶掉下去消失的时候，又是那么的绝情，那么的义无反顾。正如历史，正如那些过去的故事，永远都不会有回头的那天……

（八）

人在做，天在看。

人可欺，天可欺乎？

万事劝人休瞒昧，举头三尺有神明。

九封信，一封遗书

华中师范大学武汉传媒学院/莫　诺

……

……

【书信一　时间：2013年1月19日　发信人：阿姊　状态：收到】

小弟：

其实不知道，这封信，你收不收得到。

如果能收到，希望看到信时，你的生活是快乐的。

不仔细算算，还真不知，已经四年没见过你了。真的很挂念你，父亲也是。不论如何，四年了，长生，你也该回家来看看了。

我知道抑郁症难受。这些年，着实苦了你了。但是你不能对父亲这样不孝。

我不是在责怪你。只是，你应该知道，摇摇晃晃到这把年纪，谁不是背了一身故事一身愁。人世上，上天没有善待的人，多之又多，也没见他们有多痛不欲生，痛得难以自拔。

希望你能知道，你不是最痛苦的一个。

你心里压了很多事，从来不跟我这个做姐的说，爸也经常因此而责问我，为什么不多关心关心你。我是确实想要关心你。可是你的心，就像一口封死的陈年老井，我找不到任何切口，你也从来没有打开它的打算。

世易时移，我只希望，家人也好，外人也罢，愿你能找到一个可以说话的人，然后好好活下去。

时下又快过年了，大雪已经在江城飘了好几遭。而你在外也漂了这么久，是时候回来看看了。

你还没见过你姐夫吧。你也真的薄情，一去就这么些年，我结婚你都没打算回来看看。

父亲老了，时常念叨你。他老得厉害，现在又患了咳疾，从早咳到晚，非常辛苦。不管怎样，你也该打个电话回来问候问候。

我只是不希望下次给你写信，就是写父亲的讣告给你。

你也不小了，该懂事了。

等你回来。

保重身体。

阿姊

2013—1—19

【书信二　时间：2013年4月30日　发信人：小梦　状态：未收到】

长生：

明天我就要结婚了。辗转反侧睡不着。陡然想到你，想与你说说话，又找不到你电话，就想着给你写写信也好。

真的是有好些年没有动笔为你写过字了，熟悉感、心酸感，陡然就连冲带撞地汹涌过来。

现在是深夜两点。窗外非常静，家里张灯结彩，一幅喜气祥和的景象，像是小时候过年一样。

是的，明天，我就要嫁为人妻了，而那个执着我的手走进婚姻殿堂的人，却不是你。我想这或许将是我一生的遗憾，同时我也希望，这也将是你一生的遗憾。

你实在太怪了。你真的太怪了，长生。

高中时，我对你那样执著，你却整日对我爱理不理。总是一个人吃饭、一个人看书背单词、一个人回寝室，好像一个朋友都没有似的，整天一副郁郁寡欢心事重重的样子。那样子却又那样迷人。高中那段时日，我写了整整六本日记，前几日清理家中杂物时，翻开来看，竟发现没有一篇不是为你写的。时下看来真是傻不拉几透顶，又心酸。

我真不知，为何那时像吸了毒一样，对你是何等情深。而你却全然不闻。

为你做过的傻事不止一桩。本来就是同班同学，还匿名写信，从别的地方寄到你的手中。你过生日时，偷偷往你课桌里塞礼物。去图书馆读你读过的书。跟着你去食堂，看你好几次点香菜拌豆腐，我本来极讨厌吃香菜的，也跟着你点香菜拌豆腐，以至现在我都改不掉吃香菜的习惯……太多太多了。

做过最傻的事莫过于高考填志愿那会儿，我左打听右打听才得知你报考的院校和专业，委曲求全和你一起去了四川那所三流大学，读了个三流专业——即使那时因为汶川地震，父母极力阻挠我往川蜀那边去，我还是毅然决然地跟着你去了。

还记得我怀着满心欢喜拖着行李箱去学校的路上，一心想着怎么遇见你的情景，在火车上辗转兴奋得睡不着，以至于第二日，我差点儿坐过站。

到学校后，没见到你，我惶恐失落至极。后来在新生名册上看到你的名字，我的心就安定下来。

大学新生军训那会儿，我故意制造和你相遇的机会。没想到好几次你都和我擦肩而过，而没有认出我，为此我又伤心了不知多长时间。

真正认识你，还是在迎新晚会时，我化了漂亮的妆，鼓起勇气找到你坐的座位，假装碰到你，并露出惊讶的表情，对你说："啊，顾长生，原来你也在这个学校啊？"之后还很不矜持地要了你的手机号。

你不知道，我演得有多辛苦。但你还是不冷不热的模样，给你发短信，你也只是回三两个字，叫你出来一起吃饭，你又以要看书为由将我打发……那时，我真的觉得我的心，就像坐过山车，却一点儿都不刺激，只觉得辛苦。

也是在后来，我才从你大学同寝的同学口中得知，你应该是患有抑郁症，我这才恍惚过来，事情原来如此，其后又不自觉替你心疼起来。

于是小心翼翼地给你发短信，问你的病情，说一些宽慰的话……之后，你可能是觉得我烦了，直接换了手机号。

再后来，我就没有再见过你了，听说你退学了，不知去了哪儿。

高中的QQ群你也退了，所有的高中同学都被你删了。微博博客这些网络平台，你都再也没有更新过，仿佛人间蒸发了一样。

为此，我狠狠哭过一场，情绪抑郁了很长一段时间，一个月下来，竟然瘦了十几斤。

我不胜悲哀地想：难道这就是苦恋你五年，换来的"福利"吗？

真是越想越悲凉。

其后的两年，又听高中同学说你在厦门出现过，其后是去了西藏还是哪儿……我已经不大知道，也不大想知道了。

这些年的苦恋，我也确实受够了你的不冷不热，也受够了自己的痴情。更何况在那两年里，我现在的未婚夫出现了，对我无微不至，无微不至得让人措手不及，让我不禁怜惜起曾经的自己来，我决定做一个洒脱的人。

我决心放过你，也放过我自己。

和他待在一起很快乐。毕业、工作，直至明天就要结婚了，一切水到渠成，顺风顺水，没有太多曲折。我也不想要曲折了，所有的曲折，经历一次就好。

只是不知为何今夜又陡然想起你来，或许是想与你分享分享此刻的心情，又或许什么都不是，只是想和你说说话，对过去做一个完整的告别。

不管怎样，长生，希望能得到你的祝福，同时也希望你能过得幸福快乐。

小梦

2013—4—30

【书信三　时间：2013年5月17日　发信人：康明辉　状态：未收到】

长生：

你还好吗？

我过得不好。每天酗酒，和老婆吵架。工作也不顺利。每个月的钱还不够孩子吃奶粉。爸妈身体也不好……

那天和同事去唱歌，听到“这些年过得不好不坏，只是少了一个人存在”这句歌词时，竟然不争气地鼻子一酸，又怕同事笑话，连忙到厕所去抹了抹泪。

我是越来越想你了。最近常常做梦梦到你，梦到我们以前在一起的快乐时光。

我觉得我错了，真的错了。

你现在在哪儿？会不会时常也想到我？

13419625263，这是我电话。希望能早日接到你电话。

明辉

2013—5—17

【书信四　时间：2013年7月17日　发信人：蓝烟　状态：未收到】

长生哥：

好长时间没见你了。电话也打不通，网上也没见你出现。我就只能采取这种最原始的方法来找你了。愿上帝保佑，这封信你能收到！

最近主编说要做一个人物专访，定的是你，由我全权负责。采访提纲我已经发到你邮箱了。如果你收到这封信，请马上与我联系啊！

另外，手头还有稿子的话，也请准备两篇，我们会随人物专访一起发。

拜托了！

对了，你还有好些读者来信都寄到了我们编辑部，什么时候有空过来取一下吧。

天气热，注意防暑降温！

蓝烟

2013—7—17

【书信五　时间：2013年8月12日　发信人：沈素之　状态：收到】

顾长生：

来信收到。一切皆好。

我不得不再次强调，你的文采真好。读你的信，像是读散文一样。你可以做作家啊……

仔细算下来，自苏州角直匆匆一别后，已过去一年有余了。在此之间，我又去了凤凰、乌镇、云水瑶、婺源、周庄这些名噪全国的古镇。之前也与你提过，我的梦想是走完中国十大古镇。

我确确实实是着迷于古镇风光，只可惜这些地方，商业气太浓，人又太多。真是处处都是人，想要寻一份清静，真是难得。倒真不如去西部那些名不见经传的村庄里小住几日来得惬意。

我有不甘。总想着那些知名古镇，总有个别是清幽之地，但一去就不是那回事儿。挨个儿去，挨个儿让人失望，下面的西塘、赤坎，包括福建的那个，我就真不打算去了。

接下来，我要去大西北看看。去看看塔克拉玛干沙漠。或许死在那儿也说不定……哈哈……

不知你是否还好，心中苦闷是否消解了些？

还在四处打工云游吗？如果是，倒也好，四处边玩边做点事。生活总会好很多的。生活是可以失了野心，但绝不能失了兴致。

只要活着，就会有好事发生的。你相信我。

愿好！

沈素之

2013—8—12

【书信六　时间：2013年1月23日　发信人：长生　状态：未收到】

阿姊：

有些事，你不懂。我也没说的打算。

这辈子，我一直在辜负一些人，也注定是要对不起你们了。

帮我照顾好父亲。问候姐夫。

春节愉快。

长生

2013—1—23

【书信七　时间：2013年8月21日　发信人：长生　状态：未收到】

素之：

原谅我没有准时回信。近来日子莽撞，也不善良。当下不想多说。等来日，我想好怎样向你开口坦陈，再与你一并娓娓道来。

这个8月，我开始读《圣经》。

愿你的旅途漫长、愉快。

注意安全。

长生

2013—8—21

【书信八　时间：2013年9月23日　发信人：长生　状态：未收到】

素之：

而今，这座城市，燥热未过。时常下午会有一场突如其来的大雨。噼里啪啦砸在窗玻璃上，其声痛快，总是令我想起未经世事的年少时分。

我想找一个可以说话的人。而你不在。

现下科技通达，你我却并不用任何电话手机联系，只是写信，能收到便收到，收不到也并不追究；也从未过问彼此的联系方式，仅有一个地址。想来真是再傻不过了，以致当前，我不知你的生死。

我很担心你。

收信请回复。

长生

2013—9—23

【书信九　时间：2013年10月31日　发信人：长生　状态：未寄出】

素之：

是有相当一段时日，不曾收到你的复信了。不知上两封信你收到没收到。

也不知此下你在哪儿，旅途是否愉快，过得是否丰实？

今夜，出门在街心花园散步，夜阑人寂，抬首间，见月色朦胧，天地之间，渐渐生了清冷浓厚的雾。空气中弥漫着桂花的暗香，不知来处。藤萝与爬山虎日渐式微，无精打采。秋寒湿襟。

回身避寒，一进屋，又是一屋子醉醉的光，空荡荡的，似一杯盛大寂寞的酒，又似一个颓败的王朝，曾经繁华歌舞升平皆历历在目。

时下，我只觉这屋子太静了，心情陡然就如同寒露一般危重，挂在往事的秋叶上，一副岌岌可危的样子。

你兴许知道，我本不是念旧的人，此夜或许只是某些情绪激素一时攻进我的温柔城池，占领了心地。回忆一发不可收。便想着执笔与你说说话，向你坦白几桩故事，不知会不会行至半端再不能言，也不知写毕，会不会给你寄去。

都是后话。信笔由缰罢了，走哪儿算哪儿。

待我取一杯咖啡与烟灰缸来。

时下，我是真想找一个可以说话的人。

这日子太静了，虽然我也知人生行路至此，得此清幽情分，已实属不易。但我还是觉这日子太静了。早晨读书看报，去菜市场里买来新鲜蔬果，做一份水果沙拉，熬稀饭。食毕做三组俯卧撑和仰卧起坐。在阳台种种花，端详其中姿态。中午时分睡一场午觉，做一场梦，或连梦都不做。我一直觉得做梦和恋爱一样，皆看缘分。起来时，常是下午三点，秋阳热烈，却已有式微样态。夕阳垂暮时，做晚饭，萝卜青菜各一碗就可打发。在黑暗里看一场电影，到楼下散散步，回身就睡觉——就像我们在角直的那段日子。

日日如此，不知疲倦，亦无轻重缓急。像西西弗斯推着生命的大石，日复一日。

或许是人生劫难该经历的都已经历，上帝渐渐放过了我，同时也忘了我。不知为何，我本该庆幸，时下，却倒有些不甘起来。

你看，圣人果然没错：饮食男女人之大欲。无欲则刚毕竟不是凡人能说到就做到的。

而我毕竟，毕竟还不是吃斋礼佛的人——就像你经常说我：你还这样年轻。

更年轻些时，心是一盏悬在门外的灯，风一来，就摇晃不定如人生。在灯红酒绿的日子里，浸泡着馥郁浓稠的灾难和爱情——其实爱情也是灾难。

我幼时父母离婚，我随了母亲，搬至另外一座城市。打小性格乖逆，沉默不语，令母亲无限头疼。12岁那年，我持续不断被继父性侵，却一直讳莫如深，从未告知母亲分毫，其实也不知如何告知。直至后来一日，秋雨淅沥，母亲上班早归，发现猴急的继父，将我按在床上，行为不堪入目，而我早已习以为常，不做分外抗争，因我知抗争也无用。母亲二话不说，拿着手边尚未放下的雨伞，一个劲儿地抽他，一个劲儿地骂……表情非常生动。

母亲抱着我哭过之后，就带着我离开了那座城市。

16岁时，又辗转到另外一座城市，在另外一所学校读高中。我依旧不爱说话，不打球，不运动。只闷头读书，读许多书。但不知为何，无论是在校园，抑或马路，一看见漂亮男子，我就内心发烧。从那时起，我便知，我到底是和平常男生不一样。

而这一年，母亲工作不顺，感情不遂，接连几日在外酗酒之后，亦开始消沉堕落，最后于一个绝望的深夜，在房中吊颈身亡。

是我撞见的——她的生活里，亦别无他人。

其后，其后还发生了些什么呢？

我又回到父亲的城市，和父亲姐姐住在一起。多年不见，父子之间的情分早已淡如水，倒是他仿佛亏欠了我一般，对我呵护备至。我不太习惯，遂搬至高中学校寄宿。

姐姐长我三岁，彼此之间无话可说，更何况我们亦是多年未见，彼此不过是带着相同的姓，流着相同的血的陌生人罢了。

之后便是在这所高中学校遇见了一个叫康明辉的心仪男子，与我同寝。一来二往，彼此暗生情愫，又因性别相同这个尴尬事实，非常沮丧地待过一段时间。其后是在一个风雨招摇的暴雨夜，寝室其他同学都回家了，我突然高烧不退，他前来关怀，我一时动情抱着他，不知为何他亦热情如火。就这么，我们在惨白的灯光和风雨大作的夏夜，开始了这一段孽缘。

之后的每天都暗度陈仓似的偷情，在课堂上像陌生人一般，不亲近，不交流，不说话。回了寝室，其他同学也在，就闷头做各自的作业，熄灯之后便掏出手机互发短信聊天，而我们只不过只有一床之隔。有时实在受不了了，就等所有人睡下之后，两个人偷偷到洗手间去彼此抚慰，但又不敢弄出太大动静，好几次险些被宿管阿姨撞见，姿态非常落魄紧张，又极度快乐。

那时，我们倾其所有地互相对待，过了一段再美好不过的时光。

奈何美好的时光大多短暂。

没多久高考的重压重重袭来，明辉父母为了让他考一个好大学，花重金将他转进了省里最好的一所学校。而他竟就那样悄无声息地从我身边离开，连一个招呼都没打，打他电话也没人接。

也是自那以后，我患上了严重的抑郁症，一度想过死，但总是到最后关头，又都不甘起来。想着一定要见见他，要一个结果。

也是从那时开始，因内心抑郁无法排解，我开始借由文字抒发自己的恶劣情绪，以及牢不可破的思念。

也是那段时日，写作成了我生命中唯一值得我信任并依赖的一件事情。

你上封信说到，我应该做一个作家。其实我一直没有告诉你，我已经是了。只是换了一个名字，认识我的人，并不知道这是我的字，包括我的家人。

而在成为一个写作者这件事上，多多少少都有康明辉的功劳。

之后，之后我们怎样了呢？

无非是到了不同的城市，读了不同的大学。再没联系过。我想，他是想回到正常人的生活里去了。我也就再不曾找过他。上大学没多久，就更换了所有的联系方式，删除所有高中同学的QQ，退了所有与他有关记忆的群，所有的网络平台全都重新建设。

我开始全新生活。

——隐瞒父亲辍学。四处打工行走。写字。遇到不同的人，不同的事。一年前遇到你，简简单单待在一起几日，然后分别……摇摇晃晃就这把年纪了。

时下我拔了网线，丢了手机，专心做了一个富家男子的佳肴，等他不定期来尝尝。

25年人生，像是走了几十年。时下忆起来，倒是轻松，匆匆几笔带过就是这般模样了。

你看，人生何其贫瘠，三言两语便可概括人的一生——即使当前还未有一生，甚至连一半都不到，但往后也不过是平添几个毫无新意的词语作为修饰这所谓的“人生履历”。

其实毫无用处，一只骨灰盒，一抔黄土就是归宿，连墓碑都是多余。

上帝说，愿你的国降临。而我的国，早已降临。我早已将自己安葬此处，人世间再多风声鹤唳，再多聚散离合，都不关我分毫。

但当前，我还是没有了结自己的打算——我是说当前。你知道，生活到了无可无不可的境地，就再也不会谈及理想、绝望、爱情这等厚大的词句。

所谓活着，无非只是活着本身，其他的都是废话。一如死亡。

近些时日，总是梦见死前的母亲，一脸的倦怠和失望。梦见她挂在房梁上的背影，像一件青衣长袖，那样单薄萧条。梦到母亲的亡灵，坐在我的床边叫我好好生活，千万不要学她。

醒来时，大汗淋漓，心情潮湿，又寂寞得厉害。遂用读书来平复心情，努力让自己看上去正常健康一些。

仿佛也是如此，我过上了看似健康平静的生活。

前几日，以德来过，与我做一场爱，说说话。说他的妻儿如何叫他生厌，说工作如何叫他疲倦，说生活完全不是他想象的样子。

我便说，要不陪你出去走走。

他说，你别天真了。

我笑，我早已对生命没有浪漫的奢求，哀莫大于心死，最悲凉不过千帆过尽，人生已别无所求，我又何来天真。我只不过是想让这叫人失望的人间，不再平添一桩悲剧——其实它亦早已是一桩悲剧了。

心口的话，我不说，只是笑。他亦沉默不语，枯坐片刻，落了泪，穿了衣，抽了烟，就开车回了他的妻那边。

人世间，红尘外，处处都是有故事的人。只不过是又一桩活死人墓，被我撞见了。

溽夏漫长，而寒冬亦不短。时下秋天已深，突然想要着笔写信，便念起你来。

念你，是因在我不长的人生里，确实没有一个友朋，连一个都没有。在角直遇见你时，你也正受情伤。许是因酒后微醺，对我这个陌生人袒露心迹，说了些真真切切的话。或许又是因倾听一个故事的代价是以自己的故事进行交换，我又向你坦陈了些许凉薄情事。

一来二去，你我之间，少了隔阂。又一起在旅馆里共度了几日逍遥时光，日日在古镇里闲逛，夜夜听戏子搭台唱戏，偶尔坐在池塘边，像两个儿时的伙伴一般，互诉衷肠。缘分来得悄无声息，一面之缘竟让我对你安心，放心吐露心声，仿佛相识多年的故友一般。

有些早前说不出口的话，时下说出来，心竟也真真明朗了些。

你是聪颖女子，明白世上没人对谁可以绝对忠诚。在你的有所保留里，我看见的是你对世间的坚持；而在我的有所保留里，却净是对世间真相的妥协和气馁。

你是一个向光的人，也爱旅行，马克·吐温说："旅行是消解无知和仇恨最好的方法。"想必你也不会与谁有深仇大恨，那也权当是消解无知、长世面，或者说得滥俗一些，就是自我救赎的方法了。

而你在旅行途中，时常还能趋信过来懋赏我要好整以暇地活着。我便觉你我之间的一面之缘，以及在角直那几日的情分，真是上天对我的恩赐，而不得不感激涕零。

时下生活一览无余，直白得像一张泼妇的嘴。事事不堪凭，就连往事回忆起来也是罪，一点一滴，都是过错，都是命。

而春花秋月太过浪漫，我不敢盼望，以免生了企图，到头来，一身余恨，饮也不是，不饮也不是。

所以，该清幽还是清幽，该快乐还是快乐，即使快乐看起来遥不可及。回头间我还是可以照见母亲的脸。

你说，生活可以失了野心，但不能失了兴致。

我想，如果哪天我连兴致也失了，我就会去找我母亲。到时，我一定第一个告诉你。

近来，抑郁症算是有些好转，可能是经常去公园看花的结果。只是时常看着花开，不知为何就会想到它败落的场景，不胜凄哀。

我想，我会尽量听你的话，让自己努力活着。等着好事发生。

你的上封来信，还是在两个月前，你说你在新疆塔克拉玛干沙漠。不知你是否还好，如今又身在何处。

无论如何，秋天来了，天凉记得添衣——如果你还在世上的话。

长生

2013—10—31

【一封遗书　时间：2013年11月3日　发信人：长生　状态：未寄出】

素之：

今晚，我想去找我母亲了。

没有什么其他原因，就是想去看看她了。

来生再见！

长生　绝笔

2013—11—3晚

洛英的婚事

北京师范大学/杨宁宁

1

晌午，洛英要到南滩割草。

要跨出门的时候，娘在屋里喊：多割点猫爪秧、牛筋草，兔子爱吃。

洛英应了一声，轻轻带上门。

南滩，南滩，洛英走着走着，觉得身子越来越轻，脸颊也越来越红。在洛英心里，南滩的草快成她的媒人了。

日头正毒，洛英站在南河的岸上，四下张望，看不到一个人影。草都蔫吧了，一片一片，斜斜地趴在地上。洛英怅怅地站了一会儿，把草帽戴上，放下背篓，拿起镰刀，利索地割起来。

洛英大晌午的又来割草呀！

不知从哪里冒出来一句人声，洛英吓了一跳。猛地回头看，一个手持竹鞭、须发皆白的小老头站在身后，他笑呵呵的，慈眉善目。洛英笑着点一点头，从竹篓里拿出个小包裹递到老头跟前。老头接过来，急不可耐地闻了闻，嗯，好丫头，真讲信用咧！四爷爷这下可不着急没烟叶子抽了。

四爷爷掏出烟袋，把新烟叶点上，吧嗒吧嗒，心满意足地吸起来。

要我说啊，这个事还是早点捅明的好，四爷爷有一搭没一搭地说起来。你这孩子心太善，总为别人想，你弟你妹要你照应，你自己也得找个人照应才对。

洛英揉了揉眼，望着远处的南河。野鸭子在河里忽上忽下，河水像是掺了弟弟的蓝墨水一样，蓝得透亮。

四爷爷说，我看简生就不错，会疼人咧！

洛英呵呵笑出声来，半晌，又指了指自己的嘴。

我看这不算啥，简生可不像你们村里的那些人，他稀罕着你咧！我老头子连这个还看不出来？人哪，要是真能看对眼，别说你不能说话，就是你走路不利索也不耽搁他惦记。想当年，你四奶奶就是被我疼过来的！

洛英高兴地点点头。

长河里一只小木船慢慢地靠上岸来，洛英觉得脸一下子就烧起来了，手不知道放哪儿好。

眨眼的工夫，一个憨头憨脑的小伙子就跑了过来，夹带着一股腥腥的水草味，手里还提着两尾鱼。

简生说，四爷爷，这是今天打的鱼，我专门留了两条，孝敬您和四奶奶。

四爷爷高兴地接过去，嘴里还嘟囔，不该要，不该要，不过你四奶奶的清蒸鱼那真是天下一绝啊，可好下酒，可好下酒！话说回来，你小子也该孝敬孝敬你丈母娘才对，哪能这么小气？

不是，不是，简生挠挠他的脑袋，这不是洛英不让送嘛，她不让家里人知道正在和我处，想是有她的难处。

洛英啊啊了几声，摆出翻书的样子。

四爷爷说，哦，难不成你想把弟妹供到高中、中专再结婚？

简生说，我都听洛英的。

四爷爷把烟袋锅子朝鞋底上敲了敲：两个傻娃子，你们俩成家了，也不耽搁洛霞、洛辉上学咧！出了门子你就不管你弟妹了不成？况且简生爹妈过世早，没负担，有了他，还能再帮衬你家一把，两全其美嘛！

洛英半晌不吱声。

说错啦？四爷爷问。

不是，简生说，洛英倔得很，她的意思好像是怕连累了我呢。按她的想法，好歹就四五年的事，弟妹出去了，她就省了一桩心事，到那时再定哪！

哎，我就说，这娃心太善，从不为自己想一点。简生啊，这么好的媳妇儿你可得守住！

简生说，一定一定，四爷爷，您老给我们当媒人吧？

四爷爷说，我看这事赶早不赶晚。

洛英在一边只低着头笑。

2

入秋的时候，娘对洛英说，娃呀，光养兔子和羊挣不了几个钱，要不过两天让凤云带你一起去制管厂绕铁丝吧，好歹每天有个进项。割草耙地的活就让洛霞洛辉去干。

洛英顿了顿，像是有话哽在了喉咙里，末了还是点了点头。娘看看她，叹了口气，娘知道，洛英不只喉咙里有一句，她是有太多话都闷在肚子里了。

刚吃过晚饭，四爷爷倒背着手到洛英家里来了。娘很高兴，说，老寿星怎么得空来啦？四爷爷瞄了一眼洛英，说，嗯，洛英娘，我来找你商议个事。

洛英知道四爷爷要说啥，忽然觉得找不着地方躲，就拉起弟弟妹妹往偏房走，手里还比画着写字学习的样子。

一进偏房，洛霞就问，姐，四爷爷来做啥？

洛英摇摇头。

洛辉鬼得很，挤到洛英身边，挤眉弄眼的，我看大姐八成是要出门子了。嘻嘻。

洛英狠狠地在弟弟的腿上拧了一把，疼得洛辉嗷嗷乱叫，边叫还边乐，哈，猜中啦，猜中啦！

约莫两盏茶的工夫，四爷爷走了，娘在外面喊，洛英，过来，娘给你织了双手套。

洛英慢吞吞地挨过去。

坐这儿，坐娘身边，娘拍了拍炕沿儿。洛英挨着娘坐下。

娘说，洛英啊，你今年也十九了，你看跟你一样大的姑娘都有婆家了，连凤云那个小矮兔都快定下了呢！

洛英啊啊地叫了几声，脸红扑扑的。

娘说，你四爷爷都跟我说了，你还臊个啥！娘为你高兴呢！咱家不图富贵，不图财，就看人，只要人对你好，那爹娘都为你高兴哪！

洛英红着脸说，嗯，嗯。

娘说，过一阵子你让简生到咱家来一趟，认认门。等过年时，你爹从外面打工回来了，就把亲事定下，过个两三年，就结婚，你看咋样？

洛英半晌不出声，指了指偏房。

娘叹了口气，你爹上过几年学，就指望着你姐弟几个给他争争气，洛霞洛辉要是有心上学，就让他们上下去，要是不想上，就下来求活计。你爹你娘都年轻着呢，不能因为这耽搁了你的婚事。

娘拿出来两双手套，喏，这是给你的，这是给凤云的，绕铁丝可是扎手呢，戴上这个好赖管点用，以后你挣的钱都存着，好用它置办嫁妆。

洛英抱住娘，呜呜地哭起来。

娘说，这傻丫头，哭个啥，这还早着呢！我还指望你给我管着那两个淘气包哪！洛辉那个熊玩意儿，就听你的话。

3

简生到洛英家的时候，紧张得大气不敢出。

洛英看到他那副手足无措的样儿，一个劲儿地笑。简生就不停地找活儿干，到处都是女人干的活儿，简生哪会呀！他笨手笨脚地打碎了一只碗，两只汤勺。最后终于找到一个活儿，他爬到房顶上补新瓦去了。

娘对洛英说，简生人实在，像咱们家的人，对你那真是可劲儿疼啊！

洛辉在一边插话，娘，生哥为我姐，专门跑去制管厂当水泥工呢！

洛霞说，就是怕我姐在厂里受了委屈。

娘点点头，说，洛英真没看错人。

饭桌上，简生和大家熟络多了，话也多了，他说，咱乡下人在城里真待不惯，我打鱼那会儿，看着咱田里的景儿就高兴，上班下班自己说了算，多自在。在厂里就不行了，有监工，有时间点，规矩多，真让人不自在。我想着，等以后有本钱了，咱还是回来在村里包块鱼塘、菜地是正理，不信过不富。

洛辉说，我给你当助手。

简生说，那热烈欢迎啊，高薪聘请洛霞、洛辉教授做顾问。

洛英和娘看说得热闹，也跟着笑。

娘说，简生是个好孩子，虽说打碎了一只碗，可脑瓜子还是挺好使的咧！

说得一屋子人都捂着肚子笑。

洛霞说，没见过这么夸人的！

4

四爷爷家就在南河北岸。凤云也时常赖在那里，她是四爷爷的孙女。洛英娘给凤云叫起来不少诨号，小矮兔、咕咕鸟、长不高，都是。凤云不生气，她从小没娘，把洛英娘当亲娘看。凤云比洛英小一岁，比洛霞大三岁。洛英娘常说，也不知道怎么就把老二托生到他四爷爷家去了。凤云听了就高兴，籀扭在洛英娘身上，拽也拽不下来。

简生家住河对岸，下了班，他喜欢用船把洛英摇到北岸来，不喜欢走桥。这个时候凤云就要骑自行车自己走，她嘴噘起老高，轻蔑地说，傻样，还不知道你们到那芦苇荡子里忙活啥呢！简生说，你想啥呢丫头片子，我就是想和你洛英姐多说会儿话。凤云就撇嘴，偏你有？我明天就找长林去。洛英听了就用手指头刮鼻子，笑她不害羞。

简生带着洛英在芦苇丛里找野鸭子蛋，一个窝里有四个就拿俩，有五个就拿仨，简生说，总不至于让野鸭子绝了种。洛英把这些蛋收起来，攒得差不多了就拿到城里去卖。城里人娇贵，说喜欢天然无毒害的，像这种野鸭子蛋能卖不少钱，差不多够洛霞洛辉半个月的开销了。

秋天天气凉，简生把洛英搂在怀里的时候，洛英的脸就红得像刚染了色的鸭蛋。简生说，只要有你在，我这辈子还有什么不知足的呢？有你，有船，有把子力气，我是最富的大财主咧！

5

入了冬，农闲了。洛英娘吃过晚饭就去四爷爷家打逛。说是打逛，其实是想和四爷爷四奶奶商量商量洛英的婚事。一则，两位老人向来明事理；二则，身边也没个请教的长辈；三则，四爷爷还是洛英的媒人。洛英娘觉得，婚姻大事还是得有老人帮衬。

四爷爷点起烟袋锅子，四奶奶沏好茶水。

洛英娘说，我有个主意，不知妥不妥呢？

四爷爷说，嗯，你说你说。

洛英娘说，这次定亲呢咱就破个例，简生家里没人了，就在咱这边办啦！可是您看咱这儿的风俗是各家管各家，一家比一家排场，一家比一家讲究，咱家也没那么多钱。我寻思着咱这次就把洛英和凤云的亲一起定了吧，不单省了开销，还热闹，多好！

四爷爷还没等洛英娘说完就磕了磕烟锅站起来，说，这个主意好，等洛英他爹和凤云他爹都从外面回来，咱就具体再合计合计，我看行。

洛英娘说，都是穷逼的，觉得不太妥当，这才来请教老人家呀。

四奶奶也说，真是个好主意。俺只听过城里人有什么集合婚礼的，一对一对好多新娘子新郎官呢，如今咱也用用。

四爷爷说，老婆子，那叫集体婚礼哪，你以为咱们民兵当年集合打仗呢，还集合婚礼！

是，是，老糊涂了我，四奶奶笑得合不拢嘴。

四爷爷说，要我说啊，咱就在这河滩上多扎几个帐篷，地界敞亮，还通风透气，庄稼人壮着咧，不怕冷，多准备好酒好菜，让亲戚街坊们都来看看咱们的“集体婚礼”！

洛英娘说，是集体定亲仪式，这几个娃子还没到婚龄呢。

对，过个三两年，咱再办他一次。

四爷爷觉得，这十几年来头一次感到这么神清气爽。

6

腊月二十二那天，简生带着洛英进城买衣服。简生说，可着劲买吧，洛英，今天可是咱俩的好日子！

洛英也不吱声，拉着简生一溜小跑进了服装店。她挑了一件粉色的棉旗袍，然后用手比画了半天，啊啊地说个不停。简生猜了半天，一把把未来的媳妇儿抱在怀里。

洛英是说，这么好的衣服，买着太贵，租一天就好了，余下的钱还能给弟弟妹妹当学费。

两个人倒是买了不少鲜红的秋衣裤，洛英觉得这东西实用，多买几套全家人都能穿，还喜庆。

过了河，简生和洛英就看到滩地上挂起了一张红红的横幅，几个大大的帐篷威武地立在那里，人们进进出出，一派喜庆。爹和娘在不停地张罗，洛霞、洛辉端着盘子跑来跑去，四爷爷四奶奶陪着客人高谈阔论，还有漂漂亮亮的凤云和长林在那里等着他们呢。

不管生活怎么苦，至少在这一刻，洛英觉得，总还有些甜甜的味道是藏在风里的。

美人迟暮

湖南师范大学/木　易

林衾想不起来第一次看见邓暮时是什么情景了，但此刻他站在讲台上，黑西装白衬衫，无领带，颀长、清瘦，总是令她想起几千年前那个在楚地游荡的人，身上佩戴着兰花香草，自恋而孤独。

他肯定曾有过一段极为得意的时光。看他拿粉笔的姿势，在黑板上每写完一个字都会在后面点一下，无意识地。然后一个转身面向学生，干净利落。不写字的时候粉笔也捏在手里，染得手指和袖口一片灰白。他那略微自得和沉浸的表情，显得粉笔像他的勋章，就连粉笔灰也是。

林衾也见过课后的他。那天科代表让她去办公室，说邓老师叫。进门的时候看见他斜靠在沙发椅上抽烟，眼睛微闭，懒散得稍显颓废，见她进来只是从桌上拿起一本书递过来。“好好读读。”他说，拿眼把她一扫，又恢复先前的样子。还没来得及回“谢谢老师”，书名《洛丽塔》就映入眼帘。幸好他的手机适时响起。林衾退出门来时心如击鼓。

纳博科夫的这本书，有着这样的开篇：洛丽塔，我的生命之光，我的欲念之火。我的罪恶，我的灵魂。洛——丽——塔，舌尖向上，分三步，从上腭往下轻轻落在牙齿上。洛。丽。塔。

她知道其中的魔力，甚至早先已经背过原文的英文。那种唇齿与舌尖配合完成得完美无缺的，不是音乐、胜似音乐的语句，让人不得不相信，这世上就是有那么一些人，他们天赋异禀，侍弄语言如侍弄情人。如同邓暮说过的“老，藏在白头宫女抚摸着自己衰败胸脯的姿势里。”

“你来讲一下你对这篇小说的理解。”一只手扣了扣她的桌沿，粉笔灰带着烟味“簌簌”落了一圈。她一抬头遇上他的眼睛，波澜不惊的眼睛。“这篇《金大班的最后一夜》，在我看来，写了一个女人，混乱一生，失去所有珍贵的东西之后，在告别的同时缅怀过去，欲求自我救赎而不得的无奈。”

他转身向讲台走去，微微一笑，不置可否。林衾心里一紧，被猛然响起的下课铃骇了一大跳。

啰唆，词不达意，或者是根本没有说对？林衾将脸埋在臂弯里，责怪自己上课时脑子里全是邓暮没有回邮件的事。前天晚上，她就已经把写了想要留在文学院继续深造，希望他能推荐一些阅读书目的邮件发到他的信箱里。在虚荣心的驱使下还提到自己获得过的作文奖。其实，不过就是想考他的研究生，就这么简单的一件事而已。

邓暮走出教室，边走边掏出烟和打火机——除了上课，几乎很少能看见他不抽烟。点烟时他才看见手和衣袖的粉笔灰，一顿扑打，飞尘顿起。然而还是立马有学生凑过去请教。文学院最大诗社第一任社长，时隔多年后学成归来，身份变成老师，依然是那个最受欢迎的人。

然而就是这么一个人，他送给了她一本书，还是他最推崇的作家的一本最受争议的书。林衾不知道自己意会了多少邓暮的不可言传。

至少在教师节那天，林衾彻底糊涂了。

因为礼尚往来，也因为师生本该如此。林衾说服自己在教师节那天买一束花送给邓暮。她在他的办公室门口站了一个下午，等他从他培养出的历届桃李中抽身而来。即使已经超过他说的下午三点两个小时，林衾也不觉得久。她在九月依旧火热的阳光下瑟瑟发抖，不知道这种在邓暮面前浅薄如纸的溺水感，何时才能消失。

邓暮来了，六分醉态四分清醒，懒懒地靠在副驾驶座上。“叶琴，这孩子等我太久了，带她一起去吃饭吧。”车窗摇下的时候，她听见他这样说。而那个名字，之前是只存在于文本分析课上和老师同学们的口里的，国家一级作家，作品丰富而深刻。

她找不到理由拒绝，推辞了一下还是捧着花上车了，恨不得把整个人都藏在花后面。

“等很久了吧？叫什么名字？”客气的、温和的声音。“林衾”，然而这两个字瞬间就被淹没在汽车的发动声里。开车的人只留给她三分之一的侧身，端庄秀丽，如在千里之外。

这样的饭局，注定是难熬的，何况林衾还一直捧着一束搭配了“勿忘我”的百合。幸亏今天这个日子允许，即使捧着花也不会显得不伦不类。“怎么刚才不放到车上呢？”叶琴微笑着问，还是客气而温和的。邓暮又开始抽烟，看了看妻子，点燃后把打火机和烟盒往餐桌上一扔。是啊，刚才只顾着跟在他们夫妇身后走了，怎么没有放桌上呢？现在拿进了餐厅，再拿出去不好，放桌上也不好，难道放地上？林衾觉得花跟人一样尴尬，自己也是不知道该置自己于何地的。懊恼得眼圈都红了。“林衾，是送给我的吧？来。”他隔着桌子伸手过来，张开怀抱将花接过去，林衾觉得倒像是接过了即将坠落的她。她挤出一个惨惨的笑：“邓老师、叶老师，教师节快乐，谢谢你们的晚餐。”

饭后，打车回学校，林衾想起今晚无论内涵外在都相得益彰的那两个人，突然悲从中来。有段时间她曾发了狠地参加院校举办的作文竞赛，因为知道他是评委。那个行为，同今天这个一样，想起来都是幼稚得令人感到羞耻的。

然而那天晚上就收到了他的回信，他说：如果你能来我们的硕士点深造，叶琴会很高兴的，我也会很高兴的。

叶琴是学院的名誉教授，这不重要；他们夫妇是她想要报考专业最好的导师，这也不重要。重要的是，他对她说：你要能来，我会很高兴的。因为这句话，林衾目光灼灼地盯着《洛丽塔》，直到凌晨。她想起那个酷似尼金斯基的年轻人，高颧骨，有翠绿上翘的杏眼，经过第一夜的第二天，穿过海滨沙丘他对他的情人说：昨夜你让我明白美丽的疼痛到底是什么意义。

她猜想，他走向他的情人时，眼神定妖媚灼热，却也隐秘如鬼火。她知道自己现在就是这样，却不知道自己的身体里怎么会有这种绵延的、隐忍的、强大的力量。近四年来，她拼尽全力在他所有的必修选修课上打最高分，也几乎读完了任何一篇他提到的作品，任何一篇他论文里注释中的参考文献，甚至跑去跟身为院长的叔叔提四年来的第一个请求：让邓暮做她的研究生导师。当叔叔开玩笑说“看来啊，我们小衾也拜倒在文学院最受欢迎男老师的牛仔裤下了”时她才惊觉，那个不惑之年的男人，竟然已经让自己变化得浑然不觉。

有一堂课他讲了一句话：“生活在别处，而爱在远方。”

他举例，说有个年轻人，向他的才女同学求婚，用整整三大本情书和情诗。然而后来却在她的手机上看见才女发给其母亲的短信：他是名牌大学的博士，个子高长得也不差，最重要的是，房子也全额付款了。妈，您不用担心。

只字不提他的痴情，或者他当年也算得上横溢的才华。“房子”才是最重要的。结婚两年就觉得过不下去了，三年孩子出生，四年五年，就这样吧。

林衾将自己的心疼隐藏在所有同学望向讲台上的目光里，看他用调侃扒开自己的捉襟见肘，对待自己如同看戏。手心积攒着二十一年来所有的悸动，捏成汗水，指甲嵌进去——美丽的疼痛。她害怕他又问她“你怎么理解的?”却又无比期待。

这种感觉，出现过很多次了。比如他上课迟到后不住向学生道歉，说他的车——事实上是一台电动，半路抛锚了。而妻子的车，他真的是这么说的，“我妻子的车”，她要上班，所以不能送我。她害怕他的眼光望向她，或者只是扫过。却又无比期待。

这种时刻，她真不愿意相信他就是那种为了多年所爱放弃写诗，回到大学踏实教书的人。她宁愿相信他永世都独身一人，一定狠狠爱过，但如今像被逼迫长成大人模样的孩子，恍然有仙气，抓起自己的头发都能离地三尺。他不该陷进柴米油盐酱醋茶里，他不该关心房子和车子，他应该关心鲜花，关心众神死亡。

昨天邓暮竟然跟林衾说，要聊一聊她考研的事情。“下了课就到我这儿来吧。”他用的是陈述语气，不容拒绝的。她去的时候，他递过来一杯铁观音，温度和香味恰好。林衾再也不用担心双手无处安放了，她捧着它，间或在面前茶几上将它高高低低地旋转，就像摆弄自己。邓暮说了很多话，又似乎什么都没说，眼睛一会儿落在桌面，一会儿落到窗外，一会儿又落到手中的茶杯里。林衾的心也随着他的目光飘来荡去。直到那人终于开口问：“《洛丽塔》，你的理解？”所有的一切刹那间涌上来，林衾开口，只说了四个字“不忍卒读”。他的目光终于认认真真、扎扎实实地铺过来，铺满了林衾全身，而她只觉得他眼深如井，整个人只剩下那一双眼睛。

第二天坐叔叔的车来学院，林衾只觉得一切都焕然如新。然而刚下车，就见他急急地奔过来，朝还坐在驾驶座上的院长说：“院长，昨天我已经跟林衾说过考研的笔试与面试需要做的准备，这孩子挺有灵气的。”

林衾愣了愣，低头走进教学楼，让两个大人有客套的空间。楼道上躺着还未熄灭的半支烟，就像此刻的她。如果他在课堂上还是原来的样子，我是不是也还能像原来的样子呢？他下楼时该是多么着急啊，怕我叔叔走了赶不上吗？

原以为，可以过几年再相信那些有关“现实”的话。院长叔叔也只是跟他提了一句：“我侄女林衾想考你的研究生，邓老师。”那我这四年，何苦？

还没走到上课的教室，电话就响了，是叔叔。“小衾，晚上跟邓老师一起吃个饭，谢谢人家。”隐约还传来邓暮熟悉的声音，他低低地说：“客气了院长。”

坐在叔叔车子后座的时候，林衾没想到邓暮会从副驾驶上下来，坐到她身边。他把窗户摇了下来，十几分钟路程，抽了三支烟。院长开车，打开电台避免说话。下班之后，似乎没人再想与上班时间待在一起的人有多余的口头交谈。林衾静静的，余光里看见，身边那个人隐藏在烟雾之后的侧脸，不明悲喜。

直到叔叔说：“哎呀邓老师，你的那个课题批下来了。”他才点点头，长舒一口气。林衾在心里祈祷：只要他不说“谢谢院长”，我就原谅他。

他果然没说。只是回答：“这是大家努力的结果。”

她想，如果自己的叔叔不是院长，他还会如此待她吗？

那顿饭，不提也罢。除了饭菜是真的，坐着的三个人是真的，其他都是所有饭局的复制粘贴。

后来上课的时候，林衾赌气似的主动站起来跟邓暮进行文本分析的讨论，赌气似的越说越多，每个字压不住往外蹦，眼泪几乎快落下来。耻辱的、气愤的、委屈的。

他摆摆手让她停止，慢慢走过来，拍拍她的肩膀。

她负气，回头就把他送的那本书拿到办公室来要还给他，门都忘了敲。临了却又胆怯得不知道找什么借口，只好说："邓老师，这本书，我看不懂。"他招招手示意闯进来的女生坐下，看见她几乎将书的封面揉捏变形的苍白手指。等她坐定后，倒一杯开水过去，才开口："不，你能看懂。"女生愣愣地忘了接，两只眼睛大雾弥漫。他拍拍她的手，把书抽出来，再把杯子塞进她的手心。下一秒，反身坐回电脑桌前的沙发椅里，从头至尾都没有对她掉下来的眼泪表现出丝毫诧异。

"你是一个很自立也很努力的姑娘，我一直都知道。其实呢，你可以考到更好的学校去。更好的引导能令你提升得更快。知道吗？这个世上能牵绊住你的东西，虽然不一定是坏的，但你却一定要放下，往前走，不要停。"

她的肩膀以很大的幅度起伏着，却没有发出一点声音。空调的"呼呼"声，浑厚如咆哮。他终于像下了极大极大的决心那样，长长地叹一口气，才走到她身边去，又拍拍她的肩膀——他只能拍拍她的肩膀。

"我，不想走。"她说，把一切心思都哭进掌心里。"嗯。"他回答。仿佛什么都懂。确实什么都懂。

很久很久，林衾把手放下来，从包里掏出纸巾擦干净脸，深呼吸几次，用嘶哑的声音祈求他："我再坐一会儿就离开，就一会儿。"

临走的时候，他面对电脑，在键盘上飞快地敲打，而她对他的背影说："老师再见。"背影僵了僵。"孩子，你长大了就会明白，我不能说得再多了。"

"我知道。"她也什么都懂。

第二年，研究生入学考试，林衾报考了另外的专业。院长问她原因的时候，她回答："后来我深入了解到，邓老师的研究方向并不是我最感兴趣的。这叫'悬崖勒马'。"说完这句话她倒是愣了愣——不过也只是愣了愣，就又接着做手上的事情了。

后来有一次，林衾在楼道里碰到匆匆下楼的邓暮。他大声地跟她解释，像怕别人听不见似的："咳咳，我的车又坏了。"楼下，叶琴在她的捷豹车里不耐烦地摁喇叭。邓暮边小步快跑边拍打沾满粉笔灰的衣袖和公文包，然后将夹在指间还剩大半根的烟死命吸了两口才扔下。头发跑乱了，蓬松在清瘦的脸的上方，他用手指胡乱地理了理，脸上的皱纹那一瞬被掀起来，然后又潮水一样地降了下去。

林衾站定了，靠着栏杆在台阶上缓缓坐下。烟头未灭，苟延残喘地冒着烟，她有些不可遏制地开始思念，不是思念那个刚才怕老婆等久了发脾气急着下楼的人，也不是那个对自己叔叔谄笑过的人，而是那个已经被她留在了属于《洛丽塔》那段时光里的人。她早就不读那本书了，但她思念它，和他，怀着一点哀怨、一点悲壮、一点通透、一点恍若隔世，像屈原思念糊涂老去的楚怀王。

她还记得，他曾不吝言辞赞赏过她写的一篇文章，因为题目用了他最爱的四个字“魂兮归来”。出自《楚辞·招魂》。

魂——兮——归——来——

屈原喊过，他喊过，她也是。

她不知道他们为他们的呼喊付出过什么，只知道，自己几乎，将整个青春期，都付之于此了。

脐　　带

广东财经大学/赵惠容

1

世界仿佛盖上了一层厚重的白雾，被花花绿绿的霓虹灯染成了橘黄，我被裹在这橘黄色的世界之中，有温热的液体正从我体内缓缓流出，有一股被慢慢抽空的感觉，却没有疼痛。耳中充斥着尖锐的轰鸣声，仿佛外祖母遥远记忆中那躲在防空洞中的戒严笛声。我努力睁大眼睛，想要看清眼前的一切，丈夫惊慌的脸却在这时闯了进来，我惊讶地看着他的脸，比以往任何时候都要看得仔细认真。他方正的国字脸上有一对剑气逼人的粗黑眉毛，眉毛之下是一双布满红血丝的眼睛，没有往日的温柔却装满了悲伤，悲伤化作眼泪顺着他长着胡楂的下巴铿锵有力地落在了我的脸上。是否因为临近死亡，人的感觉会无极限放大，我清晰地感觉到丈夫的眼泪慢慢化入我的体内，同我体内那不断往外流的液体汇合一同流出。是否在这一刻，我们夫妻才算是真正融为一体？我情不自禁地伸出尚且还有力气的左手，想摸摸丈夫瘦削的脸，让我们夫妻最后留有一丝温存。突然，轰的一声，橘黄色的世界须臾间化为黑暗，耳中不再有鸣声，世界只剩下了我自己，安静得吓人。我不知我置身何处，我亦深知我无处安生，可我却实实在在地倚在一面墙上，我唯有抱紧双膝蜷成一团安静地等待。我恍惚意识到，或许我已经死了。

倘或我已经死了，那我置身的这个黑暗世界是天堂还是地狱？倘或我已经死了，那为何没人带我前去洗掉前世的罪孽？倘或我已经死了，怎么母亲没有提着灯笼为我引路？我明白，定是母亲无法原谅我的背叛，她仍恨着我毁掉她的希望。我想，即使我像修行的苦行者一般，一步一跪一磕头绕地球爬行一圈忏悔我对她的伤害，她也不一定会原谅我。母亲一向执拗，那藏在血肉模糊之下的只有我看得到的她那冷酷的笑容便是她对我永世的咒，她无法原谅我。我愈想愈觉得可怖。我害怕，害怕一直栖身在这黑暗之中，我渴望母亲可以打着灯笼或是手电筒像儿时一样带着我回家，我不愿意在忏悔之中一次次地掰开回忆的伤口。

死亡，难道不是意味着放下一切，忘记所有吗？那为何我还要在这冥界之中分分秒秒承受着内心的煎熬？

我不知道时间过得快或是慢，我亦不知道蜷着身体呆坐了多久，但我最害怕的事情终究还是发生了。我慢慢潜回到我的前世，以一个旁观者的身份，窥伺着我这被痛苦纠缠的一生。我终究还是无法放过自己。

2

母亲从来不向我讲她的事，至少在她清醒的时候是这样的。关于母亲的情况，我是在与外祖母难得几次的见面中慢慢得知的。不知为何，母亲恨着外祖母。外祖母在世时，母亲好几年才带我回一趟老家探望外祖母，但母亲每次都只是恹恹地将装有钱的信封用力地塞进外祖母的衣服里，从不和外祖母说话。外祖母是个爱说话的人，母亲不与她说话，她便和我说话，所说亦只是母亲的事。而母亲通常不理会我们祖孙俩在谈些什么，她更乐意到里间跟舅母讲讲女人间的贴心话。母亲对外祖母总是视而不见，但外祖母却总是偷偷觑着母亲，那双如黄河水一般混浊无光的眼睛委屈得跟个孩子一样，我看了，都要忍不住落泪。对外祖母印象最深刻的是她那双皱巴巴的布满沟壑的手，她喜欢抓着我的手跟我讲故事，而我柔软的小手喜欢在她布满沟壑的手掌里面轻轻转动，感受那藏在沟壑间的岁月的不易。

外祖母常说，母亲其实只是嘴硬而已，心到底是软的。母亲每月会定时寄外祖母的生活费给舅舅，每次来，又总会再塞不少的钱给外祖母，虽然嘴上没说什么，但到底是害怕老母亲没钱花受委屈。这就可见她心好。外祖母又说，母亲年轻时是个大美人，美得跟天仙一样，在县里是出了名的，又在文工团跳舞，如果不是当年外祖父成分不好，被划入牛鬼蛇神一列，连累了她，那她肯定是一个干部夫人，当主席夫人都不为过。外祖母对母亲的赞誉或许过了头，但母亲确实生得美。小时候，我常趁母亲不在的时候翻开她珍贵的黑白照片，我也曾被她的美貌惊艳，照片上的母亲梳着两条放在肩前的长辫子，一身蓝色麻布旗袍，白皙的鹅蛋脸缀着细长的柳叶眉，一双灵气的大眼睛微微向上扬起，鼻子高挺，小巧玲珑的嘴巴弯成一道美丽的弧线，美得不可方物。岁月腐蚀着她的美貌，但她却依旧美丽，只是美丽的脸孔上不再负有当年甜美的笑容。外祖母说最让她痛心的是母亲同父亲的这段婚姻（我也正是从外祖母口中慢慢知道我那位未曾见过面的父亲）。外祖母说，当年，家里成分虽然不好，但起码母亲还可以在文工团里当舞蹈演员，因为生得美，也有一些家里条件好的愿意和她谈对象。但母亲偏偏烂泥扶不上墙，愿意作践自己，和一个家里成分比自己还差的留洋大学生恋爱，无论外祖母怎样规劝都无法让母亲断了这段情。母亲和父亲的爱情是怎样开始其间又经历了怎样的苦难是我这辈子永远无法解开的谜，外祖母不知道，母亲不愿说。但我知道母亲必定极爱父亲，不然不可能为他生下我，等了他一辈子。后来，母亲怀孕，她狠心抛下养育了自己十多年的家，跟着父亲私奔回到他的家乡。据外祖母回忆说，不到一年，母亲便独自一人带着不满周岁的我狼狈回家，忍受别人的诟骂和家人的怨怒辛苦抚养我。我追问外祖母母亲独自回乡的原因，她只是冷冷地哼气说道："还能怎样？那个男人父母都是牛鬼蛇神，早就被斗死了。她挺着个大肚子和他回去，不清不白的，家庭成分又不好，不更得受人家批斗。那个男的哪里受得了这份苦，瞅准机会就抛下你们母女自己一个人漂洋过海逍遥去了。"然后又轻轻低头在我耳边说道："就你妈傻，还说什么他赚了钱就回来接你们母女回去，这都多少年过去了，别说连个人影都没见到，就是一封信都没收到。"

关于母亲与父亲的爱情，我不愿意就这样轻信外祖母。我同母亲一样，不相信父亲是一个怯懦的背弃诺言的没有担当的男人，我也一直在等着我的父亲。只是等了那么多年，依旧没有父亲的消息，于是我只得相信，父亲当年搭的邮轮遭遇意外，父亲早已身亡，不然，为何这么多年，我们母女连封信都没收到？但是我的母亲，却永远都无法说服自己放下父亲，她一直在等待。后来，她以为，只要我成了闻名世界的芭蕾舞演员，只要有朝一日电视屏幕上打出"黄念华"这个名字，父亲便会嗅着我的名字找到我们母女。于是，母亲近乎残酷地教我跳舞。不知从何时开始，我不再是她的女儿，而是她寻找丈夫的工具。于是我开始恨她，想要逃离她。

记得有一次，我趁母亲不在家，和往常一样偷偷去翻她的相册，却意外地在最后一页相册的内页里找到了她同父亲的合照。那是我第一次看到父亲的模样，我仔细凝视着父亲，父亲生得高大俊朗，一双眼睛灼灼有光，一看便知是一个怀着美好希望的有抱负的青年，难怪母亲对他一直念念不忘。我激动地看了很久，自豪地看着我面貌姣好的父母，自负地想着我要将这张照片贴在学校门口，这样我便不会再被别人嘲笑自己的身世。我找来了胶纸，正当我翻开照片背面准备贴的时候，我惊奇地发现照片背后写着一行娟秀的钢笔字，"1977. 12. 1，黄念华，徐曼，中华纪念馆"。"黄念华，黄念华……"我念了很多很多次之后才恍然明白原来我一直盗用着父亲的名字。原来，我在母亲心中甚或都不是一个完整的独立的人，我永远是父亲存在的代替品。于是，我更加恨母亲，我甚至想要报复母亲，因为她竟如此不看重我。早已忘了，这一年，我才多少岁。

3

参加外祖母葬礼那天，穿着白色丧服的母亲跪在外祖母的棺材前面无表情，看不出是喜是悲。我同母亲一同跪着，却哭得鬼哭狼嚎，母亲厌恶地看了我一眼。我反而哭得更加厉害。不知为何，冥冥之中，我总觉得我和外祖母同病相怜，因我们在母亲心里眼里，均是那般的毫无分量。为着母亲的冷酷，我替外祖母哭也替自己哭，大有同是天涯沦落人之感。

回家之后，母亲打开电视，同往常一样坐着看电视，仿佛什么事都不曾发生一样。我躲在房间里，想着外祖母那双布满沟壑的手，还有那双委屈得像孩童一般的眼睛，心中的悲痛无法抑制，“哇”的一声号啕大哭。母亲闻声赶来，推开房门，呵斥道：“哭什么？别哭！”

心中潜藏着的对母亲的愤怒喷薄而出，我对着她用颤抖的模糊的声音吼道：“你妈死了，你不哭，你怎么这么冷血？”

她听清了我说的每一个字，冷冷笑道：“谁冷血？她才冷血呢。”

我大声辩驳道：“不，阿嬷很可怜。她才不冷血。”

母亲似乎有些动气了，她生气地嚷道：“她是最冷血的人。你知道你外公是怎么死的吗？是被她给逼死的。”她冷冷地盯着窗，眼睛睁大，带着恐惧，好像看到了什么，又马上蹲下身抱住自己蜷缩在门后，嘴里喃喃自语道：“那些红卫兵追了进来，拿皮带抽着阿爸，要他交代。我和弟弟躲在她后面，看着满脸流血的阿爸忍不住哭。有一个红卫兵过来揪住我头发。她赶紧把我和弟弟推到阿爸面前，对着红卫兵说，‘我们已经划清成分，他是牛鬼蛇神，他是阶级敌人，我们没有关系，我们是敌人’，她逼着我和阿弟说，她当着红卫兵的面踢阿爸，她让我和阿弟踢阿爸。阿爸哭了。阿弟踹了阿爸，我也踹了。阿爸继续哭着。第二天，阿爸上吊自杀。阿爸以前多爱我们啊。可是她把他逼死了，她多狠心啊！”她边说边哭，没有想要停下去的意思，她继续说道：“我告诉念华我怀孕了，我们怕极了，后来决定结婚。我们在夜里跪了一夜，求她答应让我们结婚，让念华住在这里。她也跪着求我，求我回头。后来我干脆跟她说，我有了念华的小孩。她打我骂我赶我们走，我和念华才决定回他家乡的。可是他父母被迫害致死，我们在那里也只能受人辱骂批斗，我们无路可走。念华受不了这种被压迫的生活，我们想过死，可是想着还有一个孩子，于是他想回去以前留过洋的日本，在中国已经完全没有朋友，可是在日本还有朋友。但我们没有钱买船票。后来，不知道他从哪里打听来的，在中途上船，好心的船员会让他们上船并且不收钱。那天，邮轮突突的鸣声响起之后，他让我和孩子一起等他，然后就一跃入海，往前游去。我不知怎的，竟会晕过去，不知念华有没有顺利上船。后来，我生下了孩子，来到城市帮工赚点小钱，可是却总有男人骚扰调戏我。没办法，我只能带着孩子回家投奔她。可是几天后，她竟然把我的孩子送给了我们远房亲戚的一个寡妇。我发疯似的找了好久好久，我都忘记我是怎么一家家进去找的，我都忘记我是怎么找到的。当我看到我的孩子之后，我抱着她马上就跑了，往与家相反的方向跑。她怎么就那么狠心呢？那是我的小孩，她怎么就忍心把她送人呢？可是念华呢，念华现在在哪里呢？是生是死？都怪当初肚子里的孩子，不然，我们就可以一起跳下海，同生同死……”母亲依旧不停地说着，仿佛只是对自己说着，声音越来越小，但她身上散出的酒味却越来越浓，渐渐朝我逼来。我终于明白母亲为什么恨外祖母了。我想，我们家族的女人是不是被人下了咒，不然为何，母亲恨外祖母，而我却恨着母亲。我躲在被子里，紧紧抓住被子，小声哭泣着，除了害怕还是害怕。

第二天醒来，我们母女突然有了默契，不知道是真忘记还是假忘记，在我们往后相处的岁月里，我们都不曾提到这件事。

只是，我一直后悔，在这一晚，我没有紧紧拥住陷入悲苦回忆之中的母亲，陪她一起哭泣。我没能抓住这个可以让我们母女找回母女亲情的契机。

4

我又被母亲关进了禁闭室。从我记事起，母亲便逼着我练舞，每日不停地练。每当我犯错犯困或是犯懒，母亲都会毫不留情地将我关入禁闭室。第一次被关禁闭的时候，我在黑暗里拼命呼喊着妈妈，拼命拍打着门把，后来竟在里面睡了一夜。自从第一次被关禁闭后，我便听话多了，但我却还是时常犯错，而禁闭室里的黑暗我早已适应，甚至能从黑暗里窥出透亮来。

尽管我已经二十出头了，长得比母亲要高，但我始终没有力量反抗母亲。在母亲面前，我总是沉闷得喘不过气。不知为何，我总觉得母亲恨我。

“阿华，你给我好好想清楚。那个比赛关系到你的前途，不要毁了自己。”母亲在门外轻轻说道。

我在乌黑的禁闭室里安静地坐着，想着。想着那个比赛，那个男人。法国巴黎歌剧院芭蕾舞团在中国征选芭蕾舞演员，中国歌剧院举行了一个芭蕾舞比赛，获胜前三甲便可以成功入选巴黎歌剧院芭蕾舞演员。母亲一直希望我登上世界舞台，自然对这次比赛十分看重。可是我却很累。十几年如一日的练舞究竟为了什么，我不清楚；每次在台上表演的动作都只是机械的重复，没有感情，因为我不喜欢跳舞。我实在厌烦了这种单调的压抑的不知道自己为什么而活的生活。可是，我该怎么跟母亲讲呢？我突然想起了那个男人，那个话剧导演。他长着一张国字脸，五官齐整地凑在一起，看着十分舒服。让我印象深刻的是他那双俊朗的会发光的眼睛，觉得似曾相识。在一起生活很久之后，我才知道，原来这双眼睛像极了当日照片上父亲的眼睛。一切仿佛都早已命定。不知为何，当时我坚定地认为他可以把我从这种压抑的生活中解救出来。

我和他结缘于一场话剧，当时他是话剧《聊斋》的导演，我在其中客串了一段芭蕾舞。追我的时候，他说他对我一见钟情。他的出现为我枯燥无味的生活带来了一丝亮光，他让我知道我的世界除了母亲之外还可以有其他人，我不知道这可否算是爱情。但当时的我急于挣脱母亲的束缚，急于得到力量反抗母亲的专制，急于找到理由不去参加这场比赛，于是我决定跟母亲摊牌。

在禁闭室里关了一夜之后，母亲打开了门，将我轻轻拉出来。我一夜未睡，眼睛通红。母亲为我倒了杯水，我接过水，开始等着母亲的发话。但母亲端坐着望着我，明显地想让我开口。我紧紧抓住水杯，用颤抖的声音说道："妈，我怀孕了，那个男人是一个话剧导演。我爱他，想为他生下这个孩子，所以我不会参加这个比赛。"我始终不敢抬眼望母亲的眼睛，但我可以想象她的震怒。这么多年苦心经营的一切就这样被我毁了，她自然无法接受。她突然抓住我的手，哭喊道："阿华，把孩子打掉，去参加比赛，妈求你了。这么多年，妈等的就是这天啊。"我用力地挣脱开母亲的手，迅速地逃离，不管身后的她哭得撕心裂肺。我找到了那个男人，哭着让他娶我，他或许真的很爱我，才会什么都不问就答应跟我结婚。

两个月后，我们便结了婚。母亲没有出现在我的婚礼现场，这在我的意料之中。我想，她对我的恨怕已经深入骨髓，倘或她出现在现场，那她也绝不是为了祝福我，只怕是为了报复我。想到这里，我便后背发凉。而事实上，我也并没有怀孕，当初撒谎只是为了离开母亲。母亲死后，我常常想，我对于母亲究竟意味着什么呢？是女儿，是父亲的物品，抑或是寻找父亲的工具？最后，我选择相信，在母亲心中，我是她和父亲唯一的女儿，只因为这一点，她才会如此严苛地训练我，因为她希望黄念华的女儿在她的培养下是最出色的。可惜，我们母女从未真正懂得彼此。

5

婚后，我托关系在日本寻找父亲的消息，以此弥补对母亲的愧疚。后来，辗转打听到了父亲一个昔日的友人。据父亲的友人说，当年，父亲成功地上船来到了日本，却在途中患上肺炎，在日本不到半月便不治身亡。死之前也不曾留下关于家人的只言片语，于是友人便将他安葬在日本，他的遗物也一同火化。只留下了一本珍贵的日记本作为友人之间的纪念。在得知我是黄念华的女儿之后，便将这本日记本转赠给我。丈夫陪我去墓地拜祭了一下父亲，看到父亲的墓，我的心感到前所未有的轻松，因为，我自知，我终于不必再对母亲感到愧疚。

回国之后，我奔赴母亲住处，这是我结婚半年之后第一次重回母亲居处。门铃按了很久，母亲才打开了门。见到母亲的一瞬间，我惊讶得无法言语。半年不见，母亲已经满头白发，身体干瘦如同木乃伊，皱纹使她改变了容貌，不复美丽，只有那双眼睛让我熟悉，它仍同以前一样令我害怕。我失声叫了声"妈"。她并不抬头看我，自顾自地走进厅堂。

我们坐了下来，她依旧不开口，同半年前一样，我强烈地感觉到，我想逃离这个地方。我将父亲的日记本轻轻放在桌上，跟她说，我去日本旅游的时候顺便打听了父亲的消息，机缘巧合遇到父亲的故人，从故人口中得知父亲早已身亡，只带回了他的一本日记本。母亲听完，并不落泪也不号哭。她轻轻地触摸着那本旧报纸包得严严实实的日记本，轻轻说道："我早该料到的，不然，他怎么会不来找我们。"停了许久，又抬起眼睛问我道："你怎么知道你父亲的事的？"

不知为何，这双眼睛总使我害怕，我还是惧怕母亲。我什么话都没有说，便奔跑着离开，同半年前一样。离开母亲之后，我便开始后悔。父亲的死讯对于母亲而言便是所有梦的破碎，此刻，我怎能留她独自在破碎的梦中拼凑岁月的谎言，何况由于赶得及，父亲的日记本我未曾看过，作为他的女儿，怎能仔细寻找父亲的生活痕迹。但我依旧没有重新回到母亲身边。

第二天，传来了母亲跳楼自杀的消息。在太平间里，我翻开那盖在母亲身上的白布，她那血肉模糊的面目令我瞬间失去了魂魄，可是我却仿佛清楚地看见了留在她嘴角的那一抹嘲弄的笑容，那是对命运的嘲笑，抑或是对我的嘲笑？

母亲去世之后，我患上了抑郁症，每日需依靠药物平复情绪。我整天疑神疑鬼，总觉得母亲的鬼魂无时无刻不在纠缠着我，指责我毁了她的一切。我每晚做噩梦，不靠安眠药无法入睡。丈夫被我弄得心力交瘁，我也深知，自己没有权利将他的生活弄得一团糟。于是我们选择了离婚。

离婚两个月后的一个晚上，我在街上偶然碰到他拥着一个高挑的女人从饭店出来。或许是我一时接受不了他同别的女人在一起，尖叫一声之后马上跑着离开。我转身的刹那看到他也跟着跑了过来。天哪，我最恨便是自己这一点，遇事只会逃，然后将痛苦与无奈丢给了别人。突然，我听到了一阵刹车的尖叫声，接着便陷入了黑暗。

6

当我开始恢复意识的时候，我发现自己置身于一处黑暗的角落里。我几乎可以肯定我已经死了。但这里不像天堂也不像地狱。佛将我置身于此处，是为了让我忏悔吗？倘或是的话，我愿意忏悔，我愿意掰开我的心，在世人面前忏悔。我愿意跪在母亲面前，吻着她的脚，请求她原谅我。但忏悔之后，神哪，请删除掉我今生的记忆，这记忆太沉重太黑暗，如果有来世的话，请让我为花为草为鱼为水，但不要为人。

我跪着哭着祈求着，突然我听到母亲的声音，她说："阿华，你给我好好想清楚。那个比赛关系到你的前途，不要毁了自己。"我所处的黑暗世界变得熟悉起来，这是我的禁闭室。我的心剧烈跳动着，我亢奋地想到，或许之前的一切只是我一夜的噩梦，现在打开门，梦便醒了，母亲还在等我去参加比赛。这一回，我不再逃离叛逆她，我愿意跟她和解。

于是我朝着门把飞奔过去，用力转动了门把。外面的世界一片明亮，照得我的眼睛生疼。我努力睁开眼睛，却看到了一片白色的世界，偶有几个穿着白色大褂的人从我眼前晃过。我微微抽动着我的手，清晰地感觉到有一双温暖的手握着它。我顺着手的方向看了看眼前的人，居然是满脸泪痕的母亲，这一刻，我热泪盈眶，准备以无限大的力量扑向母亲，我想抱住她，告诉她："母亲，对不起，我们和解吧！"

我总是分不清梦和现实，但此刻，我并不在意这是梦或是现实。如果死亡可以选择的话，我宁愿在这一刻死去。在这一个给了我生命抚养了我的女人身边死去。我终于明白，婴儿降生之时，需要剪断脐带方能在新世界生存，脐带虽断，但那母子或母女间的联系和情分却不会断。人总是有根的，我的根在母亲那里。

傻子曾冕的记忆之囊

北京师范大学/何庆平

梁平川是一个流浪乐手，他的吉他弹得相当不错，但他真正的本领是观心术。他的意识可以进入某些人的内心世界，看他们所看，想他们所想，回忆他们所回忆。这是一项失传已久的秘术，一般只对无法自由表达的人起作用，可能是他们心里有话憋得太久，通往其心灵的道路早已被磨得光滑透亮。

梁平川抱着一把破木吉他游走于各个城市，不管在哪里都可以挣到生存所需，说起来很简单：只要有人抱着还不太会说话的孩子经过，他就可以运用观心术接通孩子的内心世界，然后弹奏与之相应的曲子。如果孩子是在回忆爸爸推着他荡秋千，梁平川就弹奏一曲欢快轻松的曲子；如果孩子在想着妈妈打屁股，他就弹奏一曲舒缓慰藉的曲子。这么小的孩子通常单纯又敏锐，只要与他们的情绪相和，就能轻易触动他们。大人们总是很诧异为什么小孩总是不愿离开，在陪着孩子听了一首又一首曲子后，总会往梁平川那顶破旧帽子里放点钱。

刚刚入冬的一个夜晚，梁平川正在某城市的一个地下通道里弹唱，突然感到似乎有股精神力量倏忽闪现。梁平川的意识迅速从一个小男孩头脑中抽出，右手一抖，只听“嘣”的一声，吉他上最细的那根弦被他划断。梁平川猛然抬头，发现一个年轻人也在看着他。这人瘦削的脸惨白惨白，脸上一点表情都没有，站立的姿势特别僵硬。一个五十多岁的大叔拽着年轻人的手，要把他拉走，年轻人紧咬着嘴唇不肯抬脚。四周观众迅速挪开与他俩的距离，不少人立即走开了。大叔的脸涨得通红，又气又急说不出话。

原来是一个傻子，可怜的孩子。梁平川感叹道。

那么刚才是谁发出的精神力量呢？梁平川敢肯定是某个人发出的一个信号，只是不知其用意是警告立威还是表示友好。民间总有喜欢隐藏踪迹的高人，梁平川这样四处乱走使用异能，容易被某些高人看成是一种招摇，偶尔有人会发出一点警告，然后不动声色地遁去，让他意识到人外有人，提醒他适可而止。这种事情在这几年中发生过四五次，梁平川不是每次都能发现是谁，比如这次就因为干扰而错失了其踪迹。

这个傻子忽然朝梁平川嗯嗯啊啊大叫起来，抽搐的脸变得狰狞可怕，两只手胡乱指指画画。梁平川吓了一跳，连忙退了一大步，围观的几个人匆匆走远。大叔忙把年轻人拉住，往梁平川帽子里扔了几个硬币，憨厚的脸上露出歉意的笑容。梁平川心不在焉地把吉他装好，把帽子带钱往背包里一塞，起身走人。走了一二十米到了通道出口处，梁平川听见大叔斥责傻儿子发什么神经又不肯走了，声音不是很大，但在空荡荡的通道里显得异常清晰。梁平川回头一看，竟然从那个傻子的眼中看出一种悲哀之色，他心中一动：此人与自己以往见过的傻子很不一样。

在学会观心术后不久，梁平川曾试图接通特殊人群的意识，比如哑巴和傻子之类，不过没有持续太久就放弃了，因为结果很不如意。例如哑巴，不管是先天的还是后天的，只要智力水平比较正常，梁平川都无法进入他们的意识。梁平川估摸由于他们能够采用其他方式表达心声，所以他们的心灵通道和正常人一样萎缩了。再说傻子。一般的傻子欠缺的不是表达和交流能力，而是思考能力，因为他们的理解和记忆能力有限，没有太多的想法，而且具有重复性，反而能够畅快表达其想法，应该比正常人更没有接通的可能。那些不能表达自我的傻子倒是可以连通其意识，但也没有什么必要，因为他们的意识单调而错乱。

梁平川转身走了回去，大叔诧异地停止了拉拽，放下了扬起的巴掌。傻子看见梁平川回来了，眼睛中露出笑意，梁平川隐约感觉到一点点精神力的痕迹。难道刚才竟是这个傻子发出的信号吗，梁平川仔细观察他的眼睛，里边已经没有了刚才那种特殊神色，反而比一般傻子要灰暗无神得多。傻子不再闹腾，不再抗拒，安安静静如同木偶，但却紧紧握住梁平川的手腕。一个大喊大叫的人突然沉默下来，反而让人感觉很诡异，好像生气一下被人抽走了。傻子的眼睛中那种一闪而没的神采，就像是一只刚出洞口的小老鼠，见到外边情势不对劲，就嗖的一下又钻回了洞中，再也不敢出来。

大叔告诉梁平川他儿子名叫曾冕，说曾冕自从遇到车祸脑子损坏以来，从来没有过如此激烈的反应，也不知为何会抓着梁平川的手腕。感觉到曾大叔对精神力一无所知，梁平川就没有多做解释，只是用了投缘之类的话搪塞。梁平川和曾大叔把曾冕扶上出租车并一起回曾家，整个过程曾冕任由二人摆弄，一副行尸走肉的样子。

曾家坐落在老城区一座孤老板房中，里边家具简陋，几乎没有什么装饰物，家里还有曾大妈、曾冕哥哥和曾冕姐姐，梁平川看得出来他们都是憨厚本分的普通人。他们还没来得及询问状况，曾冕身体就瘫软下去，眼神像烛火般熄灭，已经进入昏迷状态了，但梁平川感觉自己的手被握得更紧了。

曾冕的哥哥迅速呼叫了急救中心，在等待急救车来临的时候，梁平川忽然明白了，曾冕是在竭力向他述说。梁平川凝定心神，试着进入曾冕的意识，感觉朦胧中果然有条通道，若隐若现，极不稳定。好不容易找准连接点后，梁平川的意识试探性往里边渗入，忽然感觉自己处在一个空旷地上，既像有光又像没有光，混沌空虚，迷茫一片。梁平川既感到新奇又觉得害怕，因为在以往的经历中，当他的意识渗入之后，对方头脑中的画面自然而然被他看见，对方思绪中的想法自然而然被他知道，就像他自己在思考一样，从来没遇到过今天这样的状况。

梁平川停驻其中，不知所措。一个意念突然跳入梁平川的脑海中：你好，我是曾冕。

梁平川心里十分震惊：在意识的虚空，竟然能够用意念直接交流，怎么做到的？

可是曾冕并没有回答，而是把梁平川带入了他的世界。

你好，我是曾冕。我知道你肯定很奇怪，请耐心听我将这一切从头道来。

十岁那年，我突然开始发高烧，近40度的高温持续了三天三夜。第四天退烧之后，我明明感觉自己有了意识，但不知为何就是无法醒来，无法睁开眼睛、无法挪动身体、无法说出话来。过了几天后，我听见一位女医生站在我床头，说初步判断是脑膜炎引发高烧，连日不断的高烧使得大脑某个地方的神经被烧坏。然后她用了一堆专业术语解释医院已经尽了最大的努力。她最后告诉我爸妈最好把我弄回家去照顾，没有必要再支付价格不菲的住院费。然后我听见我妈号啕大哭，我爸就开始吼她说哭有个屁用。当天下午我就被送回了家。

就在当天晚上，我迷迷糊糊似睡非睡间，发现有人在摸我的头，我睁开眼睛，发现有个老人在我床边看着我。微弱的光线下，我看不清他的面容，只觉得他双眼炯炯有神。我还来不及问他是谁，他却先问了我做梦是否异常。

从懂事起我就发现，自己做梦时感觉特别真实，梦里微风吹过轻拂脸庞的感觉，阳光照在身上暖暖的感觉，花香馥郁沁人心脾的感觉，跟现实世界中感受到的没有两样。而且每次睡醒之后，能清楚记得所做之梦的每个细节。刚开始发现这些时，我对此引以为豪，觉得自己与所有人都不一样，但很快我又发现它毫无作用，讲出去别人也没有办法理解，所以后来也就没有把它当回事。

我如实回答这些内容后，老人点点头，然后问我是否愿意学习观心术，成为能看穿别人想法的人，不过其代价可能是很昂贵的。我问他代价是什么意思，为什么要有代价？老人想了想举了个我能明白的例子，一个人做梦特别真实，就能体验和感受更多的东西，但是他必须承受更加恐怖的噩梦，这就是一种代价。老人说当然这代价还算是小的，学会观心术也有相应的代价，所到达的层次越高，代价也就越大。

我想到自己做噩梦的时候，那种强烈的逼真感的确非常吓人，更要命的是，醒来之后还记得那么清楚，好长时间心里都留有惊恐。尽管做噩梦的时候不多，但这是特别折磨人的。如果这还算小，更大的代价肯定会令人更痛苦。所以，我虽然对如何能看到别人想法十分好奇，但还是对老人说不愿意。老人轻笑了一声，拍了拍我的头，我就又睡过去了。

第二天我睁开眼睛爬起床的时候，全家人惊喜雀跃不用多说，我却念念不忘昨晚遇见的那位老人。我仔细回想，哥哥跟我睡在同一间房里，爸妈就睡在外边房里，门窗都已上锁，不可能有人进来跟我谈话，他们却没有被惊动。加上我的梦从来都做得很真实，所以这一幕肯定是发生在梦里的吧，好一个奇怪的梦。

此后，我几乎没有再生什么大病，身体越长越结实，就是做梦也不再像小时候那么真实了。时间一晃，十余年过去，我考上了一个普通的大学，开始了醉酒当歌轻狂度日的岁月。每年到了夏天晚上，就跟一伙要好的哥们去南门外大排档，喝白酒吃烤肉，侃大山吹牛皮，日子好不潇洒。

某个初夏的夜晚，我们逃课去老地方喝酒的时候，邻桌一群男男女女也在聊天吃东西，其中一个男生嫌我们太吵抱怨了两句。我们自然不甘示弱，两边你一言我一语就开始互相攻击起来，很快发展到互相说着有种就动手的阶段。我嘲笑对方桌男生都没种，只能跟女生喝喝啤酒。然后对方那边传出一个清脆的声音："就凭你，连女生都喝不过，有种比比吗？"两桌人顾不上对骂，齐刷刷看向那名女生。

这是我第一次看见林恬，留着齐刘海，双颊白里透红，秀气的小鼻子，眼睛明亮清澈，似乎能滴出水来。

在众人鼓动之下，我和林恬开始拼酒。我提出女生一杯男生两杯，林恬轻蔑地拒绝了，我夸口说要是连个女生都赢不了，我就再也不来这喝酒了。结果七杯过后，我躺倒在地再也站不起来，林恬若无其事喝完她的第八杯，把倒给我的第八杯泼在了我脸上。哥们灰溜溜把我抬回去了，我说着如果比之前没喝一定不会输之类的醉话。

第二天酒醒之后，我开始动用各种资源打听这个女孩的各种信息，当听说她出自一个著名酿酒企业家族之后，终于醒悟与这种从小拿酒当水喝的人斗酒，恐怕她喝两杯我喝一杯我都是要输的。后来，我果真再没跟着哥们去喝酒了，一来是那次丢脸丢大发了，二来是我的心思转移到了林恬身上。从那天晚上见到她开始，她的脸颊、鼻子和明澈如水的眼睛，就再没有从我眼前移开过。我惊讶地意识到她已经深印我的心中了，原来真正喜欢一个人是这种感觉，明明知道她不是很漂亮，却只需想想就能给内心带来无比的愉悦。

接下来我开始疯狂地追求林恬，把那些作为一个俗人能想到的所有方法，基本上都用了一遍。可是林恬明确回话对我没有感觉，不管是精心搭配的那束鲜花，还是绞尽脑汁写出来的厚厚情书，都免不了被原封送回的命运。不管在宿舍楼上方拉的横幅，还是楼下草地上摆设的心形蜡烛，都没办法让她从寝室出来现身一看。原本我自视极高经常被女生倒追，现在用尽办法也无法换取林恬一笑，内心的骄傲一点点磨灭殆尽。在最狂妄的年纪，遇到了一个最难对付的女孩，或许是命运最残忍的安排。

可是要忘记林恬更是不可能啊，她清秀的面容频繁闪现在我上课的教室，出现在我自习的图书馆，出现在我踢球的操场，出现在我吃饭的食堂……最后不知从什么时候起钻进了我的梦里，尽管在我梦中她也不怎么搭理我，但是每次醒来之后我都无比怀念，努力回想梦中与她在一起的点点滴滴。就这样，我的梦境一天一天变得真实和清晰起来，我发现自己曾经具备的这项特异能力恢复了。

而那些早被淡忘的往事也被开启了，我想起了十岁时候的那次高烧，想起了意识醒了身体却不醒的感觉，想起了痊愈之前梦里遇见的老头。有一天，在感叹不知林恬到底怎么想的时候，我忽然想起老头当年提供给我的选择，他说我居然可以学会怎么看破别人的想法！当年才十岁的我，怎么能体会这种功能的好处呢，怎么有那么强烈的渴望去了解另一个人呢？尽管只是在梦中发生的事情，我仍然为自己放弃拥有这种能力感到十分懊恼。当天晚上，我再次做了一个梦，我感觉自己到了一个空旷场地，像是十分光明，又像黑暗一片，像是什么都能看见，又好像什么都看不见。然后有个意念进入我的脑中：你还是进来了。

尽管时隔很多年，我还是第一时间认出了这是当年那个老头的声音，难道当年发生的事情竟然不是在梦中，而我现在又在哪里呢？老头很快向我做了解释。原来老头是一个异人，感知到我特异的精神力量，又了解到我具备画面想象和语言感知的极高天赋，就想把这门秘术传给我。他进入了我的意识之中，与我进行了那番对话，在我拒绝之后，他考虑到由于当时我年龄还小，长大后也许会后悔当时的决定，所以他决定再给我一次选择的机会。他在我意识深处埋下了一个记忆之囊。某一天我内心会主动寻求他时，就被触发记忆之囊，我就能接收十年前他在我脑海里留下的意念。

老头接下来严肃地表示，这个世界被造出来之后，造物主已经为它设立了一个平衡状态，所有的自然规律都是一种准绳，共同维系宇宙的平衡状态。就像违背物质范畴的规律就会遭遇大自然的反噬力量一样，如果违背了意识范畴的规律，也将要承受意识层面的反噬，也就是将被命运所惩罚。由于这门秘术就是超自然的，也就会破坏平衡态，必然就需要付出相应代价。随着秘术境界的提升，代价也会随之提高，具体呈现形式因人而异，总之我得慎重考虑是否学习。如果不愿学习，只需立即断开与记忆之囊的连接。由于记忆之囊被触发一次后就会永远消逝，所以这是最后一次机会。

我想得很清楚，最大的代价不过是死，而由于林恬我已经生不如死，还有什么理由不答应呢。幸好我的天赋极高，加上恩师（我开始学习时便将老头视为恩师了）的指点深入浅出，在梦境结束前，我顺利学会观心术的大体内容。第二天早上刚醒来，我就迫不及待试用观心术，意识瞄准了一个对面床铺的室友，不过怎么也感觉不到通往其意识的道路，而且一会之后就感觉特别疲倦。在断断续续遭遇了几次失败之后，我悟出了意识虚空界的一些原理，从而知道自己只处于观心术的浅层阶段，只能在很近的距离内使用，一次只能锁定一个人来观看，这个人还必须是不能表达自我却急于表达的人。显然林恬不满足最后这个条件，我还需努力多加练习，只是观心术也特别消耗自身心力，一天之中尝试次数有限。

经过一个多月孜孜不倦的练习后，我将自身的观心术提高了一个层次，此时对于处在特殊状态意识薄弱的人，我也有了进入其意识的可能性，虽然连接很不稳定。所谓特殊状态，是指比如半睡半醒之间的状态，喝醉了酒又不至不省人事的时候等。我当时特别开心，终于有可能去了解林恬的想法了。可是，我从来没有见过林恬喝醉过，事实上她虽有惊人酒量却极少喝酒，她睡觉的时候又是在女生宿舍，我也无法进入足够近的距离。直到有一次林恬生病发烧还待在图书馆准备考试的时候，我终于找到了机会。

那天接到她室友电话之后，我立即冒雨跑到校医院买药，然后飞奔图书馆八层外文阅览室。我将手中的发烧药轻轻放在林恬桌上时，趴在桌上睡觉的她翻了个头继续睡觉。我忽然想到，身体不适的林恬应该是想睡又睡不安稳，所以是个很不错的时机。由于太过紧张，我试了三次之后才得以连通。首先看到的画面就是一个男生站立在草地上，高高瘦瘦，面目英俊，笑容阳光灿烂，有种扑面而来的艺术气质。之后我又看到这个男生跟一个漂亮女生聊得兴高采烈，然后又感知到一个想法：为什么你跟其他女生这么亲密，有说有笑，却不肯多跟我聊几句？为什么我就在你身边，你却一而再再而三地忽略我？

意念的连接戛然而止。我回忆这个男生的面容，想起此人是她同一学院的同学张帆，我之所以对他印象深刻，是由于他在校辩论赛上叱咤风云的抢眼表现。我体会到林恬对他浓浓的眷恋和思念，以及愤怒和嫉妒的情绪，就好像闷头挨了一棒。原来林恬心中已经有了这么一个人，所以无论我做什么都入不了她的眼，为什么老天这样对我？很快我的愤怒又化作了沮丧：我跟张帆相比又算得了什么呢？论身材比人矮了一截，论脸蛋远不如人家帅，论气质根本没有人家的艺术范儿，论学业他好像也是全系数一数二，论头脑人家可是校辩论赛最佳辩手。这才是真正能配得上她的男主角吧，我只不过是一个无足轻重的路人甲，何其残忍的真相！当你喜欢的人喜欢上了别人，你就算拥有观心术又能怎么样？也许这便是恩师所说的命运的惩罚吧，拥有异术的代价果然如此昂贵。我万念俱灰，失魂落魄地离开。

为爱痴狂的青春岁月，在那个夏天闷热的下午结束了。从此以后，我终止了对林恬的任何关注，不再去送花，不再买早餐，不再每天发短信。我也不再向她的室友询问她的行踪，不再偷偷去她上课的教室跟她一起听课，不再瞄准她在图书馆的时候去自习，相反，在她通常出现的时间和地点，我都尽可能避开，以免再给她添烦恼。可我心中仍然忘不了林恬，越是避开也就越是想念。还好很快暑假就来临了，我去了一家聋哑儿童福利院当义工，除了家人以外没有告诉其他人。在那里，我竭尽心力帮助孩子们，而孩子们单纯美好的心灵，也很大地抚慰了我心中的伤痛。同时我顺便钻研观心术，不仅初通了记忆之囊，还窥见了观心术的更高境界：我想自己已经明白如何附体操纵意识薄弱之人了。只是我同时也很明白，这个境界需要我付出的代价可能是我无法承受的。

假期结束回到学校，我将锁在抽屉的手机再度充电启用，在一堆短信当中，意外看到有林恬的三条，要知道以前无论我怎么发短信骚扰，她都没有给我回过一条短信。第一条短信内容是“谢谢你送药来”，第二条“你在哪，能回个信吗?”，第三条是“好吧，你不回也没关系，我不该那么对你，对不起!”三条简单的短信，我琢磨了老半天，我想肯定是她室友告诉她是我送的药，后来可能是想当面感谢我，最后以为我生气了。为何我以前为她做了那么多事情，唯独这次送药能感动她呢？好奇怪啊，或许要归功于药物对症效果不错。值得庆幸的是，林恬对我的态度终于有所改变了，我给林恬发了短信简单做了解释。林恬很快回我：“下午五点，大排档见。”

猜来猜去没弄清林恬什么用意，我恨不得立即偷偷躲到林恬旁边，瞄准林恬走神的时候，使用观心术看上一看，现在我可谓功力大进，可不用再等她生病什么的了，当然我还是按捺住了这股冲动。当天下午四点多，我忐忑不安早早来到大排档，由于此刻时间尚早，一大排空桌子等待着人们入座。

这是我们第一次见面的地方，自从跟林恬比酒惨败后，我就一直没来过大排档，路过的时候都远远避开。不过大排档老板还记得我，边摆弄肉串边跟我打招呼，正跟老板寒暄的时候，忽然听到外边有人喊了一声林恬的名字。

我回过头一看，只见林恬正站在街道中央，喊她名字的那个人正是张帆。林恬手上还捧了一束鲜花，张帆快步走上前去，和林恬谈起话来。我的心顿时落到了谷底，我还幻想着林恬能对我改观呢，我还误以为自己能有机会呢，我还对这段感情又起了希望呢，我真是个傻子。原来林恬这个语焉不详的邀约，只是想让我在现场见证她向张帆表白，只是让我认清现实彻底死心，只是想让我祝福他们别再横插进来。我现在终于懂了，我可以很大度的，我毕竟沉淀了整个暑假呢。何况本来也一直是我自作多情，怎么能怪罪到别人的头上呢？我一定要大大方方地上前祝福他们。

就在我刚走了两步的时候，一辆汽车疾驰而来，司机也许是喝醉了酒，已经无法驾驭车辆。车子歪歪斜斜奔向张帆和林恬，毫无减速的迹象。此时张帆正好站在林恬的前面，没有看到汽车，而他高高的个头又挡住了林恬的视线，她也不知危险到来。就在那个刹那，我立刻启用观心术，进入了醉酒司机的意识。既然林恬遭遇生命危险，不管代价如何我要附体操纵一把了。此时情势又变，张帆在听到背后汽车的声音后，迅速往南门大门口跑去，林恬却因为视线被遮挡反应慢了一拍，头脑已然被吓得一片空白，完全不知该往哪边跑。

这个时候，我在司机意识里看到的画面是，林恬站在马路正中，张帆跑向马路左边，我自己站在马路右边大排档边上。我必须在零点几秒的瞬间做出此生最艰难的抉择。如果维持原先行驶方向，必然正面撞向林恬，这个选择肯定不能接受。如果往左转弯，必然直接撞向张帆，我难道又能杀死林恬喜欢的人吗？如果往右转弯，会往大排档撞去，大排档这边有很多张空桌子，我自己虽不是直接被撞，却也在受伤的范围内。天啊，张帆要是不乱跑，或者拉着林恬一起跑，那该多好啊。我操纵司机的脚急刹车，并操纵他的手将汽车急转弯。

我断开与司机意识的连接，车子正朝大排档拐弯撞过来，最后一眼望向林恬，林恬也正在看向我。面临危险的一刹那，我的意识从来没有如此敏锐通透，我直接连通了林恬的意识，在她意识中扔下一个记忆之囊。零点几秒后车子撞进大排档，边沿的支架、塑料桌子椅子以及遮阳伞轰隆倒了一大片，我也被埋入其中，失去了意识。

我没有死，自己的意识却变得脆弱不堪，不仅完全无法表达自己，身体肌肉也不再准确控制，不知是车祸的后果，还是强行附体操纵而必须付出代价。可是我还不能死，我还有心愿没完成，那就是林恬脑海中的记忆之囊。由于它只能被有一定观心天赋的人触发，所以我要尽力维持活死人的状态，直到有人运用精神异力，我就会用最后的心力把你吸引过来。希望你帮忙打开林恬脑中的记忆之囊，我知道，为此你需要耗费不少心力，甚至可能得付出某些未知的代价，可我仍要请求你帮我实现这个心愿，我曾冕将会铭心感激。永别了，朋友。

曾冕没有撑到救护车的来临，在梁平川体验完他脑海中的记忆之囊后，他的所有意识就都消逝了，呼吸和心跳也都停止了。一开始梁平川是被观心术相关内容吸引，到后来梁平川就完全沉浸在他对林恬的感情中，身临其境感受他的喜悦和悲哀了，到了最后曾冕为爱舍己的时刻，梁平川被感动得无以复加。梁平川忽然觉得遇见曾冕，或许是命运对他的一点补偿。梁平川在想，如果他当天晚上犯懒没有出去演奏，如果他进了地铁演奏而不是去地下通道，如果他在弹奏时恰好没有运用观心术，如果他走出通道时没有鬼使神差回头一看，他都不可能认识曾冕。

梁平川下定决心，不管付出怎样的代价，都要帮助曾冕完成他的愿望。梁平川很快就打听到了林恬的消息，听说她如今在一家著名跨国金融企业任职，还有一个英俊潇洒的未婚夫，当然这人不是张帆。梁平川试探着给林恬打了个电话，林恬一听说梁平川是曾冕的好朋友，就爽快地答应见面了。

在梁平川到达那个小酒吧的时候，林恬已经选好位置坐在那儿了。与曾冕记忆中的样子相比，林恬此时的装扮时尚和成熟了许多，一副刚柔兼备的职业女性风范，但是站起来热情招呼梁平川坐下的时候，梁平川依然可以辨认出那种落落大方、神采飞扬的性情。

林恬首先说起曾冕："曾冕刚一去世，我就知道了，他走时没有遭罪吧？"

梁平川回答说，曾冕走的时候他就在旁边，曾冕走得很安详。梁平川又问林恬怎么知道曾冕去世的。

林恬苦笑着说："一直没跟别人说过，其实这几年，我一直都有关注曾冕，而且每隔一段时间都会去看看他，在他爸爸带着他出外求医的时候，在他妈妈领着他散步的时候，我有时就在旁边默默看着，或者跟他迎面擦肩而过。他已经不认识我了，看都不看我一眼，就像我当年不看他一样。"

梁平川很惊讶，问林恬为什么这么做，是因为内疚吗？

林恬摇摇头："当然不是。可能曾冕跟你谈论我时，正是我最傻最无知的时候，疯狂迷恋一个根本不值得付出的人。而到后来，我刚发现自己喜欢曾冕，就——"林恬哽咽着没说下去，端起酒杯喝完，又重新加满。

林恬竟然喜欢曾冕！梁平川尽量克制住内心的无比震惊，问林恬是从什么时候开始喜欢曾冕的。林恬从钱包里拿出了一张小票递给他。这是一张校医院开具的药品清单，上面列出了一些退烧和消炎的药物，最下边印着曾冕的名字和学号。

林恬叹了口气："不知曾冕有没有跟你说起他给我送药的事。这些药物都是很好很贵的药，不在公费报销药品范围之内，不仅如此，我从地上看到这张单子的时候，还是湿的，说明曾冕是冒雨给我买的药。你知道吗，当时我正因为自己喜欢的人对我不好而生气，然后忽然深深意识到，我自己不也是同样对待曾冕的吗？然后我又看到了那些药，发现了掉在地上的这张单子。就是这个时候，我最后一道心防崩塌了，我想起他对我所做的一切，又是感动又是懊悔。我觉得，自己一直拒绝和躲避曾冕，对待他比对待别人要绝情得多，反倒是因为一种惧怕，因为潜意识里知道自己越来越喜欢这个人。"

梁平川目瞪口呆地望着林恬，他的心里比乱麻还要乱。林恬又端起杯子一饮而尽，继续自顾自说了下去："错过上天安排的感情，果然是会受到惩罚的。就从这个时候开始，曾冕忽然消失了。头几天我还碍于面子，想等他先出现，后来主动联系他，仍没有得到回音。这时暑假开始了，我去找他的同学朋友，却没有人知道他去哪儿了，没有人能联系上他。我想他这一次终于生气了，我以为他不再喜欢我了。我知道这不能怪他，我之前太过分，他才会心灰意冷。我太不懂事，把自己给作死了。"

梁平川控制着自己的情绪，尽量用平静的语气告诉林恬，曾冕以为你喜欢的是别人，所以自觉地退出了。梁平川又问林恬曾冕出事那天晚上到底怎么回事。由于酒喝得有点快，林恬一边咳嗽一边说："他猜到我喜欢别人，怎么不跟我确认，就一走了之了呢？那天他短信中解释了暑假去向，我才知道他不是生气。我欣喜若狂，约他在大排档见，那是我们第一次见面的地方。我特意买了一束鲜花，准备向他道歉，并且向他表白。他向我表白了那么多次，可我不确定这次他是否会接受我。然后事故就发生了，当时，他最后一次望着我，眼神里是那么的宠溺，那么的不舍，我才知道，他仍然喜欢我啊！可是一切都晚了，太迟了。"

林恬一边哭诉一边喝酒，很快就脸颊通红呈现醉意。梁平川口袋里的安眠药都没用上，林恬就已经快醉倒了，梁平川有点诧异，曾冕不是说她酒量特别好吗？注意到他脸上的诧异神色，林恬又突然破涕为笑，喘着气说："曾冕跟你说了我们斗酒的事吧，每次想起他醉得一塌糊涂还死不认输的样子，我就特别想笑。他不知道，我的酒量其实不怎么样，那天是提前服用了祖传秘制的解酒丹，才能把他给喝趴下。他真是个傻子，超级大傻子，哈哈，哈哈。"

林恬笑着笑着，忽然头一低，靠在了桌上。

是时候了，梁平川立即收敛心神，连通林恬的意识，很快感应到曾冕所留记忆之囊的位置。进入的时候，梁平川心底微微有点发颤。对于不具备观心天赋的林恬而言，只可能是一场醒来就会忘记的梦，而对于曾冕而言，这是他留在这世上最后的记忆。梁平川很好奇，在电光火石的一刹那，曾冕究竟会留下怎样的记忆呢，想必都是他预先想象过无数遍的吧。

一束聚光灯打在华丽的舞池中央，落在手挽着手的曾冕和林恬身上，曾冕穿着帅气的燕尾服，林恬穿着美丽的晚礼服，两人开始跳起优美的华尔兹。双方身体靠近的一刹那，曾冕往林恬鼻子上轻轻一吻。

林恬身着拖得长长的婚纱走在红毯上，婚纱上边镶嵌的钻石珠宝发出耀眼的光芒，红毯尽头站着身穿华丽王室服装的曾冕，头上戴的是高耸的绚丽的金冠，台下布满一排一排许许多多的人，曾冕的家人们坐在最显眼的前排位置，角落里还坐着表情落寞的张帆。

曾冕小心翼翼地抱起一个刚刚出生的女婴，粉嫩的皮肤，秀气的鼻子，清澈如水的眼睛，分明是一个小小版的林恬。曾冕慢慢放低身形凑向病床边，把女婴抱给躺在床上的林恬看，林恬露出幸福的笑容。

白发苍苍的林恬在炉子旁打盹，同样白发苍苍的曾冕从摇椅上站起，颤颤巍巍从书架上取下一本诗集，一个不小心掉在了地上。林恬清醒过来，笑盈盈望向曾冕，双眼中有着柔美的光芒与清幽的阴影。

附录一：第五届“包商银行杯”全国高校文学作品征集、评奖、出版活动·获奖名单

一等奖（3名）

《与母亲一起洗澡》（诗歌） **夏小风**（山东艺术学院）
《听椅子慢慢坏掉》（散文） **朱　灿**（四川省乐山师范学院）
《城》（小说） **吴霞霞**（广东韶关学院）

二等奖（9名）

《个人书》（诗歌） **程　川**（陕西理工学院）
《启示录》（诗歌） **秦　婳**（南昌航空大学）
《淌过生命线的河流》（诗歌） **黄　宇**（中山大学）
《百年无废纸》（散文） **刘　娜**（东北师范大学）
《写在二十岁》（散文） **张子凡**（河北省燕山大学）
《被埋葬的老家》（散文） **缪君妍**（苏州大学）
《最后一个夜晚》（小说） **文　西**（湖南第一师范学院）
《公园》（小说） **王明辉**（浙江传媒学院）
《水鬼伯》（小说） **陈行扬**（广东财经大学）

三等奖（15名）

《我的胃里有一只小鱼在燃烧》（诗歌） **林　侧**（中国传媒大学）
《光荣物种的爱情及其他》（诗歌） **陈　汐**（复旦大学）
《感觉之外，事物之内》（诗歌） **刘　可**（天津大学）
《不可思议》（诗歌） **陈　墨**（长江大学）
《分赃》（诗歌） **陈俊杰**（福建农林大学）
《绣梦》（散文） **朱　磊**（南京视觉艺术职业学院）
《风语》（散文） **许晨舟**（西北工业大学）

《那些在我生命里定格的背影》（散文） **毛彦明**（天津商业大学）
《大地之眼》（散文） **杨舒涵**（厦门大学）
《风筝》（散文） **木　车**（首都师范大学）
《实验项：简珍妮》（小说） **杨书源**（北京师范大学）
《“刁民”生长》（小说） **张　鹏**（长江大学）
《龙抬头·忌》（小说） **陈润攀**（暨南大学）
《一场旧戏》（小说） **张钰弦**（北京师范大学）
《戴面具的列车》（小说） **王闷闷**（西北大学现代学院）

优秀奖（90 名）

诗歌（30 名）

吴　辉（湖南省湘潭大学） **陈晓航**（广东省五邑大学）
李天意（北京大学） **蒋春晖**（中南民族大学）
金　风（中国人民大学） **阿　柏**（山西农业大学）
几　维（湖北中医药大学） **简卫杰**（华北科技学院）
李路平（广西师范学院） **从　安**（北京师范大学）
李一城（华中农业大学） **黄素姣**（广东省惠州学院）
刘阳鹤（陕西师范大学） **蒋思艺**（北京外国语大学）
马暮暮（北京大学） **田　戈**（湖南省邵阳学院）
颜心仪（山东省鲁东大学） **七　勺**（华东师范大学）
张媛媛（中央民族大学） **莱　明**（四川大学）
任陈夏（贵州电子信息职业技术学院） **高短短**（陕西省渭南师范学院）
陈十三（河南省信阳师范学院华锐学院） **杜永利**（河南理工大学）
王　琦（首都师范大学） **陈　哀**（海南师范大学）
杜云飞（首都师范大学） **岩　雨**（长江大学）
泛　泥（沈阳理工大学） **何　源**（湖南大众传媒学院）

散文（30 名）

章志成（山东农业大学） **盛家豪**（长沙理工大学）
张　孟（湖南第一师范学院） **文　爽**（南开大学）
念　荷（南昌航空大学） **陆俊文**（厦门大学）
资若铭（湖南文理学院） **谷鸿洁**（北京师范大学）
闫赵玉（西北大学） **汪　冲**（中央财经大学）
童　言（中国计量学院） **馨　迹**（山西师范大学）

余进波（西南科技大学）
刘世昌（福建江夏学院）
赵皓阳（香港浸会大学）
黄　宇（中山大学）
麦　穗（贵州省凯里学院）
徐　凡（四川省雅安职业技术学院）
苏明强（贵州师范大学）
夏厚文（武汉大学）
范　宇（西北民族大学）
王素娟（河北省燕山大学）
贾寒蕻（河南南阳师范学院）
韩江雪（郑州大学）
任艳苓（华南师范大学）
刘家吉（西北政法大学）
韩　雨（清华大学）
刘斐雯（南京审计学校）
方肖霞（湖南省怀化学院）
王　炼（天津科技大学）

小说（30 名）

俞道涵（福建省闽江学院）
非　裳（湖北第二师范学院）
聂小悦（安徽省安庆师范学院）
张恬恒（武汉理工大学）
柠　蓝（安徽大学）
宋文静（山东师范大学）
曹　帅（安徽工业大学）
巫小诗（湖南大学）
夏超（天津大学）
姚建花（福建师范大学）
鬼稚子（福建师范大学）
徐　威（广西师范大学）
邹佳良（四川省乐山师范学院）
初　尘（浙江师范大学）
辛晓阳（中国传媒大学）
隋明照（北方民族大学）
苏　鸿（广西师范大学）
严赋憬（武汉大学）
廖兵坤（陕西师范大学）
丁　立（凯里学院）
寒　木（上海师范大学）
白瑜彦（海南大学）
杨定庚（四川省乐山师范学院）
王博璨（青岛科技大学）
于文舲（北京师范大学）
张艺慧（湖南大学）
上　方（甘肃省河西学院）
周　浩（山东艺术学院）
朱　敏（中国人民大学）
卢多果（中国人民大学）

入选奖（69 名）

诗歌（32 名）

莫　诺（华中师范大学武汉传媒学院）
遁　刀（河南大学）
一　冰（山东财经大学东方学院）
陈再雄（贵州民族大学）
刘文西（福建省闽南师范大学）
郭紫莹（首都师范大学）
文　刀（甘肃省天水师范学院）
陈润攀（暨南大学）
程　沛（中国青年政治学院）
付　邦（中央民族大学）

卓　灵（湖北大学知行学院）
姜育仲（广西师范学院）
李昊宇（大连大学）
张　松（闽江学院）
许　多（华南师范大学）
马　赛（首都师范大学）
王闷闷（西北大学现代学院）
涂　明（中国农业大学）
赵　伟（天津广播影视职业学院）
陈钰鹏（中央民族大学）
郭凯敏（山东省鲁东大学）
江瞳希（武汉大学）
左林超（山东省聊城大学）
李金城（复旦大学）
廖兵坤（陕西师范大学）
龙阳胜（华南师范大学）
马小贵（中央民族大学）
钟芝红（浙江师范大学）
王贞俨（贵州民族大学）
木犁铧（甘肃省天水师范学院）
董成琪（广西民族大学）
李伟松（广西艺术学院）

散文（29 名）

许仁浩（武汉大学）
鲁　静（海南师范大学）
笑唐寅（河南省信阳师范学院）
张佳羽（湖南女子学院）
许华锋（重庆师范大学）
钟芝红（浙江师范大学）
李婷婷（西安科技大学）
汪　洋（陕西科技大学）
蓝婷婷（江西科技师范大学）
樊新苗（江西师范大学）
王　珊（长沙理工大学）
余炜诗（广东理工学院）
陈佳宁（兰州大学）
卢晓青（温州大学）
赵志刚（浙江省宁波大红鹰学院）
陈弘毅（华南农业大学）
王闷闷（西北大学现代学院）
王　琦（郑州大学）
苏　楠（南京审计学校）
韩晓敏（福建省闽南师范大学）
张丽师（湖南第一师范学院）
谢　俊（中国海洋大学）
彭小年（重庆大学）
何若秋（北京工业大学）
梁雅茜（四川农业大学）
周安馨（武汉大学）
马允岐（广东省佛山科学技术学院）
韩文昕（武汉大学）
董玲豪（中国计量学院）

小说（8 名）

丁璐璐（甘肃省陇东学院）
许仁浩（武汉大学）
杨宁宁（北京师范大学）
赵惠容（广东财经大学）
董腾宇（重庆师范大学）
莫　诺（华中师范大学武汉传媒学院）
木　易（湖南师范大学）
何庆平（北京师范大学）

组织奖（20 名）

北京大学：五四文学社
清华大学：清华文学社
中国人民大学：中文新世纪
中国传媒大学：青果文学社
北京师范大学：五四文学社
首都师范大学：鹿鸣演颂文学社
中央民族大学：朱贝骨诗社
对外经贸大学：沃野文学社
云南省红河学院：蛮原文学社
华南师范大学：海碰子文学社
广东省肇庆学院：湖畔文学社
贵州省凯里学院：耕耘文学社
湖南科技大学：湘灵文学社
黑龙江中医药大学：汇文苑文学社
广东省岭南师范学院：太阳谷文学社
福建省闽南师范大学：苔花诗社
江西科技师范大学：蓝桥文学社
广西科技大学医学院：星月文学社
广西师范大学：采薇文学社
山东师范大学：陀螺文学社

参加“包商银行杯”全国高校文学作品征文的同学请登录作家网（www. zuojiawang. com）查看详情。

附录二：小说卷评委签名

葛笑政　作家出版社社长

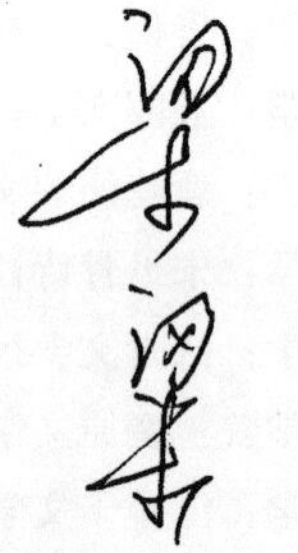

梁　粱　解放军出版社原政治部主任

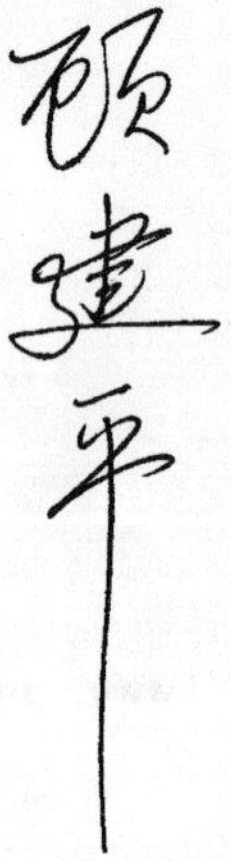

顾建平　《长篇小说选刊》主编

宁　肯　《十月》杂志社副主编

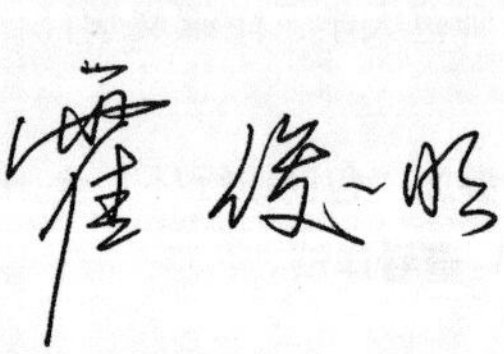

霍俊明　中国作家协会创研部研究员

邱华栋　《人民文学》副主编

王子君　中国方正出版社文史哲部主任助理